CATHY KELLY

Wär ich doch im Bett geblieben

Buch

Am Freitagmorgen ist für Jo Ryan und Aisling Moran die Welt noch in Ordnung: Jo, die als Redakteurin für ein großes Hochglanzmagazin arbeitet, ist unabhängig, erfolgreich und glücklich, liiert mit einem attraktiven Sportphotographen. Aisling führt eine perfekte Ehe mit ihrem Mann Michael, hat zwei prachtvolle Söhne und lebt in ihrem Traumhaus. Am Freitagmittag allerdings findet Aisling eine Quittung für teure Dessous in der Jackentasche ihres Mannes. Jo dagegen muß sich übergeben. Und am Freitagabend hat Jo einen positiven Schwangerschaftstest in der Hand und einen Freund weniger, während Aisling vor den Trümmern ihrer Ehe steht. Bei Katastrophen dieser Größenordnung kann es nur einen Trost geben: die beste Freundin. Also treffen Jo und Aisling sich zu einem ausgiebigen Jammer-, Champagner- und Eisbechergelage unter dem Motto: »Wär ich doch heute bloß im Bett geblieben!«. Ziemlich schnell aber reift in ihnen die Erkenntnis, daß vielleicht gar kein Anlaß zur Trauer besteht – wozu denn weinen, wenn man auseinandergeht, wo an der nächsten Ecke schon ein anderer steht! Mit Wut, Witz und Energie machen sich die beiden lebenslustigen Frauen auf zu neuen Karriere- und Liebeszielen …

Autorin

Cathy Kelly arbeitete als Redakteurin, Filmkritikerin und »Kummerkastentante« bei der Dubliner *Sunday World.* »Wär ich doch im Bett geblieben« ist der erste Roman der jungen irischen Autorin, der als Überraschungserfolg wochenlang die irischen Bestsellerlisten dominierte.

Außerdem von Cathy Kelly:

Und wer macht den Abwasch? (35178)

CATHY KELLY

Wär ich doch im Bett geblieben

Roman

Aus dem Amerikanischen
von Inez Meyer

BLANVALET

Die Originalausgabe erschien 1997
unter dem Titel »Woman to Woman«
bei Poolbeg Press Ltd. Dublin.

Umwelthinweis:
Alle bedruckten Materialien dieses Taschenbuches
sind chlorfrei und umweltschonend.
Das Papier enthält Recycling-Anteile

Blanvalet Taschenbücher erscheinen im Goldmann Verlag,
einem Unternehmen der Verlagsgruppe Bertelsmann.

Taschenbuchausgabe Dezember 1999

Umschlaggestaltung: Design Team München
Umschlagfoto: Tony Stone/Hutchings
Satz: DTP Service Apel, Hannover
Druck: Elsnerdruck, Berlin
Verlagsnummer: 35132
Lektorat: Maria Dürig
Redaktion: Regine Kirtschig
Herstellung: Heidrun Nawrot
Made in Germany
ISBN 3-442-35132-4
www.blanvalet-verlag.de

5 7 9 10 8 6

1

Aisling starrte auf die zerknitterte Rechnung in ihrer Hand und bemühte sich verzweifelt, nicht zu weinen. Der Beleg einer Kreditkartenrechnung mit verschmierter Schrift lag verloren in ihrer Hand. Die Worte *Dessous de Paris* waren auf der linken Seite zu lesen.

Ihre Hand zitterte ein wenig, als sie den Stuhl hervorzog und sich an den Küchentisch setzte. Sie merkte gar nicht mehr, daß sie ihren Ärmel dabei in eine Marmeladeninsel und in Toastkrümel tunkte, die ihre Jungs bei ihrem üblichen überfallartigen Frühstück hinterlassen hatten. Sie schloß die Augen, knüllte die Rechnung zu einem Bällchen zusammen und wünschte sich, daß die Worte sich in andere Worte verwandelt hätten, wenn sie wieder aufblickte.

Noch vor wenigen Augenblicken hatte sie den bevorstehenden Freitag als behagliche und vertraute Routine betrachtet. Erst mußte sie Michaels Anzüge in die Reinigung bringen. Dann wollte sie einen kurzen Abstecher zum Friseur machen, wo sie sich für Fionas Kaffee-Einladung im *Merrion Center* die Haare fönen lassen wollte. Bei einem etwas zu üppigen Stück Karottenkuchen mit Sahne hatten sie vor, gemeinsam zu klatschen.

Kein Karottenkuchen, ermahnte sie sich automatisch, sondern ein braunes Teeküchlein und eine Tasse schwarzer Kaffee ohne Zucker. Sie mußte sich an ihre Diät halten. Die erste Woche war immer die härteste, aber man durfte nicht schwach werden. Das jedenfalls predigten die Diätgurus ohne Unterlaß.

Diät! Warum in aller Welt denke ich über verfluchte Diäten

nach, jammerte sie laut. Warum sollte sie sich mit trockenem Toastbrot, sechzig Gramm magerem Truthahnaufschnitt und einem winzigen Stück Schokolade begnügen? Und das an einem Tag, an dem ihr ganzes Leben aus den Fugen geraten war.

Plötzlich erschien ihr der Gang zur Reinigung und das Klatschstündchen mit Fiona wie Lichtjahre entfernt.

Michael vergaß regelmäßig, seine Anzüge für die Reinigung rauszuhängen. Sie hatte es sich längst abgewöhnt, ihn daran zu erinnern. Es war einfacher, sie selbst nach unten zu bringen, als seinen schweren Schritten im Schlafzimmer und seinem Gemecker über Frauen mit einem prämenstruellen Syndrom zuzuhören, und seiner Ausrede, er komme zu spät zur Arbeit.

Ebenso hatte sie es aufgegeben, die Zwillinge daran zu erinnern, ihre schmutzige Fußballkleidung in den Wäschekorb zu werfen. Sie folgten geradezu sklavisch dem Beispiel ihres Vaters, und wenn es dem gelang, sich jeglicher Hausarbeit zu entziehen, dann taten sie es ihm gleich. Aisling fand an jedem nassen Wäschestück, das sie aus der Waschmaschine nahm, Reste von Papiertaschentüchern und Kassenbons. Sie hatte endlich eingesehen, daß sie es mit zwei zehnjährigen, zu jeglicher Hausarbeit unfähigen Flegeln und einem mit Kreditkarte ausgestatteten, der Hausarbeit abgeneigten Ehemann zu tun hatte. Also leerte sie die Taschen selbst.

An diesem Morgen war es nicht anders gewesen.

»Vergiß nicht, meinen dunkelblauen Anzug mitzunehmen, Aisling. Und weise sie auf den Rotweinfleck auf meinem gelben Seidenschlips hin, ja?« hatte Michael ihr von unten zugerufen.

»Jawohl, mein Herr und Gebieter«, hatte sie ihm zugerufen, tief in einen Schrank gebeugt, wo sie Dufflecoats, Fußballschuhe und Teile des Staubsaugers, die sie nie benutzte, durchwühlte. Sie suchte die Tennisschläger der Jungs. Über das dreiwöchige Sommerprogramm des Sportvereins freute sie sich jedes Jahr, weil es die Jungs in den überlangen Ferien von anderem Blödsinn fernhielt. Der Tagesablauf dort gestaltete sich immer etwas chaotisch, und die Jungs vergaßen regelmäßig bis fünf Minuten vor der Abfahrt bestimmte Gegenstände zu erwähnen, die sie unbedingt mitnehmen wollten.

Gestern waren es die Schwimmbrillen gewesen. Heute die Tennisschläger. »Ich weiß genau, daß ich sie hier liegen hatte, Mama«, jammerte Phillip, hüpfte von einem Bein auf das andere und blickte sie mit seinen riesigen Augen bekümmert an. »Jemand muß sie weggelegt haben!«

Irgend jemand mußte im Haushalt der Morans für viele Dinge verantwortlich sein, dachte Aisling bitter, als sie auf die alten Zeitungen und die verbeulte Plastikspielzeugbox stieß, die sie bereits im Mülleimer gewähnt hatte.

Irgend jemand aß regelmäßig die Schokoladenkekse, zerbrach Geschirr und verlor Schulpullover. Gerne würde sie diesen Jemand einmal richtig durchschütteln.

Michaels Stimme, noch aufgeregter als die von Phillip, unterbrach ihre Gedanken.

»Aisling, wo hast du mein Leinenjacket hingelegt? Ich wollte es heute abend tragen, und ich kann es in dem verdammten Schrank nicht finden! Ich werde mich verspäten, verflucht!«

Triumphierend zerrte Aisling zwei ramponierte Tennisschläger aus dem Schrank und reichte sie dem entzückten Phillip, dann rief sie Michael zu: »Ich habe sie ins Gästezimmer gehängt, weil dein Schrank so voll ist, daß sie schon zerknittert wäre, ehe du sie überhaupt angezogen hast.«

Zwei Minuten später scheuchte Michael die Jungs aus der Tür, um sie vor der Arbeit beim Sportverein abzusetzen. Frieden war wieder eingekehrt. Die Neunuhrnachrichten plärrten laut im Hintergrund. Sie ließ das Frühstücksgeschirr liegen und ging nach oben, um die Anzüge und Schlipse für die Reinigung einzusammeln und ihre Handtasche und die Schlüssel zu holen. Wie bereits Dutzende von Malen zuvor legte sie die Anzüge auf einen Stuhl und ging abwesend die Taschen durch.

Zwischen ein paar Flusen und ein paar unbenutzten Streichholzplättchen, die Michael immer mit sich herumtrug, fand sie es dann. In der Innentasche des feinen dunkelblauen Wollanzugs, der sich so gut zu dem gelben Paisley-Schlips machte, steckte ein ganz normaler Kreditkartenbeleg, den sie sonst nicht weiter beachtet hätte. Heute jedoch schon. Irgend etwas ließ sie den Beleg glattstreichen und ihn ansehen. Im Wert von fünfzig Pfund war in einem von Dublins exklusivsten Dessousläden mit ihrer gemeinsamen Kreditkarte bezahlt worden, doch aus irgendeinem Grund hatte die Ware den Weg in *ihren* Schrank nicht gefunden.

Unglaublich, aber ihr geliebter Ehemann hatte durch seine Jacketkronen hindurch gelogen und gebrummt, teure Restaurantbesuche mit seinen Kollegen von der Zeitung und wichtige Informanten hätte die Kreditkartenabrechnung derart in die Höhe schnellen lassen.

Der Beleg in ihrer Hand jedoch bewies Aisling, daß die dicke Rechnung nichts mit dem Mittagessen im *Le Coq Hardy* zu tun hatte. Anstatt mit teurem Rioja und dem besten geräucherten Lachs die Zungen seiner politischen Freunde zu lockern, hatte der stellvertretende Chefredakteur der *Sunday News* offenbar ganz andere Waren gekauft. Luxuriöse Seidenwaren nämlich.

Fünfzig Pfund, staunte Aisling. Und noch dazu im *Dessous de Paris*. Sie selbst hatte noch niemals das vornehmste Unterwäschegeschäft auf der Grafton Street betreten. Sie hatte genügend Werbefotos der Seidenhöschen und Büstenhalter gesehen, um zu wissen, wie unglaublich teuer sie waren.

Aisling fühlte, wie sich Wut in ihren Schmerz mischte. Sie war mit der Meinung aufgewachsen, daß Geld für Kleidung auszugeben, fast eine Sünde war. Sie hatte in ihrem ganzen Leben noch niemals mehr als zehn Pfund für einen Büstenhalter bezahlt.

Abgesehen von dem spitzenverzierten Höschen, das ihr ihre Kolleginnen für die Flitterwochen vor zwölf Jahren geschenkt hatten, und ein paar offenherzigen Satinstücken, mit denen sie sich unter Jeans niemals wohl fühlte, bestand Aislings Dessoussammlung aus schmucklosen Baumwollhöschen und einfachen Büstenhaltern, die auch an einer Nonne korrekt ausgesehen hätten.

Wenn sie von einem Bus angefahren werden sollte, so würde sie kein Mensch für eine Sexbombe halten: Nachdem man ihr die klassisch dunkelblaue Strickjacke und den langen weiten Rock heruntergerissen hätte, würde man auf Unterwäsche stoßen, die in etwa so erotisch war wie ein Plumpudding. Natürlich wäre alles Ton in Ton, ein ausgebeultes Höschen mit Grauschleier und ein ebensolches Hemdchen mit Grauschleier.

Kein Dessous der Welt könnte ihren von Cellulite gezeichneten Rettungsring um den Po herum verbergen. Warum also sollte sie dann Geld für Dessous verschwenden? Außerdem machten die Büstenhalter, in denen man einen üppigen Busen unterbringen konnte, immer auch den Eindruck, als hätten darin noch ein paar Basketbälle Platz und waren folglich ausgesprochene Liebestöter.

Liebestöter, ha! Sie lachte laut auf. Es war ein kurzes, rasselndes Geräusch, das in einen Schluchzer mündete, als sie daran dachte, daß Michael ein Dessousgeschäft betrat, um dort etwas für eine fremde Frau zu kaufen. Hatte er die Verkäuferin ratlos angesehen, als sie sich nach der gewünschten Größe erkundigte? Oder hatte er seine Hände geöffnet, als ob er ein paar Orangen umfassen wollte, um ihr die Größe zu verdeutlichen?

Männer sahen sich nie die bereits vorhandene Unterwäsche ihrer Frauen an, bevor sie auf solche Einkaufstouren gingen. Statt dessen murmelten sie etwas von schmaler Taille, normalen Hüften und erröteten bei den Worten »ungefähr ihre Größe« vor der Verkäuferin, der das alles nicht neu war.

Hatte er nach der besten Unterwäsche gefragt, die man für Geld bekommen konnte, um sie damit zu beeindrucken? Oder hatte sie neben ihm gestanden und lächelnd zugesehen, wie er für ein Höschen bezahlte, das er ihr ohnehin später wieder vom Leib reißen würde? Die Vorstellung war Aisling unerträglich.

Michael würde sie nicht betrügen. Er würde es nicht tun, dessen war sie sich sicher. Er hatte ja kaum noch Zeit gefunden, um mit den Jungs zu spielen. Jede freie Minute verbrachte er mit der Konzeption der neuen Beilage, die ». . . die Auflage ganz nach oben« katapultieren würde, wie er sich so gerne ausdrückte.

Sie hatte es bis oben hin satt, sich die Probleme kurz vor Fertigstellung anzuhören, wie er um ein Haar den Dunkelkammertechniker rausgeworfen hätte, weil der es irgendwie geschafft hatte, eine ganze Rolle Film einer Modenschau zu ruinieren, die mit großem finanziellen Aufwand in Cannes aufgenommen worden war.

Während des letzten Jahres hatte die Zeitung ihr ganzes Leben bestimmt. Endlose Besprechungen waren der Grund für abgesagte gemeinsame Abende und einsame Wochenenden, an denen Michael lediglich zu Hause schlief und frühstückte wie ein Hotelgast, dem sein Zimmer nicht sonderlich gut gefiel. Er hatte sogar die Osteraufführung der Zwillinge verpaßt, an der sie St. Peter und St. Paul in beige gestreiften Kutten gespielt hatten, die Aisling in stundenlanger Arbeit in der Nacht davor genäht hatte.

»Ich komme erst in zwei Stunden hier weg«, hatte er sich nur wenige Augenblicke, bevor Aisling zur Schule losgefahren war, entschuldigt. »Es tut mir leid. Drück sie von mir, ja? Sag ihnen, daß ich sie am Wochenende zu McDonald's mitnehme.«

»Papa muß noch arbeiten, meine Süßen«, tröstete sie ihre beiden kleinen Apostel, nachdem der Applaus verebbt war und die Darsteller von ihren stolzen Eltern umarmt wurden.

Der Gedanke an die Jungen, beide Ebenbilder ihres dunkelhaarigen Vaters, hob ihre Stimmung. Michael liebte die Jungs von ganzem Herzen, er würde sie nicht betrügen. Und sie würde er auch nicht betrügen. Sie wußte es einfach.

Für die Kreditkartenbelege mußte es eine Erklärung geben. Natürlich mußte es eine geben. Jetzt, wo sie an die Familie dachte und daran, wieviel sie ihm bedeutete, fühlte sie sich besser. Niemals würde er nur wegen einer Affäre mit irgendeinem Flittchen seine Familie aufs Spiel setzen. Himmel, sie konnte sich Michael in einem verdammten Dessousladen gar nicht vorstellen. Er *haßte* es einzukaufen.

Er hatte ihr immer zugeredet, Geld für sich selbst auszugeben, sich diese zarten Spitzenhemdchen zu kaufen oder die französischen Höschen, die sie seinerzeit mit ihrer Mitbewohnerin Jo gekauft hatte, als diese sie mit zu *Clerys* Grabbeltischen genommen hatte.

»So etwas trägst du gar nicht mehr, Liebling«, hatte Michael immer gesagt, wenn er eine verführerische Unterwäschewerbung in einer Zeitschrift betrachtet hatte. Aber niemals während ihrer ganzen Ehe war er in einen Dessousladen gegangen, um ihr dort ein Geschenk zu kaufen.

»Wie soll ich denn wissen, daß du sexy Unterwäsche haben möchtest, wenn du es mir nicht sagst?« hatte er an einem Weihnachten wissen wollen, als Aisling laut aufgelacht hatte, weil er ihr ein weiteres von Delia Smiths Kochbüchern geschenkt hatte. »Himmel, du brauchst ja schon zwei Stunden, um eine Bluse auszusuchen, wie soll ich da irgend etwas finden, was dir gefällt? Und noch dazu Unterwäsche!«

Aisling verwies niemals darauf, daß sie sehr wohl wußte, was er sich zu Weihnachten wünschte, denn sie hörte ihm aufmerksam zu und plante die Geschenke bereits im Oktober. Wenn sie jedoch einmal Zeit hatte, um auf der Henry Street herumzuschlendern und einen Laden nach dem anderen durchzukämmen, dann war Michael immer viel zu beschäftigt, sie zu begleiten.

Anstatt mit einer Bluse in der falschen Größe oder aber einem Pullover in der falschen Farbe aufzutauchen, drückte er ihr lieber Geld in die Hand. »Mach schon, verwöhne dich ein wenig, Ash. Kauf dir etwas Schönes zum Anziehen, ja? Nimm doch Fiona mit, sie hat einen guten Geschmack.«

Die unterschwellige Kritik hinnehmend machte sich Aisling dann mit ihrer aerobisch durchtrainierten und geschmeidigen Nachbarin zu einer der ihr verhaßten Einkaufsorgien auf. Blind suchte sie auf den Kleiderstangen voll schöner Stücke etwas, das Michael gefallen und gleichzeitig ihrer Figur schmeicheln würde.

Gerade in dem Augenblick, wenn sie den Mut gefaßt hatte etwas anzuprobieren, würde eine Verkäuferin, selbst Größe sechsunddreißig, auf sie zukommen und ihr ihre Hilfe anbieten. Aisling war überzeugt davon, daß diese Nymphchen erst warteten, bis mindestens zehn Leute im Laden waren, ehe sie das Mädchen hinter der Kasse fragten, ob das rosa T-Shirt oder was auch immer auch noch in Größe zweiundvierzig vorrätig sei.

Peinlich errötet stünde Aisling dann verunsichert da, während die Verkäuferin sie von oben bis unten überlegen und mit einer krähenfüßchenfreien und von Lachfalten verschonten Miene musterte.

Manchmal hätte Aisling ihren unverschämten Mädchengesichtern gerne eine Ohrfeige versetzt und sie angeschrien, daß sie auch einmal eine verführerische Größe sechsunddreißig besessen hatte. Das war, bevor Kinder und ein zehn Jahre andauernder uneingeschränkter Zugang zum Eisschrank ihre Figur verändert hatten. Aber das wäre verschwendete Energie gewesen.

Statt dessen würde sie schweigen, während eine wütende Fiona ihr zur Seite stand und sich als Meckerkundin par excellence profilierte, die gute Ware zu sehen wünschte, da sie »unmöglich diese Grabbeltischware« tragen könne. Fiona war imstande, offene Maschen und fehlende Knöpfe an allem zu finden, was die immer mehr unter Druck geratenden Verkäuferinnen ihrem verächtlichen Blick präsentierten.

Gott segne Fiona, dachte Aisling, wenn die Knöpfe enganliegender Hosen vorwurfsvoll spannten und elegante Blusen sie in Verzweiflung stürzten. Dann brachen sie die Einkaufsorgie gewöhnlich ab, um sich bei *Bewley's* einen Trostkuchen zu genehmigen.

»Belfast«, verkündete Fiona an einem besonders deprimierenden Nachmittag, an dem alles, was Aisling anprobiert hatte, entweder wie ein Zelt ausgesehen oder aber gespannt hatte. »Da sollten wir einmal hinfahren. Die Läden dort sind wunderbar. Im *Castle Court Center* gibt es jede Menge schöner Geschäfte. Es würde dir gut gefallen. Wir könnten am Montag fahren, was hältst du davon?«

»Wunderbar!« Aisling fühlte sich bereits wohler. »Morgen beginne ich mit einer Diät«, versprach sie, während Zucker auf ihrer Oberlippe klebte und ein schaumiger Cappuccino vor ihr stand. Aber als der Morgen kam und sie Michaels Lieblingspie auftrug, konnte sie nicht widerstehen, ein bißchen davon zusätzlich zu ihren Weight Watchers Baked Beans zu essen, die sie für sich selbst zubereitet hatte. Und na ja, ein wenig von der Schwarzwälderkirschtorte würde auch nicht weiter ins Gewicht fallen.

Schwarzwälderkirschtorte hatte sie immer schon geliebt. Sie hatte sogar darauf bestanden, daß das ihr Hochzeitskuchen wurde, trotz der vehementen Einwände seitens ihrer Großmutter. Heute noch klang ihr die zarte Stimme im Ohr, die eine Katastrophe für ein junges Paar voraussagte, das der Tradition zugunsten moderner Vorstellungen entsagte.

Aisling hätte angesichts der bitteren Ironie laut loslachen wollen. Großmutter Maguire hatte sicherlich ihre Vorhersage für ihre Enkelin überprüft, wo auch immer die geliebte Verschiedene jetzt sein mochte. Mitten in der Hölle, hatte Michael immer gewitzelt, der ihren boshaften Klatsch gekannt hatte.

Aisling dachte an Michael und den *Paul-Costello*-Seidenschlips, den sie ihm stolz an ihrem Hochzeitstag letzte Woche auf den Nachttisch gelegt hatte. Vorsichtig legte sie den Visa-Beleg auf den Tisch, senkte ihren Kopf auf die Hand und schloß die Augen.

Diesen Monat vor zwölf Jahren, an einem wunderbar sonnigen Morgen, hatte Aisling Maguire ein weißes Spitzenkleid angezogen und sich einen Kranz aus weißen Rosen auf das Haar gesetzt. Denn sie heiratete Michael Moran, den ehrgeizigen jungen Journalisten, in den sie seit ihrem ersten Blick auf sein schönes Gesicht verliebt gewesen war.

Es war eine wunderschöne Hochzeit gewesen. Mama hatte sie fest an sich gezogen und ihr mit Tränen in den Augen zugeflüstert: »Ich hoffe, daß du glücklich wirst, Liebling.« Als sie und ihr frisch angetrauter Ehemann das Hotel verlassen hatten, hatten sie Michaels alten, verrosteten Renault umsichtig mit Toilettenpapier dekoriert vorgefunden, ein Werk seiner Sportskameraden vom Fußballteam der Zeitung.

Das war der schönste Tag ihres Lebens gewesen, bis dann an einem kühlen Novembermorgen Phillip und Paul nach zehn Stunden erschöpfender Wehen geboren wurden. Müde und matt hatte sie mit ihren Babys im Bett gelegen, und Michael hatte mit einem Ausdruck des Erstaunens auf sie herabgelächelt.

Als Phillips winzige Hand sich um den kleinen Finger seines Vaters geklammert hatte, hatte Michael sogar geweint, ehe er sich auf das Bett gesetzt, seine starken Arme um seine Familie gelegt und seine nasse Wange an Aisling geschmiegt hatte. Babys umfaßten instinktiv Finger. Sie wußte das. Sie hatte unzählige Bücher über Mütter und Kinder gelesen. Aber sie hatte kein Wort gesagt und ihren Mann im Glauben belassen, daß Phillip seinen Finger umklammerte, weil er sein Vater war.

Vor ein paar Tagen erst hatte sie den verzierten Silberrahmen geputzt, in dem ein Gruppenfoto ihrer Hochzeit zu sehen war. Ihre Eltern starrten versteinert in die Kamera, ganz anders als Michaels Eltern, die während der Aufnahmen einen Lachanfall bekommen hatten. Wer hätte ahnen können, daß die Morans es statt »bis der Tod sie scheidet« nur zwölf Jahre miteinander aushalten würden? Der Tod, oder aber eine andere Frau.

»Ich wußte, daß du deine Ehe ruinieren würdest«, hörte sie ihren Vater gehässig und mit einem herablassenden Blick sagen, während er seine Tochter betrachtete, die ihn nie ganz hatte zufriedenstellen können. »Du hast nie etwas wirklich gut gemacht.«

Tränen traten in Aislings Augen, rollten ihre Wangen herunter und tropften auf ihr verblichenes blaues Sweatshirt. Es gehörte Michael. Sie erinnerte sich, daß er es in dem Sommer getragen hatte, als er das Eßzimmer selbst ausgelegt hatte, nachdem die teuren französischen Fenster eingebaut worden waren. Sie hatte ihn noch heute vor Augen, wie er mit naßgeschwitzten dunklen Haaren und einem konzentrierten Gesichtsausdruck eine Diele um die andere hinlegte und sie gekonnt festnagelte.

Vielleicht ist das alles ja nur ein Mißverständnis, dachte sie hilflos. Sie stand auf, um den Frühstückstisch wie an jedem anderen Morgen auch abzuräumen. Mechanisch wischte sie die Toastkrümel auf einen Teller und quetschte die aufgeblasene Tüte Rice Krispies wieder zurück in die Schachtel. Ganz gleich wie sie ihre Kinder davon zu überzeugen suchte, Haferbrei zu essen, sie bestanden tagtäglich entweder auf Schokopops oder aber auf Rice Krispies. Muß ich unbedingt einkaufen, dachte sie, während ihre Gedanken auf Haushalt schalteten.

Früher hatte sie mehr über Kraftfahrzeugversicherungen als über Frühstücksflocken, mehr über Tachometermanipulation an einem alten Porsche als über die Nahrungsmittel zehnjähriger Jungs gewußt. Vor dreizehn Jahren hatte sie in der turbulenten Versicherungsgesellschaft auf der O'Connell Street die ganze Abteilung Kraftfahrzeugversicherungen über

Monate hinweg praktisch eigenhändig geführt. Als der Abteilungsleiter ein besseres Angebot angenommen hatte, hatte man Aisling gebeten, seine Arbeit zu übernehmen. Sie hatte nicht gezögert.

Heute jedoch fragte sie sich manchmal, wie sie das alles geschafft hatte. Wie sie ihre Abteilung besonnen und kompetent geleitet hatte, wie sie für zwölf Mitarbeiter und Tausende von Verträgen verantwortlich gewesen war. Es hatte ihr sogar viel Spaß gemacht. Für die Karrierefrau Aisling Maguire war es eine Herausforderung gewesen, aber für die Hausfrau Aisling Moran war es eine beängstigende Vorstellung. Immer schon hatte sie die Arbeit wieder aufnehmen wollen, wenn die Zwillinge erst einmal alt genug waren. Aber je länger sie zu Hause geblieben war, desto schwieriger erschien ihr die Vorstellung, sich wieder dem Arbeitsmarkt zu stellen.

Michael war von dem gut geführten Haushalt, den wunderbar zubereiteten Mahlzeiten und den glücklichen, gut geratenen Jungen, die sich nach seiner Rückkehr nach Hause nach väterlicher Aufmerksamkeit sehnten, sehr angetan und hatte Aisling niemals ermuntert, wieder arbeiten zu gehen. Mit den Jahren war Geld kein Problem mehr, es wäre genügend Geld dagewesen, um ein Kindermädchen einzustellen, wenn Aisling wieder hätte arbeiten wollen. Aber warum sollte sie?

»Die Jungs brauchen dich, Liebling«, hatte er jedesmal gesagt, wenn sie über eine mögliche Arbeit gesprochen hatten. »Nur weil sie jetzt in der Schule sind, heißt das noch nicht, daß sie ihre Mutter nicht mehr brauchen, wenn sie nach Hause kommen, oder? Meine Sekretärin jedenfalls stöhnt unablässig darüber, daß sie ihre drei Kinder ihrer Mutter überlassen muß. Jeden zweiten Montag erscheint sie zu spät zur Arbeit, weil eines von ihnen Fieber oder eine Erkältung oder sonst etwas hat. Sei doch dankbar, daß du nicht arbeiten *mußt*!« setzte er noch jedesmal dazu, da er offenbar den Haushalt nicht als Arbeit betrachtete.

Vermutlich hatte er ja recht, seufzte dann Aisling, denn sie kannte die Probleme arbeitender Frauen dank der Zeitschriften, die sie so gerne las. Auf jeder zweiten Seite stand eine Geschichte darüber, wie die Frauen in einem endlosen Kreislauf von Arbeit, Kindern und Haushalt gefangen waren, wie sie ihre Samstage mit der Vorbereitung einer Riesenlasagne verbrachten, um diese dann in die Tiefkühltruhe zu packen. Michael hatte recht. Sie hatte Glück, daß er soviel verdiente, daß sie nicht zu arbeiten brauchte.

Nur ein einziges Mal hatten sie sich deswegen gestritten, als Aislings Schwester Sorcha, die seit ihrer vor kurzem erfolgten Beförderung in einer Londoner Bank unglaublich überheblich war, Aisling gefragt hatte, warum sie ihr Gehirn verrotten lasse, indem sie ihre Tage zu Hause verbrachte.

»Ich kann es einfach nicht glauben, daß sie das zu mir gesagt hat«, hatte Aisling wütend auf dem Heimweg im Auto bemerkt. »Sie behandelt mich wie einen Bürger zweiter Klasse, weil ich keine Bank oder irgend so etwas leite. Wie kann sie es wagen, so etwas zu sagen! Ich möchte sie sehen, wenn sie einen Haushalt führt und sich um zwei Jungs kümmert. Ich habe schon gearbeitet, als die kleine Hexe noch in der Grundschule war!«

»Laß sie doch reden«, hatte Michael ungerührt geantwortet. »Sie ist ja nur eifersüchtig darauf, daß du einen Mann, zwei wunderbare Söhne und ein schönes Zuhause hast. Sie würde einen Mord begehen, um unter die Haube zu kommen, wenngleich wohl kein Mann dumm genug wäre, sie zu nehmen. Und außerdem . . .« Er hatte eine Hand vom Lenker genommen und Aislings Knie getätschelt. »Du würdest es hassen zu arbeiten. Seitdem du damals gearbeitet hast, hat sich vieles verändert. Ich meine, wo würdest du arbeiten wollen?«

Aisling hatte sich getroffen gefühlt. »Was meinst du damit, wo ich würde arbeiten wollen?« fragte sie.

»Du kannst nicht erwarten, nach sieben Jahren als Hausfrau eine gute Arbeitsstelle zu finden«, erwiderte er geradeheraus. »Du hast doch gar keine Büroerfahrung mehr. Eine perfekte Quiche herstellen zu können, wird dabei wenig helfen, wo man doch heute schon für jede x-beliebige Arbeit einen Universitätsabschluß vorweisen muß.«

Auf dem ganzen Weg nach Hause hatte sie kein Wort mehr gesagt und schweigend vor sich hin geköchelt. Michael wartete, bis sie ins Bett kam, bevor er eine Versöhnung versuchte.

»Liebling, du weißt doch ganz genau, daß die Zwillinge keine Kinderfrau wollten. Nur weil sie jetzt in der Schule sind, heißt das noch nicht, daß sie ihre Mama nicht mehr brauchen.« Er schmiegte sich an ihren Hals und küßte sie zärtlich auf die empfindliche Haut zwischen ihren Brüsten. »Du mußt nicht arbeiten, Liebling«, murmelte er. »Ich bin doch für dich da.«

Aisling arrangierte sich mit der Vorstellung, ganztags als Hausfrau tätig zu sein. Als die Zwillinge älter wurden, nahm sie an verschiedenen Gourmetkochkursen teil, bis sie es mit ihrem Lachs im Kohlmantel mit den Allerbesten hätte aufnehmen können und sie Erdbeer-Millefeuilles mit geschlossenen Augen hätte zubereiten können. Als sie genügend gekocht hatte, verschrieb sie sich der Handarbeit, und nach einem Jahr hatten die Eßzimmerstühle feinverzierte Gobelinsitzflächen mit goldenen Sonnenblumen.

Als sie auch alle Dekorationskurse durch hatte, war das Haus voll betupfter Wände, überdeckter Heizkörper und efeuförmiger Schablonenmalerei. Michael hatte sie mit der Behauptung geneckt, daß sie ihn auch zu einer Schablone machen würde, wenn er nur lange genug stillsitzen würde. Da sie alles schon gemacht hatte, gab es nichts mehr, was die Erwachsenenbildung ihr noch hätte bieten können.

Und da war sie nun, immer noch in der Küche mit einem Berg Bügelwäsche gefangen, dazu die Gewißheit, daß ihr Mann sie hinterging. Eine Sauce Hollandaise perfekt quirlen zu können, hält den Ehemann nicht vom Herumstreunen ab.

Bitte, lieber Gott, laß es ein Mißverständnis sein. Natürlich konnte es auch ein ganz banales Mißverständnis sein. Sie würde es doch merken, wenn er sich mit jemandem treffen würde?

Vielleicht hatte er die Unterwäsche als verspätetes Hochzeitsgeschenk für sie gekauft. Vielleicht plante er auch eine Überraschung, und sie hatte den Visa-Beleg absichtlich als Aufhänger finden sollen. Dann erinnerte sie sich an die Blumen und die große Schachtel Pralinen, die er ihr geschenkt hatte.

Es waren Blumen von der Tankstelle gewesen. Er hatte sie ihr in die Hände gedrückt und ihr einen flüchtigen Kuß auf die Wange gegeben. Diese bunten Sträuße, die zu wenig Chrysanthemen oder Nelken hatten, um ein anständiges Arrangement zu bilden, wurden immer vor Tankstellen als Verlegenheitsgeschenk in letzter Minute verkauft. Und genau das war ihr Geschenk zum Hochzeitstag auch gewesen – ein Geschenk in allerletzter Minute.

Nun, sie jedenfalls konnte auch noch den kargesten Strauß mit Hilfe ihres letzten Weihnachtsgeschenks schön arrangieren, nämlich einem dicken Buch über Blumenarrangements. Das hatte offenbar ganz oben bei den Geschenken für die Oma bei *Easons* gelegen, als Michael dort hineingerannt war und seine Einkäufe in allerletzter Minute erledigt hatte.

»Blumen! Wie schön sie sind«, hatte sie ausgerufen und sich nicht ein bißchen darüber gewundert, daß ihr Mann sich erst dann an ihren Hochzeitstag erinnert hatte, als er nach der Arbeit auf dem Nachhauseweg den Tank gefüllt hatte. Er war nie ein Mann gewesen, der sich Gedanken über Geschenke machte. Warum aber hatte er diesen Makel in einem der teuersten Wäschegeschäfte Dublins plötzlich überwunden?

Es war einfach nicht zu glauben. Aisling schüttelte den Kopf, als sie sich Michael mit einer anderen Frau vorstellte, sein unbekleideter Körper in den Armen einer anderen, wie sein Mund den einer anderen Frau küßte, während seine

Augen vor Verlangen ganz dunkel waren. Murmelte er ihren Namen mit derselben rauchigen Stimme, die er hatte, wenn er Aisling im Arm hielt?

Wer war diese andere Frau? Wie sah sie aus? Fragen wirbelten in ihrem Kopf herum, als sie sich ihre Rivalin vorzustellen versuchte. Wahrscheinlich war sie schlank, schön und schlau, hatte eine gehobene Stellung und verfügte über Gesprächsstoff, der über die Niedrigpreise für Bananen diese Woche im Supermarkt hinausging.

Wie konnte ihnen das passieren? Niemals hätte sie sich vorstellen können, daß Michael mit einer anderen Frau schlafen und ihre Ehe verraten würde.

Leidenschaftliche Affären gehörten in Kreise, wie die von Fiona und Pat Finucane, wo man sich ebenso leicht scheiden ließ und sich dann wiederverheiratete, wie man sich in einem der teuersten Restaurants der Stadt eine Flasche Champagner bestellte.

Aber sie wollte sich nicht nach einem anderen Mann umsehen, einer jüngeren Version von Michael. Vor dreizehn Jahren hatte sie sich in ihn verliebt und wollte ihn nicht austauschen. Was aber, wenn er sie austauschen wollte?

Sie spritzte Spüli in das Abwaschbecken und wirbelte mit einem Strahl heißen Wassers eine weiche Schaumschicht auf. Ohne Handschuhe ließ sie ihre Hände in die schaumige Wärme gleiten. Dann spülte sie die Tassen, Teller und Schüsseln vom Frühstück der Jungen. Es war jeden Morgen dasselbe Ritual, sie hörte dabei die Radiosendung von Gerry Ryan. Sie trocknete das Geschirr und stellte es weg. Heute ließen diese Tätigkeiten ihr Herz schwer werden.

Jedes bißchen ihres Lebens, jeder kleine unbedeutende Handgriff in ihrem Familienhaushalt war plötzlich von der Existenz einer anderen Frau bedroht, von jemandem, mit dem Michael geschlafen hatte.

Aisling unterbrach ihre Arbeit und versuchte ihre wirren Gedankengänge zu ordnen. Nein, das konnte gar nicht wahr sein. Er liebte sie. Sie waren miteinander verheiratet! Er konnte nicht mit jemand anderem weggehen. Himmel noch mal, er hatte neulich noch lauthals gelacht, als sie ihm Fionas letzten Klatsch über alle möglichen fremdgehenden Bekannten erzählt hatte.

Michael würde sie nicht betrügen. Sie hatte zu voreilig Schlußfolgerungen gezogen. Das war es. Vermutlich gab es eine ganz einleuchtende Erklärung. Wieder Hoffnung schöpfend überlegte Aisling, wie sie herausfinden konnte, was wirklich geschehen war. Immer wenn Michael etwas mit seiner Kreditkarte kaufte, heftete er den Beleg ab. In seinem Schrank bewahrte er mehrere Ordner auf, in die er Rechnungen, Bankauszüge, Geburtsurkunden und Kreditkartenbelege einsortierte.

Aisling knüpfte das Band um den ersten Ordner mit zitternden Fingern auf und suchte die alphabetische Anordnung nach den Kreditkartenbelegen ab. Zunächst fand sie lediglich Bankauszüge und beglichene Gas- und Elektrizitätsrechnungen, auf denen in roter Schrift ordentlich »bezahlt« vermerkt war.

Sie nahm sich den zweiten Ordner vor und suchte hastig unter dem Buchstaben ›K‹ für Kreditkarte und unter ›V‹ für Visakarte. Zwischen den Seiten der Krankenversicherungspolice wurde sie fündig.

Vorsichtig zog Aisling die Kreditkartenbelege hervor und breitete sie auf dem weichen, beigen Schlafzimmerteppich aus. Die verdammte Katze verlor schon wieder ihr Fell, dachte sie beiläufig.

Es dauerte nicht lange, bis sie die Rechnung von *Dessous de Paris* gefunden hatte. Leider war sie zwischen anderen, ebenso teuren Ausgaben eingeklemmt. Ein Kloß steckte Aisling im Hals.

Den Seidenhöschen folgten zahlreiche hohe Rechnungen von Dublins teuersten Restaurants. Es waren Orte, die sie noch niemals besucht hatte. Und dann fand sie die Rechnung vom *Jury's Inn,* einem vornehmen Hotel in der Nähe der Christuskathedrale. Das Datum war zwei Tage vor ihrem Hochzeitstag.

Entsetzt starrte sie sie an. Michael konnte sich noch nie gut ein Datum merken, aber der zehnte Juni war ein Tag, an den sich Aisling gut erinnern konnte. Phillip hatte sich eine Mageninfektion eingefangen und kam mit erhöhter Temperatur aus der Schule nach Hause. Den größten Teil des Nachmittags hatte sie damit verbracht, ihn ins Badezimmer zu begleiten, wo er wie ein störrischer Vierjähriger auf ihrem Schoß gesessen hatte und sich übergeben wollte. Typischerweise war Michael in London gewesen. Er hatte sich mit den Chefs anderer Zeitungen wegen der Beilage getroffen. Erst am nächsten Abend wurde er zu Hause zurückerwartet.

Als der Arzt kam, hatte sich auch Paul bereits übergeben, und Aisling fühlte sich ebenfalls nicht sonderlich wohl. Nach drei Maxaloninjektionen schliefen die beiden Jungs fest unter ihrer Manchester-United-Bettwäsche. Sie saß zusammengerollt und vollkommen erschöpft auf dem Sofa, außerdem schmerzte ihr dank Dr. Lynchs Spritze der Arm.

»Sieh die Sache einmal von ihrer guten Seite«, hatte Fiona sie am Telefon aufgemuntert, nachdem sie den Wagen des Arztes vor dem Haus der Morans bemerkt hatte. »Ein Vierundzwanzigstundenvirus ist einem Wochenende auf einer Schönheitsfarm vorzuziehen. Sicher nimmst du dabei ein paar Pfund ab!«

»Du bist verrückt, Fiona, ist dir das eigentlich klar?« Aisling lachte. »Nur du kannst Auge in Auge mit einer Toilettenschüssel ans Abnehmen denken.«

»Aber ich habe dich zum Lachen gebracht, nicht wahr?« wollte ihre Freundin wissen. »Lachen ist eine der Voraussetzungen, um von allen möglichen Krankheiten zu genesen. Aus diesem Grund rufe ich auch immer Pats dumme Schwester an, wenn ich krank bin. Sie ist ein absoluter Hypochonder. Nachdem ich ihr zehn Minuten lang über Darmspülungen oder die neueste Krankheit, die sie nach der Lektüre eines dieser Gesundheitsmagazine zu haben *glaubt,* zugehört habe, lache ich mich halbtot. Es ist eine psychische Sache, es ist die Vorstellung, wie ein Hypochonder zu klingen, die es auslöst. Ich denke dann: Höre ich mich auch so an? Und augenblicklich fühle ich mich besser.«

»Vielleicht sollte ich sie auch einmal anrufen«, bemerkte Aisling. »Die Zwillinge sind heute abend nicht sonderlich gesprächig, und sogar die Katze hat sich aus dem Staub gemacht, um sich einen Kater anzulachen.«

»Wo ist Michael?«

»In London mit dem Chefredakteur und dem Geschäftsführer. Sie besprechen mit dem Herausgeber die Beilage – zwischen Mahlzeiten in Restaurants, die unsereins in Entzükken versetzen würden. Er hat mich vorhin angerufen und mir erzählt, daß er nur ganz kurz zum Umkleiden ins Hotel gekommen sei, ehe sie zusammen essen gingen. Sie wollten in das Restaurant gehen, das auch Prinzessin Diana immer aufgesucht hat. *San Lorenzo*«, fügte sie hinzu.

»Michael hat es gut«, bemerkte Fiona. »Die sind immer spurlos verschwunden, wenn es um die mühsamen Seiten der Kindererziehung geht, nicht wahr? Pat hatte sich sozusagen in Luft aufgelöst, als Nicole vor ein paar Jahren diese üble Darmgrippe hatte. Er hatte Angst, er würde möglicherweise eine Windel anfassen müssen.«

»Ich weiß«, murmelte Aisling, die immer noch mit Michaels kurzangebundenem Anruf beschäftigt war. »Ich hätte mir jedoch gewünscht, daß er ein klein wenig mehr Interesse gezeigt hätte. Ich sitze hier zu Hause mit zwei kranken Kindern fest, während er sich eine tolle Zeit macht. Er konnte nicht länger als zwei Minuten mit mir sprechen.« Sie brach abrupt ab, denn sie hatte plötzlich das Gefühl, sich kindisch zu benehmen.

»Du Arme«, antwortete Fiona in dem weichen Tonfall, mit dem sie sonst nur ihre geliebte sechsjährige Tochter Nicole bedachte. »Ich werde schnell zur Videothek fahren und dir einen schönen, sentimental-romantischen Film holen, damit du es dir mit deiner schlechten Stimmung gemütlich machen kannst. Und wenn du nachher noch mit Michael sprichst, dann sage ihm, du erwartest zusätzlich zu einer riesigen Flasche Parfüm aus dem Duty-Free-Shop ein wenig verwöhnt zu werden, um dich wieder aufzuheitern!«

»Ich glaube nicht, daß er noch einmal anruft. Er sagte, ich solle ruhig früh ins Bett gehen, er käme vielleicht erst spät wieder zurück«, erwiderte Aisling.

»Dann hinterlasse ihm eine Nachricht, Ash. Die meisten dieser Hotels haben für jedes Zimmer einen eigenen Anrufbeantworter. Teile ihm mit, daß du dich nicht gut fühlst. Mach ihm Schuldgefühle, er wird dich zurückrufen.«

»Ich weiß gar nicht, wo er übernachtet.« Das fiel Aisling jetzt erst auf. »Ich habe vergessen, ihn danach zu fragen.«

Augenblicklich bedauerte sie, das ausgesprochen zu haben. Fiona sollte nicht wissen, daß Michael verreisen konnte, ohne ihr zu sagen, wo er übernachtete. Das erweckte den Eindruck, als ob sie und Michael nicht miteinander reden würden. Natürlich redeten sie miteinander.

»Ist auch egal«, erwiderte Fiona eine Spur zu brüsk. »Vermutlich wird er so spät zurückkehren, daß er dich mit seinem Anruf nur wecken würde. Ich hole dir jetzt das Video, es dauert nicht lange.« Eine Stunde später sah sich Aisling *Schlaflos in Seattle* an. Flossie saß wie ein Buddha auf ihren Knien, und sie hielt ein Glas zwölf Jahre alten Whiskey, den sie Pat zu verdanken hatte, in der Hand. Viel schlief sie nicht in jener Nacht, denn in dem großen Doppelbett fühlte sie sich einsam.

Sie verbrachte eine fieberhafte Nacht und wälzte sich von einer Seite zur anderen. Sie träumte von verrückten Ärzten, die sie mit Spritzen so groß wie Hockeyschläger jagten. Sie wachte mit dem mulmigen Gefühl auf, das Alpträumen folgt. Erschöpft lag sie im Bett und beobachtete, wie die roten

Zahlen auf dem Radiowecker sich unerbittlich der Zahl sieben näherten. Warum hatte Michael sie von London aus nicht angerufen?

Aber er hatte sie tatsächlich nicht angerufen, und als er abends nach Hause kam, hatte er sich so schlecht gelaunt zurückgezogen, daß sie einfach annahm, mit der Beilage habe etwas nicht geklappt.

»Alles in Ordnung«, hatte er gereizt erwidert, als sie ihn zu fragen wagte. »Ich bin nach einem Tag voller Besprechungen und dem ausgiebigen Geschäftsessen gestern abend nur etwas müde.«

Die Mühelosigkeit, mit der er gelogen hatte, traf sie jetzt wie ein Schlag in den Magen. Kein Stottern, kein Versprecher. Er hatte mit der Routine eines ausgefuchsten Lügners gelogen. Er hatte ihr noch nicht einmal gesagt, in welchem Hotel er übernachtete, und sie hatte nicht daran gedacht, ihn danach zu fragen. Wenn sie ihn allerdings gefragt hätte, dann hätte er sicherlich verlangt, sie solle ihn nicht anrufen, denn er müsse zu einem langwierigen Geschäftsabendessen.

Und was für ein Essen, dachte sie, als sie den Kreditkartenbeleg ablegte und den nächsten betrachtete. Mit wem hatte er sich im *Jury's* in den Armen gelegen, während sie ihre zehnjährigen Zwillinge über der Kloschüssel festgehalten hatte? Ein paar Belege weiter stieß sie auf eine Rechnung von *Interflora*. Dem Preis nach hätte man ein Stadion dafür mit Blumen füllen können.

Schlagartig wurde ihr bewußt, daß Fiona Bescheid wissen mußte. Sie mußte es wissen. Warum sonst hätte sie danach gefragt, wo Michael an jenem Abend übernachtete? Warum hatte sie versucht, das Thema dann so schnell wie möglich zu wechseln?

Und warum sonst hatte sie diese merkwürdige Unterhaltung über ein befreundetes, sich nun trennendes Paar angeschnitten, obwohl Aisling sie doch überhaupt nicht kannte? Das war letzte Woche gewesen, nachdem sie zusammen die

Einkäufe erledigt und im *Marrion Inn* gemeinsam zu Mittag gegessen hatten.

Sie hatten ihre Einkaufswagen gerade an den Tiefkühlschränken vorbeigeschoben, als Fiona ihr von dem neuesten Fall eines Ehemanns erzählte, der vom ehelichen Pfad der Tugend abgekommen war.

»Ich merke es immer«, hatte Fiona behauptet. »Der Mann hat noch nie in seinem Leben Sport betrieben, und plötzlich joggte er dreimal wöchentlich in der Sporthalle. Was sagt dir das, Aisling?« Eine Antwort hatte sie nicht abgewartet. »Und die Kleidung! Wenn du ihn auf Ryans Weihnachtsparty letztes Jahr hättest sehen können. Kaum zu glauben, aber er kam in Jeans zu einer Cocktailparty. Ich fragte ihn, ob er es jetzt wie Bon Jovi hielt, aber er fand das überhaupt nicht witzig.«

Fiona hatte lange genug innegehalten, um ein paar kalorienreduzierte Fertiggerichte in ihren Wagen zu werfen, ehe sie fortfuhr. »Den Ehefrauen fällt es nie auf. Die ausgiebige Körperpflege, der Sport und die neuen Tangaunterhosen, all das wird zu Hause gar nicht weiter bemerkt. Und noch bevor du das Wort ›Affäre‹ ausgesprochen hast, bahnt sich bereits eine neue Ehe an.«

Sie hatte Aisling einen langen, bedeutungsvollen Blick zugeworfen. Jetzt erst merkte Aisling, daß es ein fragender, ein Kannst-du-denn-nicht-zwischen-den-Zeilen-lesen-Blick gewesen war.

»Pat würde sich einen Seitensprung niemals erlauben«, hatte Fiona einmal unbedacht geäußert. »Er weiß, woher die Butter auf dem Brot kommt.« Fiona wußte, daß ihr Mann sich nichts erlauben würde, denn sonst würde er seine Anteile in ihres Vaters sehr einträglicher Kanzlei verlieren.

Während Aisling einen weiteren Beleg, der die Lügen ihres Mannes offenbarte, glattstrich, erkannte sie wie betäubt, daß Michael immer selbst die Butter fürs Brot besorgt hatte.

Ihr Vater hatte zwanzig Jahre lang für einen Steuerberater gearbeitet, und danach hatte die Rente gerade für ihn und ihre

Mutter ausgereicht. Selbst wenn er ihren Mann bei seinem kometenhaften Aufstieg hätte unterstützen können, so hätte Michael diese Hilfe niemals angenommen. Er war ein brillanter, junger Journalist, der sich vorgenommen hatte, die Karriereleiter ganz nach oben zu klettern. Er hatte niemals Familienbeziehungen nötig gehabt, um sich Zutritt zur Macht zu verschaffen.

Jetzt, mit vierzig, war er stellvertretender Chefredakteur einer der landesweit erfolgreichsten Sonntagszeitungen. Wenn sein Stern weiter steigen sollte, so konnte er schon bald der Chefredakteur eines der Schwesterblätter werden.

Sie aber würde vielleicht nicht die Frau an seiner Seite sein, wenn das passierte. Wer würde es sein?

Sie ließ den letzten von Michaels Belegen auf den Boden fallen und stand langsam auf. Sie hob den Telefonhörer an seiner Bettseite auf, ohne das leere Orangensaftglas zu bemerken, das er nach oben gebracht und für sie zum Abräumen stehengelassen hatte. Normalerweise hätte sie um diese Zeit bereits die Betten gemacht und wäre jetzt dabei, das Zimmer der Zwillinge zu saugen und dann die Bücher, die Comics und das Spielzeug aufräumen, das sie nachlässig auf dem Boden liegengelassen hatten.

Im Augenblick aber war es ihr gleichgültig, ob das ganze Haus zusammenbrach. Sie mußte einfach wissen, was los war, mit wem sich Michael traf. Vielleicht würde sie ja doch noch herausfinden, daß es alles ein schreckliches Mißverständnis war.

2

Fiona antwortete nach dem zweiten Klingelzeichen.

»Ich wollte dich auch gerade anrufen«, rief sie aus. »Ich wollte fragen, ob du Lust hast, nach Dun Laoghaire zu fahren, um dort einmal die Läden zu inspizieren. In einer der Zeitschriften ist mir am Wochenende ein wunderschöner Anzug von *John Rocha* aufgefallen. Und ich habe mich entschieden Geld auszugeben. Wir könnten doch unseren Kaffee dort trinken? Oder gibt es nur Brot und Wasser bei dir heute abend?«

»Ich kann jetzt nicht einkaufen fahren, Fiona.« Aislings Stimme zitterte. Sie hatte ganz ruhig bleiben wollen, aber Fionas warme, freundliche Stimme löste bei ihr den Wunsch aus, sich hinzusetzen und in Tränen auszubrechen.

»Ich weiß nicht, was ich tun soll . . . es ist wegen Michael«, brachte sie noch mit heiserer Stimme hervor. »Du wußtest davon, nicht wahr?«

Aisling konnte hören, wie ihre Freundin die Luft einzog. Einen kurzen Moment lang hielt sie den Atem an und hoffte, daß sie ihr eine vernünftige Erklärung für die Hotelrechnungen, die Blumen und die Unterwäsche geben könnte.

»Wußte wovon?«

»Er hat eine Affäre.«

»O mein Gott, Ash. Ich wünschte, du hättest es niemals herausbekommen.«

Aisling sah aus dem Fenster auf Fionas perfekt gepflegten Rasen auf der gegenüberliegenden Straßenseite und wunderte sich, daß alles noch genauso aussah wie am Tag zuvor. Das Gras war ordentlich wie vom Friseurmeister geschnitten, die Petunien breiteten sich üppig zwischen den zarten, duftenden Lavendelbüschen aus. Wie konnte alles so verdammt normal aussehen, wo doch ihr Leben gerade eine so fundamentale Umwälzung erfahren hatte?

»Es tut mir leid, so leid«, wiederholte sich Fiona. »Ich wußte einfach nicht, wie ich es dir sagen sollte. Ich fand nicht die richtigen Worte. Ich hatte gehofft, daß es vorbei sein würde, ehe du davon erfährst. Ich fand, es sei das beste, er schlägt es sich aus dem Kopf, und du erfährst nie etwas davon. Ich dachte, es sei besser, nichts zu sagen. Aber ich habe immer gewünscht, ich hätte sie nie gesehen, denn ich empfand es dir gegenüber als Hintergehen.«

»Sag mir nur, wer es ist«, unterbrach Aisling sie mit bittender Stimme. »Sag mir nur ...«

Fiona hielt kurz inne, dann sprach sie mit kräftiger, ruhiger Stimme, als ob sie ein Kind besänftigen wolle. »Es ist vollkommen ohne Bedeutung, Ash, wirklich. Alle tun es, und dann ist es irgendwann vorbei. Vergegenwärtige dir das nur immer wieder, ja?«

»Alle tun es«, wiederholte Aisling hysterisch. »Soll das etwa ein Trost für mich sein?«

»Das nicht. Aber du sollst dich in deiner Lage nicht alleine fühlen«, erwiderte Fiona. »Du kennst sie nicht«, fuhr sie mit derselben ruhigen Stimme fort. »Sie heißt Jennifer Carroll und arbeitet bei einer Werbeagentur. Ich habe sie nur erkannt, weil sie auf jeder verdammten Party ist, zu der wir eingeladen sind. Die Sorte kennt man. Selbst bei der Eröffnung eines Briefumschlags würde sie anwesend sein, wenn sie dadurch ihr Foto in die Gesellschaftskolumne bekommen könnte. Ist alles in Ordnung, Ash?«

»Ja, rede weiter.«

»Als Pat im letzten Jahr verreist war, bin ich mit den Frauen vom Tennisclub ausgegangen.«

Fiona zögerte einen Moment lang, ehe sie fortfuhr. »Michael war mit dieser dunkelhaarigen Frau im *Le Caprice*. Ich nahm an, es habe irgend etwas mit der Zeitung zu tun. Schließlich trifft er viele Leute. Ich habe mir anfangs gar nichts weiter dabei gedacht.«

»Und was passierte dann?« Aislings Stimme war bemerkenswert ruhig. Fiona konnte nicht sehen, wie sie ihre Fingernägel in ihre rechte Handfläche bohrte und die Faust ballte, als ob ihr Leben davon abhinge.

»Sie saßen etwas abseits an einem Tisch, aber ich konnte sie dennoch sehen«, erklärte Fiona. »Er küßte sie. Es war kein platonischer Kuß, verstehst du? Als ich mir ihre Kleidung ansah, konnte ich eins und eins zusammenzählen. Zu einem geschäftlichen Essen geht man nicht mit einem Kleid, das praktisch bis zum Nabel hochgeschlitzt ist. Mein Gott, Männer sind doch alle gleich, nicht wahr?«

Sie hielt inne, und Aisling wußte, daß sie sich eine Zigarette anzündete. Eine dieser langen, dunklen Mentholzigaretten, die immer ein wenig lächerlich wirkten. Michael machte sich ständig darüber lustig und empfand sie als wichtigtuerisch. Er fragte immer, warum sie nicht richtige Zigaretten rauche, so wie die Marlboros, die er aufzugeben versuchte.

»Fiona, warum hast du denn nichts gesagt?« fragte Aisling.

»Ich wußte nicht, wie ich es dir beibringen sollte. Was sollte ich denn sagen?« fragte ihre Freundin leise. »Daß dein Mistkerl von einem Ehemann dich so öffentlich wie nur möglich betrügt? Daß es ihm vollkommen gleichgültig zu sein scheint, wer ihn mit seiner verdammten Freundin sieht, weil er weiß, daß du in deiner Hausfrauenwelt sowieso niemals davon erfahren würdest?«

Aisling hielt den Hörer in der einen Hand und starrte nach draußen. »Ich komme zu dir rüber«, sagte Fiona schnell. »Wir brauchen jetzt eine große Tasse Tee und eine richtige Aussprache.«

Das Telefon klickte in Aislings Ohr, dann legte sie den Hörer langsam auf und drehte sich automatisch zu ihrem Spiegeltisch um, um etwas Lippenstift aufzulegen. Während sie den rosafarbenen Lippenstift öffnete, betrachtete sie ihr Spiegelbild. Ein blasses Gesicht mit ernsten Augen blickte sie an. Das leuchtende Blau ihrer Iris hatte den von Kummer geweiteten Pupillen Platz machen müssen. Ihre Augen waren immer schon ihr Pluspunkt gewesen, aber in letzter Zeit hatte sie sich nicht mehr mit Make-up abgegeben. Ohne Wimperntusche, um ihre hellen Wimpern zu tönen, wirkten ihre Augen in ihrem ungeschminkten Gesicht kontur- und farblos.

Wie immer in letzter Zeit hatte sie ihr widerspenstiges hellbraunes Haar mit einer Spange zusammengebunden. Die

Kombination von keinem Make-up, straff zurückgebundenem Haar und einem weiten Sweatshirt, das ihren wohlgerundeten Kurven nicht gerade schmeichelte, ließ sie müde und verbraucht aussehen. Sie starrte sich lange im Spiegel an.

Sie erinnerte sich an den Sommer, in dem sie Michael kennengelernt hatte. Ihr Haar war lang und dank einem zehntägigen Aufenthalt auf einer idyllischen griechischen Insel mit goldgebleichten Strähnen durchsetzt gewesen, ihre Haut strahlte nach stundenlangem Sonnenbaden in der wunderbaren Mittelmeersonne.

Er hatte sie schön gefunden und hatte ständig ihre goldene Haut berühren und ihre Lippen küssen wollen. Er hatte seine Arme besitzergreifend um ihre goldenen Schultern gelegt, als sie zusammen durch die Straßen von Korfu liefen.

Als sie ihre dünnen Haare aus dem Gesicht schob, wünschte sie, daß sie den weit zurückliegenden griechischen Sommer wieder einfangen und sich selbst wieder als jung und schön empfinden könnte. Wäre es nicht wunderbar, sich anders zu fühlen als fünfunddreißigjährig und langweilig, als altbackene Hausfrau ohne Zukunftsaussichten, ohne Taille und mit einem vielbeschäftigten Ehemann? Wie viele solcher Frauen gab es! Sie begegnete ihnen andauernd in den Einkaufsmärkten, wo sie lustlos ihre Wagen vor sich herschoben, voller Nachschub für Teenager und für Ehemänner, die dann nicht nach Hause kamen.

Nie hatte sie eine von ihnen werden wollen, eine dieser Frauen, die auf Partys auf der Sofakante saßen, zuhörten und sich bemühten, auch mit dazuzugehören und etwas Lustiges beizusteuern versuchten, während ihre so selbstbewußten Schwestern sich perfekt einfügten.

»Schlag mich, wenn ich jemals so werden sollte«, hatte sie Michael nach ihrer Verlobungsparty gebeten. Seine matronenhafte Cousine hatte sie mit ihren Ratschlägen über die beste Waschmaschine zu Tode gelangweilt.

»Mach dir keine Sorgen, Liebling«, hatte er lachend geantwortet. »Aus dir wird niemals eine Elsie, das verspreche ich dir!«

Aber sie war doch eine geworden. In gewisser Hinsicht jedenfalls. Vielleicht diskutierte sie nicht die Vorteile einer Waschmaschinenmarke, wenn sie eingeladen waren, aber ganz sicher paßte sie sich nicht mehr so in Gesellschaften, wie sie es früher einmal getan hatte. Und Michael war das wohl bewußt.

Das war das Schlimmste, wenn sie heute auf eine Party oder zu einem Abendessen gingen, daß sie sich Michaels Blick bewußt war, wenn er sie distanziert von weitem beobachtete, als ob sie eine unsichtbare Prüfung nicht bestanden habe. Sie haßte es, an einem Tisch zusammen mit zwei oder drei bezaubernden Karrierefrauen zu sitzen, die alle um Michaels Aufmerksamkeit buhlten, während sie isoliert dasaß und zu verunsichert war, um mit den Männern an ihrer Seite ein Gespräch anzufangen. Kein Wunder, daß ihm der Sinn nach einer anderen Frau stand.

Sie war weder schön, noch besonders gut oder auch nur mittelmäßig gut in einem von diesen hochkarätigen Jobs. Sie war eine Hausfrau. Und obwohl das genau das war, was er vor ein paar Jahren von ihr gewollt hatte, wollte er es heute nicht mehr.

Vielleicht, wenn sie dieselbe Frau geblieben wäre, die er geheiratet hatte, dieses begeisterungsfähige Mädchen, das blind durchs Leben ging und immer das Beste erhoffte, anstatt sich mit den Wonnen eines Haushalts zu begnügen, vielleicht würde er sie dann immer noch lieben.

Sie sah mindestens zehn Jahre älter aus, als sie war, mit ihrem blassen, etwas runden Gesicht und dem Ansatz eines Doppelkinns. Aber sie hatte sich endlich entschieden, etwas dagegen zu unternehmen. Ohne Michael auch nur ein Sterbenswörtchen davon zu erzählen, hatte sie mit einer Diät angefangen. Und zwar nicht mit einer von denen, die am Montag strenge Diät vorschrieben und die es am Dienstag bereits wieder erlaubten, sich vollzustopfen, sondern eine richtige Diät. Sie hatte entschieden, daß dies die richtige Diät war, die, die ihr Leben verändern würde. Das war letzte Woche gewesen.

Traurig ließ sie den Lippenstift auf den mit Spitzendecken verzierten Tisch fallen. Was sollte das alles, fragte sie sich. Warum sollte sie sich jetzt noch um ein besseres Aussehen bemühen? Er hatte ja ohnehin bereits eine andere gefunden.

»Ash, mach mir auf«, rief Fiona durch das offene Schlafzimmerfenster.

Eine Stunde später saß Aisling auf dem Beifahrersitz von Fionas schickem schwarzem Nissan NX, den ihre Freundin elegant in eine Parknische vor dem *Frascati Center* einparkte.

»Mach jetzt keinen Rückzieher«, warnte Fiona, als sie aus dem Auto stieg und die Tür achtlos zuknallte. »Du wirst heute abend bezaubernd aussehen, und wenn es uns Kopf und Kragen kostet!« Genau das könnte es uns kosten, dachte Aisling, während ihre Freundin sie in Richtung einer teuren Boutique bugsierte, die sie in dem schicken *Blackrock*-Einkaufszentrum immer gemieden hatte. Seit Monaten freute sie sich bereits auf die Eröffnungsparty für die Beilage, denn sie wollte die Journalisten kennenlernen, über die sie von Michael so viel gehört, die sie aber noch niemals gesehen hatte. Michael hatte in letzter Zeit mehr und mehr Überstunden gemacht. Die gelegentlichen Redaktionspartys schien es nicht mehr zu geben, ebensowenig wurde am Küchentisch der Morans darüber geredet. Und wieviel Überstunden, dachte Aisling, als sie ihrer Freundin in die teure Boutique folgte.

»Einkaufen ist das einzige Mittel gegen ein gebrochenes Herz«, fuhr Fiona fröhlich fort, während ihre schlanken, sonnengebräunten Arme die Reihen teurer schwarzer Kleider durchsuchten.

Durch fünf Milligramm Valium beruhigt, besah sich Aisling mit vollkommen ruhiger Hand die Partykleider. Sie begann sich richtig wohl zu fühlen, beinahe glücklich. Irgend etwas richtig Aufreizendes, lachte sie in sich hinein, während sie die üppigen Brokat- und Crêpe-Kleider durchsah und nach einem Stück Ausschau hielt, das Michaels aufgetakelter Freundin die Socken ausziehen würde. Aisling war sich bewußt, daß das Valium ihr ein Stimmungshoch vorgaukelte, aber das war ihr gleichgültig. Sie überließ sich den dumpfen Glücksgefühlen, die ihr zu Kopf stiegen.

Der Tag, der so katastrophal begonnen hatte, war auf dem Wege der Besserung, dachte sie kichernd und streckte Fiona winkend einen vollkommen unpassenden Samtschlauch entgegen.

»Du solltest öfters mal Valium nehmen«, bemerkte Fiona, hängte das Samtkleid wieder auf die Stange zurück und schob Aisling in den hinteren Teil des Ladens.

»Die etwas größeren Größen«, sagte Fiona beschwingt, zog eine weinrote Jacke von der Stange und hielt sie Aisling an.

Rock und Jacke, die auf dem Bügel noch einen weit geschnittenen Eindruck gemacht hatten, schienen an Aisling geschrumpft zu sein. Unsicher äugte Aisling aus der Umkleidekabine hervor, da niemand außer Fiona sie sehen sollte.

»Vielleicht etwas mit einem besseren Schnitt . . .«, murmelte Fiona, die mit zusammengekniffenen Augen das Ensemble begutachtete.

»Nicht besser geschnitten, sondern ganz einfach nur größer«, erwiderte Aisling tonlos. Das Valiumkichern war aus ihrer Stimme verschwunden. »Ich werde scheinbar immer dicker. Kein Wunder, daß Michael sich diese Frau ausgesucht hat, wie war doch gleich ihr Name?«

»Quäle dich nicht damit, an sie zu denken, Aisling«, erwiderte Fiona geduldig.

»Ich kann nicht anders. Ich kann nicht aufhören, an sie zu denken, wie auch immer sie heißen mag. Aber ich wette, daß sie schlank und hinreißend aussieht. Liege ich da richtig?«

»Also gut, sie hat eine gute Figur, und ich denke, man könnte sie als hinreißend beschreiben. Für meinen Geschmack übertreibt sie es ein wenig. Du weißt schon, lauter rote Fransen, mehr Make-up als Joan Collins und viele teure Stücke mit zu vielen Verzierungen und riesigen goldenen Knöpfen. Ähnlich wie dieses Ding hier.« Fiona riß ein kurzes Leinenjäckchen von der Stange, hielt es sich gegen den Körper und verzog das Gesicht.

»Um keinen Preis möchte ich mich mit so etwas zeigen«, erklärte sie. »Leinen mit Ziermünzen, vollkommen aus der Mode.«

Und ich würde da nicht hineinpassen, auch wenn es mir gefallen würde, dachte Aisling mutlos. Sie blickte in Richtung der Kleiderstangen und fragte sich, ob sie irgend etwas in Größe zweiundvierzig hätten, das etwas hermachen würde.

Sie haßte es, einkaufen zu gehen. Aber heute sollte es anders sein. Heute wollte sie ihr Geld für etwas verwenden, in dem sie sich wohl fühlen würde. Sie wollte sich wie die selbstsichere Frau fühlen, die Michael geheiratet hatte.

Während der vergangenen Woche war es ihr sogar gelungen, drei Pfund abzunehmen. Eine Mahlzeit am Tag, soviel schwarzen Kaffee oder Tee wie man wollte, Vollkornbrot oder Brötchen für die Zwischenmahlzeiten und jede Menge frisches Obst und Gemüse. »Sie werden niemals hungrig sein während Ihrer vierwöchigen Diät!« versprach die Zeitschrift, aus der sie die Diät herausgerissen hatte. Und sie hatte tatsächlich keinerlei Hunger verspürt, außer dem Verlangen nach Vollkornkeksen mit Schokolade zu ihrem Mittagskaffee.

Jetzt fragte sie sich, ob es überhaupt irgendeinen Sinn machte, Gewicht verlieren zu wollen. Sie hatte heute abend so gut wie möglich aussehen wollen. Sie wollte, daß Michael vor all den Leuten von der Zeitschrift stolz auf sie sein konnte. Nach einem Jahr der Diskussionen würde die Beilage nun tatsächlich herauskommen. Aisling hatte sich dazu entschieden, ihr eigenes Leben umzukrempeln, und Michaels harte Arbeit zu feiern.

Sie hatte viel zuviel Zeit in ihrem häuslichen Einerlei verschwendet, versteckt unter Wäschehaufen und dreckigem Geschirr.

Viele Frauen arbeiteten und versorgten ihre Familie. Es gab also keinen Grund, warum sie das nicht auch tun sollte. Vielleicht war es genau das, was sie jetzt brauchte, hatte Fiona sie ermutigt. Jetzt, wo die Jungs etwas älter waren und alleine zur Schule kommen konnten, gab es keinerlei Vorwand mehr für Aisling, zu Hause zu bleiben. Sicherlich war es nicht so schwer, eine Arbeit zu finden und aus dem Loch herauszuklettern, in das sie gefallen war.

Manchmal empfand sie eine plötzliche Sehnsucht nach ihrem alten Leben. Die sorglosen Tage, als sie mit Jo Rathmines zusammengelebt hatte und die beiden ungebundenen Mädchen jeden Pfennig ihres Lohns für Kleidung, Make-up und billigen Wein für Partys ausgegeben hatten, erschienen ihr jetzt idyllisch. Während der Woche arbeiteten sie hart, und am Wochenende amüsierten sie sich exzessiv, immer unterwegs und bereit für die nächste Party. Jo wollte am Montagmorgen nie aus dem Bett steigen, aber Aisling war schon früh wach und bereit aufzubrechen. Viele Mitarbeiter beschwerten sich über das viel zu kleine Versicherungsbüro in der Stadtmitte, sie jedoch hatte es geliebt.

Jeder Abend am Wochenende war Partyzeit. Während der Woche gingen sie oft ins Kino, wenn ihnen einer der Filme gefiel, die im *Stella* liefen. Danach kauften sie sich Fritten mit Zwiebelringen, die sie in ihrem winzigen Wohnzimmer zu Hause aßen, und debattierten über die Vorteile eines Robert Redford gegenüber denen des jungen, gutgebauten Richard Gere.

Heute ging Aisling nur noch zum Einkaufen aus dem Haus, oder um die Kinder in die Schule zu fahren, oder aber um noch schnell eine Tasse Kaffee bei Fiona zu trinken, ehe diese zum Tennis oder zu einer Aerobikstunde wegfuhr. Oft verbrachte sie den gesamten Tag zu Hause; sie kochte, wischte und wartete darauf, daß die Zwillinge und Michael nach Hause kommen und ihr Leben aufheitern würden.

Jetzt wurde ihr bewußt, was für eine einsame Lebensweise das war. War das etwa alles, was sie vom Rest ihres Lebens erwarten durfte? Sie hatte vorgehabt, ihre Schürze an den Nagel zu hängen und sich eine Arbeit zu suchen. Aber weshalb sollte sie das jetzt noch tun?

Wenn sie schon ihren Mann nicht halten konnte, wie sollte sie da in der Lage sein, eine Arbeit zu behalten? Und wer wollte eine fünfunddreißigjährige Hausfrau in seinem Büro haben? Bei Licht betrachtet waren ihre Schreibmaschinenkenntnisse schon vor zehn Jahren nicht berauschend gewesen, wie sollte sie da also heute mit einem Computer klarkommen?

Alles, was sie aus der Welt der Technologie wußte, hatte sie bei einer schnellen Besichtigung der Zeitung vor drei Jahren gelernt, als diese gerade ihr System erneuert hatte.

Eine Viertelstunde jemanden dabei zu beobachten, wie er auf einem Computer den Henker spielte, war wohl kaum das, was man als Erfahrung bezeichnen würde.

Der Gedanke an die Zeitung ließ sie wieder an Michael denken. Vielleicht wußte es ja jeder in seinem Büro. Wie sollte sie da den Kollegen heute abend bei der Eröffnungsparty gegenübertreten, wenn sie darüber nachgrübelte, wer alles in das Geheimnis eingeweiht war? Sie hatte noch nicht einmal die Gelegenheit, Michael vor der Party noch zur Rede zu stellen. Er hatte ihr gesagt, daß er vorher nicht noch einmal nach Hause käme, und hinzugefügt, daß Aisling allein dort hinkommen müsse.

Wie zuvorkommend, dachte sie und grübelte darüber nach, ob er seine Freundin auch alleine zu Partys schickte. Oder holte er sie mit Blumen in der Hand ab und versprach ihr im Taxi teure Antiquitäten?

»Ash, zieh das hier mal über«, unterbrach Fionas Stimme ihre Tagträume. Sie starrte auf das Kleid, das ihre Freundin in der Hand hielt.

»Rot ist genau die richtige Farbe für dich, und mit etwas verruchtem knallrotem Lippenstift und frisiertem Haar wirst du sie alle aus dem Feld schlagen!« ermutigte sie Fiona.

Aisling nahm das tiefausgeschnittene rote Crêpekleid mit in die Umkleidekabine und hielt es sich an. Es war viel knalliger als ihre Kleidung es in letzter Zeit gewesen war, und die kräftige Farbe ließ ihr Gesicht noch blasser erscheinen.

»Make-up, Ash. Make-up brauchst du«, riet ihr Fiona, bevor sie die Gardine zur Umkleidekabine zuzog. »Sieht Liz Hurley ohne Make-up etwa gut aus? Verstehst du, was ich sagen will? Du brauchst eine halbe Stunde vor dem Spiegel, dann wirst du in dem Kleid umwerfend aussehen.«

Während sie ihr Spiegelbild in dem großen Spiegel betrachtete, fällte Aisling eine Entscheidung. Warum auch nicht, dachte sie. Wenn ich schon allen Leuten gegenübertreten muß, die von der Sache wissen, dann kann ich es auch stilvoll tun.

3

Jo beugte sich auf ihrem grauen Drehstuhl etwas zur Seite und holte die Tüte von der Drogerie aus ihrer Aktentasche. Sie versuchte so wenig wie möglich dabei zu rascheln und hoffte, daß Brenda, die ihrem derzeitigen Freund gerade Küßchen durch den Telefonhörer zuhauchte, nichts bemerkte. Wenn sie doch die Packung nur gleich in ihre künstliche Krokodilledertasche gepackt hätte, dann müßte sie sie jetzt nicht heimlich aus der Aktentasche herausschmuggeln. Den ganzen Morgen lang hatte sie darauf gewartet, die auffällige, blauweiße Pakkung in die Toilette zu bekommen, ohne daß jemand sie danach fragte. Keiner würde ihr glauben, daß es Make-up sei, denn davon hatten sie genug im Büro, um Claudia Schiffer von Kopf bis Fuß damit anzumalen.

Das war einer der Nachteile der Arbeit in einem solch beengten Büro, noch dazu bei einer Frauenzeitschrift, dachte sie bedauernd. Jeder wußte alles über jeden. Da sie alle ausgesprochen gerne einkauften, wollten sie nach der Mittagspause wissen, was der andere aus den Läden mitgebracht hatte.

Persönliche Angelegenheiten waren in den überfüllten Büros von *Style* immer allen zugänglich. Die einzige Rückzugsmöglichkeit war die winzige Toilette oder aber die verschließbare Dusche. Jeder in dem Büro, das ein Innenarchitekt als »eine großzügige, offen gebaute Büroübergangslösung« beschrieben hatte, konnte den persönlichsten Unterhaltungen zuhören, wußte, wenn man mit der Bank über den Überziehungskredit verhandelte und wann man den Geburtstag der Mutter vergessen hatte.

Außerdem waren alle unendlich neugierig auf Einkäufe der anderen, denn Kaufsucht war eine unabdingbare Qualifikation für die Arbeit bei einer Frauenzeitschrift. Ganze Mittagspausen wurden damit verbracht, über einen im Ausverkauf erstandenen Hut für eine Hochzeit oder einen Strampelanzug für Baby Jessica in Entzückensschreie auszubrechen.

Ihre letzte Anschaffung jedoch wollte Jo für sich behalten. Ein Schwangerschaftstest war nicht dazu geeignet, hochgehalten zu werden und »Schaut mal alle her, was ich heute morgen bei *Marks and Spencer* bekommen habe!« zu schreien. Ganz und gar nicht.

Es war alles so unerwartet gekommen, eine solche Überraschung. Jo war immer noch viel zu verblüfft, um zu wissen, was sie eigentlich selbst davon hielt. Auf keinen Fall wollte sie das gesamte Büro darüber informieren, solange sie selbst nicht genau wußte, ob sie nun schwanger war oder nicht. Oder bis sie wußte, was sie selbst von einer Schwangerschaft hielt – das lag wohl näher an der Wahrheit. Himmel, wie war das alles verwirrend.

Seufzend stopfte sie die Papierpackung in ihre geöffnete

Handtasche und schloß kurz ihre Augen. Sie hatte nicht gerade viel Zeit gehabt, über ihre Schwangerschaft nachzudenken. Erst heute morgen beim Öffnen der Telefonrechnung war ihr aufgefallen, daß ihre Periode ausgeblieben war.

Wie üblich war sie zu spät zur Arbeit erschienen. Sie hatte versucht eine Tasse Kaffee hinunterzukippen, dabei ihre Post zu öffnen und ein paar Hefter in ihre zerfledderte Aktentasche zu stopfen, als sie auf die Telefonrechnung gestoßen war. Wie immer war diese wegen der vielen Anrufe in Sligo, wo ihre Mutter und ihre Brüder wohnten, astronomisch hoch. Sie wollte die Rechnung gerade hinter das Marmeladeglas klemmen, da hielt sie inne.

Notiere es dir, du Dummkopf, murmelte sie. Sie erinnerte sich daran, wie entnervend es gewesen war, als sie der Telefonbehörde eine Wiederanschlußgebühr bezahlen mußte, weil sie die Rechnung hinter die Kaffeedose gesteckt und sie dort vergessen hatte. Drei Kulis mußte sie in dem Abfalleimer entsorgen, ehe sie einen gefunden hatte, der auch schrieb. Sie öffnete ihren Terminkalender, um sich für die nächste Woche »Telefonrechnung bezahlen« zu notieren, als sie es sah. Oder vielmehr, als sie es nicht sah.

Das große ›P‹ für Periode stand nicht da. Auszüge ihres wechselhaften Bankguthabens waren dort notiert, daneben ihre Interviewtermine sowie etwas grün Gekritzeltes, das sie nicht entziffern konnte. Ihre Periode aber war dort nicht notiert worden. Hastig hatte sie die Seiten durchgeblättert.

»O mein Gott«, murmelte Jo. »O mein Gott!« Wenn ihre Kontaktlinsen noch die korrekte Stärke hatten, dann hatte sie seit der zweiten Aprilwoche keine Periode mehr gehabt. Jetzt war es Anfang Juni. Entweder hatte sie keine Periode mehr bekommen, weil ihre Menopause begonnen hatte – ziemlich unwahrscheinlich mit vierunddreißig –, oder aber sie war schwanger. Aber das konnte nicht sein. Sie hatten doch immer Kondome und Verhütungsschaum benutzt, wie also konnte sie da schwanger sein?

Sie hatte den Schwangerschaftstest gegenüber ihrer Wohnung in der Drogerie gekauft, aber sie war ohnehin schon zu spät dran, um ihn noch zu Hause durchzuführen.

Deswegen wartete sie jetzt auf einen günstigen Augenblick, in dem sie sich unauffällig auf die Toilette zurückziehen konnte, ohne aufzufallen. Es war nicht die Art von Neuigkeit, die man bei den Kollegen herumposaunte, wenn man selbst noch vollkommen unter Schock stand und der Freund von seiner zukünftigen Vaterschaft noch überhaupt nichts wußte.

Sie dachte an Richard. Er war clever, witzig und auf eine jungenhafte Art gutaussehend, ein talentierter Fotograf und ein unglaublicher Charmeur Frauen gegenüber. Von all den Eigenschaften, die man ihrem nunmehr seit zwei Jahren festen Freund zuschreiben konnte, stand Väterlichkeit an allerletzter Stelle. Vielleicht war auch konventionell das allerletzte Wort auf der Liste, aber väterlich stand nicht weit entfernt.

Obwohl drei Jahre älter als sie, sah er aus, als ob er bald die Dreißig erreichen würde, von Vierzig ganz zu schweigen. Eine Familie gründen, das war etwas, was andere Leute machten – wenn sie etwa zehn Jahre älter waren als er jetzt.

Die Vorstellung mit zweieinhalb Kindern verheiratet zu sein, eine Doppelhaushälfte mit einem Wintergarten zu besitzen und einen Familienwagen zu fahren, erfüllte ihn mit jener Abneigung, die die meisten Männer empfinden, wenn sie ihre Schwiegermutter besuchen. Bei dem Wort Bindung schweifte sein Blick in die Ferne, er nahm die Fernbedienung und fing an, von einem Kanal zum nächsten zu wechseln, auf der Suche nach etwas wie einem matschigen Fußballfeld, einem Fußball oder aber einer Nachrichtensendung mit ausführlicher Sportberichterstattung.

Natürlich mußte man sich als Sportfotograf über die derzeitigen Sportveranstaltungen auf dem laufenden halten. Aber Jo hegte den Verdacht, daß das hektische Umschalten, das ihre letzte Bemerkung über einen gemeinsamen Wohnungskauf ausgelöst hatte, nur ein Gespräch über eine feste Bindung hatte abwenden sollen.

Seine Einstellung kannte sie bereits seit ihrer ersten Begegnung. Das war kurz nachdem er seine sichere Stellung mit fester Rentenzusicherung bei einer Zeitung zugunsten einer eigenen Sportagentur mit ein paar gleichgesinnten Fotografen aufgegeben hatte.

»Es hat mich vollkommen irre gemacht, nur für eine Zeitschrift zu arbeiten.« Er erzählte ihr bei einem Glas Rotwein von seiner niedrigen Toleranzschwelle für Langeweile, während sie die Preisverleihung für Pressefotografen, die rings um sie herum stattfand, vollkommen ignorierten. »So sind wir unsere eigenen Chefs und bestimmen, was wir machen und was nicht.«

»Genau«, hauchte Jo, die von seinem Ehrgeiz und seiner skandinavischen Blondheit gleichermaßen fasziniert war. Sie dankte Gott, daß sie zehn Leute zusammenbekommen hatte, um dem Fotografen von *Style* zu applaudieren, als er seinen Preis entgegennahm.

Fast hätte sie die Sache abgeblasen, wäre zu Hause geblieben und hätte sich eine Serie angesehen. Es gibt also doch einen Gott, dachte sie glücklich. Sie fragte sich, ob sie die Toilette aufsuchen, den knallroten kußechten Lippenstift nachlegen und den Sitz ihres trägerlosen Kleides überprüfen sollte, während sich vielleicht eine andere den faszinierendsten Mann schnappte, der ihr seit Jahren begegnet war. Nein, entschied sie mit Bestimmtheit.

Wen störte es schon, daß ihr Busen beinahe aus dem enganliegenden heißen roten Kleid fiel, das sie sich in der Modeabteilung ausgeliehen hatte?

Ihr welliges, schildpattbraunes Haar hatte sie wie zufällig auf ihrem Kopf drapiert, was den Eindruck erwecken sollte, sie sei gerade aus dem Bett gestiegen. Wimperntusche betonte ihre dunklen Augen gekonnt, und nur ein ganz besonders aufmerksamer Beobachter würde die etwas zittrige Linie über ihrem Wimpernansatz erkennen, die entstanden war, als ihre Hand beim Auftragen ausrutschte. Jo war sich ihres guten Aussehens bewußt, und sie wollte, daß es diesem blonden Brocken von einem Mann ebenfalls auffiel.

»Ich kann Leute nicht ausstehen, die einfach nur abwarten, was das Leben ihnen bringen wird. Ich will es bestimmen, ich will Aufregung und Energie«, verkündete Richard leidenschaftlich. »Das ist es, was mich vorantreibt.«

Jo schaute in seine Augen und verliebte sich rückhaltlos in ihn, seine niedrige Toleranzschwelle, was Langeweile anging, inbegriffen. Sie hätte sich fragen sollen, was das für ein Mann war, der einen festen Arbeitsplatz gegen die Leitung einer Agentur für freie Fotografen tauschen würde. Das aber hatte sie nicht getan.

Sie gehörte zu jenen Menschen, die bereits morgens mit einem zusammengekrampften Magen aufwachten, wenn ihnen ein schwieriges Interview bevorstand. Richards Abenteuerlust forderte sie heraus. Außerdem empfand sie sie auch als sehr sexy.

Es hatte etwas sehr Machomäßiges, ein solch großes Risiko einzugehen, gleichzeitig fand sie es sehr erotisch zu wissen, daß Richards Abenteuerlust sich bereits zehnfach rentiert hatte.

Das aber reichte Richard noch nicht. Sobald die Agentur Geld machte, suchte er die nächste Herausforderung, das nächste Abenteuer, während Jo sich nach etwas Häuslichkeit zu sehnen begann. Er wollte mit dem Fallschirmspringen anfangen, während sie Höhenangst hatte. Er machte einen Tauchkurs und schenkte ihr einen Gutschein zu ihrem Geburtstag, obschon er wußte, daß sie Wasser in ihren Augen nicht ertragen konnte. Wie aber konnte sie sich nun über genau die Eigenschaften beschweren, die sie anfangs als so aufregend empfunden hatte?

»Bankzinsen und Grundsteuer sind vermutlich für mehr Herzinfarkte verantwortlich, als fünf halbe Liter Guiness am

Tag, Liebling«, hatte er erst letzte Woche gesagt, als ein wunderbares Wochenendhaus in den Wicklowbergen ihr auf den Immobilienseiten ins Auge gesprungen war. Die Vorstellung eines von Sonnenlicht durchfluteten Hauses erweckte in Jo den Wunsch nach dicken Steinmauern und einem Kräutergarten.

»Liebling, du weißt doch, daß ich gerne in der Stadt wohne«, hatte er gesagt, die Immobilienanzeigen auf den Boden geworfen, sich an ihren Hals gekuschelt und den Geruch des von ihm geliebten Vanilleparfüms eingesogen.

»Außerdem hat die Agenturgründung fast mein ganzes Kapital verschluckt. Ich will jetzt keinen Kredit aufnehmen, wo ich doch meine Wohnung am Merrionplatz für eine sehr billige Miete halten kann. Und du wärst verrückt, deine Wohnung so kurz nach dem Kauf wieder zu verkaufen«, fügte er noch hinzu. »Laß doch die Dinge einfach, wie sie sind.« Und damit waren sie Richtung Bett verschwunden.

Wenn Richard einmal seine Arme um sie gelegt hatte, und sie sich erregter und begehrenswerter fühlte, als jemals zuvor, dann konnte sie überhaupt keinen klaren Gedanken mehr fassen. Dann kauften sie eben kein gemeinsames Haus. Dann wollte sie nur noch seinen schlanken Körper um ihren geschlungen wissen, seine Finger in ihrem Haar und seine zärtlich ihre Haut küssenden Lippen spüren. Wenn er dann ganz genau das murmelnd beschrieb, was er gleich mit ihr machen würde, zitterte sie vor Erwartung.

Seine Stimme bewirkte die seltsamsten Dinge in ihrem Kopf, ganz abgesehen von den weiter unten liegenden Körperteilen. Und wenn sie dann schließlich zusammen einen leidenschaftlichen Höhepunkt erlebten, dann fragte sich Jo angesichts der Heftigkeit ihres Orgasmus, ob sie das Liebesspiel mit einem anderen Mann jemals wirklich genossen hatte.

»Im Bett passen wir einfach wunderbar zusammen«, sagte er danach. Es war erstaunlich, daß sie im Bett perfekt miteinander harmonierten, während das außerhalb des Bettes nicht unbedingt der Fall war, dachte Jo.

Als sie ein paar Tage später gerade einen Stapel alter Zeitungen in den Müll werfen wollte, blickte sie sehnsüchtig auf die Immobilienanzeigen und fragte sich, ob ihr Wunsch nach Seßhaftigkeit nicht vollkommen verrückt war. Richard war mit der jetzigen Situation zufrieden, warum dann nicht auch sie? Seine Junggesellenwohnung im Stadtzentrum war ideal für jemanden, der an einem Samstagabend gerne nur wenige Meter von Dublins Kneipen entfernt sein wollte.

Ausflüge nach Anfield und Wembley, wo man die ganze Nacht lang Clubs besuchte, entsprachen Richards Vorstellungen von Spaß. Und nicht etwa nachts um drei aufzustehen, um das Fläschchen zu geben.

Würde er ihr Baby haben wollen, fragte sie sich. Man konnte ewig darüber nachgrübeln, ohne zu einem Schluß zu kommen. Warum sollte sie sich jetzt Probleme für die Zukunft ausmalen, ehe sie sich wirklich sicher war?

Zehn Minuten auf der Toilette würden ihr Gewißheit verschaffen. Sie warf einen Blick auf die während der Mittagspause unbesetzten Schreibtische.

Der einzige Mensch in der Redaktion war Brenda, und die war Gott sei Dank mit anderem beschäftigt. Sie erzählte Mark – oder war es Kevin – von dem Unterwäschekatalog, den sie angeblich wegen einer Geschichte über Versandhausunterwäsche am Vormittag durchgeblättert hatte.

»Dir würde der schwarze BH mit dem winzigen kleinen Höschen gut gefallen«, schnurrte Brenda in den Telefonhörer. Zweifellos machte sie Mark/Kevin mit den Verführungstechniken verrückt, die sie sich während ihrer dreijährigen intensiven Lektüre des »Wie sexy sind Sie?«-Fragebogens von *Cosmopolitan* angeeignet hatte.

Immerhin war Brenda zu beschäftigt, um etwas zu hören, dachte Jo, als sie sich für den Test vorbereitete. Sie hörte mit ihrer gespielt interessierten Lektüre über die neuesten Bräunungscremes auf und hatte gerade die kleine, elegante Handtasche hochgehoben, die zu ihrer anderen Kleidung nicht paßte, als sie rüde unterbrochen wurde. Augenblicklich ließ Jo die Tüte fallen, richtete sich auf und lächelte die Chefredakteurin breit an.

»Hast du mal eine Minute, Jo?« fragte Rhona McNamara. Sie setzte sich mit ihren gutgepolsterten Rundungen auf den Schreibtisch und strich die seidenen Falten ihres teuren *Paul-Costello*-Rocks glatt.

»Aber natürlich. Was ist?« So beiläufig wie nur möglich hob Jo ein paar Zeitschriften auf und ließ sie auf die Papiertüte fallen, die sehr auffällig aus ihrer Handtasche hervorlugte. Hier konnte man wirklich nichts Persönliches erledigen, ohne daß einem dabei jemand auf die Pelle rückte.

»Was hältst du davon, den Inhalt der neuen Kosmetikseite zu verändern? Ich könnte mir vorstellen, daß wir Leser zum Testen bestimmter Produkte animieren, die sie dann mit eins bis zehn benoten.«

Rhonas Hände flogen während des Sprechens durch die Luft, eine Angewohnheit, die einem flüchtigen Beobachter das Gefühl vermittelte, sie spreche in Zeichensprache. Tatsächlich aber versuchte sie lediglich, ihre Hände bis zur nächsten Zigarette beschäftigt zu halten.

»Ich finde die Idee sehr gut«, erwiderte Jo. Natürlich konnte sie nicht sagen, daß es ihr vollkommen gleichgültig war, wer die verdammten Kosmetika testete, wo sie doch mit dieser wichtigen, ja einschneidenden Veränderung ihres Lebens beschäftigt war. Der Schwangerschaftstest brannte beinahe ein Loch in ihre Tasche, so sehr verlangte er danach, benutzt zu werden.

»Es wäre eine neue Art, an die Dinge heranzugehen. Wir hier sind ja etwas überheblich, was all die Lotionen und Wässerchen angeht. Da wäre es doch schön, wenn wir die Meinung der Leser erfahren würden«, fuhr Rhona in einem Tonfall fort, der eine Antwort forderte.

»Äh . . . ich werde eine Anzeige für ein paar Versuchskaninchen auf die Schönheitsseite setzen lassen, dafür muß ich aber etwas anderes herausnehmen.« Jo wühlte in den Papierstapeln auf ihrem Tisch und suchte nach der Probeseite für die Rubrik Schönheit.

Sie standen zwei Tage vor Druck, die Juliausgabe von *Style* war fast vollkommen fertig, und jede Veränderung mußte innerhalb der nächsten vierundzwanzig Stunden genehmigt und eingesetzt werden.

Jo mußte noch einen ganzen Artikel über das Packen für die Sommerferien schreiben und hatte es fertiggebracht, all ihre Notizen zu dem Thema zu Hause liegenzulassen.

»Weißt du eigentlich, daß wir die ganze Woche noch nicht miteinander gesprochen haben?« bemerkte Rhona, hob den Artikel über Bräunungscremes auf und begann ihn auf Fehler hin durchzulesen. »Du siehst ein wenig blaß aus, Jo. Fühlst du dich nicht wohl?«

»Doch, doch«, erwiderte Jo so fröhlich, wie es ihr möglich war. Sie fuhr mit der Hand durch ihre dunklen Locken und wünschte sich inständig, sie hätte sich am Morgen geschminkt.

»Ich bin in letzter Zeit häufig sehr spät ins Bett gekommen«, log sie. »Und ich bin ein wenig müde. Vielleicht kann ja dieses Zauberzeug von Elizabeth Arden, das du immer in deinem Schreibtisch hast, meinem Teint etwas auf die Sprünge helfen?«

Rhona betrachtete sie einen Augenblick lang aufmerksam. Sie bemerkte die blasse, etwas fleckige Haut ihrer stellvertretenden Chefredakteurin, die müden braunen Augen und den ungeschminkten Mund.

Jo nahm ihre Arbeit als Modejournalistin sehr ernst. Fast immer war sie ausgesprochen gut angezogen, trug knieumspielende Röcke, die ihre langen Beine betonten, dazu taillierte Jacken, die ihre Monroekurven perfekt zur Geltung brachten. Meist erschien sie besser aufgemacht als Ivana Trump.

Heute trug sie ein rehkitzfarbenes Leinenensemble, das sie ein Vermögen gekostet hätte, würde sie nicht als Modejournalistin in den besten Läden Dublins entsprechenden Rabatt bekommen. Die Eleganz ihrer Aufmachung wurde jedoch dadurch beeinträchtigt, daß sie nicht ausreichend Make-up und Schmuck trug und daß ihr normalerweise welliges Haar in der Junihitze zusammengefallen war. Das sah Jo überhaupt nicht ähnlich, dachte Rhona.

»Komm in mein Büro, dort können wir ein wenig plauschen.« Sie lächelte Jo an, glitt vom Tisch und ging in ihr winziges Büro.

Es war klein und unordentlich, überall hingen Kleiderbügel und lagen Zeitschriften herum, Pressemitteilungen und klebrige Layout-Seiten bedeckten jedes freie Plätzchen. Es war ein wirklich unglaublich beengter kleiner Raum.

Rhonas Büro besaß jedoch eine wunderbare Privatsphäre und war ein Mekka für alle Nikotinabhängigen, denn nirgendwo sonst durfte man in dem alten, dreistöckigen Haus, dem Sitz von *Style* und einer Zeitarbeitszentrale, überhaupt rauchen.

Jo folgte der Chefredakteurin in das unaufgeräumte Zimmer und schob einen Haufen in Plastik gehüllter Kleider beiseite, ehe sie sich auf das verstaubte weiße Sofa setzte, das mindestens die Hälfte der Wand für sich in Anspruch nahm. Müde ließ sie sich fallen und lehnte sich in die weichen Kissen zurück. Dann stieß sie ihre Schuhe von den Füßen und fragte sich, ob diese plötzlich aufgetretene Erschöpfung lediglich auf den Schock oder aber auf die Schwangerschaft selbst zurückzuführen war.

»Ermüdet dich dein Traummann zu Hause?« neckte sie Rhona, die sich sofort eine Zigarette angesteckt hatte. Gegen ihren Willen errötete Jo. Sie bemerkte Rhonas erstaunten Blick. Ihre Zigarette verharrte mitten in der Luft, als sie ihre Stellvertreterin vollkommen perplex ansah.

Wie sollte sie sich aus dieser Situation befreien? Jo stöhnte innerlich. Die Frau, mit der sie jeden Kuß ihrer diversen Liebhaber über unendlich vielen Flaschen Rotwein diskutiert hatte, würde ihr nicht glauben, daß nur die Erwähnung von Sex mit Richard ihr die Röte ins Gesicht trieb. Auf gar keinen Fall würde sie das glauben.

Rhona kannte sie sehr viel besser. Das wiederum bedeutete, daß sie mit der Wahrheit herausrücken mußte. Aber wie konnte sie etwas sagen, wenn sie sich noch gar nicht sicher war?

»Habe ich etwas Falsches gesagt?« Rhona setzte sich schwerfällig hin und betrachtete ängstlich ihre Stellvertreterin. »Hast du Probleme? Du weißt doch, daß du jederzeit mit mir reden kannst, Jo, nicht wahr? Ich möchte dich nicht bedrängen, ich möchte dir lediglich helfen.«

»Ich glaube nicht, daß du mir diesmal helfen kannst«, erwiderte Jo und lachte leise. Sie war bereits mittendrin, dachte sie. »Jedenfalls nicht, wenn du dich nicht insgeheim als Hebamme hast ausbilden lassen, ohne uns davon zu erzählen!«

»Du bist doch nicht etwa schwanger, oder?« kreischte Rhona. »Dumme Frage. Glückwunsch, Jo! Ich sollte lieber nicht rauchen, nicht wahr?« Hastig drückte sie ihre gerade angezündete Dunhill aus, als ob das Baby jede Sekunde herausschauen könnte und beim leisesten Hinweis auf Nikotin in der Luft zu schreien anfangen würde.

»Langsam, langsam, Rhona. Ich weiß noch nicht, ob ich schwanger bin. Ich habe diesen Monat meine Periode nicht bekommen, was ich aber erst heute früh bemerkt habe. Deshalb bin ich mir nicht sicher.« Laut ausgesprochen klang es noch merkwürdiger.

»Hast du denn keinen Schwangerschaftstest gemacht?« Rhona klang überrascht. »Die neuen Tests können dir schon ein oder zwei Tage nach Fälligkeit der Periode sagen, ob du schwanger bist oder nicht.«

»Weiß ich, weiß ich.« Jo sah sie leicht verzweifelt an. »Ich wollte es hier tun, ich wollte nur nicht, daß die neugierige Parker da draußen mit ihren Radarohren etwas mitbekommt.«

»Das verstehe ich«, erwiderte Rhona. »Ich werde sie Zigaretten holen schicken, dann kannst du in aller Ruhe auf die Toilette gehen ...«

Rhona brach mitten im Satz ab und blickte Jo direkt an. »Das Kind ist von Richard, nicht wahr?«

»Natürlich ist es das!« erwiderte Jo beleidigt. »Mit wie vielen Männern, glaubst du denn, schlafe ich? Jeden Tag einer und am Sonntag zwei! Nun mach mal einen Punkt, Rhona.«

»Tut mir leid. Aber ich hatte den Eindruck, daß du dich nicht sonderlich zu freuen scheinst. Und da dachte ich, vielleicht ist es nicht von ihm und ... Vergiß bitte, was ich gesagt habe, Jo. Ich dachte nur, daß du glücklich wärst, wenn es Richards wäre. Du machst aber eher einen etwas geknickten Eindruck.«

Sie beugte sich vor, legte einen Arm um Jos angespannten Körper und drückte sie fest an sich. »Du weißt doch, daß ich für dich da bin, ganz gleich, was passieren sollte.«

»Danke.« Jo stand auf und strich sich mit einer unberingten Hand über den Bauch, als ob sie nur durch die Berührung ihres Bauches erkennen könnte, was sich unter ihrer Leinenjacke verbarg. Wie würde es sich wohl anfühlen, wenn ein Baby in ihr heranwachsen würde?

Würde sie sich ganz und gar eins mit ihrem ungeborenen Kind fühlen und jedes Kicken und jede Bewegung spüren? Wenn sie im Auto ihre Lieblingslieder spielte, würde das Baby dann später dieselben Melodien mögen?

Plötzlich spürte sie ganz eindeutig, daß sie dieses Kind haben wollte. Sie wollte es mehr, als sie jemals irgend etwas gewollt hatte. Und zwar auch dann, wenn Richard es nicht wollte. Das war der Kern des Problems. Es war sinnlos, die Zeit mit Grübeln darüber zu verschwenden, ob er ihr Kind haben wollte. Sie sollte sich nicht mit Zweifeln plagen, wo sie sich doch ganz sicher war, daß sie es wollte. Sie wollte ein Kind haben, vielleicht hatte sie es sich schon seit Jahren gewünscht. In dem Bemühen, eine Karrierefrau der neunziger Jahre zu sein, hatte sie die Fassade eines perfekten Lebens aufgebaut, inklusive einem attraktiven Liebhaber, vollkommener Unabhängigkeit und einer Arbeit, für die die meisten Frauen alles gegeben hätten. Karrierefrauen wünschen sich keine Kinder und keinen Mann, der ständig an ihrer Seite ist, aber plötzlich war es genau das, was Jo wollte.

Zum ersten Mal war es ihr gleichgültig, ob der Herausgeber sie dazu verdonnern würde, nur noch Bildunterschriften zu schreiben, oder ihre Arbeit der schrecklichen, schleimigen Emma geben würde, die jede Gelegenheit dazu nutzte, andere auszustechen, um die Karriereleiter hinaufzuklettern. Alles, was sie sich jetzt wünschte, war ein schönes, gesundes Baby.

»Ich bin schwanger«, sagte sie laut und grinste Rhona mit einem Lächeln an, das über ihr ganzes Gesicht strahlte. »Ich bin schwanger, ich bin mir einfach ganz sicher!«

»Dann schicken wir jetzt Brenda Champagner holen«, schlug Rhona vor, ehe sie Jo gegen ihren nicht unbeträchtlichen Busen drückte. »Und etwas vom Delikatessenladen. Ich sterbe vor Hunger.«

»Wann stirbst du eigentlich nicht vor Hunger?« Jo stand beschwingt auf und steckte ihre Füße in die Wildlederslipper.

»Ich werde den Test machen, nur um sicherzugehen. Aber ich weiß es ohnehin schon. Ist das normal?« Sie blickte Bestätigung suchend zu Rhona hinüber, die selbst Mutter dreier Kinder unter zehn Jahren war.

»Und ob es das ist«, erwiderte Rhona. »Ich wußte, daß ich schwanger war, als ich aufwachte und keinen Bissen herunterbekam. Das sieht mir gar nicht ähnlich, wie du weißt. Der Tag, an dem Lynne geboren wurde, war der glücklichste Tag meines Lebens. Hauptsächlich deswegen, weil mir während der gesamten Schwangerschaft so schlecht gewesen war.«

»Ich fühle mich sehr wohl«, unterbrach Jo sie. »Hungrig sogar. Ich brauche jetzt etwas Nahrhaftes, beispielsweise ein *Twix*.«

»Oder ein Mohnbaguette mit sonnengetrockneten Tomaten, Parmaschinken und Gruyèrestücken, das man zusammen mit einer eisgekühlten Coke hinunterspült«, sagte Rhona, die nicht von ungefähr Restaurantkritikerin einer Zeitschrift geworden war. »Eigentlich bin ich auf Diät. Aber was man aus ungeschältem Reis und Gemüse herstellen kann, ist nun einmal begrenzt«, fügte sie bedauernd hinzu und dachte an den gigantischen Unterschied zwischen dem, was sie essen sollte, und dem, was sie essen wollte. Groß gewachsen und breit gebaut versagte sich Rhona immer irgend etwas in der Hoffnung, daß sie sich wundersamerweise in eine Doppelgängerin ihrer schlanken jüngeren Schwester verwandeln könnte. Sie hoffte immer noch, daß sie endlich die vielen schönen Kleider tragen könnte, die sie sich für die Zeit gekauft hatte, »wenn ich schlank bin«. Leider sorgte jedoch ihre Vorliebe für das falsche Essen dafür, daß sie niemals eine kleinere Größe als vierzig tragen würde. Ihre »schlanken« Kleider kamen mit jedem Tag ihrem Verkauf an einen Secondhandladen näher.

»Brenda«, rief Rhona und zwinkerte Jo zu. »Bist du gerade sehr beschäftigt? Ich möchte, daß du etwas für mich erledigst.«

Brenda unterbrach hastig ihre hitzige Unterhaltung und eilte mit der Geschwindigkeit von jemandem, der eine Beförderung erwartete, in das Büro der Chefredakteurin. Jo griff nach ihrer Handtasche und machte sich auf den Weg zu den Toiletten.

Sie benetzte den schmalen Teststreifen und steckte ihn wieder in seine Plastikumhüllung zurück. Ihr Herz klopfte, als ob sie Aerobic für Fortgeschrittene betreiben würde. In ihrer winzigen Kosmetiktasche suchte sie nach einem Lippenstift und dachte daran, wie sie es Richard erzählen würde. Sie könnte ihn in sein Lieblingsrestaurant *Fizer's* einladen und ihm die wunderbare Neuigkeit über einem Teller Muscheln mit Linguini mitteilen. »Liebling, wir werden ein Kind zusammen haben!«

Sie konnte es sich alles genau vorstellen. Sie würde die *Jasper-Conran*-Jacke anziehen, die sie bei einem Ausverkauf in Belfast erstanden hatte.

»Mein Liebling, das ist ja wunderbar!« würde er rufen und dann Champagner bestellen und auf ihr Baby anstoßen. Dann würden sie zu ihr nach Hause gehen und ihre gemeinsame Zukunft planen. Eine alte Stadtvilla in Dalkey, träumte sie. Mit reichlich Platz für Richards Dunkelkammer und einem Schreibtisch, an dem sie endlich den Roman schreiben konnte, von dem sie immer redete.

Oder vielleicht doch lieber ein Handwerkerhäuschen in Enniskerry, einer Mischung zwischen *Heim und Garten* und einem Designerkatalog. Natürlich würden sie ein neues Bett kaufen müssen, denn Richards Futon wäre dem Baby nicht zuträglich, und bei ihrem alten Bett stachen bereits die Federn hervor. So viele Dinge mußten gekauft werden! Sie sollte schon bald bei *Prénatal* damit anfangen.

»Sie ist weg. Laß mich rein«, rief Rhona vor der Tür.

»Ach Rhona, es ist so aufregend.« Jo lächelte, öffnete die Tür und trug den Schwangerschaftstest ins Büro der Chefredakteurin, als sei es eine noch nicht entschärfte Bombe. »Ich kann es kaum glauben. Ich, eine Mutter! Es nur laut auszusprechen klingt bereits merkwürdig. Und wenn ich nun gar nicht gut bin?« fragte sie plötzlich ängstlich. »Wenn ich keine gute Mutter bin? Oder kommt das ganz von alleine? Ich habe schließlich noch keinerlei Erfahrung mit Babys. Und was wird aus der Arbeit? Ist es denn wirklich so schwer, eine berufstätige Mutter zu sein?«

Rhona brach in Lachen aus. »Provoziere mich nicht, Jo. Du wirst es lernen. Es ist zwar kein Pappenstiel, soviel kann ich dir schon verraten. Erstens«, sagte sie und berührte einen ihrer Finger, »bist du vollkommen erschöpft. Du fragst dich, ob du denn wirklich alles falsch machst, vom Füttern über das Windelwechseln bis hin zum Schaukeln, nachdem sie gegessen haben. Dann gehst du zur Arbeit und überläßt dein geliebtes Baby einer Frau, von der du überzeugt bist, daß sie sich jedesmal in eine Axtmörderin verwandelt, sobald du aus der Haustür bist. Und dann, wenn dein Kind die ersten Schritte macht, bist du nicht dabei. Aber die Axtmörderin ist dabei. Du dagegen hörst irgendeinem Milchgesicht eines Anzeigenkunden zu, der dir erzählt, daß sie ihre Antifaltencreme nicht auf derselben Seite haben wollen wie den langen Artikel, wie man mittels der Schönheitschirurgie die Spuren der Zeit aufhalten kann.« Sie hielt seufzend inne. »Hast du noch irgendwelche Fragen, die du mir stellen wolltest?«

»Nein, verschreibe mir nur eine Packung *Prozac,* dann wird es mir gutgehen«, sagte Jo mit aufgerissenen Augen. »Ich habe wohl noch nie richtig darüber nachgedacht, wie schwierig es eigentlich ist. Du kennst mich, Rho, ich kann noch nicht einmal die Wohnung verlassen, ohne mich vorher eine halbe Stunde mit meinen Haaren beschäftigt zu haben, mindestens drei Garderoben beiseite gelegt zu haben, ehe ich mich für den richtigen Look des Tages entschieden habe. Und dann brauche ich noch eine Viertelstunde, um mich zu schminken. Es ist dieser flüssige Eyeliner«, fuhr sie fort. »Man bekommt ihn einfach niemals richtig hin.«

»Flüssiger Eyeliner wird noch das geringste deiner Probleme sein, meine Liebe. Soviel kann ich dir versprechen. Du kannst dich glücklich schätzen, wenn du deine Zähne morgens geputzt bekommst, jedenfalls wenn dein kleines Engelchen so wird, wie meine es waren. Und die drei Garderoben ... die kannst du dir abschminken! Fünfjährige Mädchen lieben es, Mamas Kleider anzuziehen und Mamas Make-up auszuprobieren und meist tun sie beides gleichzeitig. Glaube mir, Jo, lange wirst du nicht die dir wichtigen Dinge vor den kleinen Klebefingern wegräumen. Seit Suzie in die Schule geht, ist es allerdings etwas besser geworden. Aber sie hat ein

Faible für klebrige Kekse. Es ist mir heute noch peinlich, wenn ich an den Moment im *Conrad Hotel* zurückdenke als ich mein Scheckheft öffnen wollte und es vollkommen verklebt war.«

»Ja, da haben wir aber gelacht, und ich hatte kein Geld dabei!« Die Erinnerung ließ Jo schmunzeln. Und als sie sich ihrer Zukunft wirklich bewußt wurde, mußte sie sogar lachen. »Ich kann es kaum erwarten Richard zu sehen, wenn wir eine temperamentvolle Zweijährige haben, die mit seinen Nikonkameras herumspielt.«

Rhona lächelte nicht. Sie kannte Richard seit zwei Jahren, seitdem er mit Jo zusammen war. Sie stellte sich seine Reaktion etwas anders vor, und fand es überhaupt nicht amüsant. Zweifelsohne würde Richard zum Mörder werden, wenn er ein Kind mit seinen Besitztümern herumspielen sah. Immer vorausgesetzt, daß er lange genug da wäre, bis das Kind das geradezu schon betagte Alter von zwei Jahren erreichen würde. »Weiß er es schon?« fragte sie leise.

»Noch nicht«, gestand Jo. »Ich wollte es ihm nicht sagen, solange ich nicht absolut sicher war. Er sollte es als erster erfahren. Aber ich bin so glücklich, daß ich es dir gesagt habe.« Sie lächelte Rhona liebevoll an.

»Dann laß uns doch mal das Testergebnis ansehen«, verlangte Rhona.

Wie ein Zauberer, der gleich einen Hasen aus dem Hut zieht, schraubte Jo den Plastikdeckel ab und stieß einen Freudenschrei aus.

»Juchee! Ich bin schwanger: Jetzt ist es offiziell. Denk nur, Rhona, ein neues Leben entsteht in mir!« Strahlend blickte sie auf ihre noch sehr schlanke Taille herab. »Ein ganz neues Leben, und das wirklich in jeder Hinsicht. Himmel, ich kann es kaum abwarten, es Richard zu erzählen.« Sie seufzte. »Er ist heute in Cork. Ich weiß, daß er sein Handy dabeihat, aber ich kann es ihm einfach nicht am Telefon sagen.«

»Besser nicht. Laß uns etwas essen gehen, ich lade dich ein.

Da du nun offiziell für zwei ißt, brauchst du ein wenig Hilfe bei der Wahl des richtigen Essens. Sonst wirst du am Ende noch ein paar Pfund zuviel auf den Rippen haben.« Rhona grinste ihre schlanke Stellvertreterin an.

»Diät zu halten muß schrecklich sein«, meinte Jo. »Ich selbst verbrenne einfach wirklich gut. Ich konnte schon immer das essen, was ich wollte, und habe niemals ein Pfund zugelegt.«

»Sprich nicht darüber. Es ist einfach nicht gerecht, daß jemand wie du bei uns arbeitet. Du kannst dich mit Schokolade vollstopfen und setzt immer noch keinen Hüftspeck an.«

Rhona nahm ihre Handtasche, steckte sich die Sonnenbrille ins Haar und streckte Jo ihre Hand hin, um sie vom Sofa hochzuziehen. »Komm schon, Mama. Laß uns deine Neuigkeiten mit etwas Mineralwasser und irgendeinem Dickmacher mit Sahne und Schokoladensoße und ach, ich weiß auch nicht was noch, feiern.«

»Habe ich hier etwas von wegen essen gehört?« Tony, der zweite Mitherausgeber der Zeitschrift, steckte seinen Kopf ins Büro. »Wird hier eigentlich überhaupt noch irgend etwas anderes getan, als über das Essen zu reden?« fragte er. »Ich hatte gehofft, daß wir heute nachmittag an dem Blatt feilen. Wißt ihr, ich meine dieses Ding in A4-Größe, dem wir unsere Gehälter verdanken, und das mit den Perlen Ihrer Weisheit gespickt werden sollte, Madame Chefredakteurin.«

»Also gut.« Rhona setze die Brille wieder ab und sah Jo mit schiefem Blick an »Zurück an die Arbeit, tut mir leid. Wir beide feiern später«, flüsterte sie verschwörerisch.

»Danke.« Lächelnd trat Jo auf die Tür zu. »Ich kann heute aber einfach nicht mehr arbeiten. Ich werde eine von den Mädchen dazu abstellen, die Bildunterschriften für den Artikel zu schreiben, und ich gehe nach Hause, allerdings mache ich einen Umweg zum Arzt«, fügte sie mit einem breiten Grinsen hinzu. »Eigentlich habe ich heute abend diese Party bei den *News*, aber die würde ich gerne sausen lassen. Ich möchte Richard ganz für mich haben, wenn ich ihm die Nachricht mitteile.«

Rhona konnte sich nicht zurückhalten. »Jo, hast du schon einmal darüber nachgedacht, daß er möglicherweise gar kein Baby haben möchte?« fragte sie vorsichtig.

Einen Augenblick lang wurde Jos Gesichtsausdruck vollkommen leer. Dann breitete sich ein Lächeln über ihr Gesicht aus, ihre Augen leuchteten auf und ihre vollen Lippen bogen sich auf eine Art und Weise, die Männer, seitdem sie fünfzehn war, um den Verstand gebracht hatte. »Aber natürlich will er ein Baby«, sagte sie bestimmt. »Er wird überglücklich sein, das verspreche ich dir.«

Als sie ihren rassigen Volkswagen aus dem mehrstöckigen Parkhaus fuhr, dachte sie immer noch über Rhonas Worte nach.

Gut, Richard war noch nie so richtig auf Kinder versessen gewesen. Letztes Weihnachten hatte er sich rundweg geweigert, zu einer ganztägigen Party von Rhona zu gehen, die sie jedes Jahr für die *Style*-Angestellten in ihrem geräumigen Bauernhaus in Wicklow mit Rotwein feierte, während die Kinder Videos schauten und auf dem kleinen Trampolin hüpften. Das bedeutete aber doch nicht, daß er Kinder nicht ausstehen konnte; er war lediglich nicht so sehr auf Geselligkeit erpicht gewesen, das war alles.

Er hatte Jo gebeten, ihn dort zu entschuldigen.

»Sag ihnen doch, daß ich arbeite, Jo, machst du das? Auf gar keinen Fall verbringe ich einen ganzen Tag auf einer verdammten Kinderparty. Ich weiß, sie ist deine Chefin, und du mußt dort hingehen, aber ich muß es nicht. Es macht dir doch nicht wirklich etwas aus, nicht wahr, Liebling?« hatte er sie überredet.

Wenn Richard sich einmal festgelegt hatte, etwas nicht zu tun, dann konnte nichts auf der Welt ihn von seinem Vorhaben abbringen. Jo war also alleine gegangen.

Die Party war ein richtiger Erfolg gewesen, obwohl jemand

versehentlich den Herd abgestellt hatte, und der *Coq au Vin* beim Eintreffen der Gäste eisig und so gut wie noch roh war.

Rhonas Mann Ted war von seinen Getränkeeinkäufen mit fünf weiteren Leuten zurückgekommen, allerdings ohne Diättonic, auch das konnte der Stimmung nichts anhaben.

Nachdem Jo für Rhona einen hochprozentigen Supercocktail aus beinahe jeder in der Bar verfügbaren Flasche zusammengemixt hatte, entspannte sich Rhona und servierte Bohnen und Würstchen. Da alle die diversen Truthahnabwandlungen über die Weihnachtsfeiertage satt hatten, verschlangen sie ihr Essen und amüsierten sich königlich.

Jo hatte sich sehr gewünscht, daß Richard mitgekommen wäre. Aber sie fand wenig Zeit zum Grübeln, während die Rezeptionistin von *Style,* Annette, beschwipst auf Jos Armlehne saß und rings um sie herum fast hysterisch über die sexuellen Praktiken eines der Nachrichtensprecher des Fernsehens diskutiert wurde.

Es hätte ihm gut gefallen, dachte Jo, während sie Mutt, Rhonas geiferndem Cockerspaniel, ein Stückchen Käsebrot zusteckte. Mutts Hauptbeschäftigung im Leben war Essen.

Aus irgendeinem Grund blieb ihr dieses Bild im Gedächtnis haften. Ihre Freunde und Kollegen öffneten sich einander und vergnügten sich mit ihren Männern, ihren Frauen, ihren Partnern und ihren Kindern.

Sie hatte es gehaßt, die einzige zu sein, die alleine gekommen war, obwohl sie das um nichts in der Welt zugegeben hätte. Rhona gegenüber versicherte sie, daß sie sich unglaublich gut amüsiert habe. Falls Rhona den Verdacht hegte, Richard würde gar nicht wirklich arbeiten, so äußerte sie ihn jedenfalls nicht.

Die einzigen kleinen Auseinandersetzungen, wenn Ted noch mehr Getränke servierte, waren auf der Ebene »Du hast die letzten beiden Male zuviel getrunken, jetzt darf ich mal und du mußt fahren.« Alle hatten sich großartig amüsiert. Keiner beschwerte sich über den Lärm, der aus der umgebauten Tenne drang, während die Kinder ihr Bestes gaben, sich gegenseitig beim Trampolinspringen zu übertrumpfen.

Wer hätte gedacht, daß Frederick, der wunderbar schwule Visagist für die *Style*-Modeaufnahmen, sich als der beliebteste Kumpel von den Kindern erweisen würde?

»Ich mag Kinder, meine Liebe. Ich bin mir nur nicht sicher, ob ich ein ganzes davon essen könnte«, hatte Frederick gerne einen Satz von W. C. Fields zitiert. Die Lacher waren ihm sicher gewesen. Nach sechs Wodkas jedoch und einer umwerfenden alkoholischen Mixtur aus Pfirsichschnaps und Grand Marnier, stieg Frederick zusammen mit den Fünfjährigen auf das Trampolin und versuchte den doppelten Salto zu demonstrieren, den er angeblich in seiner Jugendzeit hatte springen können.

Wie konnte man Kinder nicht mögen, dachte Jo. Richard haßte Kinder nicht. Warum sollte er denn? Als Einzelkind hatte er zu Hause niemals mit jemand anderem konkurrieren müssen. Seine vollkommen in ihn vernarrte Mutter hatte ihn behandelt, als wäre er der Kronprinz von Brunei.

Das ist es, dachte sie triumphierend. Er mußte niemals mit einem Bruder oder einer Schwester um Zuneigung konkurrieren, und er hat einfach nicht gelernt, mit Kindern umzugehen. Er braucht lediglich ein wenig Zeit, um sich an die Vorstellung zu gewöhnen. Und dafür haben wir ja noch mindestens sieben Monate.

Sie raste wie ein Rennfahrer an Taxifahrern und langsamen Bussen vorbei um den Platz herum. Wenn du erst einmal losgelegt hast, Bessie, sagte sie an das Auto gewandt, dann bist du gar nicht übel. Aber ich werde dich vielleicht doch gegen ein etwas kinderfreundlicheres Auto eintauschen müssen – zumindest in ein Auto mit ein wenig mehr Stoßdämpfung.

Die Arztpraxis war voll, als sie dort ankam. Zwei entnervte Mütter versuchten ihre verstimmten Kleinkinder zu beruhigen, und ein älterer Mann mit einem keuchenden Husten belegte zwei Sitzplätze. Ein schmollender Teenager meuterte gegen seine Mutter, daß er den Arzt alleine sprechen wollte. »Ich bin kein Kind mehr«, fauchte er seine Mutter an.

»Dann hör auf, dich wie eines zu benehmen«, fauchte sie zurück.

Er errötete noch tiefer als sein Pickelausschlag, als er merkte, daß Jo ihn beobachtete.

Jo nahm sich eine der abgegriffenen Zeitschriften vom Tisch und quetschte sich zwischen den Teenager und eine der Mütter. Sie würde wohl lange warten müssen, rechnete sie sich mit Blick auf die erschöpften Gesichter in ihrem Umkreis aus. Aber es war ja erst kurz nach drei, und sie war sich eines der wunderbarsten Dinge der Welt bewußt, da konnte sie sich über eine lange Wartezeit nicht beschweren. Sie konnte sich überhaupt über gar nichts beschweren.

Abzuwarten, bis sie es Richard erzählen konnte, machte sie rasend. Sie wollte es jedem im Wartezimmer erzählen. Statt dessen richtete sie ihre Aufmerksamkeit auf eine ein Jahr alte *Elle* und blätterte sie mit professionellem Blick durch.

Jo konnte sich keine Zeitschrift mehr ansehen, ohne sich zu fragen, ob sich *Style* mit einem Kalorienzähler als Banderole oder aber mit drei zusätzlichen Seiten in der Reiserubrik oder was auch immer besser machen würde.

Sie war gerade in einen ausführlichen Bericht über Gebärmutterkrebs vertieft, als eine Frau mit einem auf die Brust gebundenen Baby das Wartezimmer betrat.

Jo starrte sie an und registrierte auch noch das kleinste Detail. Das kleine Mädchen war passend zu ihren Wangen in Rosa gekleidet. Es hatte offenbar die ganze Zeit geschlafen, bis der Lärm des Wartezimmers es aufgeweckt hatte.

Es blinzelte durch ihre langen dunklen Wimpern und sah verschlafen mit großen Augen zu seiner Mutter auf, dann lächelte es mit zahnlosem Mund, als diese beruhigend auf sie einflüsterte.

Jo stockte der Atem, als sie die Mutter mit ihrem Baby

betrachtete. Sie hätte ihr gerne tausend Fragen gestellt, brachte aber kein Wort heraus. Das war genau das, was sie wollte, dachte Jo, als die Mutter zärtlich den flaumigen Kopf des Babys küßte. Sie wollte diese Bindung zwischen Mutter und Kind, eine Liebe, die sie als heiliger empfand als alles, was sie in der Kirche erlebt hatte. Und jetzt würde sie es erleben.

Zurück zu *Elle*. Sie entdeckte, daß schimmerndes Rosa wieder in Mode war, schwarz hingegen nicht. Jeder, der noch mit den dunklen Strümpfen vom letzten Jahr erwischt wurde, würde von der Modepolizei verhaftet werden. Sie hatte gerade eine alte Ausgabe von *Hello!* angefangen und betrachtete die Bilder von Michael Jacksons Hochzeit, als endlich ihr Name aufgerufen wurde. Wenn sie noch eine Seite mehr über Cindy Crawfords Gymnastikgarderobe oder Dianas modischen Spürsinn gelesen hätte, wäre sie verrückt geworden.

Das letzte Mal, als sie in der einer Klinik ähnelnden Praxis gewesen war, hatte sie sich einen besonders heftigen Magenvirus eingefangen und hätte sich beinahe über die teuren beigen Fußbodenkacheln übergeben. Ihr heutiger Besuch bedeutete also auf jeden Fall eine Verbesserung.

»Ich bin schwanger.« Es auszusprechen ließ ihre Augen aufleuchten, soviel war ihr klar. »Ich dachte, ich sollte zusätzlich noch ärztlichen Rat einholen, obwohl ich einen Schwangerschaftstest gemacht habe und der positiv ausgefallen ist. Sind diese Tests zuverlässig, Dr. Daly?« fragte Jo besorgt.

»Wenn man sie korrekt anwendet, sind sie ausgezeichnet. Aber ich würde doch lieber ganz sichergehen.« Zehn Minuten später lag ein weiteres positives Testergebnis vor und der Arzt besprach mit ihr Daten und klärte sie über Ernährung und die zusätzliche Einnahme von Folsäure auf.

Als Jo den Schlüssel in ihre Wohnungstür steckte, war es kurz vor sechs. Sie konnte es kaum erwarten, sich eine große Tasse süßen Tee aufzubrühen. Sie setzte das Wasser auf und sah sich in ihrem Kühlschrank um.

Zwei welke Tomaten, eine aufgeweichte Zucchini, ein Glas mit einem Rest von klumpigem Honig, eine halbvolle Dose Bohnen und eine Schale Streichkäse mit einer grünen Flaumschicht versehen blickten ihr mißmutig entgegen.

Nur die Milch, die Butter und die beiden Joghurtbecher machten einen ausreichend frischen Eindruck, um noch verspeist zu werden. So kann es nicht weitergehen. Es ist an der Zeit, die Zügel anzuziehen, Fräulein Ryan, ermahnte sie sich und schloß den Kühlschrank. Immerhin hatte sie noch Kartoffelpuffer im Tiefkühlfach. Das waren doch Kohlenhydrate, nicht wahr? Sie hörte den Anrufbeantworter ab, während sie ihren Teebeutel aufbrühte.

Rhona hatte angerufen, um sich zu erkundigen, wie es beim Arzt gewesen war. Ihre Schwägerin hatte sie zu einer Überraschungsgeburtstagsparty zum vierzigsten Geburtstag von Shane eingeladen. Könnte sie tagsüber zurückrufen, wenn er nicht im Haus wäre, fragte Mary an, während im Hintergrund Waschmaschinengeräusche zu hören waren, als ob das Ding gleich ins Weltall starten würde.

Jo stellte sich gerade das Gesicht ihres älteren Bruders vor, wenn er herausfand, daß er gefoppt worden war, als sie Richards Stimme vernahm. »Hallo, Jo. Ich bin gerade in Naas für eine Arbeit für den *Independent*. Ich fahre dann direkt zu der Party, wenn ich hier fertig bin, okay? William begleitet mich, und er bringt seine Schwester mit, weil sie gerade aus Paris zu Besuch ist. Er kann sie schlecht alleine zu Hause lassen. Ich werde die Party für den *Herald* ablichten, falls die Def-Leppard-Typen oder auch Dennis Hopper aufkreuzt. So, das ist es schon. Schade, daß ich dich nicht gesprochen habe, aber wir treffen uns dort. Tschüs.«

So ein Mist, dachte Jo verzweifelt. Ich wollte mit dir zusammen dort hingehen, Richard. Sie nahm den Teebeutel aus ihrer Tasse und fügte Zucker und Milch hinzu. Und noch ein paar Schokoladenkekse, murmelte sie mißmutig. Sie öffnete den Süßigkeitenschrank, wo sie eine Tüte kleiner *Mars*-

Riegel, Kekse und mehrere Dosen *Seven-Up* für Notfälle aufbewahrte.

Er hatte doch gesagt, daß er mit mir auf die verdammte Party gehen würde, brummte sie und trug Tee und Kekse in ihr Schlafzimmer. Warum in aller Welt begleitete er William und seine blöde Schwester dorthin? Waren sie ihm denn wichtiger, als sie es ihm war?

Sie biß von dem Schokoladenkeks ab und spülte ihn mit dem heißen, süßen Tee hinunter. Dann stellte sie das Radio an und ließ sich auf das Bett fallen. Wie in aller Welt sollte sie die Energie aufbringen, sich umzuziehen?

Sie betrachtete den Stapel ungebügelter Kleidung auf ihrem weißen Korbstuhl. Der Artikel von letztem Monat mit dem Titel »Entrümpeln Sie Ihr Leben« kam ihr wieder in den Sinn, und sie dankte Gott, daß niemand aus dem Büro das Chaos in ihrem Schlafzimmer sehen konnte.

Auf der Arbeit war sie relativ ordentlich. Wenn sie dort eine wichtige Unterlage verlor, dann hatte das schreckliche Auswirkungen. Also zwang sie sich, all die Pressemitteilungen, die alten Zeitungsausschnitte und die gekritzelten Notizen rechtzeitig zu entsorgen, bevor sie ihren Tisch ganz überfluteten.

Zu Hause jedoch warf sie Leinenjacken über einen Stuhl, nur um sie eine Woche später in einem zerknittertem Zustand, der eine halbe Stunde bügeln erforderte, wiederzufinden.

Ein Wirrwarr aus Strümpfen lag auf der geblümten Tagesdecke. Es waren seidige schwarze und beige Strümpfe, die sie bei ihrer hektischen Suche nach einem Paar ohne Laufmaschen zu ihrem Leinenensemble heute morgen zurückgelassen hatte.

Es war ein schönes Zimmer. An den Wänden klebte eine blaugesprenkelte Tapete, die sie vom ersten Moment an bewundert hatte, als sie sie in dem Laura-Ashley-Laden entdeckt hatte. Der weiße Rattanfrisiertisch, das Bücherregal und der Nachttisch paßten ausgezeichnet zu der Tapete sowie zu der langen weißen Musselingardine, die elegant von einer Messingstange herabhing.

Es wäre wie aus einem Wohnmagazin gewesen, wären da nicht die Stapel von Taschenbüchern und unordentlich hingeworfenen Zeitschriften auf ihrem Nachttisch gewesen. Eine Zeitungsseite war in Richtung Boden auf einen Stapel Blusen gefallen. T-Shirts und Hosen lagen auf einem Stuhl.

Der ovale Frisiertisch ähnelte der Auslage einer Parfümerie mit seinen Parfümflaschen, Körperlotionen und vielen alten Lippenstiften, die sie einfach nicht wegwerfen wollte. Ein Foto vom letzten Urlaub mit Richard in New York nahm einen Sonderplatz neben dem Schmuckkästchen aus Nußbaumholz ein, das er ihr im letzten Jahr gekauft hatte.

Was für eine verdammte Unordnung, dachte sie und erinnerte sich an Rhonas Worte über die Auswirkungen kleiner Kinder auf deren unordentliche Mütter. Morgen räume ich auf, nahm sie sich vor. Aber was sollte sie heute auf die Party anziehen?

Jo blickte flüchtig in den Spiegel – der könnte auch einmal wieder einen Staublappen vertragen, rügte sie sich selbst – und war über ihr Spiegelbild verblüfft. Sie fühlte sich zwar erschöpft, aber das Gesicht, das ihr aus dem Spiegel entgegensah, besaß eindeutig eine warme Ausstrahlung. Ihre Augen leuchteten, und ihre Haut hatte einen gesunden Schimmer, mit dem nicht einmal die teuerste Gesichtscreme mithalten konnte.

Wunderbar! Ich fühle mich zwar, als ob ich durch die Mangel gedreht worden wäre, aber ich sehe prima aus! Die Hersteller von *Oil of Olaz* sollten sich einmal Gedanken darüber machen, wie sie das in Flaschen abfüllen könnten.

All die Artikel, die sie über Mutterschaft und attraktive Schwangerschaftsmode geschrieben hatte, kamen ihr jetzt wieder in den Sinn.

Sie mußte bei der Vorstellung laut lachen, wie schwangere Frauen ihre albernen, jeder Erfahrung entbehrenden Artikel gelesen hatten. »Ihre Haut wird aufblühen, und Ihre Haare werden seidiger glänzen, als es der beste Friseur hinbekommen könnte ...« Sie kicherte. Sie hatte nicht die geringste Ahnung gehabt, wovon sie sprach.

Laß mich diese blühende Schönheit nutzen, dachte sie, als sie den letzten Bissen ihres Kekses verdrückte. Nach einer kurzen Dusche und einer noch kürzeren Zeit mit dem Fön brauchte sie noch zehn Minuten für ihr Make-up. Dann betrachtete sie sich kritisch. Die Eröffnungsfeier für Morons seit langem erwartete Hochglanzbeilage würde sicherlich eine aufregende und hochrangige Sache werden.

Jo wollte sich dort in ihrem allerbesten Licht zeigen, zumal die Chefs zweier Modellagenturen sich angesagt hatten – natürlich in Begleitung ihrer schönsten Mädchen. Das gerüchteweise Erscheinen von Rockstars bedeutete, daß alle Fotomodelle der Stadt sich auf die Socken machen würden, eine Armee bestgepflegter Frauen, die für ihr hinreißendes Aussehen bezahlt wurden – und die andere Frauen augenblicklich grün vor Eifersucht werden ließen. Da Richard dort mit seiner Nikon auf der Suche nach Fotomöglichkeiten herumstreichen würde, wollte Jo keinen Deut weniger aufregend aussehen als die professionellen Fotomodelle.

Und blaß wollte sie auch nicht aussehen, wenn sie ihm ihre wunderbare Neuigkeit mitteilte. Etwas wirklich Aufreizendes war also gefragt.

Sie öffnete den Schrank und trat etwas zurück, als ihr ihre schwarzen Wildledersandalen, ein flauschiger rosa Hausschuh und ein Drahthügel entgegenkamen. Sie begutachtete ein Stück nach dem anderen, ohne fündig zu werden, bis sie auf die perfekte Lösung stieß: Ein elegantes, tiefblaues Schlauchkleid, das trügerisch einfach aussah, wenn man seinen Preis nicht kannte und nicht wußte, daß nur sehr begabte – und sehr teure – Designer einen asymmetrischen Schnitt derart schmeichelnd hinbekamen.

Jo drehte sich vor dem Spiegel, um ihre Figur von allen

Seiten zu betrachten. Sie sah wunderschön aus. Eine Glasperlenkette, winzige Perlenohrringe und hohe Absätze vollendeten ihre Aufmachung.

Mit ihren schildpattbraunen Haaren, die ihr in niemals zu bändigenden natürlichen Wellen den Rücken herunterfielen, den dunklen, nur sehr sparsam mit Lancômes silbergrauem Lidschatten bestäubten Augen und dem sie umspielenden Kleid fühlte sie sich wie ein Filmstar der dreißiger Jahre. Katherine Hepburn vielleicht, dachte sie, und erinnerte sich an verregnete Samstagnachmittage mit alten Filmen im Fernsehen.

Sie sprühte ein wenig Parfüm auf Hals und Handgelenke. Los, Jo stiehl ihnen die Show.

4

Der Uhr auf dem Armaturenbrett zufolge war es genau acht. Es war soweit, sie mußte hineingehen und ihrem Mann und den versammelten Angestellten der News gegenübertreten, die zweifellos ganz genau über den Zustand ihrer Ehe Bescheid wußten. Beziehungsweise ihrer Nicht-Ehe, wie auch immer sie ausgehen mochte, dachte Aisling betrübt.

Dic Eröffnungsparty war ihrer Einschätzung nach bereits seit mindestens einer Stunde im Gange. Sie aber hatte seit ihrer Ankunft still im Auto gesessen, nervös mit ihren Autoschlüsseln herumgespielt und darüber nachgegrübelt, wie sie sich am unauffälligsten einschleichen könnte.

Jo würde dasein, rief sie sich ins Gedächtnis. Gott sei Dank. Obwohl es schon mehr als zwölf Jahre her war, seit sie sich ein winziges Apartment in Rathmines mit der lebhaften Volontärin geteilt hatte, waren sie doch immer Freundinnen geblieben.

Aisling wußte nur zu gut, daß sie es Jos Dickköpfigkeit zu

verdanken hatte, daß sie sich während der letzten zehn Jahre regelmäßig gesehen hatten.

Als sich ihre Lebenswelten unterschiedlich entwickelt hatten – und die eine die Karriereleiter nach oben geklettert war, während die andere die Treppe mit einem Haufen Wäsche in den Armen hinaufging –, hatte sich Aisling gefragt, ob jemand auf einem solchen Höhenflug wie Jo noch Interesse haben würde, die Beziehung aufrechtzuerhalten.

Die Frage erübrigte sich alsbald, als Jo merkte, daß ihre Arbeit ihr weder die Zeit noch die Energie ließ, sich außerhalb ihrer Arbeitswelt mit Menschen zu treffen. Aisling ihrerseits machte die Erfahrung, daß zwei wunderbare Jungs auch die doppelte Arbeit bedeuteten. Da sie vollkommen in ihre beiden Lieblinge vernarrt gewesen war, hatte sie sich bis zu deren Einschulung aus Nicht-Baby-Kreisen vollkommen zurückgezogen. Erst dann hatte sie begonnen, die Fäden ihres alten Lebens wiederaufzunehmen.

Als sie sich mit ihrer langjährigen Arbeitskollegin Nuala getroffen hatte, war ihr aufgefallen, daß sich ihre Welt während der letzten paar Jahre grundsätzlich geändert hatte, während die von Nuala dieselbe geblieben war. Nuala erzählte von gleitender Arbeitszeit, Personaleinsparungen und Verhandlungspartnern, die sie am Telefon nervten. Aisling empfand sich selbst augenblicklich als langweilig, sie war noch eine dieser Mütter, die von ihren Kindern schwärmte.

Es überraschte sie auch nicht, als Nuala sich nicht wieder meldete, um sich erneut zum Mittagessen zu verabreden. Aus diesem Grund hatte Aisling erwartet, Jo würde ähnlich reagieren. Einfach zu beschäftigt, als daß sie ein schnelles Sandwich mit einer früheren Freundin hätte einnehmen können. Menschen verändern und entwickeln sich.

Es war eine angenehme Überraschung gewesen, daß sie sich geirrt hatte. Jo hatte es sich in den Kopf gesetzt, den Kontakt aufrechtzuerhalten. Sie telefonierte regelmäßig oder kam zum Mittagessen vorbei, wenn sie in der Gegend war.

Ganz gleich, wie lange sie sich nicht gesehen haben mochten, sie waren sofort wieder vertraut, lachten über dieselben Dinge und schwelgten in Erinnerungen an die alten Zeiten, in denen sie nicht ausreichend Geld gehabt hatten, um die Heizung zu bezahlen. Statt dessen hatten sie sich vor ihrem kleinen tragbaren Fernseher in wärmende Decken gehüllt.

»Ich habe heute noch diesen Alptraum, daß ich nach Hause zurückkehre und die Miete nicht bezahlen kann, und daß ich unsere gesamte Kleidung vor der Tür auf der Straße wiederfinde«, sagte Aisling an einem kalten Dezembermorgen, als Jo mit Weihnachtsgeschenken für die Jungs und mit einer wunderschönen Emailbrosche für Aisling vorbeigekommen war. »Ich wache auf und bilde mir ein, daß der Vermieter an die Tür klopft. Dann empfinde ich es immer als *Erleichterung*, daß alles nur ein Alptraum war.«

»Das Gefühl kenne ich«, antwortete Jo schaudernd, obwohl sie in Aislings primelgelbem Wohnzimmer vor dem Kamin saßen. »Himmel, es war schrecklich, nicht genügend Geld zu haben und immer gerade mal so durchzuschlittern.«

»Letztens habe ich eine wunderschöne rote Jacke gekauft. Als ich mit meinem Scheckheft an der Kasse stand, fiel mir ein, daß die Jacke *mehr als zwei Monatsmieten* in der Mount Pleasant Avenue gekostet hat! Ist das nicht unglaublich?« Jo nippte an ihrem Kaffee. »Fast hätte ich sie wieder zurückgebracht. *Zwei Monatsmieten!* Meine Mutter wäre entsetzt, wenn sie wüßte, daß ich soviel Geld für Kleidung ausgebe.«

»Es wird ihr nicht entgangen sein, daß du in Sachen Kleidung einen sehr teuren Geschmack hast«, antwortete Aisling lachend und blickte vielsagend auf den eleganten cremefarbenen Hosenanzug, den Jo trug. »Und keiner würde annehmen, daß du diese Schuhe vom Grabbeltisch eines Billigladens aufgelesen hast.«

»Stimmt.« Jo blickte auf ihre cremefarbenen weichen Lederpumps. »Es ist wirklich verrückt, wieviel Geld ich für Kleidung ausgebe. Aber alle Modejournalisten sind so.«

»Wenn ich mich mit meinen alten grauen Leggings und einem alten T-Shirt auf einer Modeschau sehen lassen würde, dann würden sie sich vor Schadenfreude nicht mehr halten können. Ich muß also Geld für Kleidung ausgeben!«

Aisling lachte. Ganz gleich, in welchen gehobenen Kreisen sich Jo auch bewegen mochte, sie war doch immer noch die Alte geblieben – witzig, freundlich und ohne jeden Dünkel. Sie war immer noch dasselbe warmherzige Mädchen, das ihrer etwas unscheinbareren Wohnungsgenossin alles leihen würde, sogar ihr allerneustes Lieblingskleid.

Jo war seit jeher eine Freundin gewesen, auf die man sich hatte verlassen können. Die Art von Mensch, die immer mit Papiertaschentüchern, einer tröstenden Umarmung und einer leidenschaftlichen Ansprache zur Stelle war, dachte Aisling. Anders als ihre Schwester Sorcha, die so sehr mit ihrem Job in London beschäftigt war, daß sie kaum die Zeit fand, über Weihnachten nach Hause zu kommen. In Jos Gesellschaft fühlte sich Aisling wohl. Dann machte es ihr auch nichts aus, daß Sorcha ihre Schwester Aisling für eine Niete hielt, nur weil diese tagsüber keinen Karriereposten bekleidete und abends keine Managementkurse belegte. Jo Ryan, stellvertretende Chefredakteurin und Leiterin des Moderessorts der Zeitschrift *Style* war eine von Aislings besten Freundinnen. Noch nicht einmal Sorcha konnte behaupten, Jo sei langweilig. Lebendig, clever und ein bißchen ungestüm, das ja. Aber langweilig, nein, das war sie nicht.

Witzig, warmherzig und ein wenig zu gutgläubig, was Männer betraf – so jedenfalls empfand es Aisling –, hatte Jo endlich ihren Traummann gefunden, nachdem sie jahrelang immer wieder an den falschen geraten war.

»Du wirst von ihm hingerissen sein, Ash«, hatte Jo glückselig am Telefon verkündet, nachdem sie eine romantische Woche lang mit Richard zusammengewesen war. »Er ist einfach perfekt – besser als Richard Gere!«

»So gut?« hatte Aisling kichernd gefragt. »Bist du dir

sicher, daß er auch wirklich aus Fleisch und Blut ist und nicht einer Männerzeitschrift entsprungen ist?«

»Er ist aus Fleisch und Blut.« Jos rauchiges Lachen sagte Aisling alles. Der wunderbare Fotograf hatte die erste Hürde offenbar bereits genommen. Aisling fand zwar, daß Jo ein wenig länger hätte warten sollen, ehe sie mit ihrem neuen Freund ins Bett ging. Michael war Aislings erster und einziger Liebhaber gewesen. Nun, heute betrachtete man diese Dinge eben anders.

Sie hoffte, daß Richard nicht den Männern ähnelte, mit denen Jo früher zusammengewesen war. Sie verliebte sich immer leidenschaftlich und mit ganzem Herzen und bemerkte deren Fehler erst dann, wenn es zu spät war. Vielleicht war es dieses Mal ja anders.

Aisling hatte nicht mehr viel von ihrer Freundin gesehen, seit sie Richard kannte. Einen Augenblick lang grübelte sie darüber nach, ob Jo von Michaels Affäre Wind bekommen hatte.

Sicherlich nicht, dachte sie. Jo hätte es ihr gesagt, wenn sie etwas gehört hätte. Oder? Aisling war von all den Gedanken schon ganz schwindelig. Und ich bin diejenige, die immer findet, daß Jo alles durch die rosarote Brille sieht. Was für eine Ironie des Schicksals! Bitte, laß Jo heute abend dasein, betete Aisling inständig. Jo und sie saßen bei Journalistenpartys am Schluß immer nebeneinander. Aisling war ihrer extrovertierten Freundin dankbar, daß sie sie den immer wieder neuen Reportern und Fotografen vorstellte.

Regelmäßig waren dort jede Menge Leute, die sie nicht kannte, dachte Aisling, als sie daran zurückdachte, wie oft sie Jo gefolgt war, nachdem Michael sich woanders hin verzogen hatte.

»Komm, ich stelle dir Lorraine vor«, würde Jo sagen. »Sie schreibt Buchkritiken für die *Times*. Ihr werdet euch gut unterhalten.« Aisling fühlte sich augenblicklich nicht mehr ausgeschlossen und hatte das Gefühl, daß sie etwas zu sagen hatte. Jo vermittelte ihr niemals das Gefühl, farblos oder uninteressant zu sein, so wie es Michael immer tat.

Wenn sie mit Jo zusammen war, fühlte sich Aisling wieder mehr wie ihr altes Selbst, wieder mehr wie das Mädchen, das zur Weihnachtsfeier des Wirtschaftskollegs als die Blondine von Abba erschienen war. Jo war die Rothaarige gewesen, einschließlich Pailletten und Trompetenhosen. Wer scherte sich schon darum, daß gar nicht Fasching war?

Himmel, dachte sie, habe ich das tatsächlich einmal gemacht? Wie haben wir ausgesehen? Nachdem sie eine halbe Flasche Malibu auf der Toilette ausgetrunken hatten, war ihnen ihr Aussehen vollkommen gleichgültig gewesen. Am Ende des Abends hatte sie noch nicht einmal mehr die Flasche Mailibu sehen können. Von Wodka bekam man nicht so einen fürchterlichen Kater, hatte Jo bemerkt. Und Gin wäre noch besser.

Hoffentlich ist es nicht eine dieser Partys, auf denen es nur Wein zu trinken gibt, dachte Aisling. Heute brauchte sie unbedingt den Kick eines richtigen Drinks, der ihre Komplexe etwas mildern würde, damit sie sich weniger fehl am Platz fühlen würde.

Michael würde ihr vermutlich einen seiner mißbilligenden Blicke zuwerfen, wenn er sie etwas trinken sah. Früher hatte er gerne ein paar Flaschen Bier vor dem Fernseher getrunken, aber in letzter Zeit hatte er sich ganz vom Alkohol abgewandt und sich über seinen festen Bauch gestreichelt, wenn er das gewohnte Budweiser am Wochenende abgelehnt hatte.

Vermutlich wollte er schlank und fit für seine Freundin sein, dachte sie verbittert.

»Zu Hause trinke ich kein Bier mehr«, hatte er ihr im Januar offenbart, als sie gerade den gesamten Einkauf alleine ausgepackt und einen Sechserpack Bier in die Vorratskammer gestellt hatte. »Es ist so ungesund. Ein Glas Rotwein ist viel bekömmlicher und schmeckt auch viel besser. Die Italiener trinken es tagtäglich, und sieh nur, wie gesund sie aussehen.«

Er warf Aisling einen tadelnden Blick zu, als sie schuldbewußt eine Großpackung Baileys Eiskrem aus der Einkaufstüte holte. Zehn Billionen Kalorien mindestens.

»Ein Bekannter erzählte mir, daß Wissenschaftler ein paar Glas Rotwein und eine mediterrane Ernährungsweise empfehlen«, fuhr er fort. »Einer meiner Volontäre sollte einen Artikel darüber verfassen.«

Aisling fragte sich nun, ob der erwähnte »Bekannte« möglicherweise eben jene Femme fatale war, die er auch zu *Le Caprice* mitgenommen hatte, und ob die Hexe Weintrinker Biertrinkern vorzog. Vermutlich. Vielleicht gehörte sie ja zu der Sorte Frauen, die erst zwei Weißweinschorlen kippten, ehe sie lauthals verkündeten, für den Rest des Abends nur noch Mineralwasser zu trinken.

Ganz anders als ich, dachte Aisling. Nach fünf Gin Tonics war sie praktisch schon unter dem Tisch und wurde auf Partys oft albern und ausgelassen. Natürlich gehörte dazu dann auch, daß sie auf der Rückfahrt im Taxi Michaels Ermahnungstiraden ertragen mußte.

»Wie konntest du nur diese Geschichte heute abend erzählen?« hatte er sie mit donnernder Stimme nach jenem Abend gefragt, an dem Aisling der Frau des Herausgebers die wahnsinnig komische Geschichte erzählt hatte, wie sie zum ersten Mal ein Diaphragma eingesetzt bekommen hatte.

»Ich sollte dich wirklich nicht mit auf Partys nehmen, wenn du mich in derart peinliche Situationen bringst. Ich möchte gar nicht wissen, was die anderen davon halten.«

Aislings Meinung nach wäre es vollkommen sinnlos gewesen zu erzählen, daß der Frau des Herausgebers die Geschichte sehr gefallen hatte und sie in lautes Lachen ausgebrochen war, nachdem Michael außer Hörweite gewesen war.

Wer in aller Welt war Michael, daß er ihr verbieten wollte, auf Partys ein paar Drinks zu genießen? Er schlief mit irgendeiner Frau und brach das Ehegelübde, als ob es nicht einmal soviel wert wäre wie das Papier, auf dem es festgehalten worden war. Er hatte nicht das Recht, ihr zu sagen, was sie zu tun oder zu unterlassen hatte. Sie trank das, was sie trinken wollte, und heute abend erst recht.

Vielleicht trank sie tatsächlich etwas zuviel, wenn sie ausging. Na und? Wenn sie sich in der Gesellschaft seiner Freunde nicht wohl fühlte, dann war das seine Schuld. Er hielt sie immer auf Abstand von seinen Kollegen und vermittelte ihr das Gefühl, ein wenig dumm zu sein. Ganz im Gegensatz zur Frau des Chefredakteurs, die nichts Geringeres als Physikprofessorin war.

Schlechter, als sie sich momentan fühlte, konnte auch Michael sie nicht machen. Er hatte sich bereits eine andere Frau gesucht, wie konnte sie noch mehr gedemütigt werden? Verflucht soll er sein! Sie würde sich den größten Drink holen, den sie bekommen konnte, und es scherte sie nicht im geringsten, wenn Michael sie dabei beobachten sollte.

Es war Zeit hineinzugehen. Aisling überprüfte ihr Make-up im Rückspiegel und verrieb eine winzige Spur Wimperntusche unter ihrem Auge. Die zarte Haut unter den Augen durfte man nicht zu sehr reizen, wie sie aus unzähligen Zeitungsartikeln wußte.

Nachdem sie die Dreißig überschritten hatte, hatte sie sich intensiv um ihre Haut bemühen wollen. Aber die erstandenen Kosmetika benutzte sie nicht sehr lange. Schon bald wusch sie sich wieder mit Wasser und Seife und benutzte ein wenig *Oil of Olaz,* wenn sie es nicht ganz vergaß.

Würde Michael sie immer noch lieben, wenn sie ihre Haut verwöhnt und viele Stunden mit Wachs und Haarezupfen und anderen Verschönerungen verbracht hätte? Vermutlich nicht. Wenn er wirklich eine bezaubernde Karrierefrau suchte, um mit ihr vor seinen Freunden zu glänzen, dann hätte es eines Wunders bedurft, damit er bei seiner Hausfrau geblieben wäre.

Sie wischte den Wimperntuschefleck weg, wobei sie die dicke Schicht Abdeckstift ebenfalls abwischte, die sie aufgetragen hatte, um ihre geröteten Augen zu verstecken. Verdammt, murmelte sie und durchsuchte ihre dünne Schminktasche nach dem winzigen Abdeckstift, um den Schaden zu beheben.

Aisling betrachtete sich unzufrieden im Spiegel. Ein vorbeigehendes Paar warf einen Blick in ihren staubigen Starlet, bevor sie Hand in Hand durch den Hintereingang des Zeitungsgebäudes traten.

Leger in Jeans und modische *Timberland*-Schuhe mit den passenden Kordjacken gekleidet, eilten sie an ihr vorüber. Das Mädchen starrte Aisling kurz an, dann wandte sie den Blick ab und strich sich mit jugendlicher Selbstsicherheit eine kastanienbraune Strähne aus den Augen.

Aisling errötete bei ihrem abschätzigen Blick und stellte sich vor, wie das Mädchen sich fragte: »Wozu sich noch die Mühe machen?« Nur eine langweilige alte Hausfrau, die sich aufzutakeln versucht, wo doch kein Puder und keine Farbe der Welt den Ansatz eines Doppelkinns vertuschen konnten.

Jetzt einen Drink, dachte sie wieder. Nur ein großer Drink konnte ihr jetzt den Mut geben, in all die unbekannten Gesichter zu lächeln. Falls sie überhaupt noch ein Lächeln hinbekommen würde, wenn sie Michael gegenüberstand. Aisling atmete tief durch und öffnete die Autotür.

Außer sich selbst konnte sie niemanden in der abgelegenen Ecke des Parkplatzes sehen, wo sie stand. In der Nähe der Tür parkte gerade ein in Leder gekleideter Mensch ein Motorrad.

Sie hatte seit Jahren kein Motorrad mehr gesehen, und die Vorstellung einer Fahrt auf der Autobahn mit dem Wind im Gesicht und abgelenkt von den Grübeleien über ihr Leben, erschien ihr plötzlich sehr verlockend.

Während eines wunderschönen Griechenlandurlaubs hatte sie sich einen dieser Roller gemietet. Ihr Vater hatte sie mit düsterer Miene vor gebrochenen Rippen und lebenslangen Narben gewarnt. Das spornte sie an. Mit ihren alten Bermudajeans und einem T-Shirt bekleidet war sie mit Jo, die auf einem ähnlich abgetakelten Roller fuhr, die Bergstraßen entlanggebraust und hatte vor lauter Freude in den Wind gelacht.

»Wer als Letzter ankommt, der muß mit den Spiros ausgehen«, hatte Jo gekreischt und das Gaspedal ganz heruntergetreten. Sie jedenfalls würde nicht diejenige sein, die mit dem üppig behaarten Besitzer ihres Apartmentblocks in der Taverne zu Abend speisen würde.

Vermutlich fuhren sie keine dreißig Stundenkilometer, aber sie glaubte zu fliegen, als sie an den winzigen, in der griechischen Sonne leuchtenden weißen Häusern vorbeirasten und den dort ansässigen, immer in Schwarz gehüllten Frauen zulächelten.

Heute würde sie nicht einmal im Traum mehr einen Motorroller fahren. Motorroller und Motorräder waren etwas für die schlanken jungen Frauen, die man immer in der Tamponwerbung sah, deren Haare bis zum Po reichten, die sehr knappe weiße Shorts trugen und jede Menge Ausstrahlung besaßen. Ganz sicher war das nichts für Frauen, die nicht einmal mehr ihren Hosenbund zuknöpfen konnten.

In der Redaktion gab es vermutlich jede Menge von ihnen, süße Fotomodelle, die mit dem Herausgeber für Fotos posierten. Vielleicht sollte sie sie einmal um Rat fragen. Sie könnte ein paar von ihnen mit zu Michael schleppen und ihnen dann die Frage stellen, ob er es wert sei, daß sie um ihn kämpfte.

Einen Augenblick lang stellte sie sich Michaels wutentbrannten Gesichtsausdruck vor, wenn sie ganz ruhig ein paar wunderschönen Frauen erklärte, er sei ein verlogener, mieser Wicht. Aber so etwas könnte sie nie und nimmer wirklich durchziehen. Fiona könnte es, es würde ihr sogar *Spaß machen,* falls Pat jemals so dumm wäre, sie zu betrügen.

Aisling war sich darüber im klaren, daß sie lediglich davon träumen konnte, Michael eine Ohrfeige zu verpassen. So wie sie sich auch immer vorgestellt hatte, ihrem Vater eine Ohrfeige zu geben, wenn er ihr das Gefühl vermittelt hatte, sie sei wertlos und dumm. War das wirklich alles, was Männer jemals zustande brachten?

Sie lehnte sich gegen das Auto und schloß einen Augenblick lang die Augen. Es graute ihr vor dem bevorstehenden Abend, an dem sie Michaels Kollegen anlächeln mußte und darüber nachgrübeln würde, wieviel sie wußten – Michael Morans einst schlanke Frau, die sich nun in eine schwerfällige, langweilige Hausfrau ohne Stilgefühl verwandelt hatte. Kein Wunder, daß er sich eine Freundin gesucht hat, wenn das der Anblick war, zu dem er jeden Abend zurückkehren mußte, hörte sie sie sagen. Verflucht sollte er sein!

Sie knallte die Autotür zu und strich ihr Kleid glatt. Jetzt durfte sie keinen Rückzieher machen.

Aisling war etwas außer Atem, als sie die große Eingangstür erreicht hatte, wo ein Sicherheitsbediensteter mit wichtigtuerischer Miene und einem Notizblock vor der Nase auf sie herabblickte.

»Ich . . . äh . . . werde auf der Party erwartet«, stammelte sie. »Die Beilage . . . mein Mann arbeitet hier . . .«

»Name?« erkundigte sich der Mann etwas überheblich und nahm seinen Bleistift in die Hand.

»Aisling Moran«, antwortete sie automatisch, und das eisige Gesichts des Mannes erhellte sich.

»Frau Moran! Wie schön, Sie endlich einmal kennenzulernen. Treten Sie ein, bevor diese Nachrichtenleute alles ausgetrunken haben!«

Sie wurde zur Treppe geführt, wo der Wächter nach Mick rief, der Frau Moran »zur Party begleiten möge«.

Aisling hatte noch nicht einen Fuß auf die Treppe gesetzt, als ein viel jüngerer Mann in einem dunkelblauen Anzug und mit kurzen Haaren auf sie zutrat und sie die Stufen hoch eskortierte.

Aisling brummte etwas wie, sie sei seit Jahren nicht mehr eskortiert worden.

»Keine Ursache, gnädige Frau«, erwiderte der junge Mann

gutgelaunt. »Diese Stufen hier sind etwas steil, besonders wenn man nicht an sie gewöhnt ist. Außerdem würden Sie den Weg durch das Wirrwarr nicht finden, wenn Sie sich nicht gut auskennen.«

Er konnte nicht mehr als neun oder zehn Jahre jünger sein als sie selbst, aber die Art und Weise, wie er im Schneckentempo neben ihr herging und sie mit ›gnädige Frau‹ anredete, ließ darauf schließen, daß er ihr Alter mit dem seiner eigenen Mutter verglich. Na wunderbar.

»Auf Wiedersehen.« Er lächelte ihr aufmunternd zu und ging den Weg, den sie gekommen waren, wieder zurück. Nun stand sie allein vor den Redaktionsräumen. Bei dem Gedanken, dort ganz allein eintreten zu müssen, klopfte ihr das Herz.

Was in aller Welt willst du hier, fragte sie sich geknickt. Warum sitzt du nicht zu Hause und steckst wie sonst auch den Kopf in den Sand?

Weil du herausfinden mußt, was hier vor sich geht, erklärte die Stimme in ihrem Kopf ruhig. Wenn du es jetzt nicht herausfindest, wirst du es niemals tun. Es ist an dir, seine Untreue zu ignorieren oder aber von ihm zu verlangen, daß sie aufhört. Reiß dich zusammen, Aisling, sagte sie laut. Und los geht's!

Sie hatte gerade die Hand auf die Klinke gelegt, als die Tür von zwei hysterisch kichernden Männern mit verrutschten Schlipsen aufgerissen wurde, die sich an ihr vorbeidrängten.

»Aisling Moran! Wie geht es dir?« Von einem der beiden wurde sie zurückgerissen und fest umarmt.

»Tom«, erwiderte sie zufrieden, als sie den stellvertretenden Chefredakteur erkannte. Er gehörte zu Michaels besten Freunden. »Ich habe dich seit einer Ewigkeit nicht mehr gesehen«, bemerkte er herzlich. Ein Lächeln breitete sich auf seinem graubärtigen Gesicht aus. Als großer Mann mit hängenden Schultern war Tom seit jeher schlank gewesen, aber jetzt hatte er ein kleines Bäuchlein unter seinem sich spannenden Hemd angesetzt.

Aisling fielen die vielen grauen Strähnen in seinem Haar auf. Schockiert registrierte sie, daß sie ihn seit zwei Jahren nicht mehr gesehen hatte.

Nun, auch bei mir ist die Uhr nicht rückwärts gelaufen, dachte sie betrübt.

»Wie geht es dir?« röhrte er gutgelaunt, wobei er den Geruch von Whiskey verströmte.

»Heute ist ein großer Tag für deinen Mann, nicht wahr? Du mußt so stolz auf ihn sein. Wir sind es auch.«

Geradezu wie von Sinnen, dachte sie und lächelte ihn zuckersüß an. Tom stieß die Schwingtüren auf und führte Aisling in das überfüllte Zimmer. MTV, RTV, der Super- und der Skysportkanal schallten in voller Lautstärke von den an der Wand aufgestellten Fernsehgeräten herunter. Niemand schien sich an dem unwahrscheinlichen Lärm von Pearl Jams neustem Hit, einem dröhnenden Formel-Eins-Rennen und den Nachrichten in zwei Sprachen zu stören. Statt dessen kreischten sie lachend auf, redeten lebhaft und winkten nach mehr Getränken, die zwei angestrengte junge Mädchen in schwarzen Röcken und weißen Hemden auf großen Tabletts durch den Raum trugen.

Kleine Gruppen von zwei oder drei Gästen hatten sich gebildet. Sie lachten und erzählten sich Witze, die sich langjährige Kollegen erzählen, wenn sie einander besser kennen als ihre eigenen Familien. »Willst du damit etwa behaupten, ich hätte die Geschichte aus einer anderen Zeitung geholt?« fragte jemand pikiert.

»Du glaubst aber auch alles, Pat!« antwortete eine andere Stimme. »Er will dich doch nur zu einer Wette provozieren. Dafür schuldest du mir übrigens noch ein Bier, Shay.«

»Heute abend sind sie alle gut drauf«, bemerkte Tom kichernd.

Aisling fand, daß sie alle einen schillernden und dynamischen Eindruck machten. Sie hatte immer etwas Angst vor den Kollegen ihres Mannes gehabt, besonders vor den Frauen.

»So, da sind wir«, hörte sie Tom sagen, als sie in der Mitte des Saals angekommen waren, wo eine Gruppe Menschen einem hochgewachsenen, dunkelhaarigen Mann lauschte.

Michael hielt wie gewohnt Hof. Er besaß die irritierende Gewohnheit, über alles und jedes referieren zu können, wobei Politik sein Lieblingsthema war.

Zu Hause erörterte er auch immer seine Ansichten zur neusten politischen Krise, wenn Aisling gerade die Nachttischlampe ausknipsen wollte oder sie sich gerade hingesetzt hatte, um *ER* zu sehen. Er war sich niemals der Tatsache bewußt, wenn sie gerade mit etwas anderem beschäftigt war und sich gar nicht für die Labour Party oder Bill Clintons letzte Rede interessierte. Und er merkte nie, wie sich ihr Blick verdunkelte, wenn er richtig loslegte.

Heute abend war er gut in Form und predigte über die veränderte Rolle von Zeitungen in einer Fernsehwelt mit stündlicher Nachrichtenberichterstattung. Es befriedigte Aisling ein kleines bißchen, als eine der weniger begeisterten Zuhörerinnen einen Kollegen mit erhobenen Augenbrauen anblickte. Die beiden fanden Michaels Angewohnheiten offenbar genauso entnervend. Nicht jeder war so hingerissen von ihm, wie Michael es sich gerne einredete. Einen kurzen Augenblick lang war das eine sehr befriedigende Vorstellung.

Sie versuchte ihn zu betrachten, als ob sie eine Fremde wäre, die ihm zum ersten Mal begegnete. Großgewachsen, mit dunklen Augen und phantastisch gebaut, wie für die Marlborowerbung gemacht, war er zum Leidwesen seiner männlichen Kollegen einfach zu verdammt gutaussehend, als daß er auch nur ein Quentchen Intelligenz hätte haben dürfen.

Seinen Neidern zum Trotz war er ein ausgezeichneter Journalist und ein noch besserer Redakteur. Sein Selbstbewußtsein entsprach seiner Qualifikation. Jahr um Jahr strömten viele Jungjournalisten, besonders ehrgeizige junge Frauen, das Büro, weil sie jedes noch so kleine Detail seiner Arbeit studieren wollten. Unweigerlich verliebten sie sich in den gutaussehenden stellvertretenden Chefredakteur.

Michael erzählte Aisling immer in einem belustigten Tonfall davon, beispielsweise daß sie rot wurden, wenn sie ihm mittags ein Sandwich holten oder wenn sie ihn statt des zuständigen Redakteurs wegen ihrer Artikel um Rat baten. Obwohl Michael immer den Eindruck erweckte, daß ihn dieses Verhalten belustige, wußte Aisling nur zu gut, daß er sich geschmeichelt fühlte. Bei Michael konnte man mit Bewunderung alles erreichen.

Nicht gerade eine Charaktereigenschaft, die die Stellung einer Ehefrau sichert, dachte Aisling. Sie beobachtete zwei jüngere Frauen, wie sie sehnsuchtsvoll zu Michael aufblickten, als ob er ein Filetsteak sei und sie seit einem Monat nichts mehr gegessen hätten.

Aisling hätte den Zuschauern natürlich erklären können, daß sein intensiver, an Robert Redford erinnernder Blick lediglich darauf zurückzuführen war, daß er die schicke Designerbrille, die er vor ein paar Jahren erstanden hatte, nicht auf der Nase trug. Natürlich hatte sie keine Gelegenheit, es jemandem zu erzählen, und sie fürchtete, daß man ihr ohnehin nicht glauben würde. Sie konnte sich vorstellen, daß gerade diese beiden Bewunderinnen im stillen überlegten, wie unglaublich sexy der direkte Blick des stellvertretenden Chefredakteurs war und daß er nur ihnen allein galt. Was für eine Fehleinschätzung, Mädchen.

»Michael, sieh mal, wer gekommen ist!« rief Tom bester Laune. Alle drehten sich zu den Neuankömmlingen um. Aisling spürte, wie sie tiefrot anlief und hätte im Erdboden versinken mögen. Michael beugte sich zu ihr herunter und nahm ihre Hand. Er führte sie mitten in die Menschenmenge und erweckte beinahe den Eindruck, er sei über ihr Kommen erfreut. Was für ein Schauspieler.

»Aisling, diese Leute hier gehören zu meinem Team für die Beilage. Und für alle anderen: Dies ist Aisling, meine Frau.«

Wer schrieb ihm seinen Text, fragte sie sich. Wollte er mit dieser Show seine staunenden Schüler um den Finger wickeln? Aisling bemerkte die Überraschung in den Blicken der Frauen, als sie ihr errötetes Gesicht und die nicht gerade perfekte Figur begutachteten, die sie unter dem schreiend roten Kleid verborgen hatte. Der wunderbare, intelligente Michael, einer der begabtesten Journalisten Dublins, war mit so einer verheiratet! Diese mitleidigen Blicke war sie bereits gewohnt, wenn die Bewunderer ihres Mannes merkten, daß ihr Held an die am wenigsten attraktive Frau im ganzen Raum gebunden war.

Bisher war sie sich doch immerhin sicher gewesen, daß die weiblichen Bewunderer über das Schwärmen für ihren Mann nicht hinauskamen. Jetzt aber hatte sie den niederschmetternden Beweis, daß eine dieser Frauen bei weitem nicht nur an ihn *dachte*.

Als sie sie mit unterschiedlich heftiger Begeisterung begrüßten, fragte sich Aisling, ob sie eine dieser Frauen war. Möglicherweise war das auch der Grund, warum Michael ihr niemanden persönlich vorgestellt hatte.

Vielleicht war es die Blondine mit dem dicken Make-up und den Lippen wie Kim Basinger, die so betont cool dastand. Oder aber die große Brünette mit der Hornbrille, die ihre Mandelaugen betonte und eine durchsichtige Bluse trug, die keinen Zweifel darüber aufkommen ließ, daß sie die Schublade mit ihren BHs heute nicht konsultiert hatte.

Aisling betrachtete sie einen Augenblick lang, ehe sie sich den anderen Frauen zuwandte. Würde sie die Frau anhand Fionas Beschreibung erkennen können, oder würde sie intuitiv wissen, welche es war?

»Ist alles in Ordnung?« Die Stimme ihres Mannes riß sie aus ihren Gedanken. Sie blickte ihn mit kühlen, blauen Augen an. Jetzt, wo sie sein Geheimnis kannte, hatte sie erwartet, daß er sich verändert hätte. Das war jedoch nicht der Fall. Er sah genauso aus wie immer, ein Schatten seines Bartes verdunkelte sein Gesicht und seine Augenbrauen waren fragend erhoben.

Bis heute hätte sie ihr Leben darauf gewettet, daß Michael nie weiter ging, als mit einer anderen Frau zu reden. Sie sah ihren Mann an und bemerkte die dunklen Ringe unter seinen Augen, die er von den vielen Überstunden für die Fertigstellung der Beilage bekommen hatte. Das jedenfalls hatte er ihr gegenüber behauptet.

Wahrscheinlicher war es, daß er von den vielen Stunden mit *ihr* so erschöpft war, von den Restaurantbesuchen, bevor sie gemeinsam dafür sorgten, daß die Scheiben seines Wagens beschlugen. Derselbe Wagen, mit dem sie am Wochenende mit den Jungs auf dem Rücksitz zum Supermarkt einkaufen fuhr.

O Gott, welch ein Verrat. Es schmerzte so sehr, und es machte sie so wütend. Zwölf Jahre Ehe bedeuteten ihm *überhaupt gar nichts,* wenn er diese Zeit einfach für ein paar heiße Nächte mit irgendeinem Flittchen vergessen konnte.

»Ist alles in Ordnung?« fragte er erneut. Sie wandte sich ab. Tom kam mit dem Drink zurück, den er für sie geholt hatte: Ein großes Glas Gin Tonic, stark und kühl und mit jeder Menge klingenden Eiswürfeln darin.

Sie lächelte Tom dankbar an und trank einen tiefen, belebenden Schluck. Sie spürte, wie der Gin ihre Lebensgeister wie eine Adrenalinspritze weckte.

Michael hatte seine Aufmerksamkeit bereits auf das nächste Thema gelenkt, seine persönliche Einschätzung der neusten Krise in Washington.

»Wir müssen reden.« Aisling war selbst von ihrer ruhigen Stimme überrascht, als sie ihm auf die Schulter klopfte. Die erstaunten Blicke seiner Kollegen mißachtend, entfernte sie sich von der Gruppe. Er folgte ihr widerwillig, bis sie außer Hörweite waren.

»Was ist denn?« fragte er ungeduldig. »Warum hast du es mir denn nicht gleich gesagt? Was soll denn der Aufstand?«

Sie betrachtete ihn ungerührt. Würde er lügen oder die Wahrheit sagen? Lügen vermutlich.

»Der Aufstand betrifft Jennifer Carroll. Kommt dir dieser

Name irgendwie bekannt vor?« Sie sah ihn erwartungsvoll an. »Ich weiß, daß du eine Affäre hast, Michael. Deshalb finde ich, daß wir uns einmal unter vier Augen unterhalten sollten. Du etwa nicht? Oder möchtest du, daß alle hier im Saal dein schmutziges Geheimnis teilen? Das heißt, falls sie es nicht ohnehin schon kennen«, fauchte sie ihn an.

Sein Blick verdunkelte sich. Er starrte sie mit denselben ausdruckslosen Augen an, wie er Leute ansah, die er nicht mochte: Kalt und gleichgültig, Mimik und Blick gleichermaßen ausdruckslos.

»Wie hast du es herausgefunden?« fragte er so beiläufig, als ob sie ihm gerade mitgeteilt hätte, daß der Tank leer war.

»Du solltest mit deinen Kreditkartenbelegen etwas vorsichtiger sein«, erwiderte sie. »Wußtest du denn nicht, daß ich es herausfinden würde, wenn du die verdammten Belege für das *Dessous de Paris* in deinem dunkelblauen Anzug läßt? Oder wolltest du, daß ich dir auf die Spur komme?«

»Nein.« Er starrte auf einen Flecken auf dem graugesprenkelten Teppichboden. Er schien Lichtjahre entfernt, als ob er darüber nachgrübeln würde, ob eine achtzigprozentige Wollmischung einer hundertprozentigen vorzuziehen sei. »Ich wollte nicht, daß du es herausfindest, weil es dich verletzt. Und das hatte ich niemals beabsichtigt.«

»Ja, richtig.« Aisling lachte auf. Sie spürte, wie rote Flecken auf ihren Wangen glühten. »Nur alle anderen sollten herausfinden, daß du deine dumme Frau betrügst. Soll sie es doch von den Nachbarn erfahren! War es so geplant? Sollte ich sonst noch etwas wissen oder willst du es in der nächsten Wochenausgabe als Anzeige veröffentlichen?«

Er sah jetzt nicht mehr auf den Teppich, sondern blickte sie traurig, fast mitleidig an. Scharfsinnige, dunkle Augen bemerkten das neue Kleid und den grellroten Lippenstift.

»Vielleicht hätte ich Fiona auch noch fragen sollen, ob du noch ein paar Frauen hier und da verteilt hast? Oder reicht dir die eine? Hast du mit der verdammten Hexe eine Wette darüber abgeschlossen, wie lange du mich an der Nase herumführen kannst?«

Sie rang nach Atem und trank einen großen Schluck aus ihrem Glas. Ihre Hände zitterten so sehr, daß das Eis darin klirrte.

»So hat es sich nicht abgespielt, Aisling«, sagte er langsam. »Ich habe niemandem davon erzählt und dachte, wir wären diskret gewesen. Da habe ich mich wohl geirrt. Ich wollte dir niemals weh tun.«

»Erzähl mir jetzt nicht«, unterbrach sie ihn, »daß es dir überhaupt nichts bedeutet hat, und du dich noch nicht einmal mehr an ihren Namen erinnern kannst. Ist das dein nächster Satz? Denn ich kenne ihren Namen, selbst wenn du vorgeben solltest, ihn vergessen zu haben. Jennifer Carroll, richtig?«

Sie sah ihn triumphierend an, als ob sie *Trivial Pursuit* spielten und sie gerade ein Stück Kuchen gewonnen hatte.

»Sag mir nur eines, Michael, warum? Warum hast du es getan? Liebst du mich denn nicht mehr? Bedeuten dir unsere Ehe und die Kinder nichts mehr?«

Michaels Blick blieb abweisend.

»Ich habe dich vierzehn Jahre lang geliebt, Aisling«, sagte er. »Aber ich bin nicht mehr *in dich verliebt.*« Die Betonung des Wortes *verliebt* traf sie wie ein Schlag. Sagte er wirklich das, was sie zu hören glaubte?

Michael zuckte mit den Schultern und machte eine entschuldigende Handbewegung.

»Tut mir leid. Aber es ist ja auch nicht so, daß du zum Erfolg unserer Ehe besonders viel beigetragen hättest. Du wolltest dich nur in dein Schneckenhaus zurückziehen und dich vor der Welt verstecken.«

Fassungslos starrte sie ihn an und konnte nicht glauben, was er sagte.

»Du, die Jungs und dein verdammtes Haus, mehr war dir nicht mehr wichtig. Ich war dir nicht mehr wichtig. Du wolltest niemals Teil meines Lebens werden, du hast mich nie nach meinem Tagesablauf gefragt, danach, was ich getan habe. Es drehte sich immer alles um die Jungs. Erinnerst du dich daran, daß *wir* geheiratet haben, nicht du, ich und zwei Kinder, sondern *wir*?« Als er sich in das ihm offenbar sehr geläufige Thema hineinsteigerte, klang seine Stimme härter, als sie sie jemals zuvor vernommen hatte.

»Nein, du kannst dich nicht daran erinnern, oder?« zischte er. »Du hast mich aus deinem gemütlichen kleinen Leben ausgeschlossen, und ich bin damit nicht fertig geworden.«

Er hielt inne, aber seine Worte hingen wie Eiszapfen im Raum, kalt und erdrückend. Der Ausdruck seines Gesichts bereitete ihr unglaubliche Schmerzen.

Sie hatte nichts zu ihrer Ehe beigetragen? Himmel, sie hatte sich verzweifelt gewünscht, daß ihre Ehe ein Erfolg würde, aber er hatte ihr keine andere Wahl gelassen. Er war einfach einer Frau hinterhergerannt, und jetzt wollte er ihr die ganze Schuld in die Schuhe schieben!

»Du hast es ziemlich deutlich zum Ausdruck gebracht, daß du nicht Teil meines Lebens sein willst«, fuhr er fort. »Deshalb habe ich mir jemanden gesucht, der mit mir zusammensein wollte.«

Seine Stimme war ruhig. Zum Verrücktwerden ruhig. Sie hatte ihn gerade mit der schlimmsten Krise konfrontiert, die es in einer Ehe geben konnte, und er betrachtete sie mit kühler Gleichgültigkeit. Er sprach über ihre Ehe, als ob sie bereits mausetot sei.

»Erzähl mir nicht diesen Müll!« schrie sie. »*Dessous de Paris* und die Nächte im *Jury's Inn* haben nichts damit zu tun, daß unsere Ehe nicht gut funktioniert. Es hat mit Sex zu tun – daß du und eine andere Frau miteinander schlafen. Du konntest dich einfach nicht zurückhalten, nicht wahr? Alles, was wir miteinander hatten, reichte dir einfach nicht. Also versuche nicht, mich dafür verantwortlich zu machen. Mach mir nicht weiß, daß ich die Schuld daran trage!«

Sie hielt abrupt inne, als ein paar Leute in der Nähe ihr Gespräch unterbrochen hatten. Normalerweise wäre ihr das peinlich gewesen, aber heute abend war es ihr vollkommen gleichgültig, wer ihr zuhörte. »Wie kannst du es wagen ...«

»Ich versuche gar nicht, dir die Schuld in die Schuhe zu schieben«, unterbrach sie Michael. »Es ist nur ...« Er seufzte tief auf. »Wir können doch nicht hier darüber reden, wenn uns alle dabei zuhören. Laß uns das später zu Hause machen, ja?«

»Zu Hause! Später zu Hause machen!« wiederholte sie mit schriller Stimme. »Dieses Zuhause hattest du vollkommen vergessen, als du mit dieser Hexe hier in der Stadt in einem Hotel zusammengelegen und mir vorgegaukelt hast, du wärst in London! Du kannst es dir aus dem Kopf schlagen, mit mir nach Hause zu fahren! Dein Zuhause ist bei deiner verdammten Freundin, und ich will dich erst wiedersehen, wenn du mit ihr Schluß gemacht hast!«

»Aisling.« Er wollte sie festhalten, aber es gelang ihr, ihren Arm loszureißen. Der Ausgang. Wo war der Ausgang? Sie konnte ihn durch ihre Tränen hindurch nicht ausmachen. Sie hatte bereits die Schwingtüren passiert, ehe er sie einholte.

»Halt«, befahl er ihr. Und sie gehorchte. Als sie ihm ihr Gesicht zuwandte, sah ihr Michael in die Augen. Seine Pupillen bohrten sich in sie.

»Ich wollte dir niemals weh tun«, wiederholte er. »Das mußt du mir glauben. Aber du hast dich verändert. Ich weiß nicht, was mit dir geschehen ist, aber du bist anders. Es scheint mir immer so, als ob du dich von mir abgesondert hättest, und ich kann damit nicht leben. Tut mir leid. Und du hast recht damit, daß ich nicht mit nach Hause kommen sollte. Es würde nichts dabei herauskommen. Es ist wohl besser, wenn ich heute abend nicht nach Hause komme. Ich wollte dir schon vor langer Zeit alles erzählen, aber ich konnte irgendwie niemals den richtigen Zeitpunkt erwischen. Ich wollte die Kinder nicht verletzen. Aber wenn eine Ehe in die Brüche geht, dann gibt es ohnehin keinen richtigen Zeitpunkt für die Kinder.«

Sie fühlte, wie das Blut durch ihren Körper raste und sie am Leben erhielt, wo sie doch nichts sehnlicher wünschte, als zu sterben.

Sie hatte ihm Gelegenheit gegeben, zu sagen, daß er sie liebte und daß alles ein furchtbarer Fehler gewesen war. Aber er hatte sie nicht genutzt. Er hatte ihre eigenen Worte gegen sie gekehrt.

Mein Gott, hätte sie doch nur nicht gesagt, er solle nicht mit nach Hause kommen. Wenn sie doch nur den Mund gehalten und ihn hätte erklären, ihn hätte um Verzeihung bitten lassen. Sicher wäre dann alles wieder ins Lot gekommen.

Sie hatte ihm ermöglicht, sie elegant zu verlassen. Bis zu diesem Augenblick hatte Aisling die Worte »die Zeit stand still« niemals wirklich begriffen.

Er stand nur wenige Schritte von ihr entfernt. Er trug das blaßblaue, am Kragen geöffnete Hemd, aus dem ein paar Zentimeter seines gebräunten Halses herausschauten. Den Hals, an den sie sich immer geschmiegt hatte, wenn sie zusammen auf dem Sofa gesessen und spät abends noch ferngesehen hatten. Der Duft seines Rasierwassers hatte dann in der Luft gelegen, sie hatte ihn berühren, ihn umarmen und sich auf alle Zeiten bei ihm sicher fühlen können.

Vielleicht, wenn sie es sich nur intensiv genug wünschte, konnte sie die Uhr zurückdrehen und ihren Mund halten. Dann würde er bei ihr bleiben. Dann würde er niemanden sonst brauchen.

Aber dazu war es zu spät. Er wollte sie nicht. Er wollte eine andere Frau in seinen Armen und in seinem Leben. Blind trank sie einen großen Schluck ihres Drinks und wollte alles, was eben geschehen war, ungeschehen machen.

»Ich übernachte heute bei Tom. Morgen früh hole ich mir ein paar Sachen ab.« Michael betrachtete sie kühl. Sein Blick erfaßte ihr neues Kleid und ihr gerötetes Gesicht, sie hatte zuviel Gin zu schnell getrunken.

»Ich gehe jetzt lieber wieder zurück. Der Herausgeber wird in wenigen Minuten die Beilage offiziell vorstellen.« Aisling blickte ihn schweigend an.

»Und trinke nicht mehr, Aisling«, bemerkte er kühl. »Ich fahre dich nicht nach Hause, wenn du besoffen bist. Du bist also ganz auf dich gestellt.« Damit war er verschwunden, zurück bei seinen ihn anschmachtenden Volontären und den tratschenden Kollegen, die alles mitbekommen hatten. Aisling trank langsam ihr Glas aus und wandte sich der Treppe zu. So also fühlte sich Herzschmerz an, dachte sie stumpf. Sie lief die Stufen hinab, und ihr schönes neues Kleid blähte sich in ihrem Rücken auf.

Der Türwächter sah sie einer Schlafwandlerin gleich auf ihn zukommen. Ihr Gesichtsausdruck war leer, ihre Augen trübe. Er wollte sie fragen, ob alles in Ordnung war, aber er wußte einfach nicht, wie er es anstellen sollte.

5

Jo parkte den Wagen und beeilte sich auszusteigen, da sie Aislings Auto nicht weit entfernt entdeckt hatte. Prima, dachte sie. Sie knallte die Tür zu und ließ die Schlüssel in ihre Tasche gleiten. Jetzt können wir endlich unseren Klatsch auf den neusten Stand bringen.

Jo war noch keine fünf Schritte gegangen, als sie Aisling aus dem vorderen Eingang herauskommen sah. Sogar aus der Entfernung bemerkte sie die aschfahle Gesichtsfarbe ihrer Freundin und rannte auf Aisling zu. Bei der Bewegung spürte sie, wie sie ihr Seidenkleid umschmeichelte. Hohe Absätze und kein BH waren nicht gerade ideal, um auf Kies zu rennen.

»Was ist los, Aisling? Was ist los?« Sie griff nach Aislings

Hand und sah ihre Freundin bestürzt an. Sie suchte nach irgendeiner Erklärung für die schreckliche Blässe und den beängstigenden Ausdruck der Verzweiflung. »Sag doch etwas, Ash«, bettelte sie.

»Er hat mich verlassen. Er liebt eine andere«, erwiderte Aisling tonlos und blickte verzweifelt in die Ferne.

Jo traute ihren Ohren nicht. Michael sollte sie verlassen haben? Vollkommen lächerlich! Michael vergötterte Aisling, er küßte den Boden unter ihren Füßen, oder etwa nicht? Sicherlich hatte Aisling etwas in den falschen Hals bekommen. Jo war sprachlos. Sie wußte einfach nicht, was sie sagen sollte. Aisling stand regungslos. In den Fältchen um die Augen und ihren Mund spiegelte sich Verbitterung.

»Er liebt mich nicht, verstehst du.« Aisling sagte den Spruch wie ein Kind auf, das ein Gedicht auswendig rezitierte. »Er liebt sie, und es ist meine Schuld.« Dann brach sie in Tränen aus und schluchzte so heftig, daß ihr ganzer Körper bebte, als ob sie ihren letzten Atemzug aus ihm herauspreßte.

»Ach, Ash.«

»Ich habe es heute herausgefunden«, weinte Aisling. »Fiona hat es mir erzählt. Sie wußte es bereits seit langem, aber sie konnte es mir einfach nicht sagen. Und ich wollte ihn zur Rede stellen. Er sollte sich entschuldigen und mir sagen, daß alles wieder gut würde. Alles würde bleiben, wie es war. Aber er hat es nicht getan, er hat es nicht getan ...«

Aisling vergrub ihren Kopf auf Jos Schulter und weinte in die silberne Stola, die Jo über ihrem Kleid trug, falls ihr kalt werden sollte.

Jo konnte nicht mehr tun, als ihre Freundin zu umarmen und zu versuchen, den Schmerz zu lindern, wo sich Aisling doch eigentlich nichts sehnlicher wünschte, als in den Armen ihres Mannes zu liegen, der ihr versicherte, daß nun alles vorbei sei und er sie liebe und sonst niemanden auf der Welt. Aber Jo hatte es im Gefühl, daß Michael ihr das nicht sagen wollte, vielleicht nie wieder sagen wollte. Wer hätte ahnen können, daß dieses nach außen hin harmonisch wirkende Ehepaar eigentlich auf eine Trennung zusteuerte? Vielleicht hätte sie es kommen sehen, wenn sie sich nicht so sehr mit Richards Leben beschäftigt und ihre alten Freunde seinetwegen vernachlässigt hätte.

»Komm, setz dich zu mir in mein Auto«, bettelte sie. »Bitte, Aisling. Bitte.«

»Kann ich nicht. Ich muß nach Hause zu den Jungs. Ich habe dem Babysitter versprochen, daß ich nicht lange bleiben würde.«

Aisling schniefte und fand in ihrer Handtasche unter der Einkaufsliste und den Fußballterminen für die Kinder ein Papiertaschentuch. Sie atmete tief durch und blickte Jo an.

»Sei nicht albern, Ash. Setz dich kurz in mein Auto und hör auf zu weinen. So kannst du ohnehin nicht nach Hause fahren.«

Sie schob Aisling zu ihrem Wagen, öffnete die Beifahrertür und half ihr wie einer Kranken sich zu setzen.

»Es tut mir leid, so leid«, schluchzte Aisling. »Ich weiß einfach nicht, was ich tun soll. Wie konnte das passieren, ich kann es mir einfach nicht erklären.«

»Du Arme.« Jo lehnte sich über die Handbremse und umarmte Aisling fest. Wenn sie doch nur wüßte, was sie jetzt tun könnte. Sie versuchte sich an die Ratschläge zu erinnern, die die Kummertante in Zeitschriften in einem solchen Fall erteilen würde. Statt dessen aber fielen ihr medizinische Tips für Erstgebärende über dreißig ein.

Aisling bekam Schluckauf. »Mir ist schon aufgefallen, daß sich irgend etwas in letzter Zeit verändert hatte, aber ich dachte immer, es läge an mir. Ich dachte, ich wäre irgendwie in eine Routine verfallen und müßte mir jetzt einen Ausweg daraus suchen. An so etwas hier habe ich nicht im Entferntesten gedacht. Wie sollte ich auch?«

»War ich die einzige, die von nichts wußte, oder hätte ich schon lange merken sollen, daß etwas nicht in Ordnung war?

Ich weiß es einfach nicht.« Sie brach ab und starrte aus dem Fenster.

»Sieh mal, Ash, es hat jetzt keinen Zweck, dich zu quälen. Vielleicht ist es ja nur eine kurze Sache, vielleicht tut es ihm bereits leid, und er kann es nur nicht zugeben.«

»Nein, es ist nicht nur eine kurze Affäre. Es ist ihm ernst. Er sagte, unsere Ehe sei eine Sache der Vergangenheit.«

Jo betrachtete schweigend ihre Freundin. Sie wußte, daß es für dieses Problem keine einfache Lösung geben würde. Sie öffnete das Handschuhfach, fand ein Päckchen Papiertaschentücher und reichte sie Aisling, um das nasse, zerknitterte Taschentuch zu ersetzen, das Aisling in der Hand hielt.

Nur wenige Augenblicke zuvor hatte sie sich wie eine Mutter gefühlt und den wunderbaren Traum der Mutterschaft geträumt. Eine Märchenhochzeit und ein zufriedenes Familienleben schienen zum Greifen nah. Schlagartig fühlte sie sich alt und ausgelaugt. Aisling und Michael waren ihr immer als *das* perfekte Paar erschienen. Welche Hoffnungen durfte sie hegen, wenn noch nicht einmal *die* es geschafft hatten?

Jo hatte bereits viele Ehestreite und Trennungen bei anderen miterlebt. Sie kannte jede Menge Leute, die sich bis zum letzten Nagel in einem Haus stritten, das kurz vor dem Verkauf stand. Wenn man nur den Namen des oder der Verflossenen erwähnte, fauchten sie automatisch »Dreckskerl« oder »Hexe«.

Wenn sie Menschen nach langer Zeit wieder begegnete, hatte sie gelernt, vorsichtig zu sein – man konnte einfach nicht voraussagen, was die einfache Nachfrage nach dem Befinden des Partners auslösen würde.

»Schmort in der Hölle, hoffe ich!« hatte eine verbitterte Freundin letztes Weihnachten ausgestoßen, als Jo sich arglos nach dem Wohlbefinden ihres einst so bewunderten Ehemanns erkundigt hatte.

Natürlich war es albern, aber sie hatte die Ehe der Morans

immer rosarot gesehen. Vielleicht weil sie vor Jahren mit Aisling eng befreundet gewesen war und diese überglücklich war, als sie sich in Michael verliebt hatte. Jo glaubte allen Ernstes, daß sie wie füreinander geschaffen waren. Wie blind war sie gewesen? Ein perfektes Haus, zwei wunderbare Kinder, eine Frau, die mit Begeisterung die Rolle der Haus- und Kinderfrau ausfüllte und ein sehr attraktiver Mann ergaben eben nicht unbedingt eine ideale Ehe.

»Ich muß nach Hause, Jo.« Aisling richtete sich auf. »Die Jungs sind bei dem Babysitter, und ich muß zu ihnen zurück, wirklich.« Sie lächelte kurz. Es war ein professionelles Mutterlächeln, das man in Notfällen aus der Schublade zog. »Geh du jetzt rein, ich komme schon klar.«

»So kann ich dich hier nicht zurücklassen.« Jo war entsetzt. »Sei jetzt nicht albern, Ash ...«

»Du bist gekommen, um auf die Party zu gehen. Du wirst erwartet.« Aisling musterte ihr rotgeflecktes Gesicht im Spiegel. »Wir telefonieren morgen miteinander.« Sie brachte ein gequältes Lächeln zustande.

»Es tut mir so leid, Jo. Ich hätte dir davon gar nicht erzählen sollen, es ist ja nicht dein Problem.«

»Natürlich ist es das ... nun, vielleicht ist es nicht mein Problem«, stammelte Jo. »Aber du bist meine Freundin, Ash, und du solltest heute abend nicht allein sein. Ich muß nur Richard kurz sehen ...« Sie brach ab, denn sie brannte darauf, Richard ihre Neuigkeiten mitzuteilen. Andererseits war ihr klar, daß Aisling nicht einen Augenblick länger bleiben wollte. »Es gibt etwas, das ich ihm einfach erzählen muß.«

»Mach dir keine Sorgen«, erwiderte Aisling schroff. »Ich rufe Fiona an, wenn ich zu Hause angekommen bin. Sie wird zu mir herüberkommen.« Aisling öffnete die Wagentür und stieg aus, Jo folgte ihr.

Himmel, dies ist alles grauenhaft, dachte Jo verzweifelt. Was sollte sie tun? Verfluchter Richard, daß er sie nicht abgeholt hatte. Sie hätte ihm die Nachricht ihrer Schwangerschaft mittlerweile mitgeteilt und hätte Aisling nach Hause fahren können, anstatt sie in diesem Zustand alleine zu lassen. Was in aller Welt sollte sie tun? Aisling fällte die Entscheidung für sie.

»Danke, Jo.« Aisling streckte Jo ihre Hand entgegen. »Ich rufe dich morgen an. Geh du jetzt rein.«

»Geh noch nicht ... Ash«, bettelte Jo. »Warte doch noch ein paar Minuten, bitte. Ich kann dich in diesem Zustand einfach nicht alleine nach Hause fahren lassen.«

»Ich fühle mich okay«, beharrte Aisling. »Fiona ist heute abend zu Hause. Sie wollte ohnehin, daß ich sie gleich nach meiner Rückkehr anrufe.«

»So kannst du doch nicht fahren«, protestierte Jo.

»Alles in Ordnung, wirklich. In einer halben Stunde bin ich zu Hause.«

»Versprichst du mir, daß du Fiona anrufst?« hakte sie hin- und hergerissen nach.

»Ja, ich verspreche es. Beim Leben meiner Großmutter, ich verspreche es.« Aisling mußte fast schmunzeln, denn diesen Witz hatten die beiden vor vielen Jahren in der gemeinschaftlichen Wohnung immer gemacht. Aisling hatte ihre Großmutter aus tiefstem Herzen gehaßt.

Aber wie sollte das der Vermieter wissen, wenn die unschuldige Versicherungsangestellte aus dem Erdgeschoß versprach, »beim Leben ihrer Großmutter« keine Partys mehr zu veranstalten?

Aisling war plötzlich verschwunden und eilte zu ihrem Wagen, noch ehe Jo sie hätte zurückhalten können. Sie schaute Aisling zweifelnd hinterher, wie sie langsam aus dem Tor rollte. Sie konnte nur hoffen, daß sie gut nach Hause kommen und ihre Nachbarin zu sich rufen würde. Was konnte ein anderer da schon tun?

Plötzlich hatte sie überhaupt keine Lust mehr auf die Party. Arme Aisling, dachte sie. Und was ist mit Phillip und Paul?

Sie sind zu jung, um mit der Trennung der Eltern zurechtzukommen. Wie sollten zwei Zehnjährige damit fertig werden, wenn ihre Eltern sich scheiden ließen? Jos Hand glitt über ihren Bauch. Ich werde es niemals zulassen, daß dir jemand weh tut, mein Liebling, murmelte sie. Niemand wird dir jemals weh tun.

Langsam ging sie auf den Eingang zu. Ihr Gang hatte seinen Schwung verloren. Als sie die schwere Tür zum Redaktionsraum geöffnet hatte, wurde sie mit dem Jubelgeschrei ihrer ehemaligen Kollegen begrüßt, die ihr mit Bierflaschen und Gläsern zuprosteten. Die üblichen Männerfänger sind reichlich vertreten, dachte sie, als sie sich geschmeidig durch die Menge drängte, hier jemandem zuwinkte, dort eine Hand schüttelte, aber niemals anhielt. Das war einer der Tricks, den sie bereits früh in ihrer Journalistenlaufbahn erlernt hatte. Er war sehr nützlich, wenn man ungeliebten Menschen nicht begegnen wollte oder sich nicht mit Leuten unterhalten wollte, die stundenlang am Stück redeten.

Jo drängte sich lächelnd und winkend durch die Gruppen gutgelaunter Gäste. Sie hatte diese Party so wenig nötig wie ein Loch im Kopf, aber es war unmöglich, gerade hier nicht zu erscheinen. Ein halbes Stündchen mit Janice würde sie sicherlich aufmuntern.

Janice O'Brian redete sich wie üblich an der provisorisch errichteten Bar den Mund fusselig. Janice und ihre Mitstreiter probierten gerade mehrere Klare aus, angeblich um festzustellen, wer den Unterschied zwischen Smirnoff, Stolichnaya und Absolut erkennen konnte.

Jo aber kannte den eigentlichen Grund. Wenn ein anderer für die Rechnung aufkam, konnten die News-Leute schneller leere Flaschen produzieren als Frauen, die für die *Chippendales* Schlange standen. Eine unanständig große Anzahl leerer Flaschen stand bereits an der Wand aufgereiht, um von dort in den Müll zu wandern.

»Wo warst du denn, Sexy?« Nick Collen legte den Arm

um sie und setzte ihr einen glühenden, nach Bier riechenden Kuß auf die Wange. Groß und muskulös wie er war, konnte er Bier besser in sich aufnehmen als jedes Faß. Nick war ein brillanter Reporter und ein unglaublicher Frauenheld, der immer darauf aus war, die weiblichen Reporter in Kneipen zu schleppen.

»Du kannst doch unmöglich jetzt schon betrunken sein?« fragte Jo und schob ihn von sich weg.

»Ein Akt der Selbstlosigkeit«, unterbrach Brian Reddin. »Wir haben vorher schon auf unsere eigenen Kosten getrunken, damit wir hier nicht die Bar leertrinken.«

»Gott sei Dank bist du gekommen!« bemerkte Janice dankbar und zog ihre Freundin zum Kopierer hinüber. »Diese Luschen hier halten mich gefangen. Ich mußte ihnen den ganzen Abend über die Drinks einschenken.«

»Das viele Üben muß ja ein großartiges Training für den Marathon abgeben«, bemerkte Jo. »Ich kann es einfach nicht glauben, daß du jetzt schon voll bist«, fügte sie hinzu und stach Nick mit dem Finger in die Brust.

»Kommt Richard heute abend auch?« fragte Janice und schenkte einem Bekannten einen kräftigen Schluck Gin nach.

»Ja. Eigentlich hatte ich angenommen, er wäre schon da. Aber ich konnte sein Auto nicht entdecken«, erwiderte Jo und graste den Raum mit den Augen nach dem blonden Kurzhaarschopf ihres Freundes ab.

»Er sollte heute abend hier arbeiten und hatte nicht die Zeit, mich zu Hause abzuholen. Wo in aller Welt ist er also? Es sei denn, er war vorhin schon einmal da und wollte lieber warten, bis die Party richtig losging. Habt ihr ihn schon gesehen?« fragte sie die Umstehenden.

»Wir haben deinen Wikinger den ganzen Abend noch nicht zu Gesicht bekommen«, unterbrach Nick und benutzte den Kosenamen, der Richard fuchsteufelswild machte. »Also gehörst du heute nacht mir, meine Schöne. Das Kleid gefällt mir.« Sein trüber Blick leuchtete auf, als er anerkennend Jos

Kurven begutachtete, die durch die enganliegende Seide noch betont wurden.

»Danke, Nick. Selbstverständlich trage ich es heute nur dir zuliebe.«

»Ach, wirklich . . . wollen wir beide nicht mal zum Kopierer gehen, um zu überprüfen, ob du wirklich gleichzeitig deinen Hintern fotokopieren und dabei vögeln kannst.«

»Da ich meinen Hintern nicht um ein Vielfaches vergrößert in der Redaktion hängend entdecken möchte, wenn ich das nächste Mal hier vorbeischaue, verzichte ich lieber darauf, falls es dir nichts ausmacht«, erwiderte sie schnippisch.

Jo nahm den Drink entgegen, den ihr Janice eingeschenkt hatte. Wenn sie ihn ablehnen würde, würde Janices Gehirn augenblicklich zu rotieren anfangen. Sie wartete ab, bis Janice sich selbst ein Glas einschenkte und wechselte ihr Glas mit Gin gegen eines mit Mineralwasser aus.

Dann setzte sie sich auf einen der Tische und lehnte sich zurück, damit Janice ihr den neusten Klatsch erzählen konnte. Alle fragten sich, wer denn den Modeteil leiten würde, wenn Anita Brady nächsten Monat zu einer neuen Frauenzeitschrift wechselte.

»Nie und nimmer werden sie wieder jemanden von ihrer Qualität bekommen«, bemerkte Janice und griff nach einem Cocktailwürstchen, das von einer vorübereilenden Kellnerin angeboten wurden. »Die sind aber wunderbar«, quietschte sie, als sie in das saftige Fleisch biß. »Kommen Sie sofort wieder zurück!«

»Für Anita zu arbeiten ist kein Zuckerschlecken«, fuhr sie fort und nahm sich vier Würstchen vom Tablett. »Aber sie macht ihre Arbeit ausgezeichnet, dafür muß man eben ihre Launen und Wutanfälle in Kauf nehmen. Der Ehemann ist es, der mir leid tut. Man kann es ihm nicht verübeln; daß er in den Armen einer anderen Frau Trost sucht, wenn er mit einer Frau verheiratet ist, die Mike Tyson krankenhausreif schlagen könnte.«

Jo musterte Janices Gesicht aufmerksam, ob die Bemerkung in irgendeiner Weise zweideutig gemeint gewesen war. Wußte sie über Michael und Aisling Bescheid? Aber Janice hatte das Thema Untreue bereits hinter sich gelassen und diskutierte nun das Thema Inkompetenz.

»Diese widerliche Denise Keogh von den Dossierseiten glaubt offenbar, sie habe den Job bereits in der Tasche. Dabei hat sie keinen Deut mehr Gespür für Mode als ein gehirnamputierter Gorilla.«

»Mach dich nicht lustig«, unterbrach sie Brian. »Die Chancen stehen zwei zu eins, daß sie den Job bekommen wird. Und du hast einen Zehner auf sie gewettet!«

»Nur weil ihr Onkel Aktienanteile an der Zeitung besitzt«, erwiderte Janice bissig. »Und weil ich gerne auf sichere Verlierer setze. Und wenn sie den Job bekommen sollte, dann wette ich einen Zwanziger mit dir, daß sie ihre ersten Seiten über Strickstulpen, kurze Tops und krause Haare macht. Und natürlich über blauen Eyeliner.«

Sie hielt inne, als sie Richard sich durch die Menge schiebend auf sie zukommen sah. Eine hochgewachsene, geschmeidige Blondine in einem enganliegenden Minikleid folgte ihm wie ein Hündchen auf den Fersen.

»Ein schönes Kleid, das sie beinahe anhat«, bemerkte die Kolumnistin mit dem zynischen Sarkasmus, für den sie berüchtigt war. »Ich besitze Schals, die sind größer als ihr Kleid.«

»Miau, miau.« Nick hob ermahnend den Finger. »Mir gefällt das Kleid ausgesprochen gut.«

»Das sieht dir ähnlich«, erwiderte sie schlagfertig. »Wenn du überhaupt einmal zu denken anfängst, dann spielt es sich ohnehin immer unter der Gürtellinie ab.«

Nick schmunzelte in sein Bierglas. Jo merkte nicht, wie er seinen Arm nach ihr ausstreckte, um sie zu stützen. Sie beobachtete ihren Freund, den Vater ihres ungeborenen Babys, wie er sich angeregt mit seiner wunderschönen Begleiterin unterhielt, während er den Raum nach Fotomöglichkeiten absuchte.

Die Blondine kicherte einfältig und benetzte sich ständig mit der Zunge die Lippen, eine Geste, die sie offenbar für sehr erotisch hielt.

»Hallo, Liebes.« Richard lächelte Jo zu, als er die Zimmerecke erreicht hatte. »Das hier ist Wills Schwester Sascha. Sie hat gerade auf freiberuflicher Basis bei *Now* in Paris angefangen, und jetzt schreibt sie eine Reportage über Dublins Nachtleben.«

»Ich hätte eher gedacht, daß sie inkognito an einer Prostituiertenstory arbeitet«, murmelte Janice.

Niemand hörte sie. Sie starrten alle die blonde Erscheinung vor ihnen an. Sascha lächelte die Gruppe mit schläfrig grünen Augen an. Es schien sie nicht weiter zu stören, daß sie weder einen Schreibblock noch einen Kassettenrekorder bei sich hatte und statt dessen nur auf den attraktiven Fotografen starrte, um sich mit Material für ihre Story zu versorgen.

»Ich bin mir sicher, wir kennen uns von irgendwoher, nicht wahr?« fragte Janice. Sie kniff die Augen zusammen, als sie sich zu erinnern versuchte, wo sie der Frau schon einmal begegnet war. »Haben Sie nicht als Model für den Britischen Katalog gearbeitet?« fragte sie.

»Richtig.« Sascha lächelte erneut, wobei sie ihre perlweißen Zähne zeigte. Sie strahlte die Selbstsicherheit einer Frau aus, die wußte, daß sie selbst mit einer Abfalltüte bekleidet noch Furore machen würde.

»Ein paar Jahre lang habe ich für die Première-Agentur gearbeitet und war häufig in Japan.« Sie hielt inne und präsentierte den drei Männern nochmals ihr einstudiertes Hundert-Watt-Lächeln.

»Ich habe das Modeln aufgegeben und gerade zu schreiben angefangen. Ich spüre, daß ich ein Naturtalent bin, wissen Sie. Ich glaube, es kommt von hier.« Sie berührte ihren sonnengebräunten Ausschnitt. Richards Blick folgte ihr bis zu der fraglichen Stelle, als ob er von ihrem Fotomodellbusen vollkommen verzaubert sei. »Also versuche ich mich mal als Reporterin. Später will ich ein Buch oder so etwas schreiben.«

Die beiden Journalistinnen starrten wortlos auf ihr schönes, leeres Gesicht. Sie fragten sich, welch hingerissener Redakteur ihr die Aufgabe aufgetragen hatte, etwas über eine der literarischsten Städte der Welt zu schreiben, wo es doch ganz offensichtlich war, daß jedes Wort mit mehr als zwei Silben eine mühsame Suche im Wörterbuch notwendig machen würde.

»Wann haben Sie mit dem Schreiben angefangen?« fragte Jo freundlich.

»Letzten Monat«, erwiderte Sascha zufrieden. »Ich habe gerade einen Artikel über Modelling gemacht, und manche waren der Ansicht, ich würde es nicht schaffen. Aber ich glaube, daß Schreiben aus dem Herzen kommt, nicht wahr? Ich weiß einfach, daß ich es kann.«

Sascha lächelte breit in die Runde. »Ich habe diesen Kurs in Persönlichkeitsentwicklung gemacht. Wenn ich meine Energie auf etwas konzentriere, dann gelingt es mir auch. Das jedenfalls hat mein Therapeut mir versichert. Sie sind alle Journalisten, ja?«

»So könnte man es ausdrücken«, erwiderte Janice, bei der in jeder Silbe Sarkasmus mitschwang. »Wir pfuschen eigentlich nur, wenn Sie mich verstehen. Ich bin mir immer noch nicht sicher, ob ich weiter schreiben oder aber mich lieber der Gehirnchirurgie zuwenden soll. Entscheidungen, Entscheidungen.«

Jo lächelte Richard nervös an. Sie hoffte, er würde ihre Gedanken erraten können und Sascha ihre Lebensgeschichte erzählen lassen, so daß sie beide unter vier Augen miteinander sprechen konnten. »Möchtest du etwas trinken, Liebling?« murmelte sie. Ihm aber stand der Sinn nach etwas anderem.

»Nein, erst kommt die Pflicht. Ich sollte ein paar Aufnahmen machen.«

Jo trat näher an ihn heran. Sie atmete den Zitrusduft seines *Eau Sauvage* und den kaum wahrnehmbaren Geruch der Wäschestärke von seinem makellosen Baumwollhemd ein. Sie liebte seinen Geruch, wie er schmeckte, wie er aussah.

Heute abend trug er einen schlichten anthrazitgrauen Anzug, von dem sie wußte, daß er ein ganzes Monatsgehalt verschlungen hatte. Er strahlte Stil und Eleganz aus. Im Gegensatz zu Brian und Nick in ihrer Konfektionsware sah er tatsächlich wie ein Model aus dem *Next*-Katalog aus.

Und er gehörte ganz allein ihr. Sie konnte ein Gefühl der Selbstzufriedenheit nicht unterdrücken, als sie seinen Kopf zu sich herabzog und ihm ins Ohr flüsterte: »Ich habe etwas wirklich wahnsinnig Besonderes für dich. Folge mir.«

Richard warf Sascha einen entschuldigenden Blick zu und folgte Jo zu den vollverglasten Büros hinter der Redaktion. Er lehnte sich gegen einen der grauen Aktenschränke, und Jo schlang ihre Arme um ihn und legte ihren Kopf auf seiner beruhigenden, breiten Brust ab.

»Du hast gesagt, daß du niemals erwartet hättest, dich mit jemandem so langfristig einzulassen wie mit mir«, fing sie an. »Nun, ich denke, bald werden wir uns wirklich niederlassen. In ungefähr sieben Monaten«, fuhr sie mit einem leisen Lachen fort.

»Wir werden ein Baby haben!« Jo blickte erwartungsvoll zu Richard auf. Er würde außer sich sein vor Freude, da war sie sich sicher.

»Nun?« fragte sie. »Was hältst du davon? Du bist überglücklich, stimmt's?«

Er war sprachlos. Natürlich war es ein Schock, ein riesiger Schock sogar, dessen war sie sich bewußt. Und er würde einen Augenblick brauchen, bis er begriffen hatte. Aber er würde sich doch freuen, nicht wahr?

»Sag doch etwas«, bettelte sie nervös.

»Ich weiß einfach nicht, was . . .« Er hielt mitten im Satz inne. Er machte einen vollkommen schockierten Eindruck.

»Wie konnte denn das passieren?« stammelte er. »Das ist unfaßbar, ich kann es nicht glauben.«

»Ich weiß, es ist ein Schock, Liebling«, erwiderte sie eilig und wollte ihn umarmen. »Ich bekomme dein Baby, Richard«, sagte sie mit weicher Stimme. »Freust du dich denn nicht?«

Sie sah zu ihm auf und wollte, daß er sie umarmte und sie küßte. Sie wollte seine starken Arme um sich spüren und seine Stimme hören, die ihr sagte, daß alles gut werden würde. Er aber starrte sie mit jenem Gesichtsausdruck an, den sie nur ganz selten bei ihm gesehen hatte: Wenn Irland im Fußball verlor oder wenn eine ganze Rolle Film überbelichtet war.

Jo fühlte Übelkeit in ihrem Magen aufsteigen. Sie konnte nicht glauben, daß sich dies alles in Wirklichkeit abspielte. Dies war der Augenblick, in dem Richard sie küssen und umarmen sollte, als ob sie aus Meißner Porzellan sei. Wenn sie tatsächlich aus Porzellan war, so schien ihm jedenfalls das Muster nicht zuzusagen. Was in aller Welt ging hier vor?

»Ab-b-ber wie?« fragte er ungläubig.

Jos Stimmung veränderte sich abrupt. »Himmel noch mal, Richard, willst du jetzt eine Biologiestunde? Wie in aller Welt glaubst du denn, daß es passiert ist?«

Sie wußte, daß sie sich wie eine Furie anhörte, aber das war ihr gleichgültig. Richard sollte sie lieben, und sie hatte ihm gerade die schönste Nachricht der Welt mitgeteilt. Er aber brachte nicht mehr als ein Stammeln und Stottern zustande und fragte sie, wie es passiert sein konnte!

»Es ist unser Baby!« rief sie. »Ist dir das denn gleichgültig? Bist du denn nicht glücklich? In sieben Monaten werden wir Eltern, Richard!«

»Ich kann es nicht glauben«, sagte er mit heiserer Stimme. »Wie konntest du denn schwanger werden?«

»Es wird wohl irgend etwas damit zu tun haben, daß wir uns ständig lieben und daß Kondome nicht hundertprozentig sicher sind. Ich habe es auch erst heute früh gemerkt«, sagte sie plötzlich erschöpft. »Ich weiß, daß wir es nicht geplant hatten.«

»Das kannst du laut sagen«, schnappte er.

»Hör zu, es ist eben passiert, okay? Ich bin davon genauso überrascht, wie du es bist, Richard.« Jo rieb sich mit der Handfläche die Schläfe, da sie das ihr wohlbekannte Pochen einer aufsteigenden Migräne verspürte.

»Was hätte ich denn tun sollen? Hätte ich mich wie ein verängstigter Teenager einschließen und beten sollen, daß es wieder weggeht? Ich dachte, daß es dich glücklich machen würde und daß du dich endlich binden wolltest.« Sie zögerte einen Augenblick lang. »Das Baby soll im Januar zur Welt kommen.«

»Wie meinst du das, es wird im Januar auf die Welt kommen?« fragte er. »Himmel, wir sind doch noch gar nicht reif für ein Baby. Warum hast du mir denn nichts gesagt?«

»Ich sage es dir ja gerade«, erwiderte sie.

»Ich kann nicht glauben, daß es wirklich wahr ist, ich kann es einfach nicht glauben«, wiederholte er und fuhr sich hastig durch die Haare. »Gut, laß uns einmal nachdenken. Wem hast du es schon erzählt? Hoffentlich nicht dieser elenden Janice, sonst wird die Geschichte sich wie ein Ausschlag verbreiten. Du weißt ja, wie sie ist«, wütete er.

»Ich wollte niemandem davon erzählen, bevor ich es dir nicht gesagt hatte«, sagte sie geknickt.

»Mensch, Jo, das ist wirklich ein Schlamassel, siehst du das denn nicht? Ich möchte keine Kinder haben, jedenfalls jetzt noch nicht. Ich bin für solche Sachen überhaupt noch nicht reif genug. Das weißt du auch. Wieso hast du denn deine Meinung jetzt geändert?« Jo trat einen Schritt von ihm zurück. Zum zweiten Mal heute spürte sie ihren rasenden Puls und das Blut in ihren Adern. Sie wollte nur noch zu Hause in ihr Bett sinken und die Augen schließen oder aber unter der Decke zusammengerollt ihr neues Buch lesen. Und an nichts mehr denken, an gar nichts.

»Sagen wir es doch einmal ganz deutlich. Du möchtest dieses Kind nicht haben«, sagte Jo leise. »Und du möchtest nicht mit mir zusammenleben. Habe ich das richtig verstanden?«

Ihr Gesicht war kreidebleich, als sie ihn anblickte. Sie wollte die Wahrheit wissen und hoffte, daß er sie anlächeln und alle Zweifel zerschlagen würde. Aus der Redaktion hörte sie fröhliches Stimmengewirr. Korken knallten. Jo vermutete, daß der Herausgeber jetzt die neue Beilage mit einem Toast und Champagner einweihen würde.

Als er die Geräusche hörte, griff Richard an die um seinen Hals baumelnde Canon und blickte sehnsüchtig in Richtung Party.

Jo war kurz davor, in Tränen auszubrechen, aber sie mußte jetzt eine Antwort von ihm haben.

»Sprich mit mir, Richard. Was möchtest du tun?«

»O Gott, Jo, warum bist du denn ausgerechnet jetzt schwanger geworden?« Er fuhr sich mit der Hand durch die Haare. Für einen kurzen Augenblick erinnerte sie sich daran, wie sie zusammen in den ägyptischen Baumwollaken auf seinem Bett gelegen hatten. Sie hatte ihre Hände durch seine Haare gleiten lassen, und er hatte von der Liebe befriedigt in ihren Armen gelegen. Sie waren sich so nah gewesen. Das war auch der Grund, warum sie sich die jetzige Situation einfach nicht hatte vorstellen können.

»Warum denn ausgerechnet jetzt? In ein paar Jahren vielleicht, aber doch nicht jetzt.« Er sah sie bittend an, wie ein kleiner Lausbub, der gerade seinen Fußball durch des Nachbars Küchenfenster geschossen hatte.

»Willi wird für ein paar Jahre die Agentur übernehmen, und ich wollte nach London gehen, um dort für eines der Sportmagazine zu arbeiten. Es ist eine außergewöhnliche Herausforderung, Liebling. Ich wollte dich fragen, ob du mit mir kommst.« Er hatte sich jetzt ganz aufs Betteln verlegt. »Es wird wunderbar werden. Nur noch ein paar Jahre, dann können wir uns ja richtig niederlassen und vielleicht auch Kinder bekommen, wenn du das wirklich möchtest . . .«

Seine Stimme hob sich aufgeregt, als er Jo erwartungsvoll anblickte und ihre Zustimmung und ihr Lächeln erhoffte, gefolgt von den Worten, die sie sonst immer sagte: »Was auch immer du willst.«

Erinnerungen daran, wie sie ihn über seine vergangenen Beziehungen ausgefragt hatte, kamen ihr wieder in den Sinn. Abgesehen von einer endlosen Kette von Fotomodellen hatte er eine langjährige Beziehung mit einer deutschen Frau gehabt, die Dublin nach ihrer Trennung verlassen hatte.

»Beate wollte richtig Ernst machen, und ich war einfach noch nicht dazu bereit«, hatte Richard gesagt und mit den Schultern gezuckt. »Wir waren doch noch so jung.« Sie hatte diese einfache Erklärung damals hingenommen und war dankbar gewesen, daß er nicht eine ihrer Vorgängerinnen hatte heiraten wollen, sondern sich als zu jung empfunden hatte, um mit der einen Frau zusammenzuziehen, mit der ihn offenbar eine aufrichtige Liebe verbunden hatte.

Richard Fitzgerald war früher der Don Juan der Fotografenwelt gewesen, sie jedoch hatte ihn gezähmt. Er hatte seine vielen Affären aufgegeben, um mit ihr zusammenzusein. Davon jedenfalls ging sie aus.

Jetzt war er aber nicht mehr zu jung, um ernsthafte Pläne zu schmieden. Er war bereits siebenunddreißig, sie vierunddreißig Jahre alt. War es jetzt nicht an der Zeit, Verantwortung zu tragen und eine Familie zu gründen? Offenbar nicht.

Nachdem Janice ihn das erste Mal gesehen hatte, hatte sie ihn als beziehungsphobisch bezeichnet. Vielleicht sollte ihre Freundin ja recht behalten.

Richard streichelte zärtlich ihre Handfläche. Er malte kleine Kreise und knetete ihre Daumenwurzel. Menschen, die dort viel zartes Fleisch haben, seien sehr sinnlich, hatte er immer behauptet und sie damit geneckt, daß sie die erotischste Frau der Welt sein müsse, da sie so weiche, zärtliche Hände besaß.

Bisher hatte sie sich immer zu diesem witzigen und talentierten Mann hingezogen gefühlt, wenn er ihr Liebkosungen ins Ohr gemurmelt hatte. Heute abend war es anders.

»Liebling, sei doch nicht so, bitte.« Jetzt war er wieder durch und durch charmant. Er hatte immer schon die Fähigkeit besessen, sich mit seinem Charme aus jeder mißlichen Lage zu befreien. Er lächelte einfach sein Lausbubenlächeln und fuhr so lange damit fort, bis sie nachgab und ihm verzieh.

Wie das eine Mal, als er sie von der Weihnachtsparty des Büros abholen wollte, und dann einfach nicht aufgetaucht war. Es hatte zwei Stunden gedauert, ehe sie ein Taxi bekommen hatte, weil an dem Abend überall Glatteis war und außerdem viele Leute ihr Auto zu Hause gelassen hatten, um etwas trinken zu können.

Er war so zerknirscht, so voller Reue gewesen, die Party ganz vergessen zu haben, daß sie ihm bereits zur Mittagszeit des folgenden Tages vergeben hatte. Merkwürdigerweise vergaß er berufliche Termine nie, lediglich die privaten.

»Wir können doch später noch Kinder haben«, bekniete er sie.

»Wir sind doch noch nicht wirklich bereit, oder?« murmelte er. Er streckte sich, um ihre Wange zu streicheln und wartete auf ihr Einlenken. Sie hatte immer nachgegeben und eingelenkt, fiel Jo schlagartig auf. Trotz all seines Charmes und seiner Jungenhaftigkeit hatte Richard doch immer seinen Willen durchgesetzt. Immer. Gleichgültig, ob sie sich nun darüber stritten, in welches Restaurant sie gehen oder aber welchen Film sie sich ansehen wollten, irgendwie setzte Richard immer seine Vorstellungen durch. Dieses eine Mal jedoch sollte er Pech haben.

»Was schlägst du denn vor?« fragte sie mit gefährlich tiefer Stimme.

»Nun«, begann er und blickte sich um, ob sie auch von niemandem beobachtet wurden. »Du weißt schon, laß es wegmachen.«

Sie zog ihre Hände zurück, als ob seine Finger sie versengen würden und sah ihm wutentbrannt ins Gesicht.

»Und wenn ich es nun nicht ›wegmachen‹ lasse, wie du es so schönfärberisch ausdrückst, was dann?«

»Jo, du bist unvernünftig. Ich sage doch nichts weiter, als daß dies einfach der falsche Zeitpunkt in meinem Leben für ein Baby ist.« Richards einnehmendes Lächeln war im Begriff, sich aufzulösen. »Ich bin einfach noch nicht dazu bereit. Wir sind noch nicht dazu bereit.«

»Nein, du bist dazu nicht bereit. Dazu bist du viel zu egoistisch«, fauchte sie. »Du könntest es nicht ertragen wenn du dich um jemand anderen als dich selbst kümmern müßtest. Wir können es nicht ertragen, daß ein unschuldiges Baby unsere Pläne durcheinanderbringt oder unser Leben einschränkt, nicht wahr?«

»Es gibt keinen Grund, beleidigend zu sein.« Richard warf ihr einen seiner überlegenen Blicke zu und versuchte eine andere Taktik. »Wir sollten das alles morgen besprechen, wenn wir nicht so hysterisch sind.«

»Hysterisch!« Jo war seit Jahren nie so kurz davor gewesen, jemandem eine Ohrfeige zu versetzen. »Das ist ja typisch! Nur weil ich schwanger bin, habe ich mich plötzlich in eine neurotische, launische Frau ohne ein Gramm Verstand verwandelt«, rief sie.

»Schhh, jemand könnte uns hören«, zischte Richard.

»Ach, und das wollen wir wohl auf jeden Fall vermeiden?« knurrte sie. »Mir ist es vollkommen einerlei, wer mich hört. Ich möchte daß mich alle hören, damit ich herausfinden kann, was die Leute von dem vielbewunderten Fotografen halten, der seine Freundin zu einer Abtreibung drängt, weil es ›nicht der richtige Zeitpunkt in meinem Leben‹ ist. Wann wird denn der richtige Zeitpunkt kommen, Richard? Die Zeit wird langsam knapp für dich, du bist fast vierzig, vergiß das nicht. Es ist ja nicht so, daß wir zwei ängstliche und mittellose Teenager wären.« Sie starrte ihn an. »Wir können es uns locker leisten, noch einen Mund zu füttern. Außerdem wird die Welt es wohl kaum als Skandal betrachten, daß wir ein Kind bekommen, ohne verheiratet zu sein, Richard. Warum also soll ich dann unser Baby nicht bekommen?«

Wenn jemand ihr vorausgesagt hätte, daß ihre Gefühle ihm gegenüber sich binnen weniger Augenblicke ins Gegenteil verkehren könnten, hätte sie denjenigen ausgelacht. Nichts konnte die Liebe und die gegenseitige Verbundenheit vernichten, die sie füreinander empfanden, hätte sie demjenigen geantwortet. Aber das war, bevor er ihr in die Augen geblickt und ihr vorgeschlagen hatte, sie solle das Baby abtreiben, das sie sich von ganzem Herzen wünschte.

»Ich kann mit Kindern nicht umgehen«, sagte Richard hilflos. Seine Finger spielten nervös mit dem verblichenen Kameraband, was sie plötzlich irritierte.

»Wenn du es haben möchtest, dann ist es deine Entscheidung. Ich gebe dir gern Geld, falls du deine Meinung ändern solltest.«

»Behalte dein Geld. Ich will weder dein Geld noch dich«, erwiderte Jo kühl. »Ich werde dieses Kind bekommen, Richard, daran läßt sich nicht rütteln. Du kannst dich derweil mit Sascha vergnügen und Erwachsensein spielen. Sie hat genau den richtigen Intelligenzquotienten für dich, und sie wird dich wohl kaum um etwas Tiefschürfenderes bitten, als ihr das Lesen beizubringen!«

Wutentbrannt wandte sich Richard um und rannte in den Partysaal zurück, während Jo langsam zu einem offenen Fenster ging und tief einatmete. Allmählich beruhigte sich ihr Puls, und sie öffnete die Augen, um auf die in der Dämmerung liegende Silhouette der Stadt hinunterzublicken.

Zwischen den Türmen und Bürohäusern konnte sie das mintgrüne Dach der Rathmineskirche sehen, die Aisling und sie aufgesucht hatten, als sie dort um die Ecke gewohnt hatten. Genauer gesagt, die Aisling aufgesucht hatte.

Sie erinnerte sich an die wunderbaren Sonntage in der

Wohnung, wenn niemand da war, der einen weckte und zur Messe antrieb. Sich genüßlich in ihrem gemütlichen Bett ausstreckend, hatte sich Jo noch tiefer in den Kissen vergraben und sogar Aislings Versuchen widerstanden, sie wenigstens in die Elf-Uhr-Messe zu bekommen.

Aisling hatte gerne in der riesigen dunklen Kirche gesessen. Sie sagte immer, daß die Sonntagsmesse in der großen Kirche die einzige Gelegenheit war, zu der die verschiedenen Leute aus der Nachbarschaft zusammenkamen. Eines Tages bemerkte Jo, nicht alle Menschen in Rathmines seien Katholiken.

»Du weißt schon, wie ich es meine«, hatte Aisling entnervt geantwortet. »Es ist mir ganz gleichgültig, welcher Religion die Leute angehören. Es geht nur um das Gefühl, daß man eine Weile zusammen ist. Ich würde genau dasselbe in einer anderen Kirche oder in einer Moschee empfinden«, hatte sie noch leidenschaftlich hinzugefügt.

Manchmal gelang es ihr, Jo aus dem Bett zu bekommen und sie mit den anderen, eifrigeren Kirchgängern zusammenzubringen. Auch Jo hatte die Messe gefallen. Die Anonymität im Vergleich zu der kleinen Kirche ihres Heimatdorfs empfand sie als angenehm. Dort kannte jeder jeden, wußte, welchen Beruf der andere hatte und warum der junge Peter vom rechten Weg abgekommen war.

»In Innisbail«, hatte sie Aisling erklärt, »braucht man lediglich in der Apotheke Halstabletten kaufen, und keine halbe Stunde später erkundigt sich jeder zweite danach, wie es einem denn nun geht.« Sie hatte so viele Pläne gehabt, als sie ihr Heimatdorf in Sligo verlassen hatte, um die Journalistenschule zu besuchen. Als Journalistin wollte sie ganz hoch hinaus, und wenn sie schon nicht den Pulitzerpreis für ihre rückhaltlose Aufdeckung der Ungerechtigkeiten bekommen würde, dann doch wenigstens den Bookerpreis für ihre Romane.

Welch hochtrabende literarische Wunschvorstellungen, wo sie doch noch nicht einmal einen anständigen Mann finden und ihn an sich binden konnte, dachte sie. Unwillkürlich glitten ihre Hände über ihren Bauch, der sich ein wenig nach vorn wölbte. Vermutlich war das jedoch eher auf die *Twix*-Schokoladenbars zurückzuführen als auf das Baby.

Dieses Mädchen mit all den verrückten Träumen, das gab es schon lange nicht mehr. An ihrer Stelle stand jetzt eine starke Frau, die sich vorgenommen hatte, ihrem Baby die bestmögliche Mutter zu sein. Ihrem vaterlosen Baby.

Sie hatte weiß Gott schon viele Artikel über alleinerziehende Mütter geschrieben, nun endlich sollte sie erfahren, wie die Wirklichkeit aussah. Als sie Frauen interviewt hatte, die mit einem Baby verlassen worden waren, hatte sie sich immer gefragt, wie sie auf sich gestellt zurechtkamen. Nun hatte sich ihr eigener egoistischer Freund aus dem Staub gemacht, und sie würde aus erster Hand erfahren, was es mit alleinerziehenden Müttern auf sich hatte.

6

Ein warmer Atem wehte über ihre Wange. Aisling streckte sich unter der Bettdecke aus. Ihr war klar, daß sie aufstehen mußte. Bitte . . . nur noch ein paar Minuten unter der warmen, weichen Decke, nur noch ein wenig länger . . .

Einen Moment mal. Ihr Gehirn schaltete sich allmählich ein. Es ist Samstag. Warum weckte Michael sie so früh an einem Samstag, fragte sie sich schläfrig. Und warum hatte sie dieses bleierne Gefühl im Kopf?

Eine Brise fischigen Atems ließ sie ihre verklebten Augen öffnen. Sie erblickte Flossie, die auf Michaels Kopfkissen stand. »Hau ab«, stöhnte Aisling. Die Katze sollte verschwinden und ihr noch ein paar Stündchen im Bett gönnen. Warum hatte Michael die Katze nicht rausgelassen? Konnte er denn wirklich überhaupt gar nichts im Haushalt erledigen?

Sie machte es sich wieder gemütlich und gab vor zu schlafen, um die Katze zu täuschen und zum Weggehen zu bewegen. Flossie bewegte sich jedoch keinen Zentimeter, sondern benutzte statt dessen ihre Geheimwaffe, ein besonders schlechtgelauntes Maunzen, das man nie und nimmer ignorieren konnte.

»Also gut! Ich schwöre, heute werde ich dir eine Katzentür besorgen!«

Aisling setze sich auf. Sie hatte das Gefühl, als ob ein Militärorchester einen gräßlichen Marsch einstudieren und ihren Kopf als Trommel benutzen würde. Sie blinzelte auf den Radiowecker: 8:17 und noch dazu ein Samstag. Wo in aller Welt war Michael? Er konnte doch unmöglich schon ins Büro gegangen sein?

In diesem Augenblick stellte ihr Gehirn die unerwünschte Verbindung her.

Michael hatte der Katze nicht die Tür geöffnet, weil er gar nicht da war. Er hatte sie verlassen. Ihre Ehe war Vergangenheit, und sie hatte einen Kater in der Größe eines Kalbes. Sie war gerade eben erst aufgewacht und wollte augenblicklich wieder einschlafen, möglichst für die nächsten hundert Jahre.

Sie wälzte sich auf den Bauch, scheuchte Flossie beiseite, legte ihren schweren Kopf auf das Kissen und fühlte sich hundeelend. Mit einem Gefühl der Übelkeit erinnerte sie sich ernüchtert und mit erschreckender Klarheit an den vergangenen Tag.

Unterwäsche, teure Unterwäsche. O Gott, und wie gut sie sich erinnerte. Vage kam ihr der Einkauf mit Fiona ins Gedächtnis, als sie vom Valium ganz benommen gewesen war. Und natürlich erinnerte sie sich an die Scheibe Banolfi danach im Café, die auch an die vierhundert Kalorien gehabt haben mußte. Ach, vergiß das verdammte Banolfi.

Sie erinnerte sich daran, wie sie in Michaels Büro angekommen war. Das Bild in ihrem Kopf ähnelte einer Szene aus *Vom Winde verweht* und hatte wenig mit der Realität gemein. Aber danach ... danach waren ihre Erinnerungen schwammig, als ob sie vollkommen betrunken gewesen und ohnmächtig geworden wäre.

Wirklich betrunken war sie aber erst viel später gewesen. Zu Hause hatte sie angefangen zu trinken und von allen im Haus vorrätigen Alkoholika gekostet, während eine besorgte Jo sie angebettelt hatte, sie möge doch aufhören.

»Du weißt nicht, was er getan hat«, erinnerte sie sich an ihre eigenen Worte, als sie mit dem Schnaps in der einen und einem Papiertaschentuch in der anderen Hand am Küchentisch gesessen hatte. Natürlich wußte Jo nur zu gut, was geschehen war. Aisling hatte ihr wieder und wieder alles bis ins kleinste Detail geschildert, während sie immer tiefer in ihre Depression verfallen war. Und immer tiefer ins Glas geschaut hatte. Sie hatten die ganze elende Angelegenheit endlos lange durchgekaut, angefangen von der Theorie »Männer streunen eben, was soll's«, mit der Jo im Glauben, die Sache werde sich wieder einrenken, aufgewartet hatte. Geendet hatten sie mit der Feststellung, daß »alle Männer Schufte sind«.

Sie erinnerte sich daran, daß Jo ihr von dem Baby und Richards Reaktion darauf erzählt hatte.

»Ich konnte es einfach nicht glauben, Ash«, hatte Jo gesagt und in die Teetasse gestarrt, die sie in ihren Händen hielt. »Niemals hätte ich gedacht, daß er so reagieren könnte.«

»Das Komische daran ist«, fuhr Jo fort, »daß ich anfangs selbst nicht genau wußte, was ich wollte. Ich grübelte darüber nach, ob ich für die Mutterschaft bereits reif genug sei. Als ich dann den Schwangerschaftstest gemacht hatte, wußte ich schlagartig, daß ich das Baby unbedingt haben wollte.«

Sie hielt inne und blickte Aisling mit ihren dunklen, den Tränen nahen Augen an. »Du weißt, was ich meine. Mit den Zwillingen ist es dir ja, wie ich mich erinnere, ähnlich ergangen. Als du schwanger wurdest, habe ich dich sehr beneidet. Du warst so glücklich, so zufrieden. Und sieh mich an!« Sie lachte traurig auf. »Ich bin ein verdammter Scherbenhaufen.«

Von ihrem eigenen Unglück und drei großen Gläsern Schnaps betäubt, hatte Aisling den schrecklichen Zustand Jos gar nicht wirklich wahrgenommen.

»Er wird seine Meinung ändern«, hatte sie geantwortet. Was für eine dumme Antwort. Die arme Jo, abgesehen von einer betrunkenen, in Selbstmitleid versinkenden Freundin war sie ganz auf sich gestellt. Sie mußte vollkommen betrunken gewesen sein, denn sie erinnerte sich weder daran, wie Jo gegangen war, noch wie sie es in ihr Bett geschafft hatte. War sie alleine ins Bett gegangen, oder hatte ihr Jo dabei geholfen? Wie schrecklich. Und was für ein schlechtes Licht das auf ihre mütterlichen Qualitäten warf.

Zu betrunken, um zu merken, ob den armen Zwillingen etwas gefehlt hatte oder sie in der Nacht nach ihr gerufen hatten. Was für schreckliche Dinge hätten passieren können, während sie zu betrunken gewesen war, um sich aus dem Bett zu schälen und ihnen zu Hilfe zu eilen. Sie war eine unnütze, fette Kuh. Kein Wunder, daß Michael sie nicht mehr um sich haben wollte.

Aisling starrte auf den beleidigten Haufen, zu dem sich Flossie am Fußende des Bettes zusammengerollt hatte, und erinnerte sich an die Auseinandersetzung mit ihrem geliebten Mann. Am liebsten hätte sie sich auch wie eine Katze zusammengerollt und hätte dann sterben wollen.

Was hatte sie getan? Warum hatte sie ihm die Gelegenheit gegeben, sie zu verlassen? Wenn sie gar nichts gesagt hätte, wäre vielleicht alles wieder ins Lot gekommen. Mit jeder Minute kam ihr wieder ein neuer schmerzlicher Augenblick des gestrigen Abends in den Sinn, wie kleine gehässige Wurfgeschosse, die ihr Herz durchlöcherten.

Sie erinnerte sich daran, wie sie Michael vor allen anderen zur Rede gestellt hatte. Wie ein Fischweib hatte sie in ihrem auffallenden roten Kleid geschrien und ihre dreckige Wäsche in der Öffentlichkeit gewaschen. Und danach erinnerte sie sich an seine unterkühlte Reaktion.

Er liebte sie nicht, er konnte es nicht ertragen, mit ihr in einem Haus zu leben, verdammt noch mal. Sie war wie ein altes Paar Schuhe entsorgt worden, benutzt und dann weggeworfen, als sie ein Loch bekommen, den Regen durchgelassen und außer Mode gekommen waren. Seine schrecklich schneidenden Worte kamen ihr wieder in den Sinn, und endlich hörte sie auf, gegen den Schmerz anzukämpfen. Heiße, hoffnungslose Tränen tropften auf das Kissen, als ihr ihre Zukunft deutlich wurde: Sie war alleine, für immer alleine.

Bei dieser Vorstellung mußte sie noch heftiger weinen und hörte nicht, wie Paul ins Schlafzimmer kam und rief: »Mama, Mama, schau mal, was Phillip getan hat, schau mal!«

Trotz ihres Zustandes stellte sie automatisch auf ihre Rolle als Mutter um und vergrub ihre geschwollenen Augen in dem Kissen, damit er nicht sehen konnte, wie elend sie aussah.

»Ich bin krank, Liebling. Ich habe, glaube ich, diese dumme Grippe, die Tante Fiona auch hatte. Meine Augen schmerzen. Aber du kannst mir helfen, Paul. Könntest du Flossie mitnehmen und ... mir etwas Milch bringen?«

Sie hatte ganz bewußt Paul damit beauftragt. Phillip hätte den Grund erfahren wollen. Warum war sie krank, warum war Papa nicht da, warum mußte er die Milch holen, warum durfte er nicht die Rollerblades bekommen? Paul war zum Glück weniger kopflastig. Er war zwar nicht so gut in der Schule wie sein Zwillingsbruder, dafür war der Umgang mit ihm viel einfacher. Solange sein Zwillingsbruder nicht in der Nähe war, konnte man ihm sagen, was er zu tun hatte.

Milch zu holen war ein Auftrag von Mama, und er war ein Spezialagent, augenblicklich bereit loszulegen. Hocherfreut und wichtigtuerisch hatte er das Fehlverhalten seines Bruders bereits wieder vergessen, als er sich die Treppe hinunterschwang. Er wollte sich als männlich genug erweisen und sich um seine Mutter kümmern.

All die Lügen, die dem Fremdgehen folgen, dachte Aisling betrübt. Zwei Zehnjährigen kann ich aber unmöglich sagen, daß ihr Vater mit einer anderen Frau durchgebrannt ist und ihre Mutter kurz vor einem Nervenzusammenbruch steht. Zu diesem Thema gab es einen Kinofilm: *Frauen am Rande des Nervenzusammenbruchs.*

Sie hatte ihn in der Videothek gesehen, ihn sich jedoch nie ausgeliehen. Vielleicht war es jetzt an der Zeit, ihn sich anzusehen. Vielleicht hielt er Ratschläge für sie bereit, wie sie mit ihrem Leben klarkommen konnte. Beispielsweise: »Nehmen Sie zwanzig Kilo ab, suchen Sie sich einen hochkarätigen Job, nehmen Sie sich einen Liebhaber und ermorden Sie Ihren untreuen Ehemann.« Leichter gesagt als getan.

Aisling verzog angesichts des dumpfen Kopfschmerzes das Gesicht, erhob sich endlich aus den Federn und stand vor dem Spiegel. Von ihrem eigenen Anblick war sie nicht gerade begeistert. Ihre Augen waren geschwollen und sahen schweinchenrosa aus. Ihr Teint hatte einen nicht sehr schmeichelhaften Beigeton mit grauen Flecken, und ihr Haar war vom nächtlichen Ausschwitzen lebergefährdender Mengen Alkohol ganz fettig.

Sogar das niedliche Hasendesign auf ihrem Nachthemd war verblichen und das Hemd nach jahrelangen Waschgängen ausgebeult. Genau wie ich auch, sagte sie leise. Wunderbar. Wie kam es nur, daß Danielle Steels Heldinnen niemals aussahen, als ob sie die Nacht im Gebüsch verbracht hätten, nachdem sie von ihren Liebhabern verlassen wurden? Mißmutig hob sie die Haarbürste auf.

Diese Heldinnen sahen eher noch püppchenhafter und zerbrechlicher aus, als sie es ohnehin schon waren. Ihre *Estée-Lauder*-Schminke war makellos, und nicht eine Strähne fiel aus dem kunstvollen Knoten, den sie während ihrer Schweizer Internatszeit erlernt hatten. Sie ließen sich nicht gehen, sie griffen nicht nach der Flasche, und sie kratzten sich beim Tränenabwischen nicht die Haut wund.

Tief in Gedanken versunken wäre sie vor Schreck beinahe umgefallen, als das Telefon klingelte. Das schrille Klingeln war wie ein Frontalangriff auf ihren schmerzenden Kopf. Sie atmete tief aus. Würde sie in der Lage sein, den Hörer abzunehmen? Was sollte sie sagen, falls es ihre Mutter war, die mit ihr plaudern wollte?

Hallo, Mama. Ja, mir geht es gut. Ich hatte eine ziemlich normale Woche, weißt du. Den Zwillingen gefällt es so gut im Sommerlager, und ich habe die untere Toilette beinahe schon fertig gestrichen, und Michael hat mich verlassen, und das ist auch schon alles. Und wie geht es dir?

Das Telefon klingelte noch immer. Nun mach schon, heb ab, bestärkte sie sich. Du kannst dich ohnehin nicht ein Leben lang verstecken. Ihre Hände zitterten, als sie den Hörer abnahm. Sie wußte nicht, ob sie wegen des Schocks oder wegen ihres Katers so zitterte. »Ich hätte fast wieder aufgelegt«, rief Jo, offenbar ernstlich besorgt. »Wie fühlst du dich?«

»Wunderbar. Abgesehen davon, daß mein Kopf gleich zerspringt und mein Leben ruiniert ist.«

»Willkommen im Club«, erwiderte Jo traurig. »Ich habe mir alles noch einmal durch den Kopf gehen lassen und mich gefragt, was ich falsch gemacht habe.« Sie schneuzte sich. »Tut mir leid, ich wollte dir nichts vorjammern. Es ist ja nicht deine Schuld, daß mein verdammter Liebhaber mich und mein Baby verlassen hat.«

»Und deine Schuld ist es auch nicht, Jo. Ich habe an dich gedacht und daran, wie wenig ich dir gestern abend geholfen habe. Tut mir leid. Ich konnte einfach nur über meine eigenen Probleme weinen. Du mußt vollkommen fertig sein, du Arme.« Zurück in ihrer gewohnten Rolle der Trösterin fühlte sich Aisling schon ein wenig wohler. Die Probleme eines anderen konnten sie augenblicklich ihre eigenen vergessen lassen. Nun konnte sie sich in Jos mißlicher Lage anstatt in ihrer eigenen suhlen.

Immerhin war sie noch mit Michael verheiratet, was ihr niemand nehmen konnte. Jo dagegen war nicht mehr als eine

Zahnbürste im Bad und ein ungeborenes Baby geblieben, dessen feiger Vater es aus seinem Leben verbannt hatte. Was konnte schlimmer sein, als eine der schönsten Zeiten im Leben dadurch ruiniert zu bekommen, daß man ganz alleine dastand? Andererseits, welchen Halt hatte ihr ihre Ehe gegeben? Verflucht sollten sie alle sein. Verheiratet oder nicht verheiratet, kein Versprechen war das Papier wert, auf dem es festgehalten wurde, wenn der andere nicht voll und ganz dahinterstand.

»Ich war die halbe Nacht lang wach und habe nur das eine gedacht: Daß es alles *meine* Schuld ist«, sagte Jo. »Meine Schuld, daß ich schwanger geworden bin, und meine Schuld, daß ich einfach angenommen habe, Richard wollte Vater werden und nicht nur als Samenspender fungieren.« Ihre Stimme klang hart und verbittert.

»Nicht daß er nicht gerne Samenspender gewesen wäre, das hat ihm Spaß gemacht ...«

»In der Hinsicht sind sie alle gleich«, unterbrach Aisling sie trocken.

»Verdammt wahr. Aber immerhin können die meisten Männer die Verantwortung schultern. Richard aber will das überhaupt nicht tun. Verflucht, bei mir klingelt es.« Jo klang aufgeregt. »Bleibe einen Augenblick dran, ja?«

Arme, arme Jo, dachte Aisling, zog die Decke hoch, bauschte das Kissen in ihrem Nacken auf und klemmte sich den Telefonhörer ans Ohr.

Bei der Erinnerung an ihre eigene Schwangerschaft mußte sie lächeln. Es war ein zauberhafter Augenblick gewesen, als sie Michael davon erzählt hatte. Damals hatten sie noch nicht gewußt, daß es Zwillinge werden würden. Später hatten sie die Betten und den Doppelkinderwagen gekauft, zusammen Schwangerschaftsbücher vor dem Kamin gelesen, und er hatte ihr stolz über den Bauch gestreichelt, als sie gemeinsam auf die ersten Tritte gewartet hatten.

Was auch immer geschehen würde, diese Verbundenheit

hatte sie erlebt. Anders als Jo. Von der Annahme, die eine Hälfte eines erwartungsvollen Paares zu sein, war sie ganz abrupt zu einer alleinerziehenden Mutter geworden. Genau das bin ich jetzt auch, dachte sie.

Eine verlassene Frau mit zwei Kindern, ohne jede Aussicht auf Arbeit und mit einer Waschmaschine, die es nicht mehr lange machen würde. Noch eine mehr für die Statistik. Eine mehr auf der langen Liste verlassener Frauen, eine mehr auf der Liste alleinerziehender Mütter und einer mehr auf der Liste der herumstreunenden Mistkerle; dachte sie verbittert.

Tränen brannten ihr in den Augen. Sei kein Jammerlappen. Du weißt noch gar nicht, ob es wirklich so sein wird. Du weißt noch nicht, was passieren wird, also brauchst du auch nicht darüber nachzudenken. Er wird es sich anders überlegen. Du weißt, daß er es sich anders überlegen wird, er muß es einfach tun. Er kann uns nicht alle aufgeben, nach dem, was wir miteinander aufgebaut haben. Die Zwillinge wird er doch nicht etwa aufgeben wollen?

Würde eine andere Frau ihm genug geben können, daß er alles vergessen konnte, was ihm einst lieb war? Sie dachte an die Frau, die Fiona ihr beschrieben hatte, eine schillernde Karrierefrau, mit der er sich sicherlich anregender unterhalten konnte als mit einer abgehetzten Hausfrau.

War es ihr Fehler, daß sie die Verführung so leicht gemacht hatte? Hätte sie weniger bügeln, staubsaugen und kochen sollen, um lieber das Kamasutra zu lesen und Tips zu sammeln, wie sie ihr Sexleben auffrischen könnten? Hätte sie sich mit Wachs behandeln, anmalen und sich einölen sollen in dem Versuch, sich in eine Sirene zu verwandeln, die jeden Mann ans Bett fesseln konnte?

Das Fotomodell Jerry Hall hatte es einmal so ausgedrückt, wie sie Mick Jagger an sich kettete: Sei eine Köchin in der Küche, eine Dienstmagd im Haus und eine Hure im Bett.

Warum genügte es nicht, eine ganz normale Hausfrau und Mutter zu sein? O Gott, es erschien alles so hoffnungslos.

Sie schluckte und wischte sich kräftig über die Augen, um sich die Tränen abzutrocknen, die der wiederaufkeimende Schmerz heraufbeschworen hatte. Sie tastete nach der Nachttischschublade und fand die kleine Tablettenschachtel, die ihr Fiona gestern gegeben hatte. Da sie jahrelang Vitamintabletten eingenommen hatte, konnte sie die zwei kleinen Pillen auch ohne Wasser schlucken. Bei dem bitteren Geschmack verzog sie das Gesicht und rief: »Paul, Liebling, kommst du bald mit der Milch?«

Als Antwort hörte sie Schritte die Treppe hochtrampeln, als ihr schwarzhaariger Erstgeborener – Phillip war zehn Minuten jünger – die Treppe hochhastete, über den Flur rannte und mit einem grünen Plastikbecher mit Milch ihr Zimmer betrat. Es war einer der beiden grünen Becher, aus denen die Zwillinge getrunken hatten, als sie noch klein waren. Paul hatte seinen immer besonders gemocht, weil alles darin so einen ganz besonderen Plastikgeschmack bekam.

»Ich habe ein wenig verschüttet«, bemerkte er überflüssigerweise, als er ihr den Becher reichte, an dem die Milch herunterrann und sich unten zu einer Pfütze sammelte. »Aber ich habe es aufgewischt.«

»Danke«, erwiderte Aisling ernst und fragte sich, welches Stück Kleidung er von der Heizung gerissen hatte, um es als Wischlappen zu benutzen. Das Aufwischen jedoch war immerhin schon ein guter Anfang.

»Hast du Kopfweh, Mama?« fragte er, da er mit dem Adlerblick aller Zehnjährigen die Tabletten entdeckt hatte. »Warum weinst du?«

»Ich habe nicht geschlafen, Liebling. Und ich habe ein schreckliches Kopfweh. Aber die Milch wird es bessern.« Sie fuhr ihm liebevoll durch die Haare, und er grinste sie an, wobei sich um seine Augen genau dieselben Falten legten wie bei seinem Vater. Andere Mütter hatten ihr davon erzählt, wie ihre Söhne mit zwölf plötzlich jede zärtliche Geste ablehnten und wütend wurden, wenn ihre Mütter sie wie gewohnt umarmten. Gott sei Dank hatte sie noch ein paar Jahre für die abendlichen Umarmungen, bevor die Zwillinge zu erwachsen waren, als daß sie Kitzelattacken oder ihre Hand in ihren Haaren toleriert hätten.

»Mama, bekommen wir heute Geld für McDonald's?« fragte Paul. »Herr Breslin fährt uns nach dem Spiel alle nach Stillorgan, und dort könnten wir zu McDonald's gehen, wenn du es erlaubst.«

»Gut, aber keine Milchshakes. Du weißt doch, wie übel euch davon immer wird.«

»Versprochen.«

In Windeseile war er bereits wieder aus dem Zimmer gerannt und rief seinen Bruder. Aisling fühlte, wie die Anspannung ihres Körpers nachließ, als ein ganz normaler Tag im Leben der Familie Moran seinen Anfang nahm. Alles würde sich wieder einrenken, das hatte sie ganz sicher im Gefühl. Gestern nacht war nur ein Ausrutscher, eine dumme Sache, die einmal ausgesprochen werden mußte. Sie teilten so vieles miteinander: die Jungs, ihr Leben, ihr Zuhause. Wie konnte Michael das alles aufgeben? Der Mann, der in ihren Armen bei der Geburt der Jungen geweint hatte, würde sie nicht wegen eines Flittchens verlassen können. Er würde zurückkehren, das war lediglich eine Frage der Zeit.

»Tut mir leid«, sagte Jo. »Der Alarm meiner Nachbarin von nebenan ist losgegangen, und sie konnte sich nicht an ihren Code erinnern. Wir mußten ihren Sohn anrufen ... es hat alles Ewigkeiten gedauert.«

»Was machst du heute?« fragte Aisling aufgeräumt, denn ihr neugewonnener Optimismus gab ihr wieder Kraft.

»Ich weiß nicht.« Jo hörte sich verloren an. »Ich wollte eigentlich zu *Prénatal*, mir die Babysachen ansehen und dann ein paar Bücher zum Thema Schwangerschaft kaufen ... jetzt aber weiß ich nicht so recht, ob ich dazu die Kraft aufbringen kann.«

»Nun, genau das werden wir tun«, entgegnete Aisling mit

Bestimmtheit. »Wenn du zu Hause herumhängst und Tränen vergießt, wird das deine Probleme auch nicht lösen. Ich muß die Jungs für das Fußballspiel fertigmachen, dann treffen wir uns im *Ilac Center* vor *Dunnes* um ...« Sie blickte auf die Uhr. »Halb zehn, dann können wir gleich mit dem Einkaufen loslegen. Ich bringe dir noch ein paar meiner eigenen Schwangerschaftsbücher mit. Es sieht ja nicht danach aus, als ob Michael und ich uns zur Zeit noch ein weiteres Kind zulegen wollen.«

Jo schwieg, denn sie wußte einfach nicht, was sie zu solch einer abstrusen Idee sagen sollte.

»Also abgemacht«, erklärte Aisling. »Bis dann.«

Als sie aufgelegt hatte, blieb Jo noch einen Augenblick lang auf der Couch in ihrem kleinen Wohnzimmer sitzen und dachte darüber nach, was den plötzlichen Stimmungswechsel bei ihrer Freundin ausgelöst hatte. Letzte Nacht hatte sie befürchtet, daß Aisling sich besinnungslos betrinken würde, jetzt dagegen tat sie so, als ob es den vergangenen Tag gar nicht gegeben hätte.

Hatte Aisling einfach alles verdrängt, oder fühlte sie sich tatsächlich so wohl, wie es am Telefon den Anschein hatte? Jo lehnte sich gegen ein Kissen und durchdachte noch einmal die ganze mißliche Lage der beiden. Wer von uns beiden hat es eigentlich schlechter getroffen, fragte sie sich.

Um kurz vor halb elf ließ sich Jo vor dem vielbesuchten Einkaufszentrum erschöpft auf eine Bank fallen und dachte immer noch über Aislings Worte nach. Sie saß gegen die Holzlehne gestützt, umklammerte ihre Handtasche und versuchte, sich zu entspannen. In ihrer Aufmachung mit Jeans, einem cremefarbenen Baumwollpulli, ihren auf die Schultern fallenden Locken und den Sommersprossen sah Jo wie der Inbegriff von Gesundheit und Freizeitchic aus. Das allerdings war lediglich der äußere Anschein.

Ihr Magen gurgelte wie ein Vulkan und überlegte sich, ob

er das zweite Frühstück wieder nach oben schicken sollte oder nicht. Übelkeitswellen überschwemmten sie in regelmäßigen Abständen. Wie lange konnte sie noch ausharren, ohne zu den Toiletten eilen zu müssen, die sich natürlich auf der anderen Seite des Gebäudes befanden.

Bitte, laß mich mich jetzt nicht übergeben müssen, betete sie. Ich verspreche auch, daß ich nie wieder ein Müsli anrühren werde. Sie schloß die Augen und versuchte sich von der morgendlichen Übelkeit abzulenken. Laß mich nur lange genug hier sitzen, um Aisling zu treffen, danach kann es mir so schlecht gehen, wie du willst, okay?

Zu ihrem Erstaunen gehorchte ihr Magen, und die Übelkeit legte sich etwas. Das muß wohl an der stundenlangen Bauchgymnastik liegen, dachte sie stolz und öffnete erleichtert die Augen. Jetzt kann ich mich sowohl innerlich als auch äußerlich kontrollieren!

Wenige Minuten später sah sie Aisling aus dem Parkhaus kommen. Ihre wohlgerundete Figur hatte sie unter einem blauweiß gestreiften Hemd versteckt und dazu trug sie eine dunkelblaue Hose.

»Tut mir leid, daß ich mich verspätet habe«, keuchte sie und setzte sich auf die Bank. Ihr Gesicht war von den sechs Treppen ganz erhitzt. »Jede Menge Leute suchten vor mir bereits nach einem Parkplatz, also mußte ich immer weiter nach oben fahren. Du siehst prima aus«, schloß sie.

»Make-up ist eine tolle Erfindung«, bemerkte Jo. »Du hättest mich mal vor einer Stunde sehen sollen. Diese morgendliche Übelkeit ist nicht lustig, überhaupt kein bißchen.«

»Du Arme«, tröstete Aisling sie. »Es ist schrecklich. Aber jetzt geht es dir wieder besser, nicht wahr?«

»Ich glaube schon.« Jo erhob sich vorsichtig, atmete tief durch und stellte fest, daß ihr nicht mehr übel war. »Also gut, laß uns einkaufen gehen.«

Nachdem sie kiloweise Schwangerschaftsbücher und eine Hose mit elastischem Bund gekauft hatten, reichte es ihnen beiden. Es schien, als hätten sie jeden Laden Dublins besucht. Ihre Taschen wurden ihnen mit jedem Schritt schwerer.

Jo hatte jetzt einen Bärenhunger und schlug ein frühes Mittagessen in einem Pub vor.

»Hier bekommst du die besten Sandwiches«, versicherte sie und führte Aisling in einen Pub auf der Mary Street. Das Innere des Pubs war kühl und gemütlich, wie eine Oase inmitten des am meisten frequentierten Einkaufsbezirks. Das Markenzeichen des Pubs, die dunkelbraunen Holztische und Stühle, waren bereits von Stammkunden besetzt, die sich nicht solange draußen herumtrieben, wenn sie hier mittags noch einen Platz bekommen wollten.

Der aromatische Geruch von gegrilltem Hühnchen, überbackenem Käse und mit Knoblauch gespickten Kartoffeln lag in der Luft. Nachdem Jo Aisling zu den Sesseln auf der kleinen Galerie geführt hatte, hätte sie für drei und nicht nur für zwei Personen essen können.

»Wie findest du dieses«, murmelte sie und studierte hungrig die handgeschriebene Karte. »Geröstete . . . auf Knoblauchbrot oder Cajunhühnchen mit Pilzen . . . lecker. Das Essen ist einfach umwerfend hier. Ich könnte jetzt von allem eine doppelte Portion essen! Aber ich nehme . . . das Hühnchen. Ja, das Hühnchen.«

»Der Käsesalat hört sich gut an«, sagte Aisling und wunderte sich über ihren geringen Appetit. »Den Käsesalat und etwas Vollkornbrot«, sagte sie und lächelte den sportlich gekleideten Kellner an, der mit gezücktem Stift neben ihnen aufgetaucht war.

»Und eine kleine Flasche Champagner, falls er gut gekühlt ist.« Wieder lächelte sie zu ihm auf. Er jedoch lächelte Jo an und schien erpicht darauf, der attraktiven Brünetten zu Diensten zu stehen, die sich beim Überlegen, was sie denn nun nehmen sollte, auf die vollen Lippen biß.

Wäre es nicht wunderbar, so eine Wirkung auf Männer auszuüben, dachte Aisling, als sie den Kellner dabei beobachtete, wie er Jo anblickte. Sie war es gewohnt, an der Seite von Jo einfach übersehen zu werden. Dennoch war sie noch nie eifersüchtig auf Jos Fähigkeit gewesen, Männer so mühelos anzuziehen. Aisling hatte sich selbst nie als ausreichend attraktiv eingeschätzt, um mit Jos starker erotischer Ausstrahlung konkurrieren zu können.

So war es auch damals gewesen, als sie zusammen die Wohnung geteilt hatten. Gleichgültig, wie lange Aisling ihre Wimpern mit dem gräßlichen Wimpernformer in Schwung gebracht oder wieviel Rouge sie dort verteilt hatte, wo ihre Wangenknochen hätten sein sollen, neben Jo fühlte sie sich immer ein wenig wie eine Schlampe.

Selbst in schrecklichen Latzhosen und mit vollkommen zerzaustem Haar sah Jo immer noch gut aus. Männer umschwärmten sie hypnotisiert oder, wie Jo es selbstironisch ausdrückte, wie Motten das Licht.

»Hühnchen mit Knoblauchkartoffeln«, bestellte Jo mit Bestimmtheit. »Und eine Tasse Kaffee. Haben Sie auch koffeinfreien?«

»Selbstverständlich«, murmelte der Kellner. »Sonst noch einen Wunsch?«

»Nein.«

»Es überrascht mich, daß er dir nicht eine Ganzkörpermassage mit Champagner angeboten hat«, bemerkte Aisling, nachdem er sich mitsamt seiner unerfüllten Lust verzogen hatte.

»Alle jungen Männer sind so«, erwiderte Jo und lehnte sich in ihrem Sessel zurück. »Wenn man sie nur anlächelt, phantasieren sie bereits, wie man unbekleidet vor ihnen steht.«

»Diese Erfahrung kann ich nicht bestätigen. Das letzte Mal, daß ich einen jungen Mann angelächelt habe, war im *Dunnes*. Er hat meine Einkäufe zusammengepackt und mich angesehen, als ob ich einen Tag Freigang aus der Anstalt hätte.« Aisling seufzte tief auf. »Aber wie will ich auch von Fremden erwarten, daß sie mich attraktiv finden, wenn mein eigener

Mann nicht einmal so empfindet?« Jetzt, wo die Wirkung des Valiums nachließ, fühlte sie sich wieder hundeelend und hoffnungslos.

»Nun mal sachte«, tröstete Jo sie und streichelte ihr Knie. »Es hat keinen Sinn, dich zu martern. Es ist nicht deine Schuld.«

»Doch, das ist es«, jammerte sie. »Das ist es. Es ist alles meine Schuld. Ich habe ihn weggestoßen. Kein Wunder, daß er sich jemand anderen gesucht hat.« Sie fing lautlos an zu weinen. Ihr Körper zitterte, als ihr die Tränen das Gesicht hinunterrollten.

Jo nahm Aislings Hand. Der gemeine Hund, dachte Jo.

»Salatsandwich und der Wein«, verkündete der Kellner und stellte einen kleinen Teller, ein Glas und eine kleine grüne Flasche ohne sie anzusehen vor Aisling ab. »Und das Hühnchen.« Seine Stimme veränderte sich, als er vorsichtig einen großen Teller vor Jo plazierte. »Ihr Kaffee kommt gleich«, fuhr er fort und blickte sie erwartungsvoll an.

Jo beachtete ihn nicht. »Ash, du darfst dich jetzt nicht gehenlassen«, sagte sie leise. »Er ist zwar weg, aber die Jungs sind es nicht. Sie brauchen dich jetzt, und du darfst sie nicht hängenlassen.«

Sie reichte Aisling die Papierserviette, die ihr der Kellner ehrerbietig hingelegt hatte. »Schneuze dich«, befahl sie. Aisling schneuzte sich.

»Ich wünschte, alles wäre anders, aber das ist es nicht. Wir sind beide verlassen worden, und nichts wird sich daran ändern, Ash. Wir stehen also vor der Wahl: Entweder wir lassen uns beide gehen, weinen den ganzen Tag, bitten sie auf Knien, daß sie zu uns zurückkommen mögen und schütten jedem unser Herz aus, der es hören möchte.« Jo atmete tief ein. »Wir könnten uns als Opfer betrachten. Mein Baby würde vollkommen durcheinander geboren werden, weil ich die ganze Schwangerschaft hindurch vollkommen durcheinander gewesen war. Und die Zwillinge würden sich in zwei schreckliche Jungen verwandeln, die zwischen dir und Michael hin und her gezerrt werden. Das können wir ihnen doch nicht antun, Ash?«

Aisling schüttelte wortlos den Kopf.

»Oder aber wir schlagen zurück und schaffen es auch alleine.« Jo betonte jedes Wort einzeln, denn sie wollte, daß ihre Botschaft Aislings selbst errichtete Trauerblockade durchbrach.

»Vielleicht wird Michael mit fliegenden Fahnen zu dir zurückkehren, aber darauf darfst du dich nicht verlassen. Du mußt auf dich selbst gestellt stark sein, und ich auch. Und wer weiß«, fügte sie noch hinzu. »Vielleicht spricht Richard jetzt in diesem Augenblick vollkommen außer sich auf meinen Anrufbeantworter und bittet mich um Verzeihung ...« Sie brach in ein sarkastisches Kichern aus. Sie erinnerte sich an seinen Gesichtsausdruck gestern abend, wütend darüber, daß einmal im Leben nicht alles nach seinen Vorstellungen verlief. Die Wahrscheinlichkeit, daß er sich für das Baby entscheiden würde, war geringer, als daß sie in sechs Monaten noch in ihre Jeans paßte.

»Du hast recht, du hast hundertprozentig recht.« Aisling öffnete die Augen und wischte sich mit der Serviette über die Wange. Dann setzte sie sich auf und griff nach der Champagnerflasche. Sie goß sich fast den gesamten Inhalt in ihr Glas und trank einen ausgiebigen Schluck.

»Ich weiß, daß er nicht zurückkommen wird«, sagte sie mit bebender Stimme. »Ich möchte nur nicht daran denken, ich möchte es nicht glauben. Ich möchte mich selbst davon überzeugen, daß alles in Ordnung ist, daß er nun gerade an seinem Arbeitsplatz ist und daß er heute abend nach Hause zurückkehrt.«

»Ich weiß.« Jo blickte Aisling an und stach ihre Gabel in den dampfenden Berg goldener, nach Knoblauch duftender Kartoffelscheiben.

»Trotz allem, was Richard über das Baby gesagt hat, würde

ich ihn doch wieder aufnehmen«, sagte sie leise. »Aber er wird nicht zurückkommen, oder? Ich muß also eine Entscheidung fällen. Wir müssen sie fällen. Wir müssen unser Ding durchziehen, Ash«, drängte sie. »Du mußt dir irgendwie ein eigenes Leben aufbauen, du mußt eine Arbeitsstelle finden und . . .«

»Heutzutage eine Arbeitsstelle finden! Ich kann noch nicht einmal einen klaren Gedanken fassen, geschweige denn etwas in Angriff nehmen, wovor ich seit Jahren panische Angst habe!« Fast wäre sie wieder in Tränen ausgebrochen, als sie ihre Freundin entsetzt anblickte.

Jo fuhr mit ihrem Essen fort.

»Das kann doch nicht dein Ernst sein?« fragte Aisling.

»Aber natürlich«, erwiderte Jo mit vollem Mund. »Bei Licht betrachtet bist du jetzt eine alleinerziehende Frau mit Familie. Und zwar auch dann, wenn Michael vor lauter Schuldgefühlen dir und den Jungs eine großzügige Unterhaltszahlung die nächsten zwei Monate überweist. Denn viel länger wird das nicht währen.« Sie war sich ihres harten Vorgehens bewußt, aber Aisling mußte den Fakten ins Gesicht sehen. »Du weißt nicht, was er jetzt vorhat. Er könnte, oder vielmehr sie könnten eine Familie gründen und . . .« Sie hielt inne und gabelte erst etwas Hühnchen und dann noch ein Stückchen Kartoffel auf.

Aisling starrte mit rotgeränderten, traurig blickenden Augen auf ihr unangerührtes Sandwich.

Himmel war das schwierig, dachte Jo. »Tut mir leid, Ash. Ich möchte dir gerne helfen, aber ich stelle mich nicht gerade sehr geschickt dabei an, nicht wahr?«

Aisling trank noch einen großen Schluck Wasser und stocherte lustlos in ihrem Sandwich herum. Sie hatte überhaupt keinen Hunger, obwohl Jos Hühnchen schneller vom Teller verschwand als Billigunterwäsche von einem Grabbeltisch.

Sie wußte, daß Jo die Wahrheit sagte. Es war natürlich eine grausame Vorstellung, daß Michael mit dieser anderen Frau eine Familie gründen und noch weitere Kinder haben könnte.

»Wahrscheinlich hast du recht«, sagte sie langsam und fingerte am Stiel ihres Weinglases herum. »Da gibt es nur ein kleines Problem. Was soll ich machen?«

»Du arbeitest natürlich in einem Büro. Was du früher auch schon getan hast.«

»Das war vor elf Jahren. Heute ist alles voller Computer, von denen ich überhaupt keine Ahnung habe. Außerdem stellt sich die Frage, wer mich überhaupt anstellen würde. Es gibt dreihunderttausend Arbeitslose in diesem Land. Warum also sollte jemand ausgerechnet eine Hausfrau mit zwei Kindern, ohne jede Erfahrung und ohne Selbstvertrauen einstellen wollen?« fragte Aisling. Jo rührte drei Päckchen Zucker in ihren Kaffee, schenkte Milch nach und nippte an der Tasse. »Als Michael dich kennengelernt hat, hast du praktisch die gesamte Kraftfahrzeugabteilung geleitet und nebenbei noch abends für dein Examen gelernt. Mit nur zweiundzwanzig Jahren warst du dazu bereits in der Lage. Und jetzt willst du mir weismachen, daß du es mit mehr Erfahrung und in einem reiferen Alter nicht mehr könntest?«

»Gerade weil ich älter geworden bin, erscheint es mir unmöglich«, erwiderte Aisling schwach. »Als wir zweiundzwanzig waren, glaubten wir jede Aufgabe der Welt bewältigen zu können. Heute aber ist das etwas ganz anderes, Jo. Ach, du verstehst mich nicht!«

»Was verstehe ich nicht?«

»Nur weil du eine leitende Position bei einer Zeitschrift bekleidest und jede Menge Selbstbewußtsein besitzt, heißt das noch lange nicht, daß es allen anderen genauso geht. Sieh dich doch nur einmal genau an«, rief Aisling. »Du bist eine erfolgreiche Journalistin, du fährst dein eigenes Auto, du hast deine eigene Wohnung, dein eigenes Bankkonto und deine Unabhängigkeit. Dir erscheint das als etwas vollkommen Selbstverständliches, weil die meisten deiner Freunde auch Journalisten sind. Aber nicht jeder ist so schlau und so talentiert, um einfach überall einen Job zu bekommen. Nicht vor der Arbeit als solcher schrecke ich zurück, Jo. Ich habe Angst davor, mich nach einer Arbeit umzusehen und dann gesagt zu bekommen, daß ich zu alt bin und zu wenig Fachwissen mitbringe und überhaupt vollkommen nutzlos bin.«

»Ash, als wir beide uns vor vierzehn, nein, vor fünfzehn Jahren kennenlernten, da warst du diejenige, die etwas aus ihrem Leben machen wollte«, erwiderte Jo leidenschaftlich. »Ich dagegen hatte jede Menge Angst in Dublin zu leben, auf die Uni zu gehen, abends allein in der Wohnung zu bleiben und niemandem erzählen zu können, was tagsüber schiefgegangen war. Es war schrecklich. Du weißt, wie ich damals war.« Sie nippte an ihrem Kaffee. »Du warst es, die mir das Selbstvertrauen gegeben hat, um es an der Uni auszuhalten und nicht zu meiner Mutter nach Hause zurückzurennen. Und du warst es auch, die mich davor bewahrt hat, daß ich mich nicht gleich in jeden dahergelaufenen Mann verliebte, der mich um eine Verabredung bat. Du warst so stark«, sagte Jo leise. »Und das bist du heute noch. Du hast es nur vergessen.«

Hatte sie es wirklich vergessen, oder wollte ihr Jo einfach nur etwas Nettes sagen, fragte sich Aisling. War sie damals wirklich selbstsicher und risikobereit gewesen, weil sie sich ihres Erfolges sicher war? Sie erinnerte sich daran, wie sie zu Hause mit den ersten von ihrem eigenen Lohn gekauften Kleidungsstücken in der Küche gesessen und der faszinierten Sorcha erzählt hatte, was die Abteilungsleiterin an jenem Abend zu ihr gesagt hatte. Ihre Mutter hatte das Abendessen gekocht. Sie hatte ihr Augenmerk ganz auf der Suppe, die auf dem Herd köchelte, hörte jedoch genau, daß Aisling Margaret Synnotts Meinung nach so bald wie möglich abends für ihr Versicherungsdiplom lernen solle.

»Sie sagte, viele hätten sich eine Weiterbildung vorgenommen, könnten sich dann aber nicht dazu aufraffen. Für jede abgelegte Prüfung bekommt man eine Gehaltserhöhung. Wenn ich weiterkommen wolle, dann sollte ich die Prüfungen machen«, hatte Aisling gesagt und die bewundernden Blicke Sorchas auf ihren neuen schwarzen Lederstiefeln genossen.

»Nach der Schule wollte ich eigentlich nie wieder für irgend etwas lernen, aber das würde mir schon Spaß machen. Was meinst du, Mama?«

Ihre Mutter hielt inne und drehte sich um. Ein freundliches Lächeln lag auf ihrem Gesicht. Eithene Maguire hatte nicht ein einziges Mal in ihrem Leben einen Schönheitssalon besucht. Ihre Haare ließ sie vom Friseur an der Ecke mehr schlecht als recht schneiden, und für ihre Garderobe gab sie kaum Geld aus, um so ihren Kinder etwas kaufen zu können. Wenn sie jedoch lächelte, dann strahlte ihr ganzes Gesicht, und ihre blauen Augen leuchteten.

»Ich bin so stolz auf dich, Aisling. Ich wußte immer schon, daß du alles erreichst, was du dir einmal in den Kopf gesetzt hast. Woher habe ich nur eine so kluge Tochter?« Liebevoll umarmte sie ihre Älteste. »Wir sind alle so stolz auf dich.«

Wie sie beide wußten, stimmte das nicht ganz. Aisling hätte mit nichts auf der Welt ihren Vater von sich überzeugen können. In diesem Augenblick jedoch war ihr das gleichgültig. Ihre Mutter, die sie immer vor ihrem puritanischen Vater und dessen ständig meckernder Mutter in Schutz genommen hatte, war stolz auf ihre Tochter. Das war ihr genug.

Tränen standen in Aislings Augen, als sie sich zu Jo hinüberbeugte und sie umarmte. Und es waren keine traurigen Tränen.

»Danke. Außer meiner Mutter hat mir seit Jahren kein Mensch mehr so etwas gesagt.«

»Das hätten sie aber tun sollen«, erwiderte Jo und stellte sich noch einen Bissen zusammen. »Da dein Vater mit seinem Kontrollwahn dir jedes bißchen Selbstvertrauen in deiner Kindheit ausgetrieben hat, wundert es mich nicht, daß du heute immer noch so empfindest. Michael hätte dir jeden Tag eine aufmunternde Rede halten sollen, damit du nicht wieder in diese Unsicherheit zurückfällst.« Sie zuckte vielsagend mit den Schultern. »Warum aber sollte er sich als Mann die Mühe machen? Ash, du kannst es auch ohne ihn schaffen. Ich weiß, daß du es kannst.«

»Ich bin immer noch nicht satt«, fügte sie hinzu, nachdem sie den letzten Happen Hühnchen vom Teller gewischt hatte.

»Hier.« Aisling schob das noch immer unangetastete Sandwich ihrer Freundin zu und winkte den Kellner heran. »Noch eine Tasse Kaffee und eine halbe Flasche Schampus«, bestellte sie mit Bestimmtheit. Diesmal würde sie ihre Zeit nicht mehr mit Lächeln verschwenden. Berufstätige Frauen hatten gar nicht die Zeit, sich mit unfreundlichen Kellnern abzugeben.

Es war beinahe halb zwei, als sie wieder zum *Ilac*-Zentrum zurückgingen und sich vor dem Parkhaus verabschiedeten. Jo wollte auf dem Nachhauseweg noch einmal im Büro vorbeischauen, um sich eine Arbeit abzuholen, die bis Montag fertig sein mußte. Aisling mußte noch Lebensmittel einkaufen, ehe die Jungs um drei vom Fußball nach Hause zurückkamen. Sie brauchte allerdings nur noch Milch und Brot, was sie beides beim Zeitungshändler bekommen konnte.

Sie hatte ihr letztes Bargeld für das Mittagessen ausgegeben, also ging sie zum Geldautomaten im *Ilac*-Zentrum zurück und führte ihre Karte ein. Beim Eingeben der Geheimzahl fragte sie sich, wieviel Geld sie wohl noch auf dem Sparkonto hatten. Michael füllte das Girokonto regelmäßig mit seinem Gehalt auf, jeden Überschuß jedoch überwies er auf das Sparkonto.

»Wenn wir alles auf dem Girokonto stehenlassen, dann geben wir einfach nur immer mehr aus. Wir müssen etwas ansparen. Man kann nie wissen, wann man einmal eine größere Summe brauchen wird, Aisling.«

Aisling hatte nie darauf hingewiesen, wie sparsam sie immer in Geldfragen gewesen war. Die jahrelangen Ermahnungen ihrer Großmutter hatten sie zur Sparsamkeit erzogen. Am Anfang ihrer Ehe hatte sie Obst und Gemüse von einem winzigen Gemüsehändler bezogen und das Fleisch in einem kleinen Familienbetrieb gekauft. Nicht im Traum hätte sie daran gedacht, ihr Brot zu kaufen, wo sie es doch selbst backen konnte.

Jetzt, wo Michael ein gutes Gehalt bekam, hatte sie aufgehört, sich in verschiedenen Läden nach den billigsten Angeboten umzusehen und kaufte alles im Supermarkt. Aber sie sammelte immer noch Rabattmarken, verwendete ihre abgelegten T-Shirts als Putzlappen und kochte ihre eigene Suppe, machte ihr eigenes Brot und ihre eigene Marmelade. Keiner konnte sie beschuldigen, sie würde das Geld der Familie aus dem Fenster werfen.

Sie drückte auf die Kontostandstaste, dann preßte sie »Sparkonto« und wartete. Beim letzten Mal waren noch mindestens dreitausend Pfund auf dem Konto gewesen. Michael hatte immer davon gesprochen, es auf das Bausparkonto, ihr Urlaubskonto also, zu überweisen.

Als sie ihn jedoch letzten Monat nach dem Urlaub gefragt hatte, war seine Antwort sehr ausweichend gewesen, er könne sich im Büro momentan nicht freimachen. Die Beilage hätte einfach alles verändert, murmelte er, er könne unmöglich einen Monat nach deren Erscheinen das Land verlassen.

Kein Wunder, daß er sich nicht für die Prospekte aus dem Reisebüro interessiert hatte, dachte Aisling bitter. Drei Wochen Zelten mit der Familie in Frankreich war sicherlich nicht so verführerisch wie eine Woche in der sengenden Sonne die verfluchte Hexe mit *Ambre Solaire* einzureiben!

Als die kleinen grünen Zahlen auf dem Bildschirm auftauchten, runzelte sie die Stirn. Himmel, was war los? Dreihundertdreißig Pfund auf dem Sparkonto. Aisling starrte die Zahlen an. Das konnte nicht stimmen.

Sie war sich sicher, daß er das Geld nicht überwiesen hatte. Oder hatte er es getan und ihr nichts gesagt? Verunsichert drückte sie die Taste für das Girokonto. Sie waren knapp zweihundert Pfund im Minus. Aisling betrachtete das kleine Minuszeichen neben der Summe. Ihr wurde schwach. Was war los? Warum waren sie im Minus? Sie hatte in letzter Zeit kaum etwas ausgegeben, hatte lediglich gestern das Kleid gekauft.

»Wollen Sie fortfahren?« fragten sie die kleinen grünen Buchstaben auf dem Monitor. Nein, nur etwas mehr Geld haben, dachte Aisling, die Wut in sich aufsteigen fühlte. Schnell zog sie zweihundert Pfund, das Maximum dessen, was man an einem Tag abbuchen konnte. Sie zupfte das Geld aus dem Automaten, stopfte es in ihr Portemonnaie und wandte sich abrupt um, wobei sie einen jungen, hinter ihr stehenden Mann rammte.

»Passen Sie doch auf!« rief er ihr hinterher. Aisling hörte ihn nicht einmal. Von Wut beflügelt war sie schon fast an den Aufzügen. Alle Aufzüge waren in den oberen Etagen, und eine kleine Gruppe Einkäufer wartete bereits. Sie vertrieben sich mit dem Betrachten ihrer Einkäufe und mit Plaudern die Zeit.

Normalerweise hätte Aisling den Aufzug abgewartet, denn sie stieg nur ungern keuchend die Treppen hoch. Heute rannte sie die Stufen mit pochendem Herzen und einer unbändigen Wut hinauf. Wie konnte er es wagen, das Konto zu räumen! Wie konnte er es wagen! Was für ein Mistkerl war er sie und die Jungs zu verlassen und dann auch noch alles Geld mitzunehmen! Wovon in aller Welt sollten sie und die Zwillinge denn leben? Wie sollten sie ohne Geld die Kreditraten abbezahlen oder Essen einkaufen? Was für ein elender Mistkerl! Sie hätte ihn umbringen können, nein mehr noch, sie würde ihn umbringen.

Warte nur, bis ich dich in meinen Fängen habe, Michael Moran, knurrte sie, als sie auf ihr Auto zumarschierte. Es wird dir leid tun, daß du jemals den Namen Jennifer Carroll auch nur vernommen hast, dafür werde ich sorgen! Aisling riß die Tür auf und warf die Handtasche ins Auto. Daß er so weit gehen und seinen Kindern das Essen nicht bezahlen würde, das hätte sie nie gedacht. Sie legte den ersten Gang ein.

Noch nie war sie so schnell aus dem Parkhaus gefahren. Gelbe Ampeln übersah sie, überholte, fädelte sich wieder ein und fluchte zähneknirschend über andere Autofahrer.

Ganz gleich, wie schlimm der vergangene Tag auch gewesen sein mochte, ganz gleich, wie am Boden zerstört sie gewesen war, als Michael ihr gesagt hatte, er liebe sie nicht mehr, einen Trost hatte sie. Die Jungs. Wenn Michael eine Karrierefrau mit Beinen bis zu den Armbeugen und einen Kleiderschrank voller Strumpfgürtel und Reizwäsche haben wollte, dann sollte er sie haben. Aber Aisling würde immer die Jungs haben. Und wenn Michael jemals seines Fräulein Carrolls überdrüssig werden sollte, konnte er um Pauls und Phillips willen jederzeit nach Hause zurückkehren. Und um ihretwillen. Sie würde ihn nicht abweisen können, sie würde ihn nicht wegschicken können. Sie liebte ihn immer noch, trotz allem.

Dieser Gedanke tröstete sie. Sie wußte, daß Michael die Trennung von seinen Kindern schwerfiel und er irgendwann einfach wieder nach Hause zurückkehren mußte.

Davon war sie jedenfalls bis jetzt ausgegangen. Offenbar irrte sie sich jedoch. Wenn er das Bankkonto leer räumen konnte, wohlwissend, daß Aisling keine andere Möglichkeit hatte, sich und die Kinder zu ernähren, dann war er zu weit gegangen. Sie durfte er im Stich lassen, nicht aber Paul und Phillip. Und verflucht, sie würde bis zum Äußersten um jeden Pfennig für Paul und Phillip kämpfen.

Was für ein Mann würde gleich am nächsten Morgen, nachdem er seine Frau die Nacht zuvor verlassen hatte, aufstehen und die Konten leer räumen? Plötzlich wurde ihr alles klar. Aisling, du Dummkopf! Wenn man mit einer Bankkarte nur zweihundert Pfund pro Tag abheben kann, dann kann auch Michael nur diese Summe abheben. Das wiederum bedeutete, daß er das Geld nicht heute morgen abgehoben hatte, sondern es seit Wochen in Etappen abhob. Was für ein Schwein!

Das würde sie ihm nie verzeihen. Wenn er glaubte, daß sie sich als Heulsuse erweisen würde, die bei jedem Zusammentreffen mit ihm in Tränen ausbrach und ihn anbettelte, zu ihr zurückzukommen, dann hatte er sich getäuscht. Um ihre Kinder zu schützen, würde sie steinhart und berechnend sein. Nimm dich in acht, du Mistkerl, fauchte sie.

Bereits beim Öffnen der Eingangstür spürte sie, daß er dagewesen war. Werbeprospekte für einen Pizzabäcker waren beiläufig so auf dem Flurtisch abgelegt, wie nur Michael sie ablegen würde. Darüber hatte sie sich immer schon aufgeregt. Warum konnte er sie nicht bis in die Küche bringen und sie entweder zu all den anderen legen oder sie in den Mülleimer schmeißen? Weil aufräumen zu ihren Aufgaben zählte, natürlich.

Sie machte sich noch nicht einmal die Mühe, die Zettel aufzuheben, sondern rannte nach oben in ihr Schlafzimmer. Seine Schrankseite stand offen, ein paar Metallbügel lagen auf dem unteren Regal, wo Michael immer seine Schuhe aufbewahrte.

Er hatte alles mitgenommen, seine Anzüge, die Hosen, und die Hemden, die sie so sorgfältig gebügelt hatte. Nur einen Gürtel hatte er auf dem Schlipsbügel vergessen. Sie überprüfte die Schubladen und das angrenzende Badezimmer. Alles von Michael war weg. Nur ein feuchter Ring neben dem Waschbecken erinnerte noch daran, daß dort sein Aftershave gestanden hatte, die große Flasche *Eternity For Men*, die sie ihm zu Weihnachten geschenkt und dabei gedacht hatte, daß vierzig Pfund für eine Flasche ein etwas zu teurer Spaß sei.

Sogar sein nach Zitrusfrüchten duftendes Duschgel hatte er nicht vergessen, das er ihrem Kokosduft vorzog.

An alles hat er gedacht, dachte sie bitter. Während ihrer zwölfjährigen Ehe war ihm das niemals gelungen. Die Koffer für die Ferien zu packen, war immer ein Alptraum gewesen, da sie nicht vergessen durfte, was Michael oder die Jungs vielleicht haben wollten. Wenn sie ihm nicht seinen Rasierer einpackte, dann war es ziemlich wahrscheinlich, daß er ihn vergaß. Nicht so heute. Dieses Mal würde Michael nicht nach zwei Wochen zurückkommen.

Gut so. Sie wollte auch nicht mehr, daß er zurückkam. Sie wollte wissen, wo ihr Geld war. Sie nahm den Telefonhörer im Schlafzimmer und wählte die Zeitungsredaktion.

»Den stellvertretenden Chefredakteur«, befahl sie unfreundlich.

»Hallo.« Seine Stimme klang noch genauso wie am gestrigen Abend, nämlich ruhig und entspannt. Das würde sie ihm austreiben, soviel war sicher.

»Was in aller Welt hast du mit dem Geld auf dem Sparkonto gemacht?« verlangte sie zu wissen.

»Aisling?«

»Nein, hier spricht Mutter Teresa. Natürlich bin ich es, deine arme, verwirrte Frau, die, der es niemals aufgefallen ist, daß du all das Geld vom gemeinsamen Konto abgehoben hast. Wie hast du das nur gemacht? Hast du jeden Tag zweihundert gezogen, in der Erwartung, mich ohnehin schon bald zu verlassen?«

»Hör auf, ins Telefon zu brüllen, Aisling«, erwiderte er kühl. »Und hör auf, solch irrwitzige Anschuldigungen zu erheben. Ich habe nichts *gestohlen.*«

»Wo ist dann das Geld?«

»Auf einem gesonderten Konto, deinem Konto.«

»Welches Konto?« verlangte sie zu wissen.

»Hast du denn meine Nachricht nicht gelesen?«

»Nein, habe ich nicht.«

»Sie liegt auf dem Bett, auf deiner Seite.«

Ab heute waren alle Seiten ihre Seiten.

»Hör zu«, sagte Michael müde. »Ich habe im letzten Monat ein Konto in deinem Namen eröffnet. Ich wußte, daß sich die Sache irgendwann einmal zuspitzen würde, und da wollte ich die Dinge in finanzieller Hinsicht ordnen. Nur weil wir uns trennen, werde ich die Kinder nicht verhungern lassen. Ich habe auch bereits mit einem Rechtsanwalt gesprochen, wie man so etwas am besten regelt. Er hat mir geraten, ein Konto für dich einzurichten.«

Aisling war sprachlos. Vor über einem Monat hatte er mit einem Anwalt gesprochen. Was für ein Dreckskerl.

»Hörst du mir auch zu, Aisling?« Seine Stimme durchkreuzte ihre Gedanken. »Es sind eintausendfünfhundert Pfund auf deinem Konto. Die genauen Details habe ich auf dem Frisiertisch hinterlassen. Ich werde das Giro- und auch das Sparkonto schließen. Ein gemeinsames Konto brauchen wir jetzt nicht mehr.«

Sie setzte sich auf das Bett und hörte nur noch mit halbem Ohr zu. Vor über einem Monat hatte er einen Rechtsanwalt aufgesucht, so sicher war er sich gewesen, daß ihre Ehe am Ende war.

»Ich kann einfach nicht glauben, daß du das eiskalt angeleiert hast, ohne mich darüber zu informieren«, sagte sie langsam.

»Ich habe jetzt keine Zeit, darüber zu sprechen«, entgegnete er mit harter Stimme. »Die Kinder werde ich finanziell unterstützen, aber ich werde dich nicht den Rest deines Lebens eine Luxusexistenz führen lassen. Ich bin kein Faß ohne Boden, Aisling. Du wirst dir eine Arbeit suchen müssen. Du hast doch ohnehin immer gesagt, daß du arbeiten wolltest.«

»Und du wolltest nie, daß ich mir eine Arbeit suche!« schrie sie. »Du hundsgemeiner Dreckskerl! Ich würde dich am liebsten umbringen!«

»Ich habe nicht die Zeit, mir deine Beleidigungen anzuhören. Anders als du habe ich Arbeit, die erledigt werden muß.« Damit legte er auf und ließ Aisling wild in die Hörmuschel fluchend zurück.

Die Nachricht lag auf ihrem Kissen. Es war eine aus einem Notizbuch herausgerissene Seite mit Michaels auffälliger Schrift.

»Aisling, es tut mir leid, daß ich dich nicht hier angetroffen habe. Ich wollte mit dir über die finanziellen Dinge und über die Jungs sprechen. Ich habe ein Konto für dich eröffnet und die Hälfte des Urlaubsgeldes dort eingezahlt. Ich möchte gerne selbst mit den Jungs sprechen. Es ist wichtig, daß sie es von uns beiden hören. Ich rufe dich später wegen meines Kommens heute abend an.«

Das war es auch schon. Kein »In Liebe, Dein Michael«. Nun, er liebte sie ja auch nicht mehr. Verflucht sollte er sein. Er erwartete sogar, daß sie geduldig auf ihn wartete, damit sie es den Jungs gemeinsam sagen konnten. Die Vorstellung konnte er sich abschminken, hier einfach, wie es ihm paßte, vorbeizukommen. Er würde sie fragen müssen, ehe er einen Fuß in das Haus setzte. Wenn Michael den Kampf wollte, dann würde sie ebenfalls kämpfen!

7

Fiona war von der Idee sehr angetan.

»Natürlich kann Pat dir helfen, eine Arbeit zu finden! Er hat sich schon immer darüber beklagt, daß er zwanzigjährige Büroanfänger anheuern muß, die dann immer wieder kündigen, sobald sie die Computer richtig benutzen konnten.«

Fiona setzte sich auf einen der Kiefernküchenstühle der Morans, der vom vielen Herumtoben schon ganz zerkratzt war. Sie kreuzte ihre langen, schlanken Beine, die in schwarzen, glänzenden Leggings steckten. »Die Chance, jemanden wie dich anzustellen, würde er sofort wahrnehmen.«

»Bist du dir da so sicher?« Fiona war ebenso großzügig, wie sie exzentrisch war. Aisling wollte nicht, daß Fiona den armen Pat dazu zwang, ihre über Nacht alleinstehend gewordene Nachbarin anzustellen, nur um dieser einen großen Gefallen zu erweisen. Wenn sie jedoch wieder arbeiten wollte, dann brauchte sie tatsächlich jemanden, der sie unterstützte. Eine milde Gabe aber wollte sie nicht.

»Ich bin ziemlich außer Übung, Fiona. Ich bin gerne bereit dazuzulernen, aber nur, wenn Pat an einen Erfolg glaubt«, sagte sie ernst.

»Sei nicht albern, Aisling. Wenn du ein viergängiges Menü innerhalb von zwei Stunden auftischen kannst und nicht aus der Ruhe gerätst, wenn der Gefrierschrank deine selbstgemachte Eiskrem zu Soße auftaut, wirst du keine Schwierigkeiten haben, ein paar Telefonate zu beantworten.«

»Außerdem ist mein Vater sehr von dir angetan, wie du weißt«, fügte Fiona lächelnd hinzu. »Bei Abendeinladungen möchte er jedesmal neben dir sitzen. Du wirst ihn vermutlich abwehren müssen, wenn er dich erst einmal als Sekretärin hinter der Empfangstheke sitzen sieht!«

Aisling brach in schallendes Gelächter aus, als sie sich Fionas Vater vorstellte, einen stattlichen Rechtsanwalt mit stahlblauen Augen, wie er versuchte, sie in sein Büro zu lotsen, um auf dem antiken Tisch mitten in juristischen Unterlagen eine Nummer zu schieben.

»Das kann ich mir einfach nicht vorstellen.« Sie grinste.

»Ich kann es mir sehr gut vorstellen«, erwiderte Fiona. »Seit meine Mutter ihn verlassen hat, ist er wie ein Teenager, der gerade entdeckt, was Sex eigentlich ist und es so oft wie nur möglich ausprobieren möchte. Habe ich dir eigentlich erzählt, daß er um ein Haar mit einer der Brautjungfern auf der Hochzeit meines Cousins im Bett gelandet wäre?«

»Ist das wahr?«

»Du machst dir keine Vorstellung, wie er wirklich ist. Verrückt und scharf wie nur was. Die Frauen lieben ihn nun mal, das war schon immer so.« Fiona hielt inne, um sich eine Zigarette anzuzünden.

»Ich weiß«, brummte sie. »Ich kann mir auch nicht erklären, warum ich ständig diese Dinger rauche, wo ich doch ein solcher Fitneßfanatiker bin. Pat hält mir tagtäglich dieselbe

Predigt, aber eine Frau braucht nun mal auch ein paar Laster.«

»Ich wollte doch gar nichts einwenden«, protestierte Aisling. »Ich kann mir unter den gegebenen Umständen wohl kaum eine Meinung zu Fitneßfragen leisten. Meine Schenkel haben seit Jahren nicht die Innenseiten einer Sporthose gesehen. Und wenn mein Bauch noch dicker wird, dann werde ich mir diese schrecklichen Miederhosen, die man an sich abrollt und die meine Großmutter immer trug, zulegen müssen.«

»Nur über meine Leiche«, erwiderte Fiona bestimmt. »Das einzige Abrollprodukt einer modernen Frau ist ein Roll-on-Deodorant, meine Liebe. Die Karrierefrau Aisling Moran wird schlank, gesund und unglaublich sexy werden, und wenn ich dich dafür höchstpersönlich jede Woche dreimal ins Fitneßcenter schleppen muß.«

Sie stand auf und hielt kurz ihre Zigarette unter den Wasserstrahl. »Wenn ich von meiner Steptanzgruppe zurück bin, spreche ich mit Pat und erkundige mich, ob sich etwas machen läßt. Eigentlich fällt ständig jemand aus, und die Zeitarbeitskräfte kosten ein Vermögen. Er wird überglücklich sein, wenn er dich bekommen kann. Und Vater wird ganz sicher überglücklich sein.«

Aisling kicherte. Ganz gleich, was für ein Desaster das geben würde, ein paar Minuten mit Fiona und ihren bissigen Kommentaren hob einfach ihre Stimmung.

Von Fionas Warte aus gesehen, änderte sich ihr Leben jetzt zu ihrem Vorteil. Sie würde wieder als eine selbstsichere und reife Frau zu arbeiten anfangen. Nicht eine Sekunde lang betrachtete Fiona Aisling als eine ängstliche und einsame Hausfrau, die plötzlich allein dastand und sich ihrer und ihrer Kinder Zukunft nicht sicher sein konnte. Das machte einen Teil ihres Charmes aus, dachte Aisling. Fiona sah das Leben durch getönte Gläser. Diese waren zwar nicht immer rosa eingefärbt, aber sie machten alles um sie herum viel interessanter.

Wenn ihr seit zehn Jahren angetrauter Mann auf die Idee

käme, seine lebenslustige, tennisbegeisterte Frau zu verlassen, würde Fiona einmal tief durchatmen und von vorne beginnen. Sie würde nach einem besseren Leben und nach einem treueren Partner Ausschau halten und sich nicht von der Trennung zerstören lassen.

Sie beobachtete ihre Freundin, wie sie ein rosa Sweatshirt und knappe rosa Stretchleggings überzog, in die Aisling nicht einen ihrer Oberschenkel hineinbekommen hätte. Fiona war ihrer häufigen Aufenthalte in der spanischen Villa der Finucanes wegen braungebrannt, trug dank ihrer Aerobicstunden jeden zweiten Tag Größe sechsunddreißig und sah phantastisch aus. Wenn sie sich richtig zurechtmachte, ihre teure Garderobe trug, die sie so gerne einkaufte, wenn ihre goldene Cartieruhr das Licht reflektierte und ihr dichtes, haselnußbraunes Haar durch die häufigen Friseurbesuche glänzte, dann sah sie ganz wie eine dieser reichen Hexen aus. Gott sei Dank war sie es nicht.

Aisling erinnerte sich an den Tag, an dem die Finucanes das große, rotgeklinkerte Haus auf der anderen Straßenseite bezogen hatten. Eine ganze Flotte Umzugswagen voller offenbar sehr teurer Möbel hatte vor dem Haus gehalten. Mindestens zehn Männer trugen den ganzen Nachmittag über Möbel ins Haus, mühten sich mit riesigen Kiefernschränken und gigantischen, weichen Sofas ab. Ein riesiger, glänzender Eßtisch, an dem mindestens zwanzig Leute Platz gefunden hätten, war auch darunter.

Aisling konnte sich nicht zurückhalten, durch ihr Schlafzimmerfenster zuzusehen, so fasziniert war sie von den Möbeln ihrer neuen Nachbarn. Eine hochgewachsene, makellos gekleidete Brünette brauste mit ihrem schwarzen Sportwagen heran und marschierte zusammen mit einem kleinen flauschigen Hund ins Haus. Aisling ging davon aus, ihre neue Nachbarin sei eine hochkarätige Karrierefrau, die sich sicherlich nicht für eine gemeinsame Tasse Kaffee am Vormittag begeistern konnte.

Deshalb überraschte es sie auch, als Fiona zwei Tage später vor ihrer Tür stand, sich vorstellte und sie fragte, ob die Nachbarn zwei Häuser weiter vollkommen verrückt oder nur leicht daneben seien.

»Ich habe lediglich gesagt, daß mein Mann und ich dort drüben eingezogen sind und wir uns vorstellen wollten, als die arme Frau kreidebleich wurde, mir sagte, sie wolle gar nichts kaufen und die Tür vor meiner Nase zuknallte«, beschwerte sich Fiona.

»Sie ist taub«, erklärte Aisling. »Und vermutlich auch ein klein wenig verrückt. Aber wenn Sie sie schon als verrückt empfinden, dann sollten Sie erst einmal ihren Bruder kennenlernen. Er glaubt immer noch, daß wir im Jahr 1944 leben und er als Geheimagent in Frankreich arbeitet.«

»Leben hier auch ganz normale Leute?« wollte Fiona wissen.

»Wir sind ziemlich normal«, erwiderte Aisling. »Meistens jedenfalls. Möchten Sie eine Tasse Kaffee?«

»Aber gern. Wenn ich nicht mindestens vier Tassen Kaffee vor elf Uhr morgens getrunken habe, dann fällt mein Körper in einen Schockzustand. Ich könnte kurz zu mir gehen und ein paar widerlich süße Kekse holen, wenn Sie möchten?« bot sie Aisling an.

Aisling lachte. »Glauben Sie mir, ich habe jede Menge widerlich süßer Kekse im Haus. Viel zu viele, um genau zu sein.«

Sie waren augenblicklich Freundinnen geworden. Manchmal erledigten sie ihre Einkäufe gemeinsam und quatschten ausführlich miteinander, während sie in der Kassenschlange anstanden. An anderen Tagen bummelten sie durch die Bekleidungsgeschäfte, wo Fiona einkaufte und Aisling sich schwor, mit einer Diät zu beginnen.

Fiona hatte Aisling immer schon ermutigt, mit ihr zum Sport zu gehen. Jetzt blickte sie Aisling entschlossen an, als sie den Schlüssel einpackte.

»Du mußt aus dem Haus gehen, und du mußt auf dich achten, meine Liebe. Ich habe schon beobachtet, wie Frauen sich gehenlassen, nachdem ihre Ehen am Ende waren. Das will ich nicht auch noch an dir miterleben müssen. Morgen gehen du und ich ein paar Sportsachen einkaufen, und ich will keine Gegenargumente hören.« Grinsend stupste sie Aisling an.

Als Fiona gegangen war, ging Aisling ins Wohnzimmer, in dem Phillip mit überkreuzten Beinen auf dem Boden saß, Rice Krispies verdrückte und irgendeinem DJ mit stacheligen Haaren bei der Auflistung der zehn Tophits zuhörte. Comics und Fußballkarten lagen überall auf dem Teppich verstreut, daneben zwei leere Rice-Krispies-Packungen und Phillips Socken.

»Phillip, hier sieht es grauenhaft aus. Räum es auf!«

»Warum? Wer kommt denn zu Besuch?« fragte er frech. »Papa?« Wieder verspürte Aisling den Kloß in ihrem Magen. Es war der Knoten, der sich immer dann einstellte, wenn sie über die Auswirkungen nachdachte, die Michaels Fortgehen auf sie haben würde. Am Abend vorher hatte sie ihnen erzählt, daß ihr Vater eine Woche lang verreist sein würde. Sie hatte einfach nicht gewußt, was sie sagen sollte und sich dafür entschieden, ihnen die Sache nach und nach beizubringen.

Paul hatte lediglich etwas überrascht aufgesehen. »Papa wollte sich doch am Samstag unser Fußballspiel angucken kommen«, sagte er langsam. »Wird er denn rechtzeitig wieder zurück sein?«

»Das weiß ich nicht, Liebling.« Aisling hatte Schuldgefühle, weil sie log und noch größere Schuldgefühle, weil sie Michael daran hinderte, sie zu Hause zu besuchen und es ihnen selbst zu sagen. Sie küßte Paul auf die Wange und wandte sich um, um Phillip gute Nacht zu sagen. Phillip hatte seinen Lieblingsschlafanzug in den Fußballfarben von *Manchester United* an. Er hielt einen Comic in der Hand und sah ihr ohne ein Wort zu sagen direkt in die Augen.

Aisling küßte ihn zärtlich und streichelte den blauen Fleck

auf seinem linken Arm, den er sich angeblich beim Zusammenstoß mit einem Pfosten vor der Schule zugezogen hatte.

»Gute Nacht, ihr beiden Raufbolde. Oder seid ihr heute abend Engel?« fragte sie.

»Weder noch«, erwiderte er tonlos.

Sie zwang sich zu einem Lächeln und ließ die Tür angelehnt, so daß die Jungs das Flurlicht sehen konnten. Sie knipste ihr Licht aus und steuerte unten direkt auf die Getränkebar zu, wo sie sich einen starken Gin Tonic einschenkte.

Phillip wußte, daß etwas nicht in Ordnung war. Natürlich hatte er es gemerkt. Kinder spüren jede kleine Nuance der Beziehung zwischen ihren Eltern, hatte sie einmal in einer Zeitschrift gelesen. Für Phillip traf das ganz sicher zu. Michael hatte immer schon gesagt, daß in Phillip ein Enthüllungsjournalist steckte: neugierig, unnachgiebig und unaufhaltbar wie ein Frachtzug. »Warum« war sein Lieblingswort.

Diesmal, Phillip, kenne ich das Warum nicht, dachte Aisling bedrückt. Sie starrte auf die Comics und die Verpackungen, die auf dem Teppich verstreut lagen. Wie üblich hätte man staubsaugen müssen. Sie mußte mit den Jungs sprechen. Sie hätte schon gestern abend mit ihnen sprechen sollen. Es ging nicht an, daß sie so tat, als ob alles in bester Ordnung sei. Sie würden es ohnehin irgendwann erfahren.

Phillip war heruntergekommen und sah sie jetzt mit ängstlichem, traurigem Blick an. Er hatte den Fernseher ganz vergessen und fragte: »Kommt Papa heute abend nach Hause?«

Phillips Frage überraschte sie nicht. Sie blickte in sein ernstes, fragendes Gesicht und in seine dunklen Augen, die sie so schmerzlich an seinen Vater erinnerten. Die Zeit der Entscheidung war gekommen. Sei kein Feigling, Aisling. Sag es ihnen jetzt, du mußt es tun.

»Wo ist Paul?« fragte sie bestimmt.

»Oben«, erwiderte er.

Aisling ging zum Treppenabsatz.

»Paul«, rief sie. »Komm mal runter. Ich möchte mit dir reden.«

Er rannte schwerfällig die Treppe hinunter, nahm immer zwei Stufen auf einmal und landete lautstark auf beiden Füßen. Natürlich trug er keine Socken. Wenn Phillip seine Socken nicht trug, dann trug Paul sie auch nicht.

Er rannte ins Wohnzimmer, schlitterte und ließ sich neben seinen Zwillingsbruder auf den Boden fallen. Er hob eine leere Tüte an und sah hinein.

»Du hast meine gegessen!« beschuldigte er Phillip und funkelte ihn an.

»Habe ich nicht!«

»Du hast ...«

»Ruhe!« schrie Aisling. Verdammt, sie hatte nicht brüllen wollen. »Jungs, es gibt etwas, was ich euch sagen möchte«, begann sie etwas leiser. »Es geht um euren Vater und mich ...«

Sie hielt inne, denn sie wurde sich der Wichtigkeit dessen, was sie gerade aussprechen wollte, wirklich bewußt. Wie konnte man die Tatsache, daß ihr Vater ihre Mutter verlassen hatte in Worte fassen? Sie sahen immer noch zu ihr auf, zwei kleine Doppelgänger von Michael, dieselben Gesichter, dieselben Farben.

Einen flüchtigen Augenblick lang erinnerte sie sich an den Tag, an dem sie ihm von ihrer Schwangerschaft erzählt hatte. Sie waren bei ihrem Spaziergang durch den eisigen Park ganz in ihre eigene Welt versunken. Sie hatten alle möglichen Namen erörtert, die ihnen gefielen, und hatten sich vorgestellt, wie das Baby aussehen würde.

»Wie du, hoffe ich«, hatte sie lächelnd bemerkt. Ihre Kinder sollten Michaels Aussehen haben und nicht ihre blasse Haut und das dünne Haar erben.

»Nein, wie du«, hatte er gemurmelt, ihre Kapuze zur Seite geschoben und die sanfte Linie ihres Halses geküßt.

Phillip und Paul starrten sie immer noch an und warteten viel zu geduldig. Arme Kinder, dachte sie. Sie wissen, daß etwas nicht stimmt. Sie konnte lediglich den Schlag etwas abmildern und die Sache so freundlich wie möglich gestalten.

Obwohl sie voller Wut auf Michael war, durfte sie die Jungs nicht als Waffe gegen ihren Vater im Ehekrieg einsetzen. Sie hätte Michael nicht absagen sollen, als er vorgestern abend angerufen hatte.

Sie versuchte es von vorne. »Papa und ich haben uns in letzter Zeit viel gestritten und . . .«

Himmel, was sollte sie sagen? Er ist weg, er wohnt nicht mehr hier? Es klang alles so schrecklich, so endgültig. Wenn sie doch nur schon ein paar Jahre älter wären, dann würden sie es verstehen. Aber mit zehn konnte man das kaum von ihnen erwarten.

»Papa ist eine Weile lang ausgezogen, Jungs. Er war nicht sehr glücklich . . .«

»Warum? Warum war er nicht sehr glücklich?« fragte Phillip aufgeregt. »War es meine Schuld? Ich hatte ja gar nicht immer wieder nach den Rollerblades fragen wollen.«

»Nein, nein, Liebling. Es hat nichts mit dir zu tun. Papa liebt euch beide, er muß nur . . . er muß eine Weile lang allein sein. Er möchte, daß ihr beide stark seid und versteht, daß er euch sehr liebt.«

»Aber warum ist er dann gegangen?« Paul sah sie so verwirrt an, daß sie nicht wußte, ob sie ihn umarmen oder selbst in Tränen ausbrechen sollte.

»Papa und ich vertragen uns nicht immer«, brachte sie langsam hervor. »Manchmal streiten sich Erwachsene und brauchen etwas Zeit alleine. Das ist es, was Papa jetzt möchte. Zeit für sich alleine. Ihr werdet ihn natürlich trotzdem sehen«, fügte sie hinzu und versuchte überzeugend zu klingen.

»Warum, Mama?«

Zum ersten Mal stellte Paul alle Fragen. Phillip stand mit gesenktem Kopf da, und die dichten, schwarzen Haare fielen ihm in die Stirn. Aisling wollte ihn streicheln, aber er entzog sich ihrer Hand.

»Paßt mal auf, wir gehen jetzt zu McDonald's einen Burger essen. Ist das eine gute Idee?«

»Wir sind doch gestern schon zu McDonald's gegangen. Ich dachte, wir sollen nicht so viele Burgers essen?« erwiderte Phillip schmollend.

»Nicht jeden Tag, stimmt«, erwiderte Aisling. »Aber manchmal kann man eine Regel ja auch brechen, oder nicht? Wo sind eure Socken, Jungs? Ich gebe euch fünf Minuten, um euch fertig anzuziehen.«

Paul rannte die Treppe nach oben, um seine Socken zu suchen. Phillip starrte auf den Fußboden. Aisling legte ihren Arm um ihn und drückte ihn fest an sich. Sie spürte die Anspannung und Verzweiflung in seinem Körper.

»Liebling, es tut mir so leid. Es ist nicht eure Schuld, es hat auch nichts mit den Rollerblades zu tun. Es ist eine Sache zwischen Papa und mir ...«

»Ist auch egal«, sagte er plötzlich, entzog sich ihrer Umarmung und hob die Socken vom Boden auf. »Ich habe ohnehin keinen Hunger.«

Aisling saß auf der Bettkante und sprach leise ins Telefon, so daß die Jungs sie nicht hörten und aufwachen würden. Es war schon fast halb zehn, aber draußen war es immer noch hell. Ein Mann und eine Frau führten auf der gegenüberliegenden Straßenseite einen Hund aus. Sie hielten einander an den Händen, während ihr braunweißer Terrier wie verrückt aus den Gärten heraus- und wieder hineinrannte.

»Es ist so ungerecht. Die Jungs sind so erschüttert. Ich habe das Gefühl, als ob es meine Schuld wäre, als ob ich ihnen ihre Kindheit ruinieren würde.«

»Sei nicht albern, du tust alles, was du tun kannst«, erwiderte Fiona. »Was willst du denn noch tun?«

»Ach, ich weiß auch nicht.« Aisling seufzte tief auf und dachte an die Ereignisse des zurückliegenden Tages. Das Mittagessen war eine Katastrophe gewesen. Phillip hatte gar nichts essen wollen. Paul hatte sich dem angeschlossen und den halb aufgegessenen Viertelpfünder sowie die Fritten Aisling überlassen. Normalerweise hätte sie sie verschlungen. Heute aber hatte sie keinen Appetit gehabt.

»Was hältst du von dem Aushilfsjob, den Pat vorgeschlagen hat?« fragte Fiona.

»Ich habe einen wahnsinnigen Bammel, das denke ich. Ich weiß nicht, wovor ich am meisten Angst habe: davor, überhaupt wieder zu arbeiten oder aber herauszufinden, daß ich nach zwölf Jahren alles vergessen habe. Ich würde Pat nur sehr ungern enttäuschen, wenn er mir diese Chance gibt.«

»Unsinn, natürlich schaffst du es. Es ist nicht besonders anspruchsvoll, wirklich. Außerdem hast du noch eine Woche Zeit, um es dir zu überlegen«, sagte Fiona. »Elizabeth geht erst in drei Wochen in den Schwangerschaftsurlaub, du hättest also jede Menge Zeit, um dich in den Job einzugewöhnen. Es wird ein Kinderspiel für dich werden.«

»Danke, Fiona. Danke für alles, daß du mich immer wieder aufheiterst, mir eine Arbeit verschaffst und ... ach, einfach dafür, daß du da bist«, sagte Aisling dankbar. »Ich weiß nicht, was ich ohne dich und Jo gemacht hätte.«

»Wie geht es ihr?«

»Ziemlich gut. Ich habe vorhin mit ihr gesprochen, nachdem sie gerade von einem langen Spaziergang zurückgekommen war. Sie sagte, sie hatte sich müde laufen wollen, damit sie heute nacht schlafen kann. Die Arme.«

»Was für ein Typ ist denn ihr Freund?« fragte Fiona.

»Das weiß ich auch nicht so genau. Ich habe ihn nur ein paarmal getroffen, und wir haben kaum miteinander gesprochen. Michael gefiel er nicht besonders, aber schließlich ...« Aisling lachte hohl auf. »Michaels Menschenkenntnis hat in letzter Zeit auch etwas gelitten. Vielleicht ist es ja auch meine Menschenkenntnis, an der es mangelt.«

Sie hielt kurz inne.

»Hör auf zu jammern«, befahl Fiona. »Beschreibe mir

diesen schrecklichen Mann. Sieht er denn wenigstens gut aus, oder ist er einfach nur durch und durch schrecklich?«

»Er sieht sehr gut aus, mit ganz blonden Haaren und weißen Zähnen. Er könnte für eine Zahnpasta werben.«

»Aber trotzdem schrecklich?«

»Ich finde schon. Eigentlich hatten alle von Jos Freunden irgendeinen gravierenden Fehler, Bindungsangst beispielsweise. Was wirklich eigenartig ist«, sagte Aisling nachdenklich. »Ich habe gelesen, daß Frauen, die in ihrer Kindheit mißbraucht oder geschlagen wurden, sich oft die Männer aussuchen, die sie schließlich doch wieder verlassen werden, so wie sie von ihrem Vater verlassen worden sind«, fügte sie hinzu. »Fremde, die Jo kennenlernen, würden wahrscheinlich denken, daß sie einfach alles hat, eine glänzende Karriere und ein tolles Aussehen. In Wahrheit aber hat sie jede Menge Probleme, so wie wir alle wahrscheinlich. Vielleicht sogar noch mehr.«

»Das kann ich gut nachempfinden«, erwiderte Fiona. »Vor ihrer Trennung stritten sich meine Eltern ohne Unterlaß und gingen einander wie zwei Kampfhunde an die Kehle. Aber weil wir ein großes Haus mit Haushälterin hatten und einen Jaguar fuhren, dachte jeder, daß wir wie Könige in Frankreich lebten. Genauer betrachtet sah die Sache allerdings vollkommen anders aus.

Wir Kinder taten immer so, als ob nichts wäre. Wir haben aber nie unsere Freundinnen mit nach Hause gebracht, weil sie dann einen von Mamas Wutanfällen hätten mitbekommen können. Papa hatte ihr über Jahre hinweg diese kleinen Porzellanfiguren geschenkt. Wenn sie wirklich wütend wurde, dann hat sie mit ihnen nach ihm geworfen. Als sie dann auszog, existierte keine einzige Porzellanfigur mehr im ganzen Haus, weil sie sie alle zerschmettert hatte.« Fiona lachte kurz auf. »Ich weiß gut über das Verdecken wahrer Zustände Bescheid, da bin ich ein richtiger Experte.«

»Tut mir leid, Fiona«, sagte Aisling mitfühlend. »Das wußte ich gar nicht.«

»Ach, ich spreche eigentlich nicht mehr darüber. Es hat mich eine Ewigkeit gekostet, es endlich zu überwinden. Heute geht es mir besser. Ich glaube aber«, sagte Fiona mit Nachdruck, »es wäre viel besser gewesen, wenn sie sich einfach getrennt und nicht jahrelang dieses Spiel gespielt hätten.«

»Was ist denn schiefgelaufen?« fragte Aisling, die ihre Neugier nicht zurückhalten konnte. Sie hatte Fiona noch nie über ihre Mutter sprechen hören, mit Ausnahme der Bemerkung, daß sie sich nur sehr selten trafen, da die Mutter in Arizona lebte.

»Alkohol«, erwiderte Fiona scharf. »Sie trank wie ein Loch, ihre ganze Familie trank. Deshalb wirst du mich niemals mit zuviel Alkohol erwischen. Ich habe einfach zuviel Angst davor. Es geht ja immer durch ganze Familien, und ich möchte es in meiner Familie nicht mehr haben.«

Mein Gott, dachte Aisling und erinnerte sich an die leere Flasche Gin im Regal. Sie hatte das Wochenende über viel zuviel getrunken.

»Ich mache mich jetzt auf die Socken, Ash«, sagte Fiona. »Pat war den ganzen Nachmittag über beim Billardspielen. Nun möchte er zum Ausgleich einen gemütlichen Abend zu zweit. Ich komme morgen vorbei, um über deine Berufsgarderobe zu sprechen«, fügte sie hinzu. »Wir müssen etwas ganz besonders Tolles finden, um dir für den ersten Tag das Rückgrat zu stärken.«

»Etwas ganz besonders Tolles aus meinem Kleiderschrank?« rief Aisling aus.

»Wenn wir nichts finden, dann müssen wir eben etwas kaufen«, fuhr Fiona zufrieden fort. »Spaß, Spaß, Spaß!«

»Bis morgen, du unermüdliche Einkäuferin«, erwiderte Aisling lachend und legte auf.

So, dachte sie. Kein Gin heute abend. Denk an Fionas Mutter.

Am nächsten Morgen fuhr sie die Jungs in die Schule und winkte ihnen nach, wie sie es jeden Montagmorgen tat.

Das Gefühl eines ganz normalen Montagmorgens wollte sich jedoch nicht einstellen. Letzte Woche war sie eine halbwegs zufriedene, nun gut, jedenfalls nicht vollkommen unzufriedene Frau gewesen. Heute aber lebte sie getrennt und hatte keinen Pfennig auf dem Konto.

Ihren Kontostand bedenkend betrat sie den Supermarkt des *Frascati*-Zentrums und nahm sich anstelle eines Wagens einen Einkaufskorb. Sie ging durch die Gänge, die wunderbar nach frischgebackenem Brot rochen, kaufte sehr umsichtig ein und addierte die Preise jedesmal im Kopf.

Zwanzig Pfund erschien ihr eigentlich ein zu hoher Preis für das wenige, was sie im Korb hatte. Die teure Haarspülung mußte wieder zurück ins Regal, es gab eine viel preiswertere Alternative. Und einsfünfzig für diese winzigen Päckchen Weißkäse? So ein Unsinn.

Zuhause verstaute sie alles und setzte sich mit Papier und Stift an den Tisch. Sie machte eine Liste aller Haushaltsausgaben und rechnete sich aus, wieviel sie in der Woche brauchen würde. Die Summe erschien ihr unglaublich hoch, besonders wenn sie es mit ihrer Rücklage auf dem Bankkonto verglich. Mit eintausendfünfhundert Pfund würde sie nicht sehr weit kommen. Wieviel würde ihr Michael wohl für den Unterhalt der Jungs geben?

Als sie die Wäsche aufhängte, klingelte das Telefon. Verflucht. Sie rannte ins Haus und wäre fast über die Schwelle gestolpert.

»Hallo«, sagte sie vollkommen außer Atem.

»Hallo, Aisling«, antwortete ihre Mutter. »Ich habe mir schon Sorgen gemacht, ob ihr alle krank seid, weil ich das ganze Wochenende über nichts von euch gehört habe. Geht es den Jungs gut?«

Nur eine Mutter konnte ihre Fragen mit so vielen unterschwelligen Zusatzfragen stellen, dachte Aisling. Womit sollte sie anfangen? Sie hatte den Anruf erwartet. Oder vielmehr, es hatte ihr vor ihm gegraut.

Es kam nur äußerst selten vor, daß Aisling ihre Mutter am Wochenende nicht anrief. Meistens wartete sie bis zum Sonntagnachmittag, weil dann ihr Vater ein Nickerchen machte und nicht ans Telefon gehen würde.

Es gab immer etwas, worüber sich Sean Maguire beklagen konnte. Dieser Tage war die zweiundzwanzigjährige Nicola der Nagel zu seinem Sarg. Sie telefonierte ständig mit »diesem Freund« und trug die falsche Kleidung. Eine seiner fünf Minuten langen Schimpftiraden anzuhören, war Aislings Meinung nach vergeudete Zeit. Es überraschte sie auch nicht, daß Nicolas Zwillingsbruder, Nikolas, sich gut mit seinem Vater verstand. Sean hatte sich seit jeher einen Sohn gewünscht, eine Tatsache, die Aisling immer wieder zu spüren bekommen hatte.

»Ich habe mir Sorgen gemacht«, sagte ihre Mutter.

»Den Jungs geht es gut, Mama«, erwiderte Aisling. Jetzt war es an der Zeit, die Karten aufzudecken. »Das Problem liegt wohl eher bei Michael ...«

»O mein Gott, was ist mit ihm? Ich wußte doch, irgend etwas ist nicht in Ordnung!«

»Ihm selbst geht es gut, Mama«, erwiderte Aisling. Jedenfalls fehlte ihm nichts, was eine Ohrfeige ins Gesicht nicht hätte geradebiegen können. »Er ... äh, wir haben uns getrennt.«

»Was! Ich kann es nicht glauben. Aisling, das ist ja schrecklich, einfach schrecklich.«

Aisling hatte ihre Mutter noch nie so entsetzt erlebt. Das war schwer zu ertragen. Bitte, lieber Gott, mach, daß sie nicht alles herausfindet. Ich könnte es jetzt einfach nicht ertragen, die ganze elende Angelegenheit noch einmal durchzukauen.

Aisling hörte, wie sich ihre Mutter einen Küchenstuhl heranzog, um sich zu setzen. Das Telefon der Maguires befand sich in der Küche. Das machte jedes persönliche Gespräch einfach unmöglich, wie sich Nicola ständig bei ihrer älteren Schwester beschwerte. Eithne Maguires Stimme zitterte, als sie wieder sprach.

»Aber warum, Aisling? Was ist passiert? Hattet ihr denn Probleme? Warum hast du mir nichts davon erzählt? Und was ist mit den armen Jungs?«

Aisling spürte einen Kloß in ihrem Hals. Warum nur mußte alles so schwer sein? Warum konnte man keine Vordrucke kaufen, wie die, die einen Anschriftenwechsel ankündigten. Das würde doch vieles erleichtern. »Herr und Frau Moran haben sich getrennt. In Zukunft wird Herr Moran in Primrose Avenue 10 mit einer Doppelgängerin von Cindy Crawford leben, während die zukünftige Ex-Frau Moran in der Familienresidenz wohnen bleibt und die neugierigen Anrufe der Verwandtschaft beantwortet.«

»Den Jungs geht es gut, Mama. Michael und ich sind nicht mehr gut miteinander ausgekommen, und wir haben uns gestritten. Er ist vorübergehend ausgezogen. Das ist alles.«

»Ist das alles?« verlangte ihre Mutter zu wissen. »Wie meinst du das, das ist alles. Ist es denn ernst? Wird er nicht mehr zurückkommen, Aisling? Sag es mir doch.«

Aisling gab auf. Es hatte keinen Sinn so zu tun, als ob sie und Michael gerade dabei waren, sich auf freundschaftliche Art und Weise zu trennen. Sie konnte auch gleich die Wahrheit sagen, wenn sie auch schmerzlich war.

»Hör zu, Mama, ich erzähle dir die Wahrheit. Aber ich will nicht, daß Vater davon erfährt, abgemacht?« fragte sie streng. »Du kannst ihm erzählen, wir hätten uns auseinandergelebt und wären glücklich mit der jetzigen Regelung. Ich will einfach nicht, daß er die Wahrheit erfährt.«

»Versprochen, mein Liebling«, erwiderte ihre Mutter leise. »Erzähle mir nur alles.«

Es dauerte eine Dreiviertelstunde und zwei Tassen Tee. Vater würde sicherlich einen Herzinfarkt bekommen, wenn er die Telefonrechnung mit Einzelnachweis erhielt. Der Einzelnachweis war Nicolas wegen eingerichtet worden, so daß sie »ihn nicht mit ihren Gesprächen mit diesem Kerl« ruinieren würde.

Während sich ihre Mutter ihre zweite Tasse Tee aufbrühte, dachte Aisling darüber nach, daß die Telefonbehörden einen Katastrophentarif einführen sollten. Dann könnten Leute mit Problemen einmal im Monat ihre Verwandten anrufen und von ihnen Rat einfordern. Die Telefonbehörde würde damit ein Vermögen verdienen.

»Willst du dir denn nicht auch eine Tasse aufbrühen?« fragte ihre Mutter besorgt, als sie den Hörer wieder aufhob.

»Nein. Ich trinke keinen Tee und auch keinen Kaffee mehr. Merkwürdig, nicht wahr? Das ganze Wochenende über habe ich noch nicht einmal einen Schokoladenkeks angesehen!«

»Nun, das ist gut«, erwiderte ihre Mutter, die etwas unsicher klang, ob sie die Abneigung gegen Schokolade mitten in einer Krise als gutes Zeichen werten sollte.

»Es ist ja nur, weil ich mich immer so sehr bemüht habe, das Kekseessen aufzugeben«, erklärte Aisling. »Ich wollte schlank sein und in Größe sechsundreißig passen, wie die Frau, die Michael damals geheiratet hat. Aber ich konnte nicht anders, ich mußte immer wieder essen und mich dafür hassen, daß ich dauernd aß. Es war ein Teufelskreis, dem ich nicht entfliehen konnte. Und jetzt habe ich überhaupt keinen Hunger, und er ist nicht hier, um es zu sehen ...« Ihre Stimme brach zum ersten Mal während des Telefongesprächs. »Ach Mama, was wird werden? Was ist falsch gelaufen?«

»Ich weiß es nicht, mein Liebes«, erwiderte ihre Mutter. »Ich glaube nicht, daß es so einfach ist, auch nicht so schwarz und weiß. Als dein Vater und ich geheiratet haben, wußten wir, es war für immer und ewig, ganz gleich, welche Probleme auftauchen würden. Und der Himmel weiß, daß ich öfter als ich zugeben möchte, mit dem Gedanken an eine Scheidung gespielt habe. Dein Vater war nicht einfach, wie du weißt«, fügte sie hinzu. »Aber heutzutage sind die Dinge anders. Jeder erwartet mehr vom Leben. Jeder erwartet, glücklich zu sein. Man verlangt es sogar. Keiner will sich mehr Mühe geben.«

»Ich wollte es noch einmal versuchen«, schluchzte Aisling. »Aber er wollte es nicht. Er ist ein Mistkerl, findest du nicht?«

Ihre Mutter schwieg.

»Ist er das nicht? Oder findest du das nicht? Ist es denn alles meine Schuld?«

»Es ist nicht deine Schuld, Aisling. Ich möchte nur nicht anfangen, Michael zu kritisieren. Den Fehler habe ich ein einziges Mal bei deinem Vater begangen, als er und seine Großmutter einen Riesenstreit hatten. Als sie sich wieder vertragen hatten, erinnerte er sich an all die Dinge, die ich über sie gesagt hatte. Ich glaube nicht, daß er mir das jemals verziehen hat.«

»Du glaubst also, daß Michael und ich doch wieder zusammenkommen?« flüsterte Aisling hoffnungsvoll.

»Niemand kann voraussagen, was passieren wird«, erwiderte ihre Mutter diplomatisch. »Ich kann mir nur einfach nicht vorstellen, daß ihr beide lange getrennt bleiben werdet. Michael ist kein Dummkopf. Er wird die Jungs und sein Leben mit dir vermissen. Er wird die letzten zwölf Jahre nicht einfach vergessen können.«

»Glaubst du?«

Aisling war wieder zehn Jahre alt und hatte sich gerade das neue grüngestreifte Kleid eingerissen, als sie über einen Stacheldraht geklettert war. Sie wartete darauf, daß ihre Mutter es ihr wieder zusammennähte, daß sie alles wieder zusammenflickte. Mama fand immer genau die richtigen Worte. Ihre zärtliche und freundliche Stimme konnte die schlimmste Niederlage abschwächen. Sie konnte einen Riß im Kleid mit ihren winzigen, kaum sichtbaren Stichen ungeschehen machen, sie konnte die bitteren Tränen mit den richtigen Worten zum Versiegen bringen, sie konnte Aislings Welt wieder aufrichten, wenn alles verloren schien.

Auch jetzt wollte Aisling, daß sie ihr etwas zurechtflickte, das bereits sehr aus der Form geraten war. Das war doch alles nicht fair, oder?

»Es tut mir leid, Mama«, sagte sie schnell. »Ich hätte das nicht fragen sollen. Wenn ich schon nicht weiß, was geschehen wird und wie er denken wird, dann kann ich es wohl kaum von dir verlangen.«

»Aisling, ich würde gerne sagen, daß zwischen dir und Michael alles wieder gut wird. Aber ich kann es nicht. Vielleicht wird es sich nicht so entwickeln, wie du es dir vorstellst. Und dieser Tatsache mußt du ins Gesicht sehen. Ich wünschte allerdings, die Sache verhielte sich anders«, seufzte ihre Mutter. »Ich weiß, wie sehr du dich zusammenreißt. Es wird nicht einfach werden, mein Liebling. Ich würde gerne Worte finden, die dir Mut machen, aber ich bin auch ratlos, was ich sagen soll.«

»Solange du nur nicht Papa erzählst, was wirklich vorgefallen ist«, bettelte Aisling. »Das wäre das Beste, was du für mich tun könntest.«

»Dein Vater ist gar nicht so schlecht ...«, begann Eithne treuherzig.

»Mama«, unterbrach sie Aisling. »Er würde unsere Trennung als abstoßend empfinden, und es wäre alles meine Schuld. Du weißt genau, was er dazu sagen würde. Momentan kann ich diese Art von Ablehnung nicht gut vertragen. Ich meine, ich muß mich erst einmal in einen Gemütszustand versetzen, in dem ich wieder arbeiten kann. Dazu brauche ich ungefähr zehnmal soviel Selbstsicherheit, wie ich jetzt habe.« Müde fügte sie hinzu: »Ich bin nachts schon allein bei der Vorstellung zu arbeiten mit Schweißausbrüchen aufgewacht. Wenn ich nun einfach nichts tauge?«

»Sei kein Dummkopf, Aisling.« Die Stimme ihrer Mutter war bestimmt. »Du hast zehn Jahre lang einen Haushalt wie eine Präzisionsmaschine geführt, und du hast dich nie gescheut, die Ärmel hochzukrempeln. Nun erzähl mir nicht, daß du Angst davor hast, in einem Büro zu arbeiten. Denn die solltest du nicht haben.«

Da war es wieder: Ein anderer Mensch, der sie als Superweib einschätzte. War sie wirklich so unglaublich erfolgreich gewesen, andere glauben zu machen, daß sie jede Schwierigkeit überwinden konnte? Oder – aber das konnte nicht stimmen – glaubten sie tatsächlich, daß sie alles schaffen könnte? Was für ein Jammer, daß Michael nicht ebenso dachte.

8

Jo lehnte schwach gegen die Badewanne und ignorierte die eiskalten Kacheln an ihren Knien. Nur mit T-Shirt und Unterhosen bekleidet war ihr kalt. Aber als die Übelkeit sie übermannt hatte, hatte sie nicht mehr die Zeit gefunden, sich den Bademantel überzuziehen. Gerade noch rechtzeitig hatte sie das Badezimmer erreicht bevor sie sich übergeben mußte.

Erschöpft lehnte sie über der Kloschüssel, während sich ihr Magen allmählich beruhigte. Vielleicht konnte sie durch ruhiges Atmen die Übelkeit beschwichtigen. Doch allein schon das Atmen empfand sie als Anstrengung.

Sie blieb also einfach wo sie war, schloß ihre Augen und wünschte sich, daß sie, bis ihr wieder besser wäre, ins Bett zurückkriechen könne. Das Bett erschien ihr immer dann als besonders verlockend, wenn sie es sich nicht erlauben konnte auszuschlafen. Heute morgen zogen sie die hellblauen Bezüge und das weiche Bett besonders an, denn sie mußte aufstehen.

Rhona war bereits unterwegs nach Frankreich. Sie hatte ihre Kinder und ausreichend Bücher für eine dreiwöchige Reise durch das Loiretal mitgenommen. Jo mußte die Augustausgabe von *Style* alleine redigieren. Normalerweise liebte sie die Herausforderung, zwei Jobs gleichzeitig zu erledigen, eine neue Ausgabe zu planen und die Fototermine festzulegen, und sich gleichzeitig um die Artikel zu kümmern und tausend Telefonate zu erledigen. Bestimmt hatte jemand vergessen, ein Foto von diesem Jungdesigner oder jenem Talkshowmaster in seinen eigenen vier Wänden zu besorgen. Das ganze Büro geriet regelmäßig in helle Aufregung, bevor sich Jo der Sache annahm und das kleine Desaster ausbügelte.

Heute aber fühlte sie sich unfähig, auch nur ihre Unterwäscheschublade zu ordnen, geschweige denn Irlands auflagenstärkste Modezeitschrift. Erschöpft stellte sie fest, daß es bereits zehn nach acht war. Zeit fürs Frühstück. Bei dem Gedanken wurde ihr übel.

Einen kurzen, seligen Augenblick lang schloß sie die Augen und stärkte sich für den bevorstehenden Tag. Warum mußte etwas so Wunderbares, wie ein Baby zu bekommen, mit solch schrecklichen Begleitumständen verbunden sein? Und warum mußte sie zu den fünfzig Prozent aller werdenden Mütter gehören, die darunter zu leiden hatten? Sie haßte die anderen fünfzig Prozent.

Jo hatte bereits alles über Hormonschübe und das Durcheinander der Magensäfte gelesen, von denen einem so schlecht wurde. Der Absatz aber zur Überwindung der morgendlichen Übelkeit in einer alten Ausgabe von *Everywoman* hatte das Faß zum Überlaufen gebracht.

Von der Anregung, daß ein kleines, kohlenhydratreiches Frühstück, ». . . das der Frau von ihrem Mann so schnell wie nur möglich nach dem Aufwachen gebracht werden sollte . . .«, war ihr noch übler geworden, wenn das überhaupt noch möglich war. Was hätte sie darum gegeben, wenn Richard am frühen Morgen ihr beigestanden und ihr anteilnehmend gesüßten Tee und Marmeladentoast serviert hätte. Hör auf zu jammern, Ryan.

Sie stand auf und putzte sich die Zähne. Ihr Gesicht war immer noch leichenblaß und sah müde und erschöpft aus. Was soll's, sagte sie laut. Heute wird mich ohnehin niemand angucken. Ausnahmsweise werden sie sich mit einer blassen, ganz gewöhnlich aussehenden Moderedakteurin arrangieren müssen.

Erst als Jo an ihrer Tasse Kaffee nippte, erinnerte sie sich an die während der Mittagszeit angesetzte Modenschau. Es war eine Vorschau der Herbst- und Wintermode einer der bekanntesten – und teuersten – Modedesigner des Landes.

Jo war bereits vor Wochen eingeladen worden und würde, Übelkeit hin, Übelkeit her, dort erscheinen müssen. Es sollte eine hochkarätige Sache werden, zu der jede Moderedakteurin des Landes mit bestem Make-up und ihrer teuersten Garderobe erscheinen würde. Eine der wichtigsten Modenschauen, kein Zweifel. Die Designerin Maxine zeigte ihre Kollektion bei *Starck's,* einem schicken und sehr teuren Restaurant, wo man für den Preis einer Flasche Wein eine Familie eine Woche lang hätte ernähren können.

Nicht, daß jemand aus der Modebranche tatsächlich viel essen würde. Denn Essen und der Beruf des Moderedakteurs schlossen einander aus – beides gleichzeitig war unmöglich Alle würden nur ein wenig in ihrem Essen herumstochern.

Jo knabberte lustlos an ihrem Kräcker. Warum mußte die Modenschau ausgerechnet für heute angesetzt sein? So konnte sie nicht in Sweatshirt und Jeans ins Büro gehen, sondern mußte sich fein herausputzen. Zum erstenmal brachte sie nicht die Kraft dafür auf. Verdammt, verdammt, verdammt, murmelte sie. Sie öffnete den Schrank, starrte auf die vollen Kleiderstangen, nahm ein enganliegendes rotes Jackett aus der Mitte und hielt es sich an. Zu grell, entschied sie, und quetschte es wieder in den Schrank zurück.

Grübelnd betrachtete sie ein körperbetontes, dunkelblaues Etuikleid mit passender Kurzjacke. Mit der richtigen Sonnenbrille und einer Perlenkette erinnerte es an Jackie Onassis. Jo jedoch war nicht in einer Jackie-Onassis-Stimmung. Eher ähnelte sie heute Jack Charlton.

Sie würde wohl das handbemalte Seidenkleid nehmen müssen, das sie im Designzentrum erstanden hatte. Es war blaßgold mit breiten, braunen Strichen, und sie sah in dem enganliegenden Kleid mit ihren herabfallenden Locken immer so aus, als sei sie gerade aus einer mittelalterlichen Tapete getreten. Es war perfekt.

Aber nein, das war es nicht. Anstatt ihre Kurven zu betonen, schien das Kleid lediglich ihren Bauch hervorzuheben. Letzte Woche war er noch ganz flach gewesen, über Nacht jedoch hatte er sich zu einer kleinen Kugel gewandelt, über die das goldene Kleid sich wenig vorteilhaft spannte.

Der graue Nadelstreifenanzug war auch nicht besser. Das wahnsinnig teure schwarze Stretchkleid, das auch noch den schwabbeligsten Bauch wie in einer Vakuumpackung eindrückte, war noch schlimmer. Auch gefielen ihr die dunkelblauen Crêpehosen und das dazu passende Mandarinhemd nicht, obwohl beides weit genug war, um gut auszusehen.

Baby, was soll ich nur mit dir machen? fragte Jo ihren Bauch. Deine arme Mama kann bei Maxines Modenschau nicht im Vagabundenlook auftauchen. Was soll ich nur anziehen? An diese Frage wirst du dich wohl gewöhnen müssen, weißt du.

Zärtlich strich sie über ihren Bauch, überzeugt davon, daß das Baby jedes Wort hörte. Du wirst das modebewußteste Baby der ganzen Welt sein, nicht wahr, mein Liebling?

Wenn doch nur Rhona nicht in Urlaub gefahren wäre. Dann hätte Jo angerufen und darum gebeten, einen Tag freinehmen zu dürfen. Sie hätte einfach gar nichts gemacht, sich am Nachmittag die Seifenopern im Fernsehen angesehen und dabei Tee getrunken. Statt dessen aber mußte sie irgendeinen verdammten Fummel finden, der ihr einerseits paßte und der andererseits gut aussah.

Eine Stunde später erschien sie im Büro und sah aus, als ob sie gerade aus dem Schönheitssalon käme. Ihr glänzendes dunkles Haar war zu einem eleganten Knoten zusammengeschlungen, der mit Schildpattnadeln festgesteckt war. Sie trug ein enganliegendes, dunkelblaues Jackett offen über ihrem hellgelben Seidenkleid. Durchsichtige Strümpfe und helle, hochhackige Schuhe unterstützten ihre Ausstrahlung. Jo sah hinreißend aus. Niemandem würde auffallen, daß ihr offenes Jackett einen kleinen Bauch versteckte.

»Gott sei Dank bist du gekommen«, murmelte Emma Lynch, die kurz nach Jos Erscheinen in Rhonas Büro hereinschneite und ihre Aktentasche auf dem Schreibtisch der Chefredakteurin abstellte.

»Warum? Was ist passiert?« Jo sah nicht auf, während sie die Aktentasche öffnete, ihren Terminkalender und eine Computerdiskette hervorholte. Sie konnte Emma nicht ausstehen, durfte sich das aber nicht anmerken lassen.

Emma war eine sechsundzwanzigjährige Frau mit Geld, die sich selbst für brillant hielt und leicht in Wutanfälle ausbrach. Emma gehörte zu den unangenehmsten Menschen, denen Jo jemals begegnet war. Leider war sie die Nichte des Herausgebers und vor kurzem zur Juniorjournalistin befördert worden, obwohl sie nicht einen einzigen Absatz fehlerfrei schreiben konnte.

Kein Talent einerseits und gute Beziehungen andererseits fügen sich zu einer unschlagbaren Kombination, hatte Rhona trocken bemerkt. Sie hatte zugestimmt, Emma für zwei Jahre zu übernehmen, nachdem diese ihren einjährigen Public-Relations-Kurs abgeschlossen hatte.

Emmas Job war es, Pressemitteilungen umzuschreiben, Prominente nach deren Schönheitsgeheimnissen zu befragen und ganz allgemein die Drecksarbeit zu erledigen. Das war Emma natürlich nicht gut genug.

Sie beklagte sich darüber, daß sie nichts Erfreuliches zu schreiben bekam, und hatte angefangen, ihren Onkel wegen einer Beförderung zu bedrängen. Sie wollte »richtige« Interviews führen, hatte sie jedem erzählt, der es hören wollte. Sie wollte nicht nur langweilige Pressemitteilungen umschreiben oder das Telefon betreuen. Heute hatte sie genau das gefunden, wonach sie immer gesucht hatte.

»Du wirst mir kaum glauben, was passiert ist!« bemerkte Emma emphatisch. Sie pflegte alles mit Emphase zu sagen, was Jo sehr auf die Nerven fiel.

»Die arme Mary hat eine Grippe erwischt. Nun kann sie nicht nach London reisen, um das Interview mit Helen Mirren zu führen. Sie hat vorhin angerufen. Weil du nicht da warst, habe ich mir die Freiheit genommen, Onkel Mark anzurufen und ihn um seine Meinung zu bitten . . .« Emma lächelte selbstgefällig. »Ich wollte wissen, ob er meint, daß ich reisen könne. Wir konnten sie schließlich nicht länger warten lassen, nur weil du noch nicht im Büro warst.«

»Augenblick mal, Emma«, unterbrach Jo souverän. »Wann hat Mary angerufen?«

»Um zehn nach neun und . . .«

Wieder unterbrach Jo. »Und um welche Zeit ist Marys Interview angesetzt?«

»Halb sechs im *Mayfair*.«

»Heute abend?«

»Ja, aber der Flug war ausgebucht und außerdem . . .«

»Emma, warum hast du Mark mit einer solchen Sache belästigt, obwohl du doch wußtest, daß ich heute morgen hier sein würde? Außerdem wußtest du auch, daß wir noch reichlich Zeit hatten, um jemand anderen mit dem Interview von Helen Mirren zu beauftragen. Kannst du mir das erklären?« fragte Jo in scharfem Tonfall. Normalerweise ignorierte sie Emmas manipulatives Verhalten und ihre ständige Rücksprache mit »Onkel Mark«. Nicht so heute.

»Nun, ich dachte, es würde . . .«, stotterte Emma und nahm einen häßlichen rosa Farbton an.

»Deiner Meinung nach wäre es am besten, wenn *du* fährst, Emma? Und du fandest es auch korrekt, etwas zu organisieren, ohne vorher Rücksprache mit mir zu halten?« Jo setzte sich auf Rhonas großen Drehsessel und legte die Hände vor sich auf den Tisch. Sie wußte genau, was Emma im Schilde geführt hatte. Sie hatte Jo vor dem Herausgeber der Zeitschrift, Mark Denton, in ein schlechtes Licht gestellt und ein wichtiges Interview auf ihre Seite gezogen.

Denton war ein Mann, der sowohl für seine mangelnde Geduld als auch für seine mangelnden Managementfähigkeit bekannt war. Zudem war er unglaublich von seiner Nichte eingenommen.

»Ich dachte, es wäre hilfreich, wenn ich fahre«, gab Emma zurück.

Jo blickte sie entnervt an. Die junge Frau würde jeden Augenblick einen Wutanfall bekommen. Großer Fehler, Emma, dachte sie.

»Mach die Tür zu, Emma, und setz dich«, befahl Jo.

Emma gehorchte überrascht.

»Jetzt hör mir mal gut zu. Wage es nicht noch einmal, eine Entscheidung über meinen Kopf hinweg zu fällen, verstehst du? Ich bin die stellvertretende Chefredakteurin, und wenn Rhona nicht da ist, dann bin ich eure Chefredakteurin. Ich werde es nicht zulassen, daß ein kleiner Möchtegern mir Vorschriften macht, wie ich diese Zeitschrift zu führen habe. Hast du mich verstanden?« fauchte Jo. »Wenn du überhaupt *irgend etwas* hier lernen willst, dann wirst du *mit* mir arbeiten müssen und nicht gegen mich, Emma. Du hast diesen Arbeitsplatz bekommen, weil du Beziehungen hast. Wenn du jedoch jemals einen Job aufgrund deiner Qualifikationen bekommen möchtest«, schrie sie, »dann solltest du aufhören, Spielchen zu spielen, und anfangen zu lernen. Und das bedeutet, Befehle entgegenzunehmen. Du wirst nicht nach London zu diesem Interview reisen.« Emma stand vor Schreck der Mund offen, aber Jo war noch nicht fertig.

»Ich werde das Interview umbuchen, so daß Mary es machen kann. Du hast nicht die Erfahrung für diese Art von Interviews. Und jetzt stornierst du bitte das Flugticket.« Jo nahm das Telefon und wählte Marys Nummer.

»Das kannst du nicht machen, ich habe doch schon alles arrangiert!« schrie Emma.

»Ich kann es, und ich werde es tun«, erwiderte Jo eiskalt. »Ich gehe davon aus, daß du noch Arbeit zu erledigen hast. Dann erledige sie jetzt!«

Emma rannte aus dem Zimmer und knallte kindisch die Tür hinter sich zu. Natürlich wird sie gleich Onkel Mark anrufen, dachte Jo müde. Der Tag fing ja gut an. Sie hatte gerade das Gespräch mit Helen Mirrens Pressesekretärin beendet, als Annette, die Rezeptionistin, mit einer Tasse Tee und einer Nachricht von Mark Denton hereinkam.

»Er ist im Auto und möchte, daß du ihn sofort zurückrufst«, sagte Annette. »Du kannst dir sicher denken, warum. Ich habe gehört, wie die kleine Hexe ihn sofort nach Verlassen deines Büros angerufen hat.«

»Das Mädchen wird der Nagel zu meinem Sarg sein«, erwiderte Jo.

»Schade, daß sie nicht ihr eigener Tod sein kann«, erwiderte Annette.

Jo trank erst ihren Tee aus, bevor sie den Chef anrief. Sie benötigte jedes bißchen Selbstbeherrschung, um ihn nicht anzubrüllen.

Mark gehörte zu jenen Menschen, die sie augenblicklich in Rage versetzen konnten, etwas, was ihm bei den wöchentlichen Redaktionssitzungen regelmäßig gelang. Er blieb immer kühl, ganz gleich, was auch gesagt wurde. Sie dagegen war oft sprachlos vor Wut. Wie Rhona es schaffte, mit ihm so gut auszukommen, war Jo ein Rätsel.

»Was in aller Welt ist denn bei euch los?« verlangte Mark zu wissen. »Emma hat mir gerade am Telefon von irgendeinem blöden Interview erzählt, bei dem auch noch Reisespesen vergeudet werden. Himmel, erzähl mir jetzt nicht, daß du den Laden nicht zusammenhalten kannst, wenn Rhona nicht da ist!«

Jo spürte, wie ihr Blutdruck und ihre Wut anstiegen. Entspann dich, ermahnte sie sich selbst, verliere jetzt nicht die Beherrschung.

»Wir haben hier gar kein Problem, Mark«, erwiderte sie ruhig. »Leider ist Mary krank und kann nicht nach London zu dem Interview fliegen, das sie mit Helen Mirren vereinbart hat. Emma hat es sich nun in den Kopf gesetzt, daß sie reisen sollte. Sie hatte bereits alles arrangiert, bevor ich hier angekommen bin.« Sie hielt kurz inne, bevor sie zu lügen ansetzte.

»Es wäre natürlich sehr schön gewesen, wenn Emma hätte reisen können. Nur leider weiß ich, daß Helen sehr eigen ist, was ihre Interviewpartner betrifft. Sie zieht erfahrenere Journalistinnen vor.« Jo kreuzte ihre Finger. »Emma kann dieses Format noch nicht füllen. Wenn sie wirklich so gerne jemanden interviewen möchte, dann kann ich etwas weniger Anspruchsvolles für sie arrangieren. Aber für solch umfangreiche Interviews ist sie noch nicht reif.«

»Was in aller Welt ist dann das Problem?« Dentons Stimme war nun ein kleines bißchen weniger aggressiv. »Warum ruft sie mich dann in Tränen aufgelöst an? Rhona hat doch nicht diese Wirkung auf sie.«

Plötzlich drehte Jo durch. Wenn er wirklich wissen wollte, was das Problem war, dann würde sie es ihm verdammt noch mal sagen!

»Das Problem ist, daß Emma es nur schwer verkraften kann, Anordnungen Folge zu leisten, Mark«, sagte Jo. »Sie kann nicht im Team arbeiten, sie möchte immer alles im Alleingang machen. Wir haben ein paar hochbegabte Publizistikstudenten in unserem Büro, die nur zu begierig sind, zu lernen und jede Arbeit zu verrichten, um ihren Erfahrungshorizont zu erweitern.« Sie sprach jetzt mit schriller Stimme, was ihr jedoch vollkommen gleichgültig war.

»Emma aber war nie so. Sie hält sich für die Größte und möchte niemals das tun, womit man sie beauftragt. Sie begreift einfach nicht, daß es im Journalismus noch viel mehr Aufgaben gibt, als einen Prominenten zu interviewen. Emma hält sich für zu schade für die gewöhnlichen Aufgaben, die in einer Zeitschrift zu erledigen sind. Und um die Sache noch schlimmer zu machen . . .« Jo hielt inne, um nach Atem zu ringen. »Sie tut alles, um im Büro Unruhe zu stiften. Dich heute morgen vor meinem Eintreffen im Büro anzurufen, ist ein perfektes Beispiel dafür, was ich meine. Emma versucht, Unruhe zu stiften. Sie mißbraucht die Beziehung zu dir«, sagte Jo mit Nachdruck. »Das lasse ich nicht durchgehen. Wenn du sie als Chefredakteurin von *Style* einsetzen willst, Mark, dann befördere sie auf diesen Posten. Bis dahin erwarte aber nicht von mir, daß ich mich ihr unterordne, nur weil sie deine Nichte ist!«

Schweigen breitete sich am anderen Ende aus. Jo fragte sich, ob sie zu weit gegangen war.

»Immerhin kann ich mich darauf verlassen, Jo, daß du mit deiner Meinung nicht hinter dem Berg hältst«, erwiderte Denton tonlos. »Das waren nun wirklich offene Worte. Ich hatte nicht gewußt, daß Emma ein solches Problem darstellt. Rhona hat es mir gegenüber niemals erwähnt.«

»Emma hat Respekt vor Rhona, deshalb erlaubt sie sich diese Dinge auch nicht in ihrer Gegenwart. Mir gegenüber jedoch scheint sie anders zu empfinden«, gab Jo zu. »Das ist das Problem. Sie glaubt, sie kann dich benutzen, um mich zu übergehen. Es ist nicht so, daß ich Emma nicht mag«, log sie. »Ich werde jedoch nicht zulassen, daß eine Sechsundzwanzigjährige ohne jede Erfahrung mir Vorschriften macht, wie ich diese Zeitschrift zu leiten habe.«

»Verstehe«, entgegnete er kühl. »Ich werde Emma anweisen, mich bei Meinungsverschiedenheiten zwischen dir und ihr nicht mehr anzurufen. Ich möchte, daß du mit ihr arbeitest, Jo. Sie möchte unbedingt Journalistin werden, und ich habe ihren Eltern versprochen, daß ich ihr einen guten Start verschaffe.« Seine Stimme wurde weicher. »Im Herzen ist sie eigentlich ein netter Kerl, du kennst sie nur nicht. Die rauhe Schale ist nur Bluff.«

Na denn, dachte Jo. Sie ist ein ganz süßes kleines Ding, wie ein verdammter Piranha. Immerhin hast du dir jetzt einmal die Sache von der Seele gesprochen, Ryan. Nun aber solltest du den Mund halten, wenn dir dein Arbeitsplatz lieb ist.

»Ich verstehe, was du damit meinst«, entgegnete sie freundlich. Für diese Verstellung hätte sie einen Oscar verdient.

»Vermutlich ist sie einfach nur unsicher. Das ist mir bisher noch gar nicht aufgefallen. Ich habe mich immer von ihrem barschen Verhalten beeindrucken lassen. Mach dir keine Sorgen, Mark, ich werde mit ihr arbeiten. Sie muß jedoch lernen, unter mir zu arbeiten. Sie wird in diesem Geschäft niemals weiterkommen, wenn sie sich mit jedem Chef anlegt.«

»Ja, da hast du recht, Jo. Hilf ihr ein wenig, sie ist ein gutes Kind«, sagte Mark ernst.

»Aber natürlich. Ich werde später mit ihr reden und die Sache bereinigen.«

»Das ist prima, Jo. Wir sprechen morgen wieder miteinander.«

Damit hängte er auf. Jo legte ebenfalls erleichtert das Telefon auf und lehnte sich in ihrem Stuhl zurück. Es war erst elf Uhr, aber sie fühlte sich, als ob sie bereits den ganzen Tag im Büro verbracht hatte.

Das tut dir nicht gut, mein Liebling, sagte sie an ihren Bauch gerichtet. Nachdem sie die Schönheitsseiten und die einträgliche Werbung für Sonnenlotion mit der Schönheitsredakteurin Nikki und den beiden Redakteuren Tony und Aidan von der Werbung diskutiert hatte, war es beinahe Zeit, zu dem Essen zu gehen. Sie legte ihren Lippenstift neu auf und steckte ein paar herausgefallene Haarsträhnen wieder in den Knoten in ihrem Nacken fest. Dann nahm sie ihre Handtasche und verließ Rhonas Büro.

Nikki stand neben der Rezeptionstheke und redete aufgeregt in die Telefonmuschel, während sie gleichzeitig versuchte, ihre Wimperntusche zu erneuern.

Annette wickelte ein Sandwich aus einer Frischhaltefolie und sprach mit Brenda, die selbst einen Reiskräcker aß und hungrig auf die aus Annettes Thunfischsandwich hervorquellende Mayonnaise stierte

Emma war nirgendwo aufzutreiben.

»Sie ist vor einer halben Stunde zu Mittag gegangen«, informierte Annette Jo. »Sie sagte, sie würde heute nicht mehr zurückkommen.«

»Gut«, erwiderte Jo. »Brenda, du sprichst mit Nikki über die Beilage mit der Sonnenlotion. Eigentlich hätte das Emma übernehmen sollen, aber wenn sie heute nicht mehr zurückkommt, dann machst du es. Wie kommst du mit der Diät klar?« fragte sie Brenda, die eine kleine Menge Hüttenkäse auf einem Reiskräcker verstrich.

»Gut«, antwortete Brenda mißmutig. »Ich habe schon fast sieben Kilo verloren. Jetzt muß ich nur noch zehn Pfund abnehmen.«

»Wann ist denn die Hochzeit?« fragte Jo.

»Ende Juli. Meine Schwester hat ihr Übergewicht verloren und sich ein Hochzeitskleid in Größe 38 gekauft. Wenn ich nicht in Größe 38 passe, dann werde ich dort nicht auftauchen.«

»Sei nicht albern, Brenda«, unterbrach Nikki sie und ließ ihre gebräunten schlanken Arme in eine kleine hellgelbe Jacke gleiten. »Du siehst immer gut aus, ganz gleich, welche Größe du trägst. Ich leihe dir etwas von dem wunderbaren Gesichtstöner von *Lancôme*, und du wirst sexy und wie von der Sonne geküßt aussehen.«

»Nikki, du hörst dich jetzt schon an wie eine Pressemitteilung aus der Kosmetikindustrie«, bemerkte Jo lachend.

»Ich schlafe mit Make-up-Werbebroschüren unter meinem Kissen und verinnerliche sie auf diese Weise.« Nikki holte eine Bürste aus ihrer Handtasche und fuhr sich damit über ihren glatten Pagenkopf. »Ich esse jetzt nicht mehr Milch zu meinen Cornflakes, sondern gleiche die fehlende Feuchtigkeit mit Feuchtigkeitsfluid aus!«

»Mach dich nicht lustig«, sagte Jo. »Denk nur, wie gut sich

dieser Werbejargon macht, wenn du über neue Produkte schreibst!«

»Genau das werde ich heute nachmittag tun.« Nikki lächelte und ging auf die Tür zu. »Jetzt werde ich mir mit meinem geliebten Mann zusammen den Magen vollschlagen. Er bringt mich um, wenn ich zu spät komme. Also tschüs.«

»Ich werde auch noch zu spät kommen«, sagte Jo und schaute auf ihre Uhr. »Annette, ich gehe bei *Starck's* zu Maxines Modeschau. Der Himmel weiß, wann ich wieder zurück sein werde. Solche Sachen fangen immer schon verspätet an. Wenn Emma zurückkommen sollte, dann sage ihr, sie möchte nicht nach Hause gehen, bevor sie mit mir gesprochen hat.«

»Mache ich«, sagte Annette. Die Vier-Uhr-Nachrichten plärrten aus Annettes Radio, als Jo schließlich wieder ins Büro zurückkehrte. In der Hand hielt sie einen handbemalten Seidenschal aus Maxines wunderschöner, wenn auch preislich überhöhter neuer Kollektion.

»Emma ist nach Hause gegangen, und Nikki mußte früher gehen, hat aber den Schönheitsartikel auf deinem Tisch hinterlassen. Du möchtest bitte Anna von der Fotoagentur anrufen, wen du für die Hochzeitskleider haben möchtest.«

Tüchtig wie immer reichte Annette ihr einen Stapel blaßgelber Telefonnachrichten zusammen mit etwas Post.

»Ich hatte doch gesagt, daß Emma so lange bleiben soll, bis ich mit ihr geredet habe«, sagte Jo unwirsch.

»Davon wollte sie nichts hören. Sie hat sich etwa fünf Minuten, nachdem sie vom Mittagessen zurückgekommen war, nach Hause verabschiedet«, erklärte Annette.

Jo seufzte und ging in Rhonas Büro. Sie hatte sich Emma vornehmen wollen, bevor die kleine Hexe nach Hause zu Mami rannte und ihr Schreckensgeschichten über die stellvertretende Chefredakteurin auftischte. Würde Denton ihr vor oder nach dem Mutterschaftsurlaub kündigen?

»Ach, Jo«, rief Annette. »Das hätte ich fast vergessen.

Richard rief an und sagte, er wolle heute abend bei dir zu Hause vorbeikommen.«

Jo spürte, wie sich ihr Herzschlag beschleunigte. Richard wollte sie sehen, er hatte seine Meinung geändert, er mußte sie geändert haben! Oh, vielen Dank, lieber Gott, vielen Dank, flüsterte sie aufgeregt. Er möchte mir noch eine Chance geben, ich bin mir ganz sicher.

Emma war schon vergessen, als Jo auf die Toilette rannte, um ihr Aussehen zu überprüfen. Ihre sorgfältig aufgetragene Make-up-Foundation war in der Sommerhitze fast verschwunden, und unter ihren Augen hatte sie Spuren ihrer Wimperntusche. Kein Problem. Sie kramte ihre Make-up-Tasche hervor und begann, sich neu zurechtzumachen.

Typisch Richard, daß er keinen Zeitpunkt für sein Kommen hinterlassen hatte, dachte sie glücklich. Sie tupfte sich etwas überschüssigen Lippenstift mit einem Taschentuch ab. Aber wen scherte es, wann er kam? Er würde sie besuchen, und das reichte.

Sie sprühte sich gerade etwas Parfüm auf ihre Handgelenke, als es klingelte.

Richard sah besser aus denn je, sein blondes Haar glitzerte als Kontrast zu seiner leicht gebräunten Haut. Ein breites Grinsen legte die perfekt weißen Zähne offen, die er sich immer inbrünstig putzte.

»Jo, mein Liebling«, murmelte er und glitt mit einem Arm um ihre Taille, um sie zu einem langsamen, sinnlichen Kuß zu sich heranzuziehen.

»Oh, Richard«, sagte sie leise. »Ich habe dich so sehr vermißt.«

»Ich weiß, mein Liebling, ich weiß.« Er zog einen riesigen Strauß rosa Rosen hinter seinem Rücken hervor. »Die sind für dich.«

Jo spürte, wie ihr die Tränen in die Augen schossen. Rosa Rosen. »Sie sind wunderschön«, sagte sie den Tränen nahe. »Danke.«

»Wein doch nicht«, unterbrach sie Richard. »Laß uns das hier auf Eis legen.«

Er bückte sich und hob zwei Flaschen Weißwein von der Türschwelle auf.

»Es ist dein Lieblingswein, Liebling. Ein deutscher Riesling. Hast du etwas zu Essen da? Ich bin halb verhungert.«

»Äh, nein.« Sie hatte das ganze Wochenende über einen großen Einkauf geplant und war doch nur dazu gekommen, im Tante-Emma-Laden Milch, Brot, Käse und Eiscreme zu kaufen. Haägen Dasz mit Schokoladenstückchen. Sündig zwar, aber wunderbar.

Warum brachte er nicht etwas zu Essen mit, wenn er Hunger hatte? Und warum brachte er Wein mit, wo er doch wußte, daß sie ihn nicht trinken konnte? Ach, na ja, er war eben einfach Richard – fürsorglich und gedankenlos zur gleichen Zeit.

Immerhin bemühte er sich. Praktische Dinge vergaß er meist, aber er bemühte sich. Sie würde sich an seine Schrullen gewöhnen müssen, wenn sie miteinander leben würden. Was machte es schon, wenn er immer den letzten Rest Milch austrank und dann erwartete, daß wie von Zauberhand eine neue Tüte dastand. So war Richard eben. Damit konnte sie leben. Gott sei Dank war er wieder da. Sie liebte ihn so sehr, sie würde es nicht zulassen, daß diese verdammten Hormone ihre Versöhnung störten.

In der Küche fand er den Korkenzieher und öffnete geschickt die erste Flasche. Sie sah liebevoll auf seinen Nacken und bewunderte die Art, wie das blaue Baumwollhemd auf seinen breiten Schultern hing.

»Gläser, Liebling?« fragte er. Jo öffnete den Schrank und reichte ihm ein Weinglas.

»Ich kann nicht trinken, Richard, wegen des Babys.«

»Nimm doch einen Schluck«, versuchte er sie zu verführen. »Ein halbes Glas wird dir schon nicht schaden.«

Wie sonst auch immer saßen sie auf dem breiten Dreiersofa.

Er lungerte an dem einen Ende, sein Glas Wein stand neben ihm auf dem kleinen Tisch. Jo saß zusammengerollt neben ihm.

Ein Sportkanal plärrte aus dem Fernseher, aber Jo störte sich nicht daran. Er bezahlte das Abonnement, weshalb er auch nie ein wichtiges Spiel verpaßte. Normalerweise las sie, während er fernsah, denn die endlosen Diskussionen von Spielern über ihre Spieltaktiken langweilten sie. Jetzt aber saß sie ganz friedlich und beobachtete ihn beim Fernsehen. Sie war einfach nur zufrieden, in seiner Nähe zu sein.

Vielleicht war es die Tatsache, daß sie das Wochenende alleine verbracht hatte, daß sie sich so sehr nach seiner Berührung sehnte. Sie hatte ihn vermißt, sie hatte seine Berührungen vermißt, sie hatte seine Umarmungen vermißt. Nach zwei Jahren mit Richard hatte sie die Zeiten fast vergessen, in denen sie sich verzweifelt nach einer männlichen Berührung gesehnt hatte. Sie hatte vergessen, wie einsam und ungeliebt sie sich gefühlt hatte, wenn ihr jeweiliger Freund sie gerade verlassen hatte. Eigentlich sollte sie sich sehr gut daran erinnern können, denn das war ihr häufig passiert. Aber das war nun Gott sei Dank alles Vergangenheit.

Ihre Finger glitten über Richards Brust, während er auf den Fernseher blickte. Sie genoß das Gefühl der weichen, von seiner Haut gewärmten Baumwolle. Er reagierte nicht, sondern war vollkommen auf das Spiel konzentriert. Nichts hat sich geändert, dachte sie glücklich. Sie war entzückt von seiner Gegenwart und wollte sich nicht über Dinge aufregen, die sie häufig irritiert hatten. Der arme Mann brauchte eben seine Zeit, um sich an ihre rasch wechselnden Launen während der Schwangerschaft zu gewöhnen.

Sie war vollkommen glücklich. Es war der Himmel. Er hatte seine Meinung geändert, er war zu ihr und dem Baby zurückgekehrt. Nun hatten sie wieder eine Zukunft. Sie würde das schönste, am meisten bewunderte Baby der ganzen Welt bekommen. Es war alles einfach wunderbar.

Als das Spiel vorüber war, hatte Richard Hunger. »Laß uns eine Pizza holen«, sagte er und strich ihr zärtlich über die Wange, bevor er sie auf die Stirn küßte. »Eine Riesenpizza mit Peperoni und Knoblauch. Mein Portemonnaie ist in meinem Jackett.« Trotz der reichlichen Mittagsmahlzeit, die sie in *Starck's* verdrückt hatte, verspürte auch Jo wieder Hunger.

Er öffnete die zweite Flasche Wein, als die Pizza kam. Das winzige Glas Wein, das Jo getrunken hatte, rumorte in ihrem Magen. Dennoch hatte sie immer noch Hunger. Sie aßen mit viel Appetit direkt aus dem Karton. Der Mozzarellakäse tropfte saftig von den Pizzastücken herunter, als sie sie mit ihren Händen auseinanderbrachen.

»Wunderbar lecker«, murmelte Jo mit vollem Mund.

»So wie du.« Richard grinste sie an.

Das Spiel gegen Liverpool sahen sie nicht mehr. Statt dessen lagen sie auf dem Teppich, küßten sich gegenseitig die Knoblauchbutter von den Lippen und zerrten mit fettverschmierten Fingern an ihrer Kleidung.

Als sie es schließlich bis ins Schlafzimmer geschafft hatten, zog Richard sie vollständig aus. Vorsichtig öffnete er ihren Büstenhalter und vergrub sein Gesicht zwischen ihren Brüsten, die jetzt voller waren als je zuvor. Er küßte gierig jede ihrer Knospen, bevor er daran saugte. Jo bäumte sich lustvoll auf.

»Oh, mein Liebling«, stöhnte sie. »Das ist wunderbar.« Sie fuhr mit ihren Fingern durch sein Haar, während er ihre Brüste liebkoste und ihren Körper in rasende Leidenschaft versetzte.

»Wie gefällt dir dies?« fragte er und glitt mit seiner Hand über ihren Bauch bis zu der weichen Haut ihrer Schenkel, während sie vor Vergnügen schnurrte. Seine Finger streichelten ihre weiche, seidige Haut, fuhren zärtlich unter das Gummiband ihres Seidenhöschens und berührten sie liebevoll, erregend und tastend.

Himmel, wie sie ihn begehrte, wie bereit sie für ihn war, so bereit. Wer brauchte schon ein Vorspiel nach einem Wochenende allein? »Ich habe dich so vermißt, Richard«, sagte sie und setzte sich auf ihn. Sie beugte sich hinunter, um seine Lippen zärtlich zu küssen. Sie liebkoste seinen Hals, während sie mit der anderen Hand seinen Gürtel ohne hinzusehen zu öffnen versuchte.

Als sie aufblickte, hingen ihre Brüste schwer und reif. Seine Lippen suchten ihre Knospen. Es war sagenhaft, einfach sagenhaft, was er mit ihr anstellen konnte. Sie fühlte sich begehrenswerter denn je zuvor, als ob durch die Schwangerschaft alles einen Sinn erhalten hätte. Schwanger fühlte sie sich ganz und gar Frau und weiblich, reif und blühend, dank dieses Mannes, der ihre Haut mit seinen Berührungen verbrannte.

»Ich habe dich auch vermißt«, stöhnte er, während seine Hände ihre Hüften heftig zu sich herabzogen und er seinen stählernen Körper gegen ihren rieb. »Ich möchte dich jetzt besitzen, Jo.«

Eilig zog er ihre Unterhosen aus und riß sich seine Boxershorts vom Leib. Wieder zog er sie auf sich, glitt in sie hinein und fühlte sie weich und naß.

»Oh, Jo«, stöhnte er. Er bohrte sich, so tief er konnte, in sie hinein. »Das fühlt sich so gut an.«

Es stimmte, es war wunderbar. Sie umarmte ihn, Schweiß bildete sich auf ihrer Oberlippe, als er wieder und wieder in sie eindrang. Sie begehrte ihn so sehr, sie war so erregt. Gleich würde sie kommen, gleich.

»Oh, Jo«, schrie er. »Oh, Gott!«

Sein Körper bäumte sich auf, als er noch einmal tief in sie drang, bevor er auf ihren Körper fiel. Vom Orgasmus erschöpft atmete er schnell und flach.

Ihre eigene Erregung ließ augenblicklich nach, da sie seine Reibung brauchte, um zum Höhepunkt zu kommen. Verdammt. Als er schwer auf ihr lag, atmete sie flacher und umarmte ihn.

Jetzt würde sie nicht mehr kommen können, der richtige Moment war verstrichen. »Das war großartig, Jo«, murmelte er.

Sie streichelte zärtlich seine Wange und fühlte eine Flut von Gefühlen in sich aufwallen. Sie liebte ihn, aber er war so egoistisch. Nur weil er nach einem sexfreien Wochenende besonders scharf war, brauchte er nicht gleich ihre Befriedigung vollkommen zu vergessen und sich wie ein Chauvinist zu benehmen. Sie war so erregt gewesen. Sie hatte ihn so sehr vermißt, sie war vollkommen verrückt nach ihm gewesen. Und dann war es ihm gleichgültig gewesen, ob sie einen Höhepunkt erreichte oder nicht.

Verflucht! Richard änderte sich wohl nie, oder?

Er bewegte sich etwas neben ihr und streichelte ihr über das Gesicht.

»Ich liebe dich, Jo, weißt du das?«

Natürlich schmolz sie bei den Worten dahin. Er hatte schon immer die Fähigkeit besessen, sie zum Schmelzen zu bringen, und mit ein paar Worten sein Verhalten vergessen zu machen. Es machte jetzt nichts mehr aus, daß sie keinen Orgasmus gehabt hatte. Sie waren zusammen, zusammen mit ihrem Baby. Das war alles, was im Augenblick von Bedeutung war.

Ihre Finger strichen sein Haar glatt und massierten seine Schultern. Seine Haut war ganz verschwitzt.

Zusammen hatten sie ein Baby gemacht. Gut, sie hatten noch vor ein paar Tagen verbittert miteinander gerungen, aber das war normal. Menschen stritten sich nun mal. Jetzt hatte Richard ihr Baby akzeptiert, und er wollte mit ihr zusammen sein. Zugegeben, er hatte das noch nicht in Worten ausgedrückt. Aber das war es, was er meinte. Er brauchte es gar nicht laut auszusprechen. Sie verstand ihn auch so.

»Liebling, ich bin so müde«, murmelte Richard schläfrig. Er legte seinen Arm unter den Kopf wie ein Kissen. »Das war einfach großartig, und jetzt bin ich so müde, gute Nacht«, murmelte er.

Sie beobachtete ihn, sexy, attraktiv und gedankenlos. Aber

er war ihr Mann, der Vater ihres ungeborenen Kindes. Vielleicht würde die Vaterschaft seine Gedankenlosigkeit vertreiben.

Jo löste sich vorsichtig, um ihn nicht zu wecken, und kletterte aus dem Bett. Leise tapste sie ins Badezimmer, um sich die Zähne zu putzen. Eigentlich war sie zu müde, um sich noch abzuschminken. Dennoch zwang sie sich, die tägliche Routine durchzuführen.

Sie verteilte die Reinigungslotion über ihrem Gesicht, wischte sich das Make-up ab und benutzte eine Gesichtslotion. Dann putzte sie sich sorgfältig die Zähne. Sie verteilte etwas Feuchtigkeitscreme, dann rieb sie sich die Brüste mit Feuchtigkeitslotion ein, um Schwangerschaftsstreifen zu vermeiden. So, jetzt war sie fertig.

Sie knipste das Badezimmerlicht aus und lief ins Wohnzimmer, um den Fernseher abzustellen. Richards Jackett und seine Jeans lagen über dem Stuhl, und die riesige Pizzabox lag aufgeschlagen auf dem Glastisch. Fettiges Küchenkrepp und zwei verknitterte Alufolien lagen auf dem Fußboden. Der Geruch von Knoblauchbrot lag in der Luft. Am nächsten Morgen würde sie das alles wegräumen.

Die Sonne konnte sie noch nicht einmal wecken, als sie durch eine Gardinenritze drang. Ein Lichtstrahl durchflutete das abgedunkelte Schlafzimmer. Kurz nach sieben weckte sie die morgendliche Übelkeit, als ihr die Säure die Speiseröhre hochstieg. Gleich würde sie sich übergeben müssen.

Gerade noch rechtzeitig erreichte sie die Toilette, um ihren noch schläfrigen Körper zu erleichtern.

»Mein Baby, wie kannst du mir das antun?« stöhnte Jo elend, als sie nunmehr den neunten Morgen ohne Unterbrechung über der Toilettenschüssel hing. »Warum kann ich nicht einer dieser Glückspilze sein, die nicht unter der morgendlichen Übelkeit zu leiden haben?«

Nachdem sie zehn Minuten lang auf eine Verschlimmerung

gewartet hatte, fühlte sie sich etwas besser. Zitternd richtete sie sich auf und griff nach dem Toilettenreiniger.

Ihr Mund fühlte sich wie ein Mülleimer an, dachte sie. Sie brachte es nicht über sich, sich ihre Zähne zu putzen, sondern stolperte Richtung Küche und setzte das Teewasser auf. Eine Tasse gesüßter Tee wäre genau das Richtige. Sie war vollkommen erschöpft, aber nichts weckte einen so unwiderruflich auf, als wenn man sich übergeben mußte.

Eine leere Flasche Wein stand auf dem Tisch, und sie warf sie kopfüber in den Mülleimer. Es entbehrte nicht der Ironie, daß sie jeden Morgen einen Kater hatte, wo sie doch seit Beginn ihrer Schwangerschaft nur ein halbes Glas Wein getrunken hatte.

Die zweite Flasche stand auf dem Tisch. Richard hätte eigentlich einen wirklich schlimmen Kater haben müssen, da er beide Flaschen ausgetrunken hatte. Vermutlich aber würde er sich fit fühlen, denn sein jahrelanges Training als Sportfotograf hatte ihn gegenüber einem Kater immun gemacht.

Die Nachrichten kamen ihr hektisch und verwirrend vor. Jo schaute eine halbe Stunde lang fern, dann wollte sie aufräumen. Warum sollte sie den ganzen Morgen damit verbringen, sich ihrer Übelkeit zu widmen? Da sie nun schon so früh auf den Beinen war und Richard noch stundenlang im Bett liegen würde, konnte sie auch gleich die Gelegenheit beim Schopf packen und die Wohnung aufräumen.

Die Pizzareste waren schnell entsorgt. Den Knoblauchgeruch auszulüften würde etwas länger dauern. Nachdem sie alles weggeschmissen und den Teppich mit einem Duftspray eingesprüht hatte, sammelte sie Richards herumliegende Kleidung auf und faltete sie ordentlich zusammen.

Sein Portemonnaie lag auf dem Flurtisch, daneben das Wechselgeld für die Pizza. Jo lächelte, als sie das Portemonnaie sah, denn sie erinnerte sich daran, wie sie es für ihn bei Bloomingdales in New York gekauft hatte. Es war von *Gucci* und dort viel billiger als in Dublin gewesen. »So wirst du jedesmal an mich denken, wenn du das Portemonnaie öffnest«, hatte sie damals gescherzt. Der Witz bezog sich auf einen alten irischen Scherz, über den sie immer gemeinsam gelacht hatten – »Wie hast du deine Freundin gefunden?«

»Ich hab' mein Portemonnaie geöffnet, und da war sie.« Jo steckte das Wechselgeld ins Portemonnaie zurück und wollte es in seiner Jackentasche verstauen. Es wollte jedoch nicht passen. Irgend etwas Größeres blockierte die Tasche. Erstaunt zog Jo einen Briefumschlag heraus, strich ihn glatt und entdeckte einen Umschlag vom Reisebüro. Sie reagierte schnell und öffnete ihn. Es konnte nicht wahr sein, es durfte nicht wahr sein.

Das Ticket war ein offenes Ticket für nächsten Montag in der Businessklasse nach London. Jo starrte es einen Augenblick lang an. London. Er ging also doch nach London.

In ihrem Kopf ließ sie die Ereignisse der vergangenen Nacht Revue passieren. Richard hatte nichts gesagt, was auf einen Gesinnungswandel schließen ließ. Sie hatte lediglich angenommen, daß er sich anders entschieden hatte. Seine bloße Anwesenheit schien ihr Beweis genug, daß er es sich überlegt hatte. Daß er sie wollte und auch ihr Baby. Die Blumen, der Wein, alles eben.

Aber er hatte sich gar nicht anders entschieden. Wozu war er hier vorbeigekommen, um mal kurz mit ihr zu schlafen? dachte sie verbittert. Warum nur hatte er nichts gesagt? Weil ihm das viel zu schwerfallen würde und eine Auseinandersetzung bedeuten würde, natürlich.

»Ich kann Streit nicht ausstehen«, hatte er von Zeit zu Zeit gesagt, wenn sie sich gestritten hatten. Er zog es vor, sich einer Auseinandersetzung zu entziehen, ins Auto zu steigen und für einen Tag zu verschwinden. Am nächsten Tag dann hatte er sie immer angerufen, sich entschuldigt und einen Restaurantbesuch arrangiert. Bis dahin hatte sich Jos Wut meist gelegt, und der Streit wurde vertagt, wenn nicht sogar ganz vergessen.

Verdammt noch mal, diesmal würde sie ihn nicht einfach

weglaufen lassen. Er konnte nicht einfach kurz in ihr Leben hineinschneien und dann wieder verschwinden. Die Situation war jetzt ernster. Sie war schwanger, und er wollte wieder wegrennen? Auf gar keinen Fall.

»Richard«, sagte sie laut und rüttelte an seiner Schulter. »Wach auf.«

Er blinzelte sie müde an und kniff seine Augen gegen das einfallende Sonnenlicht zusammen. »Wie spät ist es?« murmelte er heiser.

»Zehn nach acht«, sagte sie wütend.

»Himmel, Jo, warum mußt du mich dann wecken?« stöhnte er. »Ich bin fix und fertig.«

»Du bist fertig?« kreischte sie. »Was soll ich da erst sagen? Wann willst du mir denn von London erzählen, Richard? Wann? Wolltest du vom Flughafen aus noch einmal anrufen? Oder von deinem Hotel in London aus?«

»Himmel noch mal«, brummte er und drehte sich von ihr weg. »Das ist doch nun keine große Sache. Ich fahre doch nur für ein paar Wochen weg, um zu sehen, wie die Arbeit dort sein könnte. Ich emigriere ja nicht.«

»Noch nicht, aber vielleicht wirst du es tun. Irland ist dir einfach viel zu gottverdammt langweilig, nicht wahr, Richard?« fragte sie. »Du möchtest Aufregung haben, stimmt's? Die Welt würde zusammenbrechen, wenn Richard Fitzgerald sich einmal länger als fünf Minuten zurücklehnen würde! Was ich aber wissen möchte, ist, wie ich in diese ganze Sache mit hineinpassen soll. Oder hast du vergessen, daß ich mit deinem Baby schwanger bin?«

»Sei nicht albern, Jo!« Er setzte sich im Bett auf und wischte sich die Haare aus den Augen, dann sah er sie beunruhigt an. »Ich habe es nicht vergessen. Ich dachte nur, daß du dir die Sache noch einmal überlegt hast. Ist dir eigentlich klar, was es für deine Karriere und möglicherweise auch für deine persönliche Entwicklung bedeuten wird? Wir müssen diese Sache nicht jetzt durchziehen.«

Wütend starrte Jo ihn an. Sie konnte nicht glauben, was er sagte. Wenn sie am Freitag keine Abtreibung hatte haben wollen, dann wollte sie auch heute keine haben.

Richard stieß abrupt die Bettdecke zurück und stand auf. Er ging ins Badezimmer und knallte die Tür hinter sich zu.

»Meiner Meinung nach müssen wir die Sache jetzt regeln«, schrie sie die verschlossene Tür an. »Das Baby wird nicht einfach verschwinden, Richard. Denn ich will es immer noch haben.«

Die Toilettenspülung ging. Richard marschierte aus dem Badezimmer und wischte sich das Gesicht mit einem Handtuch ab. Er sagte kein Wort.

»Als du gestern abend hier aufgetaucht bist, da dachte ich, du hättest deine Meinung geändert«, sagte Jo mit Nachdruck. »Wie kannst du mir das nur antun? Ist es deine ganz persönliche Marke, immer dann wegzurennen, wenn du eine Frau geschwängert hast?«

Offenbar hatte sie mit dieser Bemerkung einen wunden Punkt getroffen. Innerhalb eines Augenblicks verdunkelte sich sein Gesicht wie bei einem Gewitter. So hatte Jo ihn noch nie gesehen und war vollkommen verblüfft, fast verängstigt.

»Ich habe überhaupt nichts gemacht«, knurrte er. »Du wolltest mich in die Falle locken, nicht wahr? Nun, das wird dir nicht gelingen.«

Abwesend nahm Jo ihren alten rosa Bademantel vom Haken und zog ihn sich über. Draußen war es sonnig. Der Wetterbericht im Fernsehen hatte mildes Wetter versprochen, doch Jo fröstelte. Sie stand neben dem Bett und starrte ohne sich zu erkennen in den Spiegel des Frisiertisches.

Er hob seine Uhr vom Nachttisch auf und band sie sich um das Handgelenk. Sie folgte ihm ins Wohnzimmer, wo er seine Kleidung nahm und sich schweigend anzog, wobei er seine Wut kaum beherrschen konnte.

»Richard«, versuchte sie es noch einmal. »Wir müssen miteinander reden.«

»Nein, das müssen wir nicht. Du hast dir die Sache so hingebogen, nun mußt du die Suppe auch auslöffeln.«

Das war zuviel. »Rede mit mir nicht in diesem Ton, du arrogantes Schwein!« schrie sie. »Wir waren beide daran beteiligt, oder glaubst du etwa, daß ich ganz von alleine schwanger geworden bin!« Sie blickte ihm wütend ins Gesicht.

»Gut, aber ich will es nicht«, sagte Richard, wobei er mit jeder Silbe Gift verspritzte. »Ich gehe.«

»Nein, das kannst du nicht«, erwiderte Jo. »Wie kannst du nur so mit mir reden, ihr seid alle gleich, ihr verdammten Männer, die ihr vor jeglicher Bindung zurückschreckt!«

»Und *ihr* seid auch alle gleich«, erwiderte er erbost. »Ihr werdet aus heiterem Himmel schwanger, weil das der einzige Weg ist, wie ihr euch einen Ring an den Finger stecken könnt. Nun, das haben schon viele versucht, meine Süße, ich aber habe an dieser Angel nicht angebissen!«

»Wie meinst du das?« fragte Jo erstaunt.

Schweigend knöpfte er seine Jeans zu.

Himmel, er konnte doch wohl unmöglich das gesagt haben, was sie verstanden hatte. »Beate. Sie ist auch schwanger gewesen, nicht wahr?«

»Na und?«

»Warum hast du mir nie davon erzählt?«

»Da gab es nichts zu erzählen«, erwiderte er tonlos.

»Hat sie das Baby bekommen?« fragte Jo.

»Was soll das?« wollte er wissen. »Ist das ein Verhör?«

Sie zögerte, als sie die Wut in seiner Stimme hörte. »Ich wollte es nur wissen.«

»Ja, das war sie, bist du nun zufrieden? Sie hat das Baby bekommen, und ich habe es niemals gesehen, sie hätte es mich vermutlich auch nie sehen lassen, selbst wenn ich es gewollt hätte, was aber nicht der Fall war!« Er schlüpfte in seine italienischen Wildlederslipper und hob sein Jackett auf.

»Oh, Richard, warum?«

»Nur weil du von einer glückseligmachenden Familie träumst, heißt das noch lange nicht, daß alle anderen Menschen denselben Wunsch verspüren. Du hast keine Ahnung, wie es ist, einen Vater zu haben, der sich einen Dreck um dich kümmert. Einen Vater, der dich lieber geschlagen als ein freundliches Wort gesagt hätte. Ich aber weiß, wie es ist«, fauchte er. »Ich weiß sogar genau, wie es sich anfühlt, und ich sage dir noch etwas, es hindert dich einfach daran, Kinder zu haben. Ich möchte keine verdammten Kinder haben. Diese Entscheidung habe ich bereits vor langer Zeit gefällt. Es ist meine Entscheidung. Wenn du schon so sehr darauf pochst, daß eine Frau das Recht hat, ihr Schicksal selbst zu bestimmen, warum denkst du dann niemals über das Recht eines Mannes nach, sein Schicksal ebenfalls selbst zu bestimmen?«

Jo war angesichts von Richards Wut sprachlos. Es war eine Wut, die ihn bereits seit siebenunddreißig langen Jahren begleitete.

»Dieses ganze feministische Zeugs, daß der Körper einer Frau ihr selbst gehört, das hört sich alles ganz großartig an, solange es dabei um Frauen geht«, fuhr er wütend fort. »Aber sowie ein Mann sagt, was er sich wirklich wünscht, ist das natürlich eine vollkommen andere Geschichte! Ich möchte keine Kinder haben. So einfach ist das. Das ist meine Entscheidung«, zischte er. »Ich habe dir eine Chance gegeben, und du hast sie nicht wahrgenommen. Dann mach doch, was du willst. Das wirst du ohnehin tun.«

Mit diesen Worten nahm er sein Jackett und die Autoschlüssel und ging zur Tür.

»Nenn mich einen Mistkerl oder was immer du willst, es tut mir leid. Die Sache ist vorbei.«

Die Eingangstür knallte hinter ihm zu.

Sie war alleine.

9

Ihre Schuhe drückten. Warum trug sie überhaupt solche Schuhe? Nachdem sie das Haus bereits vor einer Viertelstunde verlassen hatte, war ihr plötzlich klargeworden, daß sie ihr gar nicht standen. Da war es jedoch bereits zu spät gewesen, um noch einmal umzukehren. Die Schuhe hatten zu hohe Absätze, da sie ursprünglich für eine Hochzeitsfeier gekauft worden waren. Die restliche Garderobe zu diesem Anlaß hing bereits seit drei Jahren in ihrem Schrank. An jenem Tag hatte sich die Sonne überhaupt nicht gezeigt, sondern sich hinter Wolken versteckt gehalten.

Schon damals waren die Absätze zu hoch gewesen, und sie war tief in den Rasen vor der Kirche eingesunken. Sie waren immer noch zu hoch. Aisling eilte die Leeson Street entlang und fühlte sich unwohl in ihrem neuen dunkelblauen Blazer, ihrem langen, cremefarbenen Rock und den cremefarbenen Schuhen. Die im Stau steckengebliebenen Fahrer arbeiteten sicher alle in Büros. Sie wußten genau, welche Garderobe man zur Arbeit trug und konnten mehr als nur einen Computer anschalten. Erkannten sie Aislings Ignoranz bereits an ihrem Gesichtsausdruck? Mehr noch, ihre Angst?

Menschen strömten an ihr vorbei. Viele hatten einen Walkman auf und starrten stur geradeaus, als sie die langsameren Passanten und die Parkuhren überholten.

Durch die offenen Autofenster hörte sie bruchstückhaft Radiosendungen und den donnernden Baß laut aufgedrehter Musik. Ab und an warf Aisling einen kurzen Blick in die Autos neben ihr. Eine attraktive Frau blickte in den Rückspiegel. In der Hand hielt sie ihre Wimperntusche und vollendete das morgendliche Make-up. Ein anderer las eine Zeitung, die er über dem Steuerrad ausgebreitet hatte. Andere wiederum starrten einfach nur durch die Windschutzscheibe, in der Hoffnung, daß der Wagen vor ihnen sich endlich bewegen möge.

Alles war unglaublich hektisch, dachte Aisling. Sie hatte die Leeson Street seit Jahren nicht mehr so voll erlebt, seit zwölf Jahren, um genau zu sein. Seit sie ihre Arbeitsstelle aufgegeben hatte, war sie nie wieder während des morgendlichen Ansturms hier gewesen. Wenn sie die Jungs in die Innenstadt hatte fahren müssen, hatte sie den ersten Andrang immer erst abgewartet.

Nun aber erging es ihr wie allen anderen Menschen um sie herum, die zu ihren Arbeitsplätzen in den Büros, den Banken und den Geschäften strömten. Arbeit. Sie hatte eine Arbeitsstelle. O Gott. Mit Anfang Zwanzig hatte sie diese Vorstellung nicht geängstigt, im Gegenteil, sie war sich sicher gewesen, jedes eventuell auftauchende Problem in der Kfz-Abteilung in den Griff bekommen zu können. Hatte sie diese Abteilung tatsächlich geleitet, oder bildete sie sich das jetzt nur ein? Im Augenblick war sich Aisling nicht sicher, ob ihre damalige Karriere nicht nur ein Traumgebilde war. Wenn sie tatsächlich die Fähigkeiten besaß, die Mama und Jo ihr zuschrieben, warum geriet sie dann bei der Vorstellung an ihren zukünftigen Arbeitsplatz in eine derartige Panik, obwohl sie mittlerweile älter und reifer war?

Wie alle anderen auch, schlängelte sie sich durch die Autos, überquerte die Leeson Street und bog rechts in die Pembroke Street Upper ein. Vom schnellen Gehen verschwitzt befürchtete sie, nicht ausreichend Parfüm aufgelegt zu haben.

Kurz nach sieben am Morgen war ihr ein Hauch *Chloé* als korrekt erschienen. Nach dem langen Weg von der Haddington Road, wo sie ihren Wagen abgestellt hatte, fühlte sie sich nun erhitzt und verklebt und wünschte, sie hätte sich stärker parfümiert.

Sie hatte es nicht übertreiben wollen. Sie wollte wie eine berufstätige Frau erscheinen, die jeden Morgen zehn vor acht pünktlich das Haus verließ, den Kindern bereits ihr Frühstück bereitet, die Küche aufgeräumt und das Essen für abends zum Auftauen bereitgestellt hatte. Sie wollte nicht wie eine in

Panik geratene Hausfrau wirken, die sich übertrieben viel Parfüm aufsprühte, hohe Absätze trug und sich für den Anlaß zu sehr aufdonnerte. Hätte sie doch die Geistesgegenwart besessen, ein Deodorant in ihre Handtasche zu packen.

Die Nummer siebzehn. Da war sie, die breite, dunkelgrüne Tür mit den Messingbeschlägen und der glänzenden Messingplatte, die sie als das Büro von Richardson, Reid und Finucane, Rechtsanwälte, auswies. Es war ein prächtiger Altbau inmitten anderer prächtiger Altbauten und erinnerte sie an die Fotos aus einem Wohnmagazin.

Was hätte sie jetzt nicht darum gegeben, zu Hause zu sitzen und eine Zeitschrift vor sich auszubreiten, aus der sie sich für die weitere Verschönerung des Hauses inspirieren ließ. Alles, sogar die Tapeten im hinteren Schlafzimmer von den Wänden zu reißen, hätte sie ihrer jetzigen Panik vorgezogen. Beruhige dich, Aisling, ermahnte sie sich selbst. Es ist dein erster Tag. Keiner wird heute allzuviel von dir erwarten. Jedenfalls hoffentlich nicht.

Bedächtig lief sie die makellosen Steinstufen nach oben und bewunderte die beiden eleganten Lorbeerbäume in ihren Holzkübeln zu beiden Seiten der Tür. Zur Rechten befand sich eine Gegensprechanlage, und sie drückte langsam den Knopf.

»Guten Morgen«, ertönte eine klare Stimme. »Kann ich Ihnen behilflich sein?«

»Aisling Moran. Ich möchte Frau Hogan sprechen«, erwiderte Aisling ruhiger, als es ihrer Gefühlslage entsprach.

Der Türöffner brummte. Sie fühlte sich wie eine Novizin, die der Schwester Oberin vorgeführt werden sollte. Sie drückte gegen die Tür und befand sich in einem blaßgrün gestrichenen Empfangszimmer, in dem eine rothaarige Frau hinter einem niedrigen Tisch saß.

»Guten Morgen«, sagte die Frau und lächelte. »Gehen Sie die Treppe bis zum ersten Absatz hoch und dann durch die erste Tür auf der linken Seite.«

Sie hätte ebensogut Suaheli sprechen können. Starr lächelnd ging Aisling die Treppe hoch, während ihr Gehirn die Worte »erste Tür auf der linken Seite« zu begreifen versuchte.

Links, wo war links? War sie hier richtig? Vorsichtig schob sie eine grünverkleidete Tür auf und betrat einen luftig hohen Raum.

Eine schmale Frau im grauen Kostüm mit üppigen, aschblonden, schulterlangen Haaren stand vor Aisling. In der einen Hand hielt sie eine Teetasse, in der anderen einen beigefarbenen Ordner. Einen Augenblick lang starrte sie sie an, ehe sie kühl lächelte.

»Ich bin Aisling Moran«, sagte Aisling nervös. Die blonde Erscheinung blickte sie an, als habe sie eben gerade Hundekot über dem Teppich verteilt.

»Ich weiß«, erwiderte die Blondine kühl. »Ich bin Vivienne Hogan, die persönliche Assistentin von Herrn Richardson sowie des Personaldirektors. Willkommen bei Richardson, Reid und Finucane.«

Trotz ihrer abweisenden Miene lächelte Aisling sie an.

»Es tut mir leid, aber es ist etwas dazwischengekommen. Ich kann Sie leider nicht durch das Büro führen und Sie überall bekannt machen. Caroline Dennis wird sich um Sie kümmern. Sie wird jeden Augenblick hier sein«, sagte Vivienne und eilte zur Tür. »Setzen Sie sich doch und machen Sie es sich bequem.« Sie deutete in Richtung eines grauen Bürostuhls.

»Danke.«

Die Tür fiel lautlos ins Schloß. Endlich bekam Aisling wieder Luft. Bildete sie es sich ein, oder war die Frau tatsächlich sehr kühl ihr gegenüber gewesen? Und wenn dem so war, weshalb hatte sie einen so kühlen Empfang verdient? Sie versuchte sich daran zu erinnern, wie sie sich seinerzeit neuen Angestellten in der Kfz-Abteilung gegenüber benommen hatte. Hatte sie sie jemals auf die Art und Weise angesehen, wie Vivienne es mit ihr getan hatte? Sie konnte nur hoffen, daß das niemals der Fall gewesen sein mochte. Sie sank auf den

Stuhl und atmete ein paar Mal tief ein. Es half nichts. Konzentriere dich auf das Zimmer, Aisling. Und entspanne dich.

Das Zimmer sah aus wie ein Wohnzimmer, was es vermutlich früher auch einmal gewesen war. Es war mit einer dezent gemusterten cremefarbenen Tapete ausgestattet. Ein goldgerahmtes Ölbild eines müde dreinblickenden Pferdes hing an der Wand.

Normalerweise wäre sie von dem Deckenstuck fasziniert gewesen, denn die Weinblätter waren wunderschön mit goldener Farbe hervorgehoben. Heute jedoch war sie viel zu beschäftigt, um sie auch nur zu bemerken.

Wirklich sehr hübsch für ein Büro, dachte sie.

Mehrere Büroschränke waren an einer Wand entlang aufgestellt, zwei Schreibtische standen mit dem Gesicht zueinander. Beide waren mit Computer und Monitoren ausgestattet. Ein Drahtkorb und ein hoher Stapel beigefarbener Ordner bedeckte den einen Tisch, daneben stand eine kräftige Pflanze und ein großer silberner Rahmen mit der Fotografie eines lächelnden kleinen Mädchens in einer Schuluniform.

Ein winzig kleiner brauner Koalabär klemmte an einem Stift in einem roten Behälter, und eine Tasse mit einem Regenbogen war der »besten Mutter der Welt« gewidmet. Außerdem stand dort noch eine sehr kompliziert aussehende Telefonanlage. Im Gegensatz dazu sah der andere Schreibtisch aus, als wäre er aus einem Katalog ausgeschnitten. Nicht ein Blatt Papier lag auf dem hochglanzpolierten Holz. Die weißen Metallablagen waren nur halb voll, und lediglich ein Stift und ein gelber Notizblock neben dem Telefon erweckten den Eindruck, daß der Schreibtisch überhaupt in Benutzung war. Das ist sicher der Schreibtisch der hochnäsigen Frau Hogan, dachte Aisling gereizt.

In der Zimmerecke blubberte eine Kaffeemaschine, und der angenehme Geruch frisch gebrühten Kaffees machte ihr Appetit. Sollte sie sich selbst eine Tasse einschenken, fragte sich Aisling. Warum nicht? Schließlich war sie eine Angestellte, wenngleich auch keine, die man mit offenen Armen willkommen geheißen hatte.

Sie suchte sich eine leuchtendrote Tasse aus und wollte sich gerade einschenken, als die Tür aufging. Schuldbewußt sprang sie zurück und hätte beinahe den Kaffee auf dem Teppich verschüttet.

»Habe ich Sie erschreckt?« fragte der Eindringling, eine plumpe Frau mit einem Wust dunkler Locken und einem weitgeschnittenen, leuchtenden Blumenkleid.

»Tut mir leid. Viv erzählte mir, daß Sie da sind und bat mich, mit Ihnen die Runde zu machen. Ich bin Caroline, Pats Sekretärin.« Sie streckte Aisling die Hand entgegen.

Aisling schüttelte sie und war dankbar, endlich jemandem zu begegnen, den ihre Anwesenheit zu erfreuen schien.

»Ich bin Aisling, und ich kann nur hoffen, daß ich mir einfach eine Tasse nehmen durfte. Es roch einfach zu köstlich.«

»Viv hätte Ihnen eine anbieten sollen, aber sie ist heute morgen furchtbar beschäftigt und hat es vermutlich einfach vergessen. Ihr Büro ist ein Stockwerk höher, Ihren Kaffee jedoch müssen Sie sich von hier holen, da Elizabeths Kaffeemaschine den Geist aufgegeben hat.«

Caroline ließ eine ausgebeulte braune Handtasche auf den Stuhl neben dem makellosen Schreibtisch fallen und hängte ihre weiße Baumwolljacke über die Stuhllehne. Aisling war überrascht. Mit ihrem langen, fließenden Kleid und der etwas hippiehaften Glasperlenkette erweckte Caroline eigentlich eher den Eindruck, als ob sie zu dem anderen Schreibtisch gehören würde.

Wo also saß Vivienne? Jedenfalls nicht an dem unordentlichen Schreibtisch, soviel war sicher. Und warum fand Caroline eine Entschuldigung für Vivs Unfreundlichkeit? Aisling bezweifelte, daß Viv ihr eine Tasse Kaffee angeboten hätte. Es sei denn, aus Aislings Hals wären Flammen aufgestiegen, dachte sie.

»Elizabeth wird heute nicht ins Büro kommen, sie leidet ein wenig unter dem Wetter.« Caroline goß sich eine Tasse Kaffee ein und nahm sich drei Löffel Zucker. Sie öffnete eine viereckige Keksdose und holte sich zwei Schokoladenkekse und eine rosafarbene Waffel heraus.

»Möchten Sie auch eine?« fragte sie Aisling, bevor sie herzhaft in den Schokoladenkeks biß.

»Nein, danke«, antwortete Aisling, die noch nicht einmal ihr Frühstück hatte aufessen können.

»Elizabeths Büro wird Ihnen sehr gefallen«, murmelte Caroline mit vollem Mund. »Nun, jetzt ist es ja Ihr Büro! Es ist eigentlich das schönste unserer Assistentinnen. Natürlich liegt es auf der obersten Etage etwas sehr weit ab vom Schuß«, fügte sie an. Sie nahm ihre Tasse Kaffee und führte Aisling auf den Flur hinaus und dann die Treppe nach oben. »Der Blick ist dafür aber einfach hinreißend! Sie sitzen genau über Leos Büro, Leo Murphy. Das ist Ihr Chef. Heute morgen ist er laut Elizabeth beim Gericht. Gegen eins jedoch wird er wieder hier sein.«

Caroline hörte zu reden auf, denn sie war nach einer Treppe bereits außer Atem. Sie stiegen noch weitere zwei Treppen nach oben, passierten grünverkleidete Türen und unauffällig gerahmte Drucke des alten Dublin, die mit Aquarellfarben koloriert waren.

»Das hier«, sagte Caroline und öffnete eine Tür. Aisling blickte in einen ebenfalls hohen, hellen Raum. »Das hier ist Leos Büro.«

»Sehr hübsch«, kommentierte Aisling.

»Dann sollten Sie erst einmal Herrn Richardsons Büro sehen«, fuhr Caroline fort. »Es ist wunderschön. Er sammelt Antiquitäten, wissen Sie. Sein Büro sieht aus wie bei Sotheby's, und sein Zuhause ist auch nicht anders. Aber ich nehme an, das wissen Sie bereits.«

»Äh, ja«, erwiderte Aisling, obwohl dem nicht so war.

Woher sollte sie wissen, daß Edward Richardson Antiquitäten sammelte? Sie hatte ihn lediglich ein paar Mal bei Fiona zu Hause gesehen, und bei diesen Gelegenheiten hatten sie mehr über Fiona als über irgendein anderes Thema gesprochen. Und natürlich über Nicole, die von ihrem Großvater abgöttisch geliebt wurde.

Anscheinend war Caroline der Ansicht, daß sie mit Pat Finucane und daher auch mit dessen Schwiegervater eng bekannt war. Sie folgte Caroline eine weitere Treppe nach oben, bis sie sich im obersten Stockwerk befanden.

»Ich weiß, daß es sehr klein ist«, sagte Caroline, als sie Aisling in ein winziges Büro mit einem sehr großen Fenster führte. »Aber sehen Sie nur einmal den Ausblick.«

Aisling war sehr beeindruckt. Fünf riesige Aktenschränke füllten das Büro, und man konnte sich wirklich nicht sehr ausladend bewegen. Der sagenhafte Ausblick aus dem Fenster über Dublins Dächer machte diese Tatsache jedoch mehr als wett.

»Es ist wunderschön«, hauchte Aisling und drängte sich zwischen dem Schreibtisch und den Aktenschränken vorbei, um aus dem Fenster zu sehen.

»Ich wußte, daß es Ihnen gefallen würde«, erwiderte Caroline stolz, als habe sie das gesamte Haus selbst entworfen. »Sie können sich schon richtig einrichten, denn heute wird Elizabeth nicht vorbeikommen. Bis Sie sich hier eingelebt haben, werde ich ihre Telefonate auf meinen Apparat umleiten. Sie könnten vielleicht mit etwas zu schreiben anfangen? Ich gebe Ihnen ein paar Briefe, so daß Sie eine Vorlage haben.«

Aisling spürte, wie sie blaß wurde. Wie sollte sie Briefe schreiben können, wenn sie noch nicht einmal wußte, wie ein Computer funktionierte?

Sie betrachtete die kompliziert aussehende Tastatur. Jetzt mußte sie mit der Wahrheit herausrücken. Zumindest mit der halben Wahrheit.

»Ich weiß nicht, wie man diesen Computer benutzt«, sagte sie nervös.

»Oh«, erwiderte Caroline überrascht. »Dies ist ein Apple Performa, er ist eigentlich ein Kinderspiel. Auf welchem Format haben Sie vorher gearbeitet?«

Aisling versuchte, sich an den Namen des Computersystems zu erinnern, das die Kfz-Abteilung sich kurz vor ihrem Weggang zugelegt hatte.

ICBM, das war's.

»Ein ICBM«, erwiderte sie selbstbewußt. »Entschuldigung, ein IBM.«

»Es wäre mir wirklich lieber, mich erst mit dem System vertraut zu machen, bevor ich etwas schreibe«, fügte sie schnell hinzu und hoffte, daß Caroline nichts bemerkt hatte. »Vielleicht kann ich ja etwas anderes erledigen, bis Elizabeth mir eine Einführung geben kann.« Das klang gut, dachte sie. Und sehr professionell.

Caroline zog nachdenklich die Augenbrauen zusammen.

»Sie könnten die Ablage machen«, schlug sie vor. »Elizabeth hat diese Sache ein wenig vernachlässigt, weil sie nur ungern die Treppen hoch und runter läuft. Es gibt einen Aktenschrank unten, zwei Aktenschränke in Leos Büro und einen hier. Das ist natürlich immer ein weiter Weg über all die Treppen.«

»Aber natürlich kann ich das machen«, erwiderte Aisling erleichtert. »Zeigen Sie mir nur, wo ich anfangen soll.«

Sie lehnte gerade über dem Aktenschrank und sah sich Frau Sandra Burkes Akte an, als Vivienne Viertel nach eins ihr Zimmer betrat.

»Gehen Sie nicht zum Mittagessen?«

Aisling blickte verstört auf. »Ich wußte nicht, wann hier Mittagszeit ist«, erwiderte sie. »Es gibt hier soviel abzulegen, daß ich einfach durcharbeiten wollte.«

»Sie werden noch oft genug während der Mittagspause arbeiten, damit sollten Sie nicht gleich am ersten Tag anfangen«, erwiderte Vivienne. »Caroline sollte Sie mit in die Kantine nehmen, hat es aber offenbar vergessen. Das tut mir leid.«

Erstaunlich, dachte Aisling, daß diese Eiskönigin sich tatsächlich für etwas entschuldigte. Es erstaunte sie noch mehr, als Vivienne sie einlud, bei ihr im Büro eine Tasse Kaffee zu trinken.

»Lassen Sie das doch bis nachher hier liegen«, fügte sie hinzu. »Die Kantine befindet sich im Keller. Es ist eigentlich gar keine Kantine, sondern eher eine schlecht ausgerüstete Küche. Es gibt einen Teekessel, einen Kühlschrank und eine Mikrowelle, falls Sie sich etwas warm machen wollen. Gehen Sie schon mal den Flur hinunter und dann die zweite Ecke nach links, okay?«

»Okay«, erwiderte Aisling.

»Ich gehe kurz in die Baggot Street, soll ich Ihnen etwas mitbringen?« fragte Vivienne.

»Nein, danke. Ich trinke nur eine Tasse Kaffee und habe mir ein Sandwich mitgebracht.«

»Bei mir im Büro können Sie eine gute Tasse Kaffee bekommen«, fügte Vivienne hinzu. »Wir treffen uns dann später am Nachmittag, um zu sehen, ob Sie auch gut klarkommen.« Sie lächelte kurz, dann öffnete sie einen Aktenschrank in der Nähe der Tür, holte eine Akte hervor und ging so leise hinaus, wie sie gekommen war.

Etwas besserer Laune verließ Aisling den Aktenraum und dachte kurz darüber nach, ob sie zum Mittagessen in die Kantine gehen sollte.

Wenn Caroline sie mitgenommen hätte, hätte es sie gefreut, die anderen Angestellten kennenzulernen. Aber sie hatte keine Lust, ganz alleine dort aufzutreten und neugierigen Fremden ihre Anwesenheit zu erklären. Statt dessen klopfte sie leise an Viviennes und Carolines Bürotür. Als niemand antwortete, ging sie hinein, um sich eine Tasse Kaffee zu holen.

Zusätzlich holte sich noch einen Keks und betrachtete nochmals neugierig die beiden Schreibtische. Dann war also Vivienne die beste Mutter der Welt, dachte sie. Vermutlich war sie zu Hause nicht die knallharte Karrierefrau. Vielleicht war sie heute nur mit dem falschen Fuß aufgestanden. Manche Menschen waren von Natur aus ein wenig abweisend und brauchten Zeit, um sich für andere zu erwärmen, dachte sie freundlich.

Zurück an ihrem Schreibtisch aß sie mit viel Appetit ihr Thunfischsandwich und trank eine Diätcola. In Elizabeths Papierkorb hatte sie eine der letzten Ausgaben von *Style* gefunden und blätterte die Seiten durch. Unkonzentriert überflog sie einen Artikel über Sommerferienlager, und fragte sich, wie die Jungs in ihrem Lager klarkamen.

Sie hatte sie eigentlich nicht den ganzen Sommer über in das Ferienlager schicken wollen. Aber jetzt hatte sie durch ihre Berufstätigkeit keine andere Wahl. Gott sei Dank hatte sich Fiona bereiterklärt, sie während der ersten Woche jeden Nachmittag um drei abzuholen.

»Aber nur so lange, bis ich alles im Griff habe«, hatte Aisling eingewandt, als Fiona ihr ihre Hilfe angeboten hatte. »Du kannst schließlich nicht deinen gesamten Sommer darauf verwenden dich um die beiden zu kümmern.«

Das waren mutige Worte. Sie fand es ja schon schwer genug, mit ihrem ersten Arbeitstag klarzukommen, ohne sich wie ein Dummkopf zu fühlen.

Sie hatte gerade von ihrem Sandwich abgebissen, als die Tür plötzlich aufging und ein sehr großer, dunkelhaariger Mann eintrat. Er war von schwerfälligem Körperbau und hatte die braungebrannte Haut jener, die viel Zeit unter freiem Himmel verbringen. Sein pechschwarzes Haar paßte gut dazu.

»Aisling, nicht wahr?« fragte er mit tiefer Stimme.

»Ja«, erwiderte sie. »Guten Tag.«

»Ich bin Leo Murphy.«

Er kam ihr mit ausgestreckter Hand entgegen und beugte sich über den Schreibtisch. Die Art und Weise, wie sein Blick sie abtastete, verunsicherte Aisling.

Sie hätte nicht sagen können, ob es an seinem intensiven

Blick lag oder an der Art seines Lächelns, das einem Krokodil ähnelte, das eben gerade eine Mahlzeit erspäht hatte. Wie auch immer, sie fühlte sich . . . einfach unwohl.

Da er ihr immer noch seine ausgestreckte Hand entgegenhielt, streckte sie ihm ihrerseits ihre linke hin, also die ohne Thunfisch. Etwas verlegen schüttelten sie sich die Hände. Er hielt ihre Hand länger als notwendig fest, dann ließ er los und lächelte selbstzufrieden.

»Aisling, es freut mich außerordentlich, daß Sie Liz vertreten werden.«

Bisher hatte niemand ihre Vorgängerin Liz genannt. Aisling begriff instinktiv, daß Leo Murphy gerne die Namen seiner Sekretärinnen kürzte und so den eleganten Namen Elizabeth zu dem etwas schnodderigen Liz werden ließ.

»Liz, bringen Sie doch Ihren Notizblock mit.« Sie konnte sich gut vorstellen, wie er das sagte. Hoffentlich würde er sie nicht Ash nennen, denn nur ihre besten Freunde und ihre Familie nannten sie so. »Sie haben sich hoffentlich schon etwas eingelebt.« Er schob einen Aktenstapel beiseite und setzte sich auf ihren Tisch. Sein mächtiger Körper gab Aisling das Gefühl, winzig klein zu sein.

»Thunfisch, lecker. Gesundheitsbewußt?« Er wartete ihre Antwort nicht ab. »Ich lebe auch ziemlich gesundheitsbewußt. Ich spiele Rugby, wissen Sie.« Er klopfte sich stolz auf seine breite Brust. »Ein Mann muß sich einfach sportlich betätigen, finden Sie nicht auch?«

»Unbedingt«, erwiderte sie.

»Ich sehe, wir werden einander sehr gut verstehen«, fuhr er fort. »Kommen Sie doch nach unten in mein Büro, wenn Sie mit dem Mittagessen fertig sind. Dann können wir besprechen, was ich von Ihnen erwarte.«

»Ja, Herr Murphy.«

Er glitt von ihrem Tisch und ging auf die Tür zu.

»Noch etwas, Aisling.« Er wandte sich noch einmal zu ihr um, damit sie sein breites Grinsen bewundern konnte. »Ich bin Leo, nicht Herr Murphy. In diesem Büro halten wir es nicht so förmlich.«

Im winzigen Badezimmer auf dem dritten Stockwerk wusch sie sich die Hände, dann klopfte sie an Leos Tür.

»Treten Sie ein, Aisling. Und setzen Sie sich.«

Er saß hinter seinem Schreibtisch und starrte sie an. Himmel, er hatte etwas an sich, das sie nicht leiden konnte. Sie hätte nicht sagen können, was es war. Aber *irgend etwas* war merkwürdig an ihm.

»Sie haben seit einiger Zeit nicht mehr gearbeitet, wenn ich richtig informiert bin. Es war wirklich sehr freundlich von Pat, Sie einzustellen. Sicherlich sind Sie ihm dafür sehr dankbar.«

Aisling wurde übel. Offenbar unterstellte er ihr, Pat habe ihr den Arbeitsplatz aufgrund gewisser Dienstleistungen angeboten.

»Ich verstehe natürlich, daß Sie eine schwierige Zeit durchmachen«, fügte Leo hinzu. »Sicherlich ist es nicht einfach. Wir werden uns bemühen, die Arbeit so angenehm wie möglich zu gestalten. Andererseits arbeiten wir oft unter ziemlichem Druck, und ich muß wissen, daß Sie hundert Prozent hinter mir stehen. Liz wird Ihnen die Details der Arbeit noch erklären.«

Er hielt inne. Aisling fragte sich, ob sie etwas erwidern solle.

»Das klingt gut, Herr . . . äh, Leo«, sagte sie. »Ich möchte unbedingt arbeiten. Ich weiß, daß meine Fähigkeiten ein wenig eingerostet sind. Aber ich bin alles andere als faul. Elizabeth wird doch noch die nächsten beiden Wochen hier sein, nicht wahr?«

»Ja. Aber wenn sie nicht mehr da ist, zögern Sie nicht, mich zu fragen. Und zwar ganz gleich was«, wiederholte er mit zuckersüßer Stimme. »So, das wäre es für den Augenblick.«

Er nahm den Telefonhörer und wählte eine Nummer. Aisling stand auf und wollte so schnell wie möglich in die Einsamkeit ihres kleinen Büros verschwinden.

»Könnten Sie mir das Rechtsanwaltsverzeichnis reichen?« fragte er plötzlich. »Es liegt dort oben auf dem Schrank.« Er hielt das Telefon an sein Ohr gepreßt, seine Augen jedoch waren wieder auf sie gerichtet.

Sie drehte sich um und dachte plötzlich, daß sie unter ihrem cremefarbenen Rock eigentlich einen Unterrock hätte tragen sollen. Beobachtete er sie, maß er sie mit seinen Blicken, überlegte sie entsetzt. Sie wurde knallrot.

»Danke.« Er nahm das Verzeichnis entgegen, und sie verließ schnell das Zimmer. Draußen atmete sie tief durch und fragte sich, was nur mit ihr los war. Er hatte doch gar nichts Schlimmes gesagt, oder? Warum war sie dann so hektisch?

Als Caroline um fünf nach zwei ihren Kopf in die Tür steckte, war Aisling hocherfreut, sie zu sehen.

»Tut mir leid, daß ich Sie mittags nicht gesehen habe. Ich mußte schnell in die Grafton Street, um nach einem Geschenk für meinen Mann zu suchen. Am Mittwoch hat er Geburtstag, und bei *Arnott's* gibt es Hemden, die ihm gefallen werden. Haben Sie auch so die Kantine gefunden?«

»Vivienne hat mir gesagt, wo ich sie finde«, erwiderte Aisling. »Ich habe aber mein Sandwich hier oben gegessen. Ich kannte niemanden, und ich dachte, ich warte erst einmal ab, bis ich mehr Leute kenne«, beendete sie ihre Begründung ein wenig lahm.

»Das ist ja furchtbar!« rief Caroline. »Ich werde die Mädchen umbringen, daß sie nicht bei Ihnen vorbeigekommen sind und Sie abgeholt haben. Wir haben hier zwei Lehrlinge, die so schusselig sind, daß sie noch ihren eigenen Kopf verlieren würden, wenn er nicht fest mit ihrem Körper verbunden wäre. Und einen Kaffee haben Sie auch nicht getrunken?«

»Doch, das habe ich. Vivienne hat mir gesagt, ich könne mir bei Ihnen im Büro einen holen«, erwiderte Aisling.

»Kommen Sie doch jetzt mit hinunter und holen sich noch eine Tasse. Ich werden den Motorradkurier beauftragen,

Ihnen eine neue Kaffeemaschine zu besorgen. Leo rastet aus, wenn er am Morgen seinen Kaffee nicht bekommt!«

Sie lachte. Aisling hielt es für besser, sie nicht über Leos etwas merkwürdiges Verhalten auszufragen. Vielleicht hatte sie ihn ja auch nur falsch verstanden. Schließlich war dies ihr erster Tag. Morgen würden die Dinge schon ganz anders aussehen, wenn Elizabeth sie in die Büroangelegenheiten einweihte.

»Ich will keinen Kartoffelbrei. Ich will Pommes frites!« erklärte Paul trotzig und schob den Teller von sich.

»Pommes frites kannst du nicht haben«, erwiderte Aisling kurz angebunden. »Du wirst diesen Tisch nicht verlassen, bevor du dein Abendessen nicht aufgegessen hast, und zwar mit Kartoffelbrei und allem anderen.«

Sie schabte das letzte bißchen Kartoffelbrei aus dem Topf auf ihren Teller und ließ den Topf laut in das Becken knallen. Zugegeben, das Abendessen war nicht gerade eine ihrer Glanzleistungen. Aber Kartoffelbrei, Fischstäbchen und Bohnen zu kochen war alles, wozu sie nach ihrem ersten Arbeitstag noch in der Lage war.

Eigentlich hätten sie die leckere Lasagne essen sollen, die sie am Samstag vorbereitet hatte. Sie hatte jedoch vergessen, die Zeitschaltuhr des Ofens anzustellen.

Phillip schwieg beharrlich. Er steckte seine Gabel in den kleinen Hügel Kartoffelbrei, den er in der Mitte seines Tellers aufgebaut hatte. Dann vermengte er die Bohnen damit, bis alles eine orangefarbene Schweinerei war. Die Jungs waren halb sechs, gerade zehn Minuten nach Aislings Rückkehr nach Hause, von Fiona zurückgekehrt. Seitdem hatte Phillip eisern geschwiegen.

Sie fühlte sich schuldig, daß sie den ganzen Tag nicht zu Hause gewesen war, und dann auch noch Paul angeraunzt hatte. Also startete sie einen erneuten Versuch.

»Bitte eßt euer Abendessen auf, Jungs«, bettelte sie. »Es

gibt Eiskrem zum Nachtisch. Danach können wir in die Videothek gehen und uns etwas zur Belohnung holen, ja?«

»Muß ich das wirklich essen, Mama?« maulte Paul. »Ich habe keinen Hunger.«

Zähle bis zehn, Aisling. Dann versuchte sie es mit einer ehrlichen Herangehensweise.

»Paul, ich bin sehr müde, weil ich den ganzen Tag arbeiten war. Es tut mir leid, daß das Abendessen nicht so besonders lecker ist, aber mehr kann ich im Moment nicht tun. Bitte iß es auf.«

Es funktionierte. Von solcher Offenheit schockiert, steckte Paul seine Gabel in das Fischstäbchen und aß ein wenig. Und dann noch ein wenig. Als Phillip seinen Zwillingsbruder essen sah, hörte er auf, mit der Gabel seinen Kartoffelbrei zu verzieren und aß ebenfalls.

Vielen Dank, lieber Gott, betete Aisling leise. Es scherte sie nicht, was sie sich selbst gestern abend geschworen hatte, heute abend mußte sie einfach einen Drink zu sich nehmen.

Als sie von der Videothek zurückgekommen waren, ließ sie die Jungs zum hundertstenmal *Flipper* ansehen und ging nach oben, um sich ein Bad einzulassen.

Erleichtert entledigte sie sich ihrer Arbeitskleidung und zog den pfirsichfarbenen Bademantel über, den sie sich selbst vergangene Weihnachten geleistet hatte. Sein weiches, seidiges Material hatte ihr immer das Gefühl gegeben, eine Diva zu sein. Anders heute abend. Nichts weniger als ein zweiwöchiger Aufenthalt auf einer Schönheitsfarm und vier Stunden bei einer Kosmetikerin hätten das Gefühl vertreiben können, eine entnervte berufstätige Mutter mit verschmierter Wimperntusche, schmerzenden Füßen und matt herabhängendem Haar zu sein.

Aisling fügte einen ordentlichen Spritzer des Nerolibadeöls vom *Body Shop* in das dampfende Schaumbad. Fünf Tropfen reichten zur Entspannung aus, wenn man den Anweisungen glauben durfte. Fünf würden nicht reichen, dachte sie, und zählte bis zehn. Ein Glas eiskalter Weißwein, die letzte Flasche aus Michaels geheiligtem Weinregal, stand neben ihr, als sie sich in den Schaum gleiten ließ, um sich den Tag abzuwaschen.

Das Gefühl warmen Wassers, das ihre Schmerzen zärtlich wegstreichelte, war das reinste Vergnügen. Sie trank einen großen Schluck Wein und wackelte erleichtert mit den Zehen. Hohe Absätze waren ganz offensichtlich das falsche Schuhwerk für diese Arbeit.

Was sie brauchte waren ein paar flache Schuhe wie die von Vivienne. Sie hatte noch ein schwarzes Paar, was sich hervorragend eignen würde, selbst wenn es etwas altmodisch war. Wenn sie sie aufpolierte, würden sie gut aussehen. Es war einfach nicht genug Geld in der Kasse, um sich ein neues Paar zu leisten.

Als das Wasser ein wenig abgekühlt war, streckte sie ihren linken Fuß heraus und drehte damit den Heißwasserhahn auf. Es war himmlisch. Zum erstenmal, seit Michael sie verlassen hatte, dachte sie weder an ihn, noch trauerte sie um ihn. Statt dessen machte sie sich Sorgen, wie sie während Elizabeths Schwangerschaftsurlaub mit der Arbeit klarkommen würde. Abgesehen davon, bereitete ihr die Arbeit für den offenbar etwas anzüglichen Leo Murphy viel zu großes Kopfzerbrechen, als daß sie noch an ihren abwesenden Ehemann hätte denken können. Er hatte ihr das alles eingebrockt, dachte sie giftig, und nun mußte sie die Suppe auslöffeln. Aber sie würde sie auslöffeln, verdammt.

»Prima, es war prima«, sagte sie leichthin, als Fiona sie anrief und sie über ihren ersten Tag bei Richardson, Reid und Finucane ausfragte. Nach allem, was Pat für sie getan hatte, konnte Aisling nun unmöglich sagen, daß sie sich wie nach einem Marathon fühlte und ihr vor dem nächsten Tag graute.

»Pat war den ganzen Tag im Gericht, sonst wäre er bei dir vorbeigekommen und hätte sich nach dir erkundigt«, bemerkte Fiona. »Er sagte jedoch, daß Vivienne und Caroline dir alles zeigen würden. Wie bist du mit den beiden klargekommen? Caroline ist sehr nett, aber Vivienne empfinde ich immer ein bißchen als Workaholic.«

»Caroline ist prima«, sagte Aisling ehrlich. »Von Vivienne habe ich nicht allzuviel gesehen. Elizabeth, die Frau, die ich vertreten werde, war heute nicht da. Deshalb habe ich den ganzen Tag Ablage gemacht. Das war nicht weiter schwierig, aber doch ziemlich ermüdend. Ich wollte nicht zugeben, daß ich den Computer nicht benutzen kann. Deshalb habe ich mich freiwillig angeboten, die Ablage zu machen. Außerdem habe ich Leo Murphy kennengelernt. Er ist ein wenig eigen«, wagte sie sich vor.

»Das sagt Pat auch«, bestätigte Fiona. »Er ist erst seit einem Jahr an Bord, aber gut verhandeln kann er offenbar. Ich bin ihm noch niemals begegnet. Wie sieht er denn aus?«

Stell dir Jack Nicholson in *The Shining* vor, dachte Aisling.

»Er hat sehr dunkles Haar und eine gute Figur«, sagte sie laut. »Und er ist stolz auf seine Muskeln«, konnte sie sich nicht verkneifen hinzuzufügen. »Er spielt Rugby und ist der Ansicht, daß Männer Sport treiben sollten.«

»Lieber Himmel, du hast dir ja schon ein richtiges Bild gemacht!« sagte Fiona kichernd. »Ist er denn ein Schönling?«

»Eigentlich nicht, nein.«

»Meinst du, daß dir die Arbeit gefallen wird?« fragte Fiona ernst. »Ich war den ganzen Tag über nervös, weil ich an dich denken mußte.«

Wir waren beide nervös, dachte Aisling im stillen.

»Ich wünsche dir wirklich sehr, daß es gut klappt«, fügte Fiona hinzu.

»Ach, Fee, es ist wunderbar«, erwiderte Aisling herzlich und hoffte, ihre Lügen würden überzeugend klingen. »Am Anfang war es nicht ganz einfach, aber die Kolleginnen sind prima. Ich bin mir ganz sicher, daß sich alles gut einspielen wird.«

»Das ist ja prima.« Fiona klang erleichtert. »Du brauchst etwas, um dich von Michael abzulenken. Letzte Woche habe ich mir wirklich Sorgen um dich gemacht.«

»Ich fühle mich schon viel besser«, gab Aisling zu. »Vielleicht ist es ja die Tatsache, daß ich mich um all die praktischen Dinge kümmern muß, den Jungs ihr Essen bereiten, die Rechnungen begleichen, und solche Dinge. Ich habe es mir nicht gestattet, mich fallenzulassen. Und die Arbeit wird mir weiter dabei helfen«, sagte sie und lachte. »Ich hatte heute wirklich keine Zeit, um an Michael zu denken! Und das alles habe ich dir und Pat zu verdanken. Ihr seid beide ganz wunderbar zu mir gewesen.«

»Wozu hat man denn Freunde?« wollte Fiona wissen.

»Nicht alle Freunde sind so gut wie du«, korrigierte sie Aisling. »Ein paar Freunde von uns haben mich angerufen und wußten einfach nicht, was sie nun sagen sollten. Die arme Angela Dunn hat nur gestottert und gestammelt und schließlich gesagt, daß sie mich in einigen Monaten noch einmal anrufen wird, als ob ich jetzt eine Trauerphase beginnen wollte! Aus Michaels Büro hat niemand angerufen. Für seine Kollegen war es sicher eine unangenehme Situation.«

Sie sprach nicht laut aus, daß sie das wirklich verletzt hatte. Sie hatte nur eine freundliche Stimme über das Telefon hören wollen, die ihr sagte, daß trotz der Trennung von Michael sie als langjährige Freunde doch immer noch für sie dasein würden. Trennungen zeigten doch deutlich den Wert wahrer Freunde, so wie Fiona und Jo.

»Mama war großartig«, fügte Aisling hinzu. »Am Dienstag kam sie mit einer Tiefkühltasche voller Pasteten und Eintöpfe vorbei. Ich sagte ihr, Michael sei doch nur gegangen, nicht gestorben. Zum Glück konnte sie darüber lachen.«

»Ash! Du bist ja schrecklich!« erwiderte Fiona lachend. »Was muß deine arme Mutter wohl gedacht haben? Über solch schreckliche Dinge scherzt man nicht. Außerdem ist für die Generation deiner Mutter die Vorstellung fremd, daß

Menschen sich trennen. Die arme Frau muß vollkommen schockiert gewesen sein.«

»Mama kennt mittlerweile meinen Sinn für Humor. Das Leben mit meinem Vater hat ihren eigenen Witz allerdings etwas leiden lassen. Er würde einen Scherz nicht erkennen, selbst wenn der ihn ins Bein beißen würde. Mama hat ihm gestern das Telefon gereicht, und es war, als würde ich mit einem Bücherregal sprechen. Er wollte gerade loslegen mit seinem ›Ich hatte mir mehr von dir erhofft, Aisling‹, hielt sich dann aber zurück. Offenbar hat Mama ihm das Telefon entrissen.«

»Mach dir nichts aus ihm«, sagte Fiona verächtlich. »Du hast viel in deinem Leben erreicht. Was hatte er sich eigentlich erhofft, Einstein als Tochter?«

»Nein, eine Nummer klüger als Einstein«, erwiderte Aisling trocken. »Gott sei Dank haben Sorchas Leistungen die Schande überbrücken können, daß ich nur eine einfache Hausfrau geworden bin. Ich bin mir ganz sicher, daß ihm die Brust schwillt, wenn er Leuten davon erzählt, daß sie bei einer Bank in London arbeitet. Würde Sorcha jedoch hier bei uns leben, wäre er vermutlich nicht so begeistert. Dann würden sie wie Katz und Hund miteinander streiten. Die Entfernung wirkt Wunder.«

»Weiß sie es schon?« hakte Fiona nach.

»Sie rief mich am Samstag an und sagte, ich sei ein Dummkopf gewesen, zu Hause zu bleiben und die Toiletten zu säubern. Sie hat wirklich eine tolle Art sich auszudrücken. Beinahe hätte ich gesagt, daß ich noch mehr mache, als meinen Kopf in die Kloschüssel zu stecken, um nach eventuellen Bakterien Ausschau zu halten. Dann habe ich mich aber doch zurückgehalten. Es fiel mir leichter, nichts zu sagen.«

»Warte nur, bis sie selbst eine Familie und ein Zuhause hat«, erwiderte Fiona empört. »Dann wird ihr aufgehen, daß es gar nicht so einfach ist, Mutterschaft und Karriere unter einen Hut zu bringen.«

»Sorcha wird keine Kinder bekommen, meine Liebe«, erklärte Aisling. »Sie möchte sich gerne ihre Eileiter abbinden lassen.«

»Besser ihre Gurgel«, murmelte Fiona.

»Solche Gedanken kommen mir auch immer wieder, Fee. Sie hat meine Vorstellungen von einer jüngeren Schwester vollkommen zerstört. Gott sei Dank wurde dann noch Nicola geboren, sonst würde ich denken, jüngere Schwestern seien eine Art biblischer Fluch. Du weißt schon, ›und der Herr sagte, eine kleine Schwester wird geboren werden, um dein Zimmer durcheinanderzubringen, dein Spielzeug zu zerstören und dir so lange auf den Wecker zu fallen, bis du endlich von zu Hause ausziehst‹.«

»War sie denn wirklich so schlimm?«

»Schlimmer. Und da wir gerade von Kindern sprechen, vielen Dank, daß du sie heute nachmittag abgeholt hast. Phillip hat sich allerdings seit seiner Rückkehr wie ein Berserker benommen.«

»Ein bißchen launisch ist er«, stimmte Fiona zu. »Ich dachte, das würde sich ändern, wenn er dich wiedersieht.«

»Aber überhaupt nicht!« erwiderte Aisling. »Ich muß wohl gerade die Grenze zwischen der guten Mami, die zu Hause bleibt, und der schlechten, arbeitenden Mutter überschritten haben. Du hättest einmal seinen Gesichtsausdruck sehen sollen, als er Bohnen, Kartoffelpüree und Fischstäbchen zum Abendessen vorgesetzt bekommen hat!«

»Du hast sie mit deinen Gourmetmahlzeiten alle drei hoffnungslos verwöhnt«, begann Fiona. Sie hielt jedoch abrupt inne, als sie sich ihrer Worte bewußt wurde. »Tut mir leid.«

»Du hast recht«, stimmte ihr Aisling sachlich zu. »Ich habe sie verwöhnt, ganz besonders Michael. Selbstgebackenes Brot zum Frühstück, seine Lieblingslachsterrine an den Wochenenden, Hühnchen im Kohlmantel oder frische Pasta zum Abendessen, und dann mußte er noch nicht einmal einen

Teller abwaschen oder ein dreckiges Handtuch in den Wäschekorb bringen. Ob er sich bei ihr auch so benehmen kann? Ich glaube nicht, daß Karrierefrauen für altmodische Männer viel Zeit erübrigen können«, fügte sie sarkastisch hinzu.

Als sie später alleine in ihrem großen Doppelbett lag, gingen ihr Fionas Worte durch den Kopf. Fiona hatte recht. Aisling hatte alle drei Männer in ihrem Leben verwöhnt. Sie war nur noch damit beschäftigt gewesen, die beste Hausfrau der Welt zu sein.

Ihr Haus hätte den ersten Preis für Sauberkeit bekommen können, die Innenausstattung war ebenso perfekt. Sie war stolz auf ihre Kochkünste gewesen, als ob ihre Fertigkeiten in der Küche den Mangel an Fähigkeiten außerhalb ihres Zuhauses ausgleichen würden. Irgendwo auf diesem Weg hatte sich Aisling Moran in Luft aufgelöst. Das war es, was Michael gesagt hatte. Hatte er recht damit?

Er hatte sie geheiratet, weil er sie liebte und weil er ihre Lebendigkeit und ihren Sinn für Humor schätzte. Als sie allmählich ihre Selbstsicherheit und ihren Glauben an sich selbst verloren hatte, war sie in Panik ausgebrochen. Sie hatte geglaubt, ihre Fähigkeiten als perfekte Hausfrau würden das Problem lösen. Aber dem war nicht so gewesen.

Michael hatte Aisling begehrt, die Frau, die er geheiratet hatte. Sie aber hatte sich in eine Superhausfrau verwandelt, die in ihrer Küche Wunder vollbringen konnte, sich außerhalb jedoch unsicher fühlte. Hätte ein Arbeitsplatz all das geändert? Ein einziger Tag bei Richardson, Reid und Finucane hätte tatsächlich jede Menge Gesprächsstoff geliefert.

Gerne hätte sie Michael die verschiedenen Menschen im Büro geschildert. Mit seiner Rückendeckung hätte sie sich vermutlich in Leo Murphys Gegenwart nicht so unwohl gefühlt. Wenn sie immer noch mit Michael zusammen wäre, dann hätte sich zweifellos Leo nicht so lüstern benommen. Die Trennung jedoch machte sie zum begehrten Lustobjekt von Leuten wie Leo. Wie sollte sie ihm nur ganz alleine gegenübertreten?

Aisling setzte sich auf und knipste die Nachttischlampe an. Es war zehn nach zwölf. In sechsdreiviertel Stunden mußte sie bereits wieder aufstehen, und sie war überhaupt noch nicht müde.

Sie stopfte sich ihre beiden blaßgelben Kopfkissen in den Rücken und griff nach Michaels Kissen. Während der letzten Woche hatte sie jeden Morgen das Bett so gemacht, als ob er abends nach Hause käme. Sie hatte die Kissen so hingelegt, wie er es mochte. Sie schlief immer noch auf ihrer Seite des Bettes.

Warum in aller Welt tat sie das, fragte sie sich verärgert. Er würde nicht zurückkommen. Dann konnte sie mit den Kissen machen, was sie wollte! Was würde sie jetzt lesen? Etwas Sentimental-Romantisches oder etwas schrecklich Unheimliches?

Aisling beugte sich über ihren Nachttisch und fand das gesuchte Buch. Merkwürdig, aber sie hatte niemals gelesen, wenn sie nachts nicht schlafen konnte. Michael hatte regelmäßig tief und fest sieben oder acht Stunden lang geschlafen, ganz gleich, was vorgefallen war. Sie selbst hatte dieses Glück nicht, hatte jedoch nur selten die Nachttischlampe angeknipst, um ihn nur nicht zu wecken. Damit war jetzt Schluß. Sie konnte bis zum Morgengrauen lesen, seine Bettdecke und seine Kissen stehlen und das ganze Schlafzimmer rosa wie einen Puff anstreichen, wenn ihr der Sinn danach stand! Was machte es schon, daß es bereits nach Mitternacht war. Morgen abend würde sie eben früh ins Bett gehen. Zufrieden lehnte Aisling sich in die gemütlichen Kissen zurück. Alles war wunderbar.

Dienstag war ein guter Tag. Elizabeth war eine lustige und freundliche Frau Anfang Dreißig, die nach vier Jahren vergeblicher Versuche über ihre Schwangerschaft überglücklich war.

Nachdem Aisling zugegeben hatte, noch niemals zuvor einen Computer benutzt zu haben, lernte sie schnell.

»Ich kann gar nicht glauben, daß es so einfach geht«, rief Aisling aus, nachdem es ihr gelungen war, Dateien zu öffnen, Dokumente abzuspeichern, Briefe zu drucken und Kopien auf Disketten zu ziehen.

»Die Technologie entspricht des Kaisers neuen Kleidern der neunziger Jahre«, erwiderte Elizabeth. »Jeder hat soviel Angst davor, daß viele Menschen noch nicht einmal die Tastatur berühren möchten. Die Leute, die gut mit Computern umgehen können, machen sich über die anderen lustig. Sehen Sie nur, wie schnell Sie es gelernt haben.«

»Hoffentlich kann ich es auch, wenn Sie nicht mehr da sind«, erwiderte Aisling.

»Ich bin ja nicht aus der Welt«, erwiderte Elizabeth lachend und strich sich über ihren dicken Bauch. »Die nächsten paar Wochen werde ich mich wohl auf der Couch ausstrecken und fernsehen. Da können Sie mich einfach anrufen, wenn ein Problem auftaucht.«

»Danke. Das ist gut zu wissen«, erwiderte Aisling. »Hoffentlich komme ich mit Leo auch so gut zurecht«, fügte sie hinzu. Sie hätte gerne gewußt, was Elizabeth von ihrem Chef hielt, war sich jedoch nicht sicher, wie sie das Thema anschneiden sollte. Vielleicht verstanden sich Leo und Elizabeth ausgezeichnet. Dann wäre es sehr ungeschickt von ihr zu fragen, ob Elizabeth sich in seiner Gesellschaft ebenso unwohl fühlte wie sie.

»Ach, lassen Sie sich von Leo nicht weiter irritieren«, sagte Elizabeth leichthin. »Hunde, die bellen, beißen nicht. Er ist launischer als jede prämenstruelle Frau, die mir je untergekommen ist! Ignorieren Sie seine Launen ganz einfach. So lange Sie das Büro effizient am Laufen halten und seinen Terminkalender führen, ist er friedlich wie ein Lamm.«

Ein Lamm, tatsächlich? Wohl eher ein Wolf im Schafspelz, dachte Aisling. Den Tag über war er jedoch ganz erträglich gewesen und hatte die Rolle des vielbeschäftigten Chefs gespielt. Wenn es nach Aisling gegangen wäre, dann hätte er immer so sein können. Leider hatte sie die Vermutung, daß Elizabeths Gegenwart zu seinem harmlosen Verhalten beitrug. Wer konnte schon wissen, wie er sich benehmen würde, wenn sie nicht mehr da war und er Aisling ungehindert anstarren konnte?

Pat Finucane kam um die Mittagszeit in ihr Büro und entschuldigte sich dafür, daß er sie am Tag zuvor nicht persönlich begrüßt hatte.

»Wie kommst du klar?« fragte er freundlich.

»Ausgezeichnet«, erwiderte Elizabeth. »Binnen eines Monats wird sie das ganze Haus leiten. Hoffentlich habe ich nach meinem Mutterschaftsurlaub überhaupt noch einen Arbeitsplatz!«

Elizabeths Vertrauen in sie und die jetzt bessere Beziehung zu Vivienne gaben Aisling Rückhalt. Sie verließ das Büro um einiges zufriedener als am Tag zuvor.

Ihre gute Laune sollte jedoch nicht lange währen.

»Hallo, Aisling.« Michaels kalte Stimme am Telefon war wie ein Faustschlag in den Magen.

»Wie geht es den Jungs?«

»Gut«, erwiderte sie angespannt.

»Jetzt, wo ich mich eingerichtet habe, möchte ich sie gerne am Wochenende sehen. Sie könnten am Samstag bei mir übernachten und dann am Sonntag abend wieder zurückkommen. Was hältst du davon?«

Sie wußte nicht, was sie dazu sagen sollte. Sie sprachen miteinander, als ob sie bereits geschieden wären.

»Ich denke, das ist in Ordnung«, erwiderte sie widerstrebend. »Wo werden sie dann sein?«

Er zögerte einen Augenblick. Versuchte er, sie nicht zu verletzten? »Ich lebe mit Jennifer zusammen.«

Mein Gott, das war, als wenn er sie geschlagen hätte. Wie konnte sie nur gedacht haben, daß das in Ordnung sei? Nun weine nicht, laß ihn nicht sehen, wie sehr dir das an die Nieren geht.

»Und wo ist das?« fragte sie in einem Tonfall, der beiläufig klingen sollte.

»Sandymount. Es ist gleich hinter Sandymount Village.«

»Wie schön«, erwiderte sie. Sie sprachen wie zwei Fremde miteinander, die die Lage eines Grundstücks diskutierten. Gleich würden sie über Makler- und andere Gebühren sprechen.

»Ich möchte nicht, daß die Jungs das Gefühl bekommen, sie hätten keinen Vater mehr«, sagte Michael plötzlich sehr bestimmt. »Ich möchte, daß sie zwei Zuhause haben. Das ist mir sehr wichtig.«

»Möglicherweise schockiert es sie, daß du jetzt mit jemand anderem lebst, Michael«, unterbrach sie ihn vorsichtig. »Die ganze Sache kam ein wenig sehr plötzlich für sie.«

»Ich weiß, ich weiß«, erwiderte er besorgt. Vom Tonfall seiner Stimme konnte sie schließen, was er jetzt gerade tat, nämlich sich mit den Fingern durch das dunkle Haar fahren, bis es ihm zu Berge stand. Sie hatte es ihm immer wieder geglättet, jedenfalls damals, in grauer Vorzeit.

Beide schwiegen einen Augenblick lang. Das Schweigen war fast schlimmer als das verkrampfte Gespräch zuvor.

»Wir müssen über Geld reden«, sagte sie bestimmt.

»Ich habe gehört, daß du arbeitest«, erwiderte er.

»Wie hast du denn das erfahren?«

»Ich habe Pat angerufen, um mich nach deinem Befinden zu erkundigen. Ich wußte, daß Fiona mit dir geredet haben mußte.«

»Nun mach aber mal einen Punkt, Michael«, erwiderte sie verärgert. »Wenn du wirklich wissen wolltest, wie es mir ging, warum hast du dann nicht mich angerufen! Ich habe mich schon gewundert, warum du nichts von dir hast hören lassen. Wolltest du etwa das direkte Gespräch mit mir vermeiden?«

Er seufzte müde. »Ich habe nicht angerufen, um mich mit dir zu streiten, Aisling.«

»Wir streiten uns nicht, Michael«, schnappte sie zurück. »Ich möchte lediglich, daß du ehrlich mir gegenüber bist. Ich werde dich nicht bei jedem Anruf auf den Knien bitten zurückzukommen! Das Stadium der bettelnden Ehefrau liegt hinter mir.«

Verflucht sollte er sein! Er machte sie so wütend. Warum spielte er immer noch dieses Spielchen? Hatten sie das nicht bereits hinter sich gelassen?

»Du solltest keine Angst haben, mich anzurufen, Michael. Ich möchte über Geld reden, über das Haus, über all die praktischen Dinge. Und ich möchte wissen, wo du jetzt lebst, damit ich dich anrufen kann, wenn es Probleme mit den Jungs gibt.«

»Das kann ich verstehen«, erwiderte er. »Es tut mir leid, ich hätte anrufen sollen. Ich wußte nur nicht, was ich zu den Jungs sagen sollte.«

Sie war vollkommen verblüfft. Was für ein Eingeständnis von dem Mann, der immer alles wußte! Immerhin war sie die Sache angegangen und hatte den Jungs gesagt, was vorging. Er jedoch hatte Angst. Mit einem Schlag fühlte sich Aisling viel besser. *Sie* war die Starke, sie war diejenige, die den Tatsachen ins Gesicht blickte. *Sie* war diejenige, die sich wehrte! Was für ein angenehmes Gefühl das doch war.

»Du könntest es mit der Wahrheit versuchen«, bemerkte sie altklug.

»Meinst du?«

»Nun, sie sind zehn Jahre alt, Michael, und nicht zehn Monate. Ich denke schon, daß sie eins und eins zusammenzählen können, wenn sie bei dir und ihr übernachten.« Aisling brachte den Namen Jennifer nicht über die Lippen.

»Da hast du recht.«

Mein Gott, das war lange her, seit sie ihn so etwas hatte sagen hören. Die Spur eines Lächelns hob ihre Mundwinkel.

»Hole sie doch um eins am Samstag ab«, sagte sie entschieden. »Dann sind sie gerade vom Fußball zurück und werden hungrig sein. Du kannst sie zu McDonald's ausführen, ihnen einen Hamburger spendieren und es ihnen dann erzählen.«

Die Situation war vollkommen absurd. Sie gab ihm Ratschläge, wie er den Jungs am besten mitteilen konnte, daß er jetzt mit einer anderen Frau zusammenlebte. Ironisch wäre eine viel zu schwache Beschreibung dafür.

»Das ist eine prima Idee, Aisling«, erwiderte er dankbar. »Danke, daß du mir die Sache leichtmachst.«

»Das tue ich nur, weil ich für den Friedensnobelpreis nominiert worden bin«, erwiderte sie sarkastisch. »Und weil ich die Zwillinge so weit es geht schonen möchte. Es wird ihnen nicht guttun, wenn wir uns anbrüllen.«

»Du bist großartig«, sagte Michael. »Danke. Dann sehe ich dich am Samstag?«

Er legte auf. Aisling legte ebenfalls erleichtert den Hörer auf. Immerhin hatten sie miteinander gesprochen. Sie hatten sich sogar wie zwei erwachsene Menschen miteinander unterhalten. War das nicht ein gutes Zeichen? Ihr hatte vor dem Gespräch mit Michael gegraut, gleichzeitig hatte sie sich danach gesehnt. Ein Teil ihrer selbst wollte ihn anschreien und ihn beschimpfen, der andere wollte, daß er zurückkam, daß er sie um Verzeihung bat und daß er ihr sagte, daß er sie immer noch liebte.

Es hatte jedoch wenig Sinn, sich insgeheim Hoffnungen auf eine Aussöhnung zu machen, wo es doch offensichtlich war, daß Michael diese keinesfalls anstrebte. Jetzt mußte sie der Wirklichkeit ins Auge blicken.

»Mama, dürfen wir mit Greg spielen?« fragte Phillip, der mit einem Fußball in der Hand in der Küche aufgetaucht war.

»Also gut, aber bleibt bei ihm im Garten, solange ihr Fußball spielt. Spielt nicht auf der Straße, ja?«

»Ist gut.«

Phillip war blitzschnell verschwunden.

»Und seid um acht zurück«, rief Aisling ihm hinterher.

Die Haustür knallte laut ins Schloß. Es war beinahe sieben Uhr, Zeit für *Emmerdale*. Das Geschirr vom Abendessen stand immer noch auf dem Küchentisch, sie hatte jedoch keine Lust, es jetzt aufzuräumen. Eilig stellte sie die Milch, die Butter und den Käse in den Kühlschrank zurück und ließ alles andere liegen. Das konnte sie später noch machen. Vor zwei Wochen noch hätte sie es nicht über sich gebracht, ein Chaos zu hinterlassen, ohne es aufzuräumen Jeden Teller hätte sie gewaschen, abgetrocknet und weggestellt, dann hätte sie die Küche gefegt und die Krümel aufgesaugt. Das ist jetzt anders, dachte sie. In der wirklichen Welt gibt es für perfekte Haushaltsführung keinen Preis.

Am Donnerstag abend war sie vollkommen erschöpft. Zu erschöpft, um Fiona zu ihrer Aerobic-Klasse zu begleiten.

»Nun komm schon, es wird dir gefallen!« drängte Fiona sie am Telefon. »Nicole hat ihre Freunde hier, und wenn du die Jungs hier herüberschickst, kann Pat auf alle zusammen aufpassen. Du kannst derweil in der Anfängerklasse mitmachen.«

»Ach, Fee, mir ist wirklich nicht danach, in meinen schrecklichen alten Leggings und mit meinem Bauchfett herumzuspringen. Es ist schon so lange her, daß ich bei so etwas mitgemacht habe. Sicher bin ich ein hoffnungsloser Fall«, erwiderte Aisling. »Mir wäre es lieber, wenn du mir eine deiner Gymnastikkassetten leihen würdest. Dann könnte ich zu Hause anfangen und würde mich nicht so fett und eingerostet fühlen, als wenn ich mit dir zusammen gehe.«

»Also gut. Aber nächste Woche kommst du auf jeden Fall mit, nicht wahr?«

Aisling lachte. »Du gibst aber auch niemals auf, nicht wahr? Laß mich doch erst einmal ein wenig fit werden, bevor ich dich begleite, Fee. Ich weiß nicht, wie es mein Selbstvertrauen verkraften würde, wenn ich wie ein Elefant mitten in einer Gruppe von Cindy-Crawford-Doppelgängerinnen auf- und abspringen würde.«

»So jemand wäre ohnehin nicht in der Anfängerklasse«, erklärte ihr Fiona. »Die Cindy-Crawford-Doppelgängerinnen gehen alle in die Fortgeschrittenenklasse und lassen mich fett aussehen.«

»Niemals gehe ich auch nur in die Nähe einer solchen Veranstaltung, wenn es dort Frauen gibt, neben denen du dick aussiehst!« Allein die Vorstellung entsetzte sie. »Ich komme mal schnell rüber und hole mir das Jane-Fonda-Video. Das Muskelbrennen spare ich mir für später auf.«

»So wird heute ohnehin nicht mehr geturnt«, entgegnete Fiona. »Sogar Jane gibt heute zu, daß ihre schmerzhafte Methode der falsche Weg war. Außerdem hat sie sich von einem Schönheitschirurgen behandeln lassen, weswegen ich ihr ohnehin nicht mehr vertraue. Sie ist zu altmodisch, und das andere Band gefällt mir auch nicht. Ich habe ein paar Step-Videos, die ohne Step relativ einfach sind. Die könntest du versuchen. Du solltest auch einmal Callanetics ausprobieren. Es greift zwar nicht das Fett an, aber es bringt die Figur ausgezeichnet in Form.«

»Das hört sich schmerzhaft an«, sagte Aisling. »Tut es weh?«

»Kein bißchen«, erwiderte Fiona belustigt.

Callan Pinckneys ruhige amerikanische Stimme erklärte Aisling daß sie ihre Füße in Hüftbreite auseinanderstellen sollte, die eine Hand auf ihre Hüfte stützen und die andere nach oben ausstrecken sollte. Schmerzhaft weit nach oben ausstrecken sollte. Das Video lief erst seit fünf Minuten, und Aisling fühlte sich bereits erschöpft.

Sie glaubte nicht daran, daß sie noch ein wenig weitergehen konnte, so wie Callan die Klasse sehr beweglich aussehender Menschen ermutigend aufforderte.

Ihr Arm würde sich auskugeln, wenn sie sich noch weiter streckte. Gott sei Dank. Sie hatte es geschafft.

»Und nun machen Sie hundert Wiederholungen«, sagte Callan.

»Einhundert!« rief Aisling laut, denn sie glaubte sich ohnehin bereits überdehnt zu haben. »Du mußt ja vollkommen verrückt sein.« Callan hörte ihr jedoch nicht zu. Sie beugte sich wie eine Profiturnerin, bewegte ihren Körper langsam vor und zurück und schien dabei keinerlei Schmerz zu empfinden.

Morgen werde ich mich nicht bewegen können, murmelte Aisling und beugte sich ebenfalls vor. Ohne Unterlaß beobachtete sie die kleine, eingeblendete Uhr. Nach vierundfünfzig Wiederholungen mußte sie aufgeben, Callan und ihre Klasse jedoch schafften es bis hundert. Masochisten. Und dann kam die andere Seite dran.

10

Wenn es so weh tut, dann muß es einfach gut sein«, sagte Aisling und ließ sich auf einen Barhocker in Larry Murphys Bar auf der Baggot Street fallen.

»Der neue Trend im Sport propagiert aber doch keinen Schmerz«, entgegnete Jo und nahm sich die Karte. »Ich selber habe noch nie Callanetics gemacht, doch angeblich bringt es einen prima in Form. Anfangs scheint es nicht ganz so einfach zu sein, weil die Muskeln diese Bewegungen noch nicht gewohnt sind. Was möchtest du essen?«

»Ein Käsesandwich mit Vollkornbrot und eine Tasse Tee.«

»Das klingt gut.« Jo bestellte ein Sandwich für Aisling und für sich selbst Fisherman's Pie mit Pommes frites.

Aisling konnte sich gerade noch die Bemerkung verkneifen, daß während einer Schwangerschaft für zwei zu essen ebenfalls ein alter Hut sei und einen lediglich zusätzlich zur Schwangerschaft dick mache.

»Du siehst jedenfalls gut aus, auch wenn dir die Muskeln

schmerzen«, kommentierte Jo und musterte Aislings tatsächlich etwas schmalere Form. In ihrem langen, dunkelblauen Rock und der enganliegenden rosa Seidenbluse sah Aisling besser aus als seit Jahren.

Jahrelang hatte sie kaum Make-up benutzt. Nun jedoch fing sie an, eine Tönungscreme, Eyeliner und Wimperntusche zusätzlich zu dem gewohnten Lidschatten und dem Lippenstift aufzutragen. Als sie Vivienne so perfekt gekleidet und geschminkt gesehen hatte, war ihr bewußt geworden, daß ihr natürlicher Look eher für den Supermarkt als für das Büro geeignet war.

Ihre tiefblauen Augen waren von dunklen Wimpern umsäumt, ein leicht verwischter Eyeliner betonte die schöne Augenpartie zusätzlich. Ihr korallenfarbener Lieblingslippenstift war von Fiona entsetzt in den Mülleimer befördert worden. Statt dessen hatte sie ihr einen dunkelrosa Stift empfohlen, den sie aber unbedingt mit einem Pinsel auftragen müsse.

»Fiona, ich werde niemals morgens rechtzeitig zur Arbeit erscheinen, wenn ich mir den Lippenstift auch noch aufpinseln muß«, hatte Aisling während der kleinen Schminkstunde am Mittwoch abend protestiert.

»Du mußt es nicht unbedingt aufpinseln, es haftet aber auf diese Art und Weise länger«, erwiderte Fiona bestimmt, während sie Aislings Schublade durchkramte. »Ich kann es kaum glauben, daß du noch silbernen Eyeliner besitzt, Ash!«

»Jo und ich haben uns damals in unserer Abba-Phase riesige Mengen aus einem Billigladen zugelegt«, erklärte Aisling.

»Er soll die Augen optisch vergrößern, wenn man ihn auf dem unteren Lidrand aufträgt ...«

»Erzähle mir nichts! Da müßt ihr ja wie die letzten Heuler aus den siebziger Jahren ausgesehen haben, als ihr das getragen habt«, sagte Fiona. »Warum hebst du es auf?«

»Ich kann einfach nichts wegwerfen.«

Fiona hob eine Flasche mit eingetrocknetem bronzefarbenem Nagellack hoch. »Meine Liebe, ich glaube, das hier muß weg. Laß mich doch einfach all das hier entsorgen.« Mit ihren perfekt lackierten silbernen Nägeln durchsuchte sie die Schublade und pickte zwei Mary-Quant-Lidschattendosen in den Farben glitzerndes Lila und grelles Blau heraus.

»Das sieht mir sehr nach *Charlys Engeln* aus. Für eine Frau über siebzehn ist es jedoch nicht das Richtige, auch wenn man das in letzter Zeit auf den Laufstegen häufig zu sehen bekommt. Wirf den Mist weg, Aisling. Ich bringe dir ein paar gute Sachen mit. Leider habe ich die Angewohnheit, zu viel Geld für Kosmetika auszugeben. Dann sollst wenigstens du in den Genuß meiner überflüssigen Einkäufe kommen.«

Aisling lachte. »Leider die Angewohnheit!« sagte sie. »Das ist aber nett formuliert, Frau Finucane!«

Fionas fachmännischen Rat jedoch schätzte sie sehr. Ihre eigenen Versuche, sich korrekt zu schminken, waren nicht sonderlich erfolgreich gewesen. Ihre alte Wimperntusche hatte ihre Wimpern wie die Beine einer Tarantel aussehen lassen. Wenn sie jedoch besseres Schminkmaterial hätte – sie dachte da an Fionas teure Artikel von Lancôme – dann würde sie wohl schon bald Kosmetika mit ausgezeichneten Resultaten auftragen können.

»Fiona hat mir gestern abend einen Selbstbräuner mitgebracht« erläuterte Aisling und schenkte sich ein wenig Milch in ihren Tee. »Er verleiht einem tatsächlich ein gesünderes Aussehen.«

»Was auch immer es ist, du siehst prima aus«, lobte sie Jo. »Vielleicht solltest du deine ›Verlassen-Sie-Ihren-Ehemann-Diät‹ vermarkten.«

Aisling kicherte. In Jos Gegenwart konnte man niemals lange ernst bleiben. »Meiner Meinung nach ist die Diät zu radikal. Es bringt alles ein wenig sehr durcheinander.«

»Ich für meinen Teil mache gerade eine Meeresfrüchtediät«, verkündete Jo und biß in einen vor Fett glänzenden

Kartoffelhaufen. »Sowie ich Essen auch nur sehe, bekomme ich Appetit.«

Sie schob noch einen Bissen nach, legte den Kopf zur Seite und blickte ihre Freundin mit zusammengekniffenen Augen an.

»Dein Haar«, sagte sie nach kurzem Nachdenken. »Du solltest etwas mit deinen Haaren machen.«

»Was denn zum Beispiel?« fragte Aisling unsicher und strich sich die losen Strähnen ihres Pferdeschwanzes nach hinten. Der wellige Vorhang ihres hellbraunen Haares reichte etwa zehn Zentimeter über ihre Schultern und war zu lang und widerspenstig, um während der Arbeit lose getragen zu werden. Sie hatte ihr Haar noch nie getönt und benutzte nur gelegentlich einen Fön. Aisling war sich jedoch der Tatsache bewußt, daß sie mit einer anderen Frisur als einem Pferdeschwanz eleganter und schöner aussehen würde.

»James, mein Friseur, könnte mit deinem Haar Wunder vollbringen«, bemerkte Jo begeistert. »Das Ganze muß irgendwie ein wenig angehoben werden, ein besserer Schnitt oder irgend so etwas. Auf jeden Fall muß es geschnitten werden.«

»Ich trage es seit Jahren in dieser Länge«, verteidigte sich Aisling. »Es ist praktisch so. Ich kann es zusammenbinden.«

»Ash, jetzt brauchst du eine Karrierefrisur, und nicht unbedingt eine, die nur praktisch ist. Außerdem ist das Zusammenbinden tatsächlich das einzige, was man in dieser Länge überhaupt damit machen kann. Du würdest um Jahre jünger aussehen, wenn du es dir abschneiden lassen würdest. Du mußt dabei ja nicht unbedingt ganz radikal vorgehen.«

Aisling war immer noch nicht überzeugt. »Wie denn?« fragte sie. »Weicher, kürzer, lockerer.« Jo war in ihrem Element. »Mit hellen Strähnen!«

»Ich bin vielleicht etwas alt für helle Strähnen«, erwiderte Aisling entmutigt und erinnerte sich an den griechischen Sommer, in dem sie Michael kennengelernt hatte. Damals war ihr Haar noch länger und von der Sonne gebleicht gewesen. So wie damals würde sie nie wieder aussehen.

»Möchtest du noch etwas Tee?« fragte Jo. »Ich habe so einen Durst, ich muß mir noch ein Kännchen bestellen. Wegen des Babys trinke ich keinen Kaffee mehr.«

»Nein, danke.« Aisling spürte, daß ihr die Tränen in die Augen stiegen. Verdammt, sie hatte sich bisher so gut geschlagen. Seit Mittwoch hatte sie nicht mehr geweint, als sie die Nachttischschublade geöffnet und einen Schnappschuß ihrer Familie vor der Burg Kilkenny vor zwei Jahren im Sommer gefunden hatte.

Michael hatte seine Augen gegen die Sonne beschattet, und der quirlige acht Jahre alte Phillip unterhielt sich mit der freundlichen Amerikanerin, die sich bereit erklärt hatte, das Foto für sie aufzunehmen. Sie hatten das Bild einer zusammengeschweißten, starken Familie vermittelt. Als sie ihr eigenes rundlich lächelndes Gesicht betrachtet hatte, ihren Griff nach Michaels Hand und gleichzeitig nach Pauls T-Shirt, hatte sich Aisling gefragt, ob sie denn tatsächlich überhaupt jemals eine wirklich glückliche Familie gewesen waren. Oder hatte nur sie an der Idee einer glücklichen Familie festgehalten, während Michael bereits seine Affäre geplant hatte? Sie hatte geweint. Sie hatte sich sogar die Augen ausgeweint und war mit roten, verquollenen Augen aufgewacht, die sich zu der roten, am Vorabend sorgfältig gebügelten Bluse gar nicht gut machten.

»Seit Mittwoch habe ich nicht mehr geweint«, sagte sie mit zitternder Stimme und durchsuchte ihre Handtasche nach einem Taschentuch. »Manchmal fühle ich mich so stark und bin sicher, daß ich es schaffen werde. Und manchmal muß ich ganz einfach weinen.«

»Das ist doch nicht verboten.« Jo seufzte. »Ich möchte mir auch oft die Augen ausweinen, und dann stelle ich mir wieder vor, wie ich Richard mit seinem eigenen Kameragürtel erwürge.«

»Tut mir leid«, schniefte Aisling. »Ich möchte keine Heulsuse sein. Hat sich Richard bei dir gemeldet?«

»Ja und nein«, erwiderte Jo tonlos. »Ja, er hat sich gemeldet. Und nein, ich werde ihn nicht wiedersehen. Niemals. Es sei denn, man fordert mich auf, ihn in einem Leichenschauhaus zu identifizieren. Das wird aber wohl ein frommer Wunsch bleiben.«

Schockiert starrte Aisling ihre Freundin an. Hatte die Schwangerschaft sie vollkommen verrückt gemacht?

»Richard ist ein richtiger kleiner Mistkerl«, verkündete Jo nach kurzer Pause. »Ich korrigiere mich, er ist durch und durch ein Mistkerl. Bitte noch ein Kännchen Tee.«

»Er ist vorbeigekommen, um mich zu sehen«, erklärte sie Aisling. »Er hatte Geschenke dabei und bat um Verzeihung. So jedenfalls hatte ich es aufgefaßt. Der elende Mistkerl ist sogar mit mir ins Bett gegangen. Er hat mich glauben gemacht, daß alles wie im siebten Himmel ist. Dann aber habe ich herausgefunden, daß er immer noch seinen Umzug nach London plant. Vermutlich mit Sascha«, fügte sie hinzu. »Ich habe da so meine Verdachtsmomente gegen diese Hexe und meinen ehemaligen Liebhaber.«

»Das Schwein!« Aisling war außer sich.

»Ach, meine Liebe, ich habe da schon etwas mehr gesagt als nur Schwein«, erwiderte Jo zufrieden. »Der Mistkerl sollte sich für den Rest seines Lebens von mir fernhalten, sonst muß er sich seine Schneidezähne neu richten lassen!«

»Jo, du bist unbezahlbar! Erzähl mir, was ist denn passiert?«

»Du würdest es nicht glauben, wenn ich es dir erzähle. Weißt du, mein Leben ähnelt so langsam einer Fernsehserie. Du kennst die Dinger ja – *Sie liebte ihn, er jedoch hatte ein tiefes, dunkles Geheimnis, das sie bis ins Innerste ihres Wesens zerstörte* – und das mit einer tieferen Stimme als meiner vorgetragen. Ich kann mir Jaclyn Smyth gut in meinem Part vorstellen, besser vielleicht noch Jane Seymour. Man bräuchte jedenfalls eine dieser dunklen, schmollenden, depressiven Heldinnen. Ich weiß nur nicht, wer diesen Mistkerl spielen soll.«

Jo nahm den Tee vom Barkeeper entgegen. »Es ist schon fast halb zwei«, sagte sie. »Wann mußt du zurücksein?«

»Um zwei. Von hier aus brauche ich aber nur fünf Minuten.«

»Also gut, dann lege ich mal los. Die Geschichte meines Lebens: Sechsundzwanzigstes Kapitel.«

Aisling schaffte es gerade noch rechtzeitig zurück ins Büro. Und sie hatte geglaubt, daß sie es besonders hart getroffen hatte. Die arme, arme Jo. Sich vorzustellen, daß der Vater des eigenen Babys einen wie ein Weihnachtskätzchen fallen ließ, das im Januar größer und nicht mehr ganz so niedlich war. Um dem ganzen die Krone aufzusetzen, hatte er das alles schon einmal getan. Er hatte bereits einmal ein anderes ungewolltes Weihnachtskätzchen mit seinem ungeborenen Baby verlassen. Was für ein unglaublicher Mistkerl.

»Gott sei Dank bist du wieder da«, stöhnte Elizabeth erleichtert, als Aisling ihr winziges Büro in der obersten Etage betrat. »Ich fühle mich ganz schrecklich. Ich muß unbedingt nach Hause und mich hinlegen, sonst werde ich ohnmächtig!«

»Aber natürlich gehst du nach Hause«, erwiderte Aisling automatisch. »Kannst du noch fahren? Soll ich Pete anrufen, daß er dich abholt?« Pete war Elizabeths Mann, ein Steuergehilfe, der sie über alles vergötterte.

»Nein, es geht schon. Ich muß nur bis Stoneybatter. Es tut mir nur leid für dich, Aisling.« Elizabeth blickte entschuldigend mit ihren braunen Augen zu Aisling auf. »Ich werde bereits ab heute meinen Mutterschaftsurlaub nehmen. Ich weiß einfach nicht, ob ich noch eine weitere Woche überstehen würde. Ich weiß, es gibt noch jede Menge Dinge, die ich dir noch nicht gezeigt habe . . .«

»Sei nicht albern«, schimpfte Aisling. Sie versuchte den Gedanken zu verdrängen, von jetzt an mit dem schrecklichen Leo ganz allein zu sein. »Du mußt jetzt nach Hause und gut auf dich aufpassen. Richardson, Reid und Finucane werden schon nicht zusammenbrechen, wenn ich Leo seinen morgendlichen Kaffee nicht bringe und die Hälfte seiner Briefe verlege! Mach dir keine Sorgen.«

Nachdem sie Elizabeth langsam bis zu ihrem roten Panda am Fitzwilliam Square gebracht und sich vergewissert hatte, daß sie gut nach Hause kommen würde, wurde Aisling sehr nervös.

Nicht nur hatte sie panische Angst, wichtige Dokumente in dem verdammten Computer zu verlieren, sie wußte zudem nicht, wie sie mit Leos überraschend an sie herangetragenen Anforderungen fertig werden sollte.

»Wo ist das verdammte Reilly-Dokument?« hatte er noch diesen Morgen gebrüllt und vergessen, daß er noch gar nicht danach gefragt hatte.

Mal ganz abgesehen von seiner Fähigkeit, ihr den Magen umzudrehen, wenn sie allein mit ihm im Büro war und er sie fragte, wie es so liefe.

»Irgendwelche Probleme?« hatte er am Vortag gemurmelt, als sie ihm seinen Kaffee am Nachmittag gebracht hatte. (»Schwarz und ohne Zucker. Ich bin schon süß genug!«)

»Alles in Ordnung, Leo«, hatte sie leichthin geantwortet. »Elizabeth ist einfach phantastisch, und ich hoffe, ich werde auch in ihrer Abwesenheit eine gute Sekretärin abgeben.«

Sekretärin, du alte Schmalzlocke, dachte sie im stillen. Und kein Stück Fleisch in einem Rock.

Sie erinnerte sich daran, wie sie Jo für deren Fähigkeit, männliche Aufmerksamkeit auf sich zu ziehen, beneidet hatte. Die Männer waren hin- und hergerissen von ihrem sexy, vollkommen natürlichen Charme. Es bestand jedoch ein entscheidender Unterschied zwischen Gaffen und Bewundern. Wenn jemals ein Mann es gewagt hätte, Jo mit diesem unverschämten und sie entblößenden Blick anzustarren, so wie es Leo Murphy mit ihr machte, dann hätte Jo ihn augenblicklich in seine Schranken verwiesen.

Nein, Leo sah sie nicht nur an. Sein lüsterner Blick berührte sie unangenehmer, als sie es je für möglich gehalten hatte. Aber was sollte sie tun?

Einen anderen Arbeitsplatz als diesen würde sie wohl kaum bekommen. Sie konnte ihn nicht wegen Leo aufgeben. Frauen wie sie, mit zwei Kindern, einem abwesenden Ehemann und keinerlei besonderer Fähigkeiten außer der, ein perfektes Käsesoufflé auf den Tisch stellen zu können, konnten es sich nicht leisten, an ihren Arbeitsplatz großartige Ansprüche zu stellen. Sie würde sich an Leo gewöhnen müssen, an sein schmieriges Äußeres, sein ewiges Grinsen und an die etwas anzüglichen Bemerkungen.

Den Nachmittag über war er eher still.

Daß Elisabeth verfrüht in Mutterschaftsurlaub gegangen war, hatte er kaum wahrgenommen und lediglich »hmm« gemurmelt, als Aisling ihn darüber informierte. Soviel zu seiner Loyalität.

»Suchen Sie mir die Wilkinson-Dokumente heraus«, sagte er schließlich. »Es gibt mindestens drei. Und stellen Sie mir Tom Wilkinson über das Telefon durch. Übrigens, am Montag bin ich nicht im Büro, sagen Sie also meine Termine ab und buchen Sie auch nichts für den Dienstag nachmittag. Das ist alles.«

Er hatte sie noch nicht einmal angesehen, registrierte Aisling erleichtert. Juchhe! Leichtfüßig eilte sie nach unten in die Hängeregistratur. Vielleicht hatte sie auch nur den bösen Löwen in ihm erblickt, obgleich er lediglich der gelangweilte Chef war, der sich zwischen seinen Fällen mit den Aushilfsangestellten amüsierte.

Als sie mit den dicken Wilkinson-Akten wieder in Leos Büro kam, telefonierte er. Es war offensichtlich ein Privatgespräch, denn normalerweise bat er entweder sie oder Elizabeth, ihm jeden Anruf durchzustellen, sogar den seines Zahnarztes.

»Erzähl mir nicht diesen Mist!«

Seine breiten, mit schwarzen Haaren bedeckten Hände spielten nervös mit einem der roten Bürokugelschreiber, ließen ihn wieder und wieder kreiseln, wobei er beinahe zerbrochen wäre. Knacks! Er war zerbrochen.

Aisling ließ die Dokumente auf seinen Tisch fallen und rannte wieder zur Tür. Wenn er gerade mit Frau Murphy telefonierte, dann Gnade ihr Gott. Aisling war der Ansicht, diese Art Telefonate eines von der Arbeit gestreßten Ehemannes, der seine Unruhe an irgend jemandem auslassen mußte, nicht länger mitanhören zu müssen.

Als sie wieder in ihrem Büro war, wünschte sich Aisling, sie könne die Tür für den Rest des Nachmittags einfach abschließen. Sie fing an, an den Briefen zu arbeiten, die Elizabeth vor der Mittagspause begonnen hatte. Sie konnte nur hoffen, daß er sie nicht noch einmal zu sich rufen würde. Leider hatte sie kein Glück.

»Aisling, kommen Sie sofort herunter.«

Um Viertel vor vier ließ seine Stimme durch die Gegensprechanlage ihr Herz in die Hose sinken. Sie war damit beschäftigt gewesen, Elizabeths angefangene Arbeit zu ordnen und Leos Termine für Montag zu stornieren.

Er hatte ihr noch nicht einmal mitgeteilt, wo er sein würde. Sie hatte sich also bemüht, zwar bestimmt am Telefon zu klingen und sich doch nicht festzulegen.

»Herr Murphy ist in einer eiligen Angelegenheit abberufen worden und kann leider den Termin mit Ihnen nicht einhalten«, hatte sie mehrmals freundlichst versichert.

Aisling hätte den Grund nicht nennen können, dennoch war sie sich ganz sicher, daß sie für Leo log. Instinktiv spürte sie, daß die plötzliche Änderung seiner Pläne nichts mit einem wichtigen Verhandlungsfall zu tun hatte.

Leos Gesicht sah immer noch nach Gewitter aus.

»Haben Sie mein Diktat beendet?« schnappte er.

»Äh, ja. Jedenfalls fast.«

»Wie fast?« fragte er sarkastisch.

Aisling spürte, wie sie errötete. In diesem Augenblick hätte sie sonstwo sein mögen, nur nicht in diesem Büro. Den Gartenschuppen in der Gesellschaft mehrerer Spinnen und ein paar Wespen aufzuräumen, wäre eine vergleichsweise leichte Aufgabe.

»Ich habe bereits sechs Briefe geschrieben, zwei sind noch zu schreiben«, stammelte sie.

»Ist das alles?« Leos breite Augenbrauen zogen sich weit nach oben, als er sie verächtlich musterte.

Aisling dagegen fand, daß sechs Briefe in eineinhalb Stunden zusätzlich zur Absage der Termine für einen Neuling eine gute Leistung waren. Sie sagte jedoch kein Wort.

»Sie werden mir wohl keine große Hilfe sein, wenn sie so hinterherhinken«, meinte er gehässig.

»Es ist tut mir leid, Leo. Ich werde schon bald schneller arbeiten können, bestimmt.« Sie war sich der Tatsache bewußt, daß sie bettelte. Sie konnte es sich nicht leisten, diesen Arbeitsplatz zu verlieren. Bitte wirf mich nicht hinaus, betete sie.

»Hmm. Das will ich aber auch hoffen. Können Sie Steno? Ein bestimmter Brief muß heute abend noch raus.«

»Ja.« Sie hätte mit ja geantwortet, selbst wenn er sie mit einem Fallschirm aus dem obersten Fenster geschickt hätte. Steno war zwar in der Kfz-Abteilung niemals verlangt worden, bei langwierigen Telefonaten mit unzufriedenen Kunden hatte sie jedoch gelernt, sich schnell Notizen zu machen.

Diese Fähigkeit hatte sie nicht verloren. Nachdem sie mehrmals das Wort »zeitgleich« notiert hatte – was Aisling gerne zu der genaueren und einfacheren Formulierung »zur gleichen Zeit« umgeschrieben hätte – hatte sie Leos Brief binnen einer Viertelstunde geschrieben.

Er hatte einen etwas blumigen Stil, was aber möglicherweise auf seine juristische Ausbildung zurückzuführen war. Wenn er etwas in zehn Worten statt in nur zwei ausdrücken konnte, dann bevorzugte Leo die längere Version. In Leos Welt *machte* niemand irgend etwas – man stellte Überlegungen an, man bezog sich auf vorhergehende Probleme, man führte weit aus und schließlich zog man eine Schlußfolgerung, selbstverständlich vorurteilsfrei.

Sobald ein Brief unterschrieben und in dem Postausgang lag, war Leo wie ausgewechselt, charmant und redselig. Seine Augen leuchteten bewundernd. Er war laut die Treppe hinaufgestolpert und hatte ein paar Ordner auf Aislings Tisch abgelegt, dann machte er es sich auf einer Seite des Tisches gemütlich.

»Was haben Sie für das Wochenende geplant?« fragte er freundlich, so als habe er sie nicht erst vor einer halben Stunde angebrüllt. Aisling lächelte nervös, während sie ein weiteres Dokument auf ihrem Computer öffnete. Das tat sie lediglich, um sich zu beschäftigen und ihn nicht ansehen zu müssen.

Hatte er in seinem Büro irgendwelche Partydrogen zu sich genommen? Oder waren diese beiden Extreme seines Verhaltens für ihn vollkommen normal? Sie wußte es einfach nicht.

»Nichts Besonderes«, erwiderte sie leichthin und hoffte, damit die Unterhaltung beendet zu haben.

»Sie haben zwei Jungen, nicht wahr?« Leo lockerte seinen rotgepunkteten Schlips und öffnete den obersten Knopf seines cremefarbenen Hemdes.

»Ja«, erwiderte sie erstaunt, weil er Bescheid wußte.

»Dann haben Sie es sicherlich eilig, zu ihnen nach Hause zu kommen?«

Jetzt merkte sie, in welche Richtung er das Gespräch lenkte. Leo hatte bereits den zweiten Knopf geöffnet.

»Ja, es beunruhigt sie immer sehr, wenn ich nicht pünktlich nach Hause komme«, log sie so überzeugend wie möglich. Sie dachte an den vergangenen Abend zurück, als Phillip und Paul mit den Augen an einem Video bei Fiona geklebt hatten und überhaupt nicht mit nach Hause kommen wollten.

»So ein Pech.« Leo stand abrupt auf. »Irgendwann müssen wir aber mal ein Glas Wein zusammen trinken. Ich kann es doch nicht zulassen, eine neue Angestellte nicht wenigstens einmal einzuladen.« Er lächelte und entblößte dabei sein Wolfsgebiß.

Sie tippte weiter und wünschte sich, sie könnte ihre zimtfarbene Baumwolljacke anziehen und alle Knöpfe schließen. Ihre blaßrosa Seidenbluse, die mit den Jahren durch das Waschen angenehm weich geworden war, war leider ein wenig durchsichtig.

Sie hatte das unangenehme Gefühl, daß ihr weißer BH durch die rosa Seide schimmern könnte. Natürlich würde er darauf starren. Sie konzentrierte sich auf ihr Tippen. Ihre Finger bewegten sich nur schwerfällig.

»Ich muß gehen«, sagte er nach einer Ewigkeit. »Bis dann also.«

»Auf Wiedersehen, Leo.« Sie lächelte ihm hinterher. Bitte, lieber Gott, laß ihn verschwunden sein. Bitte.

Als Aisling das Bürogebäude verließ, fühlte sie sich wie einer jener militärischen Kadetten, die sie in Filmen gesehen hatte. Solche, die ihre Mützen vergnügt in die Luft schmissen, nachdem sie ihre Ausbildung abgeschlossen und den despotischen Leutnant hinter sich gelassen hatten, der ihnen das Leben zur Hölle gemacht hatte.

Die Woche war vorüber. Endlich. Vielen Dank, lieber Gott! Plötzlich hatte sie Angst, daß Leo in der Nähe der Eingangstür herumlungerte, um sie zu einem Drink einzuladen. Sie eilte auf ihr Auto zu.

Sie war todmüde, hatte eine Laufmasche in ihren Strümpfen, mußte noch Milch einkaufen gehen, und hatte den Jungs versprochen, ihnen ein Video mitzubringen. Das alles konnte ihr jedoch nichts anhaben. Es war Freitag. Sie konnte sich vor dem Fernseher ausstrecken, denn die Woche lag hinter ihr.

Aisling fühlte sich zwar erschöpft, aber dennoch wohl, als sie mit ihrem Wagen in die Morehampton Road einbog. Vor fünf Tagen noch war sie eine Außenstehende gewesen, eine Hausfrau, die sich als Karrierefrau verkleidet hatte. Jetzt war sie ganz und gar eine von ihnen. Die Woche war zwar die Hölle gewesen, aber sie hatte sie erfolgreich überstanden.

Sie kaufte sich eine Flasche Wein im Supermarkt und für die Jungs ein paar Süßigkeiten und zwei Liter Milch. Himmel, die beiden brauchten eine Belohnung. In einer idealen Welt würden sie niemals Süßigkeiten essen, sie selbst würde keinen Wein trinken und die Cellulite würde lediglich Supermodels befallen. Aber die Welt war nicht ideal. Wenn es die Jungs glücklich machte fernzusehen und sich mit Süßigkeiten vollzustopfen, während sie sich mit einem Buch und einer Flasche Billigwein irgendwo ausstreckte, dann würde sie das als einen gelungenen Abend bezeichnen.

Phillip und Paul waren am Samstag morgen so lebendig wie zwei Athleten nach einer Dopingkur.

»Ihr werdet nur eine Nacht lang fort sein«, erklärte Aisling und räumte Pauls Schwimmsachen und drei zerknitterte T-Shirts wieder aus seinem Sack.

»Ich brauche sie aber vielleicht.« Er wollte alles wieder zusammen mit seinem Startrek-Raumschiff und seinem Kinderbuch mit Eselsohren, das er bereits als Vierjähriger geliebt hatte, in den Sack zurückstecken.

»Nein, das wirst du nicht, Liebling«, wiederholte Aisling. »Laß mich das mal packen. Papa wird vergessen, das ganze Zeug morgen früh wieder einzupacken. Und du wirst ausrasten, weil du etwas zurückgelassen hast.«

»Ich kann dann ja am nächsten Tag zurückgehen und es holen«, erläuterte Paul.

»Das könntest du natürlich.«

Aisling fragte sich, wie Fräulein Jennifer Carroll mit zwei quicklebendigen zehnjährigen Jungs zurechtkommen würde, die auf ihren hellen Teppichen Lehmspuren hinterlassen und mit ihrer Fernbedienung herumspielen würden.

Ein paar selige Minuten lang stellte sie sich vor; wie zutiefst befriedigend es doch wäre, den Ausflug zu ruinieren. Sie konnte sich schon fast hören, wie sie den Jungs erzählte, Papa wollte, daß sie sich dort ganz zu Hause fühlten. Sie sollten sich dort ruhig ganz genauso benehmen wie zu Hause auch.

»Papa wäre sehr traurig, wenn ihr nicht euren Spaß hättet, Jungs. Und ich bin mir ganz sicher, daß Jennifer gerne euren Fußball, eure Kassetten und eure Videos in Kauf nimmt.«

Hör auf, ermahnte sie sich. Damit würdest du den Zwillingen nur schaden. Benimm dich bloß nicht wie eine dieser verbitterten Frauen, die ihre Kinder als Waffe benutzen.

»Benehmt euch, ja?« sagte sie, als sie ihre Zahnbürsten und die Pfefferminzzahnpasta in einen kleinen Beutel steckte.

»Ja, klar«, murmelte Paul aus den Tiefen seines Kleiderschranks. Er räumte zwischen den Büchern, dem Spielzeug und den Plastikautos herum, die er unbedingt behalten wollte.

»Ich werde dich vermissen, weißt du«, sagte sie leise. Er hörte sie nicht.

Es war fünf nach eins, als sie die Jungs von ihrem Fußballspiel abgeholt hatte und wieder vor dem Haus vorgefahren war. Der Anblick des silberglänzenden Saabs vor dem Haus war gleichzeitig beunruhigend und vertraut.

»Papa ist zu Hause!« schrien die Zwillinge gleichzeitig auf den Rücksitzen.

Aisling spürte beim Anblick des Wagens ein Brennen in ihren Augen. Es war eine schmerzliche Erinnerung an die Zeiten, als er hier noch seinen Platz gehabt hatte.

Er öffnete die Tür, als sie vorfuhr. Er war groß und trug weite Leinenhosen und ein blauweiß gestreiftes Freizeithemd, das sie nicht kannte.

»Paul, Phillip, kommt mal her!« schrie er überflüssigerweise, als die Jungs sich auf ihn warfen.

»Papa, Papa, wir haben dich vermißt!«

»Wir haben beim Fußball gewonnen!«

»Ich habe ein Judoabzeichen im Ferienlager bekommen!«

Michael nahm Paul und drehte sich schnell mit ihm im Kreis. Dann ließ er ihn als kichernden Haufen in der Einfahrt liegen, und unterzog Phillip derselben Behandlung. Sie rangelten ein wenig, dann nahm Michael den Fußball, den Phillip liegengelassen hatte und rannte damit auf den Rasen.

Außer sich vor Freude, wieder mit ihrem Vater spielen zu können, folgten sie ihm glücklich.

Aisling zog sich zurück. Sie war jetzt nicht gefragt. Sie durfte die Jungs nicht als ihr Eigentum betrachten, aber genau das hatte sie tun wollen. Sie mußte mit der Tatsache klarkommen, daß sie weder ihr noch Michael gehörten. Sie waren ihre Kinder, nicht ihr Eigentum.

Sie ging in die Küche, setzte routinemäßig den Teekessel auf und öffnete die Waschmaschine.

In der Zwischenzeit konnte sie gut die Kleidung trocknen.

»Wie geht es dir?«

Michael lehnte mit angespannter Miene und den Händen in den Taschen in der Küchentür. Mit dunklen Augen starrte er sie an. Verflucht sollte er sein! Hier stand sie ganz nervös, weil sie ihn zum erstenmal seit jenem schrecklichen Freitag wiedersah, und er blickte sie an, als ob ihm alles egal wäre. Sein Hemd war eindeutig neu. Und eindeutig teuer. Er jedenfalls hatte offenbar nicht seine Kleiderschränke durchwühlt, um nach ein paar passenden Dingen zu suchen. Er hatte mit der Hexe eingekauft.

»Gut«, erwiderte sie kurz angebunden.

»Du siehst jedenfalls gut aus. Hast du abgenommen?«

Sie lächelte ihn an.

»Ich weiß es nicht. Ich war einfach furchtbar beschäftigt. Vielleicht habe ich abgenommen.«

»Es steht dir.«

In seiner Stimme klang Bewunderung mit. Was hatte er denn vor? Komplimente jedenfalls würden ihn nicht weit bringen.

»Hoffentlich hast du dir gut überlegt, wie du es den Jungs beibringen willst«, sagte sie, um ihn etwas aus der Fassung zu bringen.

»Das habe ich.« Besorgnis spiegelte sich auf seinem Gesicht. »Es tut mir leid, daß du das bisher alles alleine regeln mußtest. Das wollte ich nicht, das mußt du mir glauben, Aisling.«

Himmel, gleich würde sie in Tränen ausbrechen. Es war alles in Ordnung gewesen, bevor er zu reden angefangen hatte.

»Ich möchte nicht darüber reden, Michael«, sagte sie und wandte sich ab. Sie bückte sich, um die Wäsche aus der Maschine zu ziehen. »Paß auf, daß ihnen niemand vor dem Zubettgehen Coca Cola gibt, ja?« Sie brachte den Namen Jennifer nicht über die Lippen. »Wann bringst du sie zurück?«

»Ist sechs Uhr in Ordnung?« fragte er.

»Das paßt gut.«

Sie drehte sich nicht zu ihm um, sie konnte es einfach nicht. Sie wünschte lediglich, daß er zum Auto gehen würde, damit sie sich ohne sein Beisein von den Kindern verabschieden konnte.

»Irgendwann müssen wir miteinander reden, Aisling.«

»Ich weiß, ich weiß. Nur nicht jetzt.«

»Dann also bis morgen. Ich lasse meine Telefonnummer hier, falls du mich kontaktieren möchtest.«

Sie hörte, wie er in dem Marmeladenglas nach einem funktionierenden Kuli suchte. »Ich warte draußen, Aisling. Tschüs.«

Wütend knallte sie die Waschmaschinentür zu und richtete sich auf. Die Jungs winkten ihr vom Rücksitz aus zu. Keine Spur der Trauer war auf ihren glücklichen, lachenden Gesichtern zu entdecken. Sie zwang sich zu einer grinsenden Maske und winkte ihnen ebenso glücklich nach.

Als sie fort waren, sackte ihr Körper in sich zusammen. Was in aller Welt sollte sie bis Sonntag abend um sechs machen?

»Komm zu uns zum Abendbrot«, bettelte Fiona fünf Minuten später am Telefon.

»Aber nur zu gerne«, erwiderte Aisling schniefend. Sie war froh, daß Fiona ihr Weinen in das Geschirrhandtuch nicht mitbekommen hatte. Sie hatte keinerlei Appetit. Das letzte Mal beim Abendessen bei den Finucanes hatte Michael neben ihr gesessen. Aber alles war jetzt besser als ein Abend ganz alleine, ein Abend voller Erinnerungen.

Das Abendessen bestand aus Fionas Lieblingsmenü, das einfachste und schnellste, was sie kochen beziehungsweise aufwärmen konnte. Geräucherter Lachs auf Vollkornbrot – »ganz ohne Kochen«, hatte sie triumphierend verkündet – gefolgt von Hühnchen Kiew direkt aus der Tiefkühltruhe, dazu ein paar lasche Broccoliköpfchen und gebackene Kartoffeln, die sie selbst gemacht hatte.

»Das war wunderbar, Liebling«, sagte Pat hinterher zu seiner Frau und ließ sich erschöpft von einer anstrengenden Runde Golf in den Sessel sinken.

Die beiden Frauen saßen am Tisch und nippten an der Schokoladenmousse, die viel klumpiger geworden war, als auf dem Packungsfoto.

»Ich wünschte, du würdest mir das Kochen beibringen.« Fiona zündete sich eine Zigarette an und inhalierte tief.

»Du kannst kochen, Fee«, widersprach Aisling. »Du kannst genau wie alle anderen auch ein Rezept befolgen, nur daß es dir dabei langweilig wird und du dich nicht mehr richtig konzentrierst. Außerdem wäre es unsinnig, wenn du aufwendige Gourmetabendmahlzeiten kochen und deine vielen anderen Interessen dadurch vernachlässigen würdest. Das kann ich dir aus eigener Erfahrung bestätigen«, fügte sie noch leicht verbittert hinzu. »Entschuldigung, ich wollte mich nicht beklagen.«

»Das sei dir vergönnt«, erwiderte Fiona.

»Shirley Conran sagte: ›Das Leben ist zu kurz, um Pilze zu füllen.‹ Ich wünschte, daß ich schon früher zu dieser Erkenntnis gekommen wäre«, seufzte Aisling.

»Sie hat auch gesagt, daß sie lieber auf dem Bett liegt als

darunter staubzusaugen«, Fiona lachte. »Der Witz hat mir besonders gut gefallen!«

»Nach der vergangenen Woche denke ich ähnlich«, erwiderte Aisling lächelnd. »Das Leben ist tatsächlich zu kurz, um Pilze zu füllen, wenn man arbeiten und sich um zwei Kinder kümmern muß. Heute endlich habe ich das Zimmer der Zwillinge aufgeräumt. Es sah aus, als ob dort einen ganzen Monat lang keiner einen Finger gerührt hätte. Es ist mir unbegreiflich, wie sie binnen kürzester Zeit ein solches Chaos anrichten können.«

Sie quatschten miteinander, tranken Kaffee und gingen dann in Fionas skandinavisch-weiße Küche, um das Geschirr in den Geschirrspüler zu stellen.

Um elf schnarchte Pat vor dem Fernseher, und Aisling verabschiedete sich.

»Danke, Fee«, sagte sie ernst. »Ich weiß nicht, ob ich einen Abend uneingeschränkter Einsamkeit ertragen hätte.«

»Statt dessen hast du einen Abend uneingeschränkter Aufregung bekommen!« erwiderte Fiona lachend. »Zusätzlich habe ich dir eine erstklassige Küche geboten, ein blitzschnell in der Mikrowelle erwärmtes Gericht und einen schlafenden Gastgeber. Was könntest du mehr verlangen?«

Aisling schlief unruhig. Fünf nach sieben wachte sie schweißgebadet auf und wußte, daß sie nicht mehr einschlafen konnte. Die Kissen mit Fäusten zu bearbeiten würde auch nicht helfen.

Morgen würde sie dann sicherlich den Wecker verschlafen. Heute aber, wo sie noch stundenlang im Bett hätte verweilen können, war sie hellwach. Zum Saugen und Wischen hatte sie nun viel Zeit. Als es kurz nach sechs am Abend klingelte, war das Haus blitzblank. Man könnte vom Fußboden essen, dachte Aisling, wenn man es wollte.

Dankbar öffnete sie die Tür. Die Jungs rannten herein und schleiften ihre Tüten wie Leichen hinter sich her.

Michael kam nicht mit ins Haus, sondern winkte ihr

lediglich vom Auto aus zu. »Meine Süßen, ich habe euch so sehr vermißt«, schniefte sie und nahm beide fest in die Arme.

Paul machte sich frei und rannte in die Küche. Phillip umarmte sie immerhin noch einmal, bevor er seinem Zwilling hinterherstürmte.

»Wie ist es denn gewesen?« fragte sie so freundlich wie möglich. Bitte sagt jetzt, daß sie eine gemeine alte Kuh und das Haus ein dunkles Loch ist, betete sie.

»Jennifer ist wirklich nett«, verkündete Paul mit dem Feingefühl eines Verkehrspolizisten. »Sie hat ein prima Auto, einen Nissan 100 X«, fügte er noch hinzu. »Schwarz. Und sie kann prima *Quasar* spielen.«

Aisling sackte in sich zusammen und kam sich ganz blöd und häßlich vor. Dieser verdammten Frau reichte es nicht, ihr ihren Mann wegzunehmen, sie mußte auch noch die Jungs becircen. Ein Jammer, daß sie ihnen nicht vorher einen Haß auf sie eingeimpft hatte!

»Sie kann nicht kochen, Mama«, sagte Phillip.

»Genau, wir haben Hunger.« Paul riß die Kühlschranktür auf und blickte erwartungsvoll hinein.

Brot und Wasser bekommt ihr, wollte Aisling wütend sagen, aber sie brachte es nicht über ihr Herz. Es war ja nicht ihre Schuld.

»Ich koche euch etwas«, sagte sie. »Sagt mir . . .« Sie zögerte. »Wie war sie denn? Wie sieht das Haus aus?«

Die Bücher zum Thema freundschaftlicher Trennung erteilten ganz sicher nicht den Ratschlag, man solle seine Kinder nach der neuen Freundin des Ehemanns ausfragen. Aber sie mußte es einfach wissen.

»Sie hat eine prima Garagentür, die sich öffnet, wenn du dieses Dings in ihrem Auto drückst«, erzählte Paul begeistert.

»Ist das Haus denn schön?«

»Es geht. Sie hat einen großen Fernseher.«

Na, prima. Was erwartet man auch von Kindern, die den schlimmsten Dreck auch dann nicht erkennen würden, wenn er direkt vor ihren Augen läge. Aisling wollte harte Fakten, war das Haus modern oder romantisch eingerichtet, hatte es Tüllgardinen und Messingstangen oder standen dort Zitronenpressen von Phillipe Starck und schneeweiße Sofas?

»Sie hat einen Wintergarten«, begann Phillip. »Und der Garten ist beleuchtet.«

Für Abendeinladungen bei Kerzenlicht zweifellos. Aisling riß die Plastikfolie einer Tiefkühlpizza auf und steckte sie wütend in den Grill.

»Pommes frites könnt ihr nicht haben. Wollt ihr Bohnen?«

»Ja«, erwiderten sie im Chor.

Himmel, das Essen mußte schlimm gewesen sein. Denn Bohnen gehörten nicht gerade zu ihren Lieblingsspeisen. Aisling verfluchte ihren verrosteten Dosenöffner, den sie unbedingt bald ersetzen mußte. Sie schüttete die ganze Dose in den Topf und rührte wütend mit einem Holzlöffel darin herum.

»Wie geht es Papa?«

»Er hat uns zu McDonald's eingeladen und uns dann ein neues Video geholt. Ich habe ihm gesagt, daß wir ihn vermissen, aber er will nicht nach Hause kommen«, sagte Phillip langsam und goß sich Orangensaft in sein Glas. Er trank es ohne einmal abzusetzen aus. Aisling hielt mitten im Rühren inne.

»Was hast du ihn denn gefragt?«

»Ich habe gesagt, daß wir ihn zurückhaben wollen. Er hat geantwortet, daß ihr euch viel gestritten hättet und deshalb einander eine Zeitlang ein wenig aus dem Weg gehen wollt«, erwiderte Phillip schnell und wiederholte offenbar genau die Worte, die man ihm gegenüber benutzt hatte. »Er sagte, ihr liebt euch eben einfach nicht mehr.«

Er sah zu ihr auf. In seinen großen dunklen Augen glitzerten Tränen. Aisling verfluchte Michael für seine Ehrlichkeit. Wie konnte er nur erwarten, daß zwei Zehnjährige etwas verstehen konnten, was noch nicht einmal sie begreifen konnte?

Sie ließ die Bohnen stehen, zog Phillip zu sich heran und umarmte ihn fest. Sein grünes Sweatshirt roch nach Michaels Rasierwasser und nach noch einem anderen Duft, den sie nicht identifizieren konnte. Es war ein schwerer und stark haftender Geruch. *Ihr* Parfüm.

»Warum kann er denn nicht nach Hause kommen, Mama?« fragte Phillip.

Darauf konnte sie ihm keine Antwort geben.

»Papa muß ein Weilchen alleine sein. Nicht von euch beiden braucht er Abstand«, fügte sie hastig hinzu. »Von mir möchte er sich etwas zurückziehen. Mamas und Papas, die lange verheiratet sind, brauchen manchmal eine Pause. Vielen Menschen geht das so. Man kann es nicht immer allen recht machen.« Sie sackte in sich zusammen. »Menschen langweilen sich unendlich miteinander, wenn sie lange miteinander leben. Du möchtest ja auch nicht nur mit Greg befreundet sein und sonst mit niemandem, oder?«

»Nein.«

Paul hatte seine Besichtigung des Kühlschranks beendet und blickte sie aufsässig an. »Aber das ist doch etwas anderes!«

»Warum?«

»Wir sind Jungs. Jungs bleiben nicht ihr ganzes Leben lang mit Jungs zusammen. Sie sind nur befreundet. Nicht so wie Mädchen und Jungs.«

Nun denn, dachte Aisling. Sie wollte ihnen jetzt nicht erklären, daß manche Jungs am Ende mit Jungs zusammen waren, und manche Mädchen mit Mädchen. Diesen Aspekt der Aufklärung würde sie noch so lange zurückstellen, bis die beiden etwas mehr von Trennungen zwischen Mamas und Papas verstanden hatten.

»So einfach ist es nicht, Jungs«, erwiderte sie.

Phillip sah sie aufmerksam und neugierig an. Er ähnelte Michael auf wirklich verblüffende Weise.

»Warum nicht?«

Fragt doch euren verdammten Vater, hätte sie brüllen wollen. Die Bohnen köchelten.

»Hol mal die Teller, Phillip«, kommandierte sie in einem Tonfall, der keinen Widerspruch zuließ. »Paul, deck den Tisch.«

Ausnahmsweise gehorchten sie. Sie wartete, bis sie ihre Hände gewaschen hatten und still am Tisch saßen. Sie hatten das Besteck bereits in der Hand, als sie zu sprechen begann.

»Jungs, es ist für uns alle nicht einfach. Euer Vater und ich haben uns für eine Weile getrennt. Für mich ist das sehr schwer, denn auch ich vermisse Papa sehr. Er wird jedoch eine Weile lang nicht dasein, damit müssen wir uns ganz einfach abfinden. Es ist nicht eure Schuld. Er liebt euch beide genauso, wie er euch immer geliebt hat. Und mir geht es nicht anders«, fügte sie hinzu.

»Dies ist eine Angelegenheit unter Erwachsenen. Wir müssen unser Leben ganz einfach weiterleben. Ich möchte nicht, daß ihr traurig seid, weil er vielleicht nie wiederkommt, oder daß ihr denkt, er möchte euch nicht sehen. Natürlich möchte er das. Deswegen hat er euch ja auch heute zu Jennifer mitgenommen.« Allein ihren Namen auszusprechen schmerzte sie.

»Im Augenblick habt ihr zwei Zuhause. Das ist doch eigentlich gar nicht so schlecht«, fügte sie beschwingt hinzu.

»Klar«, sagte Paul. »Und drei Autos. Ich möchte, daß Jennifer mich in ihrem Auto vom Sommerlager abholt!«

»Gute Idee«, erwiderte Aisling mit zusammengebissenen Zähnen. Was für ein kleines Biest. »Hier hast du deine Bohnen.«

Sie ließ die Bohnen auf seinen Teller gleiten und fragte sich, ob es schon zu spät sei, um ihren Kopf in den Ofen zu stecken. Die Aussicht auf Leo Murphy, zwei aufgeregte Kinder und eine hochkarätige Rivalin, die mit einem Hintern Größe 34 in einem Sportwagen ihre Kinder abholte, war einfach mehr, als eine Frau allein ertragen konnte.

11

Bedächtig stieg Jo aus dem Auto. Sie war dankbar, nach der langen Fahrt ihre Beine ausstrecken zu können. Ihr Rücken schmerzte, und ihre Schultern waren verspannt. Sie hatte ständig schalten müssen, um die vielen nach Westen reisenden Touristen zu überholen. Zwei ermüdende Stunden lang war sie bis nach Longford unterwegs gewesen, das genau auf halber Strecke zwischen Dublin und Jos Heimatstadt im Westen lag. Touristen hatten auf dem Weg die Sonne genossen und Kühe und Lämmer in der üppig grünen Landschaft bewundert.

Da Jo bereits seit fünfzehn Jahren zwischen Dublin und Sligo hin- und herfuhr, war sie den Reizen der als Schnellstraße ausgebauten Panoramastraße gegenüber nicht mehr so empfänglich. Sie wollte keine Kühe bewundern. Sowie sie die Vororte von Dublin erreicht hatte, beschleunigte sie, denn sie wollte die vierstündige Fahrt nach Innisbail möglichst schnell hinter sich bringen.

Zur Mittagszeit knurrte ihr Magen so laut, daß sie eine Pause einlegen und etwas essen mußte.

Wie willst du denn wachsen, wenn du Mama nicht richtig essen läßt? wandte sie sich an ihr kleines Bäuchlein, als sie vom Parkplatz aus in das *Longford Arms* eintrat. Mit der einen Hand massierte sie sich ihren schmerzenden Nacken. Sollte sie ein richtiges Mittagessen oder doch lieber nur ein Sandwich bestellen?

Ein attraktiver Mann hinter dem Tresen folgte ihr mit den Augen und bewunderte unumwunden die große, langbeinige brünette Frau in dem fließenden safranfarbenen Kleid.

Aus den Augenwinkeln heraus bemerkte Jo seinen Blick und konnte es sich nicht verkneifen, ihm ihrerseits einen auffordernden Blick zuzuwerfen. Dann strich sie sich mit der einen Hand ihre Locken aus dem Gesicht und betrat das

Restaurant. Ihr Kleid wehte ihr locker um die schlanken, braungebrannten Fesseln. Momentan hatte sie keinerlei Interesse an Männern, aber es war dennoch schön zu wissen, daß sie ihnen immer noch gefiel.

Von einem riesigen Hühnchensalat, einem Stück Käsekuchen und einem Energiedrink gestärkt, saß sie um zwei bereits wieder im Auto und überholte kurz darauf erneut die Vergnügungsreisenden.

Als sie durch die Städtchen und Dörfer fuhr, die seit ihrem neunzehnten Lebensjahr ihren Heimweg säumten, wuchs ihre Aufregung.

Sie hätte nicht sagen können, wie oft sie diesen Weg bereits gefahren war. Jedesmal wieder hatte sie es nicht erwarten können, ihre Mutter, Shane und Tom wiederzusehen. Alle waren sie neugierig, voneinander das Neuste zu hören. Diesmal hatte sie tatsächlich sehr aufregende Neuigkeiten für sie. Jo hatte sich aber bereits dazu entschieden, vor Shanes Geburtstagsparty niemandem davon zu erzählen. Man wird schließlich nur einmal vierzig. Es wäre nicht fair, die von ihrer Schwägerin Mary bereits seit Wochen mit viel Aufwand geplante Überraschungsparty mit der Ankündigung zu stören, daß die Familie Ryan Zuwachs erhalten würde.

Ihrer Mutter würde sie es erzählen. Das mußte sie einfach tun. Denn ihre Mutter konnte jede Abweichung vom Normalzustand binnen weniger Sekunden spüren. Das war auch der Grund, warum Jo lediglich ein paar eilige Telefonate vom Büro aus mit ihr geführt hatte, seitdem sie selbst von ihrer Schwangerschaft wußte. Laura Ryan würde angesichts der Schwangerschaft ihrer Tochter sicher nicht in Ohnmacht fallen, auch wenn diese ohne den Segen kirchlicher Rituale entstanden war. Ihre Mutter hatte nie zu jenen gehört, die abwertend über andere vor der Messe gesprochen hatten, und sich das Maul zerrissen, wenn ein Mädchen unverheiratet schwanger geworden war.

Aber Jo wußte, was ihre Mutter durchgemacht hatte. Es

war eine große Anstrengung für sie gewesen, die drei Kinder alleine großzuziehen, als ihr Vater gestorben war. Sie war Mutter und Ernährer der vierjährigen Jo, des siebenjährigen Tom und des zehn Jahre alten Shane gewesen. Laura konnte die kleine Milchwirtschaft weiterführen, die ihr ihr Mann hinterlassen hatte. Sie hatte es sich in den Kopf gesetzt, daß es ihren Kindern niemals an etwas mangeln sollte.

Wenn die Zeiten schlecht waren, verkaufte sie die Eier ihrer Hühner und die nahrhafte gelbe Butter, die sie jede Woche schlug. Jo hatte früher gerne morgens und abends die Eier zusammengesucht und jeweils ein Ei in jedem Nest belassen, um die Hennen am nächsten Tag zu bewegen, noch eins dazu zu legen. Als Teenager konnten die drei Ryan-Kinder problemlos einen Traktor fahren, bei einer Kuh Geburtshilfe leisten und Schafe melken. Als Tom sich für ein Studium der Tiermedizin entschieden hatte, hatte Laura Pullover gestrickt, die sie in einem Kunsthandwerkladen in Innistail verkaufte, um so die Studiengebühren zu finanzieren. Shane hatte den Bauernhof übernommen und ihn erweitert. Die schlechten Zeiten waren lange vorbei. Laura hatte zwar immer noch ihre Hennen und schlug ihre eigene Butter, sie hatte jedoch den Bauernhof ihrem ältesten Sohn überlassen und konnte sich nun nach zwanzig schweren Jahren als alleinstehende Mutter endlich etwas zurücklehnen.

Vieles hatte sich verändert, seitdem Jo zum erstenmal mit ihrer Mutter über ihren Plan, eine Familie zu gründen, gesprochen hatte. Damals war sie siebzehn Jahre alt und vollkommen von der vermeintlichen Liebe ihres Lebens vereinnahmt gewesen. Sie träumte von einer Märchenhochzeit, ganz besonderen Kindern, einem Bungalow direkt am Meer mit einem Tennisplatz und einem Garten, der für zehn Kinder groß genug gewesen wäre.

Siebzehn Jahre später konnte sie über ihre jugendlichen Träumereien nur lachen. Immerhin konnte sie sich heute ein Baby leisten. Damals hatte ihr gesamter Reichtum aus einer

Sammlung innig geliebter gebrauchter Bücher, vier David-Bowie-Schallplatten und dreißig Pfund auf ihrem Konto bestanden. Das reichte noch nicht einmal, um für ein Baby Windeln zu kaufen, geschweige denn pürierte Gemüsekonserven.

Damals hatte sie sich ganz auf Steve verlassen, ihren wohlhabenden, klugen Freund. Hätte er einen besseren Vater als Richard abgegeben?

Ein nach Dublin fahrender Bus kam ihr entgegen, um erschöpfte Büroangestellte und Studenten aufzusammeln und sie über das Wochenende nach Hause zu fahren.

Diese Strecke hatte sich in ihre Erinnerung wie ein Brandmal eingebrannt. Eine sich stundenlang windende nasse Straße, entnervend langweilige Staus und lediglich eine einzige Pause in Mullingar, um dort eine Tasse dampfenden Tee zu trinken. Vier Stunden in einem abgetakelten Bus hatten auch damals nicht ihrer Idealvorstellung eines Freitagabends entsprochen.

Sie erinnerte sich an jene eiskalte Januarnacht, als der Bus etwas außerhalb von Foxford zusammengebrochen war. Sie und die anderen Passagiere hatten zwei Stunden lang in der Pampa gestanden, bevor der nächste Bus vorbeikam. Drei Stückchen Schokolade und ein Schlückchen Tee aus einer fremden Thermoskanne hatten eine Unterkühlung nicht vermeiden können, denn der Wind war eisig gewesen und die Heizung im Bus hatte nicht funktioniert.

Als Jo endlich zu Hause angekommen war, war ihre Mutter sehr besorgt gewesen und hatte einen schrecklichen Unfall vermutet. Heute konnte Jo die Gefühle ihrer Mutter verstehen. Nur wenige Meilen entfernt von der Stelle, wo der Bus zusammengebrochen war, stand immer noch das kleine weiße Kreuz ordentlich in einer Kuhle neben einer nur scheinbar sanften Kurve. Ein paar Plastikblumen steckten dicht neben dem Kreuz unter den Worten »Ruhe in Frieden«.

Als Kind hatte sie diese Stätten voller Blumen immer schön

gefunden, wo die kleinen, heiligen Marien in ihren hellblauen Umhängen die Straße schmückten.

Kurz vor Ballina verbreiterte sich die Straße. Jo erinnerte sich an eine Fahrt zusammen mit Steve im teuren Mercedes seiner Mutter auf dem Weg zu einer Party. Der quittengelbe Wagen mit hellen Ledersitzen hatte einen Duft, den Jo wohl nie vergessen würde. Das Auto war Frau Kavanaghs ganzer Stolz.

Steve hatte die Kurve falsch eingeschätzt, und der Wagen wäre fast im Graben gelandet. Jo wußte nicht, was ihm mehr Angst bereitete – selbst verletzt zu werden oder aber den Zorn seiner Mutter im Falle eines Schadens am Wagen zu ertragen.

Das war der Kern von Steves Wesen, was sie aber damals nicht erkannt hatte. Natürlich hatte sie es auch diesmal wieder falsch eingeschätzt. Genau wie vor siebzehn Jahren hatte sie sich täuschen lassen. So schrecklich es war, Richard und Steve schienen denselben genetischen Code zu besitzen, eine Art Mistkerl-DNA, die sie verantwortungslos machte und Versprechen vergessen ließ, sobald jemand Interessanteres auftauchte.

Man könnte meinen, daß ich es mittlerweile begriffen hätte, dachte Jo plötzlich. Wenn ich nun einen kleinen Jungen bekomme, und er sich zu einem kleinen Richard entwickelt?

Sei nicht albern. Sie streichelte über ihren Bauch und stellte das Radio lauter. Mariah Careys klare, fesselnde Stimme sang *Always be my Baby*. Mariahs Mann wollte sie verlassen, sie aber war sich sicher, daß er zurückkommen würde. Da konnte sie sich glücklich schätzen. Jo fragte sich allmählich, ob sie überhaupt jemals einen Mann würde halten können.

Ihr Wagen fuhr über noch einen Hügel, dann streckte sich Innisbail vor ihr aus. Es war ein kleines Städtchen, das in ein flaches Tal gekuschelt lag. Dahinter erstreckte sich ein bemerkenswert ruhiger Atlantik. An schlechten Tagen war die See ein dreckiges Grau, und die Brandung krachte brutal gegen die steinige Küste. Heute jedoch war die See ruhig, und ein paar kleine Fischerboote tanzten weit draußen auf dem Wasser.

In einiger Entfernung konnte sie die Reste der alten Kirche neben dem Haus ihrer Mutter und das kleine Wäldchen sehen, in dem sie als Kind gespielt hatte.

Dieser Anblick schnürte Jo jedesmal wieder die Kehle zu. Heute war keine Ausnahme. Hier kommt deine Mama her, wandte sie sich zitternd an das Baby und wünschte sich, sie wäre etwas weniger sentimental.

Letzte Woche hatte sie geweint, als der Inhaber einer Gesundheitsfarm sie angerufen und sich für den wunderbaren Artikel in der Juniausgabe bedankt hatte. Und am Mittwoch, als sie ungeschickt aus einem Parkplatz ausgebogen und einem anderen Fahrer auf der Capelstreet vor das Auto gefahren war, wäre sie angesichts seines Gehupes und seiner wütenden Gesten am liebsten in Tränen ausgebrochen.

Reiß dich zusammen, Jo, ermahnte sie sich. Werde jetzt kein Weichei.

Sie fuhr auf der ihr so vertrauten, sich windenden Straße in das Städtchen hinab. Sie kam an dem Kloster vorbei, wo sie zur Schule gegangen war, und sie fuhr die Straße entlang, auf der Mary Brennan und sie fünf Jahre lang ihre Fahrräder erschöpft den Hügel nach oben geschoben hatten, bevor sie sich auf den langen Heimweg gemacht hatten. Alles sah noch genauso aus wie früher, wenn man einmal von dem grellorangen Plastikschild der Hamburgerbar neben der alten Post absah, das aus der schwarzweißen Schaufensterfront auf der linken Straßenseite hervorstach.

Die Stühle vor der *O'Reilly Bar* waren neu gestrichen worden, und jemand hatte endlich die abgetakelten Hängeampeln mit neuem Draht versehen, aus denen die Kapuzinerkresse wild wuchernd herabhing.

Die Birkenstock-Zwillinge spazierten vor *Dillon's,* dem Fleischer, entlang. Ihr ehemals rotbraunes Haar hatten sie zu artigen, grauen Zöpfen geflochten. Gemächlich liefen sie den

Hang hoch, wobei sie sich bestimmt pausenlos auf deutsch unterhielten. Sie hatten versucht, Jo die deutsche Sprache beizubringen. Jo jedoch hatte es niemals zu mehr als zu einem *Wie geht es Ihnen? Mir geht es gut* gebracht. Heute bereute sie, Deutsch nicht gelernt zu haben. Andererseits bereute sie auch, daß sie weder Klavier spielen noch Zopfmuster strikken, noch eine Steckdose reparieren konnte.

Dafür würde sich noch jede Menge Zeit finden, wenn sie erst einmal dick geworden war. Dann konnte sie sich stundenlang auf dem Sofa ausruhen und das Warten auf das Baby mit dem Lesen von Erziehungsbüchern verkürzen.

Vom Bürgersteig aus winkte ihr ein Mann aufgeregt zu. Mit einem Schlag war sie wieder in der Wirklichkeit, bremste ab und kurbelte das Fenster herunter.

»Hallo!« röhrte Billy Gallagher fröhlich und zerrte zwei widerstrebende Jungs zu Jos Auto herüber.

»Wie geht es dir?« Sein von der Sonne verbranntes Gesicht war freundlich, genauso freundlich wie damals, als sie zusammen zur Schule gegangen und sie sich schützend vor ihn gestellt hatte, wenn die großen Jungen ihm zugesetzt hatten, weil er der Sohn des Lehrers war.

»Mir geht es gut, Billy. Wie geht es dir? Mensch, die Jungs werden jetzt richtig groß. Ich kann es gar nicht glauben, wie groß sie schon sind!«

»Sagt eurer Tante Jo guten Tag, Connell und Michael«, forderte er die Jungen auf und zog sie dichter an das Auto heran.

Die beiden zeigten immer noch keine Anzeichen von Freude.

»Na ja, sie ähneln mir eben sehr.« Er grinste. »Sie sind schüchtern.«

»Aber du warst doch niemals schüchtern, Billy. Sag doch nicht so etwas!« erwiderte Jo lachend.

»Erst ein Spätentwickler, und dann . . .«

»Wie geht es Marie?«

»Sie ist gerade mit ihrer Großmutter nach Ballina gefahren, um deren Brille auszutauschen. Wenn sie jedoch von deiner Ankunft gewußt hätte, dann wäre sie sicherlich hiergeblieben«, sagte er leicht vorwurfsvoll. Marie würde es ihr sicher übelnehmen, daß sie zu Shanes vierzigstem Geburtstag einen Tag früher anreiste und ihr nicht Bescheid gesagt hatte.

»Zur Zeit ist es im Büro so hektisch, daß ich mir nicht sicher sein konnte, wirklich einen Tag früher fahren zu können«, schwindelte sie. Es war nicht einfach, alle Erwartungen zu erfüllen, wenn man so weit von zu Hause entfernt wohnte. Jeder glaubte, auf der Besuchsliste ganz oben zu stehen.

Sie wollte Marie nicht verletzen, aber wenn sie ihr erst einmal alles erklärt hätte, würde sie sie sicherlich verstehen.

»Soll sie dich anrufen, wenn sie nach Hause kommt?« fragte Billy, während der dreijährige Connell ihn in Richtung eines Eiscremewagens zerrte.

»Ja, das wäre schön. Tschüs, ihr Jungs. Tschüs, Billy.«

Danach winkte sie den Leuten lediglich zu, hielt jedoch nicht mehr an. Man hätte den ganzen Tag damit verbringen können, anzuhalten und diesen oder jenen zu begrüßen und eine Kurzfassung seiner Aktivitäten abzugeben. Jo liebte die Freundlichkeit von Innisbail. Es war, als ob man von einer warmen, vertrauten Decke umhüllt wurde. Es konnte einem aber auch ein wenig zuviel werden, besonders dann, wenn man es eilig hatte.

Zwei Meilen außerhalb des Städtchens bog sie an der Kirche nach links ab und fuhr eine viertel Meile, bevor sie nochmals links abbog, das alte grüne Tor und das Kuhgitter passierte und neben dem Mini ihrer Mutter parkte.

Die Kletterrose mit ihren winzigen rosa Blüten stand in voller Blüte und bedeckte die Vorderseite des kleinen, weißgetünchten Hauses. Sie atmete den kräftigen Duft der Nachmittagssonne ein, als Prinz, der alte Schäferhund, ihr schläfrig entgegenkam und mit dem Schwanz wedelte.

»Hallo, mein Alter«, sagte sie erfreut und fuhr über sein

Fell. Prinz keuchte, wedelte mit dem Schwanz und sah mit feuchten Augen zu ihr auf. Er war glücklich darüber, daß jemand Neues zum Streicheln gekommen war.

»Mein Liebling, wie schön dich zu sehen!« Laura Ryan stand mit mehlbedeckten Händen auf dem Balkon, und mehr als nur eine Spur des Mehls war auch auf ihren dunklen, lockigen Haaren verteilt.

»Mama.« Jo rannte zu ihrer Mutter und umarmte sie. Sie atmete den Geruch der Zitronenseife ein, die sie immer benutzte. Gleichzeitig roch sie den Duft von *Charlie Red*, einen Duft, den ihr ihr siebenjähriger Enkel Ben zu Weihnachten geschenkt hatte.

»Du siehst gut aus«, sagte ihre Mutter langsam, trat einen Schritt zurück und betrachtete die ein ganz klein wenig fülligere Figur ihrer Tochter, die Jo zugegebenermaßen geschickt unter dem weit fließenden Kleid versteckt hatte.

»Backst du gerade oder nimmst du ein Mehlbad?« Jo lachte und strich das Mehl aus dem Haar ihrer Mutter.

»Ich habe gebacken, bis mich Flo Doyle anrief und mir erzählte, sie habe dein Auto in der Stadt gesehen. Es ist praktisch unmöglich, das Telefon mit mehligen Händen abzunehmen.«

»Die Buschtrommeln arbeiten also immer noch so verläßlich wie früher!« erwiderte Jo.

»Die Frau hat nichts Besseres zu tun, als aus ihrem Fenster zu sehen und den ganzen Tag lang zu telefonieren«, erwiderte ihre Mutter und ging in die Küche zurück, um den Teigdeckel auf ihren Apfelkuchen zu legen. »Sie hat angerufen, damit ich mich ›auf dich vorbereiten könne‹, wie sie sich ausdrückte. Was glaubt sie wohl, was ich gerade tun könnte, daß ich dich nicht sehen wollte? Mir mit dem Postboten die Zeit vertreiben?«

Jo lachte, wandte sich dem großen schwarzen Eisenherd zu und stellte den schweren Metallkessel auf die heißeste Platte. Prinz folgte ihr und schnupperte an ihrem Kleid. Er hoffte wohl, daß sie irgendwo einen Keks für ihn versteckt hielt. Der Wasserkessel zischte, das Wasser kochte beinahe.

»Laß mich das hier noch schnell zu Ende machen, dann bin ich ganz für dich da«, sagte ihre Mutter und legte letzte Hand an den Kuchen. »Im Regal steht Kaffee, falls du welchen möchtest«, fügte sie hinzu.

»Nein, ich trinke keinen Kaffee mehr.« Zwei Wochen war es schon her, seit Jo zum letzten Mal einen Tropfen Kaffee gekostet hatte.

»Wie bitte?!« Laura vergaß ihren Kuchen und drehte sich erstaunt zu ihrer Tochter um. Ihre dunkelbraunen Augen musterten neugierig die ebenfalls dunkelbraunen Augen ihrer Tochter.

»Ich trinke keinen Kaffee mehr und Punkt«, erwiderte Jo. Sie lachte laut auf. Sie hätte es eigentlich wissen müssen, daß sie die Neuigkeiten wohl kaum sehr lange vor ihrer Mutter verbergen konnte. Eigentlich hätte sie es sofort, nachdem sie aus dem Auto gestiegen war, verkünden sollen.

»Es bekommt Babys einfach nicht so gut, stimmt's?« sagte sie ohne Umschweife.

»Ach, Jo!« Jos Mutter weinte und umarmte Jo, als ob ihr Leben davon abhinge.

»Ach, mein Liebling, das sind ja wunderbare Nachrichten. Ich bin ja so glücklich für dich, so glücklich. Und jetzt setz dich«, sagte sie und führte Jo zu dem alten, blaßgrünen Sessel, der, so lange sich Jo erinnern konnte, in der Küche gestanden hatte. »Setz dich und erzähl mir alles.«

Jo ließ sich dankbar in den Sessel fallen. Die Liebe und Zuwendung ihrer Mutter tröstete sie unendlich. Die kleine Küche mit der Blumentapete, den Spitzengardinen, und Dans und Bens Fingerfarbenbildern war ihr so vertraut. Was machte es da schon aus, daß Richard sie verlassen hatte? Sie hatte doch immer noch ihre Familie. Ihre Mutter zog einen kleinen Schemel heran und setzte sich neben Jo.

»Seit wann weißt du es? Und warum erzählst du es mir erst

jetzt?« wollte sie wissen. »Wenn du es dieser grauenhaften Mutter von Richard etwa vor mir mitgeteilt hast, dann bringe ich euch beide um!« Mit diesem Scherz war es ihr halb ernst. Obwohl Laura Ryan Richards Mutter niemals begegnet war, hatte sie doch von Jo genug über sie gehört, um sie nicht zu mögen.

»Da liegt genau das Problem«, sagte Jo und fragte sich, wie sie das Thema am besten anschneiden sollte. Ganz direkt, entschied sie. »Richard möchte nichts davon wissen. Er hat eine Babyphobie oder aber eine Bindungsphobie oder irgend so etwas ...«

Das sommersprossige Gesicht ihrer Mutter wurde blaß. »Wie meinst du das, daß er nichts davon wissen möchte? Es ist doch sein Baby, was soll es da schon groß zu wissen geben?«

»Ich meine, er möchte nicht, daß ich das Baby bekomme, Mama. Es war ein Versehen, wir haben es ja nicht geplant. Aber ich hatte angenommen, er wäre glücklich darüber. Das war natürlich mein Fehler.« Sie seufzte.

»Sei nicht albern!« erwiderte Laura wütend. »Es ist nicht nur dein Fehler. Um ein Baby zu bekommen braucht es zwei. Er ist alt genug, um sich der Konsequenzen von Sex bewußt zu sein. Was hatte er denn erwartet?«

Jo fiel es nur am Rande auf, daß ihre Mutter Sexualität derart selbstverständlich erwähnte.

»Er erwartete von mir, daß ich die Art von Karrierefrau sein würde, die sich kein Baby wünscht, das ihr perfektes Leben stören könnte«, erwiderte Jo mit zitternder Stimme. »Er wollte, daß ich es abtreibe, aber das kann ich nicht.«

Jetzt endlich brach sie zusammen und weinte. Ihre Mutter umarmte Jo und drückte sie fest an sich. Sie flüsterte ihr dieselben kleinen Belanglosigkeiten ins Ohr, die sie auch schon vor dreißig Jahren geflüstert hatte, um ein kleines Mädchen zu beruhigen, das nach der Beerdigung seines Vaters Angst vor den Schatten im Schlafzimmer gehabt hatte.

»Schon gut, schon gut, mein Liebling. Mach dir keine Sorgen, Jo. Wir werden dir alle beistehen, das verspreche ich dir. Ich wollte ohnehin schon immer bei der Geburt eines Enkels dabeisein, und dies ist nun die perfekte Gelegenheit.«

Eine Weile lang saßen sie zusammen. Prinz lag neben ihnen auf dem Fußboden und merkte genau, daß irgend etwas anders war als sonst. Er hatte seine Nase zwischen den Pfoten abgelegt und sah erwartungsvoll zu ihnen auf.

»Mir geht es gut, Mama, ehrlich.« Jo nestelte in ihrer Handtasche nach einem Taschentuch. »Ich habe mich an die Vorstellung gewöhnt. Der Gedanke an das Baby gibt mir Kraft.«

»Ißt du auch ordentlich?« fragte ihre Mutter und stand auf, um den Tee aufzubrühen.

»Ja, Mama.« Jo lachte. »Wie ein Pferd, um genau zu sein. Am Schluß werde ich wie das Michelin-Männchen aussehen, wenn ich nicht aufpasse. Bis vor kurzem war mir morgens furchtbar übel, vor zwölf konnte ich nichts bei mir behalten. Aber danach«, sagte sie, »konnte ich alles essen, was mir zwischen die Finger kam!«

»Dann wirst du sicher auch ein Stück Obstkuchen essen?«

»Aber ja doch!«

Jo deckte die Porzellantassen mit den Untertassen, auf deren Benutzung ihre Mutter bestand. Süßer, heißer Tee und wunderbar weicher, krümeliger Kuchen stärkten sie, bevor sie mit ihrer Geschichte anfing.

Der Geruch des perfekt gelungenen Apfelkuchens lag in der Luft, als sie mit dem Essen fertig war.

»Was ist denn eigentlich für Shanes Geburtstag geplant?« fragte sie.

»Er sollte dich lieber nicht sehen, sonst merkt er sofort, daß irgend etwas im Busch ist«, erwiderte ihre Mutter. Behutsam stellte sie die vier goldgebackenen Küchlein auf den Tisch. »Er ist heute nach Killalla gefahren, um sich nach ein paar Kühen umzusehen und wird wohl erst spät nach Hause kommen.

Mary wird mit den Jungs zusammen hierherkommen. Dann wollen wir gemeinsam die letzten Sachen vorbereiten. Es kommen etwa hundert Leute, da muß einiges an Brötchen geschmiert werden.«

»Du sagst ihr doch nichts, nicht wahr?« bettelte Jo. »Ich möchte Shanes besonderen Tag nicht ruinieren. Es ist doch seine Party.«

»Es scheint mir mehr Marys Party zu sein, wenn man bedenkt, wieviel Arbeit sie da hineingesteckt hat«, erwiderte Laura. »Sie hat ausreichend Kuchen und Quiches gebacken, um damit fünftausend Leute zu ernähren. Falls niemand wirklich Hunger hat, werden wir den nächsten Monat über den Gefrierschrank randvoll haben. Ich habe ihr schon gesagt, daß ich morgen nach Ballina zum Einkaufen fahre. Sie werden mich also nicht zum Mittagessen erwarten«, fügte ihre Mutter hinzu und trug die kleinen Apfelküchlein in die Speisekammer.

»Es war die einzige Ausrede, die mir eingefallen ist. Mary erzählt ihm, daß sie mit mir mitkommt. Wir wollen jedoch hier die Salate vorbereiten und dann alles zu *O'Reilly's* bringen. Sie hat auch Spruchbänder und Ballons und überhaupt alles mögliche eingekauft, Gott segne sie.«

»Shane wird einen richtigen Schock bekommen«, bemerkte Jo.

»Das Wort Schock trifft die Sache nicht ganz. Mary hat ihm gesagt, er solle sich von seinem vierzigsten Geburtstag nicht weiter beeindrucken lassen. Sie würde auch kein Aufhebens davon machen. Ich habe versprochen, ihm einen schönen Pullover und ein paar Socken am Abend in der Kneipe vorbeizubringen, bevor ich Bingo spielen gehe. Der arme Shane. Er ahnt überhaupt nichts.«

Sie lachten.

»Ihm ist die Vorstellung, vierzig zu werden, wirklich verhaßt. Dennoch glaube ich, daß er ein wenig enttäuscht ist, daß Mary und er morgen abend nichts Besonderes unternehmen werden. Ich kann es kaum erwarten, sein Gesicht zu sehen, wenn er merkt, daß man ihn an der Nase herumgeführt hat«, sagte Laura und grinste. »Wie geht es Tom und Karen?« fragte Jo.

»Es ist nicht leicht für sie, jetzt wo Karen wieder arbeitet«, erwiderte Laura. »Oisin ist nicht ganz einfach, und Erna, die die Kinderkrippe leitet, ist seinetwegen schon ganz durcheinander. Karen gibt ihn am Morgen nur sehr ungern dort ab, und es würde mich nicht überraschen, wenn sie die Arbeit wieder aufgibt, um sich selbst um ihn zu kümmern.«

Himmel, dachte Jo, nachdem ihre Mutter nach draußen gegangen war, um die Hühner zu füttern. Wenn Karen trotz der Unterstützung ihres Ehemannes, den zwei unverheirateten Schwestern gleich um die Ecke und einer hilfreichen Schwiegermutter mit dem sechs Monate alten Oisin nicht klarkam, wie sollte sie es dann ganz alleine schaffen? Sie wußte, wie gerne ihre extrovertierte Schwägerin als Kosmetikerin arbeitete. Die Vorstellung, daß ausgerechnet Karen die Anforderungen der Mutterschaft mit denen der Karriere nicht unter einen Hut bringen konnte, bereitete Jo Kopfzerbrechen.

»Für kein Baby der Welt gebe ich meine Arbeit auf«, hatte Karen als Schwangere postuliert, als ein älterer Nachbar ihr geraten hatte, mit der Arbeit aufzuhören, bevor man ihr die Schwangerschaft richtig ansah.

Mary hatte als Krankenschwester gearbeitet und gleichzeitig ihre zwei kleinen Kinder versorgt, erinnerte sich Jo. Mary war vier Tage in der Woche im örtlichen Krankenhaus beschäftigt. Und zwar auch zu der Zeit, als Ben ausgerastet war und sein Zimmer immer dann auseinandergenommen hatte, wenn er einmal länger als drei Minuten allein gelassen wurde.

Als Mary um halb sieben ankam, hupte sie aufgeregt und rannte ins Haus, um ihre Schwägerin Jo zu begrüßen. Jo hätte sie zu gerne gefragt, wie sie mit dem neuen Baby und der Arbeit klarkam. Aber das konnte sie nicht, ohne aufzufallen. Sie hatte sich nie wirklich für Karens und Marys Schwangerschaften interessiert, jetzt jedoch platzte sie fast, so viele Fragen lagen ihr auf den Lippen.

Statt dessen rollte sie Lage für Lage des Blätterteigs aus und überließ ihrer Mutter und der sehr geschickten Mary die Zubereitung der Würstchen. Prinz hängte sich an Marys Hacken, denn er wußte, sie war weichherzig genug, um ihm ab und an ein Würstchen zukommen zu lassen. Seine sehr kalorienbewußte Herrin hätte das niemals getan.

»Wie geht es diesem wunderschönen Mann von dir?« fragte Mary lächelnd. Sie hatte den ganzen Abend nicht aufgehört zu lächeln.

Es wäre gemein gewesen, Mary den Abend damit zu ruinieren, sie in die Wahrheit einzuweihen. Sie war so aufgeregt wegen der Überraschungsparty, daß sie wie berauscht über allem zu schweben schien.

»Prima«, erwiderte Jo verkrampft und fragte sich, ob er wohl gerade eine Entspannungsmassage von Sascha verabreicht bekam. Sie dagegen hätte ihm am liebsten einen Tritt in den Hintern versetzt. Sie dachte an all die Abende, an denen sie seine schmerzenden Muskeln mit Massageöl verwöhnt hatte.

»Er sollte wirklich sehr auf seinen Rücken achten. Damit könnte er später einmal ernstliche Probleme bekommen«, fuhr Mary fort, ohne den Blickwechsel zwischen Jo und Laura zu bemerken.

»Erzähl uns doch mal, was wir diesen Herbst tragen werden«, ermunterte sie Laura, als ob sie sich für Mode interessieren würde.

»Au ja!« rief Mary aufgeregt. »Ich wollte morgen abend mein Samtkleid tragen. Oder soll ich vielleicht doch etwas anderes anziehen, Jo?«

»Was hast du denn noch?« erkundigte sich Jo, glücklich über den Themenwechsel. »Das amberfarbene Kostüm, das du bei Oisins Taufe getragen hast, fand ich wunderschön. Wie wäre es denn damit?«

»Das fändest du schön? Ich habe es weggehängt, weil mein Bauch etwas hervorsticht«, seufzte Mary.

»Nun mach aber mal einen Punkt! Welcher Bauch denn?« wollte Jo wissen und dachte dabei an ihren eigenen, wachsenden Bauch.

»Sehe ich gut aus?« fragte Mary am folgenden Abend, während sie ihren BH-Träger mit Blick in den Toilettenspiegel bei *O'Reilly's* wegsteckte. »Shane hat überhaupt nicht gesagt, daß ich gut aussehe.«

»Er ist einfach vollkommen von den Socken, Mary«, erwiderte Jo pragmatisch. »Der arme Mann hat den Schock noch nicht verwunden, wie du diese Riesenparty hast organisieren können, ohne daß er etwas davon gemerkt hat. Er ist einfach noch nicht wieder so weit beisammen, um dir zu sagen, wie schön du aussiehst. Und das weißt du«, fügte sie hinzu.

»Ach, ich weiß nicht«, erwiderte Mary gequält und fuhr sich durch die vollen, roten Locken.

»Du siehst wunderbar aus«, erwiderte Jo bestimmt. »Jetzt komm endlich wieder raus und eröffne den Tanz. Da draußen ist es wie auf einer Hochzeit, alle warten auf euch beide, daß ihr den Tanz eröffnet!«

Nachdem sie ein paar Pflichttänze mit alten Familienfreunden absolviert hatte, wollte Jo gerade zum Luftschnappen vor die Tür gehen, als sich eine Hand auf ihre Schulter legte. Sie drehte sich um. »Hallo, Jo.« Diese rauchige Stimme hätte sie auf der ganzen Welt erkannt. Steve Kavanagh hatte sich kein bißchen verändert.

Obwohl er nicht jünger geworden war, sah er immer noch gut aus. Seine leuchtendblauen Augen, die sie immer so fasziniert hatten, waren nun von feinen Linien umrandet.

»Wie geht es dir?«

Eine Sekunde lang war Jo sprachlos. Ihr gewohntes Lächeln versiegte, und sie blickte ihn ausdruckslos an. Was sagte man zu dem Mann, der einem als erster das Herz gebrochen hatte?

Reiß dich zusammen, Jo, ermahnte sie sich selbst. Was hast du denn die letzten siebzehn Jahre gelernt, wenn nicht, wie du mit so einem verlogenen Schwein fertig wirst?

»Ganz ausgezeichnet, Steve, wirklich ausgezeichnet«, hauchte sie mit betont erotischer Stimme. »Und wie geht es dir?« Bildete sie es sich lediglich ein, oder leuchteten seine Augen beim Tonfall ihrer Stimme tatsächlich auf?

»Gut. Aber du siehst phantastisch aus«, entgegnete er bewundernd. Gott sei Dank trug sie das *Lainey-Keogh*-Kleid, das sich ihrer Figur wie eine zweite Haut anpaßte.

»Danke, Steve.« Sie lächelte wie eine Katze, die sich gerade Zugang zum Sahnekabinett verschafft hatte. »Wo hast du denn Miriam heute abend gelassen?«

»Sie steht dort drüben an der Bar. Wir kommen gerade vom Essen, und da dachten wir, wir schauen einmal rein.«

Da dachtest du wohl, du solltest die Party etwas aufmischen, weil du einfach nie etwas verpassen kannst, dachte Jo gehässig. Denn es kann nicht sein, daß du und deine schreckliche Frau zu dieser Party eingeladen seid.

»Es ist lange her, Jo«, sagte er.

»Stimmt«, erwiderte sie. »Mindestens zehn Jahre«, fügte sie hinzu, obwohl sie genau wußte, daß es fünfzehn waren.

»Manchmal denke ich an dich, an uns.« Steve starrte sie an und lächelte dann sein umwerfendes Kavanagh-Lächeln, dem sie als Teenager nicht hatte widerstehen können.

»Tatsächlich?« Jo grinste ihn an. »Waren wir nicht vollkommen verrückt damals, daß wir glauben konnten, uns mit unseren siebzehn Jahren bereits wirklich zu lieben?« Sie lachte, als habe sie nicht noch monatelang geweint, als sie von seiner plötzlichen Hochzeit mit Miriam Timmons gehört hatte.

»Gelegentlich entdecke ich ein Bild von dir in einer Zeitschrift und frage mich, wie es wohl gewesen wäre, wenn wir zusammengeblieben wären.«

»Mein Gott, Steve, bist du aber romantisch. Wenn wir

zusammengeblieben wären, hätten wir uns gegenseitig umgebracht. Ich kann es mir beim besten Willen nicht vorstellen!« Befriedigt beobachtete sie, wie sehr sie ihn getroffen hatte. Das geschieht dir recht, du Mistkerl, dachte sie. Das Alter stand ihm nicht gut zu Gesicht. Merkwürdig, dachte Jo und betrachtete ihn aufmerksam. Sie hatte ihn immer als besonders stilsicher in Kleidungsfragen eingeschätzt. Inzwischen jedoch war sie selbst Modejournalistin, und Steve Kavanagh stand in einem roten Polohemd vor ihr, das nicht gut zu seinen geröteten Wangen paßte. Die cremefarbenen Jeans betonten seinen Bierbauch.

»Joanne, wie schön, dich zu sehen.«

Jo wirbelte herum und stand direkt vor ihrer ehemaligen Widersacherin, dem einzigen Menschen auf der ganzen Welt, der sie mit ihrem vollen Namen ansprach. Bereits als wilde Range von zehn Jahren hatte sie darauf bestanden, von nun an Jo genannt zu werden.

»Miriam, welch eine Überraschung!« Die etwas mollige Miriam Timmons von damals hatte sich zu einer extrem dünnen Frau entwickelt, die ihre blonden Haare zu einem kurzen Helm frisiert hatte und so braungebrannt war, daß Krebsspezialisten ungläubig mit dem Kopf geschüttelt hätten.

Sie war perfekt gekleidet. Sie trug einen kaffeefarbenen Wildlederrock und eine Seidenbluse, aber die Kleider hingen auf ihrer knochigen Figur wie auf einer Vogelscheuche. Goldene Armbänder und Ketten rasselten bei jeder Bewegung. Als sie mit der Hand winkte, achtete sie darauf, daß ihr großer, breitgefaßter Verlobungsdiamant das Licht reflektierte.

»Nun, Joanne, du siehst aber sehr gut aus. Bist du ganz alleine hier?« Miriam ließ ihren Blick vielsagend durch das Zimmer schweifen, als ob sie nach Jos Freund Ausschau hielte.

Jo hätte ein ganzes Jahresgehalt darauf verwettet, daß

Miriam genau wußte, daß Jo alleine hier war. Sie wollte diese Tatsache lediglich nochmals betonen. Dein Freund wollte sich wohl nicht die Mühe machen, dich zu begleiten, nicht wahr? Jo konnte beinah ihre Worte hören.

Miriams stark geschminkte Augen blickten auf Jos unberingte Hand. Das Spiel kann ich auch spielen, dachte Jo.

»Ich hatte euch beide hier nicht erwartet«, bemerkte sie. »Mary hatte nicht erwähnt, daß ihr kommen würdet.« Denk mal darüber nach, du Eindringling, dachte sie giftig.

Miriam blinzelte nervös. Das hatte sie auch immer während des Französischunterrichts getan, wenn sie behauptete, ihr Grammatikbuch nicht auftreiben zu können.

»Wir, wir waren ... wir sind nur gerade vorbeigekommen und dachten, wir schauen mal kurz rein!« stammelte sie verlegen.

»Steve erzählte, daß du *Style* liest«, fügte Jo hinzu. »Es ist immer schön zu wissen, daß die Leute zu Hause meine Karriere verfolgen. Dazu muß ich allerdings noch sagen, Steve«, fügte sie hinzu, »daß das Foto unter meinen Artikeln mindestens ein Jahr alt ist. Es ist im letzten Frühjahr während der Pariser Modeschauen aufgenommen worden und ist einfach steinalt!«

Miriam begann allmählich zu kochen.

»Die Pflicht ruft«, seufzte Jo bedauernd. Sie ließ ihren Arm um Steves Taille gleiten und gab ihm ein Küßchen auf die Wange. »Es war wirklich nett, dich wiederzusehen, Steve«, sagte sie herzlich. »Tschüs, Miriam.«

Jo wandte sich um und ging weg. Sie wußte nur zu gut, daß zwei Augenpaare auf ihren Rücken geheftet waren. Jetzt die Hüften ein bißchen zu schwingen wäre sicherlich nicht falsch. Was hätte sie nicht darum gegeben, die Unterhaltung zwischen Steve und Miriam in diesem Augenblick mit anhören zu können.

Vielleicht war es wirklich etwas gemein gewesen, Steve zum Abschied zu küssen, aber sie scherte sich nicht weiter darum. Miriam hatte es verdient. Das beste daran war, daß sie bei ihrem Kuß nichts verspürt hatte. Nicht ein Quentchen Wehmut über das, was hätte sein können. Seinetwegen hatte sie schon genug Tränen vergossen. Gott sei Dank war sie davon geheilt. Jetzt mußte sie sich nur noch von Richard lösen.

»Es ist wunderbar, wieder zurück zu sein!« Braungebrannt und mit einem breiten Grinsen auf dem Gesicht stand Rhona in der Bürotür. Tüten hingen an ihren Armen. »Habt ihr mich auch alle vermißt, meine Lieben?« flötete sie, ließ die Tüten auf den Boden fallen und umarmte Jo herzlich.

»Tut mir leid, daß ich gestern abend nicht mehr angerufen habe, meine Liebe«, flüsterte sie. »Wir sind erst nach elf angekommen, und da wollte ich nicht den Schönheitsschlaf von dir und deinem Baby unterbrechen. Und wie ist es hier gegangen, während ich weg war?« fügte sie etwas lauter für den Rest der Mannschaft hinzu.

»Ausgezeichnet«, erwiderte Jo. »Wir haben uns prima vergnügt, und wie es aussieht, hast du dasselbe getan.«

»Ich würde gerne viel Geld verdienen und mich dann nach Frankreich absetzen.« Rhona zog ihre Handtasche zu sich heran und holte winzige, in Geschenkpapier eingeschlagene Päckchen hervor. »Das hier«, sagte sie und überreichte jedem ein kleines Päckchen, »sind nur ein paar Kleinigkeiten. Aber ihr könnt nicht behaupten, ich hätte euch vergessen.«

»Wie schön«, quietschte Brenda, die ein paar Muschelohrringe in ihrem Päckchen gefunden hatte.

Wie üblich telefonierend schwenkte Nikki einen handbemalten Keramikkerzenleuchter in Rhonas Richtung und formte mit den Lippen das Wort »danke« nach.

»Ich wußte nicht, was ich für dich kaufen sollte, Tony«, sagte Rhona, als der stellvertretende Herausgeber mit einem Stapel Papieren in der Hand aus seinem Büro trat. »Mir war klar, daß ohnehin nur Alkoholika in Frage gekommen wären.

Die anderen jedoch würden sich beschweren, wenn du so etwas bekommst und sie nicht. Deshalb habe ich das hier für dich ausgesucht.«

Sie holte eine kleine Flasche hervor. Tony nahm sie entgegen und musterte durch seine Brille hindurch das Etikett.

»Liebesöl!« rief er aus.

»Ich dachte, du könntest es vielleicht gut gebrauchen«, erwiderte Rhona unschuldig und klimperte mit ihren pechschwarzen Wimpern.

»Als wir das letzte Mal zusammen im Bett waren, hast du dich aber nicht beschwert, Rho Rho«, konterte er. »Sie behauptete, ich sei wie ein Tiger«, wandte er sich mit einem dramatischen Seufzer an die Runde. »Frauen . . .«

»Was ist mit ihnen?« Eine tiefe Stimme im Hintergrund ließ alle schuldbewußt aufspringen.

Vor Rhonas Büro stand mit einer schwarzen Aktentasche in der Hand Mark Denton. Er schien nicht sonderlich amüsiert zu sein. Das war er allerdings in letzter Zeit ohnehin nie gewesen, dachte Jo. Wenn man Jo um eine Beschreibung von Mark Denton gebeten hätte, hätte sie ihn niemals als attraktiv bezeichnet. Manche Frauen behaupteten, er sei attraktiv, ja sogar sexy, aber das konnte sie nicht nachvollziehen. Sie mußte zugeben, daß er mit seinen breiten Schultern und dem schlanken, hochgewachsenen Körper eine gute Figur abgab. Aber seine Nase war gebogen, und mit seinem Kinn hätte er Granit zerschlagen können. Das einzige Anzeichen dafür, daß sein Kinn jemals in irgendeiner Weise nachgiebig gewesen war, war das kleine Grübchen darin. Kurzes, grau werdendes, dunkles Haar lag über seiner zerfurchten Stirn. Sein stechender und direkter Blick machte den Eindruck, als ob er sich niemals über irgend etwas freuen könnte – von einem lukrativen Vertragsabschluß einmal abgesehen. Jedes Detail an Mark buchstabierte die Worte Geld, Macht und Stil, alles Dinge, die nicht unbedingt jedermann für wichtig erachtete.

Heute trug er einen sehr gut geschnittenen grauen Anzug

mit einem unauffälligen gelben Schlips und geputzten Schuhen.

»Ich bin wegen der Verkaufssitzung gekommen«, verkündete er.

Jo hätte im Erdboden versinken mögen, die Sitzung hatte sie vollkommen vergessen. Sie hätte Rhona gleich nach deren Ankunft darüber informieren müssen. Mark Denton war wie immer zu früh dran, »um seine Leute zu überraschen«, wie Rhona meist belustigt und vollkommen richtig bemerkte.

Das gesamte Büro um halb zehn an einem Montagmorgen in Feierstimmung vorzufinden würde ihn nicht sonderlich belustigen, erst recht nicht, da bis zum Erscheinen des Augustheftes nur noch eine Woche Zeit war.

Er marschierte in sein großes Büro und schmiß die Aktentasche auf den hochglanzpolierten Konferenztisch.

»Kaffee, Brenda«, zischte Jo. Brenda eilte wie eine aus einem Versuchslabor entwischte Ratte, um den kolumbianischen Kaffee aufzubrühen, den der Chef dem löslichen Kaffee vorzog.

Die Angestellten hatten ihre Geschenke augenblicklich vergessen, ließen alles fallen und setzten sich an ihre Schreibtische, wo sie sich Aktenordnern und Ideenvorschlägen widmeten. Das war die Wirkung, die Mark Denton auf Menschen ausübte.

Jo wußte ganz genau, daß sie die Unterlagen über das Werbefeature zum Thema Selbstbräunung irgendwo liegen hatte, sie konnte sie aber partout nicht finden. Sogar die sonst nicht aus der Ruhe zu bringende Nikki kramte hektisch und fluchend in ihrer Aktentasche.

Nur Rhona blieb ganz ruhig. Sie nahm ihre Tüten und segelte in ihr Büro, setzte sich auf ihren Stuhl und zündete sich genüßlich eine Zigarette an.

»Himmel, wie ich diesen Ort vermisse, wenn ich länger als zwei Wochen nicht da bin«, rief sie in Richtung Tür.

»Vielleicht wäre ich ja in einem französischen Schlößchen

doch nicht glücklich. Ich werde tatsächlich etwas unruhig, wenn ich zu lange einfach nur in der Sonne herumliege, Wein trinke und Romane lese.«

»Bitte quäle mich nicht«, stöhnte Jo, die sich danach sehnte, in der Sonne zu liegen und Romane zu lesen, auch wenn sie den Wein nicht bei sich hätte halten können. »Es hört sich paradiesisch an. Ich würde alles tun, um jetzt dort zu sein. Überhaupt, um irgendwo anders als gerade hier zu sein«, fügte sie etwas leiser hinzu, so daß Mark sie nicht hören konnte.

»Ich begreife einfach nicht, wie du mit ihm auskommst, Rhona, er ist so schwierig.«

»Das kommt daher, daß ihr euch gegenseitig die Position streitig macht, Liebling.« Rhona drückte ihre Zigarette aus und nahm sich einen neuen Notizblock. »Ihr seid wie zwei Frösche in einem Teich. Beide wollt ihr dort der Chef sein.«

»Aber das stimmt doch gar nicht!« Jo war entrüstet. »Das hast du noch niemals zu mir gesagt. Du hast immer behauptet, er sei schwierig!«

»Nimm's dir nicht so zu Herzen.« Die Chefredakteurin stand auf und legte ihren Arm um Jo. »Ich bin immer noch etwas mitgenommen von der Reise und sage vermutlich Dinge, die ich schon bald bereuen werde. Du bist nur einfach der allersüßeste Mensch, den man sich vorstellen kann, wenn Mark in der Nähe ist. Ehrlich.«

Jo lehnte sich in ihrem Stuhl am Konferenztisch zurück, während Nikki und Tony sich über eine Schönheitsbeilage im Herbst unterhielten. Auf gar keinen Fall hatte sie Mark Augen gemacht, dachte Jo verärgert. Es war alles seine Schuld. Er irritierte sie wie sonst niemand. Man denke nur an die Sitzung vor zwei Wochen, als er sie absichtlich mit der Erwähnung der Posterkampagne verärgert hatte. Zugegeben, es hätte ihr auffallen müssen, daß die Designer auf dem ersten Abzug drei Worte falsch buchstabiert hatten. Immerhin hatte sie es doch noch rechtzeitig bemerkt. Der Himmel allein wußte, was es gekostet hätte, zweihundert Poster nur wegen ein paar achtlos unterlaufener Rechtschreibfehler neu drucken zu lassen. Ein Neudruck war aber nicht notwendig geworden, warum also hatte er das Thema überhaupt anschneiden müssen?

»An was denkst du, Jo?«

Erschrocken fuhr sie auf. Alle um sie herum sahen sie erwartungsvoll an, auf Marks Gesicht spiegelte sich eindeutig Neugier. Verdammt. Ausgerechnet von ihm hatte sie sich nicht erwischen lassen wollen. Es hatte keinen Sinn vorzugeben, sie sei bei der Sache gewesen, denn sie hatte nichts von dem Gespräch mitbekommen.

»Tut mir leid, ich war ganz woanders.«

»Das war nur zu offensichtlich.«

Bildete sie es sich nur ein, oder hatte sie tatsächlich den Hauch eines Lächelns auf Marks Gesicht entdeckt? Vermutlich nur ein hämisches Grinsen, das Schwein.

»Ich habe den Kopf voll«, erwiderte sie hitzig, kam aber nicht weiter.

»Das Gefühl kenne ich gut«, unterbrach Mark sie sanft. »Geht es dir gut? Du siehst etwas blaß aus. Soll dir jemand ein Glas Wasser bringen?«

»Nein danke«, erwiderte Jo schwach. Was ging hier vor? Zeigte der knallharte Mark Denton in seinem bereits fortgeschrittenen Alter einen weichen Kern – oder sah sie einfach schrecklich aus, so schrecklich, daß es sogar ihm aufgefallen war?

»Mark hat eine wirklich gute Idee für die Septemberausgabe, wir müßten uns allerdings dann sofort an die Arbeit machen«, fuhr Rhona schnell dazwischen. Sie goß etwas Wasser in ein Glas und schob es Jo über den Konferenztisch hinweg zu. »Er hätte gerne eine ausführliche Modereportage über New York, die sich gleichzeitig auch auf die Werbebeilage rund um die Modekette *Mademoiselle* bezieht. Noch weiß hier keiner davon, aber bald werden in Dublin zwei

Läden eröffnet und weitere vier eröffnen im November in England.«

»Wenn wir uns mit ihnen zusammentäten, wäre das eine ausgezeichnete Gelegenheit, unsere Leserschaft zu erhöhen. Besonders dann, wenn wir in irgendeiner Weise mit ihnen in Wettbewerb treten könnten«, fuhr Rhona fort. »Wir hätten eine breitere Leserschaft und zusätzlich jede Menge Werbeanzeigen.«

»Und jede Menge Geld«, fügte der Werbeleiter Aidan aufgeregt hinzu.

»Ich habe vorab schon einige Erkundigungen eingezogen. Als nächstes müßten wir nach New York fliegen und dort die Dinge in Gang setzen.« Mark hielt einen Augenblick inne und nippte bedächtig an seiner Kaffeetasse. »Meiner Ansicht nach«, begann er, »solltest du augenblicklich damit anfangen, Jo. Ich möchte, daß du mich nach New York begleitest. Du weißt, wie man diesen Menschen gegenüber den richtigen Ton trifft. Für die Modeaufnahmen wird das später wichtig sein, wenn wir die Modelle und den Fotografen dort hinschicken.«

»Oh.« Nun war es an ihr, erstaunt zu sein. Mark wollte, daß sie ihm bei diesem Abschluß unter die Arme griff? Einfach umwerfend. Allein bei der Vorstellung überschlugen sich bereits Jos Gedanken. Noch vor einem Monat wäre sie von der Idee wenig begeistert gewesen, denn es hätte eine Trennung von Richard bedeutet. Dieses Problem aber hatte sie jetzt nicht mehr.

Außerdem bedeutete es, daß sie stundenlang mit gezückter Kreditkarte durch die Designermodenabteilung bei Bloomingdales bummeln konnte. Natürlich entsprach eine gemeinsame Reise mit Mark nicht unbedingt ihrem Geschmack, aber eine Abwechslung wäre sie auf jeden Fall.

»Meinst du, daß du das alles schaffen könntest?« Mark blickte sie schief an. Seine breiten Augenbrauen hatte er zusammengezogen. *Fragte* er sie tatsächlich, anstatt ihr Befehle zu erteilen? Was war denn nur los mit ihm?

»Aber selbstverständlich würde ich das sehr gerne machen«, erwiderte sie in geschäftsmäßigem Tonfall. »Wann fliegen wir?«

»Samstag?«

»*Samstag!*« Bis Samstag würde sie wohl kaum ihren Koffer gepackt bekommen. Sie mußte ja schon mindestens einen Monat lang über ihre Garderobe nachdenken, wenn sie auch nur für ein Wochenende wegfuhr. Wie sollte sie das dann bei einer Geschäftsreise nach New York schaffen? Sie nickte trotzdem und erwiderte: »Also gut.«

»Dann werde ich unsere Besprechungen für Dienstag und Mittwoch ansetzen, auf diese Weise hätten wir den Montag, um uns vom Flug zu erholen«, sagte Mark. »Am Donnerstag, spätestens aber am Freitag, sollten wir unsere Geschäfte abgeschlossen haben.«

»Du Glückspilz«, meinte Nikki neidisch. »Ich liebe New York, und ich liebe das Village. Warst du nicht erst letztes Jahr zusammen mit Richard dort?«

Jo spürte, wie sich bei der Erwähnung seines Namens ihr Magen zusammenzog. Sie hatte den anderen im Büro noch nicht erzählt, daß Richard und sie sich getrennt hatten. Seit jenem schrecklichen Abend in ihrer Wohnung hatte sie von dem Mistkerl kein Wort mehr gehört. Es war also ziemlich offensichtlich, daß er sich für immer aus ihrem Leben verabschiedet hatte. Wie konnte sie den anderen erzählen, daß sie nun wieder allein, gleichzeitig aber schwanger war? Es war so peinlich, so erniedrigend.

»Nikki, hast du die Fotografien für die Parfümwerbung?« fragte Rhona laut. Sie spürte, daß Jo gleich in Tränen ausbrechen würde und konnte den Grund dafür erraten.

Die nächste halbe Stunde drehte sich die Diskussion am Konferenztisch vom Thema Werbefeature bis hin zu Produktionsproblemen. Jo saß ruhig da, beantwortete Fragen und versuchte, sich zu beteiligen. Aber sie war nicht so recht bei der Sache. Verfluchter Richard.

Unter dem Tisch streichelten ihre Hände ihren kleinen Bauch und trösteten sich mit dem Gedanken an das heranwachsende Leben in ihr. Baby, Baby, du machst mich stark, sagte sie zu sich selbst.

Als die Sitzung vorbei war, schickte Mark alle kurzangebunden aus dem Zimmer, bat Jo jedoch, noch etwas zu bleiben. Statt auf seinem Platz am Kopf des Tisches sitzen zu bleiben, setzte er sich auf den Stuhl neben ihr.

»Ich habe das Gefühl, daß du gar nicht gern nach New York reisen möchtest«, begann er und legte beim Sprechen seine Hände auf die Tischplatte. Er hatte kräftige Finger, die eher zu einem Bauarbeiter als zu einem Mann gepaßt hätten, der Geschäftsabschlüsse per Handy erledigte und einen Porsche fuhr. An seiner linken Hand glänzte kein Ehering, eine Tatsache, die das gesamte Büro verwunderte.

Warum war Mark Denton nicht verheiratet? Viele Frauen scharten sich um ihn, so viel war Jo bekannt. Eine ganze Reihe von Jos Pressefreundinnen hatten an ihm Interesse gezeigt und Jo erzählt, was für ein Glück sie habe, für einen solch attraktiven Mann arbeiten zu dürfen. Sie selbst allerdings hatte sich nicht zu dieser Einschätzung durchringen können.

Rhona wußte mehr über ihn, als sie offen zugab, dessen war sich Jo sicher. Wann auch immer Gerüchte über Mark und eine mysteriöse Freundin auftauchten, gab Rhona vor, von nichts zu wissen. Aus diesem Grunde vertrauten sich ihr so viele Menschen an. Kein Geheimnis würde jemals über Rhonas Lippen wandern, wenn sie einmal versprochen hatte, es zu wahren. Und schwul war er nicht. Ganz bestimmt nicht.

»Wenn es persönliche Gründe sind, warum du nicht gerne reisen möchtest, so habe ich dafür Verständnis«, bemerkte Mark gedehnt. »Ich hätte dich nur wirklich gern an meiner Seite. Ich weiß, daß du einen ausgezeichneten Eindruck bei diesen Leuten hinterlassen wirst, du sprichst ihre Sprache und verstehst ihre Ideen. Ich bin zwar in geschäftlicher Hinsicht auch kompetent, jedoch ein hoffnungsloser Fall.« Er lachte.

»Ich kann einen Designer nicht vom anderen unterscheiden, aber du kannst es.«

Von seiner Offenheit und seiner Anerkennung angetan, entspannte sich Jo.

»Ich möchte unbedingt fliegen«, erwiderte sie. »Es kam nur so überraschend.«

»Ich denke bereits seit ein paar Tagen darüber nach«, erwiderte Mark. »Ich möchte wirklich nicht, daß eine der anderen Zeitschriften uns die Sache wegschnappt. Aus diesem Grund möchte ich die Sache möglichst bald unter Dach und Fach bringen. Hoffentlich bringt das deinen Terminkalender nicht zu sehr durcheinander. Und ich hoffe, daß du nichts mit Richard zusammen geplant hast . . .« Seine Stimme brach ab.

Wollte er sie über Richard ausfragen? Nein, das konnte nicht sein. Wie hätte er davon wissen sollen?

»Ich habe nichts geplant«, erwiderte sie fröhlich. »In welchem Hotel werden wir unterkommen?«

»Im *Manhattan Fitzpatrick*. Es ist ein sehr schönes Hotel und bietet einem ein Zuhause, wenn man nicht zu Hause ist. Wenn man dort in der Bar sitzt, könnte man glauben, mitten in Dublin zu sein, denn dort verkehren lauter Iren.«

»Wunderbar«, erwiderte Jo aufrichtig. Als Richard und sie im letzten Sommer zusammen nach New York gereist waren, hatten sie bei einem seiner Freunde in einem kleinen Apartment in Queens gewohnt, in dem die Air condition nicht gut funktioniert hatte.

»Danke übrigens, daß du mich über Emma aufgeklärt hast«, fügte Mark hinzu. »Ich hatte keinen blassen Schimmer, wie sie sich aufführte. Vermutlich spiele ich die Rolle des verwöhnenden Onkels, der sie durch die rosarote Brille sieht. Sie war als Kind schon schwierig, eigentlich hatte ich also wenig Grund anzunehmen, sie habe sich als Erwachsene grundsätzlich geändert. Im Herzen aber ist sie ein gutes Kind. Sie muß nur noch etwas reifer werden, das ist alles.«

»Ich verstehe«, erwiderte Jo automatisch.

»Hast du schon dein Mittagessen verplant?« fragte er. »Ich bin die ganze Woche über weg, habe also keine Gelegenheit mehr, mit dir über die Reise zu sprechen. Wenn du nichts weiter vorhast, dann könnten wir zu *Dobbin's* essen gehen.«

»Ich würde sehr gerne etwas essen gehen«, erwiderte sie wahrheitsgemäß. Besser sie brachte es hinter sich, außerdem hatte sie tatsächlich Hunger. Und *Dobbin's* war ideal für ein Mittagessen, auch wenn es für ihren Geldbeutel nicht erschwinglich war. Mark Denton aber konnte es sich offensichtlich leisten.

Sie stand auf und lächelte ihn an.

»Ich muß kurz einen Artikel beenden und noch ein paar Telefonate führen«, sagte sie. Er sollte nicht denken, sie würde ihre Verpflichtungen nur wegen einer Einladung zum Mittagessen vernachlässigen.

»Gut. Dann gehen wir halb eins.«

Zurück an ihrem Schreibtisch widmete sich Jo dem Artikel, den sie über die Grundgarderobe für den Herbst verfaßt hatte. Er handelte von zehn Kleidungsstücken, die jede Frau besitzen sollte. An ihrem Bleistift kauend blätterte sie die Bilder der Topdesigner und deren Herbst-Winterkollektionen durch. Sie haßte es, blind der Mode zu folgen und ganz normalen Frauen mit ganz normalen Kurven die etwas extravaganten Streifen der siebziger Jahre oder aber Jeans im Schlangenhautmuster zu empfehlen, denn diese würden an ihnen nicht so gut aussehen wie an der dünnen, kleinen Kate Moss.

Jo favorisierte eine Mode, die auch Individualisten befriedigte. »Enge schwarze Hosen sind ein Muß«, schrieb sie nun im dritten Jahr in Folge.

»Da bin ich aber froh, daß ich voll im Trend liege«, bemerkte Rhona und blickte über Jos Schulter. »Sind elastische Taillen erlaubt?« fragte sie und strich sich ihre enganliegende schwarze Hose glatt.

»Aber natürlich«, erwiderte Jo. »Wo hast du denn diese

Hose her? So wie sich meine Taille entwickelt, brauche ich auch bald welche mit einem Gummiband.«

»Willkommen im Club«, bemerkte Rhona. »Du brauchst dann lediglich noch einen Gürtel, um das Gummiband zu kaschieren. Dann kannst du bequem atmen. Erzähle mir doch«, fragte sie ganz unschuldig, »worüber Mark mit dir unter vier Augen sprechen wollte?«

Jo blickte argwöhnisch auf, aber Rhona schien es ernst zu meinen. »Wir werden zusammen Mittag essen, um die Reise zu besprechen«, erwiderte sie.

»Ach so«, sagte Rhona. »Das ist nett. Aber vergiß nicht, danach wieder ins Büro zurückzukommen, ja? Nicht, daß du danach im *O'Dwyer's* noch ein paar diskrete Drinks zu dir nimmst und schließlich bis vier Uhr früh in *Joy's Nachtclub* bleibst.«

»Rhona!« Jo war entrüstet. »Bist du verrückt geworden?« Als sie sich ihrer lauten Stimme bewußt wurde, fuhr sie flüsternd fort: »Nur weil wir zum erstenmal ohne uns anzubrüllen miteinander reden, heißt das noch lange nicht, daß wir verlobt sind. Rhona, ich weiß, ich bin jetzt wieder allein, aber deshalb bin ich nicht verzweifelt!«

»Man muß nicht verzweifelt sein, um sich in Mark zu verlieben«, entgegnete Rhona sanft. »Nur weil du seinem Charme gegenüber blind bist, heißt das noch lange nicht, daß andere Frauen nicht alles darum geben würden, mit dir zu tauschen, Jo.«

»Nun, bei mir sieht die Sache anders aus«, zischte Jo. »Erstens werde ich nichts trinken, und zweitens ist die Chance, daß er sich in mich verliebt, in etwa so wahrscheinlich wie ein Lottogewinn!«

»Schon gut.« Rhona grinste. »Ich werde dich also gegen zwei mit einer Restetüte und einer Flasche erwarten, in der die zwei Glas Wein abgefüllt wurden, die du nicht getrunken hast.« Sie drohte Jo mit einem Finger. »Wehe du amüsierst dich, was auch immer du sonst tun magst!«

Punkt halb eins tauchte Mark mit der Aktentasche an der Hand vor Jos Schreibtisch auf.

»Bist du soweit?« fragte er.

»Ja«, erwiderte Jo kurz angebunden. »Bis später dann«, rief sie im Vorbeigehen in Rhonas Büro.

Rhona zwinkerte verschmitzt.

Da sie Mark hinter sich wußte und sich sicher war, daß er sie nicht sehen konnte, steckte sie Rhona die Zunge raus. Spaß mit Mark Denton? Der viele Chardonnay und die französische Sonne hatten offenbar Rhonas Gehirn in Mitleidenschaft gezogen.

»Ein schöner Wagen«, bemerkte sie, als sie sich auf den tiefen Beifahrersitz des Porsches fallenließ. »Die Versicherung muß ein Vermögen kosten.«

»Das tut sie«, erwiderte Mark unumwunden. »Aber das ist es mir wert«, fügte er hinzu und tätschelte liebevoll das Lenkrad.

Gleich wird es wieder losgehen, noch ein Mann, der in sein Auto verliebt ist. Sie wartete auf das Spielchen – er geht von null auf hundert in einer halben Sekunde und hat Dreifach-Zylinder und jede Menge PS ... – langweilig, langweilig, langweilig.

Aber er sagte nichts dergleichen.

»Ich habe mir immer gewünscht, so einen Wagen zu fahren«, bemerkte er. »Mein Vater liebte Autos, hatte jedoch niemals das Geld, sich etwas anderes als ein altes Wrack zu kaufen. Ich erinnere mich, wie er mit mir zu einer Autoschau ging und wir stundenlang all die wunderschönen Sportwagen bewundert haben. Er sagte, vor seinem Tod würde er gerne einmal in einem solchen Wagen fahren.« Mark hielt inne und konzentrierte sich darauf, am Fitzwilliam Place nach rechts abzubiegen.

Jo sah ihn von der Seite her an. Es überraschte sie, wie seine harte Schale plötzlich ein wenig aufweichte. Sein Unterkiefer schien nicht mehr ganz so verspannt, und er wirkte jünger als seine dreiundvierzig Jahre, irgendwie aufgeschlossener.

»Er ist gestorben, bevor ich mein erstes Geschäft eröffnet hatte«, erklärte Mark. »So hatte er nie die Möglichkeit, in einem Sportwagen zu fahren. Nachdem ich meinen ersten BMW gekauft hatte, bin ich damit zum Friedhof gefahren. Es war fast so, als ob ich ihm hätte zeigen wollen, daß ich seinen Traum an seiner Stelle erfüllt hatte. Das erscheint dir vermutlich ausgesprochen sentimental, nicht wahr?« Er blickte Jo an.

Sie schüttelte den Kopf und hatte einen jüngeren Mark vor Augen, der mit Tränen in den Augen vor dem Grab seines Vaters stand.

»Das kann ich gut verstehen«, sagte sie schließlich. »Ich selbst habe meinen Vater nie wirklich gekannt. Er ist gestorben, als ich vier Jahre alt war. Ich kann mich überhaupt nicht mehr an ihn erinnern. Aber ich stelle mir gern vor, daß er manchmal auf mich herabschaut. Ich denke dann, daß er mich sehen kann und glücklich darüber ist, was ich geschafft habe«, sagte sie leise.

»Da hat er jede Menge, worauf er stolz sein kann«, erwiderte Mark. »Du hast viel erreicht.«

Jo errötete und lachte, um ihre Verlegenheit zu kaschieren.

»Das würde ich nicht behaupten«, erwiderte sie.

»Warum würdest du das nicht behaupten?« wollte Mark wissen. Er bremste an der Ampel, wandte sich ihr zu und sah sie direkt an. »Die Dinge sind nicht immer so, wie sie zu sein scheinen, Mark«, erklärte sie zögernd. »Wir sehen uns die anderen Menschen an, sehen, sie haben X, Y und Z, und denken dann, die sind glücklich, die haben alles. Aber wir sehen nicht die andere Seite der Medaille, die Probleme, die die Menschen verstecken.« Sie zuckte mit den Schultern. »Wenn man nur ausreichend die Fassade wahrt, kann man jeden irreführen. Sogar sich selbst.« Genau, sie hatte sich selbst belogen, sie hatte geglaubt, daß sie Richard wirklich am Herzen gelegen hatte.

Der schnurrende Wagen hielt vor *Dobbin's*, und Mark stellte den Motor aus.

»Möchtest du darüber sprechen?« fragte er.

»Eigentlich nicht«, erwiderte Jo. Es erstaunte sie, daß dieser Mann sensibel genug war zu merken, daß sie von ihren eigenen Problemen sprach. »Laß uns während des Mittagessens über das Geschäftliche reden.«

»Das soll mir recht sein«, erwiderte er.

Sie setzten sich in eine Nische neben der Wand und studierten schweigend die Speisekarte. Mit leerem Magen hörte sich für Jo alles sehr verlockend an. Estragonvinaigrette, gebratener Camembert mit Preiselbeeren ...

»Ich liebe die Art und Weise, wie das Essen beschrieben ist«, sagte sie, um das Schweigen zu brechen. »Man kann sich kaum vorstellen, daß es noch besser schmeckt, als es klingt!«

Er lachte leise. »Das erinnert mich an einen blöden Witz.«

»Erzähl ihn mir.«

»Also gut. Ein Amerikaner geht in Irland in ein Restaurant und sagt der Bedienung, er möchte ein Hühnchen, das in Soße ertrinkt. Sie antwortet, wenn er es auf diese gemeine Art getötet haben wolle, solle er es doch besser selbst tun! Ich weiß, es ist ein wirklich blöder Witz.«

Jo mußte laut lachen. Dabei verteilte sie die Krümel des Brotes, in das sie gerade gebissen hatte, über dem Tisch.

»Tut mir leid«, murmelte sie, immer noch mit vollem Mund. Sie schluckte und grinste ihn an. »Das ist zwar blöd, aber trotzdem lustig. Ich habe immer schon solch blöde Witze gemocht, besonders die mit den Elefanten.«

»Die mit den Elefanten?« fragte er.

»Ach, sie sind wirklich total blöd, aber mir gefallen sie trotzdem. Ich erzähle dir einen. Warum bemalen Elefanten ihre Fußsohlen mit gelber Farbe? Damit sie sich auf dem Rücken liegend in Vanillesoße verstecken können.«

Er lachte. »Du hast recht, das ist wirklich albern.«

In diesem Moment tauchte die Bedienung auf.

»Wir sollten etwas zu Essen aussuchen«, meinte Mark ernst. »Sonst kommen wir überhaupt nicht mehr ins Büro zurück.«

»Ich nehme den Avocadosalat«, bestellte Jo mit ernstem Gesicht, »und dann das Hühnchen, das in Soße ertrinkt!«

Mark brach in Lachen aus, der Kellner neben ihm machte ein amüsiertes Gesicht.

»Tut mir leid«, sagte Jo und grinste den Kellner an. »Ich nehme den Avocadosalat, danach den Mönchsfisch und dazu etwas Wasser, aber bitte ohne Kohlensäure.«

Sie beobachtete Mark beim Überfliegen der Karte. Er war wirklich ein seltsamer Kerl. Während der drei Jahre, die sie jetzt unter ihm arbeitete, war er immer kurz angebunden und nur am Geschäftlichen interessiert gewesen.

Heute jedoch war er wie ausgewechselt, wenngleich immer noch ganz der Chef. Sollte mit seinem Essen etwas nicht Ordnung sein, so würde er es ohne zu zögern augenblicklich in die Küche zurückschicken, dessen war sie sich sicher. Aber er schien sich ihr gegenüber zu öffnen, als wollte er die unnachgiebige Fassade des Geschäftsmanns ein wenig fallenlassen. Sie konnte es kaum erwarten, Rhona davon zu erzählen.

»Ich nehme den Camembert und den Mönchsfisch«, bestellte Mark. »Und dann noch eine Flasche der Nummer dreiunddreißig.«

Jo fiel auf, daß er die Weinkarte gar nicht durchgelesen hatte. Offenbar aß er so häufig im *Dobbin's*, daß er die Getränkekarte auswendig kannte.

»Ich trinke nicht«, sagte sie hastig, ehe der Kellner davoneilte.

»Tut mir leid. Ich hätte fragen sollen. Dann bitte nur ein Glas Rotwein«, sagte er an den Kellner gewandt.

Jo erwartete seine Frage nach dem Grund ihrer Abstinenz. Aber er fragte nicht. Er lehnte sich auf der Holzbank zurück und lächelte sie über die kleine Vase mit Nelken hinweg an.

Es war ein warmes Lächeln, das sich auf seinem Gesicht ausbreitete. Wenn er lächelte, war er beinahe schön. Vielleicht war es das, was andere Frauen zu ihm hinzog. Dieses Lächeln, das er im Büro so selten zeigte.

»Erzählen Sie mir doch, Frau Ryan, warum Sie Journalistin und dann auch noch Modejournalistin geworden sind.«

Sie blickte ihn neugierig an. »Warum fragst du das?« fragte sie ohne Umschweife.

»Vermutlich deswegen, weil ich über dich nicht allzuviel weiß, abgesehen einmal davon, was du während der letzten drei Jahre für *Style* getan hast. Das wiederum war ausgezeichnet«, fügte er hinzu. »Und da wir bald zusammen verreisen werden, dachte ich mir, es wäre doch schön, wenn wir uns ein wenig besser kennen würden.«

Beim Sprechen war sein Gesicht ernst. Zu ihrer eigenen Überraschung bemerkte sie das schöne, kühle Grau seiner Augen. Schlagartig war Jo froh darüber, daß sie sich morgens die Haare gewaschen hatte und nun das dunkelblaue Seidenkleid trug. Denn am Morgen hatte sie sich so schwach gefühlt, daß sie am liebsten im Bademantel im Büro erschienen wäre. Bildete sie es sich nur ein, oder betrachtete er sie tatsächlich nicht nur wie ein Chef. Hör auf, Jo, ermahnte sie sich selbst. Er hat sich drei Jahre lang nicht für dich interessiert. Da wird er wohl kaum jetzt damit anfangen. Es wird wohl einen anderen Grund geben, daß er mehr von mir wissen möchte.

»Hast du denn nicht meinen Lebenslauf in deinen Akten?« fragte sie frech.

»Doch«, gab er zu. »Aber Lebensläufe gehen nicht sehr in die Tiefe. Sie erläutern lediglich, wann und wo ein Mensch geboren wurde, wann er seine Abschlüsse gemacht hat und ob er lieber Gleitflug macht oder strickt. Das aber nützt nur wenig, um jemanden kennenzulernen.«

Unglaublich. Er wollte etwas über sie wissen. Vielleicht war er ja doch an ihr interessiert! Vollkommen verrückt. Interessierte sie sich denn für ihn? Nein, das konnte eigentlich gar nicht sein. Sie war mit dem Kind eines anderen Mannes schwanger, eines Mannes, der sie sitzengelassen hatte. Sie konnte sich unmöglich für einen neuen Mann interessieren.

»Also gut, ich packe aus, allerdings nur unter einer Bedingung«, erklärte sie bestimmt.

»Und die wäre?« fragte er grinsend.

»Daß du mir auch von dir erzählst.«

»Ich befürchte, daß ich dich langweilen werde, Jo.«

»Das ist mir egal. Wenn du nicht redest, rede ich auch nicht!« Sie lächelte ihn triumphierend an.

»Du bist ein unnachgiebiger Verhandlungspartner.«

»Ich dachte, das sei der Grund, warum du mich nach New York mitnimmst«, erwiderte sie vorlaut.

»Genau. Deshalb und weil du die Modewelt wirklich kennst. Ich habe bis heute nicht begriffen, wie man aus zwei Metern Stoff ein Kleid machen und dafür eine Unsumme verlangen kann«, sagte er. »Das ist doch der reinste Betrug.«

»In New York würde ich diese Einstellung aber ganz für mich behalten«, erwiderte Jo lachend. »Sonst kehren wir noch mit leeren Händen nach Hause zurück. Der Schlüssel zur Modewelt ist es, allen Designern weiszumachen, sie seien entweder die neue Coco Chanel oder aber der erfindungsreichste Designer, den man je gesehen hat. Und nicht, daß sie betrügerische Geschäftsleute sind!«

Der erste Gang wurde serviert, und Jo kostete hungrig von ihrem Salat.

»Kein Frühstück gehabt«, erklärte sie zwischen zwei Bissen Avocado.

»Möchtest du etwas von dem Camembert?« fragte er sie und hielt ihr ein Stückchen auf seiner Gabel aufgespießt entgegen. Es war die Art intimer Geste, wie man sie unter Liebenden kennt. Wieder spürte sie, wie sich etwas in ihrer Brust zusammenzog.

»Nein, danke«, erwiderte sie, denn sie hatte gelesen, man solle Weichkäse während der Schwangerschaft meiden. Sie starrte auf ihren Teller und spielte mit einem Stückchen Radicchio in der öligen Soße. Sie hatte Angst, daß sie gleich in Tränen ausbrechen würde. Wie konnte sie sich nur darüber Gedanken machen, ob Mark Denton sich etwas aus ihr machte oder nicht, wenn der Mann, den sie liebte, sie gerade im Stich gelassen hatte?

Sollte Mark den plötzlichen Wechsel ihres Gesichtsausdrucks bemerkt haben, so erwähnte er es jedenfalls mit keiner Silbe. »Hast du dich immer schon für Mode interessiert?« fragte er unverfänglich.

Über Mode konnte sie stundenlang reden. Sie ergriff den Rettungsring, den er ihr hingeworfen hatte und redete immer noch darüber, als Mark bereits die Rechnung bezahlt hatte.

»Das war wirklich gut, ich habe es sehr genossen«, sagte sie ehrlich, als sie zusammen das Restaurant verließen.

»Das freut mich«, erwiderte Mark und öffnete ihr die Beifahrertür. »Aber eigentlich wollte ich das Essen zu einer Besprechung nutzen.«

»Aber natürlich«, erwiderte Jo. Wie sollte sie reagieren, wenn er sie jetzt zum Abendessen einlud? Sollte sie zusagen? Sie mußte zusagen. Sicherlich würde es ein amüsanter Abend werden. Wenn er es sich in den Kopf gesetzt hatte, dann konnte er eine sehr unterhaltsame Begleitung sein.

Er öffnete seine Tür und ließ sich auf den Fahrersitz gleiten.

»Es geht um Emma. Nachdem, was du mir neulich über sie erzählt hast, habe ich mir wirklich Sorgen um sie gemacht. Sie braucht unbedingt eine feste Hand und jemanden, der sie anleitet. Ich würde es sehr gerne sehen, Jo, wenn du sie unter deine Fittiche nehmen könntest.«

Jo spürte, wie ihr ähnlich einem zerplatzten Ballon die Luft ausging. Das war also sein eigentliches Anliegen gewesen. Er war nicht im geringsten an ihr interessiert. Er hatte sie lediglich etwas aufheitern wollen, ehe er sie wegen seiner dämlichen Nichte fragte. Wie dumm von ihr, anzunehmen, daß

Mark Denton sich jemals für jemanden wie sie interessieren würde. Du bist ein Vollidiot, Jo Ryan.

»Was kann ich tun?« fragte sie verkrampft.

»Sie wie einen Lehrling behandeln. Sie soll schreiben lernen, sie soll Interviews führen lernen. Du weißt schon, all diese Sachen eben. Wenn du dich darauf einlassen könntest, wären sowohl Emma als auch ich sehr glücklich darüber.«

Es würde mich nicht umbringen, zu der hinterhältigen kleinen Hexe freundlich zu sein, dachte Jo. Aber sie würde sich von ihr nichts bieten lassen.

»Das kann ich natürlich tun, Mark«, erwiderte sie kühl. »Sie muß sich jedoch darüber im klaren sein, was ich für sie tue. Sie sollte zu harter Arbeit bereit sein und nicht alle fünf Minuten zu dir rennen, wenn sie meint deine Unterstützung zu brauchen.«

»Ich werde mit ihr sprechen«, sagte er eilig. »Danke, Jo, das bedeutet mir viel.«

Jo sagte kein Wort mehr, bis der Wagen vor dem Büro hielt.

»Dann sehe ich dich also um zehn am Samstag auf dem Flughafen?« fragte er.

»Richtig. Vielen Dank für das Mittagessen«, erwiderte sie kurzangebunden und knallte die Autotür zu.

»Wie seid ihr denn miteinander ausgekommen?« fragte Rhona neugierig, als Jo ihr Büro betrat.

»Überhaupt gar nicht«, schnappte Jo. »Der Mann macht mich wahnsinnig.«

»Ach ja?« Rhona betrachtete sie nachdenklich. »Vielleicht wird er sich ja an dich gewöhnen, wenn ihr zusammen verreist.«

»Das möchte ich stark bezweifeln.«

12

Jos Finger krallten sich in die Armlehnen. Sie schluckte. Während der letzten fünf Minuten hatte sie sich bereits mehrmals gewünscht, sie hätte den verdammten Film über das Flugzeugunglück in den Anden nicht gesehen.

Sie haßte den Start, überhaupt haßte sie das Fliegen. Der Start jedoch war das Schlimmste. Wenn man einmal oben war, hatte man ohnehin keinen Einblick mehr in das Geschehen. Lächelnde Flugbegleiterinnen servierten alkoholische Getränke, und die Wolken waren so dicht, daß man den Abstand zur Erde nicht mehr genau erkennen konnte. Der Start jedoch war viel unmittelbarer und gefährlicher. Man konnte alles sehen.

Wenn Jo jetzt aus dem Fenster sah, würde sie die Rollbahn und den Flughafen von Dublin und zahlreiche, immer kleiner werdende Häusersiedlungen erkennen können. Sie konnte sich nicht mehr zurückhalten, sie mußte aus dem Fenster sehen. Großer Fehler. Der riesige Flughafen hatte nur noch die Größe einer Streichholzschachtel, und die Felder sahen aus wie eine Patchworkdecke.

Das Flugzeug schwankte leicht. Jo war unschlüssig, ob man trotz des erleuchteten Anschnallzeichens auf die Toilette eilen durfte. Die ihr wohlbekannte Übelkeit hatte sich wieder eingestellt. Über Mark Denton und die am Gang sitzende Person würde sie hinwegsteigen müssen, aber möglich wäre es. Würde es ihr gelingen? Vielleicht sollte sie einfach tief atmen und beten.

»Alles in Ordnung?« fragte Mark und legte seine große Hand auf ihre zusammengeballte linke Faust.

»Nein.« Ihre Angst war viel zu groß, um zu lügen. »Ich hasse das Fliegen«, brummte sie. »Und ich hasse es, am Fenster zu sitzen.«

»Dann laß uns jetzt über irgend etwas reden, was dich ablenkt«, sagte er tröstend.

»Habe ich dir jemals erzählt, wie Rhona und ich uns kennengelernt haben?« fragte er und setzte sich etwas seitlich, wobei er ihre Hand immer noch fest in seiner hielt.

»Nein.« Jo war eigentlich nicht nach einer Aufheiterung zumute. Sie wollte sich wie ein verwöhntes Kind benehmen und ihn nicht beachten. Er sollte dafür büßen, daß er sie zum Essen eingeladen hatte, nur um über seine schreckliche Nichte zu reden. Seit sie sich auf dem Flughafen getroffen hatten, hatte sie ihn praktisch überhaupt nicht beachtet. Sie hatte ihn nur kühl angelächelt, als er sie mit in die Business-Class-Lounge von Aer Lingus genommen hatte, wo es Tee, Kaffee, Getränke und Zeitungen gab – und viele gemütliche Sessel, in die man sich fallen lassen konnte.

Mark seinerseits hatte ihre Mißachtung vollkommen ignoriert. Er war ausdauernd freundlich, als ob er ein verwöhntes Kind bei Laune halten müsse. Sie *haßte* das.

»Nun, danach mußte ich ihr einfach die Stelle anbieten«, sagte er. »Du kennst ja Rhona.«

Ja, sie kannte sie. Sie erinnerte sich an Rhonas Abschiedsworte, die in etwa gelautet hatten: »Wenn du dich in dem ganzen Highlife in New York bis über beide Ohren in Mark verliebst, vergiß nicht, daß ich alles darüber wissen möchte, wenn du wieder zurück bist.« Was für eine vergebliche Hoffnung. Erstens, warum sollte eine Frau sich in einen Mann verlieben, die bereits im dritten Monat schwanger von einem anderen Mann war, der sie sitzenlassen hatte?

Zweitens, wie konnten während eines endlos langen Flugs in einem Jumbo nach New York überhaupt irgendwelche romantischen Gefühle aufkommen?

Und drittens, warum sollte jemand so dumm sein und sich in Mark Denton verlieben? Manchmal hatte Rhona wirklich vollkommen verrückte Einfälle.

Mark hatte zu reden aufgehört und tätschelte ihre Hand.

»Ist es jetzt etwas besser?« fragte er.

»Alles in Ordnung«, murmelte sie.

Er ignorierte ihr unfreundliches Gesicht und fing wieder zu reden an. Offenbar hatte er den falschen Eindruck, er helfe ihr damit. Auch während der Mahlzeit fuhr er mit der Unterhaltung fort. Es gab gegrilltes Hühnchen mit Reis, ein Stück dunkles Brot, eine Art Käsekuchen und ein in Folie gepacktes Stückchen Pfefferminzschokolade, das Mark Jo reichte. Er unterbrach seine Erzählung lediglich, während sie das Bordkino sahen.

»Ich hasse Julia Roberts«, brummte Jo schläfrig und wunderte sich, daß sie zur Mittagszeit bereits müde war. Die Nacht zuvor hatte sie zugegebenermaßen schlecht geschlafen. Um drei Uhr morgens war sie schweißgebadet aufgewacht. Sie hatte geträumt, sie sei auf dem Dubliner Flughafen zum Elf-Uhr-Flug ohne Paß, ohne Koffer und, noch schlimmer, ohne Handtasche erschienen.

Ein paar Minuten lang zu dösen, würde ihr guttun. Sie streckte sich etwas auf dem schmalen Sitz aus, rollte ihr graues Sweatshirt zu einem Kopfkissen zusammen und schloß die Augen. Zwei Stunden später wachte sie auf. Entsetzt bemerkte sie, daß sie sich gemütlich an Marks Schulter gelehnt hatte.

»Entschuldigung«, sagte sie kurz angebunden und setzte sich kerzengerade auf. Sie konnte nur hoffen, daß sie nicht geschnarcht oder etwas ähnlich Peinliches getan hatte. Richard behauptete, sie schnarche im Schlaf. Es wäre einfach zu peinlich, an der Schulter des Chefs zu schnarchen.

»Du hast den Kaffee verpaßt.« Mark streckte seine Arme aus und massierte sich die Schulter, auf der sie gelegen hatte.

Sie stöhnte insgeheim. Offenbar hatte er sich stundenlang nicht bewegen können, weil sie an seiner Seite geklebt hatte. Er vermutete sicher, sie habe ein Auge auf ihn geworfen und sich absichtlich so verhalten. Wie furchtbar.

»Ich habe dich nicht geweckt, weil du die Ruhe offenbar nötig hattest. Du siehst sehr blaß aus. Abgesehen davon war der Kaffee nicht sehr gut. Mit dem Kaffee im Büro kann er jedenfalls nicht mithalten. Geht es dir gut, Jo?«

Mark musterte sie besorgt. Sein Blick erschien ihr freundlich, ja gutmütig. Sie sollte aufhören, ihn zu ignorieren und sich wieder wie eine Erwachsene benehmen.

»Mir geht es gut«, erwiderte sie. Jedenfalls so gut, wie es möglich war, nachdem man sich lächerlich gemacht hatte. »Es tut mir leid, daß ich so lange auf deinem Arm gelegen habe.«

Er grinste. »Ist schon in Ordnung. Möchtest du etwas Wasser oder lieber Orangensaft?«

»Wasser wäre wunderbar.« Plötzlich hatte sie einen schrecklichen Durst. In ihren Artikeln schrieb sie regelmäßig, man solle auf Flügen viel trinken und eine Feuchtigkeitscreme zur Hand haben. Nun konnte sie endlich ihre eigenen Vorschläge in die Praxis umsetzen.

Mark winkte der Flugbegleiterin. Eine attraktive Rothaarige erschien sofort neben ihrem Sitz.

»Kann ich Ihnen behilflich sein?« fragte sie und lächelte Mark warmherzig, fast aufreizend an. Die Flugbegleiterin bemerkte Marks cremefarbenes Polohemd mit dem *Ralph-Lauren*-Designerabzeichen, seine teure *Tiffany*-Uhr und das Fehlen eines Eherings auf seiner kräftigen linken Hand. Ihr Lächeln wurde noch eine Spur breiter.

Schlagartig wurde Jo bewußt, daß Mark tatsächlich einen ganz eigenen, ruhigen Charme besaß. Sie konnte von Glück reden, daß er nicht ihr Typ war.

Sie hatte sich immer von sehr schönen Männern angezogen gefühlt, die Sorte mit feingemeißelten Gesichtern, die für *Armani*-Anzüge hätten Werbung machen können. Mark war groß und hatte eine gute Figur. Nicht ein Gramm Fett hatte er auf den Rippen, aber dennoch war er meilenweit von Richard Fitzgerald entfernt. Richard war wie ein Kinostar, während Mark ein etwas härteres Gesicht besaß, dessen Züge widerspiegelten, daß er es aus eigener Anstrengung nach oben geschafft hatte.

»Könnten wir etwas Wasser bekommen?« bat Mark die

Flugbegleiterin, bevor er sich wieder Jo zuwandte. »Oder möchtest du lieber Saft, Jo?«

»Wasser, danke«, erwiderte Jo und beobachtete, wie das Lächeln der Flugbegleiterin bei der Erkenntnis, daß Mark nicht alleine reiste, ein wenig abflachte.

Sie können ihn haben, hätte Jo ihr gerne gesagt. Er gehört mir nicht. Natürlich sagte sie nichts in der Richtung. Sie nippte an ihrem Wasser und äugte häufig zu Mark hinüber. Er war tatsächlich äußerst attraktiv. Würde es einen schlechten Eindruck machen, wenn sie ihren Kompaktpuder hervorholte und etwas Lippenstift auflegte?

Auf dem heißen, stickigen Kennedy-Flughafen herrschte dichtes Gedränge. Erschöpft und dankbar registrierte Jo, daß Mark sich um das Gepäck kümmerte. Immerhin barg ihr Koffer mindestens ein Viertel ihrer gesamten Garderobe. Mühelos hob er ihren Koffer und seinen Lederkoffer auf einen Rollwagen – ohne zu fragen, warum ihrer so schwer war und was sie eingepackt hatte, so wie Richard es immer getan hatte – und führte sie durch das Gedränge aus der lauten Ankunftshalle hinaus. Es war wie im Tollhaus.

Leute mit jeder nur erdenklichen Hautfarbe drängten sich wie ein menschlicher Regenbogen gegen die Barriere. Neugierig erwarteten sie die Fluggäste und kreischten laut in verschiedenen Sprachen, sowie sie ihre Gäste gesichtet hatten. Es war wie am ersten Tag im Ausverkauf.

Ein Kind bohrte seinen Tennisschläger in Jos Rücken, und jemand anderes rammte ihr seinen Rollwagen in die Hacken, während sie Mark durch die Menge folgte. Die wunderbar kühle Luft des Flugzeugs schien Lichtjahre entfernt von der Schwüle New Yorks.

Ihr weißes Baumwoll-T-Shirt und die Jeans klebten ihr am Körper. Sie wünschte sich nichts sehnlicher, als sich in einem kühlen Zimmer auszustrecken, zu ruhen und sich danach lauwarm zu duschen.

Sie erwog gerade, sich auf den Rollwagen zu legen und sich

von Mark bis zum Hotel schieben zu lassen, als sie einen jungen Mann in Uniform erblickte, der ein Schild mit den Worten »*Fitzpatrick Manhattan Hotel,* Herr Mark Denton« in die Luft hielt. Mark winkte dem Fahrer, der sofort auf sie zueilte und den Gepäckwagen übernahm.

»Willkommen in New York«, begrüßte er sie mit starkem irischem Akzent. »Ich heiße Sean. Es freut mich, Sie kennenzulernen.«

Jo hätte ihm um den Hals fallen können. Sean lud die Koffer in die langgestreckte *Cadillac*-Limousine des Hotels, während Jo sich auf den kühlen Ledersitz gleiten ließ und erleichtert aufseufzte.

Es war ihr vollkommen gleichgültig, ob ihre Koffer schließlich in Hongkong landen würden, so lange sie sich darum nicht kümmern mußte – und sich überhaupt um nichts mehr zu kümmern brauchte.

Während Sean sie durch den dichten Flughafenverkehr manövrierte, streckte Jo ihre Beine aus. Warum nur war sie nicht schon immer in einer Limousine gefahren? So mußte es Kinostars ergehen, wenn sie von einem Flughafen zum anderen die Bequemlichkeit eines Luxuswagens genossen, während sie von der Welt durch verdunkelte Scheiben abgeschottet waren.

Offenbar befand sich in der Rückseite des Fahrersitzes eine kleine Bar. Jo hätte sie zu gerne geöffnet, um sich den Inhalt einmal anzusehen. Das aber wäre wohl kaum sehr vornehm. Mark sollte nicht denken, daß sie die Fahrt in einer Limousine vollkommen überwältigte. Als ob das alles für sie ganz selbstverständlich wäre, schaute sie aus dem Fenster. Riesige amerikanische Autos überholten sie, glitzernde Cadillacs und Buicks, gegen die ihr Golf sich wie ein Zwerg ausnahm.

Mark und Sean diskutierten über den schnellsten Weg nach Manhattan, da viele der Autobahnen zur Zeit repariert wurden. Jo hörte ihrem Gespräch über Schnellstraßen und Autobahngebühren mit halbem Ohr zu. Sie betrachtete die Skyline der glitzernden Wolkenkratzer. Es war, als ob sie den Vorspann einer amerikanischen Fernsehserie sehen würde.

Dies war ihre dritte Reise nach New York. Trotzdem wußte sie ganz sicher, daß ihr diese Stadt auch nach vielen Besuchen immer wieder dieses ganz besondere Gefühl vermitteln würde. Es war die Stadt, von der sie als Kind schon geträumt hatte und die sie liebte. Die weitausgedehnte Stadt vermittelte einem ein Gefühl der Vitalität, sie war lebendig wie kein anderer Ort, den sie kannte.

Es überraschte Jo, wie gut sich Mark seinem Gespräch mit Sean zufolge in New York auskannte. Obwohl er niemals erwähnt hatte, daß er früher hier gelebt hatte, schien er die Stadt ausgezeichnet zu kennen. Er erzählte von einem Yankee-Spiel, das er in einem Yankee-Stadion gesehen hatte. Jo war sich nicht sicher, ob es sich dabei um Fußball oder Baseball handelte. Aber sie wußte ja ohnehin nicht viel von ihm – abgesehen von seinem Beruf, wie er Rhona kennengelernt hatte, warum er schnelle Autos liebte, und daß er eine Schwäche für seine Nichte hatte. Ach ja, und daß er sich den Mund fusselig reden konnte, um jemanden von seiner Flugangst abzulenken.

Dankbar stieg Jo aus der Limousine, als sie vor dem Hotel auf der Lexington Avenue vorfuhren. Das *Fitzpatrick Manhattan* war eine Oase der Ruhe, abseits des Verkehrslärms, der kreischenden Polizeisirenen und dem alles übertönenden Gehupe der Taxifahrer. Eher europäisch denn amerikanisch war das Hotel ruhig und elegant. Irische und amerikanische Züge mischten sich. Aus der Bar auf der rechten Seite drang Gelächter und der zarte Gesang von *Christy Moore* nach draußen.

»Gefällt es dir?« fragte Mark, der sie seit ihrer Ankunft beobachtet hatte.

»Du hast eine ausgezeichnete Wahl getroffen.« Jos Lächeln war echt. Die Vorstellung, in einem luxuriösen Stück Irlands mitten in New York untergekommen zu sein, gefiel ihr.

Die Anmeldung ging zügig vonstatten. Nach wenigen Minuten zeigte man Jo ihre Suite, ein luftiges Wohnzimmer mit wunderschönen, nachgebauten alten Möbeln, zwei großen Sofas, einem Schreibtisch und einem riesigen Fernseher, der in einem Schrank versteckt war.

Das Schlafzimmer war beinahe ebenso groß, dort stand ein weiterer Fernseher und ausreichend Kommoden, um das Vierfache ihres Kofferinhalts aufzunehmen. Noch wichtiger war die Tatsache, daß es dank der Klimaanlage angenehm kühl in dem Zimmer war. »Du mußt dich ausruhen«, riet ihr Mark und musterte ihr blasses Gesicht und die müden Augen. Er stand ein wenig unschlüssig im Wohnzimmer, während sie das Schlafzimmer bewunderte und einen Blick in das Badezimmer warf. »Ich lasse dich jetzt allein. Wenn du heute abend mit mir essen möchtest, rufe ich dich gegen acht an. Dann können wir zusammen ausgehen. Vielleicht hast du aber auch andere Freunde, mit denen du dich gern treffen möchtest«, fügte er zögernd hinzu.

»Aber nein, ich würde sehr gerne mit dir essen gehen«, erwiderte sie. »Laß mich mich nur erst ein wenig ausstrekken.«

»Wir sind erst seit fünf Minuten hier, und du redest bereits wie eine Amerikanerin!« Er blickte grinsend auf sie herunter. Bisher war ihr noch nicht aufgefallen, wie groß er war. Er mußte, ähnlich wie ihr Bruder Tom, an die zwei Meter groß sein. »Ich rufe dich gegen acht an«, sagte er und war verschwunden.

Zehn Minuten später lag sie bis zum Kopf in Schaum in dem schwarzweiß gekachelten Badezimmer. Die altmodische, emaillierte Badewanne hatte unbedingt benutzt werden wollen. Da jeder Muskel in Jos Körper schmerzte, hatte sie nachgegeben und die Wanne mit Wasser gefüllt.

Was machte es schon, daß sie sich an einem schwülen Julinachmittag in ein warmes Schaumbad legte? Draußen war eine brütende Hitze. Sie jedoch hatte die Klimaanlage noch kälter gestellt. In ihren Zimmern war es ruhig und schon beinahe kühl. Vivaldis *Vier Jahreszeiten* drangen aus dem Klassiksender des Radios. Jo hatte das Stück nach langem Suchen gefunden und die Musik laut aufgedreht. Es amüsierte sie, daß sie das Telefon trotzdem noch hören konnte, weil ein Apparat im Badezimmer stand. Der letzte Schrei, dachte sie, und hob den Hörer mit ihren seifigen Fingern hoch. Wen würde man vom Badezimmer aus anrufen wollen? Hallo, Mama, ich pinkel gerade. Wie geht es dir? Jo fand Hotels einfach zu schön.

Als das Telefon gegen acht klingelte, hatte Jo sich bereits eine Stunde lang ausgeruht, sich eine Kanne entkoffeinierten Kaffee vom Zimmerservice kommen lassen und sich ihr dunkelblaues Mandarincrêpe-Hemd sowie eine dazu passende Hose angezogen.

»Wir treffen uns unten«, sagte Mark.

Als sie unten ankam, wartete er bereits auf sie. Er saß in einem großen Sessel und trug ein edel wirkendes dunkelgraues Jackett, ein hellgraues Polohemd und Jeans. Jo mußte zweimal hinsehen. Mark Denton in Jeans!

»Gelegentlich trage ich sogar T-Shirts«, sagte er trocken, als er ihre Verwunderung bemerkte. »Vermutlich trägst du dann und wann auch mal einen Jogginganzug, hast kein Make-up auf und bindest deine Haare zu einem Pferdeschwanz zusammen«, setzte er grinsend hinzu. »Ganz und gar anders als die elegante Frau Ryan, wie wir sie von der Redaktion von *Style* her kennen.«

»Touché. Stimmt, manchmal trage ich kein Make-up. Aber einen Jogginganzug?« fragte sie mit gespieltem Entsetzen. »Niemals. Ich besitze aber tatsächlich ein paar Jogginghosen und trage manchmal verschiedene Socken, weil sie in der Wäsche durcheinandergeraten sind. Außerdem besitze ich ein paar ausgeleierte Leggings. Zählen die auch?«

»Aber natürlich.« Sein Arm glitt unter ihren Ellenbogen, und sie traten aus dem Hotel. Jo genoß es, wenn es auch nur eine Förmlichkeit war. Seit Richards Weggang fühlte sie sich oft sehr einsam, als ob sie niemals wieder jemanden umarmen und küssen würde.

Langsam schlenderten sie die Lexington Avenue in Richtung Süden hinunter. Jo versuchte, ihre Sorgen zu vergessen und es zu genießen, daß sie weit weg von zu Hause war. Die Verkehrsstaus des Nachmittags hatten sich mittlerweile aufgelöst, die Straßen waren vergleichsweise ruhig, und breite Limousinen fuhren mit hoher Geschwindigkeit zwischen den leuchtendgelben Taxis die Straße entlang.

Das *Fitzpatrick Manhattan* befand sich in einer vornehmen Gegend Manhattans. Die Park Avenue begann an der nächsten Straßenecke, die Fifth Avenue war auch nur zwei Straßenecken entfernt. Eine bunt gemischte Menschenmenge eilte die Straßen entlang. Das war der wesentliche Unterschied zwischen amerikanischen Großstädten und Dublin, dachte Jo.

Rhona hatte sie vor ihrem letzten Besuch in New York in Angst und Schrecken versetzt. Sie hatte sie vor Überfällen gewarnt, außerdem solle sie Menschen nicht anstarren, denn sie könnten sich als Psychopathen entlarven. Sie hatte sogar eine Art Überfallportemonnaie bei sich getragen, eine Geldbörse mit ein paar Dollar, die man dem Dieb sofort aushändigte. Während sie nun langsam mit Mark spazierenging – sie hätte schwören können, daß er ihr zuliebe besonders langsam lief, als ob er genau wußte, daß sie nur wenig Energie besaß –, war sie überhaupt kein bißchen nervös. Er kannte New York, und sie fühlte sich sicher mit ihm.

»So, wir sind da«, verkündete Mark und blieb vor einem grell erleuchteten Café, dem *Starlite Xpress Diner,* an einer Straßenecke stehen. Er blickte durch das Fenster hindurch auf die Tafel hinter der verchromten Bar und las laut vor: »*Arnold Schwarzenegger Burger, Dolly Parton Sandwich* . . . Ach, und schau mal, Jo. Du kannst sogar einen *Cindy Crawford Hot Dog* bekommen!«

»Vermutlich nur mit Salat und einem winzig kleinen Brötchen.« Jo lachte und betrachtete die Kunden, die mit ihren Papiertassen, Coca-Cola-Dosen und Styroporboxen für die Hamburger an kleinen Tischen saßen.

»Ich dachte, du würdest sicher gerne einmal ein typisches New Yorker Abendessen in einem Diner genießen«, fuhr Mark mit todernstem Gesicht fort. »Es kostet schließlich nur sechs Dollar pro Person.«

Jo musterte ihn aufmerksam. Machte er Spaß? Oder war es ihm ernst? Sie war sich nicht sicher. Wenn er es ernst meinte, hätte er es ihr ruhig vorher sagen können, dann hätte sie sich entsprechend angezogen. Ganz sicher hätte sie nicht ihr schönes – und sehr bequemes – dunkelblaues Kleid für den *Starlite Xpress Diner* verschwendet.

»Also gut«, erwiderte sie bestimmt, obwohl es ihr gar nicht danach war. Männer. Niemals würde sie sie wirklich begreifen. Mark hatte so viel Geld, daß für ihn eine Mahlzeit in einem Diner offenbar sehr aufregend war. »Laß uns essen.«

Er bekam Mitleid.

»Jo, du bist so leichtgläubig. Ich mache doch nur Spaß.«

»Mistkerl!« verkündete sie und versetzte ihm einen leichten Klaps auf den Arm.

Er lachte und griff nach der Hand, die ihn geschlagen hatte. Bei der Berührung durchzuckte es Jo wie ein elektrischer Schlag. Sie hätte ihre Hand weggezogen, aber sein Zugriff war bestimmt. Bestimmt und warm.

»Tut mir leid. Verzeih mir.« Seine grauen Augen leuchteten, und seine Mundwinkel verzogen sich zu einem entwaffnenden Lächeln. Vor dem erleuchteten Diner sah er aus wie ein Bär von Mann. Jo hatte das merkwürdige Verlangen, diese starken Arme um sich zu fühlen. Reiß dich zusammen, Ryan!

»Du siehst so hübsch aus in deinem wunderschönen Kleid, daß ich einfach nicht widerstehen konnte, dich ein wenig zu necken«, erklärte Mark grinsend. »Ich habe hier schon einmal den *Bill Clinton-Burger* gegessen, und er hat mir sehr gut geschmeckt. Wie alle Mahlzeiten dort war die Portion jedoch einfach riesig. Ich konnte sie gar nicht aufessen. Wir werden in ein viel, viel schöneres Restaurant als dieses hier gehen.«

»Was könnte denn noch schöner sein?« fragte Jo mit gespieltem Erstaunen. »Ich bin ganz scharf auf ein *Dolly Parton-Sandwich,* und hoffe, daß sie Pommes frites mit Currysoße auf ihrer Speisekarte haben.«

»Pommes frites mit Currysoße! Das kannst du nicht ernst meinen!«

Jo tat beleidigt. »Ich esse sie so gern, besonders mit Zwiebelringen und frittierten Würstchen. Und Erbsenpüree muß unbedingt noch dabei sein.«

»Und ich dachte immer, du würdest dich von Knäckebrot ernähren«, bemerkte Mark.

»Ich mußte noch nie eine Diät machen«, erklärte Jo. »Bisher jedenfalls nicht«, fügte sie etwas reumütig hinzu und dachte daran, daß sie jetzt immer für drei und nicht nur für zwei aß, sobald die morgendliche Übelkeit nachgelassen hatte.

»Nun komm schon«, sagte Mark. »Ich verhungere gleich.«

Er hakte ihren Arm unter seinen, und zusammen gingen sie weiter.

Bei seiner Berührung durchfuhr Jo ein Schauer. Sie hätte nicht sagen können, warum, aber sie wollte einen Arm um seine Taille legen und spüren, wie er sie beim Laufen fest im Arm hielt.

Das durfte einfach nicht wahr sein, dachte sie. Sie war mit dem Baby eines anderen Mannes drei Monate schwanger, noch dazu eines Mannes, der sie verlassen hatte. Und schon verliebte sie sich in einen anderen, und dann auch noch in ihren Chef. Hatte die Zeitverschiebung ihr Gehirn vollkommen durcheinandergewirbelt?

»Das Restaurant wird dir sehr gefallen«, versprach Mark. »Man kommt sich dort vor, als ob man eine Szene aus der *Wall Street* betritt. Überall sind Geschäftsleute mit Button-Down-Hemden und Hosenträgern. Die Frauen tragen sehr strenge Frisuren. Und alle reden nur über Aktien, Anleihen und Geschäftsabschlüsse.«

»Ist das dein Ernst?«

»Die Männer tragen tatsächlich Hosenträger, manchmal sogar eine Fliege. Wenn du als Spion in der Börse arbeiten wolltest, dann könntest du dort etwas lernen. Nun, vielleicht auch nicht«, schwächte er seine Aussage ab. »Die Tische stehen sehr dicht beieinander. Die Geschäftswelt weiß so in der ganzen Stadt bei Eröffnung des Dow Jones am nächsten Morgen, was bei *Smith & Wollensky's* am Abend zuvor besprochen wurde. Vermutlich sprechen sie verschlüsselt miteinander.«

»Das klingt ausgesprochen hochgestochen«, erwiderte Jo erfreut. »Das ist es auch.«

Smith & Wollensky's war sehr gut besucht, als sie durch die Tür traten. Der Portier vom *Fitzpatrick* hatte ihnen einen Platz reserviert. Der Chefkellner versicherte ihnen, daß gegen neun ein Tisch frei werden würde. Jo und Mark drängten sich durch die Menge hindurch auf die langgestreckte Bar zu. Sie bekamen einen Stuhl für Jo und bestellten ihre Drinks.

»Immer wieder vergesse ich, daß Alkohol hier nicht abgemessen wird«, bedauerte Mark, als er den doppelten Wodka betrachtete, den der Barmann in ein schweres Glas goß.

»Wie in Spanien«, erwiderte Jo. »Dort besitzt man offenbar keine Meßbecher. Sie schenken einfach immer weiter ein, bis man halt sagt. Kennt man die Regeln nicht und sagt nicht halt«, fuhr sie fort, »dann ist jeder Drink ein Kater für den nächsten Tag. Ich erinnere mich gut an meinen ersten Spanienbesuch. Es war eine Pressereise, als ich bei den *Sunday News* gearbeitet habe«, erklärte sie. »Alle aus der Gruppe haben jeden der vier Tage morgens ihre Aspirintabletten geschluckt.«

»Im Journalismus herrscht eine richtige Trinkkultur, nicht wahr?« fragte Mark ein wenig angespannt. »Sich zu betrinken, gehört wohl einfach dazu?«

Jo nippte an ihrem Orangensaft und blickte ihn an. Er machte einen angespannten, besorgten Eindruck.

»Früher war es so. Als ich als Journalistin anfing, haben wir viel Zeit in den Kneipen verbracht. Alle haben damals mehr getrunken, als sie es heute tun.« Warum rechtfertigte sie sich? Sie hatte jedes Recht, sich um den Verstand zu saufen, wenn sie das denn wollte. Sie war damals ja erst einundzwanzig Jahre alt gewesen!

»Warum fragst du?«

»Aus keinem bestimmten Grund.« Mark starrte auf ihren Orangensaft, als ob er sich dessen Zusammensetzung merken müsse. Er nahm seinen Drink und leerte das Glas. »Du hast vermutlich recht, ich werde von jetzt ab auch nur noch Orangensaft trinken. Möchtest du noch einen?« fragte er.

Jetzt fiel der Groschen. Mark glaubte offenbar, daß sie nicht mehr trank, weil sie trockene Alkoholikerin war. Was für eine Überraschung! Sie war weiß Gott auf zahlreichen Presseempfängen gewesen, wo sich die Leute betrunken hatten. Sie selbst jedoch hatte sich immer im Zaum gehalten. Sie konnte sich sogar noch genau an das letzte Mal erinnern.

»Mark.« Jo zögerte. »Ich bin keine Alkoholikerin. Als ich bei der Presse anfing, verbrachte ich meine Freizeit ausschließlich mit anderen Journalisten, die alle übermäßig tranken. Heute ist das anders. Meiner Meinung nach sind wir alle etwas zur Besinnung gekommen.« Sie dachte daran, wie sich das Trinkverhalten in den letzten neun Jahren geändert hatte. Leberzirrhose hatte einen der talentiertesten Reporter dahingerafft. Der Mann war ebenso berühmt wegen seiner Sucht nach Scotch wie für seinen brillanten Enthüllungsjournalismus gewesen.

Sein Tod hatte sie alle sehr erschüttert. Nach seiner Beerdigung hatten sie fünf Stunden lang auf seine Gesundheit getrunken. An diesem Tag hatte Jo sich von der Nonstop-Partyfeierei für immer verabschiedet.

»Ich trinke gerne Wein, und ab und zu einen Irish Coffee,

und das ist es auch schon. Gut, Champagner ist auch nicht schlecht, aber nur der wirklich gute, nicht dieser Billigchampagner, der auf Presseempfängen serviert wird.«

Mark musterte sie aufmerksam. Jo überlegte einen Augenblick, ob sie ihm den wahren Grund für ihre Abstinenz erzählen sollte. Oder sollte sie es lieber weiter für sich behalten, so daß er sich immer wieder fragen mußte, warum sie kein Glas Wein mit ihm teilte?

Nein, entschied sie. Sie würde ihre Schwangerschaft für sich behalten. Trotz der Tatsache, daß Rhona eine ausgezeichnete Chefredakteurin war, die Schwangerschaften, Kaiserschnitte, Zahnen und den ersten Schultag zusätzlich zu einem Job mit sehr hohen Anforderungen unter einen Hut bekam, konnte es gut sein, daß Mark ihr diese Fähigkeiten nicht zutraute.

»Ich habe ein Problem mit meinem Magen, zuviel Säure«, improvisierte sie aus dem Stand. »Während einer solchen Phase kann ich nichts trinken, dann wird es nur noch schlimmer. In ein paar Wochen wird das vorbei sein.«

»Es tut mir leid, daß du dich nicht wohl fühlst«, erwiderte Mark und wirkte gleichzeitig besorgt und erleichtert. »Du hättest mir sagen sollen, daß es dir nicht so gut geht. Dann hätte ich jemand anderen mit nach New York genommen.«

»Und ich habe mir eingebildet, *ich* wäre als einzige in der Lage, den Vertrag auszuhandeln«, erwiderte Jo gespielt gekränkt. »Vielleicht sollte ich besser wieder nach Hause fliegen, da ich nun weiß, wie austauschbar ich bin ...«

»Nein, das wirst du nicht tun«, erwiderte Mark hastig. »Tut mir leid. Du bist tatsächlich für diese Angelegenheit sehr wichtig. Du sollst nur nicht das Gefühl haben, daß du zwangsweise mitreisen mußtest, nur weil ich es so angeordnet habe«, beendete er seinen Gedanken. Er wandte sich dem Barmann zu und hob sein Glas. »Noch einen *Screwdriver* und einen Orangensaft.« Er wandte sich nicht wieder zu ihr um, sondern starrte auf die Bar, als ob ihn die aufgereihten Flaschen faszinierten. Plötzlich war die Stimmung zwischen ihnen umgeschlagen. Offenbar hatte er sich vorgenommen, sich ihr gegenüber wieder zu verschließen und seine kühle und abweisende Denton-Fassade erneut auferstehen zu lassen.

Er ging davon aus, sie sei lediglich deshalb mitgekommen, weil er ihr Chef und sein Wort Gesetz war. Vielleicht war es anfangs auch so gewesen. Natürlich war es so gewesen. Aber jetzt war alles ein wenig anders geworden. Sie mochte ihn, mochte den offenen und unterhaltsamen Mann, der die Freundlichkeit besessen hatte, ihre Flugangst zu beschwichtigen. Den Mann, dem auf dem Flughafen ihr blasses Gesicht aufgefallen war und der sich daraufhin um ihr Gepäck gekümmert hatte. Dieses Verhalten war kein Chefverhalten, sondern das waren Gesten eines Freundes. Seit drei Jahren arbeitete sie bereits für ihn, und erst während der letzten Woche hatte sie überhaupt einen Eindruck bekommen, was für ein Mensch er war. Es schien ihr plötzlich sehr wichtig, ihm das zu sagen.

»Mark.« Jo berührte seine Schulter und fühlte das weiche Material seines Jacketts. Cashmere, stellte sie mit geschultem Blick fest. Er wandte sich um. Seine grauen Augen versenkten sich in ihren dunklen Blick. »Niemand hat mich gezwungen, mitzureisen«, sagte sie leise. »Ich wollte es unbedingt. Und nun bin ich glücklich, denn ich habe eine wirklich schöne Zeit hier.«

Er lächelte. Die kleinen Linien um seine Augen zogen sich wieder auf jene Art und Weise zusammen, die Jo so irritierend sexy fand. »Gut.«

Bildete sie es sich nur ein, oder war seine Stimme tiefer als sonst? Viele Gefühle dominierten diesen Augenblick. Jo wußte nicht, was sie sagen sollte. Er hielt ihrem Blick stand, dann musterte er ihr Gesicht. Seine Augen wanderten über ihre geröteten Wangen, die vollen, in einem Bronzeton geschminkten Lippen, die Augen mit den braunen Wimpern.

»Ihr Tisch ist jetzt frei, Sir.« Der schmale italienische

Kellner brach den Zauber, und beide kehrten wieder in die Realität zurück. »Hier entlang bitte.«

Mark ließ Jo vorangehen, und sie folgte dem Kellner, schlängelte sich durch viele kleine Tische und drehte sich seitwärts, um zwischen den enggestellten Stühlen hindurchzukommen.

Sie war so sehr mit dem hochgewachsenen Mann in ihrem Rücken beschäftigt und hoffte, daß sie von hinten gut aussah, daß sie fast mit einem anderen Kellner zusammengestoßen wäre, der ein Fischtablett hoch über seinem Kopf balancierte.

»Tut mir leid«, entschuldigte sie sich und trat ein wenig ungeschickt zur Seite. In dem Augenblick legte sich Marks Hand um ihre Taille und stützte sie. Es war, als ob sie von einem glühenden Eisen berührt worden wäre. Seine Berührung schien sie zu verbrennen.

»Gnädige Frau«, sagte der Kellner, als sie einen Zweiertisch im hinteren Teil des Restaurants erreicht hatten. Er zog Jos Stuhl hervor, und sie ließ sich darauf fallen. Über den Tisch hinweg lächelte Mark sie an, schwieg jedoch, während der Kellner ihnen die Karte und Weinkarte vorlegte.

Der Kellner ratterte die Liste der Spezialitäten herunter, aber Jo hörte kein Wort. Obwohl ihr Blick auf das Gesicht des Kellners geheftet war, war sie in Gedanken vollkommen mit den letzten Minuten beschäftigt und fragte sich, was genau geschehen war, was für eine unerklärliche Spannung zwischen ihnen lag. Dann starrte sie auf die Karte.

»Was könnte dir gefallen?« fragte Mark.

Jetzt mußte sie schnell eine Wahl treffen. Muscheln, sie würde Muscheln essen. Und als Vorspeise Melone mit Parmaschinken.

»Die Melone, und dann die Muscheln«, sagte sie hastig.

»Die Muscheln sind nicht mehr auf der Karte, das jedenfalls hat der Kellner gesagt«, erklärte ihr Mark leise. Jo fühlte, wie sie errötete. Eine Hitzewelle stieg ihr in die Wangen. Sie kam sich vor, als wäre sie wieder fünfzehn.

»Hat er das gesagt? Ich habe wohl nicht aufgepaßt«, erwiderte sie. »Dann nehme ich vielleicht die gebratene Scholle.«

»Das hört sich gut an.« Mark winkte dem Kellner, der zu ihnen trat. Wieder bewunderte Jo seine Fähigkeit, augenblicklich die Aufmerksamkeit anderer Leute auf sich zu ziehen. Allein seine Präsenz machte die Menschen auf ihn aufmerksam.

Als der Kellner mit ihrer Bestellung gegangen war, stützte Mark seine Ellenbogen auf den Tisch und beugte sich vor.

»Wir haben den ganzen Tag noch gar nicht über das Geschäftliche gesprochen. Ich weiß, wir wollen uns auch amüsieren, aber wir sollten auf jeden Fall unsere Strategie festlegen, bevor wir am Dienstag mit den Leuten reden.«

Jo spürte, wie sie auf ihrem Stuhl zusammensank. Das war es also. Der Zauber war verflogen. Offensichtlich existierte die Spannung, die sie zwischen ihnen empfunden hatte, nur auf ihrer Seite. Oder aber er hatte kein Interesse an ihr und wollte nun Geschäftliches besprechen, damit sie sich keine falschen Hoffnungen machte. Ein Chef bändelte nicht mit seinen Angestellten an. Diesen Wink verstand sie sehr wohl.

»Welche Strategie hattest du dir ausgedacht?« fragte sie kühl. Sie wollte ihm beweisen, daß sie sich genauso geschäftlich verhalten konnte wie er. Falls Mark Denton ihr einen Wink hatte geben wollen, dann würde sie ihm jetzt zeigen, wie schnell sie lernte.

Nach dem Essen gingen sie schweigend zum Hotel zurück. Jo war unerklärlich müde, und ihr fiel nichts mehr ein, was sie hätte sagen können. Über zwei Stunden lang hatten sie Geschäftstaktiken diskutiert. Sie hatte es satt, über die Relevanz von Leserbefragungen und die Aktienanteile des Senders zu diskutieren.

Sie wollte nur noch die Tür ihrer Suite hinter sich zuziehen und sich selbst eine Ohrfeige geben, daß sie dumm genug gewesen war zu glauben, zwischen Mark und ihr würde sich auch nur *irgend etwas* bewegen.

Diesmal hatte er nicht ihren Arm genommen, sondern sie gingen mit einem leichten Abstand nebeneinander her. Als sie das Hotel erreicht hatten, blieb er auf dem Bürgersteig stehen.

»Ich mache noch einen Spaziergang«, verkündete er knapp. »Ich glaube nicht, daß ich schon schlafen kann.«

»Ist gut«, erwiderte sie, ohne ihn anzusehen. Statt dessen starrte sie auf den Lederwarenladen auf der anderen Straßenseite, als ob dort etwas ihre ganze Aufmerksamkeit gefangengenommen hätte.

»Wollen wir zusammen frühstücken?«

»Nein«, erwiderte sie. »Morgen will ich im Bett frühstükken. Dann gehe ich zum Village und nach Chinatown auf die Märkte. Du hast sicher jede Menge zu tun, da wirst du mich nicht immer im Schlepptau haben wollen.« Ihre Stimme war härter als beabsichtigt. Aber sie konnte nicht anders. Sie fühlte sich von seiner plötzlichen Gleichgültigkeit und der Art, wie er dem Abend eine vollkommen andere Richtung gegeben hatte, verletzt. Er hatte eine magische, elektrisierte Atmosphäre in ein kühles Geschäftstreffen verwandelt.

Wenn er annehmen sollte, daß sie ihm wie ein kleines, verzweifelt nach Aufmerksamkeit lechzendes Hündchen folgen würde, dann irrte er sich.

»Gut«, erwiderte er knapp.

Ohne sich umzusehen betrat Jo das Hotel. In ihrer Suite schmiß sie die Handtasche auf den Tisch und schnappte sich die Fernbedienung des Fernsehers. Sie ließ sich auf das riesige Sofa fallen, kickte sich die Schuhe von den Füßen und legte erleichtert die Beine hoch. Verdammter Mark Denton. Sollte er in der Hölle schmoren. Wie konnte er ihr erst diese rätselhaften Blicke zuwerfen und sie danach so behandeln, als ob sie seine verdammte Sekretärin wäre, die für ihn die Drecksarbeit machte? Er war ein Mistkerl, wie alle anderen Männer auch. Genau wie Richard.

Sie zappte durch die Shopping-Kanäle, CNN, eine Mitternachtstalkshow, das merkwürdige Manhattan Kabelfernsehen und irgendeinen anderen Mist mit einer wie Barbie gestylten Krankenschwester, die den Puls eines Patienten abhörte, der vollkommen von ihrem Busen fasziniert war. Jo betrachtete das einen Augenblick lang und wartete auf den attraktiven Arzt, der gleich auftreten und der Krankenschwester gestehen mußte, daß er sie liebte. Und das trotz der Tatsache, daß er mit ihrer Halbschwester verheiratet war, mit ihrer Mutter geschlafen hatte, und so weiter. Sie haßte amerikanische Seifenopern. Kein einziger Mensch sah dort aus, wie normale Menschen eben aussehen. Die Frauen hatten alle eine Art Plastiklächeln, einen Plastikbusen und schmale Wespentaillen.

Sie befühlte ihre eigene Taille und erinnerte sich an die Zeit, als sie ebenso schlank wie die Frauen auf dem Bildschirm gewesen war. Sie war jetzt beinahe im dritten Monat, und ihr Körper hatte sich nur wenig verändert. Aber die paar zusätzlichen Zentimeter an ihrer Taille spürte sie doch sehr. Wenn sie sich umsichtig anzog, machte sie überhaupt keinen schwangeren Eindruck. Nur jemand mit Adlerblick – wie ihre Mutter oder Rhona – konnte ihr Geheimnis erraten. Aber sie verspürte jetzt so häufig Hunger, daß sie viel zunehmen würde, wenn sie nicht aufpaßte.

Sie ging auch weiterhin zweimal wöchentlich schwimmen und zum Step Aerobic. Aber die vielen Schokoladenkekse, die Twixes und die Eiskrem mußten irgendwo ansetzen.

Sie zappte durch die Kanäle. Goldie Hawn stand auf einer Yacht und schrie Kurt Russell an. *Overboard,* freute sich Jo. Sie liebte diesen Film. Nur eine einzige Sache fehlte jetzt noch, dachte sie und griff zum Telefonhörer.

»Könnten Sie ein Kännchen Tee und, äh . . . Hätten Sie wohl ein paar Schokoladenkekse?« fragte sie. »Ja, die mit den Schokoladenstückchen wären genau die richtigen, vielen Dank. Die Mürbekekse backen Sie hier im Hotel? Das klingt auch sehr verlockend.«

Halb acht wachte Jo schweißgebadet auf. Sogar die weiche Baumwollbettwäsche fühlte sich klamm an. Noch vollkommen benommen von ihrem Traum, setzte sie sich im Bett auf. Wovon hatte sie geträumt? Mark, das war es gewesen. Sie war mit Mark Denton zusammen in einem Hotelzimmer mit roten Vorhängen gewesen. Mitten im Zimmer stand ein vierpfostiges Bett. Rote, golddurchwirkte Musselingardinen schützten das Bett vor neugierigen Blicken. Hinter den Gardinen konnte sie viele Menschen erkennen. Es waren Männer mit gestreiften Hemden, Hosenträgern und Fliegen, die einen Blick hinter die Gardine zu erhaschen versuchten.

Mark und sie lagen teilweise von Seidentüchern bedeckt auf dem Bett. Mark hatte seinen nackten Körper um sie geschlungen. Er hatte sie geküßt, ihren Bauch gestreichelt und ihr versichert, er könne die Geburt des Babys kaum abwarten. Auch sie war nackt gewesen und hatte seine Haut auf ihrer brennen gefühlt. Seine Hände hatten ihren ganzen Körper berührt . . . mein Gott, was für ein Traum!

Sie schob die Decke zurück und ging ins Badezimmer. Ihre verquollenen Augen und das müde Gesicht zeugten von ihrem unruhigen Schlaf.

Sie hielt einen weißen Waschlappen unter den Wasserhahn und fuhr sich vorsichtig damit über ihr erhitztes Gesicht. Du siehst schrecklich aus, sagte sie an ihr Spiegelbild gewandt. Ihr sonst bauschiges dunkles Haar war am Ansatz fettig, ihre Haut gerötet und von den Bettlaken zerknittert, ihre Augen waren einerseits von der Zeitverschiebung und andererseits wegen mangelhafter Flüssigkeitszufuhr ganz ausgetrocknet.

Jetzt brauchte sie unbedingt einen Tee. Der würde zwar ihr Aussehen nicht verändern, aber sie würde sich besser fühlen. Sie wickelte sich in den weißen, flauschigen Hotelbademantel und wählte den Zimmerservice. An diese Einrichtung hätte sie sich durchaus gewöhnen können.

Nach einer Viertelstunde war sie geduscht und hatte ihre Haare gewaschen. Ein leises Klopfen an der Tür kündigte an, daß das Frühstück serviert wurde. Ein junger Mann mit Sommersprossen, einem breiten Lächeln und einem noch breiteren Belfaster Akzent trug ein schwerbeladenes Tablett ins Zimmer und stellte es auf dem Sofatisch ab. Jo, die mit dem Trinkgeld immer etwas unsicher war, gab ihm drei Dollar, in der Hoffnung, daß das reichte. »Vielen Dank. Und guten Appetit«, sagte er immer noch lächelnd.

Jo machte es sich auf dem Sofa gemütlich, stellte den Fernseher an und hörte Nachrichten, während sie den silbernen Deckel von einem riesigen irischen Frühstück anhob. Es roch wunderbar, und sie hatte es nicht selbst zubereiten müssen. Einfach perfekt. Sie schenkte sich eine Tasse Schonkaffee ein, bestrich einen heißen braunen Toast mit Butter und langte kräftig zu. Warum nur war man am Morgen nach einer üppigen Abendmahlzeit immer so hungrig? Jo kaute an ihrem Toast. In letzter Zeit hatte sie eigentlich nicht sehr reichlich gefrühstückt. Mitten im Kauen hielt Jo inne. Zum erstenmal seit drei Monaten verspürte sie nicht die geringste Übelkeit und war begeistert. Natürlich hatte sie gelesen, daß die morgendliche Übelkeit so überraschend wieder verschwinden konnte, wie sie gekommen war. Allmählich hatte sie jedoch geglaubt, daß ihr nun immer schlecht sein würde. Großartig! Nach dem Frühstück zog sie sich schnell eine Jeans, ein weißes T-Shirt und einen dunkelblauen Baumwollpulli über, steckte etwas Geld in eine kleine, lederne Gürteltasche und hängte sich ihre Sonnenbrille um den Hals. An dem klaren, sonnigen Sonntagmorgen war New York ruhig und entspannt. Lediglich ein paar leuchtendgelbe Taxen fuhren die Lexington Avenue hinunter, wo sie sich in den Verkehrsfluß entweder in Richtung Central Park oder aber in Richtung der Buchläden und der Cafés im Village einfädelten.

Jo ging zu Fuß. Sie genoß die Sonne auf ihrem Gesicht und das Gefühl der Wärme auf ihrer Haut. Zwei gutgekleidete New Yorker kamen ihr mit Zeitungen und braunen Delikateßtüten beladen entgegen. An der Ostküste hatten es immer alle eilig, dachte Jo, während sie einen jungen Mann auf Inline-Skates beobachtete, der lautlos ein Taxi überholte.

»Taxi«, rief Jo und winkte. Ein Wagen hielt an, und sie wich einer dicken Taube aus, die vor ihr auf dem Bürgersteig entlangeilte.

»Zum *Metropolitan Museum of Art*«, wandte sie sich an den Fahrer, einem blassen, dunkelhaarigen Mann mit dünnem Oberlippenbart. »Ecke Fifth Avenue und 82. Straße.«

Er blickte sie verständnislos an. Sie versuchte es noch einmal langsamer und deutlicher zu sagen.

»Aber sicher doch, das kenne ich!« erwiderte der Fahrer mit einem starken ausländischen Akzent. »Fifth Avenue. Ich fahre Sie hin!«

Das Taxi setzte sich in Bewegung und überholte schon bald rücksichtslos den anderen Verkehr. Jetzt, wo er seine Richtung kannte, wollte er sie doppelt schnell dort hinbringen. Hoffentlich kam sie lebend an. Das kann auch nur mir passieren, einen Neuling im New Yorker Taxigewerbe kennenzulernen, dachte Jo.

Sie lehnte sich auf dem zerschlissenen schwarzen Sitz zurück und überlegte, ob ein Stoßgebet sie vor einem Verkehrsunfall bewahren würde.

Offenbar besaß sie tatsächlich einen Schutzengel. Etwas schwankend stieg sie vor dem *Metropolitan Museum* aus dem Taxi. Der Fahrer grinste anhaltend, als sie ihm einen Zehndollarschein reichte. Dann machte er sich davon.

Im Museum suchte Jo die europäischen Abteilungen auf, wo die frühen flämischen Gemälde hingen, die sie so liebte. Bisher war sie noch nie in diesem Museum gewesen, obwohl Richard und sie bei ihrem letzten Aufenthalt in Manhattan dort zwei ganze Tage hatten verbringen wollen. Aber irgendwie hatten sie ihre Zeit mit Richards Freunden verbracht und im Village in verrauchten Clubs Jazzbands zugehört. Zu den Dingen, die sie sich vorgenommen hatte, waren sie ganz einfach nicht gekommen. Dank ihres Reiseführers wußte sie jetzt jedoch genau, wohin sie gehen wollte. Andere Touristen bedienten sich ebenfalls eines Reiseführers. Selbst früh morgens an einem Sonntag starrte eine japanische Touristengruppe bereits etwas ratlos die Museumswegweiser an, um sich dann in ihren Reiseführern Rat zu holen. Das Museum war so groß, daß man nie und nimmer in wenigen Stunden alles besichtigen konnte. Alle machten es wie Jo, sie suchten sich ein oder zwei Dinge aus, die sie sehen wollten, und hofften soviel wie möglich zu schaffen, bevor es ihnen zuviel wurde.

Nachdem sie sich zwei Stunden lang die van Eycks und die Brueghels angesehen hatte, war Jo müde, und ihr Magen knurrte.

Beim Hinausgehen kaufte sie sich ein paar Postkarten ihrer Lieblingsgemälde und hätte beinahe zwei schöne Manet-Drucke gekauft, um sie rahmen zu lassen. Es würde jedoch schwierig werden, sie den ganzen Tag mit sich herumzuschleppen. Entweder würden sie einen Knick bekommen, oder aber sie würde sie irgendwo liegenlassen. Sie konnte ja während der Woche noch einmal zurückkommen und sie dann mitnehmen.

Die Taxifahrt nach Greenwich Village war nicht weiter bemerkenswert, weil der Fahrer seinen Weg gut kannte und keinen Geschwindigkeitsrekord zu brechen versuchte.

Es war schon fast Mittag. Die kleinen Straßencafés auf der Bleecker Street waren voller Menschen, die ihren Sonntagsbrunch genossen und die Zeitung lasen. Jo kaufte eine *New York Sunday Times* und fragte sich, wie sie sie jemals in nur einem Tag durchlesen sollte. Die Zeitung wog beinah soviel wie ihre Handtasche, die ihrerseits nicht gerade besonders leicht war. Vor einem schicken Café, in dem man jede Kaffeesorte der Welt bestellen konnte, stand gerade ein Paar auf. Jo ließ schnell ihre Zeitung auf den weißen Metalltisch fallen und sank auf den Stuhl.

Kurz darauf biß sie in einen weichen Bagel mit sahnigem Cream Cheese und kleinen Stückchen geräucherten Lachses.

Es war ein Genuß, in der Sonne zu sitzen, an dem duftenden Kaffee zu nippen und die vorbeigehenden Menschen zu beobachten. Trotzdem bedrückte es Jo ein wenig, ganz allein an einem Tisch zu sitzen, während alle anderen Menschen paarweise auftraten. Überall waren Paare, lachende Paare, die sich entweder umarmten oder aber Händchen hielten.

In ihrer Gürteltasche fand sie ein Taschentuch und schneuzte sich, während sie sich an ihren letzten Besuch in New York erinnerte. Richard hatte am Tag vor ihrem Abflug Geburtstag gehabt, und sie hatten ein vorzügliches Mittagessen in der Austernbar in der Grand Central Station genossen. Danach waren sie durch die Läden gebummelt und hatten eine Stunde bei *Bloomingdales* verbracht, wo Richard sie kichernd in die Wäscheabteilung gezerrt hatte. Während sie mehrere sexy Spitzen-BHs und Höschen anprobiert hatte, hatte er ihr alle möglichen erotischen Dinge ins Ohr geflüstert, die er danach mit ihr tun würde.

Typischerweise war ihm schnell langweilig geworden. Als sie sich schließlich zu einem Kauf entschieden hatte, war Richard bereits in der Kameraabteilung, und sie hatte aus eigener Tasche für die Wäsche bezahlt. Als er ihr später den kaffeebraunen BH auszog, hatte sie bereits vergessen, daß nicht er ihn gekauft hatte. Sie hatten lauter verrückte, romantische Dinge in New York gemacht und sogar das *Empire State Building* besucht. Vom windigen 86. Stockwerk aus hatten sie händchenhaltend auf die Stadt heruntergeblickt. Richard hatte lachend gemeint, sie würden *Schlaflos in Seattle* nachahmen. »Nein, es scheint mir eher wie *Eine unvergeßliche Affäre*«, hatte Jo entgegnet.

Das war bereits mehr als ein Jahr her. Seitdem hatte sich alles so sehr verändert. Zärtlich legte Jo eine Hand auf ihren Bauch, als ob sie mit den Fingern den Herzschlag des Babys spüren könne. Für nichts in der Welt hätte sie die Uhr der Zeit zurückdrehen mögen. Damals hatte sie zwar Richard gehabt, jetzt jedoch hatte sie etwas viel Kostbareres. Ihr Baby.

Als sie am Spätnachmittag im Schneidersitz auf dem Bett saß und ihre Postkarten schrieb, klingelte das Telefon. Es war Mark.

»Hallo«, sagte sie kühl.

»Hattest du einen schönen Tag?«

»Wunderbar«, erwiderte sie. »Am Vormittag war ich ein paar Stunden lang im *Metropolitan Museum of Art*. Dann wollte ich Robert de Niros Restaurant *TriBeCa* ausprobieren, um darüber einen amüsanten Artikel zu schreiben«, fügte sie beiläufig hinzu. »Aber soweit bin ich nicht gekommen. Vielleicht gehe ich später noch einmal hin. Dann habe ich in einem Café im Village die *New York Sunday Times* gelesen, teilweise zumindest.« Verdaue das erst einmal, dachte sie angriffslustig. Deine Angestellte hat ihre Zeit nicht in ihrem Zimmer vertrödelt und darauf gewartet, daß du sie ausführst. Statt dessen hat sie New Yorks reiches Kulturleben genossen.

»Das hört sich gut an.« Er schien ihren bissigen Tonfall nicht weiter zu bemerken. »Heute abend gehe ich mit ein paar Freunden von mir an der Upper East Side etwas essen. Möchtest du mitkommen? Natürlich ist es in Ordnung, wenn du etwas anderes vorhast. Ich wollte nur nicht, daß du alleine zu Abend ißt.«

Jo war vollkommen verblüfft. Sie hatte angenommen, er wolle nichts mit ihr zu tun haben. Und jetzt bat er sie zu einem Essen zusammen mit seinen Freunden. Diesen Mann würde sie niemals begreifen. Einen Augenblick lang erwog sie eine Absage, dachte jedoch gleich an die Alternative.

In einer fremden Stadt alleine zu Abend zu essen hatte sie immer schon gehaßt, obwohl sie es als Nachrichtenreporterin für die *Sunday News* oft genug hatte tun müssen. Sie wußte, daß einer alleinstehenden Frau regelmäßig der schlechteste Tisch des Restaurants angeboten wurde. Danach im Hotel einen Drink an der Bar zu nehmen war nicht empfehlenswert, es sei denn, man wollte von fremden Männern angemacht werden.

Jo fand, sie sei heute schon lange genug allein gewesen. Sie wollte gerne ausgehen. Vielleicht würde ein Abend zusammen mit Mark sogar ganz amüsant werden.

Als das Taxi vor einem eleganten Wolkenkratzer in der Nähe der Madison Avenue vorfuhr, war Jo glücklich, daß sie sich gut zurechtgemacht hatte und das handbemalte schokoladenbraune Mary-Gregory-Kleid trug. Das Haus strahlte Reichtum und Luxus aus. Sie starrte auf die weitläufige, marmorgetäfelte Eingangshalle, in der nicht nur einer, sondern zwei Portiers in goldgesäumten Uniformen saßen. Zwischen den beiden Aufzügen stand ein antiker Tisch.

Selbst der Aufzug strahlte gediegenen Reichtum aus, dachte Jo, als sie neben Mark stand und ihr Spiegelbild in den dunklen Spiegeln zu beiden Seiten des Lifts betrachtete.

»Rex und Susan werden dir gut gefallen«, sagte Mark. »Sie sind sehr freundliche und warmherzige Menschen.«

Und verdammt reich, dachte Jo, als der Lift beim obersten Stockwerk anhielt. Von dem kleinen Flur ging lediglich eine einzige Tür ab. Sie hatten sogar ihren ganz privaten Hausflur! Mark drückte den Klingelknopf. Eine etwas plumpe, dunkelhäutige Frau in einem schwarzen Kleid und spitzenbesetzter weißer Schürze öffnete ihnen. Jo hatte geglaubt, solche Erscheinungen kämen nur in Schwarzweißfilmen der vierziger Jahre vor.

»Manuela«, begrüßte Mark die Frau herzlich, die ihn errötend anlächelte.

»Signor Denton«, grinste sie. »Sie waren lange nicht mehr hier. Wir haben Sie vermißt. Die gnädige Frau ist im Wohnzimmer.«

Jo sah sich in der riesigen Empfangshalle um. Es war ein weißgestrichener, ovaler Raum mit drei modernen Skulpturen und einem unglaublichen Artdeco-Kronleuchter, der über einem persischen Teppich hing. Dies war nur die Eingangshalle, wie würde dann erst der Rest der Wohnung aussehen?

Mark nahm ihren Arm. Sie folgten Manuela, deren Absätze

auf dem Marmorboden klapperten. Sie kamen in ein riesiges, luftiges Zimmer. Dort hingen Gemälde, es gab riesige Glasvasen mit exotischen Lilien, und es wurde Mozart gespielt.

»Mark, mein Freund.« Eine beeindruckende Blondine stand auf und eilte herüber, um ihn herzlich zu umarmen.

»Susan, wie schön, dich zu sehen«, begrüßte er sie liebevoll.

»Und Sie müssen Jo sein.« Susan wandte sich Jo zu und umfaßte ihre beiden Hände. »Wir sind glücklich, Sie kennenzulernen«, sagte sie ernst.

Von der freundlichen Aufnahme überrascht lächelte Jo zurück. Sie mochte die hochgewachsene, elegante Frau mit den auf die Schulter fallenden weichen Locken auf Anhieb. Susan trug ein elegantes caramelfarbenes Wickelkleid und eine mehrreihige Perlenkette um den Hals. Sie hätte direkt aus dem Modeteil der *Elle* herausspaziert sein können.

Lediglich ein paar Falten an ihrem Hals und um ihre wunderschönen blauen Augen verrieten, daß sie keine vierzig mehr war. So wünschte sich Jo auch in reiferen Jahren einmal auszusehen.

»Kommt rein und begrüßt die anderen. Wir sind alle ganz gespannt darauf, Sie kennenzulernen«, sagte Susan in dem weichen Tonfall des Südens, wobei sie immer noch eine von Jos Händen festhielt.

»Das hier ist Rex.« Ein großer grauhaariger Mann, der bei ihrem Eintritt bereits aufgestanden war, schüttelte ihr kräftig die Hand.

»Wie schön, Sie kennenzulernen, Jo. Wir freuen uns, daß Sie zu unserem kleinen Abendessen kommen konnten. Ich hoffe, New York gefällt Ihnen?«

»Wie könnte jemandem New York nicht gefallen?« unterbrach ihn ein Mann mit italienischem Äußeren und leichtem Akzent.

»Ich heiße Carlo, und ich freue mich, Sie kennenlernen zu dürfen.« Er küßte sie auf beide Wangen, dann lächelte er sie mit leuchtenden und bewundernden dunklen Augen an.

»Jetzt ist mir klar, warum du aus dieser Dame so lange ein Geheimnis gemacht hast, Mark«, sagte Carlo.

»Ich habe aus gar nichts ein Geheimnis gemacht, Carlo«, erwiderte Mark scharf und beugte sich herunter, um eine Frau in einem dunkelblauen Leinenkleid, die auf der Rücklehne eines Sofas saß, zu begrüßen. »Hallo, Margret, wie geht es dir? Die Nachricht deines Unfalls hat mich sehr beunruhigt.«

»Mir geht es gut«, erwiderte Margret. »Ich muß mich nur etwas um meinen Knöchel kümmern.« Sie deutete auf den Gipsverband an ihrem rechten Knöchel. »Es fällt mir schwer, nicht ausreiten zu können, weißt du.«

Susan machte Jo mit den anderen Gästen bekannt, die einander gegenseitig an Charme und Eleganz immer wieder übertrafen. Goldene Manschettenknöpfe und Diamantohrringe glitzerten im Licht der Lampen. Jo war sich darüber im klaren, daß die Frauen alle echte *Gucci-, Jil-Sander-* und *Dior*-Modelle trugen.

Sogar die Handtaschen waren Markenware, dachte Jo, als sie eine braune Ledertasche an der Seite von Margrets Stuhl bemerkte. Ganz eindeutig eine Kelly-Tasche von *Hèrmes,* registrierte sie erschrocken. Ein Tausender für eine Handtasche. Sie kam sich vor, als ob sie gerade in das Set von *Dynasty* hereingeplatzt wäre. Diese Leute hier hatten wirklich Geld.

Allerdings arbeiteten sie auch alle. Carlo war Verleger, Margret und ihr Mann arbeiteten im Bankgeschäft – und dort nicht hinter der Kasse – Rex arbeitete im Immobiliengeschäft, die rothaarige Frau in schwarzem Samt arbeitete bei *Sotheby's,* der kleine grauhaarige Mann machte irgend etwas mit Computern, und die stämmige, kettenrauchende Frau war Künstlerin.

»Ich habe früher mit einem Innenarchitektenbüro zusammengearbeitet«, erklärte Susan. »Jetzt bin ich so sehr mit Wohltätigkeitsarbeit beschäftigt, daß ich meine Designerfähigkeiten verlerne. Als letztes habe ich dieses Zimmer hier gestaltet.« Mit ihrer grazilen, manikürten Hand deutete sie auf die blaßgrünen Wände, die wie in einem Museum mit Gemälden behängt waren.

»Es ist wirklich sehr schön«, erwiderte Jo. »Die Gemälde sind wunderbar, und die Skulpturen im Eingang gefallen mir auch sehr.«

»Das ist das Hobby meines Mannes«, erläuterte Susan. »Er sammelt gerne Dinge. Wenn wir in Europa sind, bringt er jedesmal irgend etwas mit. Meist ist es etwas so Großes, daß es einen Monat lang unterwegs ist.«

»Champagner, gnädige Frau?« fragte Manuela, die mit einem Champagnerglas und einer Kristallflasche neben Jo aufgetaucht war.

»Nur ein ganz klein wenig«, erwiderte Jo. Ein dreiviertel Glas würden sie nicht umbringen. Sie brauchte es, um nicht länger mit offenem Mund ihre Umgebung anzustarren. In diesem einen Zimmer hätte man ihre gesamte Wohnung unterbringen können. Die Gäste unterhielten sich über die Börse, über Aktien und die entsetzlich hohen Preise für Maisonettewohnungen auf der Fifth Avenue, während Jo lediglich dasaß und zuhörte.

»Erzählen Sie uns etwas von Ihrer Arbeit«, sagte Susan und wandte sich Jo zu, um sie in die Unterhaltung mit einzubeziehen. »Ich stelle mir immer vor, daß der Beruf der Modejournalistin etwas Glamouröses hat. Ist dem denn so?«

Es war schwierig, sich etwas Glamouröseres als diese gebildeten New Yorker vorzustellen, und Jo mußte laut auflachen.

»Eigentlich nicht«, erwiderte sie. »Natürlich haben die diversen Modeschauen etwas sehr Glamouröses an sich. Die eigentliche Arbeit aber ist eher die, auf den Knien in einem Fotostudio herumzurutschen und die Hosenbeine eines Models hochzustecken, die nur einsfünfundsiebzig groß ist, statt der einsachtzig, die man gebucht hatte!«

Sie amüsierte Susan mit ihren Geschichten von *Style,* während Carlo von der anderen Seite des Kaminfeuers aus aufmerksam lauschte. Jo war davon überzeugt, daß ihn ihre Erzählungen nicht im geringsten interessierten. Die Art und Weise jedoch, wie er ihre Brüste betrachtete, ließ keinen Zweifel daran, daß er kurvenreiche Frauen bevorzugte, selbst wenn die Kurven schwangerschaftsbedingt waren. Sie hätte ihm gerne verraten, welch kleine Körbchen sie vor ihrer Schwangerschaft getragen hatte.

Punkt halb acht stand Rex auf und zog Margret hoch.

»Das Essen dürfte jetzt fertig sein«, verkündete er. »Heute gibt es, wenn ich recht informiert bin, Hummer.«

Ein zufriedenes Raunen war zu hören.

»Ich hoffe doch, Sie essen Hummer?« wandte sich Susan plötzlich an Jo.

»Aber natürlich«, erwiderte Jo, ohne das Gesicht zu verziehen.

»Ich esse ihn fast täglich, meist mit Dosenbohnen und Pommes frites.«

Als sie aufstand, kam Carlo auf sie zu und streckte ihr eine sonnengebräunte Hand entgegen. Aber noch bevor er sie erreicht hatte, fühlte Jo Marks starken Arm unter ihrem Ellenbogen.

»Darf ich Sie zum Essen begleiten, Madame Jo?« fragte er grinsend.

»Aber nur, wenn wir Hummer essen«, flüsterte sie. Sie war froh, daß er Carlo zuvorgekommen war.

Man plazierte sie Mark direkt gegenüber. An dem auf Hochglanz polierten Eßtisch saß Carlo auf ihrer einen und Rex auf ihrer anderen Seite.

»Wir halten es heute ganz zwanglos«, meinte Rex und ließ ein aus Silber geflochtenes Körbchen mit warmen Brötchen herumgehen. »Carlo, schenk du doch den Wein ein.«

»Möchten Sie etwas?« murmelte Carlo und hielt die Flasche Rotwein über ihr Glas. Er lächelte sie mit dunklen, glühenden Augen an.

»Nein, danke«, erwiderte Jo und hoffte, er würde den

Wink verstehen. Nein zum Wein und Nein zu Ihnen, Carlo. Der Duft der frischgebackenen Brötchen erinnerte Jo daran, wie leer ihr Magen war. Sie aß mit großem Appetit, genoß den Salat, den Hummer und danach die Sommergrütze voller reifer Beeren.

Für ihren Magen würde die Rückkehr nach Dublin einen Kulturschock bedeuten, denn dort wurde er mit Tiefkühlpizzas, steinhartem Rührei aus der Mikrowelle und Lasagne aus dem Fertigkostregal ernährt.

Während des Essens versuchte Carlo, Jo in Beschlag zu nehmen. Er wollte, daß sie ihm von Irland erzählte, dann erzählte er ihr seine Lebensgeschichte, die mit einer besonders bitteren Scheidung endete.

Bei dieser Geschichte blickten seine Augen nicht mehr lüstern, sondern einfach nur traurig. Jo jedoch hatte genügend eigene Probleme, sie wollte nicht auch noch anderen Ratschläge erteilen. Sie kam sich fast ein wenig herzlos vor, als sie beschwichtigend seinen Arm tätschelte und sich Rex zuwandte.

Die Diskussion dort drehte sich um den Preis, den Amanda sich von der Degas-Skulptur einer Tänzerin erwartete. In einer anderen Gruppe wurden die Schwierigkeiten diskutiert, die Eltern mit ihren gelangweilten Kindern hatten, die englische Literatur studierten.

»Sie behauptet sich zu langweilen«, bemerkte Ned schulterzuckend. »Sie möchte die Uni aufgeben und für ein Jahr ins Ausland gehen. Ich weiß einfach nicht mehr, was ich machen soll.«

»Wir haben alles versucht«, fügte Margret hinzu. »Ich habe ihr sogar einen neuen BMW versprochen, wenn sie noch ein Jahr dabeibleibt. Aber das hat sie abgelehnt.«

»Haben Sie Kinder, Jo?« erkundigte sich Rex.

»Nein.« Innerlich grinste Jo. »Jedenfalls noch nicht.« Und wenn ich welche haben werde, dann werden sie keinen BMW bekommen, wenn sie dafür die Universität besuchen.

»Überstürzen Sie nur ja nichts«, warnte der grauhaarige Herr. »Meine Jungs haben mich Unsummen gekostet, weil sie immer wieder ihren Studiengang gewechselt haben. Ich habe ihnen erzählt, daß ich in ihrem Alter keine Wahl hatte. Meine Familie war mittellos, und ich mußte mir das Studium an der Universität verdienen. Meiner Ansicht nach ist ihr Problem, daß ihnen alles wie auf einem Servierteller vorgesetzt wird.«

Jo konnte es sich nicht verkneifen, Mark anzusehen. Er sah mit intensivem Blick zu ihr herüber. Seine Finger waren über dem leeren Teller verschränkt, seine grauen Augen blickten sie mit beinah beängstigender Konzentration an. Sicher dachte er an Emma. Gut so. Dem kleinen Luder würde es nicht schaden, nicht immer jeden Wunsch erfüllt zu bekommen. Falls Mark den Wink verstanden hatte.

»Vielleicht ist das ja das Geheimnis«, bemerkte Mark, »daß man für alles etwas tun muß. Ich mußte es tun, und du mußtest es auch, Rex. Das hat uns zu Kämpfern gemacht. Wir wollten unbedingt vorankommen. Wenn wir dann Kinder haben, die wir verwöhnen können«, sagte er und grinste Jo an, »dann verwöhnen wir sie. Wir geben ihnen all die Chancen, die wir selbst nie gehabt haben, und mehr noch. Und dann wundern wir uns, warum sie nicht unser Feuer, unseren Ehrgeiz besitzen.«

Susan klatschte in die Hände. »Du sagst es!« rief sie aus. »Bryony hat niemals das gemacht, was wir von ihr erwarteten. Bis zu dem Tag, als ich ihr das Geld kürzte. ›Kaufe wie verrückt bei *Donna Karan* ein, reise nach Marokko und hänge dort am Strand herum‹, sagte ich. ›Aber mach das alles mit deinem eigenen Geld‹.« Sie lächelte triumphierend. »Bryony hat schon bald gemerkt, daß sie noch nicht einmal die Reinigung ihrer Kleidung selbst bezahlen konnte. Als dann der Herbst kam, wollte sie schon nicht mehr wie ein Hippie nach Marokko reisen. Denn Hippies können sich keine schöne Kleidung leisten, nicht in guten Restaurants speisen, und sie haben auch kein Geld, um ihren Jeep aufzutanken. Sie können ihn ja noch nicht einmal versichern lassen!«

Alle lachten, sogar Jo, die sich daran erinnerte, wie sie zu Pleitezeiten für einen Zehner Benzin getankt hatte.

»Was macht denn Bryony heute?« fragte Jo.

»Sie arbeitet als Amandas Assistentin bei *Sotheby's.*«

Amanda mußte die Rothaarige sein, dachte Jo.

»Die Bezahlung ist lausig, aber sie macht eine Lehre in der Porzellanabteilung.« Susan hielt inne und zwinkerte Rex zu. »Eines Tages wird sie vielleicht einmal halb soviel verdienen wie Amanda.«

Amanda war eine großgewachsene, stattliche Frau und trug entweder ein nachgemachtes oder aber ein echtes *Chanel*-Kostüm aus pfirsichfarbenem Bouclèstoff. Über ihre Brille hinweg blickte sie Susan an und hob langsam einen beringten Finger. Ein riesiger Smaragd funkelte im Licht. »Meine Lieben, was ich verdiene, trägt die Katze auf dem Schwanz weg. So jedenfalls gebe ich es bei der Steuerbehörde an.«

Während des Käses unterhielten sie sich weiter, dann gingen sie zurück ins Wohnzimmer, wo Manuela ein riesiges Tablett mit Kaffee und winzige, blaßgrüne Porzellantassen für sie gedeckt hatte.

»Bist du froh, daß du mitgekommen bist?« wandte sich Mark verschmitzt an Jo.

Sie blickte ihm in die Augen. »Ich amüsiere mich großartig. Es tut mir leid, daß ich vorhin so kindisch gewesen bin. Irgendwie bringst du immer nur das Schlimmste in mir zum Vorschein.«

»Das tut mir leid«, murmelte er. Er beugte sich zu ihr herunter, so daß sie seinen Atem in ihrem Nacken spürte. »Mir wäre es lieber, wenn ich nur das Beste in dir zum Vorschein bringen würde.«

Dem konnte sie nichts mehr entgegnen. Sie hatten die anderen aufgeholt und alle sanken wieder auf die bequemen Brokatsofas.

Jo und Mark saßen nebeneinander auf einem Zweiersofa. Als er sich nach vorn beugte, um von Susan eine Tasse Kaffee entgegenzunehmen, berührte er Jo mit seinem Schenkel. Es ist wieder genau wie neulich, dachte sie. Seine Nähe machte sie nervös und ließ ihr Herz schneller schlagen. Die Hand, mit der sie die Kaffeetasse hielt, zitterte leicht.

Als sie ihren Kaffee ausgetrunken hatten, fragte Susan Jo, ob sie den Blick vom Balkon sehen und sich das Arbeitszimmer anschauen wollte.

»Das Arbeitszimmer ist mein Lieblingsraum«, bemerkte sie, während sie den Flur wie ein Laufstegmodel hinunterlief. »Ich habe es wie das Arbeitszimmer meines Großvaters in Mississippi eingerichtet. Er war Richter und besaß Hunderte in Leder gebundene juristische Fachbücher. Sie bedeckten alle Wände und verliehen dem Raum seinen ganz eigenen Charakter.«

»Ein Zimmer wie dieses hier hätte ich auch gerne«, bemerkte Jo. Breite dunkle Regale bedeckten die Wände von der Decke bis zum Fußboden. Ein Mahagonischreibtisch und ein oft benutzter Ledersessel standen in einer Ecke. »Ich habe nur eine kleine Wohnung«, erklärte Jo. Sie ging im Zimmer umher und berührte die goldgeprägten Buchrücken. »Da habe ich überhaupt keinen Platz für ein Arbeitszimmer. Aber ich träume von einem kleinen Steinhäuschen in Wicklow, wo ich viele Bücherregale aufstellen könnte. Und natürlich auch viele Bücher!«

»Das würde Mark sicherlich sehr gefallen«, erwiderte Susan ernst. »Er liebt Bücher. Als er uns einmal in Colorado besuchte, hat er die ganze Zeit gelesen.«

Jo wußte nicht so recht, wie sie reagieren sollte. Sie holte sich ein ledergebundenes Buch vom Regal und betrachtete es aufmerksam. *Washington Square* von Henry James. Noch am Nachmittag war sie am wirklichen Washington Square gewesen.

Glaubte Susan etwa, daß Mark und sie zusammen waren?

Jo konnte ja wohl kaum herumposaunen, daß Mark und sie erst einmal zusammen zu Mittag, einmal zusammen zu Abend gegessen und auf einem langweiligen langen transatlantischen Flug nebeneinander gesessen hatten.

Behutsam blätterte sie in den Seiten und fragte sich, ob Susan und Rex zu jenen gehörten, die Bücher wegen ihres guten Aussehens kauften und sie niemals lasen.

»Vielleicht sollte ich das nicht sagen«, bemerkte Susan plötzlich. »Aber als er uns fragte, ob er Sie heute abend mitbringen könnte, waren Rex und ich ganz begeistert. Nachdem, äh . . . Sie wissen schon, danach hat er niemals eine Frau auch nur erwähnt.«

Jo wußte es natürlich nicht, und sie wußte auch nicht, ob sie es gerne wissen würde. Sie wollte sich jedoch die Sache nicht mit einer Frage verscherzen und nickte artig.

»Rex und ich haben uns solche Sorgen um ihn gemacht. Seitdem wir ihn in Boston vor vielen Jahren kennengelernt haben, hat er uns zu jedem Erntedankfest besucht. Letztes Jahr jedoch hat er nur einen Tag vorher angerufen und abgesagt. Wir haben seine Gesellschaft wirklich vermißt. Er ist ein so faszinierender Mann. Aber warum erzähle ich Ihnen das, Jo. Sie wissen es ja ohnehin!« Susan tätschelte Jos Hand. »Jedenfalls sind wir sehr froh, daß er das alles überwunden hat. Und so glücklich, daß er jemanden so Wunderbaren wie Sie gefunden hat. Schon allein wenn er Sie ansieht, spüre ich, wie sehr er Sie liebt.«

»Spüren Sie das?« fragte Jo schwach.

»Aber sicher doch. Und vergessen Sie nicht, uns zur Hochzeit einzuladen!«

Es war schon fast halb fünf am Mittwoch nachmittag, als Mark und Jo endlich das Bürogebäude der *Mademoiselle GmbH* verließen. Die schwere weiße Tür mit dem eingravierten goldenen *M* fiel hinter ihnen ins Schloß, als sie nach zwei Stunden Verhandlung auf die 39. Straße hinaustraten.

Der Direktor der *Mademoiselle*-Ladenkette wollte gern mit *Style* zusammenarbeiten, und der festangestellte Designer war sogar noch erpichter auf eine Zusammenarbeit, was Jos Lob für seine wunderschönen Entwürfe zu verdanken war.

Der New Yorker Verkehr verdichtete sich zum Berufsverkehr. Jo seufzte erschöpft. Ein Taxi würden sie wohl kaum erwischen. Sie hatte jedoch nicht mit Marks Fähigkeit gerechnet, wie ein New Yorker Portier nach einem Taxi zu pfeifen.

»Meiner Ansicht nach ist die Sache ausgesprochen gut gelaufen«, bemerkte Mark. Er knallte die Taxitür zu und ließ seine Aktentasche neben sich auf den Sitz fallen. »Du warst einfach brillant, Jo. Du hast sie wirklich beeindruckt. Und daß du diesem Marco gesagt hast, seine Entwürfe wären, wie hast du es noch einmal ausgedrückt, ›. . . wie eine frische Brise in der erstarrten Modewelt‹, hat die Sache zu unseren Gunsten verschoben!«

»Ich hätte ihm auch gesagt, er sei der neue *Gianni Versace*, um endlich etwas zu unterschreiben und endlich gehen zu können. Gott sei Dank ist nun alles vorbei. Dieses ganze Hin und Her war sehr ermüdend. Außerdem hätte ich wohl kaum noch eine Tasse Kräutertee herunterbekommen können, ganz gleich, in wie vielen Modebeilagen sie ihre Werbung auch hätten schalten wollen.«

»Und ich dachte immer, du trinkst das gern.« Mark schien erstaunt. »Jedenfalls hast du reichlich davon getrunken.«

Jo blickte ihn ungläubig an. »Ich habe mich bemüht, höflich zu sein. Oder hast du mich vorher schon einmal etwas trinken sehen, was wie ausgekochte Socken schmeckt?«

Mark brach in Lachen aus. »Du erstaunst mich immer wieder, Fräulein Ryan.« Seine Augen leuchteten amüsiert. »Allmählich frage ich mich, was du noch getan hättest, um die Verhandlung zum Abschluß zu bringen. Marco hat dich ganz offensichtlich sehr gemocht, und Toni hätte eine Einladung zu einem intimen Abendessen auch nicht ausgeschlagen, wenn du ihn nett darum gebeten hättest.«

Jetzt mußte Jo lachen. »Mit Marco hätte ich ja vielleicht eine Chance gehabt, aber ich denke doch, daß du wohl eher Tonis Typ entsprechen würdest.«

»Verdammt«, erwiderte Mark schlagfertig. »Willst du etwa sagen, ich habe die Gelegenheit zu einer Verabredung verpaßt? Das hättest du mir eher sagen sollen. Er hat mir ausgesprochen gut gefallen.« Er drehte seinen Kopf auf eine sehr schwule Art und Weise und zog einen Schmollmund. Auch er überraschte sie immer wieder.

»Dann mache ich dir jetzt einen Vorschlag«, sagte sie. »Wir machen einen Umweg zu *Bloomingdales,* dort kannst du mich absetzen. Ich rufe Toni an und erzähle ihm, wie versessen du auf ein Treffen mit ihm wärst, wenn er dich in diesen schwulen Lederclub mitnimmt.«

»Vielleicht doch nicht«, erwiderte Mark grinsend und streichelte ihr über das Knie. »Ich bin nicht mehr so scharf auf diese Schwulenclubs, seit dort PVC so in Mode gekommen ist. Alle machen diese Mode mit, ich aber bevorzuge Leder.«

Er beugte sich zu dem Taxifahrer vor und sagte mit normaler Stimme: »Ich möchte noch etwas einkaufen. Bitte setzen Sie uns bei Bloomingdales ab.«

An Jo gewandt meinte er: »Ich möchte ein Geschenk für meine Schwester kaufen. Nächsten Monat hat sie Geburtstag, und ich möchte ihr etwas wirklich Schönes kaufen. Wirst du mir dabei helfen? Ich hasse einkaufen.«

»Aber natürlich. An was hattest du denn gedacht?«

»Wenn ich das wüßte, dann würde ich dich nicht fragen.« Ein Seidenschal konnte es nicht sein, denn Denise hatte bereits jede Menge Schals. »Das kaufe ich ihr immer«, gab Mark etwas kleinlaut zu. »Ich weiß einfach nie, was ihr gefällt.«

Er wußte vielleicht nicht genau, was Denise gefallen könnte, aber er hatte eine sehr exakte Vorstellung davon, was ihr nicht gefallen würde, dachte Jo nach einer halben Stunde bei *Bloomingdales,* wo er jeden ihrer Vorschläge abschmetterte.

Parfüm, Schmuck, Handtaschen und ein wunderschöner maulbeerfarbener Chenillepullover waren alle als unpassend abgewiesen worden. Sogar Jo, sonst eine ausdauernde Einkäuferin, wurde langsam müde.

»Ich mache dir einen Vorschlag, Mark. Ich möchte mich selbst auch noch ein wenig umsehen. Warum schaust du dich nicht etwas um und denkst darüber nach, was du für Denise kaufen möchtest. In einer Dreiviertelstunde könnten wir uns hier wieder treffen, okay?« Bevor ich dich umbringe, fügte sie in Gedanken noch hinzu.

Jo verbrachte eine wunderbare halbe Stunde zwischen *Donna Karan, Prada* und *Emporio Armani.* Sie hatte nicht genügend Zeit, um etwas anzuprobieren. Außerdem wußte sie nicht, wieviel Geld sie für das Baby würde ausgeben müssen. Deshalb ließ sie ihre Kreditkarte in der Handtasche stecken, was ihr nicht leicht fiel. Eine mittellose Moderedakteurin in *Bloomingdales* zu sein war genauso, als ob man einem Schokoladenabhängigen die Zähne mit Draht zusammenband und ihn dann zu *Cadbury's* schickte.

Das nächste Mal, versprach sie sich selbst. Sie warf einen letzten Blick auf das schöne Jerseykleid, das ihr perfekt stehen würde. Als sie durch die Kinderabteilung lief, blieb sie abrupt stehen. Hier gab es vermutlich die schönsten Babykleider auf der Welt. Ein kurzer Blick würde sie nicht allzu lange aufhalten. Alles war so hübsch, dachte sie und streichelte den weichen Stoff eines winzigen Leinenlätzchens. Dazu gab es sogar die passenden Socken. Sie waren winzig und hellblau und hatten auf einer Seite süße, kleine Schleifchen. Sie würden dem Baby gut stehen, wenn es ein Mädchen würde ...

»Dachte ich es mir doch, daß du das bist.« Mark stand neben ihr und beugte sich herunter, um zu sehen, was sie in der Hand hielt. »Ich wollte nach dir suchen, denn ich war mir sicher, dich hier gewaltsam entfernen zu müssen, falls du einem Kaufrausch verfallen sein solltest. Suchst du auch nach Geschenken?«

Die kleinen Söckchen fühlten sich so weich, so wunderbar an. Aus irgendeinem unerklärlichen Grund wurde Jo plötzlich ganz traurig. Sie hätte sich am liebsten auf den Fußboden der Babyabteilung gesetzt und um ihrer selbst willen und um ihr Baby geweint, ein Baby ohne Vater.

»Nein«, murmelte sie und legte blind die Socken wieder in das Regal zurück. »Keine Geschenke.«

In der Parfümabteilung holte er sie ein. Eine große Hand auf ihrem Arm hinderte sie daran, aus der Tür zu rauschen.

»Was ist denn los, Jo? Habe ich irgend etwas Falsches gesagt?«

»Es hat nichts mit dir zu tun«, schluchzte sie. »Es geht um mich.«

»Möchten Sie ein wenig *Poême* probieren?« unterbrach sie eine stark geschminkte Verkäuferin, die mit einer riesigen gelben Parfümflasche und einem Dauerlächeln ausgestattet war.

»Nein, danke«, sagte Mark und legte einen Arm um Jo.

»Nicht Sie, gnädiger Herr. Die Dame.«

»Nein«, bellte er. »Komm schon, Jo, laß uns gehen.«

»Es tut mir leid«, schniefte Jo. »Es tut mir so leid. Es ist wegen des Babys. Das Baby verwirrt mich und macht mich ganz traurig.«

»Baby? Welches Baby?« wiederholte Mark erstaunt.

»Ich bekomme ein Baby, und Richard hat mich verlassen«, murmelte sie. Dann lehnte sie sich gegen sein Jackett und weinte, als ob ihr das Herz zerbrochen sei.

13

Aisling zog den Reißverschluß ihres Rocks hoch und wandte sich ihrem Spiegelbild zu. Vor drei Monaten hätte sie den Rock mit dem Fischgrätenmuster nicht über ihre Hüften bekommen. Heute konnte sie sich ihn mühelos überstreifen. Zwei Monate Callanetics, reichlich flotte Spaziergänge und der Verzicht auf Schokoladenplätzchen hatten ihre ehemals breiten Schenkel und Hüften um eine Kleidergröße schrumpfen lassen.

Sie konnte nicht anders, als sich darüber zu freuen. Wenn Michael morgen die Jungs abholte, würde sie vor die Tür gehen und mit ihm reden – etwas, das sie seit langem vermieden hatte –, nur um ihm zu zeigen, wie gut sie aussah. Normalerweise, wenn er die Jungs gegen Mittag am Samstag abholte, rannten sie mit ihren Übernachtungsbeuteln aus der Haustür, und Aisling begrüßte Michael nicht. Wenn er sie Sonntagabend gegen sieben nach Hause zurückbrachte, saß sie im Wohnzimmer und hielt nach seinem Wagen Ausschau, um die Tür für die Zwillinge zu öffnen. Die letzten sechs Wochen hatte sie Michael nicht einmal zu Gesicht bekommen. Natürlich sprachen sie am Telefon miteinander. Es waren abgeklärte Unterhaltungen mit häufigen Pausen und ebenso häufiger Benutzung von Füllwörtern.

Vor zwei Wochen hatte er an einem Donnerstag abend angerufen und ihr mitgeteilt, daß er den Besuch der Jungs verschieben müsse. Aislings Plan, Jo bei ihrer Haussuche behilflich zu sein, war damit ins Wasser gefallen.

»Ich kann Philipp und Paul am Samstag nicht abholen, weil ich nach London muß«, verkündete er. »Statt dessen würde ich sie aber am Sonntag morgen abholen und mit ihnen essen gehen.«

Aisling war aus zweierlei Gründen darüber sehr wütend. Einerseits über seine kühle Art, ihr diese Mitteilung zu machen, und andererseits über die Tatsache, daß er nur einen Tag vorher seine Pläne geändert hatte. Wie konnte er nur annehmen, daß sie ihrerseits keine eigenen Pläne hatte!

»*Vielen* Dank auch«, zischte sie. »Du hast mir ja weiß Gott rechtzeitig genug Bescheid gesagt. Hast du auch nur die leiseste Vorstellung, wie die Zwillinge das aufnehmen werden,

Michael? Nein, ich glaube, die hast du nicht. Es ist schon schlimm genug, daß du uns verlassen hast«, sagte sie und wollte ihm unbedingt ein schlechtes Gewissen machen. »Aber sie so sitzen zu lassen ist einfach schrecklich. Wie sollen denn zwei Zehnjährige begreifen, daß du sie nicht wie gewohnt sehen kannst? Sie werden glauben, daß du sie ebenfalls sitzengelassen hast.«

Aisling war sich ihrer Gemeinheit und der lange versteckten Bitterkeit ihrerseits vollkommen bewußt. Aber sie konnte nicht anders. Sie wollte Michael verletzen, und zu diesem Zweck benutzte sie die Zwillinge. Denn eigentlich schienen sie mit der Trennung recht gut klarzukommen, was Aisling immer wieder überraschte. Sie schienen von Michaels Zuneigung überzeugt, und sie liebten es, ihn am Wochenende zu besuchen. Die Vorstellung, ein anderes Haus ebenfalls als ihr Zuhause zu betrachten, gefiel ihnen. Und seit Aisling mit ihrem eigenen Leben besser zurechtkam und nicht bei jeder Gelegenheit in Tränen ausbrach, hatte die fröhlichere Atmosphäre ihnen allen gutgetan.

»Es tut mir leid, Aisling«, sagte Michael jetzt mit hohler und erschöpfter Stimme. »Ich habe auch jetzt erst erfahren, daß ich verreisen muß. Die Jungs im Stich zu lassen ist das allerletzte, was mir in den Sinn käme.«

Als Aisling die Verzweiflung in seiner Stimme spürte, bereute sie ihren Wunsch, ihn zu verletzen. Sie konnte Philipp und Paul ohne weiteres mit zu Jo nehmen. Sie würden nur zu gerne mit ihrer Tante Jo zusammensein, die ihnen ständig Süßigkeiten kaufte, ihnen Witze erzählte und sie mit den Autoscheibenwischern herumspielen ließ, was ihnen ihre Mutter nicht erlaubte.

Außerdem vermißte Aisling die beiden so sehr, wenn sie am Wochenende nicht da waren. Sie behielt sie nur zu gerne zur Abwechslung auch einmal an einem Samstag bei sich. Plötzlich bereute sie ihre Zickigkeit. Am Telefon war sie eine gemeine, wortverdrehende Hexe gewesen, genau das, was sie bei anderen so sehr verachtete. Das hatte Michael nicht verdient.

Seitdem hatte er sie nicht wieder angerufen. Wenigstens würde er zwei Wochen Zeit haben, um ihre Worte zu vergessen, dachte sie. Sie war nicht stolz darauf, ihm Vorwürfe gemacht zu haben, daß er sie verlassen hatte, als sie sich vollkommen nutzlos gefühlt hatte. Verflucht sollte er sein, wieder hatte sie sich seinetwegen erniedrigt. Jetzt hatte sie die Möglichkeit, ihm zu zeigen, wie sehr sie sich geändert hatte, was sie erreicht hatte. Es würde ihn sicherlich verblüffen, daß seine Frau nicht mehr das alte Aschenbrödel war.

Aisling Moran als Karrierefrau würde bestimmt eine Überraschung für ihn sein. Eine richtige Karrierefrau war sie zwar nicht, räumte sie im stillen ein.

Ihre Anstellung bei Richardson, Reid und Finucane würde ihr ganz sicher nicht den Titel »Geschäftsfrau des Jahres« einbringen. Auch daß sie die oftmals zotigen Bemerkungen von Leo Murphy duldete, ehrte sie nicht gerade. Davon aber würde sie Michael nichts erzählen. Auf gar keinen Fall.

Er sollte ihre neue Figur, ihr wachsendes Selbstbewußtsein und ihre ruhige Ausstrahlung bewundern. Aisling seufzte beim Betrachten ihres Spiegelbilds. Wen hielt sie hier eigentlich zum Narren? Zweifelsohne fühlte sie sich in mancherlei Hinsicht jetzt viel selbstsicherer, aber leider ließ sie diese Selbstsicherheit immer dann im Stich, wenn sie sie am meisten gebraucht hätte. Gegenüber Leo nämlich. Daß sie fünf Kilo abgenommen hatte, hatte sie lebendiger gemacht und ihr ein wenig ihrer alten Selbstsicherheit zurückgegeben.

Daß sie mit allen möglichen Kundenproblemen und mit den Sekretärinnen anderer Rechtsanwälte klarkommen mußte, hatte ihr die Art von Befriedigung verschafft, die das Putzen der Backröhre ihr niemals hatte geben können.

Aber all das war wie weggeblasen, sobald sie Leo gegenüberstand. Aisling war immer froh, wenn er nicht im Büro erschien. Dann tippte sie seine Briefe, machte die Ablage, vereinbarte Termine und kam problemlos mit den Mandanten klar.

Ihre Arbeit machte sie gut, dachte sie glücklich. Sie konnte gut organisieren und behielt auch bei den feineren Details der Büroarbeit einen kühlen Kopf.

Wenn sie Leo jedoch die Stufen zu ihrem winzigen Büro hochkommen hörte, krampfte sich ihr Magen zusammen.

»Wie geht es meiner wunderbaren Frau Moran heute?« fragte er, wenn er gute Laune hatte.

»Geben Sie mir meinen Terminkalender«, knurrte er, wenn das nicht der Fall war. Hätte eine Frau sich so benommen wie Leo Murphy, dessen Stimmungswechsel fast schon als krankhaft zu bezeichnen war, hätte man sie des prämenstruellen Syndroms bezichtigt oder aber ihr Verhalten den Wechseljahren zugeschrieben.

Leo sei eben ein wenig launisch, hatte Caroline gesagt, als Aisling sich zu fragen getraut hatte, ob er immer schon so »schwierig« gewesen sei.

Launisch! Eigentlich gehörte er hinter Gitter. Während seiner schlechten Launen war er so gemein, daß sie es beinahe vorzog, wenn er ihr spielerisch und ein wenig zu vertraulich auf die Schulter klopfte und sie mit »Liebling« oder »Liebes« anredete. Beinahe.

Der letzte Mittwoch hatte das Faß zum Überlaufen gebracht. Er war von einem offenbar recht alkoholreichen Mittagessen – und das nicht zum erstenmal – in auffallend guter Laune zurückgekehrt.

»Wie geht es Ihnen, Aisling?« hatte er sie gefragt, als er in ihr Büro stürmte. Er hatte beide Hände auf ihrem Tisch abgestützt und sich zu ihr hinübergebeugt, als ob er lesen wollte, was auf ihrem Computermonitor stand. Die Nähe war ihr unangenehm gewesen. Allein der Geruch von Schnaps in seinem Atem ließ sie zurückzucken.

»Herr R-r-reid hat Sie aufsuchen wollen«, stotterte sie, während sich die Härchen auf ihren Armen aufstellten.

»Er kann warten«, entgegnete Leo wie ein Betrunkener, der seine Trunkenheit jedoch nicht zugeben wollte.

»Nun«, sagte er, schob den Posteingangskorb auf die Seite und setzte sich kaum einen halben Meter entfernt auf den Rand ihres Tisches. Aisling schob vorsichtshalber ihren Stuhl zurück, wurde aber von dem Fenster hinter ihr gestoppt.

»Nun«, wiederholte er, »wie geht es Ihrem Ehemann, Aisling? Ist er immer noch weg?«

Hätte irgendein anderer Mensch ihr gegenüber etwas so Unverschämtes geäußert, wäre Aisling wütend geworden und hätte möglicherweise sogar das Zimmer verlassen und die Tür zugeknallt. Aber Leo Murphy war nicht irgendein anderer. Er war ihr Chef.

Das Telefon auf ihrem Tisch klingelte und brach mit seinem schrillen Ton Leos Macht über sie. Aisling riß den Hörer an sich.

»Das Büro von Leo Murphy«, sagte sie hastig und wunderte sich darüber, daß sie trotz ihres ausgetrockneten Mundes immer noch sprechen konnte. »Aber natürlich, Caroline. Er ist jetzt hier. Ich werde ihm ausrichten, daß Herr Reid auf ihn wartet.«

Weiter mußte sie nichts sagen. Leo ging so schnell, wie er gekommen war. Aisling fragte sich, ob sie sich die beängstigende Szene vielleicht nur eingebildet hatte.

Am nächsten Tag war er ganz normal und rein aufs Geschäft bezogen, so daß sie sich etwas entspannen und glauben konnte, sie habe die Sache vielleicht falsch eingeschätzt.

»Was würde ich nur ohne Sie tun, Aisling?« Er lächelte sie an, als sie ihm mittags sein Sandwich brachte. Sie lächelte kurz zurück und war zufrieden, daß alles wieder ganz normal war.

Dennoch blieb ihr das Vorkommnis im Gedächtnis haften, besonders nachts, wenn sie bei gelöschtem Licht auf ihrem großen Doppelbett lag. Sollte sie jemanden einweihen? Vivienne? Vor zwei Monaten hätte sie diese Frau noch nicht einmal nach der Uhrzeit gefragt, ganz abgesehen davon, sie um Rat wegen Leo zu bitten.

Heute jedoch mochte sie Vivienne wirklich gerne, sie waren Freundinnen geworden. Aisling bewunderte ihren Mut und ihre Zielstrebigkeit. Als Vivienne gemerkt hatte, daß Aisling nicht eine weitere gelangweilte Hausfrau war, die mit der Vorstellung der Berufstätigkeit spielte und ihre persönlichen Kontakte dazu benutzt hatte, sich einen Arbeitsplatz zu ergattern, hatte sie ihr kühles Verhalten abgelegt und war sogar zu einer guten Freundin geworden. Selbst alleinerziehende Mutter der achtjährigen Christine, hatte sich Vivienne schon oft auf die Suche nach einem Babysitter machen müssen und konnte Aisling gute Ratschläge geben, wie sie mit den Zwillingen verfahren sollte.

Vielleicht sollte sie Vivienne von Leo erzählen, überlegte Aisling. Nur zu gern hätte sie das auch getan. Aber sie gab nur sehr ungern zu, daß sie nicht mehr wußte, was sie machen sollte, daß er sie aus der Fassung gebracht hatte.

Aisling öffnete ihre kleine Make-up-Tasche, zog ihre Wimperntusche heraus und korrigierte ihre oberen Wimpern. Sie trug noch etwas Lippenstift auf und war bereit. Sie konnte es nicht lassen, den Kopf zu wenden und ihr Spiegelbild zu betrachten. Ja, sie konnte tatsächlich ihre Hüftknochen fühlen, dachte sie glücklich und ließ ihre Hände über die weiche Wolle ihres Rocks gleiten.

Als Aisling über den Fitzwilliam Platz eilte, holte Vivienne sie ein. Es war bereits zehn nach neun, und sie hatten sich beide verspätet.

»Diese verdammte Leesonbrücke« fluchte Vivienne und lief so schnell, wie es ihr langer, enganliegender roter Rock und die hohen Absätze erlaubten.

»So ein Idiot hat seinen Wagen abgewürgt, und ich mußte drei Rotphasen abwarten. Dadurch habe ich mich so sehr verspätet, daß ich praktisch auf der Baggot Street parken mußte. Heute ist das Vorstandsessen, da hätte ich wirklich schon früh dasein müssen.«

»Auch ich bin auf der Brücke hängengeblieben«, sagte Aisling. »Hoffentlich ist Leo noch nicht da. Eine Verspätung meinerseits würde ihn sehr wütend machen. Gegen elf wird er jedoch das Haus verlassen. Wenn du also heute mittag mit dem Essen Hilfe brauchst, ruf mich einfach.«

»Du bist ein Schatz«, erwiderte Vivienne dankbar. »Ich könnte etwas Hilfe gut gebrauchen, weil Caroline diese Woche Urlaub hat. Normalerweise hilft sie mir bei diesen Dingen. Außerdem haben wir heute einen Lieferservice angemietet, ich muß also alles noch einmal überprüfen, ob es auch wirklich perfekt ist.«

»Ruf mich ruhig an, ich würde dir gerne helfen.« Es beruhigte Aisling etwas, daß Vivienne auch spät dran war. So etwas konnte jedem passieren. Sollte Leo bereits im Büro sein, würde sie ihm erzählen, daß Vivienne in demselben Stau wie sie steckengeblieben war. Dann wüßte er, daß sie nicht einfach verschlafen hatte und nun eine Ausrede für ihre Verspätung erfand. So würde sie es machen, sie würde ihm von Vivienne und dem Stau auf der Leesonbrücke erzählen.

Als sie zwölf Minuten nach neun das Büro betrat, war Leo bereits da. Mit fliegenden Haaren stürmte sie die Treppe hoch. Abends schloß er immer sein Büro ab, jetzt aber stand die Tür offen. Demnach saß er an seinem Schreibtisch und hielt nach ihr Ausschau.

»Aisling«, rief er, als sie fast an ihrem kleinen Büro angekommen war. »Kommen Sie kurz hier herein.«

Aisling keuchte von dem Sprint von ihrem Auto bis ins Büro. Sie war sich ihres erhitzten Aussehens wohl bewußt und betrat sein Büro.

»Tut mir leid, Leo«, entschuldigte sie sich. »Der Verkehr war einfach die Hölle, und auf der Leesonbrücke blieb ich fünf Minuten lang im Stau stecken . . .«

»Keine Ausreden bitte«, bellte er offensichtlich irritiert.

»Ich möchte sie morgens vor mir hier im Büro wissen. Ich möchte einen Kaffee auf meinem Tisch, wenn ich komme.« Er blickte sie unwillig an. »Außerdem möchte ich eine respektabel aussehende Sekretärin, die nicht den Anschein erweckt, sie habe gerade einen Minimarathon absolviert!«

Entsetzt blinzelte Aisling und spürte, wie ihr die Tränen in die Augen schossen. Wenn er jetzt fortfuhr, würde sie in Tränen ausbrechen. Als ob sie in letzter Zeit nicht ohnehin schon genug geweint hätte.

Leo hatte aber offenbar alles gesagt, was ihm auf der Zunge gelegen hatte. Er öffnete seine Zeitung.

Aisling machte auf dem Absatz kehrt und floh aus dem Zimmer. Als sie ihr eigenes Reich erreicht hatte, schloß sie die Tür und ließ die Handtasche fallen.

Er ist ein Schwein, ein Schwein, und ich hasse ihn, heulte sie. Ich hasse ihn. Wie kann er es nur wagen, mich wie eine Sklavin anzusprechen. Wie kann er wagen, mir persönliche Fragen zu stellen, mich lüstern anzublicken und mich dann so zu behandeln! Ich hasse ihn!

Zehn Minuten später hatte sie sich ausreichend beruhigt, um ihm eine Tasse Kaffee zu bringen. Er las immer noch die Zeitung und sah noch nicht einmal auf, als sie das Büro betrat. Sie stellte die Tasse auf seinen Schreibtisch und verließ so leise wie sie gekommen war das Zimmer.

Dann nahm sie sich eine Tasse starken, süßen Kaffee mit auf die Damentoilette. Sie band ihre Haare zu einem Pferdeschwanz zurück, wusch ihr Gesicht und trug ihr Make-up neu auf. Schließlich tupfte sie ein wenig des Parfüms *Allure* auf, das sie in einer Drogerie als Probe erhalten hatte.

Als sie fertig war, nippte sie an ihrem Kaffee und betrachtete sich im Spiegel. Sie musterte ihr Spiegelbild, als ob sie eine Fremde sei, die ihr Gesicht zum erstenmal sah. Leidenschaftslos, unparteiisch.

Eine attraktive Frau blickte sie an, eine Frau mit jetzt deutlich sichtbaren Wangenknochen, einem ovalen Gesicht, einem stark ausgeprägten Kinn und großen, ausdrucksvollen Augen in der Farbe von eben gewaschenem Jeansstoff. Es war ein starkes, ein sehr weibliches Gesicht. Das Gesicht einer Frau, einer arbeitenden Mutter, einer Überlebenden, einer Frau, die sich vom Leben nicht hatte umbügeln lassen.

In den letzten drei Monaten hatte sie viel erreicht. Sie war mit der Auflösung ihrer Ehe fertig geworden, und sie hatte es geschafft, sich um ihre zwei quirligen Jungs zu kümmern. Von einem aufbrausenden Querulanten würde sie sich jedenfalls all das Erreichte nicht zunichte machen lassen. Auf gar keinen Fall, sagte Aisling laut. Auf gar keinen Fall. Passen Sie nur gut auf, Leo Murphy. Probieren Sie Ihre demütigenden Taktiken nicht länger an mir aus.

Den ganzen Morgen über blieb sie in ihrem Büro. Mehrmals telefonierte sie mit Leo, wenn sie ihm Gespräche durchstellte. Er bat sie nicht zu sich. Und sie war dankbar, daß sie in Ruhe gelassen wurde.

»Ich gehe jetzt aus dem Haus. Zum Essen um eins bin ich wieder da«, informierte er sie kurz vor elf knapp über das Telefon. Hoffentlich fährst du gegen einen Baum, du Schwein, dachte Aisling im stillen.

Kaum hatte er das Haus verlassen, als Vivienne anrief.

»Kannst du herunterkommen und helfen, Aisling? Ich habe Leo aus dem Haus gehen sehen und hoffe, daß du etwas Zeit hast.«

»Aber natürlich. In fünf Minuten bin ich unten.«

Vivienne mühte sich mit einem Schiebefenster ab, als Aisling das Sitzungszimmer betrat.

»Das verdammte Ding klemmt«, keuchte Vivienne, deren Gesicht von der Anstrengung ganz rot geworden war. »Der Maler hat letzten Monat beim Lackieren alles zusammengeklebt. Ich könnte ihn umbringen. Ich bekomme dieses Fenster einfach nicht auf. Es ist heiß wie in einem Ofen, wenn es geschlossen ist.«

Mit vereinten Kräften befreiten sie das Fenster aus dem

gestrichenen Rahmen, und es glitt problemlos auf. Eine kühle Brise wehte zusammen mit dem Lärm des Verkehrs und der Motorradkuriere der Leeson Street zu ihnen herein.

»Es ist ein wunderschönes Zimmer«, bemerkte Aisling und bewunderte die goldgerahmten Jagdszenen und den beeindruckenden Mahagonitisch in der Zimmermitte, der von zwanzig hochlehnigen Stühlen umsäumt war.

Aisling hatte zwar bereits ein paarmal den Kopf zur Tür hereingesteckt, aber sie war niemals selbst bei einer der monatlichen Direktorensitzungen dabeigewesen, auf denen Vivienne mit ihrem perfekten Steno das Protokoll erstellte. Sie wußte, daß Caroline gewöhnlich während der Sitzung Kaffee, Tee und Kekse servierte, und daß gelegentlich der älteste der Partner, Edward Richardson, eine Flasche Port öffnete, wenn die Firma einen besonders profitablen Monat gehabt hatte.

»Natürlich betrinkt sich niemand«, erklärte Vivienne. »Außer dem einen Mal, als Tom Reid ein Grippemittel eingenommen hatte, während der Sitzung dann zwei Glas Port getrunken hatte und fast eingeschlafen wäre!«

Heute allerdings war ein besonderer Tag. Richardson, Reid und Finucane hießen zwei neue Partner in ihrer Firma willkommen und feierten das erfolgreichste Jahr in der zweiunddreißigjährigen Geschichte der Firma. Aus diesem Grunde hatte Edward beschlossen, die Sache richtig stilvoll zu begehen.

Natürlich hätten sie sich einen Raum im *Le Coq Hardi* oder in irgendeinem anderen vornehmen Restaurant Dublins mieten können. Er aber wollte lieber ein privates Essen im Sitzungssaal servieren lassen, eine Tradition, die auf die Anfangszeit der Firma zurückging.

»Acht unserer Mandanten werden kommen«, erklärte Vivienne mit Blick auf ihren Notizblock, wo sie sich die Dinge aufgeschrieben hatte, die sie noch erledigen mußte. »Wir müssen also für sechzehn Personen decken. Hoffentlich reicht dafür der Platz. So viele Gäste zu einem Mittagessen hatten wir noch nie. Ich setze ganz auf den Zulieferservice«, fügte sie noch bestimmt hinzu.

Seit sieben Jahren war sie für die einmal jährlich stattfindenden Mittagessen verantwortlich gewesen und hatte immer dieselbe Firma beauftragt. Dieses Jahr war es das erstemal anders.

»Ich kann es immer noch nicht glauben, daß sie ihr Geschäft aufgegeben haben«, hatte sie Aisling gegenüber vor zwei Wochen geäußert. »Sie waren so verläßlich, und das Essen war immer wunderbar. Ich konnte ihnen alles ganz überlassen. Wie soll ich nur jemand ähnlich Guten finden?«

Der Lieferdienst *Exklusives Essen,* den sie sich aus dem Telefonbuch herausgesucht hatte, klang perfekt. Seit zehn Tagen betete Vivienne, daß alles nach Plan ablaufen würde.

»Bin ich hier richtig?« fragte eine männliche Stimme. Ein mißmutig dreinblickender junger Mann in Jeans und einem neongelben T-Shirt stand mit einem großen Karton in den Armen im Türrahmen.

»Ja«, erwiderte Vivienne. »Stellen Sie es dort drüben ab, vielen Dank«, fügte sie hinzu und deutete auf den langen Tisch, der in einer Ecke des Raumes stand und mit einem weißen Tischtuch bedeckt war. Geräuschvoll stellte er die Kiste ab.

Hoffentlich ist dort nicht das Geschirr drin, dachte Aisling verunsichert. Sonst wird man wohl von zerbrochenen Tellern essen müssen. Wie durch ein Wunder, schien alles noch heil zu sein. Er holte die weißen Teller einen nach dem anderen aus der Kiste und stapelte sie geräuschvoll auf dem Tisch.

»Sabrina wollte doch halb zwölf mit dem Essen kommen, nicht wahr?« fragte ihn Vivienne.

»Sabrina ist krank. Debbie macht das Essen«, murmelte er und schob die leere Kiste unter den Tisch. »Ich hole das restliche Zeugs aus dem Auto. Es sind noch zwei Kisten, wenn Sie mir dabei helfen könnten.«

»Wie meinen Sie das, Sabrina ist krank?« hakte Vivienne

ängstlich nach. »Gestern ging es ihr doch noch gut. Und wer ist Debbie, ist sie auch eine der Firmeninhaberinnen? Ich kenne sie noch nicht.«

»Sie arbeitet gelegentlich für Sabrina«, erwiderte er teilnahmslos. Vivienne blickte Aisling an und verzog das Gesicht.

»Ich hole das restliche Zeug, und du rufst Sabrina an«, ordnete Aisling an. »Ich heiße Aisling«, wandte sie sich an den Boten. »Wie heißen Sie?«

»Bob.«

»Also gut, Bob«, sagte sie bestimmt. »Zeigen Sie mir, wo Ihr Wagen steht.«

Zusammen mit Bob packte sie das ganze Geschirr, das Besteck, die Weingläser und die Servietten aus. Als Vivienne wieder ins Zimmer trat, war ihr Gesicht ebenso weiß wie ihre Bluse.

»Sabrina hat einen Virusinfekt und kann nicht arbeiten. Sie sagt jedoch, daß Debbie punkt halb zwölf hier sein wird und sehr verläßlich sei, obwohl sie erst wenige Veranstaltungen ganz alleine durchgeführt hat ... Irgendwie beschleicht mich hier ein schlechtes Gefühl«, flüsterte sie Aisling zu.

Damit bist du nicht allein, dachte Aisling.

Es war schon fast Viertel vor zwölf, als Debbie mit dem Essen kam. Vivienne hatte den Tisch sorgfältig gedeckt und die vier Blumenvasen mit einer für sie untypischen Aufgeregtheit arrangiert.

»Ich hasse das«, gab Vivienne zu. »Man kann mir einen Aktenberg hinstellen, in den ich Ordnung bringe oder aber mir hundertseitige Verträge zum Tippen geben, da bin ich gut. Ein Essen zu organisieren aber ist ein richtiger Alptraum für mich. Ich war noch nie ein guter Koch. Christine kann bessere Toasts machen als ich. Und Menüs kann ich mir schon gar nicht aus dem Ärmel zaubern. Ach, da ist sie ja! Gott sei gedankt.«

Debbie war eine quirlige, etwa neunzehn Jahre alte Frau mit einem aufgeschlossenen Gesicht.

»Hallo zusammen«, grüßte sie fröhlich, als sie mit einem großen Aluminiumcontainer das Zimmer betrat. »Ich heiße Debbie und bin Sabrinas Vertretung. Ach, das sieht ja alles sehr hübsch aus. Die Nelken machen sich nett, ich liebe Nelken. Kannst du mir das abnehmen, Bob?« fragte sie.

Bob und sie trugen die Container für heißes und kaltes Essen herein, wobei Sabrina ohne Punkt und Komma über den Verkehr, über das Wetter und wie gerne sie eine Tasse Kaffee trinken würde redete.

»Darf ich hier rauchen?« fragte sie und zog eine Packung Zigaretten hervor, als Vivienne ihr eine Tasse Kaffee hinstellte.

»Ich fürchte nein«, erwiderte Vivienne.

Debbie zuckte fröhlich mit den Schultern und setzte sich, um ihren Kaffee zu trinken. Daß sie sich verspätet hatte, war ihr noch nicht einmal eine Erwähnung wert gewesen.

Aisling fragte sich, ob Debbie schon einmal professionell für einen Lieferservice gearbeitet hatte. So wie sie die Lage einschätzte, hätte Debbie den Preis eines Wettbewerbs für Nachwuchsköche gewinnen können, die Anforderungen an eine Lieferfirma waren ihr jedoch fremd. Vielleicht würde sich das Kochen als ihre Stärke erweisen, und sie war eben nur nicht daran interessiert, ihre Kunden zu beruhigen und ihr Vertrauen zu wecken.

Ein Blick auf den Lachs machte Aisling jedoch klar, daß sie ein wirklich großes Problem hatten. Der Fisch hatte die durchsichtige rosa Farbe halbgaren Lachses. Das würde eine prima Lebensmittelvergiftung geben, dachte sie. Der Fisch war perfekt angerichtet und mit schön geschnittenen Zitronen und Gurkenstückchen verziert. Aber ohne jeden Zweifel war er erst halbgar. Aislings erfahrenes Auge begutachtete die Krebse mit den Krabben. Der Krebs machte einen guten Eindruck, aber wenn schon der Lachs nicht gargekocht war, dann wollte sie über den Zustand der Krabben erst gar nicht reden. Eine Lebensmittelvergiftung von Schalentieren erreichte ungefähr die Zahl acht auf der Richterskala der Lebensmittelvergiftungen. Sie hatten ein handfestes Problem.

Aisling mochte beim Tippen unsicher sein und Angst vor ihrem schwierigen Chef haben, in einem Bereich jedoch fühlte sie sich ganz und gar sicher, und das war Essen.

»Vivienne«, sagte sie, »wir haben ein Problem.«

»Welches denn?« fragte Vivienne, während sie die Rot- und Weißweingläser exakt hinstellte.

Es hatte keinen Sinn, ihr die Wahrheit vorzuenthalten. »Der Lachs ist praktisch noch roh, Vivienne«, bemerkte Aisling so sanft wie möglich. »Debbie hat den Fisch nicht richtig gekocht. Er ist noch halb roh. Und die Krabben gefallen mir auch nicht besonders. So werden sie sich alle eine Lebensmittelvergiftung einfangen.«

»Oh, mein Gott«, stammelte Vivienne entsetzt. »Das kann nicht dein Ernst sein. Was können wir denn jetzt noch tun, es ist fast zwölf, in einer dreiviertel Stunde werden alle hier sein. Debbie!« brüllte sie.

»Ja, bitte?«

»Das Essen ist ja noch ganz roh!«

»Das kann gar nicht sein. Ich meine, ich habe mir wirklich Mühe gegeben«, verteidigte sich Debbie.

Aisling beugte sich vor und kostete den Weißkohlsalat. Er schmeckte ein wenig bitter, ein wenig gegoren.

»Wir haben tatsächlich ein Problem, Leute. Das hier ist auch schon schlecht. Wann hast du all diese Sachen gekocht, Debbie? Weißkohlsalat wird doch gar nicht so schnell schlecht.«

Debbies Gesicht spiegelte ihr Entsetzen, und das von Vivienne sah erst recht vollkommen schockiert aus. Beide machten den Eindruck, als ob sie gleich in Tränen ausbrechen würden.

»Ich schwöre, ich habe den Lachs genau nach den Anweisungen im Buch gekocht«, jammerte Debbie. »Ich habe das Wasser gekocht und es dann abgestellt . . . Ehrlich.«

»Haben Sie den Fisch bis zum Erkalten im Fischeinsatz gelassen?« fragte Aisling.

»Nein. Hätte ich das tun sollen?«

»Das wäre richtig gewesen, Debbie. Und was ist mit dem Weißkohlsalat passiert?«

»Ich weiß es nicht. Ich bin eigentlich Konditorin. Ich habe noch nie eine so große Sache ganz alleine gemacht. Es tut mir so leid.« Sie machte einen vollkommen zerknirschten Eindruck.

Und Vivienne erst recht. Zum erstenmal sah die sonst so kühle und souveräne Chefsekretärin richtig verzweifelt aus.

»Nun«, meinte Aisling, musterte Viviennes Gesicht und entschied sich, die Sache in die Hand zu nehmen. »Welche Kochutensilien sind hier vorhanden?«

»Wir haben eine Mikrowelle im Auto ... Es tut mir so leid«, wiederholte Debbie bedrückt. »Ich habe mein Bestes ...«

Aisling beruhigte sie. »Hören Sie gut zu, Debbie, wir haben jetzt nicht die Zeit, den Schuldigen zu finden. Wir müssen binnen kürzester Zeit eine Lösung finden. Bringen Sie die Mikrowelle in die Kantine. Auf diese Weise stehen dort dann zwei Mikrowellen, in denen wir den Lachs erhitzen können. Denn nur so können wir ihn überhaupt noch essen. Wir haben jetzt nicht die Zeit, ihn nochmals zu kochen und ihn abkühlen zu lassen. Wir müssen unbedingt einen anständigen ersten Gang servieren, wenn wir schon kein Büfett haben. Also gut, laßt mich nachdenken.« Aisling trat einen Schritt zurück und betrachtete das Essen, das Debbie und Bob heraufgetragen hatten. Es gab zahlreiche Salate, gekochten Schinken, eine riesige Schüssel mit gemischtem Salat und eine Käseplatte.

Vivienne ließ sich auf einen Stuhl fallen und rieb sich zitternd die Schläfen.

»Ich kann nicht glauben, was hier passiert«, sagte sie. »Ich kann es einfach nicht glauben. Die Sache heute ist so wichtig für Edward, und ich kann ihn nicht hängenlassen.«

Wie unterschiedlich das Verhältnis der beiden Sekretärinnen zu ihren Chefs war, war wirklich bemerkenswert, dachte Aisling. Vivienne wollte unbedingt eine Panne vermeiden, weil sie Edward nicht hängenlassen wollte. Wenn Aisling diejenige gewesen wäre, die ein Essen für Leo organisiert hätte, und es wäre dann schiefgegangen, so hätte sie befürchtet, er würde sie umbringen. Mal ganz abgesehen davon, ob sie ihn nun hängen ließ oder nicht.

»Mach dir keine Sorgen, Vivienne«, beruhigte sie sie. »Ich habe eine Idee. Bob, holen Sie die Mikrowelle und alle Töpfe, die Sie vielleicht noch im Auto haben. Vivienne, du gehst mit Bob zusammen zu Quinssworth in der Baggot Street – dann kann er während deines Einkaufs in der zweiten Reihe parken. Kaufe dort bitte ein Pfund Fleischtomaten«, sagte sie. »Debbie, haben Sie Kräuter mitgebracht?«

»Äh, ja«, erwiderte Debbie.

»Ich brauche Oregano, Basilikum, Thymian, Petersilie und Olivenöl. Ach ja, wir müssen auch noch eine Vinaigrette machen. Haben Sie die notwendigen Zutaten dabei?«

»Ja. Ich hole alles, was ich dabeihabe.«

»Stellen Sie es unten in die Kantine. Vivienne wird sie Ihnen zeigen. Also gut, Vivienne, hole die Tomaten, drei oder vier Sellerie, Kartoffeln und ein paar Zucchini. Debbie und ich werden den gekochten Schinken als Vorspeise mit dem Salat anrichten. Sowie ihr zurück seid, kochen wir die Kartoffeln und den Lachs. Die Krabben lassen wir unter den Tisch fallen.« Sie strich über Viviennes Arm. »Es wird alles gut werden, mach dir keine Sorgen.« Vivienne rannte in ihr Büro, um Geld aus der Handkasse zu holen.

Aisling verfrachtete vorsichtig das Essen in die Kantine im Keller. Es war ein kleiner, weißgekachelter Raum mit einem Tisch und vier Plastikstühlen, einer Mikrowelle, einem Wasserkessel, einem Kühlschrank und einem Grill, der an die zwanzig Jahre alt sein mochte. Der Ort eignete sich überhaupt nicht, um dort eine Mahlzeit für sechzehn Menschen zuzubereiten. Aber er würde reichen müssen.

Sie band sich eine von Debbies weißen Schürzen um und wusch sich sorgfältig die Hände. Derweil dachte sie darüber nach, wie sie das katastrophale Büfett in ein erstklassiges Mittagessen verwandeln konnte. Es war sieben Minuten nach zwölf, das Essen sollte um eins fertig sein. Dennoch war sie ganz ruhig und konzentriert. Sie teilte den Lachs in grobe Stücke, die sie auf eine der großen Servierplatten legte, die Bob gerade hereintrug. Debbie kam keuchend mit den Kräutern, dem Öl, der Butter und anderen Kochutensilien herein.

»Wir nehmen den Schinken, die Kartoffeln und die Nudelsalate und bereiten daraus verschiedene Vorspeisen«, erklärte Aisling.

Sie zerteilte eine Knoblauchknolle und schälte und zerdrückte mehrere Zehen mit einem alten Brotmesser, das sie in einer Schublade aufgetrieben hatte. Debbie reichte ihr ein scharfes Messer aus ihrem Kasten.

»Danke«, sagte Aisling ohne ihren Blick von dem abzulenken, womit sie beschäftigt war. »Wir belassen alles sehr einfach«, fügte sie hinzu, während sie schnell die Vinaigrette zusammenstellte. »Nur ein wenig von der Vinaigrette auf jeden Teller, dann den Radicchiosalat in die Mitte, die gekochten Salate zur linken und den Schinken auf die rechte Seite des Tellers.«

»Ja gut.«

Erleichtert darüber, daß jemand anderes die Regie übernommen hatte, machte sich Debbie sofort daran, die Teller zu bestücken. Als Vivienne und Bob zehn Minuten später vom Einkaufen zurückkamen, waren sie bereits fast fertig.

»Ihr habt euch aber beeilt«, bemerkte Aisling erstaunt.

»Die Not ist die Mutter der Erfindung«, entgegnete Vivienne. »Ich habe die Schlange umgangen, indem ich alle Kunden an der Expresskasse gebeten habe, mich vorzulassen. Ich habe behauptet, man würde mir kündigen, wenn ich nicht rechtzeitig wieder zurück im Büro sei. Und es hat geklappt!«

Beim Wort »kündigen« wurde Debbie blaß.

»Gut, Bob und Vivienne, ihr schält die Kartoffeln«, befahl Aisling. »Dann wascht ihr sie und schneidet sie in sehr kleine Würfel. Sie müssen sehr schnell gar werden. Debbie, Sie bereiten die Zucchini vor. Wir kochen sie einfach in der Mikrowelle und servieren sie mit etwas Butter und schwarzem Pfeffer.«

»Was kochen wir denn?« fragte Vivienne, während sie sorgfältig die Ärmel ihrer Bluse hochkrempelte.

»Lachs mit Tomaten und frischer Kräutersoße, dazu Zucchini mit Kartoffelbrei. Männer lieben Kartoffelbrei, außerdem können wir sie so in den zwei Mikrowellen am schnellsten gar bekommen.«

Um eins waren alle Gäste gekommen und der Sitzungssaal gefüllt. Der Lachs und der Kartoffelbrei wurden in einem von Debbies tragbaren Backöfen warmgehalten.

Vivienne verteilte die Drinks, während Debbie den ersten Gang aus der Kantine hochholte und die Platten auf den langen, weißen Tisch stellte.

»Bereiten Sie noch ein paar Vorspeisenteller nur mit Salat zu, Debbie«, sagte Aisling, als das Mädchen wieder in die Kantine kam. »Nur für den Fall, daß jemand den gekochten Schinken nicht ißt.«

»Was machen wir denn, wenn jemand keinen Fisch ißt?« fragte Debbie. »Dann können sie das Hauptgericht nämlich nicht essen.«

»Stimmt. Daran habe ich überhaupt nicht gedacht.« Aisling wurde blaß. »Ich mache jetzt den Salat. Vivienne soll alle fragen, ob sie Fisch essen. Wir müssen ihnen dann gegebenenfalls eine kalte Platte hinstellen. Vielleicht mache ich ihnen auch ein Omelette. Sie haben doch Eier mitgebracht?«

»Sie essen alle den gekochten Schinken«, seufzte Vivienne erleichtert, als sie zehn Minuten später in die Kantine zurückkam. »Und alle essen Lachs. Ich habe Edward kurz mitgeteilt, was passiert ist. Er beglückwünscht dich. Und deshalb hat er mir das hier mitgegeben.« Sie zog eine Rotweinflasche und zwei Gläser hervor.

»Das brauche ich jetzt«, fügte sie hinzu und schenkte ein Glas für Aisling und dann noch eins für sich selbst ein.

»Normalerweise trinke ich nicht schon zur Mittagszeit, aber heute ist wohl eine Ausnahme.«

Als die letzten Teller des Hauptganges nach oben geschickt worden waren, entspannte sich Aisling.

»Es schmeckt allen wunderbar«, verkündete Vivienne, als sie aus dem Sitzungssaal zurückkehrte. »Welch eine Erleichterung. Das möchte ich nicht noch einmal durchleben müssen. Ich bin fix und fertig.« Sie zog ihre unsäglich hohen Schuhe aus und sank auf einen Stuhl.

»Du warst wirklich bewundernswert, Aisling. Du hast den Tag gerettet. Und du warst so vollkommen unbeirrbar.«

»Kochen beruhigt mich«, erwiderte Aisling und stellte Debbies Olivenöl zusammen mit den Kräutern und der Butter zurück in den Kasten. »Es ist eine meiner Lieblingsbeschäftigungen und eines der Dinge, die ich am besten kann.« Trocken fügte sie hinzu: »Leider habe ich während der letzten fünf Jahre mehr Zeit damit verbracht, mir Gedanken über die Herstellung eines perfekten Soufflés zu machen, als über den Zustand meiner Ehe nachzudenken. Außerdem habe ich viel zuviel Zeit damit verbracht, die Produkte aus meinem Kochunterricht aufzuessen. Mein Lebensinhalt war es, mich zu Hause zu vergraben und zu lernen, wie man Blätterteigsahnehörnchen bäckt – und sie dann auch noch aufißt!« Sie lachte.

»Jetzt ißt du sie jedenfalls nicht mehr«, bemerkte Vivienne. »Du siehst prima aus. Du hast soviel abgenommen.«

Erfreut über das Kompliment errötete Aisling. Sowohl Jo als auch Fiona hatten ihr dasselbe gesagt, aber es fiel ihr schwer, Komplimente zu akzeptieren. In ihrer Vorstellung war sie immer noch eine übergewichtige, langweilige Hausfrau, die darauf wartete, daß es Mitternacht schlug und sich ihre Kutsche wieder in einen Kürbis zurückverwandelte.

»Hast du denn eine Diät gemacht?« fragte Vivienne.

»Eigentlich nicht. Ich hatte einfach nicht mehr die Zeit, die gewohnten Gerichte zu kochen, aber ich habe mir große Mühe gegeben, vernünftig zu essen. Die Arbeit war dabei sehr hilfreich« fügte sie hinzu. »Es fällt viel leichter, keine Kekse zu essen, wenn du dabei nicht den lieben langen Tag den Kühlschrank anstarren mußt. Die Trennung von Michael hat meiner Figur mehr als gutgetan. Wenn ich etwas früher bemerkt hätte, daß er sich mit mir langweilte, und mich etwas verändert hätte, vielleicht hätte er mich dann nicht verlassen.«

Vivienne beugte sich vor und schenkte Aisling noch ein Glas Wein nach.

»So einfach stellen sich die Dinge wohl niemals wirklich dar«, entgegnete sie leise. »Ich selbst war nie verheiratet, aber meine Beziehung zu Christines Vater war eine dauerhafte. Ich weiß also, wie Beziehungen veröden können. Weder kann man sagen, daß es der eigene Fehler war, noch kann man dem Mann die Schuld in die Schuhe schieben. So einfach ist es nicht. Menschen ändern sich, das ist es, was passiert. In den romantischen Liebesromanen ist davon allerdings niemals die Rede.«

»Christines Vater wollte einfach nicht dieselben Dinge, die ich wollte«, erklärte sie. »Er wollte unverheiratet und frei bleiben, was mich vor meiner Schwangerschaft nicht weiter gestört hatte. Danach aber wollte ich meine Verhältnisse ordnen, ich wollte Sicherheit. Er wollte das nicht.«

Sie zuckte mit den Schultern. »So haben wir uns auseinandergelebt, und es war weder wirklich meine noch seine Schuld. Ist dir das auch passiert?«

»Das könnte man so sagen«, gestand Aisling. »Wir haben uns beide verändert. Anfangs konnte ich mir das nicht eingestehen. Ich habe Michael für alles verantwortlich gemacht, von der Erderwärmung bis hin zur Cellulite. Heute sehe ich jedoch Gott sei Dank klarer. Ich bin in eine Richtung gegangen und Michael in eine andere. Mein Bild von ihm hat sich wohl auch geändert«, sagte sie. »Er war nicht mehr so sehr mein Mann als vielmehr der Vater der Zwillinge und der Brotverdiener. Ich habe mich von seiner Welt abgewendet, und er hat das umgekehrt auch getan. Das fällt mir jetzt auf, weil seine Abwesenheit gar nicht soviel verändert hat. Abgesehen von den abendlichen Unterhaltungen über die Jungs oder darüber, wie ein Abendessen dank seiner Verspätung im Ofen verbruzzelt war, haben wir gar nicht mehr miteinander gesprochen. Himmel noch mal«, sagte Aisling. »Dies ist wirklich eine sehr tiefschürfende Unterhaltung. Hast du auch wirklich nichts in den Wein getan, vielleicht ein paar Wahrheitstropfen?«

Vivienne lachte. »Ein Trauma beschwört den Wunsch herauf, daß man sich irgendwo erleichtern möchte – so jedenfalls steht es in Carolines neuestem Psychologiebuch.«

»*Caroline* mag Psychologiebücher?« fragte Aisling. »Das kann ich mir gar nicht vorstellen.«

»Sie ist ganz vernarrt in sie. Seit zwei Jahren nimmt sie an einem Abendkurs in Buchhaltung teil. Sie behauptet, daß sie das ohne ihre Bücher niemals geschafft hätte. Sie sagt, sie hätten ihr den Mut gegeben, den ihr ihre Erziehung niemals hatte vermitteln können.«

Zusammen tranken sie die Flasche Wein aus und überließen einer aufgeregten Debbie das Servieren des Desserts, einer Himbeerrolle mit Sahne.

»Wenn etwas übrigbleibt, bringen Sie es hierher zurück«, befahl Vivienne und bestrich ein Stück Baguette mit Butter. »Es sieht sehr lecker aus, und wir verhungern gleich.«

Aisling fühlte sich etwas betrunken. Sie hatte nichts zu Mittag gegessen und der Wein, ein recht starker Rioja, war ihr in den Kopf gestiegen.

»Iß doch«, riet ihr Vivienne. Sie bereitete ein riesiges Baguettesandwich mit etwas Schinken und Kartoffelsalat zu. »Sonst werden wir noch ganz betrunken sein.«

Ohne viel von der Füllung zu verlieren, halbierte sie das Sandwich und reichte die eine Hälfte Aisling.

»War es sehr schwierig, Christine ganz alleine großzuziehen?« fragte Aisling. »Ich habe nämlich eine schwangere Freundin, deren Freund sie verlassen hat. Ich frage mich, wie schwer es für sie werden wird.«

»Gott stehe ihr bei! Es ist sehr schwer«, erwiderte Vivienne mit vollem Mund. »Jedenfalls wenn es so ist wie bei mir. Ich vergöttere Christine, sie bedeutet mir alles. Dennoch hatten wir auch sehr schwierige Zeiten. Alleine zu sein ist nicht einfach, das weißt du ja. Man ist für alles ganz allein verantwortlich. Das kann auch sehr einsam machen.«

»Ich weiß. Und man vermißt das Gespräch mit Erwachsenen«, erwiderte Aisling nachdenklich.

»Nicht nur das«, fügte Vivienne hinzu. »Als alleinerziehende Mutter fällt das soziale Gefüge plötzlich auseinander. So jedenfalls habe ich es erlebt. Niemand lädt eine alleinstehende Frau auf eine Party ein, weil die Frauen alle in der Angst schweben, man könnte ihnen ihre Ehemänner ausspannen.« Sie kicherte, als ob sie sich an etwas Bestimmtes erinnerte. »Und die Ehemänner glauben alle, daß man es dringend nötig habe und machen dich an!«

Aisling schwieg. Glaubte Leo etwa auch, daß sie es nötig hatte? Vermutlich schon.

»Man verliert all die Freunde, die zu zweit leben«, fuhr Vivienne fort. »Am Schluß ist man immer mit den alleinstehenden Freunden zusammen. Und die meisten von denen haben keine Kinder und können nicht verstehen, warum man nicht die ganze Nacht wegbleiben kann oder nichts trinken darf, weil man ja noch den Babysitter nach Hause fahren muß. Gelingt es mir, die Rolle der alleinstehenden Mutter attraktiv zu beschreiben?« fragte sie und grinste breit.

»Es gelingt dir ausgezeichnet. Wie aber findest du bei einem solch engagierten Privatleben noch die Zeit zu arbeiten?« fragte Aisling.

»Ach weißt du, da quetsche ich jede Woche noch ein paar Stunden zwischen meine Besuche auf der Leeson Street, wo ich gelangweilte verheiratete Männer in den Singlekneipen aufspüre und mich nach dem möglicherweise idealen Mann umsehe.« Vivienne nahm einen großen Schluck von dem Wein.

»Das klingt vermutlich ziemlich bitter«, sagte sie leise.

»War es denn so schwer?« fragte Aisling leise.

»Ja und nein. Ich würde gerne einen Mann in meinem Leben haben. Aber es ist sehr schwer, jemanden kennenzulernen, der sich für eine alleinstehende Mutter interessiert. Es ist überhaupt schwer, jemanden kennenzulernen. Ich bin vierunddreißig Jahre alt, und die Männer in meinem Alter sind alle verheiratet. Entweder das oder aber sie wollen sich nicht binden«, fügte sie hinzu.

»Tut mir leid, das willst du sicher nicht hören, Aisling. Ich hatte eine schlechte Woche, weil Christine die Grippe hat. Außerdem bekomme ich meine Tage, und am Mittwoch abend, als wir uns den Film *Die hundertundein Dalmatiner* ansahen, ist das Videogerät zusammengebrochen. Der Himmel weiß, wieviel die Reparatur kosten wird, falls sich das überhaupt noch lohnt.«

»Meine Damen, man möchte Sie gerne nach oben einladen, weil Sie den Tag gerettet haben«, verkündete eine laute Stimme. Pat Finucane stand in der Tür. »Ich habe allen von deinen zauberhaften Kochkünsten erzählt, Aisling, und wie du diese Katastrophe in eine exzellente Mahlzeit verwandelt hast. Beinahe hätten sie alle noch die Teller abgeleckt. Der Kartoffelbrei war einfach phantastisch.«

Aisling und Vivienne mußten beide lachen.

»Was ist denn?« fragte Pat.

»Aisling behauptet, Männer lieben Kartoffelbrei. Offenbar liegt sie damit richtig«, erklärte Vivienne. Sie streifte ihre Schuhe über und zwinkerte Aisling zu. »Nächste Woche mußt du einmal bei mir zum Abendessen vorbeischauen, dann können wir mit unserem Lamentieren fortfahren, okay?«

»Das würde ich sehr gern tun«, erwiderte Aisling erfreut. Vielleicht wäre das ja genau die richtige Gelegenheit, um mit Vivienne über Leo zu sprechen.

»Es wird Spaghetti oder irgend etwas ganz Einfaches geben«, fügte Vivienne eilig hinzu. »Oder aber ich bitte Debbie, uns etwas Fisch zuzubereiten!«

»Meine Komplimente.« Edward Richardson stand auf und klatschte, als Aisling im Türrahmen des Sitzungssaals erschien. Die Gäste machten einen vollkommen entspannten Eindruck. Ihre geröteten Gesichter und die gelockerten Schlipse zeugten von der Wirkung des Weins. »Meine Herren, darf ich Ihnen Aisling Moran vorstellen.« Edward lächelte. Sein blaßblauer Schlips war immer noch zu einem perfekten Knoten gebunden.

»Wenn Sie erst einmal Ihr Restaurant eröffnen, meine Liebe, dann möchte ich dort jeden Abend zu Gast sein. Und wenn Sie schon dabei sind, könnten Sie meiner lieben Tochter auch gleich noch das Kochen beibringen!«

»Würden Sie denn auch für Abendeinladungen kochen?« fragte ein Mann, während Pat Aisling ein Glas Wein anbot.

»Nun«, erwiderte Aisling zögernd. »Ich habe bisher eigentlich nur für mich und meine Familie gekocht ...«

»Meine Frau haßt es, zu kochen und würde sofort die Gelegenheit wahrnehmen, wenn jemand ihr eine Abendeinladung abnähme«, fuhr der Mann fort.

»Das ist eine gute Idee, Jim«, erwiderte Pat ernst. »Und du würdest es einfach großartig machen, Aisling.«

»Ganz meiner Ansicht«, bestätigte auch Vivienne, während sie ein Glas Champagner entgegennahm. »Du bist nicht ein einziges Mal in Panik geraten.«

»Sie könnten auch für meine Partys kochen«, fügte Tom Reid, Carolines Chef, hinzu.

»Das ist eine wirklich erfolgversprechende Geschäftsidee«, bemerkte Edward ermutigend. »Ihr Talent und meine Geschmacksnerven. Sie kochen, und ich probiere dann alles aus!«

Alle lachten.

»Ein Toast«, sagte Edward und hob sein Glas. »Auf Richardson, Reid und Finucane und auf unsere neuen Partner.« Er lächelte den beiden neuen Anwälten zu. »Auf unseren weiteren geschäftlichen Erfolg und auf Aisling, die unser Essen gerettet hat! Ein Prosit!«

»Das meine ich ernst«, sagte Jim. Er hielt Aisling am Arm zurück, als Vivienne und sie gehen wollten. »Ich bin Jim Coughlan. Ich würde es sehr gerne sehen, wenn Sie für uns kochen würden. Meine Frau Rachel hat gerade ein kleines Pressebüro eröffnet und muß in Zukunft viele Einladungen veranstalten. Kann ich ihr sagen, daß sie Sie anrufen darf?«

Erstaunt und angenehm berührt überlegte Aisling einen Augenblick lang. »Ja, sicher«, sagte sie schließlich. »Ich kann jedoch nur nach den Bürostunden kochen. Ich möchte meine Arbeit hier nicht beeinträchtigen.«

»Kein Problem. Hier ist meine Telefonnummer.« Er reichte ihr eine cremefarbene Visitenkarte mit schwarzen, hohen Buchstaben. »Rachel kann Sie hier im Büro anrufen, dann können Sie sie zurückrufen, wenn es Ihnen paßt.«

Die Männer unterhielten sich noch bis halb fünf im Sitzungssaal, jeder Gedanke an Arbeit war vollkommen vergessen.

»Ich möchte nach Hause und mich hinlegen«, seufzte Vivienne und schenkte Aisling und sich selbst eine Tasse Kaffee ein.

»Geht mir genauso. Ich muß aber heute abend noch zwei Briefe per Kurier rausschicken. Mir fehlt nur noch Leos Unterschrift, und ich weiß nicht, wie ich ihn aus dem Sitzungssaal bekommen soll.«

»Ich muß ohnehin Edward etwas fragen«, erwiderte Vivienne. »Dabei kann ich Leo gegenüber die Briefe ansprechen.«

Aisling nahm ihre Tasse Kaffee mit nach oben und wünschte, es sei bereits halb sechs und sie könnte nach Hause. Sie war müde, und die Vorstellung, ein heißes Bad zu nehmen, war sehr verlockend. Dennoch verspürte sie eine Art Hochgefühl über den Verlauf dieses Tages, wie sie die Probleme angepackt hatte und ihr alle dafür Lob gezollt hatten.

Sie druckte die Briefe für Leo zum Unterschreiben aus. Nur zu gerne würde sie für Abendeinladungen das Kochen übernehmen. Daraus könnte sich allerdings eine richtig große Sache entwickeln. Wo sollte sie beginnen? Und konnte sie das tatsächlich ganz alleine machen?

»Äußerst appetitlich, Frau Moran«, hörte sie Leos tiefe Stimme in ihrem Rücken.

Verblüfft wirbelte Aisling herum. Er stand grinsend im Türrahmen. Lüstern grinsend, um genau zu sein.

»Das Essen war ebenfalls sehr appetitlich.« Er kicherte zufrieden über seinen eigenen Scherz. Aisling spürte, wie die mühsam im Zaum gehaltene Wut in ihr aufzusteigen begann. Ruhig, nur ruhig, ermahnte sie sich selbst. Er ist nur ein wenig betrunken, er ist harmlos. Sage jetzt nichts, was du später bereuen könntest, nur weil du ein paar Glas Wein getrunken hast. Du bist auf diese Arbeit angewiesen, vergiß das nicht.

»Bitte unterschreiben Sie hier«, sagte sie so ruhig, wie es ihr möglich war, und reichte ihm die Briefe. Er bewegte sich nicht. Sie ging auf ihn zu und streckte ihm die beiden Papierbögen entgegen.

»Vielen Dank, Aisling.« Er nahm die Briefe entgegen, hielt jedoch weiterhin den Blick auf sie gerichtet. Sie beugte sich über ihren Schreibtisch und hob einen Kuli auf der anderen Seite auf. In diesem Augenblick legte er einen Arm um ihre Taille und streichelte hastig über ihren Po.

Wütend drehte sie sich um und schrie ihn an.

»Wie können Sie es wagen, mich zu berühren, Sie Schwein! Wie können Sie das wagen!«

»Hören Sie doch mit diesem Unsinn auf«, knurrte er. »Sie wissen doch selbst, wie sehr Sie es wollen. Nun zieren Sie sich nicht so.«

Er kam wieder einen Schritt auf sie zu, und immer noch grinste er über das ganze Gesicht. Ihr Gefühl sagte ihr, daß er sie gleich berühren würde. Sie wußte plötzlich, daß das Maß voll war.

Als ihre rechte Hand mit seinem Kinn zusammenstieß, machte das ein befriedigendes Geräusch.

»Hören Sie zu, Sie Perverser, Sie können sich Ihren Arbeitsplatz in den Hintern stecken«, brüllte Aisling. »Ich habe Ihre Kommentare, Ihre anzüglichen Bemerkungen und Ihr mieses Benehmen absolut satt. Sie sind ein Arschloch, Leo Murphy, und ich gehe!«

Sie griff nach ihrer Handtasche hinter dem Schreibtisch und rannte zur Tür hinaus.

»Ich kann selbst kaum glauben, daß ich das getan habe!« sagte Aisling, als Jo am Abend gegen halb neun vorbeikam. »Ich war blind vor Wut, eine Mischung aus Rotwein und Erleichterung, daß ich diesem chauvinistischen Schwein Einhalt geboten habe. Aber jetzt ...« Sie hielt inne und rieb sich die Nasenwurzel, um das pochende Kopfweh zu beschwichtigen.

»Aisling!« rief Jo verärgert, »jetzt bereue doch nicht, was du getan hast. Dieser Mistkerl ist einfach unglaublich. Warum nur hast du mich nicht ins Vertrauen gezogen? Dann hätte ich dir schon viel früher ein paar Ratschläge geben können. Was glaubt er wohl, wer er ist? Das nennt man sexuelle Belästigung, und es ist gegen das Gesetz. Damit wird er nicht einfach durchkommen, damit nicht! Das Amt für Gleichberechtigung wird uns beraten, was wir jetzt tun können. Und glaube mir, er wird es sehr bereuen, daß er seine Stellung ausgenutzt hat!«

»Das ist ja alles schön und gut, Jo«, seufzte Aisling. »Aber ich brauche doch meinen Arbeitsplatz. Und wer in aller Welt wird mir denn meine Geschichte abnehmen? Schließlich ist Leo Anwalt und hat sein ganzes Leben lang Gesetze ausgelegt. Wenn er mich erst einmal durch die Mangel genommen hat, dann wird mein Name nichts mehr wert sein. Er wird behaupten, ich hätte ihn dazu animiert oder irgend so etwas.«

»Mach dich nicht lächerlich«, erwiderte Jo gereizt. »Tut mir leid. So habe ich es nicht gemeint. Es macht mich nur so wütend, daß du mir nichts davon erzählt hast. Ich hätte dich darin bestätigen können, daß sein Verhalten nicht korrekt ist, und daß du diesen Mist nicht über dich ergehen lassen mußt.«

»Ich weiß«, erwiderte Aisling zerknirscht. »Ich weiß, ich hätte schon früher etwas unternehmen sollen. Aber es war alles noch so neu und so schwierig. Allein einen Arbeitsplatz zu haben, erschien mir eine so große Sache, da wußte ich einfach nicht, was ich tun sollte oder wie ich mich ihm gegenüber verhalten sollte«, fügte sie bedrückt hinzu. »Nachdem ich ihn geohrfeigt hatte, habe ich eine solche Befriedigung verspürt, aber die war nur von kurzer Dauer. Jetzt denke ich immer wieder darüber nach, warum ich es getan habe.«

»Das hättest du schon vor Wochen tun sollen«, meinte Jo. »Ash, ruf doch Pat Finucane an und erzähle ihm, was vorgefallen ist. Bitte ihn um seine Meinung. Vielleicht irre ich mich ja, aber ich bezweifle, daß er die Dinge einfach ruhen lassen wird.«

»Pat kann ich in diese Sache nicht mit hineinziehen«, rief Aisling. »Er ist bereits hineingezogen. Er ist der Seniorpartner einer Firma, in der einer seiner Kollegen der sexuellen Belästigung bezichtigt wird. Eine solche Angelegenheit wird er wohl kaum unter den Teppich kehren wollen.«

»Aber wer wird mir denn glauben, Jo? Ich habe doch niemandem davon erzählt, und jetzt steht seine Aussage gegen meine«, meinte Aisling tonlos. »Was habe ich mir da nur eingebrockt?«

14

Jo hatte ihre nassen Haare zu einem Pferdeschwanz zusammengebunden und saß in einen uralten Bademantel eingehüllt auf dem Sofa. Sie blätterte durch die Immobilienanzeigen. Eine Dose Coca Cola und ein angeknabbertes Stück Kuchen lagen auf dem Tisch neben ihr auf einem Stapel von Immobilienbeilagen.

Sie fand den Prospekt mit dem Stadthaus in Killiney und betrachtete das Foto eines eleganten, rotgeklinkerten Hauses, um dessen salbeigrüne Tür sich eine naturweiße Clematis rankte. Die Nummer vier hatte zwei Schlafzimmer, eines davon mit direktem Zugang zum Badezimmer, eine kombinierte Küche mit Eßzimmer, und einen winzigen Wintergarten, der auf ein handtuchgroßes Stück Rasen zeigte, das von einem Steingarten umsäumt war. Es war wirklich wunderschön. Zwar bot keines der Zimmer viel Platz, aber sie wollte ja keine Villa.

Nur solide Wände wollte sie haben, damit die Nachbarn nach einer schlaflosen Nacht mit dem Baby nicht morgens gegen die Tür hämmerten. Vorsichtig lehnte sich Jo zu der Dose Cola hinüber denn ihre Lendenwirbel hatten ihr bereits den ganzen Tag über Schmerzen bereitet. Dann wandte sie sich wieder der Häusersuche zu.

Das Haus in Killiney kam ernsthaft tatsächlich in Betracht. Es war teuer, aber irgendwo mußte sie ja noch vor der Geburt des Babys unterkommen. Die Wände ihrer Wohnung waren so dünn, daß sie Frau Roches Radiowecker pünktlich jeden Morgen um halb sieben hören konnte. Wenn die beiden neuen Mieterinnen in der Wohnung über ihr ein Abendessen veranstalteten, konnte man seinen Schlaf vergessen.

Jo wollte einen Garten für ihr Kind, wo es sitzen, mit seinem Spielzeug herumspielen und Sandburgen und Spielhäuser bauen konnte. Sie hatte ein wunderschönes Spielhaus im *Argos*-Katalog gesehen und hätte es beinahe schon gekauft. Dann aber hatte sie eingesehen, daß es noch eine Weile dauern würde, bevor ihr Kind ein solches Haus zu schätzen wußte.

Im nächsten Prospekt fand sie ein kleines, gekalktes Häuschen in Dalkey, das auf dem Foto des Immobilienmaklers wunderschön aussah. Sie hatte es jedoch noch nicht mit eigenen Augen gesehen. Die blumigen Beschreibungen der Immobilienmakler stimmten oft nicht mit dem Original überein, wenn man es einer genaueren Betrachtung unterzog.

Am Montag hatte sie sich »eine Perle, mit einem Wohnzimmer, drei Schlafzimmern, einem Badezimmer, und einem großen Garten und dem Hinweis ›Modernisierung erforderlich‹« angesehen. In Wirklichkeit war das mickrige kleine Haus ohne jeden Charme, hatte feuchte Wände, drei verschimmelte Schlafzimmer und eine Art Niemandsland als Garten, das den Eindruck erweckte, ein botanisches Experimentiergelände für schnellwachsendes Unkraut zu sein.

»Etwas Arbeit muß man wohl noch reinstecken«, gab der müde aussehende Makler zu, als Jo ihren Rock zu sich heranzog, damit dieser nicht mit der verdreckten Küche in Berührung kam.

»Wenn ich mit einem Kämmerer verheiratet wäre und selbst ein Bauunternehmen führen würde, dann würde ich es mir vielleicht überlegen«, erwiderte sie. Dann tat ihr ihre scharfe Reaktion leid und sie fügte hinzu: »Ich suche etwas, wo nur wenig Arbeit hineingesteckt werden muß, denn ich bekomme ein Baby.«

Es folgte eine lange Unterhaltung über erste Babys – Colm, der Makler, hatte zwei Kinder. Das zweite war erst neun Monate alt und hatte noch niemals länger als vier Stunden am Stück geschlafen.

Danach fuhr Jo zu einem zehn Jahre alten Kutscherhäuschen, bei dem nichts über Renovierungsarbeiten vermerkt gewesen war. Es war so schön, wie das letzte Haus häßlich gewesen war. Jo war vollkommen verliebt und sehr enttäuscht, als sie herausfand, daß ein anderer Kunde am selben Morgen bereits erfolgreich darum verhandelt hatte. Sie war zu deprimiert, um den Makler noch anzurufen, der ihr nicht rechtzeitig abgesagt hatte.

Jo ließ sich in ihren Wagen fallen und fuhr verärgert nach Hause. Zwei *Twix*-Riegel entschädigten sie am Abend, als sie im Fernsehen den Film *The Bill* sah.

Nachdem sie am Montag so wenig Erfolg gehabt hatte, wollte sie Dienstag abend die Häusersuche ausfallen lassen. Statt dessen war sie zu einem Empfang zur Einführung einer neuen Lidschattenlinie gegangen und hatte viel zu viele Windbeutel gegessen. Währenddessen hatte sie die eleganten Bewegungen vier streichholzdünner, mit Körperfarbe bemalter Fotomodelle verfolgt. Den Kellnern stand vor Staunen der Mund offen.

»Die müssen magersüchtig sein«, murmelte Rhona und zündete sich noch eine Zigarette an, um ihre Diät nicht zu brechen und der Verlockung der chinesischen Sesamgarnelentoasts auf einem in der Nähe stehenden Tisch zu widerstehen.

»Es würde Sie sicher erstaunen, wie viele der Fotomodelle wie Scheunendrescher essen«, bemerkte Yvonne, die ebenfalls streichholzdünne Moderedakteurin eines Konkurrenzmagazins.

Rhona hob skeptisch eine Augenbraue. »Yvonne, wir waren zweimal zusammen auf Pressereisen und ich weiß, daß du mehr als eine halbe Pampelmuse und ein Stückchen Toast zum Frühstück als die reinste Völlerei betrachtest. Du kannst in dieser Frage wohl kaum als maßgeblich gelten.«

Jo betrachtete beiläufig Yvonnes knackigen kleinen Hintern, der von einem hautengen Lycrastrumpf fixiert war. Dann nahm sie sich noch zwei kleine Windbeutel vom Tablett eines vorbeikommenden Kellners.

»Ich liebe Windbeutel«, fuhr Rhona fort und zog den Rauch ihrer Zigarette tief ein. »Aber sie machen dick.«

Jo aß hastig und nippte an ihrem Orangensaft.

»Kommt schon, Mädchen, Geschenke.« Nikki erschien und winkte mit drei eleganten goldenen Tüten.

Auf dem Nachhauseweg betrachtete Jo das vierteilige Lidschattenset, den Lippenstift und den Nagellack, den die Kosmetikfirma jedem Gast geschenkt hatte. Mit dem Lippenstift würde sie aussehen wie Morticia aus der *Addams Family.* Sie hätte sich doch lieber weiter nach einem Haus umsehen sollen. Aber sie brauchte etwas Abwechslung, und ein Abend mit Rhona war gegen schlechte Stimmung immer ein probates Mittel.

Am nächsten Tag ließ sie das Mittagessen ausfallen – jedenfalls aß sie nur einen Hamburger im Auto, was so gut wie gar nichts war – und dann fuhr sie zu einem Bungalow in Dun Laoghaire aus den sechziger Jahren. Jo wäre beinahe in Tränen ausgebrochen, als sie von einer hochgewachsenen Blondine auf dem Weg zu dem winzigen avocadogrünen Badezimmer beiseite gestupst wurde. Avocadogrün war ihr ohnehin verhaßt. Es entsprach so durch und durch dem Geschmack der siebziger Jahre.

Am Donnerstag und am Freitag war sie viel zu sehr mit der Arbeit beschäftigt gewesen, um sich nach einem Haus umzusehen. Heute jedoch wollte sie den Nachmittag damit verbringen, sich weitere Objekte anzusehen. Auf ihrer Liste standen drei Häuser, die sie sich ansehen wollte. Dafür würde sie vermutlich den größten Teil des Nachmittags brauchen. Außerdem mußte sie noch einkaufen fahren, denn sie hatte keinen Thunfisch mehr im Haus. Zur Zeit verspürte sie ständig Heißhunger auf Thunfisch und auf Erdnußbuttersandwiches.

Beim Durchblättern der Häuserbeilagen stieß Jo auf eine Anzeige, die sie faszinierte. Es war weniger die Beschreibung des Hauses, als vielmehr die Lage in den Bergen hinter Dublin, die sie reizte.

Eigentlich klang die Nummer zwei, Redwood Lane, nach der schlimmsten Immobilie, die sie bisher in Erwägung gezogen hatte. Wenn man zwischen den Zeilen las, fiel einem auf, daß »Materialheizung« vermutlich darauf hinweisen sollte, daß man den Torf zum Verbrennen ins Haus schleppen mußte. Mehr Sorgen jedoch bereitete ihr die Tatsache, daß ein Badezimmer überhaupt nicht erwähnt war.

Die Worte »ausgiebige Renovierungsarbeiten erforderlich« hätten auch noch den dümmsten Heimwerkerfanatiker verschreckt. Da Jos Werkzeugsammlung lediglich aus einem Billigschraubenzieher mit drei verschiedenen Schraubaufsätzen bestand, war es eigentlich unsinnig, sich das Haus überhaupt anzusehen.

Aber sie fühlte sich momentan nicht sonderlich vernünftig. Jo hätte nicht sagen können, warum das Haus sie so faszinierte, die Beschreibung der Aussicht aber war ganz sicher das Wichtigste daran.

»An einem landschaftlich sehr reizvollen Fleck in den Bergen um Dublin gelegen, wird das Grundstück von Platanen und Rotbuchen gesäumt und blickt über Ackerland. Man hat eine ausgezeichnete Aussicht auf die Bucht von Dublin, die man sich nicht entgehen lassen sollte.« Sei nicht albern, ermahnte sie sich, als sie sich die aufgerauhten roten Jogginghosen überzog, in denen sie momentan zu leben schien. Was in aller Welt willst du mit einem heruntergekommenen alten Haus schon halb in den Bergen anfangen, wo du nicht die geringste Ahnung vom Heimwerkern hast. Vermutlich kannst du es dir ohnehin nicht leisten, und außerdem erwartest du in vier Monaten ein Baby. Es war alles vergeblich. Sie zog sich das passende rote, sehr weite Sweatshirt über und bürstete ihr immer noch feuchtes Haar. Derweil schwirrte das Bild eines wunderschönen Häuschens in der goldenen Abendsonne in ihrem Kopf herum.

Sie stellte sich eine gemütliche Küche mit Kissen auf den Fensterbänken vor, auf denen man sitzen und auf das im Tal liegende Dublin herabblicken konnte. Ein hübscher Garten, in dem Lavendel und Rosmarin vor der Küchentür dufteten . . .

Dazu ein altmodisch tapeziertes Schlafzimmer mit einem Messingbett und einem Kiefernkleiderschrank – vielleicht doch lieber zwei Kiefernkleiderschränke – und ein Frisiertisch mit einer Schüssel korallenfarbener Rosen, Rosen aus ihrem eigenen Garten ... Sie hatte es bereits alles vor Augen.

Jo parkte ihren Golf vor dem Büro und fragte sich, was Marks Porsche an einem Samstagmorgen um halb zwölf dort zu suchen hatte. Sie war in die *Style*-Redaktion gefahren, um dort ein paar Unterlagen abzuholen, die sie am Abend zuvor vergessen hatte.

Am Montagmorgen um zehn interviewte sie eine Fernsehmodistin über das Thema, wie man die richtige Kleidung für die Leute der unterschiedlichen Sendungen und Serien zusammenstellte. Das Pressebüro des Senders hatte ihr eine Liste der Sendungen gefaxt, bei denen die Modistin mitgewirkt hatte. Jo wußte zwar, daß sie auch ohne dieses Hintergrundwissen das Interview führen konnte. Dennoch hatte sie gerne vor einem Interview die Liste der Fähigkeiten der betreffenden Person im Kopf. Eines ihrer allerersten Interviews hatte sie niemals vergessen können. Damals war sie so schlecht vorbereitet gewesen, daß sie eine Schauspielerin ganz arglos danach gefragt hatte, wie sie mit einem bestimmten, als launisch berüchtigten Regisseur zurechtkam.

»Eigentlich ist die Zusammenarbeit mit ihm gar nicht so übel, da ich mit ihm verheiratet bin!« hatte die Schauspielerin sie angegiftet und war aus dem Zimmer gestürmt.

Jo schloß die Eingangstür auf, die sich die Zeitungsredaktion mit einem anderen Geschäft teilte, und ging die beiden Stockwerke zur Redaktion von *Style* hinauf.

Die cremefarbene Holztür stand offen, und Jo trat ein. Sie vermutete Mark am Telefon im Konferenzzimmer. Er saß jedoch hinter Brendas Schreibtisch und blätterte in einer Protoversion der Oktoberausgabe. Mit einer Schulter hielt er Brendas Telefonhörer an sein Ohr geklemmt.

»Hallo, Jo. Ich hatte nicht erwartet, hier heute überhaupt jemanden zu treffen«, sagte er freundlich.

»Ich habe ein paar Unterlagen für mein Interview am Montag vergessen«, erwiderte sie und eilte zu ihrem Schreibtisch. Sie verfluchte sich, daß sie sich in einem alten Jogginganzug und ausgetretenen Turnschuhen hatte erwischen lassen. Mit Ausnahme eines blassen Lippenstifts trug sie überhaupt kein Make-up. Vermutlich glänzte ihr Gesicht von der Feuchtigkeitscreme.

»Wen wirst du denn interviewen?« fragte er.

Jo wollte ihm gerade antworten, als er in den Telefonhörer sprach. »Hallo, Tim. Nein, das ist schon in Ordnung. Ich habe ja nicht lange gewartet.«

Während er telefonierte, durchsuchte Jo die verschiedenen Pressemitteilungen, die Zeitungen und die Farbdurchschläge auf ihrem Schreibtisch und fand das glänzende, aufgerollte Faxpapier.

Sie ließ die Seiten in ihre Handtasche gleiten, ging an Mark vorbei und winkte ihm lautlos auf dem Weg zur Tür zu.

»Einen Moment mal, Tim«, unterbrach er sein Gespräch abrupt. »Geh doch noch nicht, Jo, bitte. Ich bin nur noch ein paar Sekunden lang am Telefon.«

Nun mußte sie warten. Das konnte sie bequemer im Sitzen machen. Sie kehrte wieder zu ihrem Schreibtisch zurück, um Aisling anzurufen. Als sie dort am frühen Morgen angerufen hatte, hatte niemand das Telefon abgenommen. Nach der schrecklichen Erfahrung mit diesem Mistkerl von einem Rechtsanwalt machte Jo sich Sorgen um ihre Freundin. Jo hatte ein paar Ideen, was man mit diesem Herrn Murphy anstellen könnte. Keine dieser Ideen bewegte sich jedoch innerhalb des gesetzlich zulässigen Rahmens. Was für ein Schwein. Das Telefon klingelte bei den Morans. Keiner antwortete. Die Jungs würden am Samstagvormittag wahrscheinlich Fußball spielen, und Aisling war auf dem Weg, sie abzuholen. Sie würde es später noch einmal versuchen.

Mark telefonierte immer noch.

Sie wollte nicht herumsitzen und darauf warten, daß er das Gespräch beendete. Deshalb versuchte sie, ein beschäftigtes Gesicht aufzusetzen, während sie ihren Terminkalender durchsah und darüber nachgrübelte, was er von ihr wollen könnte. Seit ihrer Rückkehr von New York waren beinahe zwei Monate verstrichen, und er hatte sich höflich und charmant ihr gegenüber benommen.

Die Offenbarung ihrer Schwangerschaft hatte er gelassen aufgenommen und sie freundschaftlich umarmt, als sie in *Bloomingdales* in Tränen ausgebrochen war. Er hatte sie zu einem kleinen Café in der Nähe geführt, ihr eine heiße Schokolade bestellt und ihre Hand gehalten, bis ihre Tränen versiegt waren. Nicht ein einziges Mal hatte er sie ausgefragt. Er hatte ruhig und aufmerksam zugehört, während sie ihm von dem Baby und von der Tatsache berichtete, daß Richard sie verlassen hatte.

»Ich bin glücklich, daß du es mir gesagt hast, Jo«, hatte er später am Abend bemerkt, als sie ihn im Foyer des Hotels getroffen hatte und wegen ihres vorherigen Benehmens peinlich berührt gewesen war.

»Wenn du irgendwelche Hilfe brauchst, kannst du immer mit mir rechnen. Bei *Style* sind wir eine große Familie. Ich möchte, daß du weißt, daß ich alles in meiner Macht Stehende tun werde, um dir zu helfen.«

Am Abend hatten sie im Hotel gegessen, und Jo hatte sich gefragt, ob sie sich die elektrisierte Stimmung der letzten Tage nur eingebildet hatte. Denn jetzt behandelte er sie wie seine Lieblingsschwester, die eben von einer Krankheit genesen war. Er fragte sie, ob ihr zu heiß oder zu kalt sei, ob sie noch etwas Wasser wollte oder ob sie einen Orangensaft vorzog. Trotz seines Junggesellendaseins schien Mark sich mit Schwangerschaften auszukennen, denn er ging die Karte wie ein erfahrener Vater durch und verbot ihr alles mit Weichkäse, Pastete oder Alkohol.

»Man kann gar nicht vorsichtig genug sein«, bestimmte er und bestellte für beide Mineralwasser, denn er meinte, der Verzicht auf Wein würde ihm auch guttun.

Jo empfand diese brüderliche Besorgnis einerseits als angenehm, andererseits als wenig aufregend. Es war schön, so umsorgt zu werden. Wenn Mark der Vater des Kindes gewesen wäre, hätte sie sicherlich sofort nach Bekanntgabe ihrer Schwangerschaft die Füße hochlegen müssen. Es war aber gleichzeitig etwas beunruhigend, die Verwandlung von einer sexy Kollegin zu einer Art Neutrum in Form einer künftigen Mutter durchzumachen.

Nur weil ich ein Baby bekomme heißt das noch lange nicht, daß ich keine Sexualität mehr besitze, hätte sie gerne gesagt. Ich bin keine eindimensionale Kreatur, die bis zu ihrer Schwangerschaft begehrenswert ist und dann eine Art asexuelle Mutti für alle wird. Natürlich äußerte sie nichts dergleichen. Vielleicht würde Mark bereits die Vorstellung ihres Begehrens anwidern, während sie mit Richards Kind schwanger ging.

Während der letzten Monate hatte er jedesmal, wenn er im Büro angerufen hatte, sich zu Jo durchstellen lassen und sie nach ihrem Befinden und dem des Babys gefragt. Er hatte ihr geraten, sie solle sich ruhig freinehmen, wenn ihr danach wäre.

»Du mußt gut auf dich aufpassen«, meinte er schon fast bevormundend.

Sie wußte nicht genau, ob er sich nur deswegen so benahm, weil er glaubte, im Büro wisse außer ihm niemand von ihrer Schwangerschaft und ihrem weggelaufenen Freund. Vielleicht wollte er besonders diskret sein. Oder aber er erkundigte sich nach ihrer Gesundheit, weil sie seine Angestellte war und er lediglich ein paar Managementregeln befolgte. Dennoch gewöhnte sie sich langsam an diese Unterhaltungen und fand es viel einfacher, mit ihm nicht direkt, sondern über das Telefon zu sprechen.

Er brachte sie zum Lachen – und er offenbarte eine überraschend gute Kenntnis davon, was im Büro tatsächlich vor sich ging. Beispielsweise fragte er, ob Brenda tatsächlich arbeitete oder ob sie gerade wieder mit ihrem derzeitigen Liebhaber telefonierte. Derweil saß Brenda Jo gegenüber und hörte der Unterhaltung höchst interessiert zu.

Begegnungen von Angesicht zu Angesicht jedoch vermied Jo nach Möglichkeit. Es war ihr peinlich, wie sie in New York mit ihm geflirtet hatte. Immerhin hatte sie sich ihm nicht an den Hals geworfen, und das tröstete sie. Sie dachte immer noch über ihre veränderte Beziehung nach, als er den Hörer auflegte.

»Wie geht es dir heute, Jo?« fragte er. »Will sich das Baby immer noch seinen Weg nach draußen freikicken?«

Sie lachte, denn genauso hatte es sich die letzten Wochen über angefühlt. Anfangs hatte sie lediglich ganz kleine Bewegungen verspürt, worüber sie begeistert und erstaunt war. Jetzt jedoch war das Baby sehr lebhaft geworden und trat sie ständig.

»*Sie* ist sehr aktiv«, korrigierte sie ihn grinsend. Obwohl sie das Geschlecht des Kindes nicht wissen wollte, war sich Jo ganz sicher, daß sie eine Tochter bekommen würde.

»Dann wird es eben ein weiblicher Fußballspieler«, sagte er grinsend und stellte sich neben sie. Die Hände hatte er in den Taschen seiner Jeans vergraben, dazu trug er ein legeres, dunkelblaues Baumwollhemd. »Tritt sie denn die ganze Zeit?«

»Nein. Aber sie bewegt sich viel, wenn sie nicht gerade schläft.« Jo streichelte liebevoll ihren Bauch. Als sie aufblickte und Marks liebevolle, zärtliche und konzentrierte graue Augen auf sich gerichtet sah, war sie ein wenig verwirrt.

»Ich würde sie so gerne einmal strampeln fühlen«, meinte er zögernd. »Wäre es dir recht ...«

»Aber ja doch«, erwiderte Jo erstaunt.

Er legte seine große Hand zärtlich auf ihren Bauch, seine

kräftigen Finger spreizten sich sanft, als er die Bewegungen des Babys zu ertasten versuchte. So verharrten sie ein paar Minuten lang. Was das für eine merkwürdige Szene für jemanden abgeben würde, der jetzt unerwartet das Büro betrat, dachte Jo.

Sie atmete Marks Rasierwasser ein, ein würziger Zitrusgeruch, den sie schon immer mit ihm in Verbindung gebracht hatte. Die meisten Parfüms und After-shaves erkannte sie, wenn sie sie schon einmal vorher gerochen hatte. Bei Mark aber war sie sich nicht sicher, welche Marke er benutzte. Vielleicht kam das daher, daß der Geruch mit seinem Eigengeruch verschmolz, einer Mischung aus frischgewaschenem Haar, dem Rasierschaum, der Wäschestärke seines Hemdes und dem warmen Geruch eines gesunden Mannes.

Als das Baby sich in ihrem Bauch nach links verlagerte, fühlte sie ein plötzliches Stechen, das sich wellenartig ausbreitete.

»Ich habe es gespürt! Hast du es auch gefühlt?« fragte Mark vollkommen überrascht. »Dumme Frage, natürlich hast du es gespürt. War es nicht wunderbar?«

Als ob das Baby von seinem neuen Publikum begeistert war, bewegte es sich erneut. Marks Gesicht war wirklich ein Anblick, dachte Jo. Seine Augen leuchteten erstaunt, als er spürte, wie sich das Baby in ihr bewegte.

»Es ist einzigartig, es ist ein Wunder«, sagte er schließlich und zog seine Hand behutsam von ihr weg.

Jo lächelte ihn an. Alle Peinlichkeit und alle unangenehmen Szenen zwischen ihnen waren wie weggeblasen.

»Du blühst wirklich auf«, bemerkte Mark und betrachtete ihre geröteten Wangen, ihr glänzendes Haar und das Leuchten in ihren dunklen Augen. »Sag mal, du zukünftige Mutter, würdest du gerne etwas zu Mittag essen gehen, oder hast du heute nachmittag schon etwas vor?«

»Ich möchte heute auf Haussuche gehen«, erwiderte sie. »Aber vor halb drei kann ich nirgendwo auftauchen. Ich wollte erst schwimmen gehen und dann nach Killiney rausfahren, um mir dort das erste Haus anzugucken.«

»Warum gehst du nicht erst schwimmen, dann hole ich dich zu einem kleinen Mittagessen ab. Ich fahre dich auch den Nachmittag über herum«, bot er sich an. »Mach schon, es wird lustig werden. Ich liebe es, mir Häuser anzusehen.«

»Also gut, abgemacht.«

Nach dem Schwimmen war Jo müde. Es war eine gute Idee gewesen, sich von Mark den Nachmittag über fahren zu lassen. Besonders deswegen, weil sie das Haus in den Bergen hinter Dublin suchen wollte. Ihre Straßenkenntnis reichte allenfalls bis nach Sandyford, danach war sie nur noch äußerst bruchstückhaft.

Nachdem sie eine Suppe und ein Sandwich in einer Kneipe in Stillorgan gegessen hatten, machten sie sich in Marks Porsche auf den Weg. In den tiefen Ledersesseln lehnte sich Jo entspannt zurück.

Beim ersten Haus waren viele Interessenten. Dreihundert Meter links und rechts des Hauses war alles mit Autos zugeparkt. Eine Menschentraube stand vor der Tür und wartete darauf, eingelassen zu werden.

»Sie wollen doch wohl nicht alle dieses Haus kaufen?« fragte Mark, während er etwas Platz für Jo in dem Wohnzimmer zu schaffen versuchte.

»Das ist jetzt der letzte Schrei«, erklärte sie. »Es macht mehr Spaß, als im Kaufhaus herumzuschlendern. Die Leute gucken sich jetzt einfach anderer Leute Häuser an.«

Sich das Haus wirklich anzusehen, war gar nicht einfach, so voll war es. Schon bald nach ihrer Ankunft fuhren sie weiter. Der nächste Halt war ein elegantes, zweistöckiges viktorianisches Haus in Greystones. Es überstieg zwar Jos finanziellen Rahmen, sie wollte es sich aber trotzdem ansehen. Offenbar waren nicht so viele Leute bereit, aus der Stadt bis nach Greystones zu fahren, um sich ihrer Samstagsbeschäftigung zu widmen. Lediglich fünf Wagen parkten vor dem Haus.

»Das macht schon einen besseren Eindruck«, bemerkte Mark und schob seine langen Glieder aus dem Auto. Sie betrachteten die graue Fassade, die großen Schiebefenster und den phantastischen Blick auf den Hafen.

Im Inneren war das Haus sorgfältig gestrichen und gut in Schuß. Es war jedoch so kalt und abweisend, daß es Jo augenblicklich abstieß. Das sehr strenge Wohnzimmer mit dem schwarzen Kamin und dem reichverzierten Sims mißfiel ihr auf Anhieb. Die langgestreckte, schmale Küche tat ein übriges.

»Ich weiß nicht, was es ist«, flüsterte sie Mark zu, »aber dieses Haus gefällt mir nicht. Es ist so . . . kalt.«

»Genau das ist es«, stimmte er ihr zu. »Laß uns wieder gehen.«

Als sie auf Stepaside zuführen, schien die Sonne, und der Motor des Porsches schnurrte wie eine heisere Großkatze.

»Wenn doch mein Auto auch so klingen würde«, meinte Jo, als sie an das merkwürdig keuchende Geräusch des Golfs dachte, das er in letzter Zeit immer machte, wenn sie schneller als fünfzig fuhr.

»Wie alt ist er denn?« fragte Mark, während er einen steilen, von hohen Hecken überwucherten Hang hinauffuhr.

»Zu alt«, erwiderte sie. »Ich muß mir ein neues Auto kaufen, aber zuerst brauche ich ein neues Haus.«

»Ich habe mich schon gefragt, warum du nach einem Haus suchst«, bemerkte er. »Ich dachte, du hättest dir deine Wohnung erst vor wenigen Jahren gekauft. Wenn ich mich richtig erinnere, handelt es sich um einen Neubau.«

»Das war sie«, gab sie zu. »Die Wände sind nur leider so dünn, daß ich nicht weiß, wie das mit einem Baby gehen soll. Meine Nachbarin ist eine alte Frau, die um halb acht aufsteht und sich nach den Neun-Uhr-Nachrichten schlafen legt. Über ein Baby, das die halbe Nacht weint, wird sie wohl kaum sonderlich erfreut sein. Sie ist sehr nett«, fügte Jo hinzu. »Aber das nächtliche Weinen wird ihr zusetzen, ich weiß es.« Sie seufzte. »Ich bin mir allerdings auch nicht sicher, wie ich es selbst wegstecken werde.«

Mark lachte. »Dann wäre ein Haus in den Bergen ja genau richtig«, bemerkte er grinsend. »Du kannst Rock-and-Roll-Partys geben, das Baby kann die ganze Nacht über weinen und niemand wird sich beschweren!«

»Mir kam es eigentlich mehr auf etwas Platz für das Baby an, außerdem wollte ich einen Kräutergarten anlegen«, entgegnete Jo leicht gekränkt.

»Ich mache doch nur Spaß«, entgegnete Mark leise. »Wo genau liegt denn dieses Haus? Reich mir mal die Broschüre.«

Nachdem sie mehrere, wie Sackgassen anmutende, gewundene Straßen hinuntergefahren waren, kamen sie eine Viertelstunde später in Redwood Lane an. Die schmale Straße war von Bäumen gesäumt, und nur wenige Tore zweigten von ihr ab. Vor der Nummer zwei parkte nicht ein einziges Auto, was Jo nicht weiter überraschte, als sie das Haus gesehen hatte. Es war ein niedriger Granitbau mit einem Dschungel als Vorgarten. Die schmutziggraue Farbe blätterte von den Holzrahmen der bleiverglasten Fenster ab. Dem Dach fehlten mehr Ziegel, als es hatte, und insgesamt entsprach das Haus nicht gerade den Idealvorstellungen eines Immobilienmaklers. Es war überhaupt niemandes Traum, dachte Jo und wunderte sich, daß es ihr dennoch so gut gefiel. Sie mußte vollkommen verrückt sein, es überhaupt in Erwägung zu ziehen.

Vorsichtig bahnte sie sich ihren Weg entlang des mit Nesseln und Löwenzahn überwucherten Eingangs. Mark folgte ihr.

»Stand in der Beschreibung auch, daß dieses Haus komplett renoviert werden muß?« fragte er staunend.

»Äh, ja«, erwiderte Jo. Ohne die abblätternde graue Farbe zu beachten, klopfte sie an der Eingangstür.

»Kommen Sie herein, kommen Sie herein«, ertönte eine kräftige Stimme. »Ich dachte mir schon, daß Sie sich verspäten würden. Es ist nicht leicht zu finden.«

Jo öffnete die Tür und trat ein.

Von einem winzigen Flur ging direkt nach links eine große Küche ab und nach rechts ein Wohnzimmer. Die Küche erstreckte sich bis zum hinteren Garten. Ein großes, bleiverglastes Fenster gab den Blick auf die etwas karge Landschaft frei.

»Ich bin Margaret Middleton«, stellte sich die große rothaarige Frau vor. Sie erhob sich von einem leicht verstaubten Stuhl, um sie zu begrüßen.

»Jo Ryan. Wir haben miteinander telefoniert«, erwiderte Jo.

»Soll ich Sie durch das Haus führen, oder wollen Sie sich lieber alleine umsehen?« erkundigte sich Frau Middleton.

»Wir sehen es uns alleine an«, erwiderte Jo bestimmt.

»Also dann. Aber passen Sie auf die Stufen auf, sie sind recht steil«, warnte die Maklerin.

Die Holztreppe links hinten machte tatsächlich einen sehr steilen Eindruck und führte auf einen ausgebauten Boden. Ein riesiger cremefarbener Schrank nahm fast die ganze Wand ein. Eine Ansammlung verschiedenartiger Regale und eine mitgenommene Kommode bildete die Kücheneinrichtung.

Dunkle Deckenbalken verbreiteten ein altmodisches Flair. Jo malte sich sofort aus, getrocknete Blumen, Knoblauchzöpfe und kupferne Pfannen an den Balken aufzuhängen. Das Zimmer hatte seit sehr langer Zeit keinen Anstrich mehr bekommen, und der Geruch alten Öls lag in der Luft. Aber selbst die abgetakelte Tapete und der Dreck konnten dem Charme des Hauses nichts anhaben.

»Es ist großartig, nicht wahr?« fragte Jo, die von dem Haus ganz eingenommen war.

»Es hat einen ganz eigenen Charakter«, bestätigte Mark.

Als sie die Küche verließen, drehte sie sich grinsend zu ihm um. Dann gingen sie ins Wohnzimmer, das wie die Küche mit dunklen Holzbalken und bleiverglasten Fenstern ausgestattet war.

Der große Kamin aus Granit war mit schwarzem Schiefer eingefaßt, der das Zimmer sicher dominiert hätte, wäre da nicht der braunorange Teppich gewesen, der absolut nicht zu den blaßblauen Wänden paßte.

»Die Ausstattung finde ich ganz vorzüglich«, bemerkte Mark und tat so, als ob er sehr angetan sei. »Den Innenarchitekten dieses Hauses sollten wir einmal in unser Büro beordern, was meinst du?«

»Könnten wir ihn uns denn überhaupt leisten?« entgegnete Jo. »Diesen unverfälschten Siebziger-Jahre-Look wieder hinzubekommen kann sehr teuer werden.«

Sie zog ein Taschentuch aus ihrer Handtasche und ging zum Fenster. Das Fenster war genauso groß wie das in der Küche, und man hatte auch denselben Ausblick. Auf dem Fenstersims konnte man sitzen und hinaussehen.

Jo setzte sich auf den staubigen Rand des Simses und bearbeitete das Fenster mit dem Taschentuch, bis sie durch ein Loch hindurch hinausblicken konnte. Man sah mehrere Platanen und eine Rotbuche am Gartenrand. Eine wilde Hecke umzäunte ihn, aber stellenweise hatte sie Löcher, so daß man auf die Felder dahinter blicken konnte. Ein paar Schafe wackelten zufrieden mit ihren Schwänzen auf dem Feld. Sie genossen die letzten Sonnenstrahlen der Septembersonne. Offenbar gehörten sie zu dem Bauernhof, den sie in etwa einem Kilometer Entfernung ausmachen konnte.

»Solange es keine Schweinefarm ist, ist doch alles in Ordnung«, meinte sie.

»Warum nur habe ich den Eindruck, Jo, daß dein Urteil über dieses Haus bereits feststeht?« fragte Mark.

Jo sah zu ihm auf. Sie mochte das Haus tatsächlich. Sie dachte bereits an all die Möglichkeiten, die sich mit der richtigen Renovierung und Aufarbeitung ergeben würden. Der Himmel wußte warum, aber sie wollte, daß auch ihm das Haus gut gefiel.

»Findest du es scheußlich?« fragte sie.

»Jo.« Er legte eine Hand auf ihre Schulter und lächelte sie an. Seine grauen Augen blitzten amüsiert. »Meiner Ansicht nach besitzt es wirklich einen ganz eigenen Charakter. Aber meine Meinung ist hier nicht maßgeblich. Es wird dein Haus sein, also mußt du entscheiden. Es ist allerdings einiges an Arbeit zu tun«, warnte er und blickte sich im Zimmer um. »Die Elektrik muß ganz sicher neu installiert werden, und das ist nicht billig. Viele andere Arbeiten müssen auch noch erledigt werden. Offenbar steht es bereits lange leer. Wer kann schon wissen, was in dieser Zeit alles zusammengebrochen ist.«

Einen Augenblick lang machte Jo einen zerknirschten Eindruck, aber dann leuchtete ihr Gesicht auf. »Wenn es wirklich so ein Schrotthaufen ist, dann ist es vermutlich schon seit Ewigkeiten auf dem Markt. Da sollte ich es doch für ein paar Tausender weniger bekommen, als es annonciert ist. Das ist die Lösung! Auf diese Weise spare ich genügend Geld für die Renovierung. Komm schon, laß uns in das obere Stockwerk gehen.«

Sie nahm Mark bei der Hand und führte ihn aus dem Zimmer. Sie stand bereits auf der zweiten Stufe, als sie merkte, was sie getan hatte. *Sie hielt seine Hand!* Es war ihr vollkommen selbstverständlich erschienen, als ob sie sich gemeinsam wie ein richtiges Paar das Haus ansehen würden. Seine Hand fühlte sich warm an, und seine kräftigen Finger umfaßten sie fest. Jetzt konnte sie ja wohl kaum einfach wieder loslassen, oder?

Das obere Stockwerk war ein ausgebautes Dachgeschoß. Das niedrige Dach war mit honigfarbenen Kiefernschindeln getäfelt und verbreitete eine ungewöhnliche, gemütliche Atmosphäre. Ein großer eingebauter Kleiderschrank, ebenfalls aus Kiefernholz, bedeckte die eine Wand des geräumigen Schlafzimmers.

»Das ist genau das, was ich brauche«, sagte Jo. Ein wenig verunsichert ließ sie ihre Hand aus der von Mark gleiten und öffnete den Kleiderschrank. Wie alles andere war auch er innen verschmutzt. Aber er bot viel Platz und war mit Regalen und ausreichend Platz versehen, um Jos umfangreiche Garderobe aufzunehmen.

»Das Badezimmer ist sehr hübsch«, sagte Mark, der bereits die restliche obere Etage erkundete. »Es gibt allerdings keine Dusche.«

»Es ist wunderschön«, bemerkte Jo überrascht, als sie in die Badezimmertür trat. »In der Anzeige wurde ein Badezimmer überhaupt nicht erwähnt. Ich dachte schon, daß hier vielleicht nur ein Außenklo vorhanden wäre. Das hier ist jedoch sehr beruhigend.«

»Dankenswerterweise hat man dem Künstler, der das untere Stockwerk entworfen hat, eine Ausweitung seiner Tätigkeit hier oben nicht gestattet«, fügte Mark hinzu.

Die einfachen weißen Kacheln, die weiße Badewanne und die Korkverkleidung machten das Badezimmer zum bestgestalteten Zimmer des Hauses.

»Abgesehen von einer Dusche, die hier noch eingebaut werden müßte, muß man in diesem Zimmer gar nichts machen«, sagte Jo.

Sie standen im rückwärtigen Garten und diskutierten darüber, wie man die Unkrautwildnis und die Dornenwüste beseitigen könnte, als die Immobilienmaklerin zu ihnen stieß.

»Nun, wie gefällt es Ihnen?«

Jo spürte, wie Mark ihr in die Rippen knuffte. »Sagen wir mal, es bietet gewisse Möglichkeiten«, bemerkte Jo und versuchte, so teilnahmslos wie möglich zu erscheinen. »Es wirklich bewohnbar zu machen, wird jedoch ein Vermögen kosten. Der Preis ist einfach viel zu hoch.«

Der Immobilienmaklerin klappte der Mund auf. Anscheinend war Jo der erste Mensch, der nach der Ansicht dieses Hauses nicht sofort eine Kehrtwendung gemacht hatte. Die Tatsache, daß Jo den Preis überhaupt ansprach, war schon bemerkenswert.

»Dann sind Sie also interessiert?« fragte die Immobilienmaklerin hoffnungsvoll.

»Ich weiß nicht so recht, Liebling«, sagte Mark und legte einen Arm um Jos Schultern. »Ich sehe, daß es dir gut gefällt. Aber bei dem Preis ist es einfach vollkommen unrealistisch. Der Preis müßte sich schon drastisch reduzieren, um es überhaupt in Erwägung zu ziehen.«

Jo unterdrückte ein Lächeln. »Ich weiß, Liebling.« Sie konnte nur hoffen, daß er angesichts der Bezeichnung »Liebling« nicht lachend zusammenbrechen würde. »Du hast recht. Er hat immer recht«, wandte sie sich mit todernstem Gesicht an die Maklerin, die sie etwas enttäuscht ansah.

»Ich mache Ihnen einen Vorschlag, Frau äh . . .«, begann Mark.

»Frau Middleton«, ergänzte die Frau.

»Ich rufe Sie im Laufe der Woche noch einmal wegen des Hauses an. Und nun komm, Liebling. Laß uns gehen.«

Er hatte immer noch seinen Arm um Jos Schultern gelegt und zog sie noch fester zu sich heran, als er ihr Zittern, das von einem unterdrückten Lachen herrührte, spürte. Kaum hatte er die Fahrertür geschlossen, brach sie in Lachen aus.

»Das war ja einfach wunderbar. Ich wußte gar nicht, daß du so gut lügen kannst, Mark.«

»Aber das war doch nicht gelogen, *Liebling*«, witzelte er und ließ den Motor an. »Das nennt man geschäftsorientiertes Verhalten. Man muß seine Karten zu spielen wissen. Wenn wir sie noch ein wenig hinhalten – in der Annahme, daß niemand sonst sich für das Haus interessiert, denn sie wurde angesichts unseres Interesses hellwach –, dann könnten wir einen sehr viel niedrigeren Preis erreichen.«

»Dann ist es ja gut, daß du dabeigewesen bist«, bemerkte Jo. »Ich war noch nie gut im Ausreizen einer solchen Situation. Ich hätte ihr gesagt, daß mir das Haus sehr gefiele, und sie hätte den Preis vor Abschluß unserer Verhandlungen sogar noch etwas erhöht.«

»Aber abgesehen davon«, sagte sie und drehte sich auf ihrem Sitz so, daß sie Mark ansehen konnte. »Wie gefällt es dir denn?«

Sie fuhren auf einer sehr schmalen Straße. Er konzentrierte sich auf das Fahren, so daß Jo ihn dabei beobachten konnte. Sein Profil war kantig, die Augen etwas zusammengekniffen, als er auf die sich windende Straße vor ihnen blickte. Meist sah er so ernst und konzentriert aus, und es hatte sie überrascht, als er seine Maske fallenlassen und mit ihr herumgealbert hatte.

Wenn man ihn erst einmal kennenlernte, dann war er wirklich ein ganz anderer, dachte Jo. Hinter der kühlen Geschäftsfassade verbarg sich eine lustige, liebenswerte Person. Jetzt kam es ihr seltsam vor, daß sie ihn immer als arroganten Chef eingeschätzt hatte, der von den Leuten erwartete, daß sie nach seinem Kommando tanzten.

Er blickte zu ihr herüber.

»Entschuldigung, Jo. Was hast du gesagt?«

»Ich frage mich, wie dir das Haus gefällt. Findest du es wirklich vollkommen verrückt, überhaupt einen Gedanken an den Kauf eines solchen Hauses zu verschwenden?«

»Ja, vollkommen verrückt. Ach so, du sprichst von dem *Haus.*«

Mit dem aufgerollten Prospekt versetzte sie ihm einen Klaps. »Du mußt es nicht gleich ausnutzen, daß ich dich ›Liebling‹ genannt habe. Ich könnte dich noch mit einer Reihe ganz anderer Namen bedenken, die bei weitem nicht so schmeichelhaft wären, verstanden?«

Er grinste sie an.

»Jawohl, gnädige Frau. Oder heißt es Ihre Hoheit?«

»Ihre Hoheit wäre angemessen«, erwiderte sie. »Nun sag schon, wie gefällt dir das Haus?«

»Also erst einmal bräuchtest du einen Fachmann, der sich die Sache genau ansieht und dich auf grobe Mängel aufmerksam macht. Das könnten Sachen in der Statik oder aber der

Bausubstanz sein. Dann bräuchten wir einen Bauunternehmer, der eine grobe Schätzung der zu erwartenden Kosten vornimmt. Du brauchst gar nicht erst an die Renovierung der Küche zu denken, ehe du nicht weißt, wie hoch die Kosten sein werden, um es überhaupt bewohnbar zu machen.«

»Wenn wir also den Preis so weit reduzieren könnten, um mit der Ersparnis die Reparaturen zu finanzieren, könnte sich die Sache lohnen. Die Arbeiten werden aber vermutlich ein paar Monate in Anspruch nehmen. Würdest du das in Kauf nehmen?«

Jo brauchte nicht lange nachzudenken. »Aber natürlich«, erwiderte sie impulsiv. »Ich liebe das Haus, es hat so viel Charakter, so viel ... ich weiß auch nicht, so viel Wärme.« Sie suchte nach dem richtigen Wort, konnte es aber ausnahmsweise nicht finden.

»Ich habe das Gefühl, zu Hause zu sein, trotz all der schrecklichen Teppiche und allem Drum und Dran«, sagte sie schließlich. »Während der letzten drei Wochen habe ich mir so viele Häuser angesehen, und es war nur eines dabei, das mir ebenso gut gefiel. Jedenfalls keines, das mir gefallen hat und das ich auch bezahlen konnte«, fügte sie hinzu.

»Du hast mich überzeugt«, sagte Mark. »Einer meiner Freunde ist Bauunternehmer. Er könnte sich das Haus nächste Woche einmal ansehen, wenn es dir recht ist?«

»Das wäre wunderbar.«

»Das war aber sehr nett von Mark, daß er dich zu dem Haus gefahren hat«, meinte Rhona, während sie Süßstoff in ihren Kaffee tat und ihn nachdenklich umrührte. »Ich habe dir immer schon gesagt, was für ein netter Mann er ist. Du wolltest das nie wahrhaben. Ich bin froh, daß du ihn jetzt näher kennenlernst. Persönlich«, fügte sie hinzu, wobei sie das letzte Wort betonte.

Jo blickte sie argwöhnisch an, aber Rhonas Gesichtsausdruck war gänzlich unschuldig. Man konnte nie wissen, wann

Rhona scherzte und wann nicht, sie war eine sehr gute Schauspielerin. Jo stellte ihre Tasse Tee auf Rhonas Schreibtisch ab und betrachtete ein paar durchsichtige farbige Dessous eines Wäscheherstellers.

Es war Montag nachmittag. Rhona und sie gingen noch einmal alle Dinge durch, die sie für die Oktoberausgabe noch benötigten. Freitag ging die Zeitschrift in den Druck, also mußte alles bereits am Donnerstag fertig sein. Die letzte Woche war immer die hektischste Zeit für das *Style*-Team. Wie gewohnt lag der Großteil der langen Artikel bereits vor, und sie waren auch schon gesetzt. Es waren die kleinen Details, um die man sich noch kümmern mußte.

Jo mußte noch den Illustrator auftreiben, der eigentlich ein Aquarellbild des Restaurants hatte schicken wollen, das in dieser Ausgabe besprochen wurde. Nikki hatte sich eine Bronchitis eingefangen und würde diese Woche wohl kaum zur Arbeit erscheinen können. Also mußte Jo jemand anderes finden, der die Pressemitteilungen der Schönheitsprodukte umschrieb, die sie für ihre Rubrik *Die zehn Schönheitsprodukte, auf die wir nicht verzichten wollen* brauchte.

Und Emma, die unbedingt die drei irischen Topmodels nach ihren Schönheitstips hatte befragen wollen, hatte am Morgen Annette angerufen und gesagt, sie könne es leider nicht schaffen. Ob wohl jemand einspringen könne, da sie die Mädchen nicht versetzen wollte.

»Ich bringe sie um«, wütete Jo, als sie davon hörte. »Wie kann sie wagen, das zu tun! Mir ist vollkommen gleichgültig, ob sie sich ein Bein abgerissen hat oder was sonst passiert ist, sie kann uns nicht einfach ihren Mist vor die Füße schmeißen und erwarten, daß wir ihn für sie erledigen. Wenn sie selbst nicht gehen kann, dann soll sie die Fotomodelle persönlich anrufen und den Termin mit ihnen absagen.«

Schließlich hatte Rhona eine freiberufliche Journalistin angerufen, die gelegentlich Artikel für die Zeitung schrieb und sie gebeten, die Interviews zu führen. Obwohl sie diese Krise in den Griff bekommen hatten, waren doch noch jede Menge Dinge für die Chefredakteurin und deren Stellvertreterin zu erledigen. Sie diskutierten immer noch über Kleidung, über Schuhe und Handtaschen und über berühmte Persönlichkeiten.

»Ich dachte, daß wir das für die Rubrik *Fünfzig Ideen* benutzen könnten«, sagte Jo und zeigte Rhona das Bild eines seidigen, cremefarbenen Bodys mit einem eingebauten Push-up-BH und wunderschöner Spitzenarbeit am Vorderteil. »Das ist eines der verwandlungsfähigsten Dessous, zusätzlich schmeichelt es und außerdem stimmt die Qualität.«

Rhona nahm die Dia-Aufnahmen und hielt sie vor das Fenster. »Mir gefällt der Strumpfgürtel und die dazu passenden Strümpfe. Ich könnte mir vorstellen, daß Mark das auch gut gefallen würde ...«

»Du alte Hexe«, erwiderte Jo, als Rhona lachend zusammenbrach. »Du denkst auch immer nur an das eine, Rho.«

»Ich weiß, ich fahre vollkommen eingleisig«, erwiderte die Chefredakteurin. »Ich konnte mich einfach nicht zurückhalten. Jo, es ist einfach albern abzustreiten, daß zwischen euch etwas ist, selbst wenn ihr euch im Büro wie zwei vollkommen fremde Personen benehmt.«

»Aber da ist wirklich nichts zwischen uns«, protestierte Jo.

»Willst du etwa behaupten, daß die Zeit und die Abendeinladungen in New York vollkommen platonisch waren? Das glaube ich dir einfach nicht«, erwiderte Rhona. »Ich weiß ganz genau, daß du dir etwas aus ihm machst. Du bist einfach nur zu stur, um es auch zuzugeben. Du hast mir doch selbst gesagt, daß du in jener ersten Nacht gedacht hattest, daß irgend etwas zwischen euch passieren würde. Dann aber war er ganz geschäftlich geworden.«

»Ach Gott ja, ich weiß auch nicht.« Jo nippte an ihrem Tee und blickte Rhona ausdruckslos an. »Ja, ich mag ihn schon, aber ich bin ja nun auch nicht gerade ein Schnäppchen in der

Abteilung Freundinnen, oder? Ich bin mit dem Baby eines anderen Mannes schwanger, was in aller Welt sollte da ein Mann wie Mark Denton von mir wollen? Er ist einfach nur sehr freundlich«, sagte Jo resigniert.

»Sei nicht albern, Jo«, knurrte Rhona. »Du bist eine meiner besten Freundinnen, und du gehörst zu den nettesten Menschen, die ich kenne. Mark interessiert sich für dich, dessen bin ich mir ganz sicher. Er hat dich schon immer sehr gern gemocht.«

»Was willst du damit sagen, er hat mich schon immer sehr gern gemocht?« hakte Jo nach.

»Nun, es war einfach nie die richtige Gelegenheit, um es dir zu sagen . . .« Rhona holte ihre Zigarettenschachtel hervor und zog eine heraus.

»Rhona, hör auf mir auszuweichen!«

»Also, das erste Weihnachten, nachdem du hier bei *Style* angefangen hattest, sind Mark und ich mittags essen gegangen. Er war sehr an dir interessiert und hat mich gefragt, ob du einen festen Freund hast.« Rhona zündete ihre Zigarette an und inhalierte tief. »Damals warst du mit Tim zusammen, und genau das habe ich ihm auch gesagt, und damit hatte sich das. Als du dich dann von Tim getrennt hattest, war Mark mit einer anderen Frau zusammen. Es hat halt zeitlich gesehen nie so recht gepaßt.« Rhona zuckte mit den Schultern.

»Aber warum hast du mir das nie gesagt, Rhona?« Jo war vollkommen verblüfft.

»Das hätte ich getan, wäre Mark nicht unser Chef. Sein Interesse an dir hätte dich bestimmt verunsichert. Es wäre ganz einfach unangenehm gewesen.«

»Das wäre vielleicht besser gewesen, als ihm die ganze Zeit über so feindlich gegenüberzustehen.« Reumütig erinnerte sich Jo an all die Situationen während der wöchentlichen Redaktionssitzungen, in denen sie sich mit ihm angelegt hatte. Immerhin hatte er ein so starkes Interesse an ihr gehabt, daß er Rhona über ihr Liebesleben ausgefragt hatte. Sie dagegen hatte ihn wie Luft behandelt. Allein die Vorstellung ließ Jo zusammenzucken.

»Versteh doch«, sagte Rhona, als sie Jos entsetztes Gesicht bemerkte. »Stell dir doch mal vor, wie es gewesen wäre, wenn ich es dir schon früher gesagt hätte. Du wärst im Boden versunken. Ich sage es dir jetzt, Jo, weil ich Mark sehr gerne mag. Ich würde euch beide gerne zusammen sehen, ihr wärt einfach ideal füreinander. Und nach Richard hast du weiß Gott einen anständigen Mann verdient.«

»Ich weiß nicht«, murmelte Jo. »Das ist alles so verrückt. Als wir in New York waren, ist es mir so vorgekommen, als ob etwas zwischen uns passieren könnte. Aber dann plötzlich zog er sich wieder hinter seine Eismaske zurück. Ich verstehe ihn einfach nicht . . .«

Ein Klopfen an der Tür unterbrach sie.

»Rhona.« Annette steckte ihren Kopf in die Tür. »Claire ist am Telefon. Ich weiß, daß du nicht gestört werden möchtest, aber sie sagt, es sei dringend.«

»Ich nehme das Gespräch entgegen, Annette.« Etwas leiser wandte sie sich an Jo. »Glaubst du wirklich, Mark würde dich einen ganzen Tag lang zu verfallenen Häusern in den Bergen begleiten, nur um zu einer schwangeren Kollegin nett zu sein? Nein. Denk mal darüber nach, Jo. Du hast ihn dir wirklich verdient.«

Das Telefon klingelte, und sie hob den Hörer ab.

»Hallo, Claire. Was gibt es?«

Lautlos sammelte Jo die Diabilder von Rhonas Schreibtisch zusammen und stand auf. Sie fühlte sich schon recht rundlich, obwohl die Mädchen im Büro ihr alle versicherten, daß sie für ihre sechs Monate prima in Form sei. Das einzige Problem für Jo war ihre Kleidung. Für jemanden, der sich soviel aus Mode machte wie Jo, war es die Hölle, all die wunderschönen Stücke morgens beiseite zu schieben und sich etwas aus der beschränkten Sammlung der Gummibandabteilung herauszusuchen.

Heute trug sie ein weichfließendes dunkelblaues Strickkleid, das dehnbar genug war, um sich ihr und ihrem Bauch anzupassen. Darüber trug sie eine lange, feine Strickjacke in Königsblau. Das sah wunderschön aus, besonders zusammen mit dem mattgoldenen Kettenanhänger, den sie vor Jahren auf einem Basar in der Türkei erstanden hatte.

Aber im nächsten Monat würde sie sich ein paar schicke Umstandskleider kaufen müssen, denn sonst konnte sie bis zur Entbindung nur noch Trainingsanzüge und riesige T-Shirts tragen.

Jo setzte sich an ihren Schreibtisch und blickte müde auf die Liste der Dinge, die sie noch erledigen mußte. Die Unterhaltung mit Rhona hatte sie all ihrer Energie beraubt, und sie wußte nicht, wie sie das Interview vor morgen nicht nur abschreiben, sondern auch noch umarbeiten sollte.

Zwei Stunden lang arbeitete sie ohne Unterbrechung, hörte kein Telefonklingeln, hörte nicht die Gespräche über die verschwundenen Bilder und hörte auch nicht, daß Annettes Radio einen Hit nach dem anderen spielte. Endlich hatte sie ihr Interview geschrieben und richtete gerade eine neue Datei auf ihrem Computer ein, um *Die zehn besten Schönheitsprodukte, die uns gefallen* zu schreiben, als Emma ins Büro stürmte.

Sie trug ein sehr teuer wirkendes kirschrotes Kleid und hielt eine nagelneue Aktentasche im Arm. Eine Wolke von *CK One* umhüllte sie. Emma lächelte zunächst in alle Richtungen, bevor sie die Aktentasche auf ihrem Schreibtisch abstellte.

»Hallo, alle zusammen«, sagte sie leichthin und wandte sich dann Annette zu. »Hat jemand für mich angerufen?«

Eine Unverschämtheit, dachte Jo. Erst ruiniert sie ein Interview, und dann marschiert sie hier herein, als sei nichts gewesen und entschuldigt sich noch nicht einmal für ihr Benehmen. Und sie hatte sich eingebildet, daß ihre Bemühungen, Emma zu einem verantwortungsvollen Redaktionsmitglied zu machen, tatsächlich gefruchtet hatten.

Sie hatte Emmas Beteuerungen, sie wolle etwas lernen, Glauben geschenkt. Und dann war sie sich sicher gewesen, die junge Frau habe sich tatsächlich zusammengerissen und habe sich einpassen wollen. Wie hatte sie sich nur so irren können?

»Emma«, sagte Jo kühl und unterbrach deren Unterhaltung mit Annette über die telefonischen Nachrichten. »Was ist heute morgen vorgefallen?«

»Ach, das war irgendwie doch ein Mißverständnis. Ich konnte es heute morgen einfach nicht mehr schaffen. Ich dachte, Nikki könnte einspringen«, erwiderte Emma leichthin.

»Nikki ist krank«, erklärte Jo und bemühte sich, weder ihre Fassung zu verlieren noch zu brüllen. »Rhona hatte Mühe, jemand anderen für die Interviews zu finden. Wenn du krank gewesen wärst oder wenn es sonst irgendeinen Grund gegeben hätte, weswegen du eine von dir selbst angeleierte Sache nicht erledigen konntest, dann hätte ich dafür Verständnis gehabt. Aber ich würde doch irgendeine Art von Erklärung erwarten. Statt dessen platzt du herein, keine Erklärung, keine Entschuldigung, und das geht einfach nicht, Emma.«

»Nun, jetzt ist doch alles in Ordnung, oder etwa nicht?« bemerkte Emma schnippisch. »Also bekomme nicht gleich einen Anfall. Es war ja ohnehin nicht gerade die Titelstory.« Sie wandte sich von Jo ab und ging wieder zu ihrem Schreibtisch.

Die stellvertretende Chefredakteurin kochte vor Wut. Sogar Brenda, die alles mitgehört hatte, sank nervös in ihren Stuhl zurück, als ob sie so dem unausweichlichen Sturm ausweichen könne. Annette blickte Jo ängstlich an, während Tom zu tippen aufgehört hatte und erwartungsvoll lauschte. Das ganze Büro wartete darauf, daß Jo etwas sagte, aber sie brachte kein Wort über die Lippen. Wie konnte es Emma nur wagen, sich so zu benehmen?

Keiner sonst wäre so unzuverläßlich und nachlässig gewesen. Aber Emma glaubte als Nichte des Chefs damit durchzukommen. Endlich fand Jo ihre Stimme wieder.

»Wie kannst du es wagen, so mit mir zu reden?« sagte sie mit vor Wut zitternder Stimme. »Ich habe dir die Möglichkeit eingeräumt, die vielen Mißverständnisse zwischen uns ungeschehen zu machen. Ich habe dir die Chance gegeben, dich zu einer Journalistin zu entwickeln. Und du besitzt die Unverschämtheit, ein Interview sausenzulassen – eines, das du unbedingt führen wolltest –, und jetzt entschuldigst du dich noch nicht einmal dafür. Ist das etwa der Dank, den ich für meine Unterstützung für dich bekomme, Emma? Was in aller Welt suchst du eigentlich in diesem Büro, wenn du nicht arbeiten willst? Dies ist kein Refugium für gelangweilte Twens!«

»Nein, es ist ein Refugium für dämliche schwangere Frauen«, zischte Emma, und ihr hübsches Gesicht verzog sich gehässig. »Glaub bloß nicht, ich wüßte nicht, daß du hinter meinem Onkel her bist. Du willst ihn auch nur ausnutzen, so wie du alle Männer ausgenutzt hast. Willst du deinem Halbwaisen jetzt einen reichen Stiefvater besorgen?«

»Emma!« Rhona stand mit offenem Mund und wutverzerrtem Gesicht vor ihrem Büro. »Du kommst sofort in mein Büro«, bellte sie. Plötzlich schien Emma sehr beunruhigt, denn vor Rhona hatte sie Angst.

»Alle anderen wieder an die Arbeit«, knurrte die Chefredakteurin. »Alles okay, Jo?« fragte sie und legte einen Arm um ihre Freundin.

Jo schwieg. Wenn sie etwas gesagt hätte, wäre sie vermutlich in Tränen ausgebrochen. Mark zuliebe hatte sie sich viel Mühe mit Emma gegeben und auch geglaubt, daß sich jetzt alles bessere. Doch jetzt diesen offenen, zügellosen Haß über sich ergehen lassen zu müssen, war schlichtweg erschütternd.

Warum haßte Emma sie nur so sehr? Warum sagte sie etwas so Gehässiges wie das, daß Jo Männer ausnutzte? Das tat sie doch gar nicht, oder? Würde Emma auch Mark gegenüber die Meinung äußern, Jo wolle ihn wegen seines Geldes erobern? Allein die Vorstellung war schon schrecklich.

»Ich gehe jetzt nach Hause«, sagte sie blind und hatte Angst, gleich in Tränen auszubrechen.

»Bleib noch fünf Minuten«, entgegnete Rhona bestimmt. »Ich werde mich dieses kleinen Teufels annehmen. Und dann gehen wir beide einen Kaffee trinken. Denk einfach nicht daran, was sie gesagt hat.«

Brenda brachte ihr eine Tasse Kaffee, Annette stand vom Telefon auf und murmelte ein paar beschwichtigende Worte, und sogar Tom zog zwei kleine Miniaturwhiskyflaschen aus seiner Schreibtischschublade hervor und leerte eine davon in ihren Kaffee.

»Das kann ich nicht trinken«, schniefte Jo.

»Jo«, sagte Annette bestimmt. »Ich habe drei Kinder, und ich weiß alles, was es über Schwangerschaften zu wissen gibt. Die ersten drei Monate über mußt du sehr vorsichtig mit Alkohol sein. Aber danach kannst du ruhig dann und wann mal ein Glas Wein oder einen Drink, aus medizinischen Gründen natürlich, zu dir nehmen. Und dies hier ist medizinisch indiziert. Nun trink schon, du bist weiß wie die Wand, du Arme.«

Der Kaffee mit dem Alkohol fuhr Jo in die Knochen, sie fühlte sich plötzlich ganz leicht und vollkommen erschöpft. Sie trank den Kaffee aus und fragte sich, wie sie es jemals bis nach Hause schaffen sollte. Sie glaubte, nicht mehr die Kraft zu haben, um auch nur den ersten Gang einzulegen. Vermutlich würde Rhona Ewigkeiten mit Emma reden und irgendeiner erfundenen Entschuldigung zuhören, die das Mädchen zu seiner Verteidigung anbringen würde.

Aber keine fünf Minuten später kam Rhona wie versprochen aus ihrem Büro. Emma folgte ihr mit tränenüberströmtem Gesicht. Alle blickten die junge Frau feindselig an. Emma schnappte sich ihre Handtasche und floh auf die Toilette.

»Kleine Hexe«, zischte Annette. »Beachte sie einfach nicht, Jo. Daß ich die Nachrichten ihres Freundes, ihrer Mutter und ihrer sieben besten Freundinnen entgegennehme, das kann sie sich in Zukunft abschreiben!«

»In nächster Zeit wird sie dich wohl auch kaum darum bitten«, bemerkte Rhona trocken. »Komm schon, Frau Ryan.«

In der Bar des *Berkeley Court Hotels* knabberten sie Nüsse aus einer tiefen Schale auf dem Tisch vor ihnen.

»Viel Eiweiß«, sagte Rhona mit vollem Mund.

»Und jede Menge Kalorien«, erwiderte Jo traurig und nahm sich erneut eine Handvoll.

»Nach dem heutigen Tag mußt du deine Energiereserven auffüllen.« Rhona winkte einer jungen Kellnerin und bestellte zwei Tassen Schonkaffee und für sich noch einen Weinbrand. »Ich kann immer noch nicht glauben, daß Tom Alkoholika in seinem Schreibtisch hatte. Ich kann mich an viele Gelegenheiten erinnern, wo ich verdammt noch mal einen Drink wirklich nötig gehabt hätte. Da hat er aber niemals auch nur ein Sterbenswörtchen gesagt, das Ekel! Deine Wirkung auf Männer ist erstaunlich, meine Liebe.«

»Auf Frauen wohl weniger, wie es aussieht.«

»Emma ist keine Frau. Sie ist ein Alptraum in menschlicher Gestalt, vergiß das nicht. Sicherlich hörst du gerne, daß ich sie wegen ihres unmöglichen Benehmens gerügt habe, abgesehen von ihrem vollkommen unprofessionellen Verhalten, zu dem Interview nicht zu erscheinen. Und ihr Angriff auf dich war ebenso unprofessionell.«

»Was hat sie dazu gesagt?« fragte Jo.

»Sie behauptete, du könntest sie nicht leiden. Ich habe ihr geantwortet, ich könnte sie auch nicht leiden, daß das aber gar nicht zur Debatte stünde. Das hat ihr die Sprache verschlagen.« Rhona tätschelte Jos Knie. »Am Schluß habe ich ihr gesagt, daß ich ihr nicht kündigen würde – aber nachdem ich mit Mark über ihr Verhalten gesprochen hätte, würde er ihr kündigen. Da hättest du mal ihr kleines verwöhntes Gesicht sehen sollen. Erst wurde sie kreidebleich, dann brach sie in Tränen aus.«

Der Kaffee wurde serviert, und Rhona schenkte Jo eine Tasse ein. »Ich habe ihr gesagt, daß Tränen ihren Onkel möglicherweise beeindruckten, mich jedoch nicht. Ich werde heute abend mit ihm telefonieren.«

Jo stellte sich vor, wie Mark die Vorkommnisse des Nachmittags von zwei Seiten geschildert bekommen würde. Zweifellos war Emma bereits in diesem Augenblick dabei, ihn anzurufen und ihm vorzulügen, was für eine gemeine und hinterhältige Person Jo Ryan doch wäre und wie sie versuche, Emma das Leben zu versalzen.

Nachdem er dann Rhonas Version gehört hatte, würde er sich vermutlich doch für Emmas Sichtweise entscheiden, daß Jo nämlich eine hintertriebene, manipulative Person war. Warum nur deprimierte sie diese Vorstellung so sehr?

Nachdem sie mit Rhona zusammen chinesisch im *Kites* in Ballsbridge gegessen hatte, war Jo um halb zehn zu Hause. Lamm Saté, Hühnchen mit Cashewnüssen und danach eine große Portion Eiskrem hatten sie schläfrig gemacht. Das Baby jedoch war zu neuem Leben erwacht.

Hoffentlich kickst du mich nicht die ganze Nacht, wandte sich Jo an ihren Bauch, als sie das Licht in ihrer Wohnung anknipste. Der Anrufbeantworter blinkte, und sie betätigte die Taste, bevor sie die Gardinen zuzog.

Mark Dentons tiefe Stimme füllte den Raum.

»Jo«, sagte er mit müder Stimme. »Ich bin in London und habe gerade diese schreckliche Nachricht von Emma über die Mailbox meines Handys erhalten. Sie ist offenbar sehr bestürzt und sagt, etwas Schreckliches sei im Büro vorgefallen. Sie behauptet, es täte ihr wirklich leid, und sie hätte sich bei dir entschuldigt, aber du würdest ihr nicht verzeihen. Dann hat sie nur noch geweint und aufgelegt. Hör zu, Jo, ich bin erst am Wochenende wieder zu Hause. Dann kann ich mit ihr sprechen und sie beruhigen. Ich weiß, wie schwierig sie ist, aber sie bewundert dich aufrichtig. Offenbar setzt es ihr wirklich sehr zu, daß du auf sie wütend bist.«

Er machte eine Pause. »Es ist jetzt Viertel nach neun, und ich bin zum Essen verabredet. Ich rufe dich morgen wieder an ...« Es hörte sich so an, als ob er noch etwas hinzufügen wollte, aber dann stellte sich die Maschine ab. Er hatte die Aufnahmezeit überschritten.

Es befand sich keine weitere Nachricht auf dem Band, er hatte also nicht noch einmal angerufen, um ihr noch etwas mitzuteilen.

Verdammt. Sie drückte auf den Knopf. Es war zwar nicht seine Schuld, aber sie wollte irgend etwas verletzen, weil sie sich selbst so verletzt fühlte. Er hatte noch nicht einmal an Emmas Version irgendwelche Zweifel gehegt, sondern seiner Nichte blindlings geglaubt. Soweit zu dem, wie er sie, Jo, tatsächlich einschätzte.

15

Das freut mich, Aisling, daß du doch noch gekommen bist«, sagte Vivienne und reichte ihr eine Tasse sehr starken Kaffee. »Du hättest es bereut, wenn du es nicht getan hättest. Edward möchte diese Angelegenheit nicht unter den Teppich kehren. Belästigung ist kein Vorfall, den er auf die leichte Schulter nehmen will.«

Aisling setzte sich nervös und blickte sich in Viviennes Büro um, als ob sie es noch nie im Leben zuvor gesehen hätte. Sie erinnerte sich an ihren ersten Arbeitstag, als sie genau auf diesem Stuhl gesessen und vor Angst gezittert hatte. Würde sie an einem Computer arbeiten können, und wie würde sie mit der Büroarbeit zurechtkommen, da sie so lange nicht mehr in einem Büro gearbeitet hatte? Damals hätte sie es sich nicht träumen lassen, daß die eigentliche Arbeit das geringste ihrer Probleme werden würde und daß es ihr Chef sein würde, der ihr das Leben zur Hölle machte.

Wie sollte sie jemandem mit der Selbstsicherheit Viviennes erklären, daß sie bereits morgens zitterte, wenn sie die Schritte ihres Chefs auf der Treppe vernahm?

Würde Vivienne begreifen, daß sie sich beim Eintritt in das Büro ihres Chefs regelmäßig ein Lächeln aufgezwungen hatte, als ob sie damit seine psychotischen Launenwechsel hätte beeinflussen können? Vermutlich nicht. Aisling bürstete sich etwas Staub vom dunkelblauen Rock und verfluchte Leo Murphy.

Wenn er nicht ein solches Schwein gewesen wäre, dann wäre das jetzt ein ganz normaler Montagmorgen im Büro. Statt dessen wartete sie auf Edward Richardson, der von Vivienne über die Auseinandersetzung am Freitag informiert worden war. Er wollte mit Aisling über den Vorfall sprechen. Sie aber hätte die Sache am liebsten vergessen. Wäre sie doch nur Leo gegenüber nicht ausfällig geworden – und hätte sich nicht Vivienne anvertraut.

»Das ging schon von Anfang an so«, hatte sie zitternd Vivienne gegenüber zugegeben, als diese sie am Freitag abend angerufen hatte.

Vivienne hatte wissen wollen, was genau in Aislings Büro nach dem Mittagessen passiert war.

»Ich wußte einfach nicht, was ich tun sollte, Vivienne. So etwas habe ich noch nie erlebt. Niemand bringt einem bei, wie man sich Männern wie Leo gegenüber benehmen soll. Ich wußte einfach nicht, wie ich mich verhalten sollte«, wiederholte sie bedrückt. »Es tut mir leid.«

Vivienne war wütend. »Mistkerl«, meinte sie.

Aisling fing lautlos zu weinen an, denn es erleichterte sie, endlich jemandem von Richardson, Reid und Finucane von Leos Verhalten zu erzählen.

Ihre Erleichterung verwandelte sich jedoch in Entsetzen, als

Vivienne darauf bestand, sie müsse Edward Richardson die Angelegenheit mitteilen.

»Das kannst du nicht machen«, widersprach Aisling aufgeregt. »Das kannst du nicht machen!«

»Ich muß es ihm sagen«, insistierte Vivienne. »Es unterliegt seiner Verantwortung, daß keine seiner Angestellten Belästigungen ausgesetzt ist. Außerdem ist dies nicht der erste Vorfall seiner Art.«

Am anderen Ende der Leitung rang Aisling nach Luft. Sie war vollkommen verblüfft. Sie war also nicht die erste Frau, die Leo belästigt hatte? Der *Mistkerl!*

»Als Elisabeth am Jahresanfang in Urlaub war, mußten wir eine Aushilfe einstellen, weil zu dem Zeitpunkt niemand von uns die Arbeit von Elisabeth übernehmen konnte«, erläuterte Vivienne.

»Die Aushilfe blieb nur zwei Tage. Als sie ging, behauptete sie, Leo habe ihr gegenüber alle möglichen merkwürdigen Kommentare abgegeben, und sie habe Angst. Damals habe ich ihr nicht geglaubt, jetzt jedoch begreife ich, was vorgefallen sein muß.« Mit ernster Stimme fuhr Vivienne fort: »Aisling, du hättest mir früher davon erzählen sollen. Das sind wirklich gravierende Beschuldigungen.«

Das Wort »Beschuldigungen« traf Aisling wie ein Schlag ins Gesicht. Beschuldigungen! Sie hatte nur eine Woche in der Anwaltskanzlei arbeiten müssen, um zu lernen, daß Beschuldigungen auch immer ein Nachspiel hatten. Aisling wollte keine Beschuldigungen erheben. Sie wollte nicht, daß Leo sie öffentlich dafür auseinandernahm, daß sie laut über seine Belästigungen und den Versuch, sie zu berühren, gesprochen hatte. Er war *Rechtsanwalt,* um Himmels willen! Er würde sie in Stücke reißen. Sie konnte sich gut vorstellen, daß er behauptete, sie habe sich ihm an den Hals geworfen. Sie sei eine einsame, geschiedene Frau, die nachts niemanden an ihrer Seite hatte und sich nun an Männern ganz allgemein rächen wollte. Oh, mein Gott, sie hatte es bereits alles klar vor Augen.

Als Vivienne ihr zwei Stunden später telefonisch mitgeteilt hatte, sie habe Edward informiert und er wolle am Montag morgen mit ihr sprechen, war Aisling in Panik ausgebrochen. Daß Leo bereits eine andere Frau belästigt hatte, fiel dabei nicht ins Gewicht, denn die war damit nicht an die Öffentlichkeit gegangen. Die erste Frau, die Leo Murphy der sexuellen Belästigung bezichtigte, würde Aisling Moran heißen. Sie hatte noch keine drei Monate ihren Arbeitsplatz und nun das.

Den Samstag verbrachte sie dank zweier Valiumtabletten in einer Art Nebel. Dumpf starrte sie auf den Fernseher und nahm das Telefon nicht ab. Jo hatte zwar ihren Anruf angekündigt, aber Aisling wollte mit niemandem sprechen.

Ihre Pläne, Michael zu begrüßen und ihm mit ihrer neuen Figur zu imponieren, waren ins Wasser gefallen. Der Freitag hatte ihre ganze Selbstsicherheit zerstört. Auf gar keinen Fall wollte sie ihm jetzt begegnen. Als Michael die Jungs abholte, blieb sie in ihrem Zimmer und blickte aus dem Fenster seinem Wagen hinterher, als er auf die Straße zurücksetzte.

Sie hatte es geschafft, den gegrillten Kabeljau zu verbrennen, ebenso die leichte Gemüsebeilage, deren Rezept sie einer Zeitung entnommen hatte. Dann hatte sie versehentlich ihre rote Seidenbluse zusammen mit den Fußballhosen und Socken der Jungs in die Waschmaschine geschmissen und so die gesamte Wäsche leuchtend rosa eingefärbt.

Am Samstag abend hatte sie fast eine ganze Flasche Wein getrunken und *Pat Kenny* im Fernsehen gesehen. Dennoch hatte sie danach nicht einschlafen können, sondern hatte hellwach im Bett gelegen und war die schreckliche Szene vom Freitag wieder und wieder in Gedanken durchgegangen. War es nicht doch alles ihr Fehler gewesen?

Zwei Stimmen stritten sich in ihrem Kopf – die eine behauptete, sie habe wieder einmal alles kaputtgemacht. Die andere sagte ihr, sie solle eine Wachspuppe für Leo Murphy formen und zur Rache ein paar Nadeln hineinstecken.

Was tun? fragte sie sich, als sie um halb vier immer noch mit einer kaum gelesenen Zeitung vor der Nase im Bett saß. Gott sei Dank waren die Finucanes das Wochenende über nicht da. Pat – und demzufolge auch Fiona – hatte also noch keine Ahnung, was vorgefallen war.

Oh, mein Gott, seufzte sie wieder und wieder, was für ein Faß habe ich da nur aufgemacht? Warum habe ich Leo gegenüber die Beherrschung verloren? Warum habe ich nicht Vivienne ruhig und gefaßt von den Vorkommnissen erzählt und sie dann die Angelegenheit in die Hand nehmen lassen? Warum nur habe ich mich wie ein Jammerlappen benommen? Die ganze verdammte Sache ist ein Alptraum.

»Ich wäre nicht vorbeigekommen, wenn du mich nicht angerufen hättest, Vivienne«, sagte sie und klammerte sich fest an ihre Kaffeetasse. Es war die mit den Mohnblumen, ihre Lieblingstasse. »Seinetwegen wollte ich nie wieder einen Fuß hier hereinsetzen.« Vivienne zog einen Stuhl neben Aisling, setzte sich und nahm Aislings Hand.

»Es bedarf viel Mut, heute hier vorbeizukommen. Besonders nach all den Dingen, die du mir erzählt hast. Du machst dir keine Vorstellung von meinem schlechten Gewissen, daß ich dir nichts über Leo erzählt habe ...« Vivienne blickte Aisling reumütig an.

»Hätte ich gewußt, daß er sich dir gegenüber wieder genauso benehmen würde, hätte ich natürlich etwas gesagt. Aber ich hatte ganz ehrlich den Eindruck, daß sich zwischen Leo und dieser Aushilfe etwas abgespielt hatte und daß sie deswegen so überraschend gegangen ist.« Vivienne seufzte.

»Sie war ausgesprochen hübsch, sexy und sehr selbstsicher. Deshalb habe ich ihr auch keinen Glauben geschenkt. Ich weiß, das klingt schrecklich – als ob man zur Belästigung auffordere, wenn man sexy ist oder gut aussieht. Ich hatte aber nicht erwartet, daß er es noch einmal versuchen würde, nicht bei jemandem wie dir«, fügte sie ernst hinzu.

Aisling schwieg. Auf ihrem Rock hatten sich so viele Wollknäulchen gebildet, dachte sie beiläufig. Vielleicht sollte sie sie mit einem Rasierer abrasieren. Vivienne musterte sie immer noch aufmerksam.

»Das arme Mädchen. Immerhin war sie klug genug gewesen, die Flucht zu ergreifen. Das ganze Wochenende habe ich darüber nachgedacht. Ich war das perfekte Opfer – ohne jedes Selbstvertrauen und mit soviel Angst, Fehler zu machen, daß ich ihm wie eine vom Himmel gesandte Gelegenheit vorgekommen sein muß«, sagte Aisling leise.

»Männer wie er tendieren zu einundzwanzigjährigen Aushilfen und verschüchterten Frauen, die wieder in ihren Beruf einsteigen wollen. Sie wissen genau, daß wir weder die Erfahrung noch den Mut haben, sie in ihre Schranken zu verweisen.«

Die alte Uhr im Flur schlug neun. Aisling sprang auf und verschüttete etwas Kaffee auf den hellen Teppich.

»Oh, tut mir leid«, sagte sie. »Ich bin furchtbar schreckhaft heute.«

»Ist nicht schlimm«, entgegnete Vivienne und legte einen Arm um Aislings Schulter. »Du hast allen Grund, nervös zu sein.«

Nervös war gar kein Ausdruck. Angst, Aufregung und Abneigung kamen dem Gefühl in ihrem Magen schon etwas näher. Viviennes Telefon klingelte, und sie hob hastig den Hörer ab. »Ja, Edward. Sie ist hier. Ich schicke sie rüber und halte alle Gespräche zurück.« Aisling wurde blaß. Vivienne wollte alle Gespräche zurückhalten. Wie lange wollte Edward denn mit ihr sprechen? Wenn sie doch nur noch eine Valiumtablette hätte. Die Schachtel, die Fiona ihr gegeben hatte, war bereits aufgebraucht. Sie würde sich von ihrem Arzt noch neue verschreiben lassen müssen. Auf dem dicken, grauen Teppich lief sie zu Edwards Büro und betete lautlos. Sie war noch nie in seinem Büro gewesen. Lediglich während der Bürotour mit Caroline hatte sie einen kurzen Blick durch die Tür geworfen.

»Geh ruhig hinein«, ermutigte sie Vivienne und hielt ihr die Tür auf.

»Hallo, Aisling«, begrüßte sie Edward. Er stand hinter seinem hochglanzpolierten antiken Schreibtisch auf und streckte ihr die Hand entgegen. Er trug einen dunklen Nadelstreifenanzug und eine goldene Brille und machte einen äußerst respektablen und einschüchternden Eindruck.

Als sie für die Firma gearbeitet hatte, hatte er sie immer angelächelt und sie nach ihrem Befinden gefragt, wenn sie sich begegnet waren. Sein Benehmen entsprach mehr dem eines alten Freundes denn eines Arbeitgebers.

Heute jedoch war die Aura des alten Familienfreundes verschwunden und durch einem stählernen Blick ersetzt. Edward gab sich ganz geschäftlich.

»Setzen Sie sich, Aisling«, sagte er.

Aisling setzte sich, ihre Hände waren fest ineinander verkrampft, ihre Lippen zusammengepreßt. Sie wünschte sich sonstwohin, um nur nicht hier zu sein.

»Ich bedaure von einem Problem zwischen Ihnen und Leo gehört zu haben«, begann Edward. »Selbstverständlich mißfällt mir die Vorstellung, daß eine meiner Angestellten während der Arbeit sexuell belästigt wurde. Sollte das der Fall gewesen sein, dann wird die Firma alles tun, die gesetzlichen Bestimmungen in die Tat umzusetzen.«

Aisling hörte aufmerksam zu. Edward wollte offenbar ausdrücken, er werde ihr zur Seite stehen, falls Leo sie tatsächlich belästigt hatte. Ein großes Fragezeichen schien über der Angelegenheit zu schweben. Sie spürte so etwas wie Wut in sich aufsteigen. »Sie werden verstehen, daß wir uns Herrn Murphys Aussage ebenfalls anhören werden«, fuhr er fort.

»Aber natürlich«, erwiderte Aisling automatisch.

»Erzählen Sie mir alles.« Edward nahm einen eleganten Füllfederhalter vom Schreibtisch und schlug einen Block auf.

Bedrückt fragte sich Aisling, ob er sich den ganzen Tag freigehalten hatte.

Als sie ihre Darstellung beendet hatte, bat Edward Vivienne, ihnen Kaffee und Kekse zu bringen.

»Das wird Ihnen jetzt guttun, meine Liebe«, meinte er an Aisling gewandt und betrachtete ihr blasses Gesicht.

Sie fühlte sich vollkommen erschöpft. Über Leos Annäherungsversuche auch nur zu sprechen war so, als ob sie alles noch einmal durchlebte. Sie versicherte Edward, sie wolle keinen Ärger machen und habe bereits erwogen, nicht wieder an ihren Arbeitsplatz zurückzukehren.

»Aber ich brauche die Arbeit«, gab sie unumwunden zu.

Entweder besaß Vivienne übernatürliche Fähigkeiten oder aber sie hatte an der Tür gelauscht, denn binnen kürzester Zeit betrat sie mit einem Tablett mit Kaffee und einem Teller Kekse das Zimmer. Aisling war dankbar, daß die Aufmerksamkeit sich endlich nicht mehr nur auf sie allein richtete. Sie nahm sich eine Tasse und rührte Zucker und Milch hinein. Fast hätte sie nicht mitbekommen, daß Edward Vivienne bat, Leo Murphy jetzt in das Chefzimmer zu rufen.

»Er kommt jetzt hierher?«

»Beruhigen Sie sich, Aisling«, erwiderte Edward freundlich. »Hier wird nichts passieren. Ich bin da. Dies ist eine sehr ernste Angelegenheit. Um ehrlich mit Ihnen zu sein, sie wird sich so lange nicht klären, bis wir uns alle ausgesprochen haben.«

Er beugte sich über den Schreibtisch und musterte sie ernst. »Mir ist klar, daß Sie keinen Ärger machen wollen, Aisling. Aber ehe wir die Angelegenheit nicht bereinigt haben, wäre die Situation sowohl für Sie als auch für Leo unerträglich. Meiner Erfahrung nach ist ein Zusammentreffen beider Seiten, bei dem das Problem diskutiert werden kann, die beste aller Möglichkeiten. Natürlich haben Sie das Recht, juristische Schritte einzuleiten, wenn Sie das wünschen. Das schließt diese Begegnung nicht aus.«

Als Edward seine Zustimmung darüber äußerte, daß sie sich nicht gerichtlich mit Leo auseinandersetzen wollte, wiederholte eine schwache Stimme in Aislings Kopf wieder und wieder dieselben Worte. »Er hat es schon einmal getan, es war nicht deine Schuld.« Sie konnte diese Stimme nicht verscheuchen, sie kehrte immer wieder zurück. Wollte sie ein ruhiges Leben oder Gerechtigkeit? Sollte er ungeschoren davonkommen, nur weil sie zuviel Angst hatte, ihm entgegenzutreten?

Es klopfte laut an der Tür. Unwillkürlich wandte sich Aisling um. »Komm herein«, antwortete Edward mit lauter Stimme.

Zuerst kam Vivienne herein, gefolgt von dem grinsenden Leo im schwarzen Anzug mit dem üblichen Schuppenbefall auf seinen Schultern. Beim Anblick von Aisling erstarb sein Lächeln. Anstatt sich neben sie auf einen Stuhl zu setzen, wählte er einen Platz ganz am Ende des Tisches. Sie wandte den Blick ab, denn sie wollte sein Gesicht nicht sehen.

»Es freut mich, Leo, daß du gekommen bist«, sagte Edward ruhig. »Wir haben hier ein Problem, über das wir sprechen müssen. Vivienne, könnten Sie bitte bleiben und von dem Gespräch Notizen machen.«

»Worum geht es denn hier?« fragte Leo mit etwas zu lauter Stimme.

Edward ließ ihn nicht lange im unklaren. »Frau Moran hat sich mit einer Beschwerde an mich gewandt, Leo. Sie sagt, sie sei am vergangenen Freitag wenige Stunden nach dem Mittagessen von dir sexuell belästigt worden. Und zwar sowohl körperlich als auch verbal.«

Aisling fiel auf, daß Edward Leos umständliche Ausdrucksweise nicht teilte. Er war präzise und sprach die Probleme direkt an.

»Sie behauptet ebenfalls, du hättest ihr gegenüber von Anfang an anzügliche Bemerkungen gemacht. Diese Begegnung soll darüber entscheiden, ob wir hier noch weitere Schritte einleiten müssen, Leo. Außerdem möchten wir deine Seite der Geschichte hören.«

Leo tat entsetzt. »Das ist ja lächerlich!« schnappte er.

»Absolut lächerlich! Diese Anschuldigungen entbehren jeder Grundlage.«

Aisling wandte sich auf ihrem Stuhl etwas von ihm ab. Sie hielt ihren Blick fest auf Edwards Gesicht gerichtet, hörte aber, wie sich Leos Atem beschleunigte, so wie es immer vor einem seiner Wutanfälle der Fall war. Hoffentlich schätzte Edward die Gefühlslage seines Juniorpartners richtig ein. Seine Reaktion eignete sich jedenfalls kaum, neue Klienten zu gewinnen.

»Ich sollte vielleicht noch hinzufügen, Leo, daß Frau Moran nach dem Vorfall letzte Woche eigentlich nicht wieder zur Arbeit erscheinen wollte«, sagte Edward. »Sie hat mir versichert, sie möchte die Angelegenheit nicht weiter breittreten. Zumindest im Augenblick nicht«, fügte er noch vielsagend hinzu. »Ihr ist lediglich daran gelegen, die Angelegenheit zu klären. Hätte nicht Frau Hogan zur Zeit des Vorfalls nach Frau Moran gesucht, dann hätte Frau Moran diese Aussprache wohl kaum von sich aus angestrebt. Was ich damit sagen möchte, Leo, ist, daß ich diese Angelegenheit so unauffällig wie möglich bereinigen möchte.«

Danke, Edward, dachte Aisling. Er glaubt mir. Vivienne mußte ihm von der Aushilfe erzählt haben. Sie gestattete sich einen kurzen Seitenblick auf Leo. Er war jetzt kreidebleich. Hinter ihm blickte Vivienne mit dem Anflug eines Lächelns auf dem Gesicht zu Aisling.

Erst jetzt wurde Aisling klar, was Edward im Sinn hatte. Er ließ Leo annehmen, Vivienne habe alles mit angesehen. Leo konnte nicht wissen, ob das tatsächlich der Fall gewesen war. Er konnte es jedoch nicht riskieren, alles abzustreiten und Aisling so zu einem Prozeß gegen ihn zu zwingen. Jetzt mußte Leo Farbe bekennen. Sie verspürte ein vages Gefühl des Triumphes.

»Ich weiß nicht, was ich sagen soll«, stotterte Leo. »Meiner Ansicht nach ist dies eine vollkommen absurde Situation.«

»Weshalb?« erkundigte sich Edward aalglatt. Jetzt war Aisling klar, wie er eine so erfolgreiche Kanzlei hatte aufbauen können. Charmant und verbindlich war Edward Richardson doch ganz der hartnäckige Anwalt, wenn es die Situation erforderte. Vielleicht konnte sie ihn bitten, ihre unvermeidliche Scheidung für sie in die Hand zu nehmen?

»Nun, diese ganze Situation ist absurd«, protestierte Leo. Er klang jetzt allerdings weit weniger widerspenstig. »Das ist alles ein wenig überbewertet worden.«

Edward, Aisling und Vivienne beugten sich alle eine Spur vor. Hatte Leo seine berufsbedingte Vorsicht fallenlassen, oder war er einfach vollkommen durcheinander?

»Was genau wird hier überbewertet?« hakte Edward nach. »Wenn nichts passiert ist, wie kann dann etwas überbewertet werden?«

»Ich gebe zu, ich habe mich hinreißen lassen und Frau Moran geküßt . . .«, stammelte Leo sichtlich erschüttert.

»Sie *geküßt*?« fragte Edward streng. »Küssen würde bedeuten, daß Frau Moran eingewilligt hat, Herr Murphy. Sie behauptet jedoch, daß dem nicht so war.«

»Es war eine ungeschickte Annäherung, ich hatte zuviel getrunken«, stotterte Leo. »Zu keinem Zeitpunkt war es meine Absicht gewesen, sie zu verletzen oder sie zu brüskieren.«

Aisling spürte, wie die Anspannung von ihr abfiel. Sie hatte nicht geglaubt, daß er es zugeben würde. Sie hatte gewonnen. Jetzt wollte sie ihn hängen, teeren und vierteilen. Nein, das wäre eine zu leichte Lösung. Sie wollte ihn in einen Raum mit Vivienne, Maria, Fiona und sich selbst sperren und dann die Baseballschläger schwingen. Aber das war vielleicht doch ein wenig zu blutrünstig.

»Ich bestreite jedoch, daß ich jemals zuvor Frau Moran gegenüber Annäherungsversuche unternommen habe«, erklärte Leo scharf. »Es war ein einmaliger Ausrutscher, den ich zutiefst bereue. Ich hatte mich bei Frau Moran ohnehin heute entschuldigen wollen, falls ich sie mit meiner plumpen Annäherung brüskiert haben sollte.«

So wie Leo es erzählte, erschien der Vorfall am Freitag wie eine Liebesszene zwischen einem verliebten Bewunderer und seiner scheuen Sekretärin, und nicht wie eine versuchte Belästigung. Jetzt hatte Aisling genug.

»Ihr Verhalten war durch und durch inakzeptabel!« bellte sie Leo an. »Sie sind ein richtiger Mistkerl, der mir das Leben zur Hölle gemacht hat. Sie gehören hinter Gitter, und ich werde zusehen, daß genau das auch geschieht!« brüllte sie. »Wie können Sie es wagen, das jemandem anzutun? Sie haben Ihre Stellung ausgenutzt und ...«

»Frau Moran«, unterbrach sie Edward bestimmt. »Jetzt ist nicht der Zeitpunkt für einen Streit, der nur noch weitere Wunden aufreißt. Wenn Sie willens sind, Herrn Murphys Entschuldigung anzunehmen, dann können wir es dabei belassen.«

»Ich werde Herrn Murphys Entschuldigung akzeptieren, wenn er Sie mir gegenüber ausspricht!« gab Aisling verärgert zurück. »Sich bei Ihnen zu entschuldigen ist nicht dasselbe.«

»Vollkommen richtig«, entgegnete Edward. »Herr Murphy?«

Leos Gesicht mußte man gesehen haben. Unter seiner gebräunten Haut war er immer noch blaß, aber zwei rote Flecken hatten sich auf seinen Wangen gebildet. Leo wandte sich Aisling zu. Er konnte ihr kaum in die Augen sehen und richtete statt dessen seinen Blick auf die Wand in ihrem Rücken.

»Ich entschuldige mich, sollte meine Verhaltensweise am Freitag Sie verletzt haben, Frau Moran. Es soll nicht wieder vorkommen.«

»Gut.« Sie lächelte ihn zufrieden an. Wenn sie es alle so förmlich haben wollten, dann würde sie es ebenso halten. »Herr Richardson, ich fürchte, daß mir eine weitere Zusammenarbeit mit Herrn Murphy nicht zusagen würde. Ich möchte daher um eine andere Position innerhalb der Firma bitten.«

Sie hoffte, mit dieser Forderung nicht zu weit zu gehen. Ihr

Vertrag war immer noch zeitlich begrenzt. Ihres Wissens nach hätte man sie mit der Begründung vor die Tür setzen können, daß lediglich diese eine Position offen war, sie diese jedoch ablehnte. Das hielt sie allerdings für wenig wahrscheinlich.

Aisling war sich vollkommen im klaren darüber, daß Edward Richardson Leo als den Schuldigen sah. Sie war sich sicher, daß er sich für sie einsetzen würde.

»Ich verstehe«, erwiderte er. »Wenn Sie mich entschuldigen, die Damen, so würde ich gerne ein Wort mit Herrn Murphy unter vier Augen reden. Frau Moran, ich werde danach mit Ihnen sprechen. Vielen Dank.«

»Nein, Ihnen gilt mein Dank«, erwiderte Aisling und erhob sich. Vor der Tür umarmte sie Vivienne erleichtert.

»Wir haben es geschafft«, flüsterte sie.

»Gott sei Dank«, flüsterte Vivienne zurück. »Der Mistkerl gehört eigentlich vor ein Gericht gestellt, er ist sehr glimpflich davongekommen.« Dann fügte sie hinzu: »Nun, vielleicht doch nicht. Warten wir es erst einmal ab, bis Edward ihn sich vorgeknöpft hat. Edward ist über die ganze Angelegenheit sehr erbost. Ich habe ihm von den Vorwürfen der Aushilfe erzählt, und er wäre fast ausgerastet. Er wird Murphy eine mündliche Abmahnung erteilen.«

»Tatsächlich?« fragte Aisling.

»Ja. Heutzutage ist die sexuelle Belästigung eine sehr ernstzunehmende Anschuldigung, Aisling. Während der letzten Jahre hat die Firma mehrerer solcher Fälle verhandelt. Denk nur, wie sehr es den Ruf der Firma schädigen würde, wenn dies publik würde. Komm doch in mein Büro und warte dort auf Edward. Aber sprich nicht über den Vorfall. Caroline ist dort, und sie weiß von gar nichts. Dabei sollten wir es auch belassen.«

Aisling arrangierte die Blätter der Grünlilie so, daß sie über den Rand des Schreibtisches hingen. Daneben plazierte sie ein kleines, gerahmtes Foto der Zwillinge und stellte die Specksteindose, in der sie ihre Büroklammern aufbewahrte, vor das Bild. Das Fenster war genau in ihrem Rücken, weshalb sie ihren Monitor ein wenig zur Seite drehte, damit er nicht das durchs Fenster hereinströmende grelle Sonnenlicht reflektierte. Dann war sie fertig.

Vivienne war den Montag über sehr beschäftigt gewesen. Sie hatte einen nagelneuen Schreibtisch mit einem rechten Winkel für Aisling besorgt, so daß sowohl für den Computer als auch für die Eingangsablage viel Platz war. Die Chefsekretärin hatte vier der Hängeregistraturen aus ihrem Büro in den Aktenraum transferieren lassen und so für Aislings neuen Schreibtisch Platz geschaffen. Jetzt standen drei Schreibtische in dem Büro. Dadurch war es etwas eng geworden, was Aisling aber überhaupt nicht störte. Jetzt arbeitete sie mit zwei ihr wirklich sympathischen Frauen zusammen. Edward hatte ihr die Stelle der Sekretärin für Anthony Green angeboten, einer der neuen Partner. Sie hatte ihn während des schicksalhaften Mittagessens kennengelernt und ihn augenblicklich gemocht.

Außerdem hatte Vivienne ihr erzählt, daß er ganz frisch verheiratet war und ständig von seiner Frau sprach.

»Wie beruhigend«, erwiderte Aisling Viertel vor neun am Dienstag morgen, nachdem sie ihren Schreibtisch eingerichtet hatte.

»Für Männer unwiderstehlich zu sein ist ein hartes Los«, meinte Vivienne. Sie öffnete eine schwarze Puderdose, betrachtete sich im Spiegel und zog sorgfältig die Lippen nach. »Ich dachte schon, ich müßte dich bitten, in einer Kutte zur Arbeit zu erscheinen.«

»Zwischen sexueller Belästigung und Sex-Appeal besteht aber keinerlei Zusammenhang.« Aisling lief ein Schauer über den Rücken. »Für den betreffenden Mann geht es dabei lediglich um die Machtausübung. Ganz abgesehen davon habe ich seit der Trennung von Michael die Bewunderer nicht gerade mit Stöcken abwehren müssen.«

»Tut mir leid«, erwiderte Vivienne. »Ich wollte nicht

schnippisch sein, sondern dir ein Kompliment machen. Der einzige Grund, warum du die Männer nicht abwehren mußt, ist der, daß du nicht oft genug ausgehst.«

»Wo soll ich denn hingehen? Die meisten meiner Bekannten sind Paare, die Michael und ich zusammen gekannt haben. Als Single laden sie mich nicht mehr zu ihren Essen ein. Meine beste alleinstehende Freundin ist Jo Ryan, und sie ist im fünften Monat schwanger. Nach der Arbeit geht sie nach Hause und schmeißt sich aufs Sofa – wenn sie sich nicht gerade nach einem Haus umsieht. Dann könnte ich natürlich auch zu Singletreffen gehen, aber dazu fehlt mir der Mut.«

»Warum gehst du dann nicht mit mir zusammen aus?« fragte Vivienne. »Ich treffe mich einmal in der Woche mit ein paar Freundinnen. Wir würden dich zu gerne mit dabeihaben.«

»Würde es nicht stören, wenn ich mich da noch anschließe?«

»Wenn dem so wäre, dann hätte ich dich nicht gebeten«, erwiderte Vivienne vernünftig. »Am Donnerstag gehen wir zusammen essen. Vermutlich wird es nur eine Pizza mit einem Glas Wein, nichts Teures. Es würde dir gefallen.«

»Gut, dann komme ich mit. Ich freue mich darauf«, erwiderte Aisling ausgesprochen zufrieden. Sie war seit Ewigkeiten nicht mehr ausgegangen – die Ausflüge zu McDonald's mit den Zwillingen zählten hier nicht – und die Vorstellung eines freien Abends und einer Unterhaltung unter Erwachsenen war einfach großartig. Sie würde Fionas Babysitter bitten, auf die Jungs aufzupassen.

Ein Ding kommt selten allein, dachte sie am Abend, nachdem sie mit Fiona telefoniert hatte. Eine Viertelstunde lang hatte sie Fionas schockierten Kommentaren über die Sache mit Leo Murphy zugehört – »Dieser Mistkerl, Papa hätte ihn vor die Tür setzen sollen!« –, als das Gespräch auf die Party kam, die die Finucanes am Samstag abend zur Feier ihres zehnten Hochzeitstages gaben.

»Es wird nichts Großes«, versicherte Fiona. »Nur fünfzig bis sechzig Leute.« Fionas und Aislings Einschätzung, ab wann eine Party als groß zu bezeichnen war, gingen weit auseinander.

»Die Dips und die Cocktails hole ich vom Supermarkt, das bekomme ich schon hin. Du mußt also nicht das Gefühl haben, mir unter die Arme greifen zu müssen. Das einzige, was ich von dir verlange ist, daß du Punkt neun in wahnsinnig eleganter Aufmachung erscheinst.«

»Kein Problem«, erwiderte Aisling gutgelaunt. »Soll ich das schulterfreie von *Dior* tragen, oder wäre der straßbesetzte Minirock von *Versace* besser geeignet?«

»Komm doch im Bikini, Liebling. Ich habe alle alleinstehenden Männer eingeladen, die ich kenne. Deshalb möchte ich, daß du etwas Auffälliges trägst.«

»In einem Bikini würde ich natürlich auffallen, aber nicht unbedingt in der gewünschten Art und Weise, Fiona«, erwiderte Aisling und dachte an ihre Schwangerschaftsstreifen.

»Mach dir keine Kopf, Aisling, aber trage etwas, was sexy ist. Ich habe dich allen als heißblütige Karrierefrau angepriesen, die ihren letzten Mann vor die Tür gesetzt hat, also laß mich jetzt nicht hängen!«

Lachend legte Aisling den Telefonhörer auf. Sie hatte überhaupt gar nichts in ihrer Garderobe, was man als heißblütig hätte bezeichnen können. Und sie sah sich auch nichts kaufen, was sie aus der Masse hervorheben würde.

So sicher fühlte sie sich mit ihrer neuen Figur noch nicht. Außerdem hatte sie weder Zeit noch Kraft gehabt, während den Mittagspausen durch die Läden zu bummeln. Aber wenn die Jungs am Samstag vormittag beim Fußball sein würden, könnte sie sich die Haare machen lassen. Alles etwas kürzer vielleicht oder sogar ein ganz neuer Schnitt.

Der Mittwoch verlief hektisch. Caroline war krank, also mußten Vivienne und Aisling ihre Arbeit zwischen sich aufteilen. Ein weiterer neuer Partner begann mit der Arbeit. Sein

Büro gefiel ihm nicht, er brauchte Hilfe mit seinem Computer und wollte *jetzt und gleich* Visitenkarten haben. Dann schnitten die Leute, die das neue Alarmsystem eingebaut hatten, auch noch die Elektrizität ab. Alle Computerdateien, an denen gerade gearbeitet wurde, waren verloren. In Aislings und Viviennes Büro wurde nur noch geflucht.

Dennoch fühlte sich Aisling inmitten des Stromausfalls, der verlorenen Dateien und der überraschten Schreie der Leute, die in dem fensterlosen Aktenraum standen, glücklich, ja fast ausgeglichen.

Selbst wenn der Stromausfall den ganzen Tag über gedauert hätte, wäre ihr das vollkommen gleichgültig gewesen, solange sie nicht in Leo Murphys Büro sitzen mußte. Auf dem Weg zur Arbeit hatte sie in die Radiomusik eingestimmt, und mittags trommelte sie mit den Fingern zum Rhythmus der Kantinenmusik. Nichts hätte die Erleichterung darüber beeinträchtigen können, daß ihre zehn Wochen Arbeit für den Mistkerl hinter ihr lagen.

Am Dienstag erschien er nicht zur Arbeit. »Vermutlich nimmt er Kontakt mit seinem Anwalt auf«, murmelte Vivienne.

Am Mittwoch behielt er seine Bürotür geschlossen. Wenn kein Mandant bei ihm war, war das für ihn ungewöhnlich.

Von ihrem Siegesgefühl beflügelt, zitterte sie nun beim Geräusch seiner Schritte auf der Treppe nicht mehr. Aisling war sich sicher, daß er ihr nie wieder zu nahe treten würde.

Um zehn nach sechs verließ Aisling das Büro und eilte durch den strömenden Regen auf ihren Wagen zu. Um ihre Haare trocken zu halten, hielt sie sich eine Plastiktüte über den Kopf. Von der hektischen Arbeit, mit der sie den Stromausfall hatten wettmachen wollen, schmerzte ihr der Kopf. Dennoch hatte sie immer noch gute Laune.

Die Zwillinge stürmten mit je einem Ballon, einer Plastiktüte, einer Trillerpfeife und ihren Schulranzen aus dem Haus der Tagesmutter.

»Hallo, Mama«, schrien sie gleichzeitig und offenbar bester Laune.

»Woher habt ihr die Ballons und die Süßigkeiten?« fragte sie, als Paul ihr seine kleine Plastiktüte entgegenstreckte und ihr etwas anbot.

»Von Lorries Party«, erwiderte Phillip mit einem Sahnebonbon im Mund. »Sie ist zehn Jahre alt.«

»Und sie ist Phillips Freundin!« schrie Paul und duckte sich, um einem Tritt seines Bruders auszuweichen.

»Ist sie nicht«, brüllte Phillip.

»Ist sie! Ist sie!« kreischte Paul.

»Jungs! Genug!« bettelte Aisling. »Ich habe Kopfschmerzen. Frau O'Brien hat euch doch hoffentlich nichts eingeflößt«, sagte sie, als die beiden auf dem Rücksitz noch immer ohne Unterlaß quatschten.

»*Ribena*«, sagte Paul und wich Phillips gutgezielten Knuffen aus.

»Ich hasse *Ribena.*«

»Ich *liebe* es«, erwiderte Phillip.

Den ganzen Nachhauseweg über knufften sie sich, bis Aisling ihnen schließlich androhte, sie aus dem Wagen zu werfen, wenn sie nicht endlich aufhörten.

Zu Hause angekommen, rannten sie die Treppe nach oben und hinterließen eine Spur von Ranzen, Anoraks und Süßigkeiten im Flur. Aisling ging einfach daran vorbei.

In der Küche holte sie eine Lasagne aus dem Kühlschrank und stellte sie in den Ofen. Das Abendessen war bereits organisiert. Sie machte sich Wasser heiß, brühte sich einen Tee auf und nahm ihn mit ins Wohnzimmer, wo sie ihre Schuhe abstreifte und sich in einen Sessel fallen ließ. Ein wenig Ruhe hatte sie sich wirklich verdient. Sie lächelte. Die Lasagne würde ungefähr vierzig Minuten brauchen, und vorher würde sie nicht aufstehen. Das gefürchtete Duo konnte sich im oberen Stockwerk gegenseitig umbringen, sie würde jedenfalls nicht nach oben gehen, um nach ihnen zu sehen.

Nach dem Essen saßen die Jungs am Küchentisch, und Aisling spielte den Schiedsrichter, während sie ihre Hausaufgaben machten.

»Phillip muß noch an seiner Handschrift arbeiten«, hatte die Lehrerin unter der Rubrik »Lehrerkommentare« in sein Hausaufgabenheft geschrieben. Aisling blickte auf das kindliche Gekrakel in seinem Englischheft, wo die Sätze sich nur sehr locker an die vorgegebenen Linien hielten. Es fiel Aisling nicht schwer einzusehen, was Fräulein Devine gemeint hatte.

»Aber ich bemühe mich doch«, sagte er freundlich und lehnte sich an seine Mutter an.

»Tust du das?« fragte sie.

»Ja.« Phillip nickte. »In Mathematik bin ich sehr gut. Gestern habe ich von zehn Punkten ganze zehn Punkte bekommen. Paul ebenfalls. Aber Fräulein Devine hat ihm einen Punkt abgezogen, weil er Shanes Bleistift zerbrochen hat.«

»Warum hast du denn das getan?« fragte Aisling. Sie wunderte sich darüber, daß der ruhigere der beiden in eine derartige Auseinandersetzung verwickelt gewesen war. Phillip war der quirlige der beiden, der sich am ehesten mit anderen stritt. Wenn man Paul dagegen in Ruhe ließ, tat der keiner Fliege etwas zuleide.

Paul schwieg. Den Blick auf sein offenes Heft gerichtet, schrieb er langsam, seine linke Hand war beim Schreiben merkwürdig verkrampft.

»Paul. Sprich mit mir!«

»Shane hat gesagt, daß du und Papa euch scheiden lassen werdet und nie wieder zusammenleben werdet. Deshalb hat Paul seinen Bleistift zerbrochen. Es war nicht Pauls Schuld«, verteidigte ihn Phillip.

»Ist das wahr?« fragte Aisling leise.

Paul nickte.

Sie fuhr ihm mit einer Hand durch sein dunkles Haar und zwang sich zu lächeln, obwohl sie am liebsten in Tränen ausgebrochen wäre. Armer Paul. Er bemühte sich so sehr, nach außen hin gute Miene zu machen. In seinem tiefsten Inneren war er jedoch ein unglücklicher kleiner Junge, der im Kreuzfeuer einer ehelichen Trennung gefangen war. Phillip schien, dem Anschein nach jedenfalls, viel besser damit zurechtzukommen.

Er war ganz erpicht darauf, jeden Samstag seinen Vater zu sehen und liebte es, in *ihrem* Sportwagen herumkutschiert zu werden. Die Zeit mit ihrem Vater empfanden die beiden immer als ganz und gar aufregend, hatte sich Aisling bei Fiona beschwert. Michael nahm sie mit zu McDonald's, ins Kino oder zum Bowling.

»Um seine Abwesenheit während der Woche wettzumachen, kümmert er sich ums Vergnügen. Derweil wecke ich sie am Morgen, verteile die Cocopops, fahre sie in die Schule, hole sie abends wieder ab, koche für sie und helfe ihnen bei den Hausarbeiten, wasche ihre Kleidung und kaufe die Lebensmittel ein. Meiner Ansicht nach sollten wir dann und wann die Sache auch einmal umkehren«, fügte sie ärgerlich hinzu.

In ihrem Herzen jedoch wußte sie ganz genau, daß es unerträglich für sie wäre, wenn die Zwillinge bei Michael und nicht bei ihr leben würden.

Die Jungs kamen immer glücklich und müde vom Wochenende zurück, letzten Sonntag aber war Paul ganz still gewesen. Würde denn Papa niemals wieder zu ihnen zurückkommen und mit ihnen leben, hatte er gefragt und sie mit seinen verwirrten, dunklen Augen angesehen. Anfangs war Aisling um eine Antwort verlegen gewesen. Sie hatte ihn einfach umarmt und gesagt, daß Papa sie liebte und sie immer sehen würde, aber daß er woanders leben wollte.

Jetzt jedoch legte Aisling Phillips Heft beiseite und sah beide ernst an.

»Ihr solltet euch nichts daraus machen, wenn Leute darüber reden, daß Papa und ich uns trennen«, sagte sie. »Das kommt in vielen Familien vor. Wichtig ist es nur zu wissen, daß, obwohl euer Papa und ich uns nicht gut verstehen, wir euch beide lieben, okay?« Dann fügte sie noch hinzu: »Und wißt ihr, ihr habt eigentlich Glück, weil ihr jetzt zwei Zuhause habt. Das ist doch etwas Besonderes. Ich möchte wetten, daß Shane nicht zweimal Weihnachtsgeschenke bekommt. Wenn er dich das nächste Mal damit ärgert, Paul, dann sag ihm das.«

»Das werde ich tun«, erwiderte Paul mit zusammengebissenen Zähnen, genau wie sein Vater.

Michael zu vergessen war bei der Ähnlichkeit mit seinen Söhnen wirklich nicht einfach. Etwas erleichtert wandte sich Paul wieder seinen Hausaufgaben zu, und Phillip zog behutsam sein Hausaufgabenheft unter Aislings Ellenbogen hervor.

»Und gib dir etwas mehr Mühe mit deiner Handschrift, du kleines Miststück«, sagte sie und wuschelte ihm liebevoll durchs Haar.

Als die Jungs endlich im Bett waren, beendete Aisling ihre Bügelarbeit und bereitete den Kartoffelbrei für einen Shepherd's Pie für den nächsten Abend zu. Das war zwar nicht ihr Lieblingsgericht, aber sie wollte etwas Schnelles und Einfaches kochen, bevor sie ausging. Sie hatte bereits gesaugt, jetzt wischte sie im Wohnzimmer Staub und reinigte die Gästetoilette. Obwohl dem Babysitter, einem siebzehnjährigen Schüler kurz vor dem Schulabschluß, die Unordnung sicherlich überhaupt nicht auffallen würde, verbot es ihr ihr Stolz, das Haus unaufgeräumt zu hinterlassen.

Wie sonst auch immer hatte sie schon fast die Hälfte der Freizeitkleidung gebleicht, als sie sich an die Gummihandschuhe unter dem Waschbecken erinnerte. Deswegen besaß Vivienne gepflegte Hände, sie dagegen hatte splitternde Nägel und eine ausgetrocknete Haut. Jetzt war es zu spät, um die Handschuhe noch überzustreifen. Falls sie sich nachher noch daran erinnerte, würde sie sie einreiben.

Mit dem Putzen war sie um halb elf fertig. Denk an morgen, dachte Aisling, und ließ sich mit einem kleinen Gin Tonic auf den Sessel fallen. Sie hatte sich wirklich einen Abend außer Haus verdient.

Als Aisling in die volle Kneipe trat, schlang sie ihren Regenmantel noch enger um sich. Sie trug einen knieumspielenden schwarzen Rock, dessen Schlitz viel Bein zeigte. Der kurze Rock war ein Fehler, dachte sie, als sie an einer Bushaltestelle vorbeifuhr und einen Blick von sich in ihren schwarzen Wildlederstilettos erhaschte. Sie liebte kurze Röcke, war sich allerdings nie sicher, ob sie die Beine dafür hatte oder nicht. Vermutlich eher nicht. Innehaltend suchte sie die Kneipe mit den Augen ab, konnte aber Vivienne nirgendwo entdecken. Es war erst kurz nach acht, und doch schon brechend voll. An den Tischen saßen gutgekleidete Leute, die sich in der angesagten Stadtkneipe offenbar wohl fühlten. Aisling dagegen fühlte sich vollkommen fehl am Platz, als ob es für alle offenkundig sein müßte, daß sie fünfunddreißig Jahre alt war, getrennt lebte und sich nichts Aufregenderes vorstellen konnte, als an einem Donnerstagabend noch in eine Kneipe zu gehen.

Dann erkannte sie Vivienne, die aufgestanden war und ihr zuwinkte. Erleichtert drängte sie sich durch die Menge. Es war einfach schrecklich, ganz allein hier aufzutauchen, sich irgendwie einzupassen und gleichzeitig jemanden zu finden, und sich dabei auch noch unsicher und fehl am Platz zu fühlen.

»Einfach schrecklich, ich weiß«, bemerkte die dunkelhaarige Frau neben Vivienne, als Aisling an den Tisch trat und sich noch im Regenmantel setzte. »Es gibt nichts Schlimmeres, als irgendwo ganz alleine aufzutauchen.«

Himmel, dachte Aisling, offenbar sieht man es mir tatsächlich an. »Schön, daß du gekommen bist.« Vivienne sah in ihrem dunkelroten enganliegendem Samtrock und ihrem elegant geknoteten Haar phantastisch aus.

»Aisling, daß hier ist Maria.« Sie deutete auf die Frau, die gerade mit Aisling gesprochen hatte. Die üppige Brünette trug ein weinrotes Satinjackett, das einen großzügigen Einblick gewährte. Marias Make-up betonte ihre vollen Lippen und die hohen Wangenknochen. Ein schwarzer Stein an einer Kette lenkte den Blick nach unten. »Und Annie.«

»Nett, dich kennenzulernen«, sagte Annie. Sie war klein, blond und trug ein braunes Lycrakleid, das Aisling bereits bei *Dunnes* aufgefallen war.

»Wir haben schon angefangen«, bemerkte Annie und hob ihr Rotweinglas. »Maria, kannst du den Kellner auf dich aufmerksam machen, ja?«

»Hallo, Aisling, willkommen zu unserer kleinen Runde«, sagte Maria herzlich und lehnte sich über den Tisch zu Aisling herüber. »So wie du hier hereingekommen bist, fühlte ich mich an mich selbst vor vier Jahren erinnert, als ich mich gerade von meinem Mann getrennt hatte«, gestand sie. »Nachdem ich jahrelang immer als Paar aufgetreten war, hatte ich große Angst davor, ganz alleine irgendwo hineinzugehen. Immer wenn ich mich in der Öffentlichkeit zeigte, fühlte ich mich so seltsam und so fehl am Platz, weil ich ganz alleine war und mich noch nicht daran gewöhnt hatte. Und sieh mich heute an!«

Mehrere Leute wandten den Kopf, Maria lächelte ihnen zu und warf einem attraktiven jungen Mann, der sich am Nebentisch mit zwei Mädchen auf italienisch unterhielt, einen schmachtenden Blick zu.

»Maria gefällt es, aus der Menge herauszustechen«, erklärte Vivienne ernst.

»Das ist doch eine Verbesserung gegenüber der Zeit, als ich mich in eine Ecke hatte verkriechen und sterben wollen, weil ich Größe 44 anstatt der gewünschten 36 trug«, konterte Maria und wandte sich augenzwinkernd von dem Latino ab. Sie winkte einem Mädchen an der Bar. »Nun, welches Gift bevorzugst du, Aisling?«

»Ein Gin Tonic, bitte«, erwiderte Aisling und fühlte sich in dem engen schwarzen Rock und der grauen Wickelbluse bereits wohler, da sich die anderen Frauen ebenfalls herausgeputzt hatten.

»Genug über uns. Erzähl uns ein wenig von dir. Vivienne hat uns von dem Chef mit den fahrigen Händen erzählt, und ich möchte jedes widerliche Detail hören, wie du ihn losgeworden bist! Ich möchte dir allerdings nicht verraten, was ich getan hätte, hätte er das bei mir versucht!«

Aisling mußte lachen. Sie hätte zu gern gesehen, was die üppige Maria tun würde, wenn sie Leo zwischen die Finger bekäme.

Sie redeten soviel, daß sie sich zu ihrem Abendessen im *Sinners,* einem libanesischen Restaurant ein paar Häuser weiter, eine halbe Stunde verspäteten. Aisling hörte einiges über Marias wunderbaren neuen Zahnarzt, und sie erfuhr, wie sich die anderen drei Frauen getroffen hatten.

Vor fünf Jahren hatten sie zusammen einen Computerkurs belegt und sich während der ersten Mittagspause miteinander angefreundet. Seitdem waren sie Freunde geblieben. Sie waren alle vollkommen verschieden – die extrovertierte und auffallende Maria, die bodenständige Vivienne, und Annie, eine ruhige Frau mit einem trockenen Humor – und doch kamen sie blendend miteinander aus.

»Dieses Restaurant ist wunderbar«, sagte Maria, quetschte sich auf die Bank und ließ eine ausgebeulte Wildlederhandtasche neben sich auf den Sitz fallen. »Und der Kellner nicht minder«, flüsterte sie.

»Bestellen wir nun oder nicht?« fragte Annie zehn Minuten später, als Maria mit dem Kellner flirtete. »Ich verhungere gleich.«

»Tut mir leid«, entschuldigte sich Maria. »Er ist so süß. Ein Jammer, daß er so jung ist. Sonst wäre er genau mein Typ.«

Viviennes Ratschlag folgend, bestellte Aisling die Spezialität des Hauses, *Mezes,* eine Auswahl verschiedener libanesischer Gerichte. »Erst sieht es nach lauter winzig kleinen Schälchen aus, und man glaubt davon nicht satt zu werden«, meinte Maria. »Aber warte erst einmal, wieviel du davon bekommst. Du wirst wirklich satt davon.« Sie aßen auf Holzkohle gegrilltes Lamm, gefüllte Weinblätter und einen wunderbaren frittierten Ziegenkäse. Und sie erzählten sich ohne Unterlaß, was sie die letzte Woche über erlebt hatten.

Als sie so über Gott und die Welt redeten, fügte sich Aisling ein, als ob sie sie bereits ihr Leben lang kannte. Witzig, bodenständig und herzlich waren die drei Frauen genau die Art von Menschen, denen man alles anvertrauen konnte.

Sie sprach mit ihnen über ihre Trennung von Michael auf eine Art und Weise, wie sie noch nicht einmal mit ihrer Schwester Sorcha gesprochen hatte. Es erleichterte sie, von ihrer Angst zu erzählen, die sie nach so langer Zeit als Hausfrau vor einem Arbeitsplatz hatte.

»Am Anfang hatte ich riesige Angst vor dir, Vivienne«, bekannte Aisling. Sie kannte sie jetzt gut genug, um das auszusprechen.

»Du Arme«, entgegnete Vivienne entschuldigend. »Für mich war es ein schrecklicher Tag, weil Christine die ganze Nacht mit einer Darmgrippe wachgelegen hatte. Ich habe sie nur sehr ungern am nächsten Morgen meiner Mutter überlassen. Ich war vollkommen erschöpft. Allein die dunklen Ringe unter meinen Augen zu verstecken, hat mich fünf Minuten gekostet. Als ich dich das erste Mal gesehen habe, da dachte ich mir, du wärst eine gelangweilte, gut versorgte Hausfrau, die sich bei der Arbeit amüsieren wollte . . . Ach, es tut mir leid, Aisling. Es tut mir wirklich leid.« Sie beugte sich vor und tätschelte Aislings Arm. »Ich war immer stolz darauf, die Menschen erst dann zu beurteilen, wenn ich sie gut kannte. Und dann ist mir mit dir genau das Gegenteil passiert.«

»Jetzt ist es ja nicht mehr schlimm«, erwiderte Aisling ernst. »Wenn ich bedenke, wie nett du seitdem zu mir gewesen bist.«

»Ich hätte dir von diesem verdammten Leo erzählen sollen«, fuhr Vivienne fort. »Aber ich dachte, es könne juristisch riskant sein, ein solches Gerücht in Umlauf zu bringen. Besonders, da ich eigentlich keine Beweise hatte. Also habe ich nichts gesagt, und du mußtest es ausbaden.«

»Das ist jetzt alles Vergangenheit, Viv. Laß sie uns einfach vergessen.« Aisling drückte Viviennes Hand.

»Du sagst es, Aisling«, sagte Maria mit Nachdruck. »Wir sind nicht hier, um alte, negative Erfahrungen durchzuhecheln. Wir sind hier, um uns miteinander zu amüsieren.« Sie hob ihr Glas zu einem Toast, die anderen folgten ihrem Beispiel. »Auf uns und auf unseren Spaß!«

»Prost«, riefen die anderen einstimmig.

Maria lebte getrennt und hatte zu Aislings Überraschung zwei Teenager zu Hause. Die Frau sah jedoch erst wie Anfang Dreißig aus.

»Dreiunddreißig und ein paar Monate«, bestätigte Maria mit einem breiten Grinsen. »Sechsundneunzig Monate, um genau zu sein. Das liegt an meinem Lebensstil, weißt du. Manche Menschen machen Diät, trinken viel Wasser und kaufen sich überteuerte Feuchtigkeitscremes, um ihre Jugend zu erhalten. Ich persönlich bevorzuge die Schokoladenmethode, um jung zu bleiben. Iß viel Schokolade – natürlich wirst du dann zunehmen, aber du wirst glücklich sein –, benutze Wasser nur für Tee, Kaffee oder heißen Whiskey, amüsiere dich mit vielen netten Männern und sieh zu, daß du zwei verrückte junge Mädchen im Haus hast, das hält dich jung.«

»Das Rezept klingt ausgezeichnet«, erwiderte Aisling. »Wie alt sind denn die beiden?«

»Shelley ist letzten Monat fünfzehn geworden – ich kann es gar nicht fassen, wie schnell sie erwachsen wird«, rief Maria aus. »Lynsey ist siebzehn. Sie macht dieses Jahr ihren Schulabschluß, und Shelley ihre mittlere Reife. Das ganze Haus ist wie eine Examensbombe, die nur darauf wartet, gezündet zu werden. Ich habe schon Angst, den Fernseher lautzustellen, weil die beiden so hart arbeiten.«

»Du hast Glück, daß sie beide so viel arbeiten wollen«, sagte Aisling.

»Shelley bewundert Lynsey, sie liegt ihr vollkommen zu Füßen«, erklärte Maria. »Lynsey hat damals das beste Zeugnis der ganzen Schule bei der mittleren Reife gehabt. Nun will Shelley das auch erreichen, was ich prima finde. Es freut mich wahnsinnig.«

Annie war Ende Dreißig und mit Greg, einem Tischler, verheiratet. Sie hatte eine kleine Tochter. Sie erzählte Aisling, daß sie fünf Jahre lang mit ihrer Jugendliebe verlobt gewesen war, bis sie sich schließlich mit neunundzwanzig in einen Kollegen verliebt hatte. Sie verließ ihren Verlobten, zog mit Greg zusammen und hat es niemals bereut.

»Du findest sicherlich, daß ich etwas Schreckliches getan habe«, sagte Annie langsam und rührte sich Zucker in ihren Kaffee. »Ich habe sechs Jahre lang mit Ray zusammengelebt und geglaubt, wir würden heiraten und dann Kinder bekommen. Na, du weißt schon, das ganze Programm eben. Dann traf ich Greg und habe mich verliebt.« Sie hielt einen Moment inne und dachte offenbar an ihn.

Vivienne hatte Aisling erzählt, daß sie kein verliebteres Paar kenne. »Sie halten Händchen, wenn sie nebeneinander gehen«, erklärte Vivienne. »Wie viele Paare kennst du, die das nach neun Jahren noch tun?«

»Man kann sich nicht aussuchen, in wen man sich verliebt«, fuhr Annie fort. »Zur Zeit der Trennung ging es mir sehr schlecht, aber ich bin doch froh, daß ich es getan habe. Jetzt bin ich so glücklich«, fügte sie hinzu.

»Annie ist der Beweis dafür, daß es echte Liebe wirklich gibt«, bemerkte Vivienne und verteilte den Rest der dritten Flasche Wein auf ihre Gläser.

»In der Hinsicht schlägst du dich ja auch nicht schlecht«, konterte Maria.

»Ich weiß nicht recht.« Vivienne schien bedrückt. »Ich glaube, Pat bekommt bei der ganzen Sache kalte Füße. Am kommenden Wochenende wollten wir zusammen wegfahren. Gestern hat er angerufen und gesagt, daß er möglicherweise doch am Samstag arbeiten muß.« Sie nippte an dem Wein. »Wie gerne würde ich jetzt eine rauchen. Sobald ich ein paar Glas Wein getrunken habe, will ich immer wieder mit dem Rauchen anfangen.«

Viviennes Freund war ein Detektiv, den sie vor zehn Monaten auf einer Hochzeitsfeier kennengelernt hatte. Er sah gut aus, war nett, war gut bei Kasse und sehr humorvoll. Das war fast mehr, als man zu hoffen wagte, meinte Vivienne. Sie wartete immer noch darauf, irgendeinen schrecklichen Fehler bei ihm zu finden.

Im stillen stimmte Aisling Vivienne zu. Welcher Mann hatte keinen solch entsetzlichen Fehler?

»Pats Arbeit kennt eben keine Routine, Viv«, entgegnete Annie vernünftig. »Er weiß ja nie, was passieren wird oder wo er arbeiten muß. Dafür kannst du ihn nicht verantwortlich machen.«

»Und Christine liebt ihn«, fügte Maria hinzu. »Sie ist zwar erst acht Jahre alt, aber sie ist sehr schlau, und was Männer betrifft, schlauer als ihre Mutter!« Sie winkte Vivienne mit erhobenem Finger zu.

Die Belegschaft von *Sinners* schien es nicht eilig zu haben, den Laden zu schließen. Bis kurz vor eins saßen die vier Frauen zusammen.

»O Gott, nein, wie spät ist es?« Aisling rang beim Blick auf die Uhr entsetzt nach Luft. »Der Babysitter wird im Dreieck springen. Ich wollte doch nicht so spät nach Hause kommen.«

»Du mußt auch mal ausgehen, Aisling«, mahnte Vivienne sie leise. »Sonst wirst du verrückt. Betrachte diesen Abend doch einfach als Therapie. Es macht mehr Spaß und außerdem ist es viel billiger als *Prozac*!«

Aisling und Maria teilten sich ein Taxi. Maria wohnte in Sandymount, das auf Aislings Nachhauseweg lag.

»Du wirst dich doch wieder mit uns treffen, nicht wahr?«

fragte Maria, als das Taxi in einer ruhigen Straße vor einem hübschen zweistöckigen Haus hielt.

»Aber natürlich, nur zu gerne«, erwiderte Aisling herzlich.

Nach ihrem Abend mit Vivienne, Annie und Maria, die ihre Gesellschaft offenbar alle genossen hatten, sah Aisling der bevorstehenden Party bei den Finucanes etwas selbstbewußter entgegen. Als die Jungs am Freitag abend fernsahen, durchsuchte sie ihren Schrank nach etwas, das Fionas Vorstellung von »heißblütig« in irgendeiner Weise entsprechen könnte.

Sie fand nichts. Die Abendkleider, die sie die letzten Jahre über getragen hatte, waren alle Größe 42, schwarz, dunkelblau oder grau und weit geschnitten, um ihren verhaßten Bauch und ihre dicken Schenkel zu kaschieren. Außer langen, nach unten ausgestellten Tuniken, mehreren weiten Pullovern und einem Seidenhemd, in dem sie immer wie eine Schwangere ausgesehen hatte, fand sie nichts.

Jetzt, da sie problemlos in Größe 38 paßte, wirkte alles altmodisch und viel zu weit. Außer einem schwarzen, tiefausgeschnittenen Body fand sie nicht ein einziges wirklich sexy Stück unter ihrer Abendgarderobe. Zusammen mit ihrem neuen schwarzen Rock sah der Body zwar hübsch aus, aber doch recht langweilig.

Sie durchwühlte die Schublade, in der sie ihren Schmuck aufbewahrte. Sie suchte nach etwas, das die Sache aufgepeppt hätte. Nichts. Sie wollte sich gerade wieder ausziehen, als es an der Tür klingelte.

Als sie unten angelangt war, hatte Phillip bereits die Tür geöffnet. Fiona stand im Flur.

»Da komme ich wohl genau im richtigen Augenblick«, bemerkte Fiona fröhlich und winkte mit einer großen Tüte.

»Das hier wollte ich morgen abend anziehen«, sagte Aisling und drehte sich einmal in ihren Strumpfhosen im Kreis. »Ich kann einfach nichts anderes finden. Ist das okay?«

»Es ist okay. Aber du möchtest doch etwas mehr als nur okay aussehen, meine Liebe. Deshalb bin ich hier. Laß uns nach oben gehen. Ich habe ein paar Sachen zum Anprobieren mitgebracht. Ich wußte, daß du dir nichts Neues kaufen würdest.«

Fiona ging nach oben, und Aisling folgte ihr. Obwohl die Vorbereitung der Party für Fiona sicherlich schwierig war, kümmerte sie sich dennoch darum, daß ihre Freundin etwas atemberaubend Schönes trug. Sie war wirklich eine tolle Freundin, dachte Aisling, als sie Fionas kleinem, von ihren Jeans umhüllten Hintern die Treppe nach oben folgte.

»Ich weiß, daß du morgen nicht den ganzen Tag Kleider einkaufen möchtest. Das ist auch gut so, denn ich kann dich nicht begleiten.« Während Fiona redete, öffnete sie die Tüte und breitete mehrere Kleidungsstücke auf Aislings Bett aus. »Eines schönen Tages werden wir aber zusammen einkaufen gehen, weil ich dir immer noch nicht traue, etwas anderes als langweilige dunkle Dinge zu kaufen, nur weil du glaubst, daß du darin schlanker aussiehst. Bis dahin habe ich hier ein paar Stücke für morgen abend. Wie gefällt dir dieses hier?«

Sie hielt einen bronzefarbenen Wickelbody aus enganliegendem Lycra hoch, der den Busen zweifelsohne besonders betonen würde.

»Der sieht mir sehr nach Maria aus«, sagte Aisling, hielt sich den Body an und betrachtete sich im Spiegel. »Aber er ist sehr eng. Wie kommst du nur darauf, daß *deine* Kleidung mir passen könnte?«

»Vertraue doch einfach dem Material Lycra«, erwiderte Fiona. »Das Zeug ist so dehnbar, es wird dir problemlos passen. Ist Maria eine von Viviennes Freundinnen?«

»Ja, und sie ist wirklich eine Sensation«, erwiderte Aisling und öffnete ihren Rock. »Sie ist eine richtige Individualistin und vollkommen verrückt. Sie hat uns die ganze Nacht bei Laune gehalten. Die drei solltest du einmal kennenlernen. Vivienne und Annie würden dir auch gut gefallen. Was hältst du hiervon?« Sie trat einen Schritt zurück und betrachtete sich im Spiegel. Der Body paßte ihr, als ob er für sie geschneidert worden wäre. Er betonte ihre Kurven wie eine zweite Haut, und die sanfte Farbe stand ihr viel besser als der schwarze Body, den sie eben noch getragen hatte.

»Einfach wunderbar. Er sieht großartig aus.« Mit zur Seite gelegtem Kopf betrachtete Fiona Aislings Kleidung.

»Versuche es einmal mit Hosen oder mit deinem langen schwarzen Rock. Ich glaube, mit einem langen Rock und diesem goldenen Kettengürtel könnte es sehr gut aussehen.«

Sie hatte recht. Hocherfreut stand Aisling vor dem Spiegel und bewunderte ihren schlanken, straffen Körper. Danke, Callanetics, murmelte sie leise.

»Probiere das hier einmal an«, befahl Fiona und reichte Aisling ein schwarzes Spitzentop.

»Das hier ist doch prima, Fiona«, protestierte Aisling und deutete auf das Top, das sie gerade anhatte. »Ich brauche nichts anderes.«

»Nun mach schon, Aisling. Du wirst mehr als nur einen einzigen sexy Aufzug brauchen, wenn du dich jetzt zur Partylöwin entwickelst. Außerdem steht dir das Top viel besser als mir. Du würdest mir also einen Gefallen tun, wenn du es behältst . . .«

»Ich kann es nicht behalten«, erwiderte Aisling.

»Sei nicht albern. Ich habe das bronzefarbene Ding niemals getragen, weil ich ganz einfach den Busen dafür nicht habe.« Fiona blickte traurig auf ihre ziemlich flache Brust. »Das schwarze Ding solltest du auch behalten. Es hat mir ohnehin niemals wirklich gut gestanden. Nun mach schon, nimm sie. In meinem Kleiderschrank nehmen sie ohnehin nur Platz weg. Vielmehr in Pats Kleiderschrank, denn den habe ich auch zum größten Teil schon übernommen. Bald werde ich wohl eine dieser Kleiderstangen kaufen müssen, die man jetzt überall sieht.«

Aisling schlüpfte in das Spitzentop. Es war wunderschön

geschnitten, lag am Hals eng an und hatte lange Ärmel. Wäre es aus einem anderen Material als Spitze gewesen, hätte es nichts hergemacht. Unter der Spitze war es um die Brust herum gefüttert, was es zu einem sehr freizügigen und unglaublich sexy Kleidungsstück machte.

»Fiona, hierin kann ich mich nicht zeigen. Man würde meinen BH am Rücken sehen«, meinte Aisling. »Unter diesem Fummel sollte man eigentlich überhaupt keinen BH tragen.«

»Genauso ist es auch gemeint.« Fiona lehnte sich auf dem Bett zurück und betrachtete ihre Freundin spitzbübisch.

»Wie meinst du das? Soll ich etwa als Stripperin auftreten und mich ausziehen, wenn die Unterhaltung etwas nachläßt?«

Fiona sah sie mit ausgefuchstem Blick an. »Es kommen ein paar sehr nette alleinstehende Männer. Und denen habe ich tatsächlich einen Live-Striptease auf dem Eßtisch versprochen ...« Bei der Vorstellung mußte sie kichern. »Nein, Aisling, ich möchte nur, daß du dich von deiner besten Seite zeigst. Du siehst großartig aus, und es wird langsam Zeit, daß auch dir das klar wird. Du mußt dich nicht länger unter Bergen von Kleidung verstecken. Das lasse ich nicht zu.«

Aisling war tief gerührt.

»Du bist unglaublich gut zu mir, Fiona. Was würde ich nur ohne dich machen?«

Fiona überlegte. »Nun, dann hättest du morgen früh um zehn keinen Termin beim Friseur. Ich lasse mich morgen früh frisieren und fände es prima, wenn wir zusammen gingen.« Sie sah Aisling erwartungsvoll an. »Was meinst du?«

»Eine prima Idee«, antwortete Aisling. »Ich habe noch keinen Termin gemacht, weil ich es heute einfach vergessen habe. Ich wollte mir eigentlich Strähnchen machen lassen. Nur ein paar, nicht viele«, fügte sie eilig hinzu. Das hätte sie nicht sagen sollen. Von nun an würde ihr Fiona ständig in den Ohren liegen, sie solle sich wie Marilyn Monroe blond färben.

»Wunderbar!« Fiona klatschte erfreut in die Hände. »Mit Strähnchen wirst du prima aussehen. Achtung, ihr Männer«, sagte sie und lachte vielsagend. »Die seit kurzem alleinlebende, ungebundene Aisling Moran betritt das Parkett!«

»Wenn ich das hier trage, dann werde ich tatsächlich sehr ungebunden aussehen«, bemerkte Aisling.

»Ein Grund mehr, es zu tragen. Du willst ja schließlich keine Nonne werden!«

Auf diese Bemerkung fiel Aisling so schnell keine Erwiderung ein.

Der Geruch von Ammoniak lag Aisling in der Nase, und sie war froh, als ihr eine Tasse Kaffee serviert wurde. Sie nippte daran, blätterte in einer *Vogue* und entspannte sich. Gott sei Dank hatte Fiona einen Termin für sie gebucht, denn obwohl es erst Viertel nach elf war, war der Salon bereits gut besucht.

»Heute haben wir eine Hochzeit mit sechs Brautjungfern«, erklärte der die Farbe auftragende Friseur, während er vorsichtig Aislings Haar aufteilte und unter jede Strähne ein Stück Papier legte. Dann trug er auf jede Strähne Bleichfarbstoff auf. »Und alle wollen sie Löckchen«, flüsterte er. »Offenbar wollen sie alle wie Helena Bonham-Carter aussehen.«

Der Friseur war ein ernstblickender junger Mann ganz in Schwarz, der beim Färben von Aislings Haar ununterbrochen redete. Sie war von der Prozedur vollkommen fasziniert. Er erklärte ihr, daß er durch die Papiermethode verschiedene Farben auf ihr Haar auftragen konnte. Dadurch würde es natürlicher aussehen, als wenn es nur in einer Farbe gefärbt wäre.

Sie hatte viel Haar, und es dauerte eine ganze Stunde, ehe ihr Kopf fertig war. Er legte ihr einen Stapel Hochglanzmagazine hin und fragte sie, ob sie noch eine Tasse Kaffee wünsche. Dann rollte er sie unter einen merkwürdig anmutenden Haartrockner, der wie glühendes Feuer aussah.

Es gefiel ihr, sich verwöhnen zu lassen, sich zurückzulehnen, Illustrierten durchzublättern, Kaffee zu trinken und andere wie kopflose Hühnchen herumrennen zu lassen. Um acht war sie aufgestanden und hatte die Fußballtaschen der Jungs gepackt, was sie am Abend zuvor versäumt hatte. Dann hatte sie ihnen Frühstück bereitet und sie danach zum Fußball gefahren. Schließlich hatte sie ihr Make-up während der Rotphasen im Verkehr aufgetragen, weil sie nicht ungeschminkt beim Friseur erscheinen wollte. Nichts brachte die Falten mehr zum Vorschein als das wenig schmeichelhafte Licht eines Frisiersalon.

Heute jedoch war ihr Besuch beim Friseur ganz anders, als er es sonst immer gewesen war. Seit sie so sehr zugenommen hatte, war das stundenlange Sitzen vor einem Spiegel eine schmerzliche Erfahrung. Das war nun anders.

Jetzt schaute ihr aus dem Spiegel eine schlanke, unabhängige, berufstätige Frau entgegen.

Sie blätterte eine Seite um. Sie kaufte sich nie die *Vogue,* las sie jedoch gerne umsonst beim Friseur. Man konnte sich eine Vorstellung davon machen, wie die andere Hälfte der Menschheit lebte, dachte sie und bestaunte das einfach geschnittene Kleid, das gut über tausend Pfund kosten mußte, da es von *Gucci* war. Für diesen Preis müßte das Kleid eigentlich auch noch abwaschen, das Wohnzimmer saugen und das Abendessen zubereiten können.

Sie blickte zu Fiona hinüber, um zu sehen, wie weit sie war. Ihre Nachbarin saß am Ende des Salons. Ihre Haare wurden gerade zu einem glänzenden Pagenkopf gefönt.

Aisling hätte nicht sagen können, wer sich mehr über ihren Wunsch nach Strähnchen gefreut hatte – der Friseur oder Fiona.

»Nun, wie geht es so?« fragte Fiona, die plötzlich neben Aisling aufgetaucht war.

»Prima«, erwiderte Aisling lächelnd und hob ihre Kaffeetasse mit gespreiztem kleinem Finger ab, eine Parodie auf das, was ihr ihre Großmutter als damenhaft beigebracht hatte. »Ich sollte in Zukunft jeden Samstagmorgen beim Friseur verbringen.«

»Genau«, entgegnete Fiona, die selbst tatsächlich jeden Samstagmorgen beim Friseur verbrachte. »Du wärst eine tolle Begleitung für mich. Wann wirst du fertig sein?«

»In einer Stunde vielleicht, denke ich«, erwiderte Aisling.

»Dann erledige ich noch ein paar Einkäufe. Ich habe gestern dieses einfach göttliche kleine Kleidchen bei *Jackie Lavins* im Schaufenster entdeckt, und ich möchte es gerne anprobieren. Ich wollte zwar in nächster Zeit keine Kleidung mehr kaufen, außerdem wird Pat mich ermorden, wenn er mich mit noch einer Einkaufstüte im Haus erwischt. Er behauptet, ich litte unter Kaufsucht«, fügte Fiona in überraschtem Tonfall hinzu. »Aber dieses Kleid ist wunderschön. Es ist mit silbernen Perlen bestickt und rückenfrei . . . Einfach göttlich. In einer Stunde bin ich wieder da, okay?«

Mit Fiona mußte man sich einfach freuen, dachte Aisling. Eine andere Frau, die ihr halbes Leben lang einkaufte und die andere Hälfte damit verbrachte, über das Einkaufen nachzudenken, hätte sie für eine dieser reichen Gesellschaftsdamen gehalten. Aber Fiona war so freundlich und lustig, daß einem die Tatsache, daß sie in einer Woche mehr für Kleidung ausgab als die meisten Menschen in zwei Wochen verdienten, nichts mehr ausmachte. Geerbt zu haben mußte eine sehr angenehme Sache sein.

Als Fiona mit zwei großen Einkaufstuten beladen wieder zurückkam, war Aisling fertig. Der Friseur spiegelte ihre Frisur von hinten, und sie war vollkommen begeistert. Das lange, dünne mausige Haar war verschwunden. Statt dessen rahmten schulterlange, glänzende, blonde Locken ihr Gesicht. Das Gesicht war das alte, dachte Aisling, und betrachtete das perfekt frisierte Haar. Aber jetzt blickte es sie ganz anders an.

Neben den weichen goldenen und aschblonden Strähnen ihres Haares wirkte ihre Gesichtsfarbe richtig frisch. Ihre großen Augen leuchteten, da das Haar nach hinten gekämmt war.

»Aisling! Nicht zu fassen!« Fionas Stimme war vor Aufregung ganz schrill.

»Nun, was meinst du?« Aisling drehte sich auf ihrem Stuhl um und grinste ihre Freundin an.

»Du siehst phantastisch aus, einfach phantastisch. Das hättest du schon vor Jahren machen sollen«, sagte Fiona.

»Wenn ich nicht mit dir hier verabredet gewesen wäre, wäre ich auf der Straße einfach an dir vorbeigelaufen. Du siehst so *anders* aus.«

»Ich weiß. Ist es nicht wunderbar?« Aisling konnte die Freude in ihrer Stimme nicht unterdrücken. Sie fühlte sich vollkommen verwandelt. Sie wollte nach draußen rennen und in all die teuren Läden im *Blackrock*-Einkaufszentrum gehen. Jetzt war sie eine von ihnen, jetzt sah sie gestylt und attraktiv aus und war nicht mehr das Mauerblümchen, das sie so lange gewesen war.

Zum dritten Mal schüttelte sie ihren Kopf und genoß das Gefühl der sie umwehenden Haare. Das hätte sie endlos weitermachen können, sie war von der Leichtigkeit und von dem perfektem Sitz ihrer Frisur fasziniert.

»Komm, laß uns gehen«, sagte sie. »Ich muß die Zwillinge abholen, und du mußt die Party des Jahres organisieren.«

Fiona verzog das Gesicht. »Die Idee einer Party finde ich bis zu dem Tag, an dem sie dann wirklich stattfindet, immer ganz prima. Dann aber möchte ich mich auf der Couch zusammenrollen, einen trockenen Martini genießen und ein gutes Buch lesen.«

»Es wird viel Spaß machen, Fiona, und nach der ersten halben Stunde wirst auch du dich gut amüsieren. Das tust du doch sonst auch immer.«

Die Zwillinge waren von Aislings neuer Frisur begeistert.

»Du siehst toll aus, Mama«, sagte Paul.

»Stimmt, ganz prima«, fügte Phillip hinzu.

Aber sie waren es nicht, die sie mit ihrem neuen Look beeindrucken wollte. Sowie sie zu Hause waren, rannte sie die Treppe hoch, um sich in ihrem Schlafzimmerspiegel zu betrachten. Ängstlich befürchtete sie, sie habe vielleicht nur beim Friseur so gut ausgesehen. Vielleicht würde sie sich wieder in ihr altes, langweiliges Selbst verwandeln, wenn sie zu Hause in den Spiegel schaute. Die Frau, die jetzt mitten im Schlafzimmer stand, war eine vollkommen andere als die, die hier am Morgen hinausgegangen war. Ein breites Lächeln legte sich über Aislings Gesicht. Sie nahm ihren Lippenstift aus der Handtasche und trug ihn auf. Aber die Farbe, die gut zu ihren langen, mausbraunen Haaren gepaßt hatte, wirkte an der blonden Aisling blaß und uninteressant.

Sie durchwühlte die Schublade des Frisiertisches, bis sie gefunden hatte, was sie gesucht hatte: Einen grellrosa Lippenstift, den sie vor langer Zeit gekauft und niemals benutzt hatte. Er paßte perfekt zu der kurzärmligen rosa Jacke, die sie zu ihren Jeans trug. Die Jeans mußte sie an der Taille mit einem Gürtel zusammenhalten.

Kurz nach zwei brüllte Phillip aus seinem Zimmer: »Papa ist da, Papa ist da!«

Aisling legte das Messer hin, mit dem sie die Kartoffeln geschält hatte, und wusch sich schnell die Hände. Achtung, Michael, bereite dich auf ein Zusammentreffen mit der neuen, verbesserten Version von Aisling Moran vor.

Sie verzog ihre Lippen zu einem Lächeln und öffnete langsam und mit klopfendem Herzen die Tür. Er stand ein wenig abseits und erwartete offensichtlich, daß die Jungs wie gewohnt auf das Auto zurennen würden. Er trug dunkelgraue Cordhosen und sein uraltes graues T-Shirt von *Nike.* Er wirkte müde und erschöpft. Sie hätte schwören können, daß die Haare an seinen Schläfen grauer waren als beim letzten Mal.

»Hallo, Michael«, sagte sie kühl. »Die Jungs werden gleich da sein. Wir haben ein wenig später Mittag gegessen, und jetzt haben sie ihr Zeug noch nicht zusammengepackt.«

Ohne seinen erstaunten Blick zu beachten, drehte sie sich

um und rief die Treppe hoch: »Nun macht schon, Jungs, ein bißchen schneller bitte.«

Als sie sich wieder Michael zuwandte, musterte er sie, als ob sie sich eben zum erstenmal begegnet wären. Als er ihr wieder in die Augen sah, lag Bewunderung in seinem Blick.

»Du siehst phantastisch aus, Aisling«, brachte er langsam hervor. »Dein Haar ist ganz anders, es sieht prima aus.«

»Danke«, murmelte sie beiläufig, als ob ihr seine Meinung überhaupt nichts bedeutete. Sie schob eine Locke aschblonden Haares aus dem Gesicht und genoß seine Verunsicherung. Nur weil du mich verlassen hast, heißt das noch lange nicht, daß ich mich in ein weibliches Katastrophengebiet verwandele, dachte sie.

»Wie geht es so? Kommst du mit dem Geld klar, das ich dir überweise?« fragte er peinlich berührt.

Trotz ihrer damaligen Auseinandersetzung wegen des Geldes, war er mit seinen Unterhaltszahlungen immer großzügig gewesen. Finanziell ging es ihr mit seinem Geld und ihrem Gehalt gut. Aber Aisling war immer noch vorsichtig, sich etwas zu leisten. Die Erinnerung an die ersten Tage nach der Trennung, als sie ihr gemeinsames Konto leergeräumt vorgefunden hatte, war noch zu frisch.

»Gut. Wir kommen gut klar.«

»Wie schön. Und wie geht es mit der Arbeit?«

»Prima.«

Einen Augenblick lang schwiegen sie. Michael schien nach einem Gesprächsstoff zu suchen. Normalerweise hätte Aisling, die peinliches Schweigen nicht ausstehen konnte, jetzt irgend etwas gesagt, um die Unterhaltung am Laufen zu halten. Heute jedoch war sie Herr der Situation und schwieg.

»Was machst du denn heute abend?« fragte er schließlich. »Hast du etwas vor?«

Himmel, dachte sie triumphierend, ich muß wirklich sehr gut aussehen. Noch vor wenigen Monaten hätte Aisling keinerlei Pläne für einen Samstagabend gehabt, und er wußte das. Jetzt schien sie aber so gut auszusehen, daß er sich nach ihrem Privatleben erkundigte.

»Ich gehe auf eine Party«, sagte sie.

»Ach ja. Wer gibt denn die Party? Jemand, den ich kenne?«

»Nein.« Äußerlich gab sie sich ruhig und kühl, innerlich jedoch lachte sie laut auf. Er wollte wissen, wo sie hinging, mit wem sie dort hinging und wie in aller Welt sie so gut aussehen konnte. Aber er stellte ihr keine weiteren Fragen. Er wollte nur nicht zugeben, wie gerne er mehr über die neue blonde Aisling Moran gewußt hätte.

Nachdem sie zwei volle Minuten lang geschwiegen hatte, sprach sie sich insgeheim einen Punkt zu. Ich wette, daß du vor Neugier fast umkommst, Michael. Ha, ha!

»Du siehst müde aus«, bemerkte sie. »Abends viel ausgewesen?« Damit hatte sie sich den zweiten Punkt verdient.

»Du weißt ja, wie es bei der Zeitung ist«, sagte er erschöpft. »Um die Samstage wettzumachen, die ich mir für die Jungs freinehme, arbeite ich jetzt an Montagen und am Freitag bis spät in die Nacht.«

»Papa!« brüllte Phillip, der neben seiner Mutter mit einer ausgebeulten Tasche erschienen war. Der Himmel wußte, was er alles eingepackt hatte. Beide Zwillinge waren Sammler, die allen möglichen Mist aufgabelten und ihn gerne jederzeit um sich hatten. Das hatten sie von Aisling geerbt. Ihre Handtaschen mußten auch immer wieder repariert werden, wenn die Griffe abfielen oder die Nähte wegen all der Dinge platzten, die sie ständig mit sich herumtrug. Sie umarmte erst Paul, dann seinen Bruder.

»Macht es gut, meine Süßen.« Sie trat wieder ins Haus zurück und dokumentierte so überdeutlich, daß sie das Gespräch mit Michael als beendet betrachtete. Ihr Lächeln war kühl.

»Tschüs. Bis morgen dann«, sagte sie.

»Ja, tschüs.« Michael sah sie einen Augenblick lang an, als ob er etwas sagen wollte, sich dann aber dagegen entschied.

Sie blickte ihnen kurz hinterher, winkte den Jungs zu und schloß die Tür. Ihre Hochstimmung war augenblicklich verflogen.

Michael einen Schock zu versetzen hatte ihr gutgetan. Ebenfalls gutgetan hatte ihr die Art, wie er sie gemustert hatte. Das Gefühl jedoch war nur von kurzer Dauer. Ohne die Jungs wirkte das Haus leer. Und sie fühlte sich ebenfalls leer. Nur nicht zu Hause herumsitzen und jammern, ermahnte sie sich selbst, griff nach ihrer Handtasche, ihrer Einkaufsliste und den Autoschlüsseln. Raus aus dem Haus, oder du wirst verrückt. Zeig allen deinen neuen Look.

Über eine Stunde lang bummelte sie durch das *Stillorgan*-Einkaufszentrum, schlenderte durch einen Buchladen und ließ ihre Finger über teure Kleidungsstücke gleiten. Ein paar Sachen probierte sie an, aber selbst die Tatsache, daß sie bequem in Größe 38 paßte, konnte ihre Laune nicht heben. Vorhin hatte sie sich prima gefühlt. Warum hatte das erste Zusammentreffen seit Wochen mit Michael sie in eine solche Verzweiflung gestürzt? Brachte er all den Schmerz wieder hoch, den Schmerz, den sie bei der Arbeit oder mit den Zwillingen beiseite geschoben hatte? Vermißte sie ihn eben doch? Verflucht sollte er sein.

Im Supermarkt trödelte sie zwischen den Regalen herum und kaufte die Zutaten für Pesto und Tagiatelle, die Jo so liebte. Am Sonntag wollte sie zum Abendessen vorbeikommen, und Aisling wollte es zu etwas Besonderem machen. Vor ein paar Tagen hatte Jo am Telefon ganz unglücklich geklungen, aber sie hatte nicht reden können, weil sie noch spät im Büro und dort nicht alleine gewesen war. Die Arme. Die Schwangerschaft alleine durchzustehen fiel ihr offenbar nicht leicht.

Aisling warf ein paar Pakete Nudeln in ihren Einkaufswagen. Die Jungs liebten Spaghetti und wurden nicht müde, einzelne Nudeln in ihre Münder zu saugen und zu sehen, wer dabei am schnellsten war.

Michael liebte Ravioli, weil seine italienische Großmutter »die schmackhaftesten Ravioli der Welt« gemacht hatte. Trotz ihrer Kochkünste hatte Aisling das Rezept seiner Großmutter niemals erreichen können. Er war einfach niemals zufrieden, nicht wahr? Warum hatte sie es überhaupt versucht? Warum dachte sie jetzt eigentlich an ihn? Er war weg. Es hatte keinen Sinn, Michael nachzuweinen. Er führte sein eigenes Leben, und sie mußte mit ihrem klarkommen.

Heute war ein guter Zeitpunkt, um damit anzufangen. Sie würde sich schon früh fertigmachen und dann Fiona bei den Vorbereitungen für die Party helfen. Dann würde sie sich mit all den alleinstehenden Männern unterhalten, die Fiona hatte einladen wollen. Ciao, Michael. Hallo, neues Leben.

»Sie arbeiten also mit Pat. Sind Sie Rechtsanwältin?« Garry ließ sich auf dem Sessel neben Aisling nieder und blitzte sie mit weißen Zähnen an. Er war hochgewachsen, blond und ziemlich übergewichtig. Der Sessel wirkte unter seiner Masse klein.

Für jemanden, der ihr erst vor einer Minute vorgestellt worden war, starrte Garry sie in einer unangenehmen, nur zu bekannten Art und Weise an. Seine Augen wanderten langsam und sorgfältig über ihren Körper, als ob er eine Bausubstanz in Augenschein nehme.

»Nein«, sagte sie langsam, um seine Aufmerksamkeit von ihrem Busen abzulenken. Ihr gefiel das seidige schwarze Spitzentop, aber es war sehr freizügig. Und Garry war bereits der zweite Mann, der von ihrem Busen fasziniert schien. Abgesehen davon trug er einen Ehering, obwohl seine Frau nicht anwesend gewesen war, als Pat ihn ihr vorgestellt hatte. Heute abend besuchte sie zum ersten Mal als alleinstehende Frau eine Party, was sie sehr beunruhigte. Nach zwölfjähriger Ehe wußte sie nicht mehr, wie sie sich gegenüber fremden Männern verhalten sollte.

»Ich bin Sekretärin bei der Firma«, erwiderte Aisling. »Ich arbeite für Anthony Green.«

»Ach ja«, murmelte Garry, dessen Gedanken woanders zu sein schienen.

»Was ist Ihr Spezialgebiet?« fragte sie spitz. »Scheidungen vielleicht?«

Er richtete sich ruckartig auf. »Äh, nein. Verhandlungsführung.«

Sie konnte kaum glauben, daß ausgerechnet ihr das Mißgeschick widerfahren sollte, noch einem Verhandlungsjuristen zu begegnen. Sie hatte angenommen, Leo sei der einzige, eine Art Ausnahmeerscheinung innerhalb des Rechtssystems. Sie starrte Garry eisig an. Bei Michael hatte das vorhin gut funktioniert.

Garry verstand den Wink. »Entschuldigen Sie mich«, sagte er. »Ich muß kurz mit meiner Frau sprechen. Ich komme später zu Ihnen zurück.«

Nach Möglichkeit lieber nicht, entschied Aisling, stand rasch von ihrem Stuhl auf und ging in Richtung Eßzimmer. Es war fast halb zehn, und die meisten Gäste waren nun anwesend. Mehrheitlich waren es Paare, die ein Glas Wein in der Hand hielten. Sie hatte lediglich zwei Männer ohne weibliche Begleitung ausmachen können. Einer davon war ein skandinavischer Typ Ende Dreißig, der andere war etwas älter, dunkelhaarig und ebenfalls gutaussehend.

Die beiden kamen gemeinsam, brachten eine Flasche Champagner und einen riesigen, federartig fallenden Farn für Fiona mit, die ihn, wie Aisling wußte, bald vertrocknen lassen würde. Die Männer umarmten Fiona, schüttelten Pats Hand und gingen sich dann einen Drink holen. Wie es Maria ausgedrückt hätte, hätte man keinen der beiden von der Bettkante gestoßen, nur weil sie dort Kartoffelchips gegessen hatten. Doch je länger Aisling sie aufmerksam beobachtete, desto überzeugter war sie, daß es sich um ein Paar handelte. Sie leerte ihr Rotweinglas und fand Fiona an der Bar von vier Männern umgeben.

»Typisch, Finucane«, flüsterte sie in Fionas Ohr. »Die

einzig interessanten Männer sind schwul, und die, die sich für mich interessieren, sind entweder lüstern oder verheiratet!«

»Das Dilemma der modernen, alleinstehenden Frau«, flüsterte Fiona. »Ich habe gesehen, wie Garry sich an dich herangemacht hat. Ich bin dir nicht zu Hilfe gekommen, weil ich genau weiß, daß er just dein Typ ist. Pat kennt seine Frau noch vom College. Deshalb ist er heute abend auch hier. Sonst hätte ich ihn nämlich nicht in mein Haus eingeladen. Er ist ein Schwein.«

»Das kannst du laut sagen«, bemerkte Aisling. »Ich kann mich nicht erinnern, daß er mir während der ganzen Unterhaltung auch nur ein einziges Mal ins Gesicht gesehen hätte.«

»Das kommt davon, wenn man sich selbst so zur Schau stellt, du Flittchen«, erwiderte Fiona ungerührt. »Aber jetzt mal im Ernst, Anders und Peter werden dir gefallen. Ich muß sie dir vorstellen. Anders ist aus Schweden, was man ja sofort sieht, und beide sind tolle Leute. Mach dir keine Sorgen«, fügte sie grinsend hinzu. »Ich verspreche dir, daß später noch ein paar sehr nette Männer kommen werden, die weder schwul noch verheiratet sind, noch ihre Mütter vergöttern. Komm, laß uns noch einen trinken.«

Die nächste Stunde über amüsierte sich Aisling großartig. Fionas Männerclique unterhielt sich nur zu gerne mit der attraktiven Blondine in der sexy Aufmachung, und während Aisling ein paar Flirts auch zu schätzen wußte, wußte sie doch, daß Fiona sie im Falle eines Falles retten würde.

»Wenn ich nicht verheiratet wäre, würde ich es bei ihr einmal versuchen«, wandte sich ein Mann an Fiona.

»Giles, wenn du nicht verheiratet wärest, dann würdest du dich gar nicht für sie interessieren«, erwiderte Fiona vernünftig. »Dann würdest du irgendeiner mysteriösen verheirateten Frau hinterherlaufen. Es ist die Lust am Verbotenen, wie du wohl weißt.«

Fionas Dips, ihr Rohkostteller und die kleinen Schälchen mit gefüllten grünen und schwarzen Oliven waren schnell aufgegessen. Aisling hatte bereits viel zuviel gegessen und saß nun in der Ecke eines Sofas und unterhielt sich mit Fionas Schwägerin, Sandra, als Fiona ihr auf den Arm tippte.

»Tut mir leid, daß ich euch unterbreche, Sandra, aber ich möchte Aisling diesem wirklich göttlichen Mann vorstellen.«

»Na, prima«, erwiderte Aisling und sprang auf. Sie fühlte sich sehr selbstsicher und dank der fünf Gläser australischen Rotweins auch ziemlich beschwipst. Sie folgte Fiona in die Küche, wo ein Mann in offenem Baumwollhemd und sandfarbener Hose lachend auf dem Küchenstuhl saß und mit Pat Witze riß. Als sie eintrat, blickte er auf. Ihr erster Eindruck von ihm war, daß er dieselbe dunkle Hautfarbe wie Michael besaß, aber da hörten die Gemeinsamkeiten bereits auf. Er hatte unglaublich blaue Augen, einen breiten, grinsenden und sehr beweglichen Mund und braune Haare, die bis auf sein Hemd reichten.

»Sam Delaney, darf ich dir Aisling Moran vorstellen«, sagte Fiona. Sam sprang auf und streckte ihr eine Hand entgegen. »Freut mich, dich kennenzulernen, Aisling. Ich habe schon soviel von dir gehört, jetzt würde ich dich gerne selbst sprechen hören.«

Alle lachten, besonders Pat, der schon ziemlich betrunken war.

»Ganz meinerseits«, erwiderte Aisling. Sie schüttelte seine Hand und betrachtete seine kräftigen, sonnengebräunten Handgelenke, die mit kupferfarbenen Härchen bedeckt waren. Bildete sie es sich ein, oder hatte er ihre Hand wirklich länger als unbedingt notwendig geschüttelt? Sie sah ihn an und lächelte so, wie man nach fünf Glas Rotwein lächelte.

»Bist du schwul, verheiratet oder vergötterst du deine Mutter?« fragte sie.

Fiona lachte laut auf.

»Nein«, murmelte Sam und beugte sich so weit vor, daß sein Gesicht nur wenige Zentimeter vor ihrem war. »Ich bin noch zu haben.«

»Ich auch«, erwiderte Aisling grinsend.

»Setz dich doch«, sagte Sam, zog einen Stuhl heran und stellte ihn dicht neben seinen.

Aisling ließ sich auf den Stuhl sinken, stellte ihr leeres Glas auf den Tisch und blickte zu Sam auf. Er beobachtete sie, seine blauen Augen registrierten jede ihrer Bewegungen. Aber anders als der lüsterne Garry verharrte Sams Blick nicht zu lange auf ihren Kurven, die durch das Spitzentop betont wurden. Dennoch sah er lange genug hin, um Aisling sein Interesse zu signalisieren. Offenbar war er sogar äußerst interessiert.

Wäre sie nüchtern gewesen, hätte die Vorstellung, sich mit einem solch attraktiven Mann einzulassen, sie nervös gemacht. Aber die Mischung aus Wein, ihrem neuen Image, und den Komplimenten Fionas männlicher Freunde hatte ihr Flügel wachsen lassen. Als Sam ihr Glas mit Rotwein nachfüllte, verlor sie ihre Hemmungen. Sie fühlte sich attraktiv, erotisch anziehend und draufgängerisch.

»Warum nur bin ich dir bisher noch niemals begegnet, Sam?« fragte sie und ließ seinen Namen auf ihrer Zunge zergehen. Sam. Was für ein sexy Name.

»Dasselbe könnte ich dich auch fragen«, erwiderte er.

»Sam war fünf Jahre lang im Ausland«, unterbrach Pat von der anderen Tischseite. »Er hat in Texas gearbeitet.«

»Texas, oho! Das muß aber sehr interessant gewesen sein«, entgegnete Aisling. Sie stützte ihren Ellenbogen auf den Tisch und legte ihren Kopf in die Hand, wobei eine seidige blonde Haarsträhne zwischen ihren Fingern hängenblieb. Das hatte sie sich bei Jo abgeguckt, wo es sehr provokativ gewirkt hatte. »Was machst du denn?«

»Ich arbeite mit Computersoftware. Ich habe erst vier Jahre lang für eine Firma in Texas gearbeitet, und danach noch zwei Jahre in Louisiana«, erklärte Sam.

»Das macht zusammen sechs Jahre.« Pat schien erstaunt. »Ich dachte immer, es wären nur fünf gewesen.«

»Wir kümmern uns jetzt mal ein wenig um unsere Gäste«,

unterbrach Fiona bestimmt. Sie zerrte Pat aus der Küche und ließ Aisling mit Sam alleine zurück. Als sie sich anblickten, mußten sie beide gleichzeitig lachen.

»Offenbar läßt Fiona nichts unversucht, um uns beide zusammenzubringen«, sagte Sam.

Aisling errötete und nippte an ihrem Wein. »Ich weiß. Tut mir leid«, sagte sie schnell. »Es muß wirklich entnervend sein, wenn man bei jedem Heimaturlaub alle möglichen Frauen vorgesetzt bekommt.«

»So hatte ich es nicht gemeint, Aisling«, erwiderte Sam leise. Ihr gefiel es, wie er ihren Namen aussprach. »Ich bin sehr glücklich darüber, daß sie uns alleine gelassen haben. Ich amüsiere mich gut.« Er hob sein Glas und hielt es ihr entgegen. »Ich bin nicht nur die Ferien über hier, ich bin für immer zurückgekommen.«

Sie ließen ihre Gläser aneinander klingen.

»Erzähl mir von Texas«, sagte Aisling. »Ich war noch nie in Amerika, und Texas klingt so exotisch, so nach *Dallas*!«

»Mit *Dallas* hat es eigentlich gar nicht viel gemein«, erwiderte Sam lachend »Früher war es wohl mal so, wie man mir erzählt hat. Houston, wo ich gearbeitet habe, ist eine sehr kosmopolitische Stadt mit vielen spiegelnden Wolkenkratzern und Cadillacs. Als der Ölboom Anfang der achtziger Jahre jedoch abflachte, hat die Stadt sehr darunter gelitten. So viele Millionäre wie damals gibt es heute lange nicht mehr. Jedenfalls nicht solche wie J. R.«

»Verdammt«, meinte Aisling. »Willst du damit sagen, daß es den ›Ball der Rinderbarone‹ nun auch nicht mehr gibt?«

»Den gibt es vermutlich noch. Es gibt auch noch jede Menge Leute, die Westernhut und Cowboystiefel tragen. Aber man sieht nur noch wenige Leute mit ledergefaßten Strickjacken. Dazu ist es einfach zu heiß.«

»Tatsächlich?« hakte sie nach.

»Oh ja, es ist einfach unglaublich. Im Sommer kann man nicht mit offenem Fenster fahren. Man hat einfach immer die

Klimaanlage an. Wenn man dort den Arm aus dem offenen Wagenfenster streckt, fühlt es sich so an, als ob ein Heißluftfön darauf gehalten würde.«

»Nehmt euch doch noch von den Dips«, forderte sie Fiona auf, die mit einem Tablett leerer Gläser in die Küche fegte. Sie holte eine Schüssel Taramasalata und einen großen Teller mit kleingeschnittenem Gemüse aus dem Kühlschrank und plazierte ihn vor Sam. »Amüsierst du dich auch gut?« flüsterte sie in Aislings Ohr.

Sams Lippen verzogen sich zu einem vielsagenden Lächeln, als er Aisling anblickte.

»Jede Menge Spaß«, erwiderte sie, ohne den Blick von ihm zu nehmen.

»Vielleicht sollten wir uns einfach auf dem Küchentisch lieben, dann wären alle zufrieden«, schlug Sam spitzbübisch vor, als Fiona mit einem Tablett für die Gäste die Küche verlassen hatte.

»Ach, ich weiß nicht«, erwiderte Aisling, als ob sie ernstlich darüber nachdenken würde. »Vielleicht sollten wir doch noch ein wenig mehr voneinander wissen, was meinst du? Sex gleich am ersten Abend ist eine Sache, aber Sex innerhalb der ersten zehn Minuten, das geht meiner Meinung nach doch etwas zu weit!«

Er lachte laut auf. Aisling konnte selbst kaum glauben, was sie eben gesagt hatte.

Aber was sollte es, sie mußte jetzt nicht mehr Michael Morans kleine zurückhaltende Frau spielen.

Während sie an Fionas blitzblankem Küchentisch saßen und redeten, verputzten sie die ganze Schale Gemüse. Sam erzählte ihr, er stamme ursprünglich aus Cork, wo seine Eltern auch heute noch eine kleine Milchfarm in der Nähe von Clonakilty bewirtschafteten. Bevor er nach Texas gezogen war, hatte er sieben Jahre lang in Dublin gelebt. »Das Gehalt war einfach unglaublich«, erklärte er. »Auch wenn der Klimawechsel mich fast umgebracht hätte. Ich hatte geglaubt, daß ich mich an einem Ort wie Texas heimisch fühlen würde. Es schien mir eine ländliche Gegend, wie zu Hause. Leider war in Houston die größte Nähe, die man zu einer Kuh herstellen konnte, in einem Steakhaus. Die ersten sechs Monate habe ich kaum mehr als das Büro gesehen.«

»Aber danach mußt du doch viel gesehen haben?«

»Stimmt. Galveston habe ich sehr geliebt, das war mein Lieblingsort. Das ist dieses alte viktorianische Städtchen am Golf, lauter schöne Holzhäuser und reichverzierte viktorianische Villen. Abgesehen davon nur noch kilometerlanger, von Dünengräsern bewachsener Sandstrand. Die Gräser darf man nicht herausreißen, weil sie den Sand befestigen und das Meer zurückhalten!«

»Es muß wunderbar sein, so weit gereist zu sein.« Aisling fischte sich die letzte Karotte vom Teller.

»Ja, das ist es.« Sam lehnte sich auf seinem Stuhl zurück und schien plötzlich in Gedanken versunken. Vielleicht dachte er an jemanden, den er zurückgelassen hatte? Warum sonst sollte ein erfolgreicher Mann die Vereinigten Staaten verlassen und nach Hause zurückkehren? Sicherlich war er verheiratet gewesen. Er mußte an die Vierzig sein, er war charmant, lustig und gutaussehend. Ein Mann wie Sam konnte unmöglich lange allein gewesen sein.

Warum in aller Welt glaube ich immer, daß einzig und allein meine Ehe in die Brüche gegangen ist? Sie war viel zu sehr mit sich selbst beschäftigt und bemitleidete sich zu oft. Schließlich passierte das andauernd. Oder gibt es irgend jemanden, der nicht die Scherben seiner Vergangenheit mit sich herumträgt, die Erinnerungen an frühere, an glücklichere Zeiten?

»Du siehst aus, als ob du ganz weit weg wärst«, sagte sie leise.

Er lächelte sie entschuldigend an. »Tut mir leid. Du hast recht. Ich war woanders.«

»Wenn ich dich vor sechs Jahren getroffen hätte, dann hätten wir diese Unterhaltung in der Küche nicht miteinander geführt«, sagte sie. »Ich wäre mit meinem Mann hiergewesen, und ich hätte nicht mit dir geflirtet.«

»Ich weiß. Fiona hat mir erzählt, daß du dich getrennt hast. Der Mann muß verrückt sein.«

»Sie aber auch.«

Er verzog das Gesicht und leerte sein Weinglas. »Ist das deiner Meinung nach so offensichtlich?«

Aisling tat so, als ob sie darüber nachdenke. »Für die meisten Menschen liegt es möglicherweise nicht so offen auf der Hand. Aber man kann sagen, daß ich diesen Dingen gegenüber etwas sensibel geworden bin. Im Supermarkt schaue ich mir die Leute an, betrachte ihre Ringfinger und frage mich, ob sie verheiratet, getrennt oder was auch sonst immer sein mögen. Das ist so ein kleiner Zeitvertreib von mir.«

»Du trägst immer noch deinen Ehering«, stellte Sam fast anschuldigend fest.

Sie blickte auf ihre linke Hand, auf den von winzigen Diamanten gesäumten Saphir und auf den schmalen Ehering, den sie immer noch trug. Sie war so daran gewöhnt, diese Ringe zu tragen, daß sie es sich gar nicht anders vorstellen konnte. Aber warum eigentlich? Michael war nicht mehr da. Er lebte mit jemand anderem und er würde nicht zurückkommen. Warum also trug sie immer noch seine Ringe? Für einen Augenblick war sie wieder bei *McDowell* an dem Tag, an dem er ihr vor dreizehn Jahren ihren Verlobungsring gekauft hatte.

»Der Saphir steht dir am besten«, hatte Michael gesagt, während er an das Glas gelehnt zärtlich ihre Hand gehalten hatte.

»Mir gefällt der Solitär«, hatte sie geantwortet. »Ich habe immer davon geträumt, einen Diamantring zu besitzen.«

»Der Saphir hat doch kleine Diamanten ringsherum«, hatte Michael, gewohnt vernünftig, geantwortet. Am Schluß hatte er gewonnen. Er kaufte den Saphirring und versprach ihr den Solitär – für später einmal. Er hatte ihn niemals gekauft.

Aisling blickte Sam an und zuckte mit den Schultern. »Du hast recht«, sagte sie und sah ihm in die Augen. Wie in aller Welt konnte man nur so blaue Augen haben? »Ich weiß auch nicht, warum ich sie immer noch trage.« Sie streckte ihre Finger und zog die Ringe ab. Durch ihren Gewichtsverlust ließen sie sich mühelos abstreifen. Sie legte sie neben ihr Weinglas auf den Tisch. Zwölf Jahre Ehe den Bach hinunter.

»Das müssen wir feiern«, sagte Sam leise und rückte seinen Stuhl dicht an ihren. Er legte eine Hand um ihren Nacken und zog ihr Gesicht dicht an seines, so dicht, daß sie seinen Atem auf ihrer Haut spüren konnte. Dann berührten seine Lippen zärtlich ihren Mund.

Einen kurzen Augenblick lang wollte Aisling in Panik ausbrechen. Alles geschah so schnell. Dann spürte sie Sams Arme um ihre Taille, er drückte sie zärtlich an sich. Sie entspannte sich, ließ sich gehen und fühlte, wie ihre Lippen sich öffneten. Er schmeckte süß und ein klein wenig bitter, der Wein in seinem Atem mischte sich mit noch etwas anderem. Ihre Haut glühte unter seiner Berührung.

So hatte sie lange niemand mehr umarmt. Sie hatte so viele Nächte allein in ihrem großen Bett verbracht, lediglich Flossie und ihre Bücher hatten ihr Gesellschaft geleistet. Und nun lag sie in den Armen eines Mannes, der sie begehrte.

Plötzlich wollte sie mit ihm ins Bett gehen. Augenblicklich. Sofort. Entsetzt fragte sie sich, ob sie verrückt geworden war. Nein, das war sie nicht. Sie begehrte ihn einfach, sie lechzte nach ihm, so wie sie früher Heißhunger auf mit Marmelade gefüllte Pfannkuchen oder auf Eiskrem gehabt hatte. Es war ihr gleichgültig, ob sie jemals wieder einen Pfannkuchen sehen würde, in diesem Augenblick begehrte sie nur Sam.

»Aisling«, murmelte er in ihr Haar. Seine Lippen berührten ihren Nacken, ihr Ohr. »Das hätte ich nicht tun sollen, aber ich konnte einfach nicht anders.«

Sie legte ihren Kopf in den Nacken und gab so ihren Hals frei. Er lernte schnell. »Ich bin froh, daß du es getan hast«, murmelte sie leise, als er sich ihren Hals entlang zu der kleinen Kuhle vorarbeitete.

»Oh!«

Aisling hätte Fionas Stimme auf der ganzen Welt erkannt. Fiona stieß einen erstickten Schrei aus und drehte sich auf dem Absatz um.

Aisling und Sam fingen in genau demselben Augenblick zu lachen an. Sie preßte Sams Kopf an ihren Hals.

»Man hat uns erwischt«, sagte sie lachend.

»Ich fühle mich, als wäre ich wieder fünfzehn und meine Mutter hätte mich beim Petting mit meiner Freundin im Stall erwischt.« Sam konnte vor Lachen kaum sprechen. »Das hat mir damals nicht besonders behagt.«

Er richtete sich auf, so daß sie einander direkt anblickten. Er hielt ihr Gesicht zwischen seinen Händen und küßte sie erneut zärtlich auf die Lippen.

»Ich hätte nicht gedacht, daß man mich in meinem Alter bei einer Party in der Küche beim Knutschen erwischen würde. Aber es war wunderbar«, sagte er. »Hoffentlich bereust du es morgen nicht Aisling. Ich würde dich nämlich sehr gerne wiedersehen.«

»Mir geht es genauso.« Es stimmte. Aber Fionas Unterbrechung hatte sie auf den Erdboden zurückgebracht. Ein Flirt und ein Kuß in der Küche waren eine Sache. Mit einem Mann, den sie eben erst getroffen hatte, gleich wilden, leidenschaftlichen Sex zu haben, war eine andere. Denn es würde wilder und leidenschaftlicher Sex werden, das spürte sie ganz deutlich. Seine Art, sie zu küssen, ließ sie erregt zittern.

Aisling streichelte zärtlich Sams Wange und lächelte ihn an. »Ich sollte jetzt nach Hause gehen. Es ist schon spät.« Es war kurz vor zwölf. Aisling stand von ihrem Stuhl auf. Sam sprang ebenfalls auf.

»Darf ich dich nach Hause begleiten?«

»Aber natürlich. Ich möchte nur nicht, daß die Nachbarn denken, ich sei ein Flittchen. Wir sollten also besser diskret sein«, erwiderte Aisling hastig. Sie stellte sich plötzlich vor, wie alle Partygäste aus Fionas oberem Stockwerk die Hälse reckten, um zu beobachten, wie Sam sie vor ihrer Haustür leidenschaftlich küßte. Oder schlimmer noch, daß ihr die Jungs dabei zusahen, wie sie sich mit Sam leidenschaftlich küßte.

»Verdammt, damit ruinierst du meinen ganzen Plan.« Sam legte einen Arm um ihre Taille und grinste. Ganz so groß wie Michael war er nicht, dachte sie unvermittelt. Hör auf damit, Aisling, ermahnte sie sich. Sie wollte nicht an Michael denken. Wieder küßte sie Sam. Beim zweiten Mal schmeckte er immer noch genauso gut. »Ich hole nur meine Handtasche«, sagte sie. Sie eilte in Fionas Gästezimmer, wo sie ihre Sachen gelassen hatte.

Fiona fing sie auf der Treppe ab.

»Gehst du?« Fiona gab sich alle Mühe, ein Lächeln zu unterdrücken. Es gelang ihr jedoch nicht ganz. »Geht ihr beide zusammen?« fragte sie hintersinnig.

»Sam bringt mich noch nach Hause«, erwiderte Aisling. »Er bringt mich. Mehr nicht. Du brauchst dein Teleskop also nicht auf mein Haus zu richten!«

»Ich finde es prima, daß er dir gefällt. Er ist ein ausgesprochen netter Kerl.« Fiona umarmte sie fest. »Ruf mich morgen an und erzähl mir alles, versprochen?«

»Versprochen.«

16

Jo stand auf einem Stuhl in dem kleinen Ankleidezimmer und beobachtete Frederick, wie er eine letzte Schicht grellroten Lippenstifts auf die perfekt geformten Lippen des Fotomodells auftrug. Das Mädchen saß vollkommen regungslos auf seinem Stuhl. Dunkel gebogene Augenbrauen umrahmten die blaßblauen Augen mit dem perfekt aufgetragenen Eyeliner, was ihr einen exotischen, beinahe ägyptischen Look verlieh.

»Wir wollen ein verführerisches Make-up, dunkle, rauchige Augen und dunkle Lippen«, hatte Jo letzte Woche Frederick am Telefon erklärt. »Ich bezeichne es als glitzernden Weihnachtslook, und ich habe drei lange dunkle Abendkleider, einen schwarzen Samtblazer und ein mit Perlen besticktes Minikleid für den Fototermin. Das Make-up muß dramatisch wirken.«

Frederick tat sein Bestes, um eine äußerst dramatische Wirkung zu erzielen, obwohl die üppige Schminke, die für die Kamera notwendig war, in dem zugigen Fotostudio an einem kühlen Montagmorgen im September vollkommen fehl am Platz wirkte.

Erschöpft von einer ruhelosen Nacht hatte Jo wenig Lust gehabt, den Fototermin für die Dezemberausgabe zu organisieren. Bis zur Drucklegung der Weihnachtsausgabe würden noch zwei Monate vergehen, aber diese Ausgabe war traditionell mit einem dicken Modeteil versehen. Ralf, der üblicherweise für *Style* fotografierte, war den halben Oktober mit Katalogaufnahmen beschäftigt und wollte im November auf Jamaika Urlaub machen. So blieb nur der September, um alles zu erledigen: Den Fototermin für die Skikleidung, für die Stricksachen, für die Bürokleidung und für die Dessous, die man sich gern von einem Mann zu Weihnachten schenken ließ.

All das mußte sie in den nächsten zwei Wochen organisieren. Dazu würde sie in tausend Läden rennen und die richtigen Accessoires und Schuhe suchen müssen. Für den heutigen Fototermin hatte sie immerhin schon alles zusammenbekommen.

Mehrere elegante Kleider hingen in der kleinen Umkleidekabine, die die beiden Fotomodelle in glamouröse Königinnen verwandeln sollten. Kartons mit hochhackigen Wildleder- und Satinsandalen stapelten sich auf dem Boden,

Strümpfe lagen neben den einfachen silbernen Ohrringen, die Jo für die Aufnahmen ausgesucht hatte.

Der Inhalt von Fredericks riesiger Tricktasche lag auf dem Tisch ausgebreitet, Paletten mit jeder nur erdenklichen Farbe, Augenstifte, Bürstchen, Make-up-Foundation und Watteebällchen lagen neben den heizbaren Lockenwicklern, den Haarspraydosen, Haarnadeln und Bürsten des Friseurs.

Vor der Tür gab Ralf in dem großen, hohen Studio seine Anweisungen. Es war schon fast elf Uhr am Montag morgen, und um halb drei mußten sie bereits fertig sein, weil Ralf um drei einen Fototermin bei einem Wirtschaftsmagazin hatte. Für die *Style*-Aufnahmen blieb ihnen also nicht viel Zeit, und da eines der Modells sich verspätet hatte, waren sie bereits in Schwierigkeiten.

Die Lieblings-CD des Fotografen von Eric Clapton schallte lautstark durch den Raum, und Jo verspürte die ersten Vorboten von Kopfweh. Es sah alles ganz nach einem katastrophalen Tag aus. Das Wochenende war auch ziemlich schlimm gewesen, da sie auf Marks Anruf gewartet hatte, um ihm den Vorfall im Büro erklären zu können.

Wieder und wieder hatte sie alles noch einmal durchdacht. Sie wollte ihm sagen, wie sehr sie sich bemüht hatte, mit Emma ein Auskommen zu finden. Wie sehr sie daran gearbeitet hatte, die junge Frau in das *Style*-Team zu integrieren. Und wie Emma ihr alles in einem Anfall von Neid vor die Füße geworfen hatte. Aber Mark hatte nicht angerufen.

Am Sonntag abend war Jo fest davon überzeugt, daß er die ganze Geschichte von Emmas Seite aus gehört und sich dagegen entschieden hatte, sie anzurufen. Jo fühlte sich dabei sehr unwohl. Der einzige Lichtblick am Horizont war die Nachricht von einem mit Mark befreundeten Bauunternehmer, daß ihr Häuschen von der Bausubstanz her in Ordnung war, wenn auch einiges an Arbeiten zu machen wäre.

»Fertig«, verkündete Frederick. Er trat einen Schritt zurück und begutachtete seine Arbeit. Das Fotomodell Carol entknotete ihren langen, unglaublich schlanken Körper, stand auf und suchte in der Hemdtasche nach ihren Zigaretten.

»Keine Sorge, ich rauche vor der Tür«, sagte sie und klopfte Jo auf die Schulter. Vorsichtig zog sie sich eine ausgebeulte Bomberjacke über ihre Jeans, denn sie wollte die heizbaren Lockenwickler in ihrem dunklen Haar nicht durcheinanderbringen. Sich die Zigarette anzündend, verließ sie das Zimmer.

»Wir sind jetzt fast soweit«, rief Ralf aus dem Studio. »Wo in aller Welt ist Stephanie?«

»Hier«, ertönte eine Stimme, als eine hochgeschossene Blondine in grauen Trainingshosen und einem Parker mit fliegenden Haaren in die Garderobe eilte. »Tut mir leid, daß ich mich verspätet habe«, sagte sie an Jo gerichtet. »Ich bin im Verkehr steckengeblieben.«

»Stephanie, deine Haare!« schrie Alan, der Friseur, der gerade ein Tablett mit vier Tassen Tee hereinbrachte. Stephanies Gesicht mit den hohen Wangenknochen war auch ohne jedes Make-up bezaubernd, aber ihre Haare waren an den Wurzeln ein klein wenig fettig. »Zum Waschen haben wir jetzt keine Zeit mehr. Ich werde es straff zurückbinden müssen«, murmelte Alan an Jo gewandt.

»Das ist okay.« Jo war müde, ungehalten und in der Stimmung, Stephanie in ihr wunderschönes Gesicht zu ohrfeigen. Es war ihr vollkommen gleichgültig, was Alan mit dem verdammten Haar des Fotomodells machte. Verfluchter Mark. Verflucht, verflucht, verflucht.

Eine halbe Stunde später räkelten sich Stephanie und Carol grazil auf einem mit Leopardenmuster ausgeschlagenen Sofa und machten den Eindruck, als ob sie bereits in knöchellangem Satin auf die Welt gekommen wären. Mit ihren perfekt gestylten Frisuren, dem makellosen Make-up und der Konfektionsgröße sechsunddreißig schienen sie mit den beiden sportlich gekleideten jungen Frauen, die vorhin ins Studio gekommen waren, nichts mehr gemein zu haben.

Trotz ihrer jahrelangen Erfahrung in der Modebranche

überraschte es Jo doch immer wieder, wie ein Expertenteam mit den richtigen Utensilien und der richtigen Beleuchtung eine hübsche Frau in eine außergewöhnliche Schönheit verwandeln konnte. Anhand der fertigen Fotos käme niemand auf die Idee, daß Carol einen Pickel auf dem Kinn und dunkle Schatten unter den Augen hatte, oder daß Stephanies Haare zu einem Knoten zurückgebunden waren, weil der Friseur für das Waschen nicht die Zeit gehabt hatte.

»Dreh deinen Kopf ein wenig nach links, Carol«, sagte Ralf, der die beiden Fotomodelle durch seine Linse hindurch anblickte. »Noch ein kleines bißchen. Ja, so ist es gut. Alan, geh über ihre Haare, da steht eine Strähne ab.«

Während Ralf die Aufnahmen machte, versuchte Jo sich zu entspannen. Sie setzte sich in den Ledersessel, den er häufig für Aufnahmen benutzte, ließ die Füße über die Lehnen baumeln und stocherte mit einem kleinen Plastiklöffel in einem Erdbeerjoghurt. Frederick sprang ständig von seinem Sitz auf und puderte die wegen der starken Beleuchtung glänzenden Gesichter.

»Nie und nimmer werden wir rechtzeitig fertig«, brummte Frederick, als er sich nach der zehnten Puderunterbrechung auf seinen Stuhl fallen ließ. »Wenn wir es nicht schaffen, bringe ich Stephanie um. Halb vier muß ich bei einem anderen Termin sein.«

»Und ich habe meinen Termin in vier Monaten, falls ich nicht vorher einen Nervenzusammenbruch bekomme«, erwiderte Jo grimmig.

»Ist es denn so schlimm, meine Liebe?« fragte Frederick besorgt. »Du siehst prima aus, und ich dachte, alles geht gut. Es ist doch nicht wegen Richard, oder? Dieses Schwein. Ich verstehe gar nicht, warum du so lange mit ihm zusammen warst. Er war es wirklich nicht wert.«

Ralf brüllte, und Frederick sprang sofort mit seiner Puderquaste auf.

Richard? dachte Jo. Richard war ihr vollkommen gleichgültig. Er hatte vor ihr schon einmal eine schwangere Freundin sitzenlassen. Sie hatte jedes bißchen Respekt oder Liebe für ihn verloren. Während der letzten Monate hatte er nur einmal angerufen – und eine mickrige Nachricht auf ihren Anrufbeantworter gesprochen. »Ich bin's, äh . . . Richard. Du bist nicht da, und ich werde dich . . .« Kurze Pause. ». . . dich ein anderes Mal anrufen. Ich hoffe, daß es dir gutgeht«, hatte er ungeschickt hinzugefügt.

Du hoffst, daß es mir gutgeht? zischte Jo, nachdem sie nach Hause gekommen war. Was war das denn für ein Gruß an die Mutter des eigenen Kindes? Seine Interesselosigkeit hatte ihr Herz ihm gegenüber noch mehr verschlossen.

Als sie zu den Vorsorgeuntersuchungen ins Krankenhaus gegangen war und mit tränenüberströmtem Gesicht das Ultraschallbild ihres Babys betrachtet hatte, war sie unglaublich traurig gewesen, daß sie diese Erfahrung mit niemandem teilen konnte. Aber sie hatte es nie bereut, daß Richard nicht mehr bei ihr war. Einen schlechteren Vater konnte sie sich überhaupt nicht vorstellen. Das Baby und sie würden ohne ihn besser klarkommen. Wenn sie jetzt überhaupt noch an ihn dachte, dann war es mit einer Mischung aus Ungehaltenheit und Abneigung. Ungehalten seinem kindischen und unreifen Verhalten gegenüber, und Abneigung verspürte sie darüber, daß sie dumm genug gewesen war und seine Lügen nicht durchschaut hatte. Sie hatte den Feigling nicht erkannt, der er im Herzen war.

»Möchtest du noch eine Tasse Tee?« fragte Frederick freundlich und setzte sich auf die Armlehne. Weil Jo so traurig aussah, nahm er ihre Hand. »Er ist es wirklich nicht wert, meine Liebe«, sagte er, ihr trauriges Gesicht mißdeutend.

»Vergiß Richard, um deinetwillen.« Er zögerte. »Ich wollte es dir eigentlich nicht erzählen, aber du solltest es doch wissen.«

Jo setzte sich auf. Welche Neuigkeiten hatte Frederick von Richard?

»Ich habe ihn mit diesem Freeman-Mädchen ausgehen sehen, diese aufgetakelte Frau mit dem kleinen roten Mazda und dem Vakuum unter ihrer Schädeldecke«, fuhr Frederick fort.

Jo wußte genau, wen er meinte. Rachel Freemann, ein Fotomodell etwas über zwanzig, war gelegentlich bei Partys in Richards Nähe aufgetaucht, hatte ihm schmachtend zugelächelt und die Tatsache ignoriert, daß Jo mit ihm Händchen hielt.

»Sie ist doch noch ein Kind«, hatte Richard Jo gegenüber geäußert und hinzugefügt, daß er reife, schöne Frauen albernen Jugendlichen vorzog.

Damals hatte sie seinen Worten geglaubt, dummerweise, wie sich dann herausgestellt hatte.

Hatte Richard etwa während der ganzen Zeit ein Verhältnis mit Rachel gehabt? Hatte man sie so verhöhnt? Vermutlich. Plötzlich fühlte sie sich unglaublich müde.

»Von der Hüfte abwärts war sie praktisch mit ihm verschweißt, immer Küßchen, Küßchen, und die ganze Zeit über hielten sie Händchen«, bemerkte Frederick aufgebracht. »Man hätte sie glatt für siamesische Zwillinge halten können. Vergiß ihn also, Jo. Er hat dich nicht verdient.«

Schmunzelnd fuhr er fort: »Mir ist allerdings zu Ohren gekommen, daß es jemanden gibt, der ganz versessen auf dich sein soll. Lange wirst du also nicht allein sein!«

Jo versuchte zu lächeln, was ihr aber gründlich mißlang. Wenn du wüßtest, Frederick, dachte sie. Mit meiner glücklichen Hand bei der Männerwahl sollte ich vielleicht lieber mit einem Todeskandidaten in einem amerikanischen Gefängnis brieflichen Kontakt aufnehmen und mich in ihn verlieben.

»Telefon«, rief Ralfs Assistent aus der Dunkelkammer des Studios. »Telefon für Jo Ryan.«

»Sicherlich das Gefängnis in Louisiana, mit einer Liste geeigneter Kandidaten«, murmelte sie und stemmte sich aus dem Sessel.

»Jo«, sagte Rhona erleichtert. »Ich dachte schon, bei euch nimmt keiner das Telefon ab.«

»Weil Ralf es darauf abgesehen hat, unsere Trommelfelle mit seinen Rockklassikern zum Platzen zu bringen. Es ist ein Wunder, daß überhaupt jemand abgenommen hat. Was gibt es?« fragte Jo und lehnte sich an den Tisch, auf dem Kontaktbögen mit winzigen Fotoabzügen lagen.

»Mark hat nach dir gesucht«, erwiderte Rhona jetzt mit weicher Stimme. »Allzu laut kann ich nicht sprechen, weil meine Tür offensteht, aber heute morgen sah er wie eine Gewitterwolke aus.«

»Ja und?«

»Am Samstag ist er offenbar erst spät zurückgekommen. Dann hat ihm seine liebe Schwester Denise wegen der armen kleinen Emma die Ohren vollgeheult, weil die ein bißchen Ärger auf der Arbeit hatte.«

»Welch eine Überraschung«, erwiderte Jo sarkastisch. »Hat er meine Stelle bereits in die Zeitung gesetzt?«

»Nein«, flüsterte Rhona. »Hör zu. Er hat eine Unterredung mit mir verlangt und wollte genau wissen, was hier letzte Woche vorgefallen ist. Ich habe ihm alles ohne Umschweife erzählt. Ich habe auch gesagt, daß ich mir für Emma eine Zukunft bei unserer Zeitung nicht gut vorstellen kann, weil sie sich ihren Kollegen gegenüber so feindselig und unprofessionell verhält, insbesondere gegenüber meiner stellvertretenden Chefredakteurin.«

»Danke, Rhona«, sagte Jo und war plötzlich den Tränen nahe. In ihrem Zustand konnte der leiseste Beweis von Zuneigung sie augenblicklich zum Weinen bringen.

»Ist doch wahr«, erwiderte Rhona. »Du bist eine phantastische Stellvertreterin, eine prima Moderedakteurin und durch und durch professionell. Abgesehen davon bist du ein prima Kumpel. Aber unsere Freundschaft steht hier nicht zur Debatte. Zur Debatte steht meine Autorität – beziehungsweise deren Mangel – gegenüber den Angestellten«, fuhr sie fort.

»Mark soll wissen, daß wir dieses Verhalten bei keiner anderen Anfängerin geduldet hätten, und daß Emma ihre Vorzugsstellung ausnutzte. Ich habe auch deutlich gemacht, daß ihr persönlicher Angriff auf dich extrem verletzend war.«

»Wie hat er darauf reagiert?« fragte Jo leise.

»Er hat geschwiegen, sein Gesichtsausdruck allerdings sagte mehr als tausend Worte.«

»Nun, was ist denn nun dabei herausgekommen? Was hat er schlußendlich gesagt?« Jo wollte unbedingt wissen, was Mark über sie dachte und ob er Emmas Version der Ereignisse oder der von Rhona Glauben schenkte.

»Er möchte um vier eine Unterredung mit mir, will davor aber erst noch mit dir sprechen.«

»Um mir zu sagen, daß die arme Emma seine Blutsverwandte ist, und daß ich mich aus dem Staub machen kann.« Jo war sich der Bitterkeit ihrer Worte bewußt. »Ich sollte jetzt besser auflegen. Wir haben noch drei Kleider vor uns. Wenn wir wirklich bis halb drei fertig werden, können wir uns glücklich schätzen.«

»Kommst du zurück ins Büro?« fragte Rhona.

»Ich weiß es nicht«, erwiderte Jo scharf. »Ich muß noch Lebensmittel einkaufen, außerdem muß ich mir noch eine Hose kaufen, weil mir überhaupt nichts mehr paßt. Vermutlich werde ich heute also nicht mehr kommen.« Und morgen auch nicht. Am liebsten würde sie die ganze Woche nicht mehr zur Arbeit erscheinen, nur um Mark aus dem Weg zu gehen.

»Mark wollte dich nach unserer Unterredung anrufen. Weil ich aber wußte, wie nahe dir die ganze Sache geht, habe ich ihm versprochen, dich anzurufen«, erklärte Rhona. »Ich wollte nicht, daß du vor ihm gleich ausrastest. Nach dem Fototermin solltest du ins Büro kommen. Er wird hier sein.«

»Vielleicht. Danke, daß du für mich geradegestanden hast, Rho«, sagte Jo. »Tschüs.«

»Jo, leg noch nicht auf. Du klingst so verstört.«

Verflucht, wo hatte sie die verdammten Papiertaschentücher versteckt? Jo blickte sich im Büro um und suchte zwischen den Papieren, den Kontaktbögen, den Negativen und den Zeitungen nach einem Taschentuch.

»Tut mir leid, Rhona«, murmelte sie und wischte sich die Tränen an ihrem Ärmel ab. »Ich muß jetzt auflegen. Wirklich.«

Um drei schließlich verließ Jo das Studio. Frederick lief mit einem Arm voll in Plastik eingewickelter Kleider neben ihr her. Er wollte die Sachen ins Büro zurückbringen, wo sie sicher waren, da Jo noch einkaufen wollte und nicht bergeweise geborgte teure Kleidung im Auto vor dem Supermarkt herumstehen lassen wollte.

»Brenda weiß, was wohin gehört«, sagte sie, als sie zwei Schuhkartons in Fredericks Auto stellte. Vorsichtig legte er die Kleider auf den Rücksitz. »Es tut mir leid, daß ich dir das alles aufbürde, ich weiß, du hast es eilig.«

»Mach dir keinen Kopf. Ich kann ruhig ein bißchen später kommen, und du siehst aus, als ob du ein wenig Zeit ganz alleine gut gebrauchen könntest. Mach's gut.« Er umarmte Jo herzlich. »Hör auf Onkel Frederick, geh jetzt nach Hause und leg dich ins Bett. Oder lies einen billigen Roman und iß dazu viel Eiskrem.«

Jo schniefte. »Das werde ich tun. Danke, daß du so nett zu mir warst, Frederick.«

Bei *Prénatal* herrschte Hochbetrieb. Sie mußte lange probieren, ehe sie ein paar Hosen gefunden hatte, die ihr gefielen. Sie hatte gehofft, nur wenige Umstandsstücke kaufen zu müssen. Aber Hosen waren offenbar etwas, woran man nicht sparen sollte.

Sie kaufte eine schwarze und eine graue Hose und zusätzlich drei Schwangerschaftsstrumpfhosen. Mit Hemden oder Pullovern kombiniert sollte sie damit die nächsten Monate gut über die Runden kommen.

Als sie nach Hause kam, blinkte ihr Anrufbeantworter. Hatte Mark sie angerufen? Rhona hatte zwei Nachrichten hinterlassen, sie möge das Büro anrufen. »Mark möchte mit dir sprechen«, sagte Rhona auf der ersten Nachricht. Und dann: »Bitte ruf an. Er macht mich noch ganz kirre.«

»Soll er doch selbst anrufen«, brummte Jo verärgert. War er denn nicht mehr in der Lage, selbst die Nummer zu wählen? Oder konnte er ohne Sekretärin keinen Anruf tätigen? Sie packte ihre Einkäufe aus und sank mit der Fernbedienung auf das Sofa. Als das Telefon schließlich um halb acht klingelte, entspannte sie sich gerade mit einer Gesichtsmaske in einem duftenden Schaumbad. Selbst wenn sie den Hörer hätte abnehmen wollen, wäre sie nicht mehr rechtzeitig aus der Wanne gekommen.

Verärgert sank sie in den Schaum zurück. Zwei Minuten lang hielt sie es noch im Bad aus, dann siegte die Neugier, wer wohl angerufen hatte. Sie stieg aus dem Wasser und lief in ein Handtuch eingewickelt zum Anrufbeantworter. Wassertropfen spritzten auf den Teppich.

Marks Stimme war förmlich. »Ich gehe um acht zu einer Wohltätigkeitsveranstaltung in Shelbourne. Bitte ruf mich vorher noch auf dem Handy an.«

Daß er es wagte! Da konnte er lange warten, ehe sie sich die Mühe machen würde, ihn zurückzurufen. Wütend drückte sie die Löschtaste und stürmte ins Badezimmer zurück, um die Gesichtsmaske abzunehmen.

Nach einer weiteren ruhelosen Nacht rief Jo am nächsten Morgen als erstes das Büro an.

»Annette, richte Rhona bitte aus, daß ich mich nicht wohl fühle und heute nicht ins Büro komme«, beauftragte sie die Rezeptionistin.

»Ach, du Arme, was ist los?« fragte Annette besorgt. Jo log nur ungern und murmelte, sie fühle sich sehr abgespannt. »Ich werde heute das Bett hüten«, fügte sie hinzu. »Bitte sag Rhona, sie soll mich nur anrufen, wenn es wirklich dringend ist. Ich lasse den Anrufbeantworter an. Ich brauche etwas Schlaf.«

»Mach dir keinen Kopf, Jo. Ich achte darauf, daß dich niemand stört.« Würde das auch für den Chef gelten? fragte sich Jo.

Sie verbrachte einen ereignislosen Vormittag damit, ihren Schrank aufzuräumen. Vieles probierte sie an, um zu sehen, ob ihr wachsender Bauch darin Platz finden würde. Entsetzt stellte sie fest, wie wenige Dinge sie noch anziehen konnte. In diese Sachen werde ich wohl nie wieder reinpassen, dachte sie verstimmt, als sie all die wunderschönen Kleidungsstücke betrachtete, die sie noch nicht einmal mehr zuknöpfen konnte.

Der graue Nadelstreifenanzug war eines ihrer Lieblingsstücke. Es wäre schrecklich, wenn sie ihn nie wieder tragen könnte. Und der schwarze Lederminirock. Den hatte sie von einem ihrer allerersten Honorarschecks als Freiberufler gekauft und ihn ein Jahr lang fast ununterbrochen getragen. Dafür war er immer noch in einem ziemlich guten Zustand. Es wäre zu schade, wenn sie da nie wieder hineinpassen würde.

Um ihren Heißhunger zu besänftigen, knabberte sie an einer Scheibe Knäckebrot und legte alles, was sie nicht mehr tragen konnte, auf die linke Seite ihres Schrankes. Den Rest hängte sie nach rechts. Die geringe Anzahl der Kleider, die sie noch tragen konnte, deprimierte sie noch mehr.

Das Telefon klingelte zweimal, der Anrufer legte jedoch sofort auf, als der Anrufbeantworter sich einschaltete. Vermutlich war es ihre Mutter, dachte Jo, die nur ungern auf Band sprach. Als es eine halbe Stunde nach dem letzten Anruf an der Tür klingelte, blinzelte Jo durch ihren Spion. Es war Mark.

Verdammt. Sie lehnte sich gegen die Tür und fragte sich, ob er ihre lauten Schritte gehört hatte. Wieder klingelte er. Offenbar hatte er sie gehört.

Vollkommen starr stand sie da und hoffte, er möge weggehen. Verflucht noch mal!

»Jo, ich bin es, Mark.«

O nein!

»Als du dich heute krankgemeldet hast, habe ich mir Sorgen gemacht. Darf ich hereinkommen?«

Eine ganze Palette möglicher Antworten ging ihr durch den Kopf. »Nein.« »Nein, du Schwein.« »Niemals und unter gar keinen Umständen.«

»Jo. Bitte mach mir auf. Ich weiß, daß du da bist.«

Sie riß die Tür auf. »Ja?« fragte sie eisig.

»Darf ich eintreten?« fragte er, und seine grauen Augen blickten sie ganz ernst an.

»Warum möchtest du hereinkommen? Kannst du nicht wie andere Despoten auch vom Büro aus kündigen? Oder bevorzugst du die ganz persönliche Note?«

»Himmel noch mal«, murmelte er und fuhr sich mit der Hand durchs Haar. »Laß mich rein, bitte.«

»Fünf Minuten«, verkündete sie. Sie trat einen Schritt zurück, um ihn einzulassen. Er trat ein. In seinem dunkelblauen Nadelstreifenanzug, dem blauen Hemd und dem gelben Schlips sah er vollkommen fehl am Platz aus. Sein Haar war durcheinander, und sein Gesicht zerknittert.

»Du hast fünf Minuten«, wiederholte Jo. »Ich bringe gerade meinen Lebenslauf auf den neuesten Stand, wenn du verstehst. Ich habe also keine Zeit zu verschwenden.«

Ohne auf die Provokation einzugehen, betrat Mark das kleine Wohnzimmer, blickte sich kurz um und setzte sich dann auf das Sofa. Er streckte seine langen Beine aus und sah zu ihr auf.

»Setz dich doch, Jo.«

»Das hier ist meine Wohnung, Herr Neunmalklug«, fauchte sie. »Befehle mir hier nur ja nicht, wann ich mich zu setzen habe.«

»Entschuldigung, Entschuldigung.«

Sie setzte sich. Daß er es wagte, hier in ihre Wohnung zu marschieren und dann das Kommando zu übernehmen!

»Und?« Jo zupfte an ihrem Baumwollpulli, um den Tintenfleck auf ihrer Jogginghose zu verbergen. Sie war wütend, und sie haßte es, in so schlampiger Kleidung erwischt zu werden. Der uralte, handgestrickte Pullover, bei dem bereits die Fäden heraushingen, dann die Jogginghose und keine Socken, das war wirklich ziemlich schlampig. Der Teppich hätte einen Staubsauger gut vertragen, und der Trauerficus hatte einen Haufen toter Blätter auf den Boden geworfen ...

»Ich bin gekommen, um mich zu entschuldigen.«

Jo blinzelte.

»Ich hätte dich anrufen sollen, aber ich war im Auto. Ich hatte deine Nummer im Büro vergessen.« Mark hielt inne und suchte ihren Blick, sie aber vermied seine Augen. »Ich wußte nicht, daß es so wichtig war. Zu dem Zeitpunkt jedenfalls noch nicht.«

»Es war überhaupt nicht wichtig«, erwiderte sie kühl. »Es war nur ein ganz normaler Tag im Büro, an dem sich die Vetternwirtschaft besonders heftig auswirkte. Es gibt nichts, wofür du dich entschuldigen müßtest.« Jo war sich bewußt, daß sie es etwas weit trieb, aber es war ihr gleichgültig. Ausnahmsweise warf sie jede Vorsicht über Bord.

»Nur kann ich unter diesen Umständen nicht arbeiten. Ich arbeite seit dreizehn Jahren als Journalistin. In der ganzen Zeit bin ich noch niemals so unverschämt behandelt worden wie von Emma.« Sie fing an, Gefallen an der Sache zu finden. »Hinzu kommt, daß auch ich mich bisher noch niemals jemandem gegenüber so benehmen mußte. Es entspricht ganz einfach nicht meinem Naturell. So jedenfalls macht man sich keine Freunde, noch lockt man damit die besseren Eigenschaften seines Gegenübers hervor. Deine Nichte ist ein ganz besonderes Persönchen, und ehrlich gesagt, ich möchte nicht länger mit ihr arbeiten. Abgesehen davon hast du bereits sehr deutlich gemacht, auf welcher Seite du stehst.«

»Und auf welcher Seite stehe ich?« fragte er ruhig.

»*Und auf welcher Seite stehe ich?*« äffte sie ihn nach.

»Soll ich das allen Ernstes beantworten?« Mark sah müde aus.

»Nein.« Jetzt war Jo wirklich wütend. »Das brauchst du nicht, denn dein Schweigen war bereits genug Antwort. Als du hättest herausfinden sollen, was wirklich vorgefallen war, hast du dir nicht die Mühe gemacht anzurufen. Und ich dachte, wir wären befreundet und ...«

»Und?« drängte er.

Fast hätte sie von einer Beziehung gesprochen, und er wußte das. Aber sie würde sich nicht in seine verfluchten Spielchen hineinziehen lassen. Sie wollte nicht zu seiner Belustigung dienen.

»Und nichts«, erwiderte sie wütend. »Wir haben gar nichts, das sehe ich jetzt. Und ich sehe auch, daß ich für dich nicht mehr arbeiten kann.«

»Sei doch nicht so voreilig«, bellte Mark.

»Erzähl du mir nicht, wie ich zu sein habe!« kreischte sie. »Du bist genauso wie alle verdammten Männer, die mir vorschreiben, wie ich zu sein habe. Und jetzt raus mit dir! Raus hier, dann kannst du da draußen weiter deinem öden Beruf nachgehen!«

Seufzend stand er auf. »Jo, es tut mir leid. Ich bin hierhergekommen, um mich zu entschuldigen. Ich wollte erklären, was vorgefallen war.«

»Ich lege keinen Wert auf deine Entschuldigung.« Sie spürte, wie ihr die Tränen in die Augen stiegen. Himmel, sie wollte vor ihm nicht in Tränen ausbrechen. Was war nur für ein Jammerlappen aus ihr geworden, daß sie bei jeder Gelegenheit zu weinen anfing?

»Aber geh jetzt.«

»Bitte, Jo. Hör mir doch zu.«

»Nein, geh.«

Er schwieg, bewegte sich aber kein Stück.

Jo suchte in ihrem Ärmel nach einem Taschentuch. Warum ging er denn nicht? Mußte sie ihn wirklich rauswerfen?

»Jo, laß mich eines noch sagen.« Seine Augen leuchteten, ohne daß sie den Grund dafür erkennen konnte.

Vermutlich amüsierte er sich, dachte sie und hatte den Eindruck, als ob alle Männer der Welt sie ihrer Naivität und ihrer Blödheit wegen auslachten. Jo Ryan fällt schon wieder auf die Lügen eines Mannes rein. Ha, ha, ha!

»Es tut mir leid, daß ich dich am Wochenende nicht angerufen habe. Aber glaube mir, ich habe Emmas Erklärungen nicht für bare Münze genommen«, sagte Mark mit leiser Stimme. »Es tut mir leid, wenn ich bei meinem Anruf aus London verärgert geklungen habe. Es war einfach ein schlechter Tag gewesen. Emmas neueste Krise war genau das, was mir da noch fehlte. Ich nahm an, daß du sie bis zu meiner Rückkehr wieder im Griff hättest.« Er lehnte sich müde zurück und verschränkte die Arme. »Ich vertraue deinem Urteil, Jo. Das ist der Grund, warum du die Sache erledigen solltest. Bitte glaub mir doch.«

Jo blickte ihn wutentbrannt an. Sie wollte sich auf keinen Fall von irgendeiner aus der Luft gegriffen Erklärung einwikkeln lassen.

»Das Problem war, daß ich nicht wußte, was genau Emma gesagt und getan hatte. Rhona hat es mir dann erzählt, und seitdem habe ich versucht, dich anzurufen, um mich für Emmas Verhalten zu entschuldigen. Versteh doch bitte«, sagte er und betrachtete sie aufmerksam. »Um nichts in der Welt möchte ich dich verletzen.«

Er stand auf und angelte seine Autoschlüssel aus der Hosentasche. »Ich gehe jetzt, weil ich dich verärgert habe. Und laß uns die Sache mit deiner Jobveränderung ganz einfach vergessen.«

Jo errötete.

»Nimm dir so lange frei, wie du willst, Jo. Tschüs.«

Als er gegangen war, blieb der Geruch seines Parfüms zurück. Es war derselbe Geruch, den sie auch auf ihrem gemeinsamen Flug wahrgenommen hatte, als sie zusammen essen gegangen waren und als er sie zur Hausbesichtigung in Redwood Lane gefahren hatte.

Einen Augenblick lang starrte sie die Tür an und spürte, wie ihre Wut ebenso schnell wieder verebbte, wie sie gekommen war. In der Küche schenkte sie sich ein Glas Wasser ein und trank es eilig. Ihre Hand zitterte. Himmel, was hatte sie gesagt, was hatte sie getan? Allein der Gedanke ließ Jos Gesicht erröten. Sie hatte ihrem Chef auf unflätige Weise gekündigt. O mein Gott. Immerhin hatte er ihre Kündigung nicht akzeptiert.

Wie sollte sie ihm nur jemals wieder gegenübertreten? Wie sollte sie die Redaktionssitzungen durchstehen, wenn er sie mit seinen grauen, traurigen Augen anblickte, weil sie ihn so tief verletzt hatte? Und sie mußte ihn tief verletzt haben. Er hatte genau das Richtige sagen wollen, nur war sie explodiert und hatte alles zunichte gemacht. Wie üblich. Es war ja nicht Marks Schuld, daß ihre Gefühle zur Zeit mit ihr durchgingen. Es war Richards Schuld. Für die enormen Stimmungsschwankungen waren Richard und die Schwangerschaft verantwortlich.

Außerdem war Mark ja nicht nur der Chef. Er war mehr als das, sogar viel mehr als das. Wenn sie es doch nur zugeben wollte!

Plötzlich hatte sie das Bedürfnis, ihn auf seinem Handy anzurufen. Sie hatte die Nummer, wenn sie sie auch bisher nie benutzt hatte. Wenn sie jetzt anrief und sich entschuldigte, würde er vielleicht zurückkommen, und sie könnte sich noch einmal in aller Form entschuldigen. Sie könnte ihm erklären, daß sie sich alleine gelassen und zurückgesetzt gefühlt habe. Und daß er genau dann gekommen war, als es ihr am schlechtesten ging. Sie ging alles noch einmal in Gedanken durch.

Mach dir eines klar, ermahnte sie sich. Mark ist dein Chef, nicht dein Liebhaber. Ihn jetzt anzurufen, würde lächerlich aussehen, sogar verzweifelt. Du hast alles ruiniert. Dein nächster Schritt sollte wohlüberlegt sein.

Nachdem sie sich eine Tasse süßen Tee gemacht und die letzten Kekse verdrückt hatte, rief sie Rhona an. Rhona würde wissen, was sie jetzt tun sollte. Zumindest würde sie wissen, welche Art von Hut Jo für den Rest ihres Lebens im Büro tragen könnte, damit sie weder Mark Denton anblicken müßte, noch er ihr peinlich berührtes Gesicht erkennen konnte.

»Rho, du wirst nicht glauben, was ich getan habe.«

»Ich kann es mir nicht vorstellen, Jo«, erwiderte Rhona. Jo hörte, wie sie heftig an ihrer Zigarette zog. »Aber du hörst dich nicht gerade gut an. Ist alles in Ordnung?«

»Abgesehen von dem hohlen Gefühl in meinem Magen geht es mir gut«, erklärte Jo. »Mark war gerade bei mir«, fügte sie etwas schleppend hinzu.

»Woher nur habe ich das Gefühl, daß sein Besuch kein voller Erfolg war?« erkundigte sich Rhona.

»Weil du vielleicht Hellseherin bist?«

»Wohl kaum. Ich spüre nur immer ganz genau, wann du für eine Explosion reif bist«, erwiderte Rhona. »Wenn man mit jemandem drei Jahre lang zusammengearbeitet hat, lernt man ihn kennen. Was also ist passiert? Atmet er noch?«

»Ach, Rho.« Jo setzte sich auf die Sofalehne und balancierte das Telefon auf ihren Knien. »Ich kenne mich jetzt seit vierunddreißig Jahren, und noch nicht einmal ich hätte dies voraussagen können. Ich habe mich vollkommen lächerlich gemacht. Innerhalb von fünf Minuten ist es mir gelungen, Mark zu beleidigen, meinen Job an den Nagel zu hängen und ...« Bei der Vorstellung verzog sich ihr Gesicht. »Und dann wäre mir fast noch herausgerutscht, daß wir meiner Ansicht nach eine Art Beziehung miteinander haben. Ich habe es nicht wirklich ausgesprochen, er hat jedoch gemerkt, daß mir genau das auf den Lippen gelegen haben muß. Du kannst dir nicht vorstellen, wie ich mich jetzt fühle«, jammerte Jo. »Warum nur kann ich mich Männern gegenüber nicht vollkommen normal benehmen?«

»Wenn Männer im Spiel sind, kann man sich nicht normal benehmen, weil sie einfach unmöglich sind«, erwiderte Rhona. »Sie verleihen dem Ausdruck *›mission impossible‹* eine vollkommen neue Dimension. Aber hör mal, Jo, das ist ja nun nicht das Ende der Welt. Du bist einfach überlastet. Ich bin mir sicher, Mark weiß das.«

»Er wird denken, ich sei hysterisch. Was soll daran gut sein?«

»Besser als wenn er annimmt, daß du tatsächlich kündigen möchtest. Das hat er doch nicht etwa akzeptiert, oder?« fragte Rhona, obwohl sie die Antwort bereits kannte.

»Natürlich nicht. Du weißt genau, daß er dich mag. Was heißt mag, er ist ganz *verrückt* nach dir. Er hat nur leider das Unglück, in den Strudel deiner Schwangerschaftshormone geraten zu sein.«

»Meinst du, er würde mich verstehen?« Jo kaute an ihrem zweiten Keks und leckte sich die Krümel von den Fingern.

»Also wirklich, Jo. Für eine Frau, die so aussieht, als ob ihr die gesamte männliche Weltbevölkerung zu Füßen liegen würde, kennst du die Männer wirklich nicht sonderlich gut.« Aber Rhona wartete eine Antwort gar nicht ab, sondern fuhr fort. »Für mich ist es ganz offensichtlich, daß Mark verrückt nach dir ist. Er versucht natürlich, sehr umsichtig zu sein, und du kannst die Zeichen einfach nicht lesen, deshalb ruinierst du die ganze Sache.«

»Glaubst du das tatsächlich?« fragte Jo zweifelnd. Wenn Rhona es sagte, klang alles gleich viel vernünftiger.

»Ja. Und jetzt hör mal deiner Tante Rhona zu – oder Madame Rhona, der Hellseherin, wie ich bitte in Zukunft angeredet werden möchte – und geh jetzt schwimmen oder mach irgend etwas Belebendes. Dann geh nach Hause, entspanne dich und komm morgen hierher, als ob nichts vorgefallen wäre. Abgemacht?«

»Abgemacht. Aber was ist mit Emma? Ich könnte sie morgen einfach nicht ertragen.«

»Das wirst du auch nicht. Ich habe sie für die nächste Zeit erst einmal von der Arbeit suspendiert. Das habe ich übrigens noch mit niemandem tun müssen«, sagte Rhona nachdenklich. »Ich mußte mich erst an den Gedanken gewöhnen. Es ist aber alles ganz gut gegangen.«

»Was hast du denn gesagt?« fragte Jo, die auf jedes Detail versessen war.

»Nun, erinnerst du dich an die Prêt-à-porter-Show in dieser Bar im letzten Jahr, als mich ein Betrunkener auf seinen Schoß zog und seine Hand in meine *Ben-de-Lisi*-Bluse stecken wollte?« Selbst zu Krisenzeiten war Rhona doch immer ganz exakt, was Kleidung betraf.

»Oh Gott, ja, das werde ich nie vergessen! Du ahntest vermutlich selbst nicht, daß du so gemein sein könntest.«

»Emma gegenüber war ich noch gröber«, entgegnete Rhona. »Das Mädchen wird es sich zweimal überlegen – nein, drei- oder viermal – ehe sie jemals wieder jemandem in der *Style*-Redaktion in diesem Ton kommt. Ich habe ihr gesagt, daß es sich schnell herumspricht, wenn sich mit jemandem nicht gut arbeiten läßt. Es ist eine Sache, arrogant und unhöflich zu sein, wenn man es geschafft hat, wenn man ein verdammt guter Journalist oder so etwas ist.«

Sie zog wieder an ihrer Zigarette. »Wenn man aber als Anfänger und ohne sein Talent bewiesen zu haben Ärger macht, kann man eine Karriere im Journalismus vergessen. Da draußen warten Tausende von Freiberuflern, die nur zu gerne in deine Fußstapfen treten würden, Emma, also reiß dich zusammen und erkenne die Lage.«

»Ich bin beeindruckt.«

»Das war ich auch«, erwiderte Rhona geschmeichelt. »Als ich nach Hause kam, habe ich Ted eine Kurzfassung vorgetragen. Er war wirklich schockiert, das sage ich dir. Er will mir verbieten, bei eventuellem Ärger der Kinder in der Schule zur Direktorin zu gehen und ihr meine Meinung zu sagen. Er könnte meine Unflätigkeit ganz einfach nicht ertragen.«

Jo lachte, und der Knoten in ihrem Bauch begann sich zu lösen.

»Danke, Rhona. Du hast wirklich ein Talent dafür, die Leute ihre Probleme vergessen zu machen. Kann ich nicht bei dir wohnen, bis ich das Baby bekomme? Dann kannst du mich davor zurückhalten, alle fünf Minuten auszurasten.«

»Mit drei noch nicht einmal Zehnjährigen ständig um dich herum, wirst du tatsächlich verrückt werden, das verspreche ich dir«, erwiderte Rhona.

»Da hast du recht.« Jo lachte. »Wenn ich morgen ein paarmal tief durchatme, werde ich wohl das Büro ertragen können. Mark wird doch nicht erwartet, oder?«

»Nein. Aber abgesehen davon wird er dich nicht beißen.«

»Nein, aber ich werde vielleicht vor Scham in Ohnmacht fallen, wenn ich ihm begegne«, entgegnete Jo.

»Nein, das wirst du nicht.« Rhonas Tonfall war bestimmt. »Jetzt geh raus und mach irgend etwas, was dich ermüdet, so daß du nicht länger darüber nachdenkst. Ich werde gegen halb zehn morgen im Büro sein, und der Tee sollte bereits aufgebrüht sein.«

Ihre Nerven scheuchten Jo bereits früh aus den Federn, so daß sie die erste im Büro war und bereits eine Tasse Tee aufgebrüht hatte, als Rhona kam.

»Warum trage ich nur soviel Müll mit mir herum?« fragte Rhona, die wie üblich mit ihrer riesigen Handtasche, einer vollgepackten Aktentasche und einer dicken, schwarzen Make-up-Tasche ins Büro strauchelte.

»Werde schwanger, trenne dich von Ted, dann wirst du viele glückliche Stunden zu Hause damit verbringen können, erschöpft und gelangweilt zu sein. Am Schluß räumst du deine Handtasche, den Kleiderschrank, das Küchenregal oder was auch immer auf«, erwiderte Jo und goß heißes Wasser auf Rhonas Teebeutel.

»Hast du das denn gemacht?«

»Ja. Und ich fühle mich verdammt tugendhaft, das kann ich dir versichern. Ich habe sogar all die ausgeleierten Unterhöschen, die ich niemals trage, weggeworfen. Dann habe ich die Socken mit Löchern aussortiert und in den Müll geschmissen. Und schließlich habe ich alle schwarzen Strümpfe zusammengesucht und ihren Partner gefunden, oder einen anderen Socken, der ungefähr zu ihnen paßte.«

»Ich bin beeindruckt. Könntest du das nicht für mich tun?«

»Was tun?« erkundigte sich Nikki, die Schönheitsredakteurin, die gerade von einer *Opium*-Wolke umweht hereinschneite.

»Jo hat sich in eine leibhaftige, atmende ›Entrümpeln-Sie-Ihr-Leben‹-Reportage verwandelt«, erklärte Rhona und trug ihre Tasse Tee in ihr Büro, so daß sie rauchen konnte.

»Bitte, entrümple auch mein Leben.« Nikki ließ ihren schwarzen Wildledermantel von den Schultern gleiten. »Den halben Nachmittag habe ich gestern damit verbracht, einen Artikel über die wesentlichen Schönheitsutensilien zu verfassen. Für den Notfall braucht man nämlich lediglich Rouge, Lip gloss, einen Abdeckstift und Wimperntusche. Ich dagegen trage jeden Tag eine halbe Parfümerie mit mir herum. Heute mußte ich zehn Minuten suchen, ehe ich meinen neuen Augenbrauenstift fand.« Sie stellte ihren Computer an und wandte sich Jo zu. »Übrigens, du hast doch nicht vergessen, daß wir heute morgen den Vorher-Nachher-Termin haben?«

»Mist«, erwiderte Jo. »Das habe ich vollkommen vergessen. Wann kommen sie?«

»Halb elf. Um elf gehen wir zum Friseur, und Michelle – das ist die neue Visagistin, von der ich dir erzählt habe, Rhona – wird sie beim Friseur schminken. Dann essen wir gegen eins bei *Spinelli*. Dort wird dann auch die Fotografin die Aufnahmen machen.«

»Oh nein, ich habe vergessen, Annette zu erinnern, die Kleider abzuholen«, schrie Jo entsetzt.

»Keine Panik, das habe ich schon getan«, erwiderte Nikki. »Ich wußte ja, daß du krank warst«, fügte sie hinzu. »Wie geht es dir heute?«

»Gut«, erwiderte Jo. »Ich brauchte nur einfach etwas Bettruhe.«

»Ja, schon, aber mit wem?« rief Rhona aus ihrem Büro und zwinkerte Jo vielsagend zu.

»Vorsicht, McNamara«, erwiderte sie. »Nur weil du mit Schuldirektorinnen auf diese Art und Weise herumspringen kannst, solltest du das noch lange nicht mit mir versuchen.«

»Was hat es denn mit diesen Schuldirektorinnen auf sich?« erkundigte sich Nikki neugierig.

Jo, Nikki und Michelle, die Visagistin, neigten alle den Kopf zur Seite und betrachteten das zweite Vorher-Nachher-Modell mit zusammengekniffenen Augen. Womit sollten sie anfangen? Sie standen in *Peter Marks* Frisier- und Schönheitssalon im *Stephen-Green*-Einkaufszentrum, und der Tag war bereits weit fortgeschritten.

Die erste Frau, die sich einen neuen Look wünschte, war eine eindrucksvolle Rothaarige, Anfang Vierzig, die einen neuen Look in etwa so nötig hatte wie Prinzessin Diana neue Kleider. Mit einer perfekten Figur, ebensolchem Make-up, glänzendem Haar und Kleidung, die einen Wochenlohn gekostet haben mußte, gab es wirklich gar nichts, was man an Helen hätte verbessern können.

»Wie sind wir denn an die gekommen?« flüsterte Nikki in Jos Ohr, als man Helen zum Haarewaschen gebracht hatte.

»In ihrem Brief schrieb sie, sie habe vier Kinder zwischen vier und zwanzig, arbeite halbtags als Krankenschwester und helfe ihrem Mann in seinem Gartencenter etwas außerhalb von Cork«, erwiderte Jo. »Das Bild war nicht ganz scharf, und sie wünschte sich einen neuen Look. Ich dachte, sie hätte es verdient . . .«

»Vermutlich könnte *sie* uns Nachhilfe erteilen, wie wir

unser Aussehen verbessern könnten«, stöhnte Nikki. »Ich weiß einfach nicht, was wir an ihr verbessern könnten.«

Die zweite Kandidatin jedoch würde der Friseuse sicher Kopfweh bereiten. Die neunundzwanzigjährige Sharon trug eine mißlungene Dauerwelle. Auf dem eingesandten Paßfoto hatte sie noch lange, strähnige Haare gehabt. Jetzt jedoch besaß sie einen Stufenschnitt, der auf die nicht sehr schmeichelhafte Länge zwischen Ohr und Kinn getrimmt war. Die Friseuse raufte sich die Haare allein bei dem Gedanken, etwas aus Sharons Haaren machen zu müssen.

»Irgend etwas wird euch einfallen müssen«, zischte Jo in Richtung der Friseuse und der Visagistin. »Das arme Mädchen hat eine weite Reise hinter sich, um überhaupt hiersein zu können. Sie soll den Tag genießen und am Ende eine Schönheit sein, und wenn wir dazu eine verdammte Perücke kaufen müssen!«

Erschwerend kam hinzu, daß Sharon nicht wie angegeben Größe 40, sondern mindestens Größe 44 trug. Das wiederum bedeutete, daß die elegante Wolljacke und der Rock, den Jo mit Bedacht für sie ausgesucht hatte, nicht passen würde.

»Ich habe ein paar wunderbare Anzüge in den Läden gesehen, die ihr wirklich gut gestanden hätten«, stöhnte Jo. »Wenn sie doch in ihrem Brief nur geschrieben hätte, daß sie 44 trägt, dann hätte ich ihr etwas wirklich Schönes kaufen können. Jetzt aber haben wir dafür nicht die Zeit!«

»Und was machen wir jetzt?« wollte Nikki wissen.

»Ich renne schnell zu *Marks & Spencer* und kaufe ihr etwas anderes. Momentan haben sie dort wunderbare Sachen. Wir haben einfach nicht die Zeit, noch lange einkaufen zu gehen. Verdammt, ich wäre so *gerne* mit Sharon einkaufen gegangen.«

Bei *Marks & Spencer* war Gott sei Dank nur wenig Betrieb. Jo durchkämmte eine Viertelstunde lang lustvoll die Kleiderständer und wünschte sich, selbst etwas Geld ausgeben zu können, anstatt es für das neue Haus zu sparen. Seit sie den

Immobilienmakler wegen des Verkaufs ihrer Wohnung angerufen hatte, war der Umzug Wirklichkeit geworden. Jetzt mußte sie tatsächlich sparen. Ihre Kreditkarte hatte sie ganz hinten auf ihrem Frisiertisch deponiert und geschworen, sie dort zu belassen, ganz gleich, welche Sonderangebote den Markt überschwemmen sollten. Bis sie sich in ihrem neuen Haus eingerichtet hatte, mußte sie sehr vorsichtig mit ihrem Geld umgehen.

Glücklicherweise hatte ihr die Maklerin gesagt, daß Wohnungen in ihrer Gegend immer gesucht wären und sie trotz der Jahreszeit keine Schwierigkeiten haben würde, zu verkaufen.

»Es ist ein so schönes Eckchen, und die Wohnungen sind verglichen mit den Neubauten doch recht großzügig geschnitten. Ich bezweifle, daß Sie lange warten müssen«, hatte die Maklerin gesagt.

Jo rechnete sich aus, wie hoch der Kredit für ihr Haus sein müßte, und fragte sich, ob sie sich einen weitgeschnittenen Chenille-Pulli leisten könnte, um ihren Bauch zu verbergen. Über diesen Überlegungen vergaß sie vollkommen die Zeit.

Oh nein, dachte sie nach einem entsetzten Blick auf die Uhr. Es war halb zwölf, und sie hatte noch nicht einmal angefangen, sich nach Sachen für Sharon umzusehen. Aber nicht umsonst besaß Jo ein enzyklopädisches Gedächtnis dafür, wo man was bekam.

Kurz nach zwölf rannte sie mit zwei großen Tüten in jeder Hand die Grafton Street hinunter und fluchte, daß sie sich über die cremefarbene Seidenbluse und die schwarze Hose auch noch die lange, beige Wolljacke übergestreift hatte.

Als sie an den gemächlich schlendernden Fußgängern vorbeieilte, begann sie zu schwitzen und hätte selbst eine geeignete Kandidatin für einen neuen Look abgegeben. Zumindest hätte sie gerne ihr Make-up neu aufgetragen, das sicherlich vom Schweiß verwischt worden war.

Sie mühte sich in den Aufzug und betrat *Peter Marks* Salon. Nikki saß entspannt auf dem Sofa, blätterte in einer Zeitschrift und nippte gelegentlich an einer Tasse Kaffee. Ganz offensichtlich konnte ihr das kontrollierte Chaos des Frisiersalons nichts anhaben. Nikkis blondes Haar war perfekt frisiert, ihr Gesicht war weder glänzend noch gerötet, und ihr hellbeiger Hosenanzug sah wie eben aus der Reinigung abgeholt aus.

Erhitzt und verklebt war Jo dagegen überzeugt, sie würde wie ein verschwitzter Jockey riechen. Vergleichsweise fühlte sie sich wie ein Penner.

»Hast du die richtigen Kleider bekommen?« Nikki stand auf und nahm Jo die beiden Tüten ab. »Du siehst fix und fertig aus. Setz dich, ich hole dir eine Tasse Tee.«

»Danke«, keuchte Jo und ließ sich dankbar auf den Sitz fallen, den Nikki gerade freigemacht hatte. »Ich fühle mich tatsächlich fix und fertig. Aber ich habe eine wunderschöne, dunkelrote Mandarinjacke mit passender Hose bekommen, die Sharon prima stehen werden. Wie geht es voran?« erkundigte sie sich besorgt.

»Ganz prima«, erwiderte Nikki begeistert. »Du kannst dir nicht vorstellen, was aus Sharons Haaren geworden ist. Diese Friseuse hat ein Wunder vollbracht. Und Helen sieht einfach bezaubernd aus. Zugegeben, sie sah von Anfang an bezaubernd aus.«

»Gut«, sagte Jo erleichtert darüber, daß ihre Vorher-Nachher-Rubrik nun doch noch zu einem Erfolg würde. »Wir setzen ihr Vorher-Bild einfach sehr, sehr klein in die Zeitung. Oder aber wir behaupten, sie habe eigentlich gar keinen neuen Look gewollt, sondern sei nur gekommen, um sich einen Tag lang verwöhnen zu lassen.«

Nikki hatte recht gehabt. Sharons neue Frisur stand ihr vorzüglich. Die Friseuse hatte das Haar prima geformt und eine Haselnußtönung appliziert, um es zum Glänzen zu bringen. Der Schnitt war sehr kurz und gefällig.

»Das war das einzige, was mir einfiel«, sagte sie an Jo gewandt.

»Und es hat geklappt!«

Sharon sah dank des eleganten dunkelroten Anzugs, den Jo für sie ausgesucht hatte, wie eine Diva aus. Ihr neues Make-up sowie der neue Haarschnitt unterstrichen ihre wunderschönen, dunkelbraunen Augen.

»Einfach phantastisch.« Sie strahlte Jo an. »Vielen Dank auch. Ich hätte mir nie träumen lassen, einmal so auszusehen.« Sie umarmte die Moderedakteurin.

»Das freut mich für Sie«, entgegnete Jo mit einem breiten Lächeln. »Das ist immer der schönste Moment beim Vorher-Nachher«, fügte sie hinzu, während die Fotografin ein paar Bilder machte. »Wenn es den Leuten gefällt, was wir vorgeschlagen haben. Normalerweise machen wir dann die Fotos und gehen. Heute aber haben wir ein wunderbares Mittagessen für Sie geplant, wo die beiden Damen ihren neuen Look einmal richtig vorführen können!«

»Hast du ein Deo dabei?« flüsterte Jo Nikki auf den Restauranttoiletten zu. Es war ihr gelungen, ihr gerötetes Gesicht abzudecken. Dennoch fühlte sie sich nach der Rennerei auf der Grafton Street immer noch verschwitzt. Nikki reichte Jo etwas Deodorant und eine Flasche *Opium*.

»Danke«, erwiderte Jo und trug reichlich auf. »Ich habe mein Parfüm versehentlich im Büro gelassen. Sicher ist von meinem *Trésor* nichts mehr übrig.«

Sie beobachtete Nikki, wie sie den hellbeigen Lippenstift auftrug. Wenn sie doch nur nicht mit einem solchen Musterbeispiel für Stil und Schönheit zusammenarbeiten müßte! Nikki sah immer perfekt zurechtgemacht aus, ihr fehlte niemals ein Stückchen Nagellack, und sie hatte niemals Lippenstift auf den Zähnen. Der heutige Tag bildete keine Ausnahme.

Jo bürstete sich ihre schildpattbraunen Locken und hätte gerne etwas zum Zurückbinden gehabt, da die Haare an den Wurzeln leicht fettig waren. Dann folgte sie Nikki zurück ins Restaurant. Helen, Sharon und Nell, die Fotografin, tranken bereits Gin Tonics als Aperitifs. Die zwei Frauen lachten über irgendeinen anzüglichen Witz, den Nell ihnen gerade erzählt hatte.

Jo hatte sich gerade zu ihrem Stuhl an der Wand gedrängt, als sie sie sah. Die Frau trug ein enganliegendes schwarzes Etuikleid und eine auffallende rote Jacke, aus der ihr ein versierter und sehr eleganter Mark Denton gerade heraushalf. Er mußte etwas Lustiges gesagt haben, denn sie lachte plötzlich auf und warf ihr glattes dunkles Haar in den Nacken. Selbst ihr Lachen war warm, rauchig und sexy. Alte Hexe. Die Eifersucht übermannte Jo, als sie Mark in seinem sehr attraktiven, zu seinen Augen passenden stahlgrauen Anzug beobachtete, wie er den Stuhl der Frau hervorzog, bevor er sich selbst setzte. Er nahm sowohl Speise- als auch die Weinkarte vom Kellner entgegen, ohne dabei zu ihm aufzusehen. Sein Blick war die ganze Zeit auf die Frau gerichtet. Eigentlich nicht überraschend, dachte Jo gehässig, denn die Hexe trug einen tiefen V-Ausschnitt, der ihren üppigen, von einem Wonderbra gestützten Busen zeigte. Wer mochte sie sein, dachte Jo giftig, während sie die massiven goldenen Armreifen der Frau musterte.

»Gnädige Frau?« erkundigte sich eine Stimme. Jo kam wieder zu sich. Der Kellner lächelte sie mit gezücktem Bleistift und Notizblock an.

»Ach, äh ... ich nehme, ja, was nehme ich ...«, murmelte sie und ließ ihren Blick eilig über die Karte gleiten. Keine zehn Minuten später hätte sie sich die Karte gerne noch einmal genauer betrachtet. »Unsere Spezialität heute sind Garnelen aus der Dubliner Bucht in Pernod sowie Langustenschwänze in einer Sauce Provençale«, bemerkte der Kellner beschwingt.

»Prima, das nehme ich.« Jo klappte die Speisekarte zusammen und reichte sie ihm zurück. In diesem Augenblick war es ihr sogar egal, ob sie Rattenschwänze in Pernod bestellt hatte. Nikki erzählte gerade Helen, Sharon und Nell von einer Party, auf der sie am Wochenende gewesen war, wo eine Frau mit ihrem Ehemann erschienen und mit dem einer anderen wieder gegangen war.

»Sie ist die Zsa Zsa Gabor von Dublin.« Nikki kicherte. »Wenn du sie fragst, wieviel Ehemänner sie schon hatte, wird sie antworten ›meine eigenen oder die anderer Frauen?‹«

Jo reckte den Hals um zu sehen, was Mark und die mysteriöse Frau in der hinteren Ecke des Restaurants trieben. Sie lachen viel, dachte sie grimmig. Sie beobachtete, wie sie den dunklen Kopf fröhlich schüttelte. Mark ließ wirklich keine Gelegenheit aus.

»Du kennst sie doch, nicht wahr, Jo?« fragte Nikki, die mitten in ihrer Erzählung innehielt, um Jo einzubeziehen.

»Kenne wen?«

»Die Zsa-Zsa-Gabor-Frau von meiner Party, Lizzie sowieso. Himmel, du bist ja auf einem ganz anderen Stern. Jo?« Nikki musterte Jos Gesicht, das ganz blaß geworden war. »Geht es dir gut? Bist du krank?«

Jo griff nach dem Glas Wasser vor ihrer Nase und trank einen großen Schluck. »Mir geht es gut«, log sie. »Sehr gut. Ich habe lediglich Hunger. Reichst du mir ein Brötchen, bitte?«

Gerade noch rechtzeitig ließ sie ihren Blick zu Marks Tisch wandern, um den Kellner mit einer Flasche Champagner und einem Eiskübel dort herantreten zu sehen. Was in aller Welt feierten sie? Während sie lustlos an ihrem Brötchen knabberte, hörte sie den Unterhaltungen um sich herum nur mit halbem Ohr zu. Wer war diese Frau? dachte sie giftig. Während des Essens war sie sehr still, aß nur wenig von den Garnelen und stocherte lustlos in ihrem Fisch herum. Die anderen leerten drei Flaschen Wein und waren so ausgelassen, daß Nell drei Rollen Film verschießen mußte, ehe sie von den Frauen in ihrem neuen Look Bilder machen konnte, auf denen sie nicht hysterisch lachten. Als der Kellner den Kaffee servierte, entdeckte Nikki endlich Mark und seine Begleiterin.

»Ach, sieh mal, wer da mit seiner Verflossenen zu Mittag

ißt«, murmelte sie und grinste Jo an. »Ich dachte, die Sache hätte sich erledigt.«

Jo ließ klappernd ihren Löffel fallen. »Wie bitte?«

»Das ist Eva Marot«, sagte Nikki. »Ich dachte, sie hätten schon vor einiger Zeit Schluß gemacht.«

Jo versuchte so zu tun, als ob ihr das gar nichts ausmache und fragte, wer Eva sei.

»Du mußt sie doch kennen.« Überrascht zog Nikki eine ihrer perfekt geformten blonden Augenbrauen hoch. »Er war jahrelang mit ihr zusammen. Auch dann noch, als sie bereits geheiratet hatte. Sie hat irgendeinen ekligen reichen Franzosen geheiratet und lebt die meiste Zeit über in London. Aber sie kommt oft nach Irland – sie ist Malerin und arbeitet oft hier. Angeblich ist das Licht hier so außergewöhnlich.«

Nikki nippte an ihrem Weinbrand. »Die beiden haben ziemliche Furore gemacht. Bis so vor ungefähr einem Jahr, glaube ich«, fügte sie nachdenklich hinzu. »Ich kann es kaum glauben, daß du nie von ihr gehört hast. Vor ihrer Hochzeit hieß sie Eva Ward.«

»Nein, davon habe ich nichts gehört«, erwiderte Jo schwach.

»Ihre Mutter ist Französin, und sie ist immer sehr schick. Sie trägt wirklich phantastische Kleidung.« Nikki musterte Mark und seine Begleiterin ausgiebig. »Das muß einfach ein *Armani*-Anzug sein, den sie anhat, was meinst du?«

»Hm, vermutlich hast du recht.« Jo spielte mit den braunen Zuckerkristallen in dem Schälchen vor ihr. Bitte, sieh nicht weiter zu ihnen hinüber, Nikki, betete sie im stillen, sonst kommt Mark noch an unseren Tisch. Ich könnte es nicht ertragen, ihm in meiner jetzigen Aufmachung zu begegnen. Ich sehe grausig aus, während er in Begleitung dieses Inbegriffs an Eleganz mit dem sexy Lachen zusammen ist. Sicher murmelt sie kleine französische Liebkosungen im Bett, dachte sie eifersüchtig.

Der Kellner brachte noch mehr Weinbrände für alle mit

Ausnahme von Jo. Nikki hörte Helens Geschichte über deren ersten Weinbrand zu, bei dem sie augenblicklich betrunken gewesen war – und verflucht sexy.

»Trinken Sie doch noch einen«, quietschte Nell. »Sie nehmen doch den Zug nach Hause. Ihr Mann und Sie werden sich noch lange an diesen Tag erinnern!«

Jo lächelte, aber in Gedanken war sie woanders. Das war also die Frau, von der ihr Susan auf der Party in New York erzählt hatte. Die mysteriöse Frau, die Marks Herz gebrochen hatte, diejenige, von der Susan angenommen hatte, daß Jo alles über sie wüßte. Eva Marot. Jo ließ sich den Namen mehrmals durch den Kopf gehen. Warum nur hatte sie nie auch nur den geringsten Klatsch über die beiden gehört?

Davon mußte Rhona doch die ganze Zeit gewußt haben. Jo würde sie umbringen, wenn sie sie zwischen die Finger bekäme. Sich vorzustellen, daß sie *kein Sterbenswörtchen* von Marks letzter großer Liebe erzählt hatte! Sie starrte ausdruckslos auf ihre halbgeleerte Kaffeetasse, als sie die tiefe, ausdrucksstarke Stimme hörte, die sie auf der ganzen Welt wiedererkannt hätte.

»Guten Tag, die Damen«, sagte Mark freundlich. »Haben Sie gut gespeist?«

Jo sah abrupt auf. Er stand am anderen Tischende und lächelte in die Runde. Sie stand dicht hinter ihm, eine elegante Erscheinung, wie aus einer *Vogue*-Zeitschrift ausgeschnitten. Jo hätte ihre Hand dafür ins Feuer gelegt, daß die Perlenkette um ihren Hals echt war, denn die Perlen hatten diesen ganz bestimmten, teuren Schimmer.

»Dies ist ein Essen für unsere Vorher-Nachher-Kandidaten, Mark«, erläuterte Nikki. »Helen und Sharon, darf ich Ihnen Mark Denton, den Herausgeber von *Style* vorstellen? Und Nell kennen Sie doch, nicht wahr?«

»Ja, guten Tag, Helen, Sharon und Nell. Und wie geht es dir?« wandte er sich an Jo und blickte direkt in ihr verblüfftes Gesicht.

»Sehr gut!« erwiderte sie aufgeräumt. »Ganz prima! Und wie war das Essen?« erkundigte sie sich mit gepreßter Stimme.

»Sehr nett«, erwiderte Mark und betrachtete sie neugierig.

»Das Essen hier ist einfach großartig, nicht wahr?« bemerkte Eva mit leichtem Akzent und hakte sich bei Mark ein. »Es fällt schwer, hier nicht zuviel zu essen.« Sie strich sich über den flachen Bauch.

Alte Hexe, dachte Jo. Nur weil sie so mager ist, braucht sie nicht auf uns alle herabzusehen.

»Eva, das ist Jo Ryan, die stellvertretende Chefredakteurin und Moderessortleiterin«, stellte Mark sie vor. »Nikki Ahearn, unsere Schönheitsredakteurin, Nell Deane, eine Fotografin, und Sharon und Helen, die gerade eine Typverwandlung hinter sich haben und wunderbar aussehen, wenn ich das bemerken darf.« Sharon wurde vor Freude knallrot.

»Nett, Sie alle kennenzulernen.« Evas Lächeln machte einen bemerkenswert echten Eindruck, dachte Jo säuerlich. Aber das mußte es ja wohl auch, nicht wahr? Einen Ehemann *und* einen Liebhaber – sie hatte sich wirklich gut eingerichtet.

»Schön, daß du wieder arbeiten kannst, Jo«, sagte Mark leise und sah ihr direkt in die Augen. Jo funkelte ihn an. Sollte das etwa ein Rüffel sein?

»Ich habe mich schon mal besser gefühlt«, schnappte sie.

»Das sehe ich«, erwiderte er. »Du siehst erschöpft aus.«

Der Hund. Nur weil sie nicht so aufgetakelt herumlief, brauchte er sie noch lange nicht zu tadeln.

»Wann soll denn Ihr Baby auf die Welt kommen?« erkundigte sich Eva höflich und musterte Jos Bauch.

»In vier Monaten – in viereinhalb, um genau zu sein.«

»Ist es Ihr erstes?« hakte Eva nach.

Jo kochte. War dies hier ein Frage- und Antwortspiel?

»Ja.«

»Oh.« Eva schien ihre Abneigung zu spüren. »Wir sollten jetzt gehen«, murmelte sie mit ihrem dunklen, glänzenden Kopf dicht an seinem.

Eva war sehr groß, dachte Jo. Sie mußte etwa einsfünfundsiebzig sein, wenn sie mit Mark sprechen konnte, ohne dabei ihren Hals recken zu müssen, wie es bei Jo der Fall war.

»Ja natürlich, Eva. Wir sollten uns nicht verspäten«, sagte er. »Auf Wiedersehen, die Damen. Es war nett, Sie kennenzulernen.« Mark blickte Jo kurz an. »Wir treffen uns nächste Woche auf der Redaktionssitzung.«

»Ja, tschüs.«

»Nett, Sie alle kennenzulernen«, wiederholte Eva freundlich.

Jo nippte an ihrem lauwarmen Kaffee. Sie hatte sich fest vorgenommen, ihnen nicht nachzublicken. Aber sie konnte nicht widerstehen. Als sie aufsah, waren sie gerade an der Tür, die Marks starker Arm öffnete, um Eva durchzulassen. Wie gewohnt war er ganz Kavalier.

Der Kellner brachte die Rechnung zusammen mit einem kleinen Teller *After Eights*. Keiner rührte sie an. Man muß sie ja nicht verkommen lassen, dachte Jo und nahm sich gleich drei. Warum in aller Welt sollte sie noch auf ihre Figur achten? Es beachtete sie ja ohnehin keiner.

»Ich kann es nicht glauben, daß du mir nie etwas über sie erzählt hast!« sagte Jo verärgert. Sie stand in Rhonas Büro und sah ihre Freundin wutentbrannt an. Rhona arbeitete gerade an der ersten Seite, als Jo nach ihrem Mittagessen bei *Spinelli* in ihr Büro gestürmt war. Sie lehnte sich in ihrem Stuhl zurück und sah Jo an.

»Jo, Mark hat mir vertraulich von Eva erzählt.« Rhonas Stimme war sehr bestimmt und ernst. »Er hat es mir eines Tages, lange bevor du zu *Style* gekommen bist, erzählt und mich gebeten, es niemandem gegenüber zu erwähnen. Es war nicht gerade einfach, die Sache für mich zu behalten. Ganz besonders nicht an dem Tag, als ich dir davon erzählt habe, daß Mark sich bereits seit langem für dich interessiert. Zu dem Zeitpunkt aber dachte ich, du wolltest vielleicht nicht unbedingt von seiner geliebten Exfreundin hören. Immerhin hat er diese Frau jahrelang bewundert. Das hätte dir ganz bestimmt nicht das Gefühl vermittelt, etwas Besonderes zu sein, oder?«

»Vielleicht hast du recht . . .«, erwiderte Jo langsam. *Eine Frau, die er jahrelang bewundert hatte?* Welche Chance hatte sie gegen eine solche Konkurrenz?

Eine schwangere Frau, der beim geringsten Anlaß ständig die Nerven durchgingen, konnte wohl kaum mit einer exotischen Künstlerin konkurrieren, die ihn jahrelang geliebt hatte.

»Die Sache ist jedenfalls vorbei. Sie haben sich schon vor langer Zeit getrennt«, sagte Rhona.

»Beim Essen heute sahen sie aber alles andere als getrennt aus«, korrigierte sie Jo. »Sie waren vollkommen ineinander vernarrt.«

»Glaube mir.« Rhonas Stimme war sehr ernst. »Sie sind nicht mehr zusammen. Jo, es tut mir wirklich leid, daß ich dir von ihr nicht habe erzählen können. Aber damit hätte ich Marks Vertrauen mißbraucht. Das wiederum hätte ich Mark nicht antun können. Ich kenne ihn seit langem, und er vertraut mir. Abgesehen davon ist er ein aufmerksamer Beobachter. Wenn ich dich eingeweiht hätte, dann hätte er binnen kürzester Zeit herausbekommen, wer dir das erzählt hat. Er wäre ausgerastet.«

Rhona zündete sich eine Zigarette an und drückte sie sofort wieder hastig aus. »Tut mir leid. Ich vergesse immer, daß ich in deiner Gegenwart nicht rauchen darf. Jo, ich hatte es dir schon oft erzählen wollen. Aber als du dich dann wirklich für ihn interessiert hast, hättest du es nicht mehr gern hören wollen. Außerdem wußte ich, daß Mark es dir selber sagen wollte, falls er es ernst mit dir meinte. Begreifst du denn nicht das Dilemma, in dem ich mich befand?«

Jo seufzte und setzte sich Rhona gegenüber auf einen Stuhl. »Tut mir leid, Rho«, entschuldigte sie sich. »Ich habe nicht das Recht, hier hereinzuplatzen und dich anzukreischen. Eigentlich bin ich nur auf mich selbst wütend, daß ich auch nur annehmen konnte, er sei möglicherweise an mir interessiert.« Als Rhona sie unterbrechen wollte, fügte sie schnell hinzu: »Und wenn er es gewesen sein sollte, so habe ich die Sache vermasselt. Ich sollte mir Visitenkarten mit der Aufschrift machen lassen ›Jo Ryan GmbH. Fähig, jede Beziehung binnen zehn Minuten zu zerstören‹.«

»Sei nicht albern«, ermahnte sie Rhona ungeduldig. »Du hast halt eine schlechte Zeit hinter dir. Ich bin mir jedoch ganz sicher, daß er mit Eva nichts mehr hat.«

»Selbst wenn dem so ist, dann hat er jetzt sicher kein Interesse mehr an mir«, sagte Jo traurig. »Da ich nun aber nicht mehr von Interesse bin, gibt es sonst noch irgend etwas, was ich über Herrn Denton wissen sollte? Hat er irgendwo zehn Kinder versteckt oder auf seinem Dachboden eine geisteskranke Frau eingesperrt?«

Jo bemühte sich, ganz unbeteiligt zu klingen, aber Rhona kannte sie zu gut.

»Nein«, erwiderte Rhona. »Er besitzt ausgesprochen wenig Altlasten. Viel weniger als ich«, fügte sie mit einem schiefen Grinsen hinzu. »Aber von Eva soll er dir selbst erzählen.«

»Er wird mir gar nichts erzählen.«

»Wie du willst«, erwiderte Rhona und wechselte das Thema. »Sag mal, wäre die Novemberausgabe zu früh für die Leserrubrik ›Wir wollen ja alle vor Weihnachten auf Diät gehen, aber laßt uns doch erwachsen sein und uns so akzeptieren, wie wir sind‹?«

»Nein, dafür wäre November gut«, erwiderte Jo. »Dann könnten wir den ›Essen Sie sich schlank und schön‹ in die Januarausgabe aufnehmen. Ich wäre dann eines der Versuchskaninchen, wenn ich die vierzehn Kilo wieder abnehmen muß, die ich bis dahin zugenommen haben werde.«

Sie hatte gerade ihren Computer angestellt und betrachtete

die Fotos für den festlichen Weihnachtslook, die Ralf geschickt hatte, als ihr Telefon klingelte.

»Jo, könnte ich dich wohl einmal sprechen?« fragte Mark.

»Ich bin beschäftigt«, schnappte sie zurück.

»Das glaube ich dir gern«, erwiderte er. »Aber es ist wichtig.«

»Gut, schieß los.«

»Jo, ich möchte dich *sehen.* Ich möchte nicht, daß wir so einsilbig am Telefon miteinander sprechen.«

Nein, nein, nein, dachte sie. Das würde sie nicht durchstehen, sie konnte ihn einfach nicht sehen. Sie wollte ihn nie wieder sehen, weil sie genau wußte, daß sie zusammenbrechen und weinen würde, wenn sie es täte. Wenn sie sich eine Weile lang von ihm fernhalten konnte, dann würde alles wieder gut sein, das wußte sie. Sie würde Mark Denton vergessen können. Sie würde es müssen.

»Ich kann dich im Augenblick nicht sehen, Mark«, erwiderte sie bestimmt. »Können wir nicht am Telefon miteinander sprechen? Ich dachte, du hättest am Nachmittag noch etwas vor?« fragte sie hinterlistig.

»Ich habe nichts vor«, sagte er langsam. »Ich denke jedoch, daß wir noch ein paar offene Frage zu klären haben. Das würde ich gern jetzt machen.«

»Ach, du meinst, daß ich dich beschimpft und dir gesagt habe, du könntest deinen Job behalten. Das tut mir leid«, sagte Jo mit tiefer Stimme. »Dafür möchte ich mich entschuldigen. Ich hatte kein Recht, solche Dinge zu sagen.«

»Das ist es nicht, was ich meine«, erwiderte Mark. »Das ist nur ein Teil des Problems. Ich möchte gerne wissen, was dahintersteckt, was tatsächlich vor sich geht. Offenbar hat es irgendeine Art von Mißverständnis zwischen uns gegeben . . .«

Jo erstarrte. Sie wußte genau, was er damit meinte. Er sprach von ihren Gefühlen für ihn, von ihrer »Verliebtheit«. Sie hatte ihn in New York schamlos angeflirtet und sich wie eine zurückgewiesene Geliebte benommen, als er sie nach

Emmas kleinem Ausfall nicht sofort angerufen hatte. Jetzt wollte er sie verwarnen. Natürlich wollte er das. Er war jetzt wieder mit der Liebe seines Lebens zusammen und wollte klaren Tisch machen. Offenbar wollte er sicherstellen, daß die arme Eva nicht noch einmal den wütenden Blicken Jos ausgesetzt war. Was für eine mißliche Lage. Er durfte nicht denken, daß sie sich ernstlich in ihn verliebt hatte, das wäre einfach zu beschämend. Sie mußte etwas sagen.

»Tut mir leid«, stieß sie hervor. »Ich weiß, daß ich mich in letzter Zeit merkwürdig benommen habe, aber es ist wegen des Babys.« Sie hielt einen Augenblick inne, bevor sie eine Idee hatte. »Wegen des Babys und wegen Richard. Er ist wieder zurück, und wir reden miteinander. Ich mache zur Zeit eine schwierige Phase durch, in der ich mir Klarheit verschaffen muß.«

»Oh.« Marks Stimme klang jetzt verändert, weit entfernt. »Ich verstehe«, erwiderte er kühl. »Natürlich verstehe ich. Tut mir leid, daß ich dich gestört habe, Jo. Ich laß dich jetzt wieder zu deiner Arbeit zurückkehren.«

Er legte auf.

Jo saß mit dem Hörer gegen das Ohr gepreßt und wünschte, Brenda würde ihr nicht direkt gegenübersitzen und mit ihrem Freund telefonieren, damit sie endlich weinen konnte.

17

Erzähl mir alles über Sam. Sieht er tatsächlich so wahnsinnig gut aus?« Jo machte es sich auf dem Ohrensessel in Aislings Wohnzimmer bequem und kuschelte sich in ihre überdimensionale graue Wollweste. »Hat er vielleicht noch Brüder?«

»Nicht daß ich wüßte«, erwiderte Aisling. »Ich weiß aber ohnehin nicht sehr viel über ihn.«

Das entsprach der Wahrheit. Seit der Party vor einer Woche

hatte Aisling zweimal mit ihm telefoniert, und beide Male waren ihre Gespräche zwar witzig und locker, aber nicht sonderlich informativ gewesen. Gott sei Dank waren ihre Unterhaltungen nicht so steif und verkrampft gewesen, wie zu der Zeit, als sie zum ersten Mal mit Jungs ausgegangen war. Damals hatte man sich nur darüber unterhalten, auf welche Schule man ging, welche Kurse man im College belegt hatte und woher die Eltern kamen. So konnte man herausfinden, wo der junge Mann herstammte und ob man ihn zu Hause vorzeigen konnte.

Sie war so lange verheiratet gewesen, daß sie sich kaum noch an ihr Leben vor Michael erinnern konnte. An jenes Leben, in dem sie sich mit vielen verschiedenen jungen Männern getroffen hatte – jene jungen Männer, von denen ihr Vater behauptete, keiner von ihnen würde zu ihr passen. Sich als Erwachsene zu verabreden machte viel mehr Spaß. Niemand außer ihr selbst mußte die Wahl gutheißen.

»Nein«, bemerkte sie nachdenklich. »Ich bin mir ziemlich sicher, daß Sam ein paar Schwestern hat, aber keine Brüder.«

»Perfekt.« Jo nahm sich einen zweiten Schokoladenkeks. »Wenn er Schwestern hat, dann versteht er die Frauen. Nicht wie diese Jungen, die von ihrer Mutter vergöttert werden und die keine Schwestern haben, die ihnen sagen, wo es langgeht. Diese Kekse schmecken ja himmlisch«, fügte sie hinzu und biß noch einmal herzhaft ab. »Hast du sie selbst gebacken?«

Aisling lachte. »Heutzutage bin ich froh, wenn ich es schaffe, morgens mein Bett zu machen, von Kuchenbacken ganz zu schweigen.«

»Sie sehen aber aus wie selbstgebacken.«

»Sie *sind* auch selbstgebacken, nur nicht von mir. Ich habe sie bei der Schulfeier der Jungs gekauft. Außerdem habe ich noch eine riesige Menge Apfelkuchen und Kekse erstanden. Das habe ich alles eingefroren, damit ich es bei Gelegenheit hervorzaubern und andere Leute das Jahr über mit meinen Backkünsten beeindrucken kann. Schade, daß mir so etwas nie eingefallen ist, als ich noch Hausfrau war«, bemerkte Aisling trocken.

»Du ißt ja gar nichts«, registrierte Jo. Während sie genüßlich eine Tasse heiße Schokolade und Kekse zu sich genommen hatte, hatte Aisling nur schwarzen Kaffee getrunken.

»Ich esse keine Kekse mehr. Es sei denn, auf der Packung ist die genaue Kalorienzahl angegeben«, erklärte Aisling. »Ich habe lange genug gebraucht, um abzunehmen, und ich denke nicht daran, wieder zuzunehmen.«

»Du siehst super aus«, bewunderte Jo sie aufrichtig. Die etwas plumpe, aus den Fugen geratene Aisling gehörte der Vergangenheit an. Sie war schlank und trug zu engen, schwarzen Hosen einen weichen, kamelfarbenen Angorapullover, der genau zu ihrem neuen Haarton paßte. Jo merkte wohl, daß es nicht nur Aislings Aussehen war, weswegen sie so verändert aussah. Aisling hatte sich auch innerlich verändert.

Aus der nervösen, unglücklichen Frau von vor vier Monaten, die immer am Rande eines Nervenzusammenbruchs gestanden hatte, war eine attraktive Frau geworden, die gelernt hatte, sich das Leben ihren Vorstellungen entsprechend zu gestalten.

Jo erinnerte sich noch sehr gut an die Zeit, als sie am gleichen Punkt gewesen war. Das war noch vor ihrer Schwangerschaft gewesen, bevor Richard ihr sein wahres Ich gezeigt hatte, bevor sie sich rettungslos in Mark verliebt hatte. Jetzt befand sie sich auf einem Zick-Zack-Kurs, den sie sich nicht ausgesucht hatte: Sie hatte Angst und war gleichzeitig sehr aufgeregt.

Plötzlich spürte Jo Aislings Hand auf ihrer Schulter. Ihre Freundin hatte sich auf der Stuhlkante niedergelassen und blickte sie besorgt an.

»Alles in Ordnung?« fragte Aisling sanft.

»Ja«, schniefte Jo. »Ich habe an die Zeit vor drei Monaten gedacht, als ich noch glaubte, alles sei okay. Als ich schwanger wurde und glaubte, er würde sich das Baby ebensosehr wünschen wie ich.« Liebevoll strich sie über ihren Bauch. »Ich freue mich so sehr auf das Kind. Ich begreife einfach nicht, warum es ihm nicht genauso ging. Ich dachte, alles würde ganz wunderbar werden.«

»Aber das war nur eine Wunschvorstellung von dir, denn Richard war nicht gerade das, was man als wunderbar bezeichnet. Er hat dich die ganze Zeit angelogen. Früher oder später hätte er dir sein wahres Ich gezeigt«, erwiderte Aisling ernst. »Du hättest niemals mit einem Mann leben können, der von dir eine Abtreibung verlangt, nur damit ihr beide ins Ausland gehen und ohne jegliche Verpflichtungen eurer Arbeit nachgehen könnt.«

»Ich weiß«, erwiderte Jo.

Aber Aisling war noch nicht fertig. »Dein Leben war nur ein Kartenhaus, Jo. Bei mir war es genauso, und früher oder später wäre es zusammengefallen. Es war furchtbar, als alles auseinanderbrach. Aber wenn man ehrlich ist, dann gibt es nun mal keinen leichten Weg, eine Beziehung zu beenden. Aber jetzt sind wir beide über dieses grauenhafte, deprimierende Stadium hinaus. Wir sind schon auf der nächsten Stufe. Ich weiß wohl, daß es furchtbar für dich ist, das Baby ganz alleine zu bekommen. Natürlich wäre es schöner für das Kind, wenn es einen Vater hätte . . .«

»Für sie.« Jo lächelte. »Ich bin mir ganz sicher, daß es ein Mädchen ist. Ich spüre es. Stimmt's, mein Liebling?« flüsterte sie ihrem Bauch zu. »Ich weiß genau, was du sagen willst, Ash. Kein Vater ist immer noch besser als ein Vater wie Richard«, rezitierte sie, als ob sie ein Mantra wiederholen würde, das sie sich selbst bereits unzählige Male vorgebetet hatte.

»Wenn du allein auf dich gestellt bist, hast du immerhin die Möglichkeit, einen Mann kennenzulernen und einen guten Vater für sie zu finden«, sagte Aisling.

»Den glaubte ich bereits gefunden zu haben.«

»Mark Denton?« fragte Aisling.

»Ja. Der liebe, liebe Mark. Und ich habe alles kaputtgemacht. O Gott, ich möchte gar nicht mehr darüber nachdenken.« Jo lehnte sich im Sessel zurück und strich sich mit der rechten Hand über den Nasenrücken. Sie war müde und sehr erschöpft. Es war eine schreckliche Woche gewesen. Sie hatte Mark nicht einmal aus dem Weg gehen müssen, weil er sich bemüht hatte, das Büro zu meiden. Er hatte Rhona angerufen, wenn er mit ihr sprechen wollte, und war nicht wie sonst immer ins Büro gekommen.

Als ob das noch nicht schlimm genug gewesen wäre, konnte sie auch erst spätabends nach Hause gehen, da der Makler möglichen Käufern ihre Wohnung zeigen wollte. Aus diesem Grund hatte sie am Mittwoch, Donnerstag und Freitag bis acht Uhr abends mit einem Imbiß im Büro gesessen.

Wenn sie Aisling nicht versprochen hätte, sie am Samstag morgen zu besuchen, wäre sie gar nicht erst aufgestanden. Sie hatte sich gerade einmal aufraffen können, ihre alte Wollweste, ein verblichenes rosa T-Shirt und ihre graue Jogginghose überzuziehen. Sie hatte nicht die Energie gehabt, ihre Haare zu waschen und wußte, daß sie ihr ohne jede Spannkraft auf die Schultern fielen.

Aisling betrachtete sie einen Augenblick lang, dann stand sie auf. »Komm mit in die Küche. Ich koche uns ein anständiges Mittagessen«, sagte sie bestimmt. »Während ich koche, kannst du mir alles über Mark erzählen.«

Der Geruch des Kräuteromeletts mit Pilzen, das sie für Jo zubereitet hatte, hing noch immer im Raum, als Aisling am Abend hastig aufräumte und Strumpfhosen, Socken, Unterhosen und Pullover von der Heizung nahm. Sam wollte sie um halb acht abholen, und sie hatte nur noch eine Stunde, um ihre Haare zu fönen, sich anzuziehen und sich zu schminken. Es war ihre eigene Schuld. Sie hatte viel zuviel Zeit darauf verwendet, das Menü für ihr erstes Cateringdinner zu planen.

Als Rachel Coughlan Aisling am Montag morgen angerufen und zaghaft angefragt hatte, ob sie ein Abendessen für zwölf Leute ausrichten könnte, war Aisling zunächst so verblüfft gewesen, daß sie anfangs gar kein Wort herausbekommen hatte.

»Ich habe Sie lieber schon so frühzeitig angerufen, falls Sie ausgebucht sein sollten«, sagte Rachel am Telefon. Sie klang überhaupt nicht wie eine ambitionierte Geschäftsfrau, die gerade ihre eigene PR-Agentur aufgemacht hatte. »Jim sagte, alle seien von ihren Kochkünsten ganz begeistert und beeindruckt gewesen. Er meinte, Sie hätten sicherlich schon alle Hände voll zu tun. Hoffentlich können Sie mich noch mit einplanen. Es ist der fünfundvierzigste Geburtstag meines Bruders. Er kommt aus Amerika zurück, und seine Frau ist sehr wählerisch. Ich möchte gern ihre kühnsten Erwartungen übertreffen.«

Aisling war von der Anfrage entzückt, und noch entzückter war sie darüber, daß Jim Coughlan offenbar eine so hohe Meinung von ihr hatte, daß er davon ausging, sie sei bereits ausgebucht. Aisling versprach, ein besonders exklusives Menü zu entwerfen, wenn es das war, was Rachel wollte.

»Ja«, bekräftigte Rachel begeistert. Offenbar war sie erleichtert darüber, eine Verbündete gefunden zu haben. »Sie können es vielleicht nicht nachvollziehen, aber ich kam mir immer wie ein Mensch zweiter Klasse vor, im Vergleich zu dieser New Yorker Karrierefrau, die aus dem Nichts ein viergängiges Menü zaubern kann und trotzdem jederzeit so aussieht, als ob sie geradewegs einem Modemagazin entsprungen sei.«

»Oh, doch, das kann ich sogar gut nachvollziehen«, erwiderte Aisling grimmig. »Machen Sie sich keine Sorgen, Rachel. Sie wird angesichts unseres Menüs schlichtweg geplättet sein.«

»Leider war meine Schwägerin in ihrem ganzen Leben noch nie von irgend etwas wirklich geplättet. Das ist ja der Jammer«, entgegnete Rachel düster.

Aisling war ganz und gar in die Frage vertieft gewesen, ob Lammrücken für ein solches Essen exklusiv genug sein würde, oder ob sie etwas Schwierigeres wie Fasan in Calvados ausprobieren sollte. Sie hatte überhaupt nicht auf die Zeit geachtet. Als sie schließlich auf die Uhr blickte, ließ sie das Menü im Stich und eilte nach oben ins Badezimmer.

Eine Stunde später saß sie in ihrem bronzenen Body, den Fiona ihr geschenkt hatte, in der Küche und zupfte die Katzenhaare von ihrem langen, schwarzen Rock. Flossie, die nur sehr ungern alleine zurückblieb, strich zwischen Aislings Beinen hindurch und hinterließ dabei auf den schwarzen Strumpfhosen weitere Haarspuren.

»Tut mir leid, Flossie.« Sie streichelte das seidige Fell der Katze. Woher wußte Flossie nur immer so genau, wann sie ausging? »Es wird sicher nicht spät. Warte nur erst, bis du die Überraschung siehst, die ich für dich habe.«

Sie überprüfte noch einmal ihr Make-up, legte etwas *Magie Noire* auf und stand auf, um Flossie zu füttern.

»Ist das nicht lecker?« fragte sie und beobachtete, wie die Katze sich über eine Dose Lachs hermachte.

Als eine Minute nach halb acht die Klingel ertönte, hatte sie bereits Schmetterlinge im Magen. Wie in aller Welt sollte sie überhaupt noch einen Bissen herunterbekommen? Aber das sollte jetzt nicht ihre Sorge sein.

Sam stand vor der Tür und hielt einen kleinen Blumenstrauß in der Hand. Einen Moment lang war Aisling völlig verblüfft. Sie hatte ganz vergessen, wie unglaublich attraktiv er war. Er trug ein hellblaues Baumwollhemd, das das Blau seiner Augen unterstrich und seinen gebräunten Teint vorzüglich zur Geltung brachte. Das figurbetonte dunkle Jackett und die Jeans ließen keinen Zweifel daran, daß er viele Stunden im Fitneßstudio verbrachte. Von der Spitze seiner braunen Wildlederschuhe bis hin zu seinem amerikanischen Grinsen sah er wie eine leibhaftige Calvin-Klein-Werbung für After-Shave aus.

»Du siehst wunderschön aus, Aisling.« Er sah sie bewundernd an. »Kann ich hereinkommen?«

»Oh Gott, ja, tut mir leid.« Aisling errötete bis an die Haarwurzeln, trat einen Schritt zurück und ließ ihn eintreten. Sie hatte ihn nur anstarren können und darüber ganz vergessen, ihn hereinzubitten. »Hier, der ist für dich.« Er reichte ihr den Blumenstrauß. »Dafür, daß du mir geholfen hast, mich in Irland wieder heimisch zu fühlen.«

Um ihre Röte zu verbergen, vergrub sie ihre Nase in den Blumen und atmete den starken Duft der hellgelben Rosen und des grünen Waldfarns ein, der ihr sofort zu Kopf stieg. Sie konnte sich nicht erinnern, wann ihr jemand das letzte Mal Blumen geschenkt hatte, abgesehen von Michaels Einkäufen in allerletzter Minute an irgendwelchen Tankstellen, die ohnehin nur sein Schuldbewußtsein beruhigen sollten.

»Sie sind wunderschön«, murmelte sie gerührt.

»So wie du.« Sam sah ihr tief in die Augen und lächelte sie wieder auf diese ruhige, lässige Art an.

Aisling spürte, wie sich die Schmetterlinge in ihrem Bauch vermehrten. Der Himmel allein wußte, wie es sein mochte, wenn er sie tatsächlich berührte.

»Der Tisch ist für acht Uhr reserviert. Möchtest du ausgehen, oder hast du etwa gar keinen Hunger?« fragte er und blickte sie mit hochgezogenen Augenbrauen amüsiert an.

»Oh, natürlich. Ich stelle nur die Blumen ins Wasser«, stammelte sie. Ob er wohl ihre Gedanken lesen konnte? Hoffentlich nicht.

Er hielt die Tür für sie auf, damit sie ins Taxi steigen konnte. Sie war davon ausgegangen, daß er mit dem Auto kommen würde.

»Wenn man fährt, kann man nichts trinken«, sagte er. »Ich dachte, wir würden Champagner trinken, und danach kann man einfach nicht mehr fahren.«

»Nein, natürlich nicht«, erwiderte Aisling, als ob sie die ganze Zeit nichts anderes als Champagner trinken würde. Sie wußte nicht, ob sie ihm glauben sollte. Sam war ein Mann, dem nur wenig an Vorschriften lag. Er hatte etwas Verwegenes, was ihn sehr, sehr attraktiv machte. Und ein kleines bißchen gefährlich.

Er hatte ein kleines, französisches Restaurant ausgewählt, mit gedämpftem Licht und kleinen Tischen, die weit genug voneinander entfernt standen, daß sich die Paare ganz intim unterhalten konnten. Ihr Tisch stand in einer Nische, der goldene Kerzenschein warf ein flackerndes Licht auf das schneeweiße Damasttuch und das glänzende Silberbesteck. Gut, dachte Aisling. Kerzenschein schmeichelte Krähenfüßen bei weitem mehr als Neonlicht.

Die Kellnerin reichte ihnen die Speisekarten und ließ die beiden wieder allein. Es schien hier nur Paare zu geben, denen es das gedämpfte Licht angetan hatte. Es war der perfekte Ort für geheime Rendezvous. Bestimmt hatte Michael seine neue Flamme auch an einen solchen Ort ausgeführt. Das Personal hielt sich diskret im Hintergrund, während Ella Fitzgerald mit samtener Stimme Liebeslieder sang.

»Gefällt es dir hier?« fragte Sam leise.

»Einfach fabelhaft.«

»Gut, dann sollten wir jeden Samstagabend hierherkommen«, meinte Sam.

Aislings Puls raste. Beim ersten Treffen sprach er bereits über eine gemeinsame Zukunft! Sie konnte es kaum erwarten, Fiona und Jo alles zu erzählen.

Sie lächelte ihm verführerisch zu und betrachtete die Speisekarte. Wer konnte in einer solchen Situation noch an Essen denken?

Aus eleganten Champagnergläsern tranken sie *Moet*, und Sam erzählte ihr alles über seine Arbeit in Texas und Louisiana.

»Ich muß dir unbedingt New Orleans zeigen«, sagte er und griff über seinen leeren Suppenteller hinweg nach Aislings Hand. »Es würde dir bestimmt gefallen. Es hat eine wunderschöne Atmosphäre und ist ausgesprochen europäisch. Es ist die europäischste Stadt in ganz Amerika. Du kannst durch das *French Quarter* spazieren, und es ist genau wie in Paris oder in Budapest.«

»Du bist so viel gereist«, begeisterte sich Aisling. »Ich war in Griechenland, Portugal, Frankreich und England, und das war auch schon alles. Aber du warst schon überall.«

Er zuckte mit den Schultern. »Nach dem College bin ich eine Weile herumgereist, deswegen habe ich auch so viel gesehen. Du hattest eben keine solche Gelegenheit, du mußtest schließlich zwei Kinder aufziehen.«

»Ich kann es kaum erwarten, daß du sie kennenlernst«, sagte Aisling eifrig. »Bestimmt werden sie dich mögen.« Oh nein, dachte sie erschrocken. Sie konnte es kaum glauben, daß sie das gesagt hatte. Alleinstehende Männer wollten normalerweise von den Kindern anderer Männer nichts hören.

»Ich kann es auch kaum erwarten«, sagte Sam. »Ich liebe Kinder. Die Kinder meiner Schwester sind phantastisch, und die beiden älteren – Jerrils Jungen – haben mich letztes Jahr vier Wochen lang besucht. New Orleans hat ihnen unheimlich gut gefallen, und ich mußte zwei volle Tage mit ihnen im Aquarium verbringen.«

»Das klingt phantastisch«, sagte Aisling. Sie gab ihm innerlich zehn Punkte dafür, daß er Kinder mochte. Er sah gut aus, war nett, lustig, romantisch *und* konnte es kaum erwarten, die Jungs kennenzulernen. Was mehr konnte sich eine Frau noch wünschen?

»*Es ist* faszinierend«, sagte Sam. »Im Aquarium gibt es bis auf Wale alles, was du dir nur vorstellen kannst. Hinter den Glasscheiben kannst du Haie, Stachelrochen und Riesenkraken beobachten.«

Er brach ab, als die Kellnerin ihnen ihr Hauptgericht vorsetzte, und füllte ihre Gläser erneut mit *Moet.*

»Egal, laß uns das Thema wechseln. Meine Lieblingstiere

befinden sich nicht hinter Glas.« Sam warf ihr ein umwerfendes Lächeln zu.

»Was willst du denn damit sagen?« hakte Aisling schüchtern nach.

Sam griff erneut über den Tisch nach ihrer Hand und drückte sie sanft.

»Daß ich das Leben in vollen Zügen genießen möchte. Das war immer meine Maxime, daß man sich vom Leben das Beste nehmen soll, all das Vergnügen und all die Leidenschaft, solange man es kann. Vielleicht klingt dir das zu abenteuerlich?« Er blickte Aisling bedeutungsvoll an. Sie wußte genau, was er damit hatte sagen wollen. Sie spürte, wie sie unter seinem Blick rot wurde.

»Für Abenteuer ist in meinem Leben kein Platz«, sagte sie und hob mit ihrer freien Hand das Glas. »Arbeit, Kinder, die tägliche Routine – da gibt es keine Zeit für Abenteuer. So ein Essen wie heute abend statt Hausarbeit ist meine Vorstellung von einem Abenteuer!«

Aisling wußte genau, das er es überhaupt nicht so gemeint hatte, aber sie wollte so schnell wie möglich das Thema wechseln. Das Gespräch hatte eine Wendung genommen, mit der sie sich nicht wohl fühlte, und sie wollte wieder auf vertrautes Terrain zurück. Jedenfalls so lange, bis sie noch mehr getrunken hatte.

»Natürlich gab es noch einen anderen Grund, warum die Jungs so fasziniert vom Aquarium waren«, fuhr Sam lächelnd fort und kehrte damit wieder zu ihrem ursprünglichen Thema zurück. »Sie kamen während ihrer Sommerferien im Juli. Wenn man im Sommer durch New Orleans geht, ist es, als würde man in einem heißen Ofen gebacken. Außerdem ist es noch extrem schwül. Nachdem man sich eine Stunde lang bei den Märkten am Fluß herumgetrieben hat, ist das Aquarium angenehm kühl!«

Dann erzählte er ihr, wie er zwei Jahre lang mit einem Freund aus dem College überall herumgereist war. Aisling hörte ihm mit großen Augen zu. Seine Geschichten handelten von Rucksackreisen nach Indien – »ein unvergleichliches Erlebnis« –, von einer Fahrt durch Amerika in einem alten Autowrack – »Neu-Mexiko ist mit Sicherheit einer der schönsten Plätze auf der Erde« – und von einem Kibbuz in Israel, in dem er ein paar Jahre lang gearbeitet hatte. Über die Geschichten von Motelzimmern, in denen es von Küchenschaben nur so wimmelte, und von dem Krankenhaus in Ecuador, in dem er wegen eines schlimmen Magenvirus gelandet war, mußte sie schmunzeln.

Nach einer Weile fiel ihr jedoch auf, daß er niemals über seine Gefühle sprach. Er erwähnte die Frau nicht, mit der er in Texas zusammengewesen war, und er sprach auch nicht über ihre Trennung. Vielleicht ergab es sich ja später noch, über solch intime Dinge zu reden. Von Michael her war sie es gewöhnt zuzuhören. Und so saß sie auch jetzt schweigend da, während Sam ihr erzählte, wo er überall in seinen neununddreißig Jahren schon gewesen war. Überall hatte er einen neuen Sport oder ein neues Hobby ausprobiert, um seine Lust am Risiko zu befriedigen. Der Höhepunkt war für ihn gewesen, in Colorado auf Felsen zu klettern.

»Aber das klingt ja ziemlich erschreckend«, sagte sie schaudernd, als er ihr von der Schwierigkeit erzählte, sich auf eine zweihundert Meter hohe Klippe hochzuhangeln, an der bereits zwei Bergsteiger ihr Leben hatten lassen müssen.

»Schon, aber der Adrenalinstoß ist einfach unbeschreiblich«, sagte Sam, dessen Blick in die Ferne schweifte. »Ich kann es nicht erklären, es ist archaisch, das Gefühl, daß es nur um dich geht, ein Mann gegen die Natur. Wenn du dort oben stehst, kannst du dir vorstellen, wie es für die Steinzeitmenschen gewesen sein muß, sich die Erde zu unterwerfen.«

Einen Moment lang schweifte sein Blick ab, doch dann kehrte er ganz schnell wieder zu ihr zurück.

»In Arizona wird jedes Jahr eine Klettertour in den Grand Canyon veranstaltet«, sagte Sam. »Ich war noch nie dort, aber ich würde es gern einmal mitmachen. Als Kind wollte ich nämlich immer Stuntman werden. Wahrscheinlich habe ich damals zu viele Steve-McQueen- oder Clint-Eastwood-Filme gesehen. Aber meine Mutter meinte, ich solle nicht dumm sein und lieber aufs College gehen. Trotzdem glaube ich, daß ich ein guter Stuntman geworden wäre. Was meinst du?«

Aisling mußte darüber nicht lange nachdenken. Je länger Sam redete, desto klarer wurde ihr, daß er es liebte, sein Leben zu riskieren. Ganz besonders dann, wenn ihm viele Leute dabei zusahen. Warum war Sam eigentlich wieder nach Irland zurückgekehrt, wo ihm Amerika doch so sehr gut gefallen hatte? Aber sie wollte ihm keine schwierigen Fragen stellen, genausowenig, wie sie wollte, daß er sie in Verlegenheit brachte. Heute abend wollte sie sich einfach nur schön, sexy und begehrt fühlen.

»Es war der größte, verdammte Hai, den ich in meinem ganzen Leben gesehen habe«, sagte Sam und erzählte ihr vom letzten Sommer, wo er einen Riesenhai gefangen hatte.

Eine leise Stimme in Aislings Hinterkopf ermahnte sie, daß Sam, der »Actionheld«, sich nicht besonders stark von Michael, dem brillanten Politiker, unterschied. Der Unterschied jedoch war der, daß Michael sie niemals mit Erdbeeren gefüttert hätte, während er ihr von seinen glorreichen Taten erzählte.

Sie liebte es, wie Sam jede Erdbeere in die Sahne tunkte, sie ihr dann reichte, sie einen großen Bissen abbeißen ließ und dann selbst den Rest der Beere verspeiste. Die ganze Zeremonie war ausgesprochen sinnlich, und Aisling gefiel es. Während sie Erdbeeren aß und Champagner trank, verflüchtigte sich ihre Scheu, und sie genoß die erotische Spannung zwischen ihnen. Als Sam auf die Toilette ging, lehnte sie sich in ihrem Stuhl zurück und sah sich im Raum um. Sie genoß dieses Abendessen über alle Maßen. Es war lange her, seit sie mit einem Mann ausgegangen war und sich selbst nicht als linkisch oder als langweilig empfunden hatte und schließlich auch noch stark angeheitert war. Als Michael mit ihr ausgegangen war, war sie immer ihres Umfangs wegen so deprimiert gewesen, daß sie alles aufaß, was er ihr kredenzte und noch dazu zuviel trank.

Es war wunderbar, sich wieder schlank und selbstbewußt zu fühlen, und mit einem attraktiven Mann auszugehen, der ihr tief in die Augen blickte.

Gemeinsam arbeiteten sie sich durch eine zweite Flasche Champagner und vier Irish Coffees. Inzwischen spielte Sam bereits mit Aislings Fingern und warf ihr über den Tisch bedeutsame Blicke zu. »Vermißt du deinen Mann?« fragte er plötzlich unvermittelt.

Noch vor drei Monaten wäre Aisling bei dieser Frage in Tränen ausgebrochen. Aber jetzt beobachtete sie Sam dabei, wie er ihre Hand streichelte und antwortete: »Ja und nein. Ich vermisse ihn, weil wir so lange zusammen waren, ich vermisse nachts den Mann im Bett neben mir, den Mann, der die Mülleimer rausgestellt hat. Manchmal«, fügte sie hinzu, »manchmal denke ich nicht einmal an ihn, besonders dann nicht, wenn ich viel zu tun habe und unter Zeitdruck stehe.«

»Das meine ich nicht«, flüsterte Sam und erhöhte den Druck auf ihre Hand.

Sie sah ihn an. Es war merkwürdig und aufregend, sein Begehren zu spüren. Und auf gewisse Art und Weise empfand sie es auch als befreiend. Es befreite sie von der Vergangenheit. Sie fühlte sich frei, ihre Meinung zu sagen und nicht immer nur darauf zu achten, das Richtige zu bemerken.

»Seit er weg ist, habe ich nicht einmal über Sex nachgedacht«, erwiderte sie freimütig. »Bis ich dich getroffen habe.« Erstaunt fügte sie hinzu: »Ich kann kaum glauben, daß ich das gesagt habe.« Sie lachte. »Das ist die Wirkung, die du auf mich ausübst, Sam Delaney.«

»Freut mich zu hören. Hattest du denn während deiner Ehe niemals das Bedürfnis auszubrechen? Niemals den Wunsch, etwas anderes zu machen?« fragte Sam beiläufig.

»Oder den Wunsch, es mal mit *jemand anderem* zu tun? Ist es nicht eher das, was du meinst?« fragte Aisling. »Aber so bin ich nicht. Na ja«, korrigierte sie sich, »jedenfalls war ich bisher nie so.« Das hat sich jetzt geändert, dachte sie im stillen.

Sie rief die Kellnerin heran. »Könnte ich noch einen Cognac bekommen? Möchtest du auch einen, Sam?« Um diesen Schritt zu wagen, brauchte sie mehr Selbstbewußtsein, und das hieß mehr Alkohol. Morgen früh würde sie ganz sicher schreckliche Kopfschmerzen haben.

»Ist die neue Aisling bereit für etwas Neues?« fragte Sam leise, nachdem die Kellnerin ihnen zwei Cognacs gebracht hatte.

Jetzt oder nie, dachte Aisling. Mach den Schritt. Sie kippte den Cognac hinunter. »Ja.«

Sam grinste und leerte ebenfalls sein Glas. »Wollen wir dieses Gespräch zu Hause fortführen?«

»Auf jeden Fall.«

Über ihren eigenen Mut verblüfft, ließ Aisling sich ins Taxi sinken und hielt Sams Hand. Aber das reichte ihm nicht. Es schien ihm egal zu sein, was der Taxifahrer sah, er umarmte sie und küßte sie leidenschaftlich. Früher hätte sich Aisling furchtbar geschämt und sich Gedanken darüber gemacht, was wohl der Fahrer denken mochte, zwei Erwachsene, die sich wie sexbesessene Jugendliche aufführten.

Vom Alkohol enthemmt war es ihr jedoch gleichgültig, selbst dann noch, als Sam seine Hand zwischen ihre Beine schob.

Vor der Haustür suchte Aisling nach den Schlüsseln. Einen Augenblick lang grübelte sie darüber nach, ob sie von den Nachbarn beobachtet wurde, wie sie einen fremden Mann mit nach Hause brachte.

Wenigstens würden sie nicht wissen, wie lange er blieb, da er sein Auto nicht mitgebracht hatte. Niemand konnte sich darüber aufregen, daß ein fremdes Auto vor dem Haus der

Morans geparkt stand. Fiona beobachtete sie wahrscheinlich, dachte Aisling und konnte nur mit Mühe ein Lachen unterdrücken. Sie hätte mit ihrer Nachbarin ein Signal ausmachen sollen – zweimal mit der Taschenlampe aus dem Schlafzimmerfenster geblinkt, wenn Sam sie leidenschaftlich liebte, und einmal, wenn er nach zuviel Alkohol auf dem Sofa einschlief.

Sam betrat das Wohnzimmer und ließ sich sofort auf das Sofa sinken.

»Sehr nett hier. Setz dich, Liebling«, sagte er und klopfte auf den Platz neben sich.

Plötzlich fühlte Aisling sich vollkommen ernüchtert. Sie hatte einen Fremden in ihr Haus gebracht, das Haus, in dem sie zusammen mit Michael und den Jungs gewohnt hatte. Und dieser Mann war sich ganz sicher, daß sie sich gleich lieben würden. So sicher, daß er es sich ganz selbstverständlich gemütlich machte und ihr Sofa in Beschlag genommen hatte. Was zum Teufel habe ich nur getan, dachte sie.

»Ich muß die Katze hinauslassen«, murmelte sie nervös. Sie verließ das Zimmer und ging in die Küche. »Flossie, Flossie, wo bist du?« rief sie.

Es war typisch für Flossie, daß sie genau dann unauffindbar war, wenn man sie wirklich brauchte. In ihrem Körbchen neben der Heizung jedenfalls lag sie nicht. Also würde Aisling sie nicht als Vorwand auf ihrem Schoß sitzen lassen können, damit Sam sie nicht auf seinen Schoß ziehen konnte.

»Hast du vielleicht einen Cognac im Haus?« fragte er und erschien ebenfalls in der Küche.

»Natürlich«, erwiderte sie. »Komisch, ich dachte immer, ich wäre die einzige, die einen Drink nach dem Abendessen braucht.«

»Nein, mir geht es genauso. Wenn ich einen Cognac trinke, dann möchte ich auch immer noch einen zweiten trinken.« Er blickte sich in der Küche um. »Keine Katze, was?«

»Sie muß oben im Bügelzimmer sein.« Aisling suchte im Schrank nach den passenden Gläsern. »Sie versteckt sich zu gern zwischen den Socken. Hallo, hier haben wir sie«, sagte sie triumphierend. Sie holte zwei Whiskygläser hervor. Das Glas hatte eine grünliche Färbung. »Verdammt, jetzt erinnere ich mich wieder, ich habe gar keinen Cognac. Aber der Whisky ist dort hinten in dem Schränkchen neben der Pinnwand.«

Sie spülte die Gläser aus und drehte sich um. Sam betrachtete gerade die Fotos und Notizen auf der Pinnwand.

Ein Bild von den Jungs in Portugal während einer Wildwasserfahrt hing dort, sie hatten die Hände in die Luft gestreckt und schrien vor Vergnügen. Es war bereits drei Jahre alt, aber Aisling liebte es. Daneben hing ein Foto von den beiden Jungs und ihrem Fußballteam nach einem Pokalgewinn. Ihre Gesichter waren ganz verdreckt, aber sie sahen sehr stolz aus. Und dann gab es noch ein Foto, das bei einem Barbecue in Fionas Garten im letzten Sommer aufgenommen worden war. Daneben ein Schnappschuß von Fiona, die mit Nicole tanzte, während Pat im Hintergrund mit umgebundener Schürze eine große Gabel mit Würstchen in der Luft schwenkte. Und kein einziges Foto von Michael. Früher hatte dort einmal ein sehr hübsches Foto von ihm und den Jungs in Portugal gehangen. Sie lagen am Strand und taten so, als wären sie Bodybuilder. Auf der Nase hatten alle drei weiße Zinksalbestreifen, um sie vor der Sonne zu schützen.

Sie hatte es von der Pinnwand genommen und in die Kommode im Wohnzimmer gestopft. Einen Augenblick lang hatte sie überlegt, ob sie Michael aus dem Foto herausschneiden sollte, aber das war ihr dann doch zu kindisch gewesen.

Sam studierte die Pinnwand und betrachtete die Karten von Sorcha aus Istanbul und die mit der Mickey Maus aus Disneyland von den Finucanes. Daneben hing Aislings Einkaufsliste, sie mußte Toilettenpapier und Weichspüler besorgen.

»Von dir hängt hier gar kein Foto.« Er drehte sich zu ihr um.

Aisling holte die halbvolle Flasche *Jameson* aus dem

Schrank und füllte beide Gläser. »Ich bin nicht besonders fotogen.«

»Sag das nicht«, erwiderte er bestimmt. »Du selbst glaubst es vielleicht nicht, Aisling, aber ich versichere dir, du siehst absolut umwerfend aus.«

Sie wollte ihm gerade widersprechen, als ihr ein Artikel aus einer Frauenzeitschrift einfiel. Darin ging es um Komplimente und wie man sie annehmen sollte. *Sie werden niemals Selbstbewußtsein entwickeln, wenn Sie keine Komplimente annehmen können. Ihr Mangel an Selbstbewußtsein wird schließlich dazu führen, daß Leute glauben, sich geirrt zu haben – und daß Sie recht haben mit Ihrer schlechten Meinung über sich.*

»Danke«, sagte sie. War das denn nun so schwer gewesen? dachte sie im stillen.

»Ich glaube, dir wurde bisher nicht oft genug gesagt, wie schön du bist«, meinte Sam.

Er stützte sich auf die Arbeitsfläche und trank einen großen Schluck Whisky. Aisling tat es ihm nach. Die feurige Flüssigkeit versetzte ihren gesamten Organismus in einen Schockzustand.

»Komm her«, sagte Sam.

Mit dem Glas in der Hand ging sie zu ihm. Er streichelte über ihre Wange, dann glitt seine Hand über ihr Gesicht und liebkoste ihren Nacken. Sie spürte, wie ihre Haut dort brannte, wo er sie berührte. Unbewußt lehnte sie sich ihm entgegen, damit er nur nicht aufhörte.

»Du bist wunderschön«, flüsterte er und nahm ihr das Glas aus der Hand. Er umfaßte ihre Taille mit beiden Händen und zog sie zu sich heran. Ihre Lippen fanden einander, und es kam Aisling so vor, als sei sie niemals zuvor geküßt worden. Sein Mund verzehrte sie, und sie schmiegte sich eng an ihn. Ihre guten Vorsätze lösten sich dabei in Luft auf. Eng aneinandergepreßt schmolzen ihre Körper ineinander. Aisling erschien sein Körper sehr kompakt. Das kam bestimmt vom vielen Klettern, dachte sie im stillen.

Sie zog seinen Kopf zu sich heran, ihre Finger durchwühlten sein kastanienbraunes Haar, während sie ihn mit offenem Mund küßte. Er schmeckte wunderbar. Phantastisch, um es genau zu sagen. Sie küßte ihn erneut, und viele kleine Küsse addierten sich zu einem endlos langen Kuß.

Es war genau wie in der vorigen Woche. Ihre Nervosität war verpufft, sie verlangte nach ihm, sie war begierig darauf, seinen Körper zu spüren, ihn in sich zu spüren.

»Du bist wirklich etwas ganz Besonderes, Aisling«, flüsterte er atemlos und löste seine Lippen einen Moment lang von ihren. »Sollten wir nicht nach oben gehen und dort weitermachen?«

»Ja.« Aisling konnte kaum glauben, was nun geschehen würde. Hier war sie, eine von ihrem Mann getrennt lebende Frau von fünfunddreißig, die sich an einen Mann klammerte, den sie kaum kannte – und sie war bereit, mit ihm zu schlafen. Noch dazu gleich nach ihrer ersten Verabredung. Machte sie das nicht zu einer Schlampe? Möglicherweise. Aber wen kümmerte das schon? Sie konnte tun, was sie wollte. Aber Sicherheit ging vor. Wenn sie sich zu etwas so Verrücktem hinreißen ließ, sollte sie die Möglichkeit einer Schwangerschaft oder der Ansteckung durch Aids ausschließen.

»Hast du Kondome dabei?« fragte sie unumwunden und war über ihren eigenen Mut verblüfft.

»Ja. Bist du auch sicher, daß du es wirklich möchtest?« flüsterte er, während er sie mit kleinen, brennenden Küssen bedeckte.

»Ja. Komm schon.«

Sie hatte sich entschieden, und es gab jetzt kein Zurück mehr. Was war denn schon Verwerfliches daran, mit jemand anderem als ihrem Mann unter ihrem eigenen Dach zusammen zu schlafen? Ihr eigener Ehemann hatte ja genau das gleiche getan. Oh Gott, sie brauchte jetzt unbedingt noch einen Drink.

Sie löste sich sanft aus Sams Umarmung, hob ihr Glas und

leerte es in einem Zug. Er lächelte und tat es ihr nach, hob sein Glas und bat sie, es nachzufüllen. Aisling goß ihnen noch zwei große Whisky ein, dann nahm sie ihn bei der Hand und führte ihn die Treppe hoch.

Im Schlafzimmer war es dunkel. Bevor sie die Lampen neben dem Bett hatte anknipsen können – denn diese waren schmeichelhafter als das Oberlicht –, setzte er sein Glas ab, nahm Aisling ihr Glas aus der Hand und umarmte sie erneut.

Sie fielen auf das Bett und wälzten sich herum, bis sie oben zu liegen kam. Er küßte sie leidenschaftlich, schob eine Hand unter ihren Rock und streichelte ihre Oberschenkel. Strapse und Seidenstrümpfe, dachte Aisling, ich sollte Strapse und Seidenstrümpfe tragen. Keine Strumpfhosen.

Sam wollte den Bund ihrer schwarzen Strumpfhose herunterziehen, aber ihr Rock war ihm im Weg. Wenn sie ihm nicht half, würde es die ganze Nacht dauern.

»Warte«, flüsterte sie und wunderte sich darüber, warum sie so leise sprach. Schließlich konnte sie niemand hören. Aisling küßte ihn erneut und wand sich dann aus seiner Umarmung. Mit zitternden Knien stand sie auf. Himmel, sie hatte zuviel getrunken. Sie war wirklich ziemlich blau.

Als sie langsam den Reißverschluß ihres Rocks herunterzog, blickte er sie erwartungsvoll an. Verdammt! Es gab wohl kaum etwas Unerotischeres als ein paar Strumpfhosen über einem Slip. Oder einem Body. Er sollte sie so nicht sehen.

»Ich warte.« Sam klang amüsiert. »Mach das Licht an, damit ich dich sehen kann.«

Aisling ging um das Bett herum, um das Nachttischlämpchen anzumachen. Als sie sich danach ausstreckte, griff Sam nach ihr und zog mit einer Hand den Reißverschluß ihres Rocks herunter. Er fiel zu Boden, und sie zog schnell ihre Strumpfhose aus, bevor er sie wieder in seine Arme schloß. Sie küßten sich erneut. Seine Zunge erforschte ihren Mund, während seine Hand sanft ihren Körper streichelte. Gott sei Dank hatte sie sich vorher die Beine rasiert.

»Gehen die leicht auf?« fragte Sam und machte sich an den Druckknöpfen ihres bronzefarbenen Bodys zu schaffen.

»Probier es mal. Aber dann mußt du mir auch den Rest ausziehen.« Aisling knöpfte sein Hemd auf, ihre Finger waren aber nicht sonderlich geschickt mit den kleinen Knöpfen. Sie war fast fertig und wollte gerade damit beginnen, seine Brust zu streicheln, als es ihm gelungen war, ihren Body aufzuknöpfen. Sie zitterte lustvoll, als sie seine Finger auf ihrem nackten Fleisch spürte. Er erforschte und streichelte ihre intimsten Stellen.

»Oh, Sam«, flüsterte sie.

»Ist es gut so?« fragte er.

»Wunderbar«, erwiderte sie und gab sich dem reinen Genuß hin. Sam zog den Body hoch, bis er ihre Brüste freigelegt hatte. Aisling trug einen cremefarbenen Baumwoll-BH.

»Du siehst umwerfend aus«, sagte er und liebkoste ihre weichen Brüste. »Aber ich brauche jetzt deine Hilfe.«

Aisling richtete sich auf und zog den Body über ihren Kopf, während Sam ihr rasch den BH abstreifte.

»Jetzt bist du dran«, verlangte sie und zog ihm das Hemd aus den Jeans. Er war in Windeseile ausgezogen, dann schlug er die Bettdecke zurück und schlüpfte ins Bett. Aisling folgte ihm und schmiegte sich an ihn. Es war wunderbar, seine warme, seidige Haut zu spüren.

»Du siehst wunderschön aus, Aisling«, wiederholte er und bedeckte ihre Brüste mit kleinen Küssen. Er küßte sie so lange, bis Aisling ganz wild vor Verlangen war.

»Das ist wundervoll«, sagte sie leise. »Und jetzt bist du dran.«

»Nein.« Er stützte sich auf einem Arm auf und sah sie an. »Heute abend habe ich hier das Sagen, und meine Aufgabe ist es, dafür zu sorgen, daß du kommst und kommst und kommst«, sagte er. »Also leg dich zurück und denk an gar nichts.«

Wieder küßte er ihre Brüste, während er mit einer Hand

sanft die empfindliche Haut ihrer Schenkel streichelte. Aisling stöhnte vor Lust.

»Wenn Sie unbedingt darauf bestehen, Mister Delaney«, sagte sie. »Allerdings.«

Wow, dachte Aisling nun schon zum zweiten Mal. Sie lag in den Kissen, neben ihr hatte sich Sam ausgestreckt. Er schnarchte, nicht besonders laut, aber laut genug, um sie wachzuhalten.

Nach zwei Orgasmen hätte sie eigentlich vollkommen erledigt sein müssen, aber sie konnte nicht schlafen. Obwohl es bereits vier Uhr morgens war, war sie hellwach, vollkommen entspannt und befriedigt. Bis jetzt war ihr gar nicht bewußt gewesen, wie langweilig und einfallslos der Sex mit Michael gewesen war.

Sam hatte gar nicht genug bekommen können, und er war erst zufrieden gewesen, nachdem sie zweimal gekommen war.

Zweimal. Wow.

Sie schlug die Bettdecke zurück und erhob sich. Sam würde sie gewiß nicht vermissen. Auch wenn er davon aufwachte, sie mußte unbedingt ein Glas Wasser trinken. Der Alkoholkonsum machte sich bemerkbar, und sie hatte unglaublichen Durst. Sie griff nach ihrem Morgenmantel und ging die Treppe hinunter, um ein Glas Wasser zu trinken. Nach dem zweiten Glas füllte sie es erneut und ging damit ins Badezimmer.

Aisling bemerkte erstaunt, daß sie phantastisch aussah. Sie glühte geradezu. Genauso war es. Ihr Haar war zerzaust, Sam hatte ihren Lippenstift weggeküßt, ihre Augen waren schwarz von Mascara, und sie fühlte sich sehr müde, aber ihr Teint war glatt und leuchtete.

Sie hatte es getan. Sie hatte Michaels Bann gebrochen, indem sie mit einem anderen Mann in ihrem gemeinsamen Bett geschlafen hatte. Tausend Dank, Sam, flüsterte sie ihrem Gesicht im Spiegel zu.

Als sie vorsichtig unter die Bettdecke schlüpfte, stöhnte Sam leise und schmiegte sich an sie. Er stöhnte erneut, legte einen Arm um sie und küßte ihren Nacken.

»Alles in Ordnung?« flüsterte er schläfrig.

»Wunderbar«, flüsterte sie zurück und kuschelte sich an ihn. »Wunderbar.«

Er weckte sie mit Küssen. Zuerst auf die Lippen, dann auf den Hals, bis sie schließlich ihre Augen öffnete.

»Zeit zum Aufwachen, Aisling.« Sams Hände glitten über ihre Brust.

»Wie spät ist es?« fragte sie und schloß erneut die Augen.

»Zwanzig vor zwei.«

»Zwei! Am Nachmittag?« Abrupt richtete sie sich auf. »Die Jungs werden gleich dasein. Du mußt gehen, Sam«, drängte sie ihn.

»Entspann dich.« Er schien belustigt. »Gestern hast du mir noch erzählt, sie würden nicht vor sechs Uhr kommen. Warum also die Eile?«

»Ich weiß, aber . . .« Aisling konnte ihm ihre Panik nicht erklären. Gestern abend war alles noch ganz anders gewesen. Wie konnte sie Sam erklären, daß es ihr lieber wäre, wenn er so schnell wie möglich verschwinden würde, weil sie sich schuldig fühlte, als ob sie etwas Falsches getan hätte? Er sollte gehen, damit sie ihre Gefühle ins Reine bringen konnte. Außerdem mußte sie abwaschen, die Bettwäsche wechseln und seinen Geruch von ihrem Körper abwaschen. Die Jungs durften ihn noch nicht sehen, es war zu früh.

»Bitte, versteh mich, Sam«, begann sie. »Ich habe so etwas noch nie getan, und es fühlt sich etwas seltsam an. Ich kann nicht zulassen, daß die Jungs dich jetzt schon kennenlernen. Es würde sie zu sehr verwirren. Ich hoffe, du verstehst das.«

»Hat dir die letzte Nacht gefallen?« fragte er sanft. Seine Finger spielten mit ihrem Haar. Er hatte wunderschöne Augen.

»Natürlich . . .«

Er stoppte sie mit einem Kuß, einem sanften Kuß, der dann immer leidenschaftlicher wurde. Aisling konnte nicht anders, sie mußte darauf reagieren. Seine Barthaare kitzelten sie ein wenig, als er begann, erneut ihre Brüste zu liebkosen.

»Ich liebe deine Brüste, Aisling«, sagte er mit rauher Stimme. Sie konnte ihm einfach nicht widerstehen. Er war so sexy, und er schien genau zu wissen, wie er sie erregen konnte. Bevor sie noch bis drei zählen konnte, waren sie bereits unter der Bettdecke wieder ineinander verschlungen und liebten sich.

»Ich verschwinde um drei. Dann hast du noch genügend Zeit«, flüsterte Sam.

Eine Stunde später lag Aisling in der Badewanne und beobachtete ihn beim Rasieren. Er bespritzte sein Gesicht mit Wasser, trocknete sich ab und betrachtete sich im Spiegel. Dann überprüfte er seine Rasur, die er mit ihrem alten Rasierapparat durchgeführt hatte. Zufrieden mit seinem Aussehen, kämmte Sam sich kurz und streifte sich dann das Hemd über.

»Du brauchst mich nicht zur Tür zu bringen«, sagte er, beugte sich zu ihr und streichelte ihre Brüste.

»Himmel, das fühlt sich phantastisch an. Am liebsten würde ich sofort wieder mit dir ins Bett gehen. Aber natürlich nicht in dieses Bett.« Er richtete sich abrupt auf. »Das Bett muß weg, findest du nicht?«

»Warum?« fragte Aisling. Sie hatte keine Ahnung, wovon er sprach.

»Wir können uns doch kaum dauernd in dem Bett lieben, das du mit deinem Mann geteilt hast.« Er schien ihre Frage befremdlich zu finden.

»Oh. Ich verstehe.« Aber um ehrlich zu sein, verstand sie ihn nicht. Letzte Nacht hatte es ihm nichts ausgemacht, daß sie sich in ihrem und Michaels Bett geliebt hatten. Andererseits waren sie beide auch so alkoholisiert gewesen, daß sie sich ebensogut an einem öffentlichen Ort hätten lieben können.

»Nächstes Wochenende können wir einkaufen gehen«, sagte er. »Wir sollten uns auch unbedingt anständigen Alkohol besorgen. Nachdem ich so lange in Amerika gelebt habe, habe ich eine Schwäche für Bourbon entwickelt.«

»Ist mir recht«, erwiderte Aisling automatisch.

Sam beugte sich zu ihr herunter und küßte sie sanft auf den Mund, ein langer, zärtlicher Kuß.

Von der Badezimmertür aus blies er ihr einen Kuß zu.

»Bis bald«, sagte er.

Sie hörte, wie er die Haustür zuschlug und sank zufrieden in die Wanne zurück. Wen kümmerte es schon, wenn er ein neues Bett und Bourbon statt Whisky wollte? Er war wunderbar, und er war verrückt nach ihr. Verdammt, er konnte auch das Schlafzimmer neu streichen, wenn ihm danach war. Aisling schloß die Augen und erinnerte sich daran, wie Sam sie geliebt hatte. Sie würde noch ein wenig in der Wanne liegenbleiben und das Haus später aufräumen.

»Na, wie war dein Abendessen?« fragte Fiona, sobald Aisling den Telefonhörer abgenommen hatte. »Wo wart ihr? Erzähl mir *alles.*«

»Alles?« fragte Aisling unschuldig. Sie war so aufgeregt, daß sie zu platzen glaubte. »Sam kam kurz nach halb acht, er trug ein blaues Hemd . . .«

»Vergiß das blaue Hemd!« erwiderte Fiona gereizt. »Wie war es? Hat er dich geküßt, hast du ihn geküßt, und habt ihr euch dann zu Ravels *Bolero* leidenschaftlich geliebt?«

Aisling schnaubte nur verächtlich. »Die Antworten auf deine Fragen, der Reihenfolge nach, sind wunderbar, ja, ja, ja und ja – nur ohne die Musik. Du weißt doch, daß ich im Schlafzimmer keine Musikanlage habe.«

»Aisling Moran«, schrie Fiona. »Ich kann es nicht fassen. Du hast mit ihm geschlafen? Das glaube ich einfach nicht!«

»Oh doch. Vielleicht bin ich eine Schlampe, aber wen kümmert das schon. Es war absolut wunderbar, und ich bin froh, daß ich es getan habe. Geschlafen in dem Sinne haben wir natürlich nicht sehr lange . . .«

»Und jetzt ist er wieder weg?« fragte Fiona.

»Ja.«

»Fein. Setz Wasser auf, ich komme sofort rüber. Natürlich nur, falls du dich ohne Krücken überhaupt noch bewegen kannst.«

»Natürlich ist er sehr attraktiv«, meinte Fiona fünf Minuten später. Sie saß in Aislings Küche und zündete sich eine Zigarette an. »Und es ist nun mal eine Tatsache, daß es heutzutage in diesem Land kaum noch anständige, gutaussehende, ungebundene Männer gibt. Und da du es mir zu verdanken hast, daß du ihn überhaupt kennengelernt hast, möchte ich alle Details wissen. Und ich meine *alle.*«

»Vielen Dank noch einmal, meine liebe Fiona, daß du ihn mir vorgestellt hast«, meinte Aisling kichernd. »Ich schulde dir auf jeden Fall einen Gefallen. Sam ist ein wunderbarer Liebhaber. Ich habe natürlich keine Vergleichsmöglichkeiten«, fügte sie hinzu. »Aber es war einfach phantastisch. Dreimal, Fiona, *dreimal.* Ich bin absolut fertig.«

»So siehst du aber gar nicht aus«, bemerkte Fiona trocken. »Im Gegenteil, du siehst aus, als würdest du von innen her leuchten.«

»Ich weiß. Erstaunlich, findest du nicht?« Aisling lehnte sich in ihrem Stuhl zurück, sie hatte ihren Kaffee noch nicht angerührt. »Wir waren mindestens bis vier Uhr auf, und eigentlich sollte ich einen riesigen Kater haben, nach all dem Alkohol, den wir getrunken haben. Aber weißt du was?« Sie grinste Fiona an. »Mir geht es hervorragend. Und irgendwie fühle ich mich vollkommen verändert. Ich kann es nicht erklären, aber mit Sam zusammenzusein, hat die ganze Spannung weggenommen, die Michael zurückgelassen hat. Endlich konnte ich mich entspannen und loslassen. Es war absolut phantastisch.«

»Du bist verliebt«, meinte Fiona lachend.

»Nein«, korrigierte sie Aisling. »Das bin ich nicht. Ich mag Sam, und er mag mich, aber Liebe ist es nicht. Ich möchte mich überhaupt nicht mehr verlieben, jedenfalls nicht auf absehbare Zeit.« Plötzlich war sie ganz ernst. »Die Liebe bringt bloß Schwierigkeiten. Wenn du jemanden liebst, dann kann er dich verletzen. Das möchte ich nie wieder durchmachen müssen.«

»Das kann ich sehr gut verstehen«, entgegnete Fiona. »Aber glaube ja nicht, daß du die Liebe kontrollieren kannst, Aisling. Das kannst du nämlich nicht.«

»Das weiß ich auch.« Aisling stand auf und füllte den Wasserkessel. Neben ihr drehte die Waschmaschine gerade ihre letzte Runde. Sie würde die nasse Wäsche noch aufhängen müssen, aber irgendwie hatte sie keine Lust dazu. Morgen war schließlich auch noch ein Tag.

»Einen Job zu bekommen, abzunehmen und zu lernen, auf eigenen Füßen zu stehen – all dies war wichtig. Aber egal, was immer ich auch tat, innerlich war ich immer noch an Michael gebunden«, erklärte Aisling. »Das ist jetzt vorbei. Ich war an ihn gebunden, aber er nicht an mich. Er war entkommen, mir aber wollte das nicht gelingen. Sam hat mir dabei geholfen.«

»Wann werdet ihr euch wiedersehen?« fragte Fiona.

»Nächstes Wochenende, zum Abendessen. Er wollte mich eigentlich schon morgen sehen, aber er muß die Woche nach Cork zum Arbeiten. Er will später noch anrufen.«

Fiona zog bedeutsam die Augenbrauen hoch. »Er scheint ja wirklich hinter dir her zu sein.«

Nachdem Aisling das letzte Kügelchen Sahne auf den Erdbeerkäsekuchen gespritzt hatte, stellte sie die Spritztüte in den Spülstein zurück und trug die Kuchenplatte vorsichtig hinüber zum Kühlschrank. Dizzy, der fette, schwarze Spaniel der Coughlans, ließ Aisling nicht aus den Augen. Er fixierte die Frau, die den ganzen Nachmittag über herrliche Gerichte in der Küche zubereitet hatte, mit großen, braunen Augen.

»Nein, du bekommst nichts davon, Dizzy«, ermahnte Aisling den hechelnden Hund. »Schließlich bist du auf Diät.«

»*Ich* bin diejenige, die auf Diät sein sollte«, jammerte Rachel. Sie eilte in einem pinkfarbenen Morgenmantel in die Küche und hatte das nasse Haar mit Hilfe eines Handtuchs zum Turban gebunden.

Rachel war klein, mollig, sehr hübsch und sah mindestens zehn Jahre jünger aus als ihr Mann, der etwa fünfundvierzig sein mußte. Darüber hinaus schien sie nicht besonders gut organisiert zu sein. Als Aisling vor wenigen Stunden in ihrer Küche eingetroffen war, hatte sie erst lange in unordentlichen Schrankfächern nach der Kuchenplatte suchen müssen.

»Der Reißverschluß an meinem schwarzen Crêpekleid will einfach nicht zugehen. Ich weiß, ich hätte diese Elastikstrumpfhosen kaufen sollen, die den Bauch flacher machen«, meinte Rachel verzweifelt. »Glauben Sie, daß noch Zeit ist, mir welche zu kaufen?«

»Aber natürlich«, erwiderte Aisling bedächtig. Sie dachte an das kalorienreiche Mahl, das sie gerade vorbereitet hatte. »Wenn Ihnen Ihr Kleid bereits jetzt zu eng ist, dann werden Sie sich nach dem Essen darin ziemlich unbehaglich fühlen.«

»Da haben Sie auch wieder recht.« Rachel ging zum Kühlschrank und holte eine Flasche Weißwein heraus. Im unteren Fach standen noch fünf weitere Flaschen.

»Oh, dieser Käsekuchen sieht ja himmlisch aus!« rief sie, sobald sie ihn gesichtet hatte. »Ich muß ihn sofort probieren. Wie wäre es mit einem Glas Wein?« versuchte sie Aisling zu überreden. »Sie haben schließlich den ganzen Tag gearbeitet und könnten eine Pause sicher gut gebrauchen.«

Aisling hatte tatsächlich zwei Stunden am Stück in Rachels riesiger, altmodischer Küche hart gearbeitet. Sie hatte das Gemüse geputzt, dem Käsekuchen, den sie zu Hause gemacht hatte, den letzten Schliff gegeben und den Fasan mit Äpfeln und Calvados zubereitet. Besonders knifflig waren die kleinen Lachsröllchen mit Dillsalat gewesen, mit denen Rachel ihre hochnäsige amerikanische Schwägerin Antonia beeindrucken wollte.

»Sobald sie weg ist, werde ich allen sagen, daß Sie das Mahl zubereitet haben. Bestimmt wird Antonia früh aufbrechen, das tut sie nämlich immer. Offenbar hat sie nicht sonderlich viel Gefallen daran, Zeit mit Verwandten zu verbringen«, enthüllte Rachel. »Aber erst einmal möchte ich gern so tun, als hätte ich alles selbst gemacht, nur um ihr einen Dämpfer zu verpassen. Macht Ihnen das sehr viel aus?«

»Nicht doch. Ich fände es aber nett, wenn Sie im Gegenzug Ihren Gästen beim Abschied meine Visitenkarten zustecken würden«, erwiderte Aisling. Sie holte mehrere cremefarbene Karten aus ihrer Handtasche und reichte sie Rachel.

... Reservierungen ...
Warum wollen Sie am Herd schmoren, wenn Sie sich bei Ihrer eigenen Abendeinladung entspannen können? Mein Team und ich können für Sie ein exklusives, köstliches Menü aus frischen Zutaten zubereiten, und Sie brauchen keinen Finger zu rühren. Rufen Sie Aisling Moran an, wenn Sie mehr erfahren wollen.

Der Text entsprach nicht ganz der Wahrheit. Aislings Team bestand nur aus ihr selbst und niemandem sonst. Aber sie *konnte* bei Bedarf Hilfe bekommen. Ihre Mutter hatte ihr angeboten, ihr beim Nachtisch zu helfen.

»Das sieht ja sehr beeindruckend aus.« Rachel bewunderte das teure, cremefarbene Papier und die eleganten Schriftzüge, für die Aisling sich in der Druckerei entschieden hatte.

Sie hatte hundert Stück machen lassen und hoffte nun inständig, daß sich ihre Investition lohnen würde. Vorsichtig nippte sie an dem Weinglas, das Rachel ihr reichte. Es wäre eine Katastrophe, wenn sie ihr erstes Abendessen dadurch ruinieren würde, sich im Vorfeld mit der Gastgeberin zu betrinken.

»Kann ich irgend etwas tun?« Rachel ließ sich am Küchentisch nieder und zog eine Flasche pinkfarbenen Nagellack aus der Tasche ihres Morgenmantels.

»Nein danke. Entspannen Sie sich lieber«, entgegnete Aisling rasch. Rachels unordentliche Schubladen und die große Anzahl Fertiggerichte für die Mikrowelle im Kühlschrank waren ihr nicht entgangen. Offensichtlich hatte sie mit Kochen nichts am Hut.

Um halb acht war alles fertig. Die Gäste würden jeden Moment erscheinen, der Fasan war im Ofen, die Lachsröllchen waren perfekt, und selbst Rachel war bereit. Sie sah phantastisch aus in einer teuren, goldenen Seidenbluse, schwarzen Hosen und sehr üppigem Goldschmuck.

Sie hatte ihre Tochter Amy aufgefordert, beim Servieren des Essens zu helfen. Amy war sechzehn und war trotz ihres mürrischen Gesichtsausdrucks sehr hübsch. Entweder mußte Rachel Amy bereits mit fünfzehn bekommen haben, oder sie hatte Unmengen teurer Augencreme benutzt, da sie praktisch faltenfrei war. In einer abgewetzten 501er Jeans, einem engen schwarzen, allmählich ergrauenden Rollkragenpullover und schwarzen Cowboystiefeln aus Wildleder sah Amy wie eine jüngere, schlankere Version ihrer Mutter aus.

»Du hättest dir wirklich etwas Hübscheres anziehen können Amy.« Rachel erwischte ihre Tochter dabei, wie sie sich in der Küche heimlich einen Wodka-Tonic mixte.

»Und du solltest auf gar keinen Fall Alkohol trinken. Ein Glas Wein habe ich gesagt, falls du dich daran erinnerst. Diese Jeans sehen einfach schrecklich aus.«

Amy warf Rachel einen giftigen Blick zu.

»Sieh mich nicht so an, junge Frau«, entgegnete Rachel verärgert. Aisling hatte das Gefühl, daß jeden Augenblick ein Streit ausbrechen konnte. Vielleicht sollte ich die Sachen in Zukunft zu Hause kochen und einfach nur mitbringen, dachte sie. Vielleicht sollte ich mir die Idee einer Cateringfirma überhaupt aus dem Kopf schlagen.

In diesem Moment klingelte es an der Tür. Augenblicklich vergaß Rachel den Streit mit ihrer Tochter. Sie rief ihrem Mann zu, die Tür zu öffnen und eilte hinzu, um ihre Gäste willkommen zu heißen.

Um acht Uhr hatte jeder seinen Platz am Tisch eingenommen. Jim servierte den Wein, und er zwinkerte Aisling zu, als er mit zwei Flaschen Weißwein und dem Korkenzieher unterm Arm an ihr vorbeieilte. Rachel ging wieder zurück in die Küche, um Amy mit den zwölf Tellern zu helfen.

»Ich möchte auf gar keinen Fall, daß Antonia Sie sieht«, flüsterte sie Aisling zu.

Aisling war heilfroh, daß sie die Gäste nicht selbst bedienen mußte. Ein solches Essen zu kochen und dann auch noch beim Servieren vollkommen frisch auszusehen, war einfach nicht möglich. Ihr graues T-Shirt war völlig verschwitzt, und durch die Hitze in der Küche klebte ihr das Haar am Kopf. Jetzt wünschte sie sich nichts sehnlicher als ein langes, heißes Bad, ein schönes Buch und ein Glas süßen Weißwein.

Aber bestimmt würde sie nicht vor halb elf nach Hause kommen. Dann würde sie sich vermutlich gerade noch aufraffen können, sich auf das Sofa fallen zu lassen, irgend etwas Blödes im Fernsehen anzuschauen und dann zu Bett zu gehen.

Als alle beim Essen waren, öffnete Aisling vorsichtig die Tür zwischen Küche und Eßzimmer einen Spaltbreit und lauschte dem Gespräch.

Sie hörte immer wieder Ausrufe wie »Köstlich, Rachel!« und »Dieser Lachs ist phantastisch, wie hast du das nur gemacht?« Offensichtlich schmeckte es allen. Hoffentlich würde auch der Fasan nach ihrem Geschmack sein.

»Wie wäre es mit etwas Fasan?« fragte sie Amy, als das Mädchen zurück in die Küche kam, nachdem sie den letzten Teller verteilt hatte.

»Ich bin Vegetarierin«, erwiderte Amy. Dann fügte sie hinzu: »Aber alle sind ganz scharf auf den Fasan. Sogar Tante Antonia.«

»Sie scheint ja ziemlich verwöhnt zu sein.« Aisling ließ heißes Wasser in die Spüle.

Amy verzog das Gesicht. »Sie ist eine dumme Ziege. Ich hoffe, sie erstickt daran. Das hat natürlich nichts mit Ihren Kochkünsten zu tun«, fügte sie schnell hinzu. »Ich wollte Sie nicht beleidigen.«

»Ich bin nicht beleidigt. Wenn Sie Hunger haben, könnte ich Ihnen eine schöne Käsesoße mit Broccoli und Blumenkohl machen, oder vielleicht ein Omelette?« Aisling war aufgefallen, daß das Mädchen unter der dicken Make-up-Schicht müde und blaß aussah.

»Nein, aber dennoch vielen Dank.« Amy war wirklich sehr hübsch, wenn sie lächelte. »Brauchen Sie noch Hilfe beim Abwasch?«

Aisling spülte, und Amy trocknete ab.

»Machen Sie das die ganze Zeit, für Geld, meine ich?«

»Um ehrlich zu sein, dies ist mein erstes Abendessen«, erläuterte Aisling. »Eigentlich bin ich Sekretärin in einer Kanzlei. Einmal habe ich ein ganz besonderes Mittagessen zubereitet, als die eigentlich dafür bestellte Cateringfirma nicht erschienen war. Bei dieser Gelegenheit habe ich auch Ihren Vater kennengelernt, und er sagte, Ihre Mutter würde sich sehr über Hilfe bei Partys und Abendessen für ihre neue Firma freuen.«

»Das stimmt. Sie kann noch nicht einmal Tee kochen. Heißt das, Sie haben so etwas noch niemals vorher gemacht?«

»Ich koche leidenschaftlich gern, und ich habe einige Kurse belegt, aber ich habe nie daran gedacht, es professionell zu tun. Jedenfalls nicht bis zu diesem Jahr.«

»Und warum?«

»Ich war lange Zeit Hausfrau und habe erst wieder zu arbeiten begonnen, als mein Mann und ich uns Anfang diesen Jahres getrennt haben«, erklärte Aisling ungerührt. Diesmal tat ihr Herz nicht weh, und sie verspürte beim Gedanken an Michael keinen Kloß im Hals. Dem Himmel sei Dank. Sie spülte eine Pfanne mit Kupferboden aus und stellte sie zum Trocknen auf ein Brett.

»Als die Leute mir nach dem Essen zu meinen Kochkünsten gratulierten, entschied ich mich, etwas daraus zu machen. Und kurz danach rief Ihre Mutter mich an. Wenn ich Glück habe, und meine Karten überall verteilt werden, bekomme ich vielleicht noch mehr solcher Angebote.«

»Wow, das ist phantastisch. Sie sind also eine richtige Karrierefrau.« Sorgfältig trocknete Amy einen Holzlöffel ab.

Aisling lächelte das Mädchen an. »Vielleicht haben Sie recht. Komisch, ich hätte nie gedacht, daß das einmal aus mir werden könnte.«

»Ich will auch unbedingt Karriere machen«, sagte Amy. »Mit Sicherheit werde ich nicht wie Mama jahrelang herumsitzen und darauf warten, daß etwas passiert. Papa mußte sie praktisch dazu zwingen, etwas aus ihrem Leben zu machen.«

»Das ist aber nicht sehr fair, Amy«, wies Aisling das Mädchen sanft zurecht. »Wenn Ihre Mutter ein paar Jahre lang nicht gearbeitet hat, ist es sehr, sehr schwer, wieder ins Berufsleben einzusteigen. Davon kann ich wirklich ein Lied singen. Meine ersten Monate in der Berufswelt waren ein regelrechter Alptraum. Stellen Sie sich vor, Sie wären zwei Jahre lang nicht zur Schule gegangen und müßten dann wieder in eine Klasse mit Mädchen gehen, die zwei Jahre jünger sind als Sie und ganz von vorne anfangen ...«

»Wahrscheinlich haben Sie recht«, erwiderte Amy zögernd.

»*Ich weiß*, daß ich recht habe«, meinte Aisling fest. »Sie würden sich bedroht fühlen und hätten das Gefühl, dumm zu sein, weil die anderen viel mehr wissen als Sie. Sie hätten Angst davor, nicht dazuzugehören. Das ist ein schreckliches Gefühl, glauben Sie mir. Meiner Meinung nach war es sehr mutig von Ihrer Mutter, ihre eigene PR-Firma aufzuziehen, und ich bin ganz sicher, daß sie sich über Ihre Unterstützung freuen würde.«

»Kann schon sein.« Amy trocknete eine Pfanne ab.

»Das Essen ist ein Riesenerfolg, Aisling.«

Rachel eilte mit vier leeren Weinflaschen in die Küche.

»Das scheint mir auch so, wenn der ganze Alkohol dabei draufgeht«, meinte Amy vorwurfsvoll, obwohl sie selbst auch davon getrunken hatte. »Das waren mindestens schon neun Flaschen.«

»Schließlich ist es eine Party. Und wir sind zwölf«, erwiderte Rachel. »Sie sind völlig verrückt nach dem Fasan, besonders Antonia. Sie sagte, sie sei *erstaunt, wie gut er ist.* Dieses Biest! Wie wäre es mit ein bißchen Zyankali in Antonias Käsekuchen, Aisling?«

Aisling grinste. »Ich weiß nicht, ob das meinem Ruf als professionelle Köchin dienlich wäre. Lachsröllchen sind völlig okay, aber Zyankali geht doch wohl ein bißchen zu weit.«

»Die Lachsröllchen waren ein Traum«, seufzte Rachel. »Alle wollten wissen, wie ich sie gemacht habe. Und dann erst der Fasan! Alle scheinen zu denken, ich hätte die Lebensmittelabteilung von *Marks & Spencer* geplündert. Sobald Antonia weg ist, kommen Sie bitte herein, dann stelle ich Sie meinen Gästen vor.«

Dazu hatte Aisling eigentlich keine richtige Lust, aber dann dachte sie an ihr Geschäft. »Natürlich. Ich muß mich vorher nur ein bißchen frisch machen.«

»Sie können mein Zimmer benutzen«, bot Amy ihr an.

Es war halb eins, als Aisling endlich vor ihrer Haustür stand. Das Geschirr mußte heute abend einfach im Flur bleiben, entschied sie und stellte alles auf dem Teppich ab.

Antonia und ihr Mann waren bis elf geblieben. In dieser Zeit hatten Aisling und Amy sich in der Küche Tom Cruise in *Top Gun* auf dem kleinen Fernseher neben der Mikrowelle angesehen.

Als Aisling schließlich ins Eßzimmer kam, applaudierten alle.

»Die beste Mahlzeit, die ich seit Jahren gegessen habe«,

meinte eine Frau und toastete ihr mit einem Glas Portwein zu. »Hoffentlich können Sie auch für mich einmal kochen.«

»Natürlich«, erwiderte Aisling. »Ich gebe Ihnen meine Karte.«

Das Essen war tatsächlich ein Riesenerfolg gewesen. Als Aisling in ihrer Küche nach Flossie Ausschau hielt, fühlte sie sich beschwingt, aber hundemüde. Sie machte unten das Licht aus und ging ohne ihr Augen-Make-up zu entfernen ins Bett. Bevor sie ihr Nachttischlämpchen ausknipste, schaltete sie noch den Wecker aus. Morgen würde sie endlich einmal ausschlafen. Sie hatte es sich verdient.

»Irgendwie steht dir das nicht, Aisling. Es paßt einfach nicht zu dir.« Sam stand direkt neben der Ankleidekabine und betrachtete Aisling skeptisch. Sie hatte gerade ein enganliegendes, dunkelblaues Kleid anprobiert. Aisling seufzte verzweifelt. Dies war das dritte Kleid, das sie anprobiert hatte, die beiden davor hatten ihm auch nicht gefallen.

Das sandfarbene Wollkleid mit passender langer Weste war »zu eng«, das elegante schwarze Hemd war »zu kurz«, und Aisling befürchtete, Sam könnte einen Anfall bekommen, als er das dazu passende enge, rote Lycra-Top sah. Sie waren jetzt schon über eine Stunde im *Stephens Green Center* einkaufen gewesen. Aisling dachte bereits verzweifelt darüber nach, ob sie nicht einfach ein Unwohlsein vortäuschen sollte, damit sie endlich nach Hause gehen konnten.

Sie war so glücklich gewesen, als Sam ihr einen Gutschein für Kleidung geschenkt hatte, um ihren ersten gemeinsamen Monat zu feiern. Das zeigte doch, wie sehr sie ihm am Herzen lag, hatte sie Fiona glücklich erzählt.

Zur Feier des Tages kochte Aisling ein ganz besonderes Abendessen, und sie war hocherfreut, als Sam ihr den Gutschein überreichte, der in einer großen Pralinenschachtel versteckt gewesen war. Es war genau die Art von Geste, die Michael nie gemacht hatte.

»Nächsten Samstag können wir einkaufen gehen«, hatte Sam gesagt. Er packte eine Praline für sie aus.

»Oh, das wäre wunderbar«, erwiderte sie aufrichtig. Wie konnte sie es nur vermeiden, allzu viele Pralinen zu essen, ohne ihn zu kränken? Eine Schachtel Pralinen bedeutete, einen ganzen Monat lang keine vernünftige Mahlzeit mehr zu sich zu nehmen. »Ich würde liebend gern mit dir einkaufen gehen.«

Dies waren ihre berühmten letzten Worte gewesen.

»Was *würde* mir denn gut stehen, Sam?« fragte sie ihn irritiert. »Ein Schleier vielleicht?«

»Liebling, jetzt reg dich doch bitte nicht auf.« Er sah ebenfalls erschöpft aus, als hätte sie seine Nerven zu lang strapaziert. »Ich möchte dir doch nur etwas wirklich Passendes kaufen, das ist alles.«

»Passend für was?«

»Na ja, um abends mit mir auszugehen, oder für das Büro. Du brauchst dich nicht zu verteidigen. Ich versuche doch nur, dir zu helfen.«

»Hör zu, Sam.« Aisling sah ihn mit funkelnden Augen an. »Du und ich haben anscheinend sehr unterschiedliche Vorstellungen davon, was passend ist. Glücklicherweise habe ich eine Figur, die man herzeigen kann. Und ich möchte sie herzeigen!« fuhr sie ihn an. »Hast du das endlich verstanden?«

»Kein Problem. Ich möchte ja nur, daß du hübsch aussiehst.«

Der Mann hat vielleicht Nerven, dachte Aisling wütend, als sie wieder in der Umkleidekabine verschwand und den Vorhang zuzog. Schließlich hatte sie auch schon vorher recht hübsch ausgesehen.

Aber Männer dachten anscheinend immer, sie wüßten alles besser. Sie hoffte, daß diese Phase – und mehr war es ja nicht, eine Phase – bald vorbei sein würde. Trotz all seiner Fehler, hatte Michael sich nie besonders für ihre Garderobe interessiert. Aber vielleicht war dies ja auch Teil ihres Problems gewesen. Vielleicht sollten sich Männer dafür interessieren, was ihre Frauen trugen. Vielleicht war es wie damals in der Steinzeit, etwas, das ihnen schmeichelte.

Nur in BH und Slip betrachtete Aisling die drei wirklich schönen Outfits, die Sam zurückgewiesen hatte. *Ihr* gefielen sie. Aber nachdem sie jahrelang nur alte T-Shirts und weite Hosen getragen hatte, war sie wahrscheinlich doch nicht die beste Modeexpertin der Welt.

Irgend etwas Enges zu tragen fand sie ganz einfach aufregend. Aber vielleicht hatte Sam ja recht. Ihre Vorliebe für hautenge Kleider konnte schließlich zu der Annahme verführen, sie wolle ihr Alter kaschieren.

»Aisling.« Der Vorhang wurde zurückgezogen. »Sieh mal, was ich gefunden habe.«

Aisling steckte den Kopf aus der Kabine.

»Dies hier.« Sam zog hinter seinem Rücken einen Bügel hervor. »Das würde dir bestimmt sehr gut stehen.«

Dies hier entpuppte sich als ein langes, wild gemustertes Kleid in einer hellen Pfirsichfarbe, das Aisling an ein Segel erinnerte. Wahrscheinlich würde sie darin aussehen wie eine überalterte Brautjungfer. Vor sechs Monaten hätte es Aisling bestimmt noch gefallen, und zwar besonders wegen der Weite, in die auch noch Frauen mit Größe zweiundfünfzig passen würden. Aber schließlich war sie nicht mehr Größe zweiundfünfzig, und sie wollte etwas tragen, was das auch zur Geltung brachte. Davon hatte Sam natürlich keine Ahnung. Er wußte nicht, daß sie soviel abgenommen hatte. Davon hatte sie ihm nichts erzählt. Insgeheim hatte sie befürchtet, er würde sie verlassen, wenn er herausfand, daß sie nicht immer so schlank und so blond wie heute gewesen war.

Natürlich konnte sie nicht von ihm erwarten, daß er ihre Abneigung gegen weite Kleidung nachvollziehen konnte. Ganz ruhig, ermahnte sie sich. Laß seine Nachfolger nicht für Michael Morans Sünden büßen.

Sie streckte die Hand aus und nahm Sam das Kleid ab. Sein Gesicht verzog sich zu einem Lächeln, und sie lächelte zurück. Impulsiv lehnte sie sich nach vorn und küßte ihn auf die Wange. Sein Lächeln war wirklich äußerst charmant, und wenn er sie heimtückisch angrinste, schien sein Gesicht zu leuchten. Er sah absolut unwiderstehlich aus in seinem weißen Tennispullover und den verblichenen Jeans, die seine langen Beine zur Geltung brachten. Als sie den Laden betreten hatten, hatte eine der Verkäuferinnen ihm sofort schöne Augen gemacht, bis Aisling ihr einen mißbilligen Blick zugeworfen hatte, der der Verkäuferin signalisieren sollte, daß er ihr gehörte.

»Ich wette einen Zehner mit dir, daß das Kleid dir ganz toll stehen wird«, meinte Sam überzeugt. Er gab ihr einen leichten Klaps, bevor sie wieder in der Umkleidekabine verschwand.

Vielleicht hatte sein Modegeschmack etwas mit seinem ausgedehnten Aufenthalt in den Staaten zu tun, dachte Aisling, nahm das Kleid vom Bügel und streifte es sich über. Abgesehen von Orten wie Kalifornien waren Amerikaner wesentlich konservativer gekleidet als Europäer.

Aisling war sich da zwar nicht hundertprozentig sicher, aber es würde Sam auf jeden Fall entlasten. Und er verdiente ihr Vertrauen, nach allem, was er für sie getan hatte.

»Oh Gott, das sieht phantastisch aus, Aisling.« Er ergriff ihre Hand, hielt sie hoch und ließ sie eine Pirouette drehen, damit er das Kleid aus jedem Blickwinkel bewundern konnte.

Im stillen dachte Aisling, daß sie ihr Spiegelbild eher an eine Kindfrau als an eine reife Frau von fünfunddreißig erinnerte. Aber Sam schien es zu lieben.

»Es ist so sexy«, rief er begeistert aus. »Du siehst phantastisch aus.«

Er umarmte sie stürmisch und flüsterte in ihr Ohr: »Am liebsten würde ich dich auf der Stelle vernaschen. Laß es uns kaufen.«

»Und dann können wir mit dem Einkaufen aufhören?« fragte Aisling.

»Aber sicher doch.«

»Dann kaufen wir es.«

18

»Nehmen Sie doch Platz.« Der Bauarbeiter zog einen farbbespritzten Hocker für Jo heran, legte eine Zeitung auf die Sitzfläche, und Jo ließ sich darauf nieder. Ausnahmsweise war diesmal weder ihre Müdigkeit, ihr schmerzender Rücken noch die neue Krampfader der Ausschlag dafür, daß sie sich augenblicklich setzte.

Sie hatte einen sauberen, frisch gestrichenen Ort erwartet, statt dessen war sie mitten in ein Katastrophengebiet hineingeraten. Überall war es staubig, und der Lärm eines Preßlufthammers dröhnte in ihren Ohren. Rhona hatte bereits mehrmals nachgehakt, ob sie den Verstand verloren habe, ihr gemütliches, modernes Apartment in Malahide gegen ein altes, heruntergekommenes Landhaus in den Bergen hinter Dublin einzutauschen.

»Vor Weihnachten wirst du mit Sicherheit nicht einziehen können«, erklärte Rhona, als Jo ihr erzählte, sie müsse lediglich zwei Wochen überbrücken, um aus ihrer Wohnung in das frisch gestrichene und rundum renovierte Häuschen in der ruhigen Redwood Lane zu ziehen.

»Der Architekt ist sehr zuverlässig, und er hat mir versprochen, daß am fünften November alles fertig sein wird«, erwiderte Jo. »Also wirklich, Rhona, du bist doch sonst nicht so pessimistisch.« Rhona musterte ihre Freundin. »Jo, wenn es am zehnten November fertig ist, dann feiern wir – du kannst etwas essen, und ich fresse einen Besen. Es ist wirklich schade, daß du damals noch nicht bei *Style* gearbeitet hast, als Ted und ich unser Haus gekauft haben. Ich weiß noch ganz genau, wie sie uns damals versichert haben, das Haus würde Ende August fertig sein. Mitte Oktober sind wir dann eingezogen, und es regnete damals in Strömen. Ich habe die Wasserflecken aus dem alten Ohrensessel meiner Mutter nie wieder herausbekommen.«

Es sah ganz so aus, als sollte Rhona recht behalten. Es war bereits die zweite Novemberwoche. Die Bauarbeiter waren seit drei Wochen an der Arbeit, aber das Häuschen sah schlimmer aus denn je. Der gesamte Flur war mit schmutzigen Stiefelspuren bedeckt. Da es eine Woche lang ununterbrochen geregnet hatte, mußten die Arbeiten am Dach unterbrochen werden. Der Garten war ein einziger Sumpf, und natürlich regnete es durch das Dach. Das Häuschen benötige lediglich ein paar neue Anschlüsse, eine Zentralheizung, einige Elektroarbeiten und geringe Ausbesserungen am Dach – das jedenfalls hatte Marks Freund, ein Architekt, behauptet.

Warum aber sah dann das Haus nach drei Wochen immer noch wie eine Baustelle aus?

»Es ist nicht so schlimm, wie es aussieht«, überbrüllte der Bauunternehmer den ohrenbetäubenden Lärm.

»Ach wirklich, Tom? Nun, das freut mich, denn es sieht schlimm aus, sehr schlimm.« Jos Kopf pochte im gleichen Rhythmus wie der Preßlufthammer.

»Mach das Ding aus«, rief Tom in Richtung Küche. Als nichts geschah, ließ er Jo im Flur stehen und fragte sich, was Jo wohl den Malern sagen würde, die für morgen eingeplant waren.

»Wie wäre es mit einer Tasse Tee?« fragte Tom und streckte seinen Kopf durch die Küchentür. »Wir haben gerade Wasser aufgesetzt.«

»Na gut. Außerdem würde ich jetzt gerne wissen, was das Problem ist«, meinte Jo erschöpft. Sie stand auf, ging in die Küche und starrte auf das große Loch, das dort klaffte, wo vorher der Spülstein gestanden hatte und auf den Spalt, der sich über den gerade neu betonierten Boden hinweg zog.

»Wir hatten Probleme mit der Elektrik. Wir mußten den Boden aufreißen. Ich habe gestern abend noch in Ihrem Büro angerufen, um es Ihnen mitzuteilen«, fügte er hinzu. »Da ich Sie jedoch nicht erreichen konnte, haben wir einfach losgelegt. Leider verzögert sich dadurch alles um zwei Tage. Dienstag spätestens werden wir aber fertig sein.«

»Ich dachte, morgen kommen die Maler«, warf Jo mit schwacher Stimme ein.

»Ich weiß, ich weiß. Ich werde sie anrufen und ihnen sagen, sie sollen nicht vor Dienstag nachmittag erscheinen.«

»Zucker?« erkundigte sich der Mann, der vorher am Preßlufthammer gearbeitet hatte.

»Zwei Löffel, bitte«, sagte Jo. »Und haben Sie vielleicht auch Kekse?« Oder ein Mittel gegen Depressionen?

Sie tranken Tee und unterhielten sich darüber, daß der Regen und die Probleme mit der Elektrik die Arbeiten verzögert hatten und es zusätzlich, laut Auskunft des Mannes von der Telekom, auch noch einige Probleme mit dem Telefonanschluß gab.

»Oh, habe ich Ihnen überhaupt schon gesagt, daß er hiergewesen ist?« fragte Tom.

Jo verzehrte in Windeseile drei Schnecken und trank zwei Tassen stark gesüßten Tee, bevor sie die Treppe hinaufging. Auf dem hellen Holzgeländer lag dicker Betonstaub, und auf der Treppe häuften sich sperrige Gipsbrocken. Jo ignorierte sie.

Als sie das zweite Zimmer betrat, wurde ihr klar, daß die Maler mit der Reinigung der Wände und der Holzverkleidung vermutlich Tage verbringen würden. Immerhin mußte der Korkboden im Badezimmer lediglich abgewaschen werden. Aber der helle, grüne Teppich in dem kleineren Zimmer war so verstaubt, daß Jo wohl einen neuen kaufen mußte. Sie dachte an die ständig wachsenden Kosten und entschied, daß zunächst einmal eine gründliche Reinigung mit dem Staubsauger ausreichen mußte.

Vielleicht konnte sie einen wirklich leistungsstarken Staubsauger anmieten und die Arbeit selbst erledigen. Dann fiel ihr jedoch wieder ein, daß sie bereits im siebten Monat schwanger war. Zur Zeit mußte sie ständig irgend etwas essen. Sie fühlte sich riesig. Selbst ihrem Gynäkologen war das aufgefallen. Sie war riesig, pleite und hatte ein halbfertiges Landhäuschen wie einen Mühlstein um den Hals hängen. Mit der Schuhspitze stieß sie gegen den Teppich. Eine Staubwolke wirbelte auf, und sie mußte niesen. Verflucht!

Wenn sie jetzt jemand nach einem Wunsch für ihren nächsten Geburtstag gefragt hätte, hätte sie um einen Gutschein für einen Teppichreiniger gebeten.

Der Preßlufthammer ertönte wieder. Der Lärm übertönte jeden Gedanken. Sie hätte sich ihr Vorbeikommen heute wirklich sparen können. Aber sie hatte nicht immer nur bei Aisling herumhängen wollen und etwas mit ihrem freien Tag anfangen wollen. Aisling hatte ihr netterweise für die zwei Wochen – vielleicht würden daraus ja noch sechs Wochen –, in denen sie kein Dach mehr über dem Kopf hatte, ihr Gästezimmer angeboten. Die Zeit mit ihrer Freundin machte ihr viel Spaß, denn sie wohnten, seit sie damals eine gemeinsame Wohnung bezogen hatten, zum ersten Mal wieder zusammen. Dennoch zog es Jo vor, in ihren eigenen vier Wänden zu wohnen und nicht mit jemandem eine Wohnung zu teilen. Und zwar auch dann, wenn dieser Jemand so reizend war wie Aisling. Da nun auch Sam ständig da war, kam sich Jo ein wenig überflüssig vor.

Sie ging ins Wohnzimmer und überlegte, wie sie den Raum einrichten würde. Sie entschied sich für ein dunkles Gelb für die Wände, damit ihre künftigen Vorhänge dazu paßten. Den Stoffkauf würde sie wohl noch etwas aufschieben müssen. Kein Mensch konnte voraussagen, welche Zusatzkosten ihr der Bauunternehmer noch in Rechnung stellen würde.

Sie starrte hinaus auf den Sumpf vor dem Häuschen. Wie sollte dort jemals ein Garten entstehen? In diesem Augenblick strampelte das Baby. Jo strich sich lächelnd über ihren Bauch, ihre Züge entspannten sich.

Das Baby trat sie zur Zeit ständig, was Jo nur während der Nacht wirklich störte. An Tagen jedoch, wenn sie sich bei der Vorstellung, eine alleinerziehende Mutter zu werden, deprimiert, unglücklich und einsam fühlte, brauchte ihr kleiner Passagier sie nur einmal kurz zu treten, damit es ihr augenblicklich besserging.

»Ich verschwinde«, wandte sie sich an Dick, der den Preßlufthammer bediente. Als er sie vorsichtig tastend die Treppe hatte herunterkommen sehen, hatte er die Maschine abgestellt. »Tschüs, Tom«, rief sie in Richtung Wohnzimmer.

»Er ist schon weg«, meinte Dick.

Ist ja reizend, dachte Jo. Erst reißt er mir den Küchenboden auf und dann macht er sich aus dem Staub. Was für eine Arbeitseinstellung!

Es hatte schon wieder zu regnen begonnen. Sie stampfte durch den Schlamm, wo sie und Mark einst über Brennesseln und lange Gräser gesprochen hatten, und stieg in ihr Auto. Sie mußte den Fahrersitz nach hinten schieben, damit sie überhaupt hinter das Steuer paßte. Leider paßte ihr wegen ihres Umfangs auch kaum noch etwas, noch nicht einmal ihre weiten Hosen. Aisling wollte ihr morgen ein paar neue Kleider mitbringen.

»Ich werde ganz früh fahren, dann vermeide ich das Gedränge am Samstag«, hatte sie gesagt.

Aisling war wirklich phantastisch. Sie hatte sogar ihre alten Kleider durchsucht, die sie in ihrer korpulenten Zeit getragen hatte.

Heute hatte sich Jo für ein sehr weites Hemd mit Blumenmuster, einen schwarzen Rock und helle, graue Skistiefel entschieden. Wirklich nicht sehr schmeichelhaft! Hinter das Steuerrad gepreßt, konnte Jo nicht einmal ihre Füße sehen, dennoch wußte sie, daß ihre Stiefel vollkommen verdreckt sein mußten. In diesem Aufzug konnte sie auf gar keinen Fall im Supermarkt erscheinen. Verflucht auch!

Sie ließ das Auto an. Der Motor gab ein helles Sirren von sich, bebte etwas und erstarb. Verdammt noch mal! Erneut drehte sie den Schlüssel herum. Wieder dasselbe. »Ich kann es nicht fassen«, rief sie aus. Sie versuchte es noch einmal. Als der Motor nach einem dritten halbherzigen Versuch erneut ausging, hämmerte Jo wütend auf das Lenkrad. Dieses verdammte Auto! Warum mußte es ausgerechnet jetzt zusammenbrechen?

Sie zwängte sich aus dem Auto und ging zu ihrem Haus zurück. Dick erschreckte sich furchtbar, als sie ihm auf die Schulter klopfte. »Großer Gott!« rief er.

Aber Jo war nicht nach einer Unterhaltung zumute. »Mein Auto will nicht anspringen. Würden Sie einen Blick darauf werfen?«

Als Dick sich endlich aus seinem schmutzigen Overall geschält hatte, mehrmals den Wagen zu starten versucht hatte, und zehn Minuten lang seinen Kopf unter die Motorhaube gesteckt hatte, war Jo kurz vor einem Nervenzusammenbruch.

»Es ist der Anlasser«, stellte er schließlich fest.

»Und was genau bedeutet das?« fragte Jo gereizt.

»Daß er heute wohl nicht mehr anspringen wird«, erwiderte er.

Jo mußte sich geschlagen geben. »Was kann ich denn jetzt tun? Könnten Sie mich vielleicht zu einer Werkstatt bringen?«

»Tom hat den Lastwagen. Er wird erst in ein paar Stunden zurück sein. Er wollte sich einen Auftrag in Bray ansehen. Aber ich habe ein Handy. Sie könnten jemanden anrufen.«

Rhonas Handy war entweder abgeschaltet, oder Rhona war nicht da. Rhona war anscheinend den ganzen Tag über nicht zu erreichen, Nikki war in London, und alle anderen im Büro waren beim Mittagessen, informierte sie Annette.

»Ich kann dir leider auch nicht helfen«, meinte Annette entschuldigend. »In einer halben Stunde kommt jemand, um Toms Computer zu reparieren. Da muß ich hierbleiben. Aber ich werde dir jemanden schicken, der dich mitnehmen kann, sobald . . . oh, warte, Jo, einen Moment bitte.«

Jo stellte sich unter den Dachvorsprung des Häuschens, um dem Regen auszuweichen. Im Haus würde sie mit Sicherheit kein Wort von dem verstehen können, was Annette ihr sagte, denn Dick hatte bereits wieder mit dem Preßlufthammer angefangen. Sie würde sich ein eigenes Handy besorgen müssen. Wieder neue Kosten. Und warum war sie nicht schon längst einem Automobilclub beigetreten? Fragen über Fragen.

»Jo?« ertönte eine tiefe, männliche Stimme. Sie stieß einen kleinen Schrei aus. Es war Mark. »Was ist passiert?«

Seit Tagen war sie einer Begegnung mit ihm aus dem Weg gegangen, hatte sich ihm gegenüber im Büro zwar höflich, aber kühl verhalten und war stets so schnell verschwunden, wie es einer hochschwangeren Frau eben möglich war, wenn er mit ihr hatte reden wollen. Jetzt aber gab es keine Fluchtmöglichkeit mehr.

»Mein Auto ist zusammengebrochen. Offenbar ist es der Anlasser. Und ich weiß nicht, wie ich nach Hause kommen soll«, jammerte sie. »Außerdem weiß ich gar nicht, an wen ich mich wenden könnte. Mein Auto hat mich bisher noch nie im Stich gelassen.«

»Wo bist du überhaupt? Und woher weißt du, daß es der Anlasser ist?«

»Ich bin in meinem kleinen Landhaus. Redwood Lane. Einer der Bauarbeiter hat sich meinen Wagen angeschaut. Ich benutze gerade sein Handy, aber er hat den Lastwagen nicht da, weil Tom damit nach Bray gefahren ist.«

Sollte Mark diese Erklärung verwirrt haben, so ließ er es sich jedenfalls nicht anmerken. »Überlaß das nur mir«, sagte er bestimmt. »Ich werde einen Abschleppdienst organisieren, und dann hole ich dich ab. Gib mir etwa eine dreiviertel Stunde Zeit.«

Offenbar hatte er jedoch den Porsche bis zu seinen Grenzen gebracht, denn eine knappe halbe Stunde später parkte er vor dem Haus.

»Tolles Auto«, meinte Dick anerkennend. Er trank bereits die dritte Tasse Tee. Das ewige Teetrinken, deswegen sah es hier auch wie in einem Katastrophengebiet aus, dachte Jo verärgert. Vielleicht sollte sie ganz einfach die Teebeutel konfiszieren. Dann würde man mal sehen können, was Dick innerhalb einer halben Stunde schaffen konnte, ohne ständig eine Teepause einzulegen.

»Ihr Freund?« erkundigte er sich interessiert.

»Nein«, schniefte sie.

»Hm«, murmelte Dick. Offenbar war es ihm nicht entgangen, daß sie kurz zuvor im Badezimmer Lidschatten, Wimperntusche und Lippenstift aufgelegt hatte.

Jo hoffte, daß Dicks Nase zu sehr mit Zementstaub verkrustet war, als daß er ihre großzügige Verwendung von *Trésor* bemerken konnte. Wenn sie nur ihre Bürste finden könnte. Viel hätte das vermutlich auch nicht mehr helfen können, denn ihr Haar war mittlerweile ganz feucht und kraus.

Mark kam auf sie zu. Er trug einen dunkelbraunen Regenmantel. Irgendwie paßte er viel besser in die Wildnis der Dubliner Berge als sie. Abgesehen von ihren Skistiefeln, natürlich.

Nach zwei Wochen Urlaub auf den Malediven war er gut gebräunt. Sein honigfarbener Teint brachte die grauen Strähnen seines kurzen Haars noch besser zur Geltung. Er sieht ausgesprochen attraktiv und sexy aus und ist ganz eindeutig nicht »mein Freund«, dachte Jo bekümmert.

»Hallo«, sagte sie mit leiser Stimme.

»Komm, du kannst in meinem Wagen warten, während ich mir dein Auto ansehe.« Er legte einen schützenden Arm um sie. Sie gingen langsam den Weg hinunter. Er schob den

Beifahrersitz zurück, half ihr vorsichtig hinein und sagte: »Es wird nicht lange dauern.«

Jo beobachtete ihn, wie er zu ihrem Wagen ging und die Motorhaube öffnete. Was immer Mark auch anfaßte, er war dabei sehr kompetent. Er schien alles zu können, angefangen von der Führung diverser Firmen bis hin zur Reparatur der Kaffeemaschine, wenn Annette behauptete, man könne sie nicht mehr reparieren.

Er hatte dafür gesorgt, daß sie sich ein paar Monate lang sicher, verwöhnt und als etwas Besonderes gefühlt hatte. Und sie hatte ihn abgewiesen und ihn wieder in die Arme seiner ehemaligen Freundin getrieben. Es war kaum anzunehmen, daß er allein auf die Malediven geflogen war. Wenige Minuten später öffnete Mark die Autotür, warf seinen Regenmantel auf den Rücksitz und setzte sich hinter das Steuer.

»Der Mann hatte recht, es ist der Anlasser. Jemand aus meiner Werkstatt wird deinen Wagen abholen. Morgen nachmittag wird er fertig sein.«

»Meinst du, die Reparatur könnte teuer werden?« fragte sie erschöpft.

Mark sah sie an.

»Nein. Das glaube ich nicht. Es ist nur eine Kleinigkeit.«

»Wirklich?«

»Ganz bestimmt. Hast du eigentlich überhaupt etwas zu Mittag gegessen, Jo?« fragte er sie sanft.

Niemand sprach ihren Namen so aus wie Mark, mit dieser Mischung aus Wärme und etwas anderem, das sie nicht genau definieren konnte. Zärtlichkeit. Konnte das sein? Wohl kaum. Warum sollte er so nett zu ihr sein, wo sie ihn doch so schlecht behandelt hatte?

Jo preßte die Lippen aufeinander und blickte aus dem Fenster auf die schmalen, dunkel gesprenkelten Felder, an denen sie vorbeirasten. Die Kühe hatten sich im Regen zueinander gesellt und kauten gleichmütig Stroh aus großen Metalltrögen. Sie sahen so durchnäßt aus, wie Jo sich fühlte.

Außerdem machten sie einen ziemlich deprimierten Eindruck. Es war bestimmt kein sonderliches Vergnügen, eine Kuh zu sein.

Plötzlich spürte sie, wie sich eine große, warme Hand einen Moment lang auf ihre kleine, kalte Hand legte.

»Laß uns zu *Johnny Fox* gehen. Ich brauche jetzt unbedingt ein anständiges Guiness und etwas zu essen, du nicht?«

Jo brachte kein Wort hervor, sondern nickte lediglich.

»Prima. Und dann kannst du mir erzählen, warum die Arbeiter immer noch da sind, obwohl sie schon vor einem Monat mit den Reparaturarbeiten begonnen haben.«

»Bitte, tu mir den Gefallen und erwähne nicht die Bauarbeiter« sagte Jo, der es langsam etwas besserging. »Ehrlich, ich habe keine Ahnung, was die da veranstalten. Sie wissen ganz genau, daß ich möglichst schnell einziehen möchte, aber ich habe nicht den Eindruck, daß sie deshalb schneller arbeiten würden.«

»Hast du noch einmal mit Brian gesprochen?« Nachdem er eine scharfe Kurve gemeistert hatte, legte Mark wieder seine Hand auf Jos. »Er ist der beste Architekt, den ich kenne. Normalerweise kann man sich auf seine Berechnungen verlassen.«

»Er ist diese Woche nicht da.« Jo hatte fast Angst, sich zu bewegen, denn sie wollte nicht, daß er seine Hand zurückzog. Es war so schön, von ihm berührt zu werden, so beruhigend.

»Ich werde ihn später im Büro anrufen«, sagte Mark. »Und dann kümmere ich mich um die Jungs in deinem Haus. Brian bezahlt ihnen wahrscheinlich zuviel, wenn sie alle Handys haben. Ich möchte nicht, daß sie sich auf deine Kosten bereichern.«

»Tausend Dank.« Jo war erleichtert. »Ich weiß, ich sollte härter durchgreifen, aber momentan schaffe ich es einfach nicht. Wenn sie sich mit mir anlegen würden, würde ich vermutlich in Tränen ausbrechen.« Sie hatte die Nase voll davon, Mark irgend etwas vorzumachen. Er brauchte ja nicht zu wissen, wie oft ihr zum Heulen zumute war, weil sie sich ihre Chance bei ihm verpatzt hatte. Das wußte keiner, nicht einmal Rhona.

Jo hatte es aufgegeben zu zählen, wie oft sie im Bett gelegen und darüber gegrübelt hatte, was er wohl gerade machte und mit wem er zusammen war.

Sie hatte immer noch den Fahrkartenabschnitt von ihrer gemeinsamen Reise nach Amerika in ihrer Tasche. Manchmal nahm sie ihn heraus und berührte ihn, dann dachte sie an die wenigen, aber schönen Tage, die sie miteinander verbracht hatten. In dieser Zeit schien alles möglich, sogar eine Liebesaffäre zwischen einer schwangeren Frau und ihrem Chef.

In letzter Zeit hatte Jo häufig die Klatschkolumnen durchforstet und nach dem Foto einer schillernden halbfranzösischen Malerin mit einem reichen Geschäftsmann gesucht. Aber sie hatte nichts dergleichen gefunden. Ein oder zweimal hatte sie erwogen, Rhona einzuweihen, daß sie Mark in bezug auf Richard angelogen hatte. Aber dann hatte sie es doch nicht getan. Bestimmt war Mark in Eva verliebt, und Rhona wußte es. Jo wäre darauf jede Wette eingegangen. Und wenn sie Rhona anvertraute, daß sie sich in Mark verliebt hatte, dann würde dies ihre Freundin in eine schwierige Position bringen. Jo konnte ihre Worte fast hören: »Sie werden heiraten, Jo, sobald Eva ihre Scheidung durchbekommen hat.«

Mark sah sie an und grinste. Die kleinen Lachfältchen um seine grauen Augen machten ihn noch attraktiver. »Ich habe Taschentücher im Handschuhfach, wenn du weinen möchtest«, bot er ihr an. »Aber ich hoffe, ich kann dich aufheitern.«

Und ob, dachte Jo im stillen.

Er parkte den Wagen vor dem höchstgelegenen Pub Irlands und eilte um das Auto herum, um Jo hinauszuhelfen. O Gott, dachte sie, denn gerade waren ihr wieder ihre verdreckten Skistiefel eingefallen.

»Ich sehe schrecklich aus«, seufzte sie. »Diese furchtbaren Stiefel und überhaupt.«

Mark nahm ihr Gesicht in beide Hände und küßte sie sanft auf die Lippen. »Du siehst wunderschön aus, wie immer, Jo.« Er hielt noch immer ihr Gesicht in der Hand und musterte sie aufmerksam. Sein Blick verweilte lange auf ihren großen, dunklen Augen und den langen Wimpern.

Sie starrte ihn an und fragte sich, ob sie vielleicht alles nur träumte. Schließlich sah sie schrecklich aus mit ihrem krausen Haar und ihren unmöglichen Kleidern. Hatte er sie wirklich geküßt und ihr versichert, sie sei schön? Es kam ihr wie ein wunderbarer Traum vor.

Noch immer blickte Mark sie prüfend an. Seine Finger lagen warm auf ihrer Haut. Plötzlich wußte sie, worauf er wartete. Auf eine Antwort. Er war sich ihrer nicht sicher, er hatte etwas riskiert. Was für eine phantastische, wunderbare Gelegenheit, noch dazu genau im richtigen Augenblick.

Jo lächelte ihn an und spürte, wie die Wärme in ihrem Inneren sich auch auf ihrem Gesicht ausbreitete. Sie streckte die Hand aus und strich ihm sanft über die Wange. Dann stellte sie sich auf die Zehenspitzen und bot ihm die Lippen zum Kuß, was in ihrem Zustand gar nicht so einfach war. Er legte den Arm um sie und stützte sie, als er sich zu ihr niederbeugte, um sie zu küssen. Und dieses Mal war es kein sanfter, platonischer Kuß: Er war heftig und leidenschaftlich und gleichzeitig voller Liebe und Zuneigung.

Mark löste sich als erster. »Das hätte ich schon lange tun sollen«, sagte er. »Ich habe mich lange genug danach gesehnt.«

Jo brachte kein Wort hervor. Sie sah ihn noch immer an, und plötzlich standen Tränen in ihren Augen.

»Komm.« Er nahm sie bei der Hand und führte sie zum Pub.

»Bestimmt wird es gleich wieder regnen. Es geht einfach nicht an, daß du an einem Tag gleich zweimal vollkommen durchnäßt wirst.«

Er fand für Jo einen Sessel, der sie irgendwie an einen Beichtstuhl erinnerte und stopfte ihr mehrere Kissen in den Rücken. Nachdem sie sich monatelang immer um sich selbst hatte kümmern müssen, war diese zärtliche Geste fast zuviel für sie.

»Wein doch nicht, Jo«, sagte Mark sanft. Er ließ sich neben ihr nieder und küßte sie auf die Wange. »Ich weiß, du bist im Moment ganz besonders gefühlsbetont. Aber vergiß nicht, jetzt bin ich da, und ich werde dir helfen.«

Die Bemerkung brachte sie vollends aus der Fassung. »Gott, das ist so wunderbar«, schluchzte sie, und die Tränen liefen ihr über die Wangen. »Du bist so nett zu mir, und ich habe dich so schlecht behandelt. Das verdiene ich einfach nicht.«

»Natürlich verdienst du das. Ich bin derjenige, der dich nicht verdient.« Er reichte ihr sein Taschentuch. »Hier.«

»Ich muß mir immer dein Taschentuch ausleihen«, schniefte sie. »Tut mir echt leid.«

»Meine Taschentücher und alles, was ich besitze, gehören dir.«

Er schien das tatsächlich ernst zu meinen. Jo blickte ihn durch ihre Tränen hindurch an.

»Eva und ich haben uns schon lange nicht mehr gesehen. Seit ich mich in dich verliebt habe, gab es für mich keine andere Frau mehr.«

»Und was ist mit den Malediven?« fragte Jo ängstlich. »Da bist du doch nicht etwa allein hingeflogen?«

Marks erstauntes Gesicht sagte ihr, daß er keine Ahnung hatte, wovon sie sprach.

»Dein Urlaub«, erinnerte sie ihn.

»Ich bin nach Spanien geflogen, um dort mit ein paar Freunden Golf zu spielen. Männlichen Freunden, möchte ich hinzufügen. Mir war einfach nicht nach einem Strandurlaub. Wenn du bei mir gewesen wärst, wäre es natürlich etwas anderes gewesen«, fügte er hinzu und küßte sie sanft auf die

Stirn. »Wenn ich mir vorstelle, wieviel Spaß es gemacht hätte, dich mit Sonnenöl einzureiben.«

Sie trank heißen Tee, und er fütterte sie mit geräuchertem Lachs auf hausgemachtem braunem Brot. Erst als sie schon fast fertig war, begann er zu essen.

»Du bist so lieb zu mir, Mark«, sagte sie geradeheraus und lehnte sich an seine Schulter.

»Ich wollte schon ganz lange lieb zu dir sein, aber du hast es nicht zugelassen«, erwiderte er und biß herzhaft von dem Brot ab. »Du bist sehr versiert in diesem ›Ich bin eine unabhängige Frau‹-Spiel, und das ist natürlich nicht sonderlich ermutigend.«

Jo verzog das Gesicht. »Ich weiß, tut mir leid.«

»Du mußt dich nicht entschuldigen. Ich kann sehr gut verstehen, warum du dir manche Leute vom Hals halten möchtest.«

»Ach, wirklich?« fragte sie unsicher. Es war so wichtig für sie, daß er alles verstand. »Ich war so einsam und allein, als Richard mich verlassen hatte. Ich empfand mich als eine einzige Katastrophe. Es war mir unmöglich, irgend jemanden an mich heranzulassen.«

»Inzwischen verstehe ich das besser.« Er lachte leise. »Als du dich von ihm getrennt hast . . . vielleicht war es falsch, daß ich gerade da an dich herangetreten bin. Ich hatte höllische Angst, daß du noch immer in ihn verliebt sein könntest.«

Jo ließ ihre rechte Hand auf Marks Nacken sinken, ihre Finger streichelten seinen Haaransatz. Sie liebte es, ihm über die breiten Schultern zu streicheln, liebte seinen kraftvollen Körper. Neben ihm kam sie sich immer ganz klein vor, selbst jetzt, da sie sich eigentlich eher wie ein Wal fühlte.

»Als ich dich bat, nach New York zu fliegen, bin ich ein großes Risiko eingegangen. Ich hoffte inständig, daß du zusagen würdest. Ich wollte unbedingt herausfinden, wie du nach eurer Trennung über ihn dachtest.«

»Du wußtest, daß wir uns getrennt hatten?« fragte sie ihn verblüfft.

Er grinste und fütterte sie wieder mit einer kleinen, in Limonensaft getränkten Scheibe Lachs.

»Na klar. Ich habe gute Informanten, meine Liebe«, sagte er in gespieltem deutschem Akzent. »Ich wollte wissen, ob ich überhaupt eine Chance hatte. Und davon bin ich eigentlich solange ausgegangen, bis du mir von dem Baby erzählt hast.« Er zuckte mit den Schultern. »Damals bin ich mir wirklich ziemlich dumm vorgekommen. Ich hatte das Gefühl, ich würde dich ausnutzen.«

»Deshalb hast du mich auch so behandelt, als wäre ich deine kleine Schwester«, sagte sie. Endlich konnte sie nachvollziehen, was damals in ihm vorgegangen sein mußte.

»Na ja, wie dein Bruder habe ich mich eigentlich nicht gefühlt.« Mark strich ihr über den Oberschenkel. »Überhaupt nicht.«

Jo spürte erneut eine Wärme im Bauch, als sie daran dachte, daß Mark sie damals tatsächlich sehr begehrt haben mußte. Und plötzlich fiel ihr auch wieder der Traum ein, den sie in dieser Nacht im *Manhattan Fitzpatrick* von ihm gehabt hatte. Der Traum, in dem sie sich vollkommen nackt geliebt hatten.

»Ich dachte, du hättest genug von mir, deshalb konnten wir auch nur telefonieren«, erklärte sie. Sie konnte sich nur schwer von dem Bild von ihnen beiden im Bett lösen.

»Genug? Niemals. Du mußt endlich etwas begreifen, Jo«, sagte Mark und wandte sich ihr zu. »Meine Gefühle für dich waren von Anfang an so stark, daß ich es nicht ertragen konnte, dich ganz auf dich allein gestellt zu sehen. Allein und schwanger von diesem Mistkerl, wo doch eigentlich jemand hätte dasein sollen, der dich und dein Baby liebt.«

Es war einfach wunderbar, ihn so reden zu hören.

»Verdammt, die Vorstellung, dich all dem völlig allein ausgesetzt zu sehen, brach mir fast das Herz.« Er strich Jo eine Locke aus der Stirn.

»Soll das heißen, du warst schon verliebt in mich, als du mich damals zum Mittagessen eingeladen hast, noch lange bevor wir nach New York geflogen sind?« fragte Jo.

»Ja.«

»Und als wir nach New York geflogen sind, hast du mich da auch begehrt?«

»Ob ich dich begehrt habe? Ich wollte dich auf der Stelle ins Bett ziehen und dich nie wieder gehen lassen. Als du dieses braune Kleid anhattest, konnte ich die Augen einfach nicht von dir abwenden.«

»Das ist mein *Mary-Gregory*-Kleid. Hat es dir gefallen?« Sie lächelte.

»Und wie.«

»Na, prima. Ich hatte nämlich schon gedacht, ich würde meinen Schick verlieren«, fügte sie triumphierend hinzu.

»Und ich liebe dich auch, Jo. Ich wollte nur die richtige Gelegenheit abwarten, um es dir zu sagen. Und heute ist anscheinend der Tag dafür.«

»Oh, Mark.« Jo lehnte sich zufrieden an ihn. »Ich liebe dich auch. Ich hätte nie gedacht, daß ich dir das sagen könnte – direkt ins Gesicht sagen könnte, meine ich.« Sie richtete sich auf. »Sollten wir vielleicht die Werkstatt bitten, den Anlasser als ein Erinnerungsstück für uns aufzubewahren?«

»Du meinst, ein Erinnerungsstück, das wir bei unserer silbernen Hochzeit betrachten können?« fragte er und küßte sie erneut.

»Ganz genau!«

»Dann sollten wir aber auch Rhonas Telefonnummer behalten«, fügte er hinzu.

»Warum?«

»Weil sie mir gestern gesagt hat, daß du wirklich nicht mehr mit Richard zusammen bist, daß er nicht zurückgekommen ist. Warum hast du mich eigentlich angelogen?«

»Na ja, ich wollte nicht, daß du denkst, ich würde dir

nachlaufen. Ich nahm an, daß du in Eva verliebt bist«, verteidigte sich Jo. »Ich konnte es nicht ertragen, daß du mich bemitleidest oder mich für eine törichte, schwangere Frau halten würdest.«

»Du meine Güte, du hast wirklich eine lebhafte Phantasie«, sagte Mark. »Wenn ich dich also nicht gleich morgen früh anrufe, dann könntest du denken, ich wäre mit jemandem nach Südfrankreich durchgebrannt?«

Jo antwortete nicht. Sie dachte über die eine Frage nach, die sie ihm unbedingt stellen mußte.

»Das Baby. Das Baby ist das Wichtigste in meinem Leben, Mark. Ich muß zuallererst an sie denken. Könntest du mein Kind lieben, obwohl es auch Richards ist?«

»Es wird aber nicht Richards Baby sein«, erwiderte er unumwunden. »Es wird *unser* Baby sein, *unser* Kind. Wenn ich nicht die Mutter *und* das Kind haben wollte, glaubst du, dann säße ich jetzt hier? Ich bin nicht wie er. Ich will nicht nur die schöne Journalistin und sonst nichts, keine Bindung, keine Verpflichtungen. Ich will die Frau, die Mutter, ich will dich.« Mark wandte sich ihr zu, umfaßte ihre Hand und sah sie an.

»Ich weiß, du bist sehr verletzt worden, Jo, aber du mußt mir vertrauen. Ich werde es nicht zulassen, daß dich noch einmal jemand verletzt. Und was diesen Mistkerl angeht . . .«

Sie legte ihm einen Finger auf die Lippen. »Bitte, mach nicht alles kaputt, indem du über ihn sprichst«, sagte sie. »Er ist ein schlechter Mensch und war es wohl schon immer, obwohl es mir lange nicht bewußt war. Laß ihn uns einfach vergessen.«

Sie saßen etwa noch eine Stunde lang am Kamin. Jo wärmte sich die Zehen, nachdem Mark ihr vorsichtig die Stiefel ausgezogen hatte.

»Ich kann mich nicht erinnern, wann ich zuletzt meine Füße gesehen habe«, sagte sie fröhlich. Langsam breitete sich die Wärme des Feuers auch in ihren Knochen aus.

»War ich wirklich so schrecklich zu dir?« fragte sie. Sie

dachte dabei an die furchtbare Redaktionskonferenz, als sie Mark immer hatte widersprechen müssen.

»Du warst brutal«, erwiderte er. »Du warst so streitsüchtig und mußtest immer deine Meinung kundtun. Aber eigentlich hat mir das gefallen. Du hattest nie Angst, das zu sagen, was du denkst. Und wenn du dich einmal geirrt hattest, dann hast du das auch problemlos zugeben können. Das wiederum hat mir noch mehr imponiert.«

»Du meinst, wie bei den Postern, bei denen die drei Worte falsch geschrieben waren?« fragte sie.

»Genau«, stimmte er ihr zu. »Du warst so sauer auf dich selbst, als du gesehen hast, daß du sie trotz der Fehler in die Druckerei geschickt hattest. Und noch saurer warst du dann auf mich, weil ich es während der Sitzung auch noch erwähnen mußte. Ich erinnere mich, du hattest damals diese rosa und ziemlich durchsichtige Weste an.«

Jo verzog das Gesicht. »Ich weiß. Ich habe erst später gemerkt, wie durchsichtig sie ist.«

»Ja, das ist mir auch aufgefallen«, sagte er lächelnd. »Du bist ja später noch einmal in den Sitzungssaal zurückgekommen, um dein Filofax zu holen. Du konntest deine Wut kaum im Zaum halten.« Er machte eine Pause und grinste.

»Ich habe mich sehr bemüht, nicht deine Brüste anzustarren, denn ich konnte deinen BH sehen ... ein Wunder, daß ich überhaupt mit dir ein Wort wechseln konnte.«

»Ich fand dich unmöglich und habe nur darauf gewartet, daß du irgendeinen sarkastischen Kommentar abgeben würdest«, meinte Jo. »Ich mußte mich stark im Zaum halten, um dich nicht anzufassen und dir zu sagen, wie verrückt ich nach dir war«, sagte Mark.

»Tatsächlich?« fragte sie erfreut. »Eigentlich wollte ich die Weste wegwerfen.«

»Wage das nur ja nicht«, entgegnete er. »Wenn du sie das nächste Mal trägst, möchte ich sie dir ganz persönlich ausziehen.«

»Vielleicht paßt sie mir ja nicht mehr«, meinte Jo traurig und sah an sich herab.

»Das ist egal. Dann müssen wir einfach etwas anderes finden, was ich dir vom Leib reißen kann«, murmelte Mark sanft.

Es war schon fast vier, als er auf seine Uhr sah. »Tut mir leid, ich fürchte, wir müssen gehen, Liebling«, sagte er und lächelte sie an, als könne er gar nicht glauben, daß sie nun ihm gehörte. Sie konnte seine Gefühle nur zu gut nachvollziehen.

»Ich muß um acht bei einem Geschäftsessen sein, und vorher habe ich noch eine Verabredung im *Jury's.*« Er stand auf.

»Ach.« Jo konnte ihre Enttäuschung nicht verbergen. Sie hatte gehofft, sie würden den Abend gemeinsam verbringen, und jetzt erzählte er ihr von seinen Plänen. Von Plänen, die nichts mit ihr zu tun hatten.

»Du bist auch eingeladen, mein Schatz, also rege dich nicht auf. Ich hole dich um halb sieben ab«, fügte er hinzu und kraulte sie am Kinn.

Jo strahlte ihn an. »Du weißt genau, wie ich ticke, nicht wahr?«

»Klar, ich habe dich schließlich drei Jahre lang beobachtet. Meine Güte, ist alles in Ordnung? Ist es das Baby?« fragte er plötzlich, als Jo einen kleinen Schrei ausstieß.

»Nein, mir ist nur gerade klargeworden, daß ich nichts zum Anziehen habe«, klagte sie. »Jedenfalls nichts Hübsches, das mir auch paßt.«

»Ist das alles?« Mark umarmte sie. »Bestimmt hat Rhona etwas. Schließlich war sie bereits dreimal schwanger, und wir sind nicht weit von ihrem Haus entfernt. Wir könnten einfach vorbeifahren und uns etwas ausleihen.«

Rhona antwortete gewohnt knapp auf ihrem Handy: »Ja?«

»Hallo, Rhona, hier ist Jo. Wo bist du?«

»Ich stehe im Stau hinter so einem blöden Lastwagen auf

der Autobahn. Du klingst, als würdest du aus einem Auto anrufen, Jo.«

»Ja, stimmt. Ich bin mit Mark zusammen.«

Rhona lachte zufrieden.

»Heißt das, mit Mark im Auto, oder mit ihm zusammen?« hakte Rhona nach.

»Mit ihm zusammen«, erwiderte Mark, der das Lachen seiner Redakteurin vernommen hatte.

»Super! Vielen Dank, daß ihr mir Bescheid gesagt habt«, meinte Rhona schon etwas leiser.

»Ich habe eine Bitte an dich. Ich brauche unbedingt etwas Passendes zum Anziehen, denn Mark will mich heute abend zum Essen ausführen«, meinte Jo entschuldigend. »Wir sind gar nicht weit von deinem Haus und ...«

»Das ist wieder einmal typisch. Ich verkupple das Paar des Jahres, und du hast keinen anderen Gedanken im Kopf als meinen Schrank zu durchwühlen!« Rhona tat so, als würde sie sich aufregen, aber es gelang ihr nicht. »Ich bin in zwanzig Minuten zu Hause. Ted wird bestimmt schon dasein, also bittet ihn, Teewasser aufzusetzen. Nein, besser ich rufe ihn selbst an.«

Als Rhona eine halbe Stunde später ihr Haus betrat, hatte sie eine Flasche Roséwein mitgebracht.

»Das müssen wir unbedingt feiern«, meinte sie und küßte Jo auf die Wange. »Der Wein ist nichts Besonderes, aber doch immer noch besser als Tee. Ich freue mich so sehr für dich, Jo«, flüsterte sie. »Du verdienst ihn. Er ist ein wunderbarer Mann.«

Mark erhob sich aus seinem Sessel neben Jo und umarmte Rhona. »Danke für alles.« Er wandte sich wieder Jo zu. »Ohne diese Lady hier würden wir uns immer noch schneiden.«

»Ja, meine Frau ist wirklich phantastisch«, stimmte Ted zu und reichte jedem ein Glas Wein.

Als Rhona und Jo schließlich nach oben gingen, um sich

nach etwas zum Anziehen umzusehen, hatten sie bereits die zweite Flasche Wein geleert. Die fünfjährige Susi und die achtjährige Lynne begleiteten sie.

»Möchtest du das Kinderzimmer sehen?« fragte Susi, die Jos Hand hielt.

»Natürlich. Zeigst du es mir?« fragte Jo.

Nachdem sie fünf Minuten lang Susis Teddys, ihre Puppen und Lynns letztes Kartoffeldruckbild bewundert hatte, folgte sie Rhona ins Schlafzimmer.

»Ich sollte wirklich nicht auf leeren Magen trinken.« Rhona hatte einen Schluckauf. Sie öffnete den Schrank. »Du hattest ein halbes Glas, und Mark nur eins – demnach haben Ted und ich fast zwei Flaschen geleert.«

»Nicht so schlimm, ihr geht ja nicht mehr aus«, meinte Jo sachlich. »Oh, Rhona, das ist ja sehr hübsch«, sagte sie und zog ein langes, cremefarbenes Seidenkleid heraus, das vom Nacken abwärts durchgeknöpft war.

»Das mag stimmen, wenn man schlank ist«, entgegnete Rhona und ließ sich auf das Bett fallen. »Ich besitze noch viele solcher Kleider. Und die Mädchen lieben sie«, fügte sie hinzu. »Hier bewahre ich alles auf, was ich nie hätte kaufen sollen, weil ich nicht hineinpasse. Lynne, zeig Jo die anderen Sachen hinter dem perlenbestickten Kleid. Ich hatte auch noch etwas sehr Schönes aus Samt, als ich mit Susi schwanger war.«

»Kann ich es mal anziehen?« fragte Susi. Sie hatte gerade einen Korb voller Lippenstifte durchwühlt, der auf der Kommode stand. »Nein, Liebling. Das ist nur für große Leute.«

»Für wirklich große Leute«, bemerkte Jo, als sie einen Blick darauf warf. Auf dem Bügel schien das lange Empirekleid in Mitternachtsblau geräumig genug für Rhona und Jo zu sein.

Als Jo es jedoch anzog, sah es wirklich sehr gut an ihr aus. Die hohe Taille ließ ihr Dekolleté vorzüglich zur Geltung kommen, so daß man ihren Bauch fast nicht bemerkte, und durch die langen Ärmel hatte es etwas Mittelalterliches.

»Genau richtig«, stellte Rhona fest und musterte ihre Redakteurin zufrieden.

»Genau richtig, genau richtig«, zwitscherte Susi und bewunderte ihre pinkfarbenen Lippen und den hellroten Lidschatten.

»Wenn Susi dich schminkt, wirst du toll aussehen«, sagte Rhona ernst.

»Tausend Dank, Rhona«, sagte Jo plötzlich. »Für das Kleid und für alles, was du für Mark und mich getan hast.«

»Na ja, ich hatte den Eindruck, wenn ich nichts mache, werdet ihr es nie auf die Reihe kriegen. Das heißt aber, daß ich mit euch in der Kirche sein werde und einen riesigen Hut tragen muß.«

»Was immer du willst«, erwiderte Jo grinsend. Sie ließ sich auf das Bett sinken. »Komm her, Susi, und schmink mir die Lippen!«

19

Der Anrufbeantworter sprang an, bevor Aisling abheben konnte. Sie hatte das Gerät bereits seit einem Monat. Trotzdem eilte sie bei jedem Klingeln immer noch aus der Dusche oder dem Wohnzimmer herbei und vergaß vollkommen, daß die Leute einfach Nachrichten hinterlassen konnten. Diesmal wollte sie jedoch erst einmal abwarten, wer sich am anderen Ende meldete. Sie ging zum Kühlschrank und packte Unmengen Katzenfutter und Frischkäse aus, den die Jungs zur Zeit offenbar kiloweise verschlangen.

»Hier spricht Carla De Paor«, meldete sich die Anruferin. Sie hatte eine hohe Stimme und einen ausgesprochen vornehmen Akzent. »Ich rufe Sie an, um zu erfahren, ob Sie mir bei einer Party vor Weihnachten behilflich sein könnten. Bitte rufen Sie mich zurück. Meine Nummer ist . . .«

»Guten Tag, Frau De Paor«, schaltete sich Aisling ein. »Hier spricht Aisling Moran. Sie möchten unseren Service für eine Party buchen? Für welchen Tag genau?«

»Für Freitag, den dreizehnten Dezember. Ich wollte um die fünfzig Leute einladen. Tut mir leid, ich weiß, das ist alles ein bißchen knapp, schließlich sind es bis dahin nur noch zwei Wochen. Aber meine Freundin Yvonne hat Sie mir so sehr empfohlen, daß ich hoffte, Sie könnten mir helfen.«

Aisling warf einen Blick auf den Kalender an der Wand und rechnete schnell. In der gleichen Woche hatte sie ein Abendessen für zehn. Außerdem sollte sie ein Essen für Jim und Rachel Coghlan ausrichten, hinzu kam noch ein Büfett für den folgenden Samstag, einen Tag nach der Party bei den De Paors. Aber das Büfett war relativ einfach, und sie konnte sich jederzeit Hilfe besorgen. Natürlich würde sie früh Feierabend machen müssen, dennoch glaubte sie, ausreichend Zeit zur Verfügung zu haben. »Ich denke, das läßt sich noch einschieben, Frau De Paor«, erwiderte sie in dem kühlen, sachlichen Ton, den sie immer am Telefon anschlug. »Das hängt natürlich davon ab, was gemacht werden muß. Was hatten Sie geplant?«

»Ach, nichts Besonderes, nur ein paar Kleinigkeiten«, erwiderte die Anruferin. »Es soll erst um neun Uhr losgehen, also eigentlich gar kein richtiges Abendessen sein. Nur ein paar Snacks zu den Getränken. Das ist wirklich reizend von Ihnen, mir behilflich zu sein«, meinte sie erleichtert. »Die andere Firma meinte, es wäre zu knapp. Wenn Yvonne mir nicht von Ihnen erzählt hätte, hätte ich gar nicht gewußt, was ich tun sollte.«

»*Reservierungen* wird Sie nicht im Stich lassen«, meinte Aisling bestimmt. »Wenn wir einem Kunden zusagen, dann bekommt er einen erstklassigen Service.« Natürlich darf ich nicht krank werden, dachte sie im stillen, denn dann würde alles wie ein Kartenhaus zusammenfallen.

»Wir sollten uns treffen und uns über das Menü unterhalten«, schlug Aisling vor. »Könnten Sie mich am Montag um Viertel nach eins im *Harcourt-Hotel* treffen?«

»Ja, kein Problem. Wie erkenne ich Sie?«

Ich werde dunkle Augenringe und eine Rose zwischen den Zähnen haben, dachte Aisling schelmisch. Laut sagte sie: »Ich bin blond und werde ein blaues Kostüm tragen.«

»Phantastisch, vielen herzlichen Dank«, erwiderte die Frau. »Ciao.«

Ciao? Sagten die Leute das heute immer noch, fragte sich Aisling, als sie auflegte. Sie stellte sich Carla De Paor vor – eine wohlbehütete reiche Ehefrau mit dauergewelltem rotem Haar, einer tiefen Bräune von zu vielen Stunden in der Sonne und soviel Goldschmuck um den Hals, daß man damit die Auslandsschulden von ganz Bolivien hätte begleichen können.

Es war noch gar nicht lange her, daß solche Frauen Aisling überwältigt hätten und sie sich linkisch und altmodisch vorgekommen wäre. Das hatte sich jetzt jedoch geändert. In den letzten Monaten hatte sie mehr Damen aus höheren Kreisen kennengelernt, als sie sich je hätte träumen lassen. Denn *Reservierungen* begann sich allmählich einen Namen als eine zwar kleine, aber exklusive Cateringfirma zu machen.

Sie hatte erfahren müssen, daß die Frauen mit dem vornehmen Akzent und den teuren Kleidern meist die dreckigsten Küchen hatten, einmal hatte sie sogar Mäuse vorgefunden. Und als sie sich vor ein paar Wochen im Schlafzimmer eines luxuriösen Hauses in Foxrock umgezogen hatte, hatte sie einen Blick in das private Zimmer der Gastgeberin werfen können. Obwohl diese für ihr perfektes Aussehen und ihre elegante Garderobe bekannt war, herrschte in ihrem Zimmer das gleiche Durcheinander wie bei allen anderen Frauen auch. Ohne Zweifel waren Irlands gehobene Kreise nicht sonderlich schillernd, wenn man auch hinter die Fassade schaute. Die De Paors würden sicherlich auch unproblematisch sein.

Aisling hatte gerade alle Lebensmittel ausgepackt, als das

Telefon nochmals klingelte. Diesmal nahm sie sofort den Hörer ab.

»Hallo, Aisling. Wie geht es dir, Liebling?« Sams Stimme klang noch immer ziemlich amerikanisch, und wenn er »Liebling« sagte, dann hatte dies einen besonders erotischen Unterton.

»Mir geht es gut, Sam. Ich war gerade einkaufen und wollte in einer halben Stunde die Jungs abholen. Wir werden mit meiner Mutter zu Mittag essen.«

»Steht heute abend noch?« fragte er.

»Natürlich«, erwiderte sie. »Schließlich gehe ich nicht jeden Abend auf einen Wohltätigkeitsball. Um nichts in der Welt möchte ich das verpassen.«

»Verrätst du mir endlich, was du anziehen wirst, oder ist das immer noch ein Geheimnis?«

Aisling versuchte, sich ihre Gereiztheit nicht anmerken zu lassen. Seit Mark sie gebeten hatte, Jo und ihn zum Ball zugunsten chinesischer Waisenkinder zu begleiten, hatte Sam unablässig nachgebohrt, was Aisling wohl tragen würde.

»Es wird eine Überraschung«, erwiderte sie. »Du darfst gespannt sein.«

»*Gespannt?*« hakte Sam mißtrauisch nach.

»Ja, gespannt.« Aisling spürte, wie sie langsam wütend wurde. Was zum Teufel war nur los mit ihm? Immer wenn sie über den Ball sprachen, wollte er wissen, was sie tragen würde, obwohl sie ihm bereits viermal gesagt hatte, daß es eine Überraschung sein sollte. Warum beschäftigte ihn das eigentlich so sehr?

»Ich will es ja nur wissen, mehr nicht.« Sam war offenbar ein wenig gekränkt. Darin war er Meister.

»Warum?« Aisling wollte es nun allmählich auch wissen. Es ärgerte sie, daß er anscheinend glaubte, sie wäre nicht in der Lage, allein etwas Passendes für den Ball in Shelbourne herauszusuchen, auch ohne daß er ihr dabei behilflich war. Schließlich war ihr klar, daß es sich hier nicht um eine

Barbecue-Party im Garten handelte. Sie war eine Geschäftsfrau, die eben gerade *schon wieder* einen neuen Auftrag für ihre Firma an Land gezogen hatte. Eine Firma, die auf ihren Kochkünsten und ihrem Unternehmergeist basierte. Warum nur behandelte Sam sie dann, als wisse sie überhaupt nicht, was man zu welcher Gelegenheit trägt?

Sollte er doch zur Hölle gehen! Er war in Kleidungsfragen so verdammt konservativ. Nachdem er ihr das erste lächerliche Kleid gekauft hatte, das allenfalls einem kleinen Mädchen gestanden hätte, war dem ein zweites, ähnliches Exemplar gefolgt – ein irrsinnig teures weißes, weitgeschnittenes Kleid, in dem sie aussah wie ein Milchmädchen. Vermutlich nahm er an, sie würde es zu dem Ball tragen. Nun, da sollte er sich irren.

»Ich würde mich einfach nur freuen, wenn du *mein* Kleid tragen würdest.« Er schien noch immer beleidigt zu sein. »Du siehst darin phantastisch aus, so elegant.« Es folgte eine Pause. »Tut mir leid«, seufzte er leise. »Wahrscheinlich ist es kindisch von mir, mir zu wünschen, daß du mein Geschenk trägst.«

Jetzt war es Aisling, die seufzen mußte. Sei doch nicht so hart zu ihm, ermahnte sie sich. Du bist einfach nicht mehr an normale Mann-Frau-Beziehungen gewöhnt. Wahrscheinlich zogen es die meisten Männer vor, wenn ihre Freundinnen feminin und nicht zu sexy aussahen. Das war doch völlig normal, oder? Sie würde Jo noch einmal fragen, nur um ganz sicher zu gehen.

»Ich liebe das weiße Kleid, das du mir gekauft hast«, sagte sie. Es war nur eine halbe Lüge. Sie mochte es *wirklich*, aber man konnte es nicht im Büro tragen und im Umgang mit ihren Kunden war es auch nicht geeignet. »Die Sache ist nur die, daß ich mir ein wunderschönes Kleid extra für den Ball gekauft habe. Natürlich möchte ich es auch tragen. Ich bin sicher, es wird dir gefallen.«

Es wird ihm überhaupt nicht gefallen, dachte sie, als sie den Hörer auflegte. Es war nämlich sehr sexy – das schiere Gegenteil des weißen Kleides, das er ihr gekauft hatte. Vor einem Jahr hätte sie so etwas noch nicht einmal im Traum getragen. Aber vor einem Jahr hätte sie auch gar nicht in das enge austernfarbene und rückenfreie Kleid gepaßt. Es saß tatsächlich wie eine zweite Haut. Und Jo fand es passend für den Ball. Deshalb hatte Aisling auch ein kleines Vermögen für das Kleid ausgegeben.

»Hallo, Aisling«, murmelte Jo. Sie kam schlaftrunken in die Küche und rieb sich die Augen. Im achten Monat schwanger, war Jo nun wirklich riesig. Das einzige, was ihr jetzt noch paßte, war ein überdimensionales T-Shirt. Sie sah so aus, als trüge sie einen Fußball mit sich herum.

»Hast du schlafen können?« fragte Aisling. Sie zog einen Stuhl heran, damit Jo sich setzen konnte.

»Nein, nicht wirklich. Ich mußte die ganze Nacht auf die Toilette, und sie hat mich dauernd getreten«, seufzte Jo.

»Komm, ich mache dir eine ordentliche Tasse Tee und etwas Toast«, erbot sich Aisling. »Warum siehst du nicht ein wenig fern?«

»Vielen Dank. Was würde ich eigentlich ohne dich machen, Aisling?« fragte Jo.

»Wahrscheinlich würdest du mehr herumkommen«, erwiderte Aisling. Sie setzte den Kessel auf. »Manchmal habe ich den Eindruck, die Jungs denken, du wärst ihre Mutter. Du verbringst mehr Zeit hier als ich.«

»Es macht mir überhaupt nichts aus, auf sie aufzupassen. Du weißt doch, wie sehr ich die beiden mag. Außerdem ist es beim Aufbau einer Firma anfangs immer so, daß man sehr hart arbeiten muß. Das jedenfalls hat Richard immer behauptet. Es wird bestimmt leichter werden, wenn du jemanden hast, der dir hilft.«

Aisling steckte zwei Scheiben braunes Brot in den Toaster und stellte ein Tablett mit Margarine, Marmelade, Milch und Zucker vor Jo auf den Tisch.

»Früher oder später muß ich wirklich jemanden anstellen«, sagte sie. »Stell dir vor, ich habe schon wieder einen Auftrag. Freitag in einer Woche eine Party mit fünfzig Leuten. Es ist für eine Dame, deren Name wirklich sehr hochgestochen klingt: Carla De Paor.«

»Na, wunderbar. irgendwoher kenne ich den Namen«, meinte Jo nachdenklich. »Wohnen sie nicht in diesem großen Haus in Greystones und besitzen zahlreiche Autowerkstätten?«

»Keine Ahnung«, meinte Aisling, die gerade den Tee aufgoß. »Ich glaube aber, daß Sam ausrasten wird, wenn ich es ihm erzähle. Michael wollte nämlich an diesem Freitag die Jungs übernehmen, und Sam und ich wollten die Nacht in einem Hotel in Wexford verbringen.«

»Das könnt ihr doch auch noch ein anderes Mal tun«, erwiderte Jo. »Es ist jetzt wichtig, daß du so viele Kontakte wie möglich machst, so daß du dich etablieren kannst.«

Aisling sah aus dem Fenster auf das Vogelhäuschen, wo ein kleines Rotkehlchen an den Nüssen pickte, die sie ihm hingelegt hatte. Es war ein eiskalter Novembertag, und der Frost glitzerte in der blassen Wintersonne.

»Ich weiß«, erwiderte sie langsam. »Aber Sam scheint das einfach nicht zu begreifen. Als wir uns kennenlernten, wußte er genau, was er wollte. Jetzt aber habe ich den Eindruck, daß es ihm wirklich gegen den Strich geht, wenn ich abends arbeite. Den Grund dafür kann ich mir überhaupt nicht erklären.«

»Meiner Ansicht nach ist das eine typisch männliche Reaktion«, entgegnete Jo, »Unabhängigkeit ist etwas Wundervolles bei einer Frau, es macht sie sehr attraktiv. Genau wie sexy Kleider, Miniröcke oder tief ausgeschnittene Blusen. Allerdings nur so lange, bis du seine Freundin wirst. Dann heißt es, trag bloß nicht dieses Kleid, verstecke deinen Busen, deine Beine oder was sonst noch und verwandle dich in eine kleine Stubenhockerin.«

»Du hast vollkommen recht«, stimmte ihr Aisling zu. Sie dachte daran, wie fasziniert Sam anfangs von ihrer Garderobe gewesen war. »Aber Mark ist doch nicht so, oder?«

»Nein, überhaupt nicht. Ich glaube, das hat er nicht nötig, weil er so selbstsicher ist.« Jo nahm das Brot aus dem Toaster und bestrich es mit Margarine. »Er empfindet es als anziehend, daß ich meinen eigenen Weg gegangen bin. Aber so sind längst nicht alle Männer«, fügte sie hinzu und leckte sich etwas Margarine von den Fingern.

»Und kannst du mir verraten, warum ausgerechnet ich immer wieder jemanden treffe, der aus mir eine Hausfrau machen möchte?« fragte Aisling.

»Ach, komm schon, Aisling, gib ihm doch eine Chance«, bat Jo. »Vermutlich möchte er dich lediglich beschützen, weil er glaubt, daß du dich mit deinen beiden Jobs und den Kindern übernimmst.«

»Wahrscheinlich hast du recht. Es ist nur ...« Sie machte eine kleine Pause.

»Was denn?« hakte Jo zwischen zwei Bissen Toast nach.

»Ich entwickle allmählich so etwas wie Platzangst«, sagte Aisling schließlich. Endlich hatte sie ausgesprochen, was ihr seit zwei Wochen durch den Kopf ging.

Seit sie Sam vor drei Monaten kennengelernt hatte, hatten sie eine wundervolle Zeit miteinander verbracht. Meistens jedenfalls. Um ehrlich zu sein, fast immer. Er war ein phantastischer, sehr aufmerksamer Liebhaber, und das hatte sie selbstbewußter gemacht. Sie hatte sich glücklich, entspannt und so sicher gefühlt, wie eine Frau sich nur fühlen konnte, die gerade eine Trennung hinter sich hatte.

Meistens war Sam in den Nächten bei ihr gewesen, als die Jungs bei Michael waren. Sie hatten sich stets leidenschaftlich geliebt und waren dann engumschlungen eingeschlafen. Sonntag morgens lagen sie im Bett und lasen gemeinsam die Zeitung – niemals die *News* – und frühstückten miteinander, bevor sie sich erneut und meist auf Brotkrumen liebten.

Aisling staunte, wie schnell sie sich an seine Gegenwart in ihrem Leben und ihrem Bett gewöhnt hatte. Als Michael sie verlassen hatte, hatte sie tatsächlich geglaubt, sie würde nie wieder etwas mit einem Mann zu tun haben. Und plötzlich fand sie sich in einer ernsthaften Beziehung mit Sam wieder.

Er hatte ihr Leben auf jeden Fall bereichert, mit ihm hatte sie sich viel besser gefühlt. Aber in letzter Zeit störte sie etwas an der Beziehung. Das erste Mal war es ihr aufgefallen, als er sie einmal von seinem Büro aus angerufen hatte, um ihr zu mitzuteilen, daß er am nächsten Tag doch nicht nach London fliegen würde.

»Ich hatte an ein romantisches Abendessen für zwei gedacht«, schlug er vor. »Nur du und ich und eine gute Flasche Chablis.«

»Tut mir leid, Sam«, sagte Aisling. »Die Jungs müssen Donnerstag morgen ein Projekt beendet haben, und ich habe ihnen versprochen, ihnen morgen abend dabei zu helfen. Es geht dabei um das Weltall, was wunderbar ist, denn die beiden lieben *Star Trek*. Sie sind verrückt nach allem, was irgendwie mit Astronauten zu tun hat. Außerdem ist es nicht gut für mich, mitten in der Woche so spät aufzubleiben. Ich würde an meinem Schreibtisch einschlafen, wenn ich nicht mindestens sieben Stunden Schlaf bekomme. Ich hoffe, du verstehst das.«

»Schon gut, natürlich verstehe ich das«, erwiderte er gereizt. Offenbar hatte er dafür überhaupt kein Verständnis.

Natürlich konnte sie nachvollziehen, was er empfand. Er wollte mit ihr einen wunderschönen Abend verbringen, und sie wies ihn zurück.

So ist das eben manchmal, dachte sie. Die Jungs sind wichtiger als ein Abendessen, sie brauchen mich. Im letzten Jahr haben sie genug ertragen müssen. Sie brauchen ein stabiles Zuhause. Wegen der Firma bin ich schon oft genug nicht zu Hause. Sie sollen wenigstens wissen, daß sie sich jederzeit auf meine Hilfe verlassen können.

Am darauffolgenden Wochenende war Sam noch zusätzlich verärgert worden, als Aisling den Samstag nachmittag nicht mit ihm verbringen konnte. Sie mußte zwölf große vegetarische Quiches backen und zudem noch die geräucherte Forellenpaté zubereiten, die ein Kunde am Abend abholen wollte.

»Du kannst doch nicht die ganze Zeit arbeiten«, hatte er sich beschwert. »Das muß bald ein Ende haben, Aisling. Wegen dieser verdammten Firma hast du überhaupt keine Zeit mehr für mich.«

Aha, dachte Aisling. Daher wehte also der Wind. Du sorgst dich gar nicht darum, daß ich zu hart arbeite, du bist nur sauer, weil du nicht das bekommst, was du willst. Das war wieder einmal typisch Mann. Sie hatte ihn eigentlich mit einem romantischen Abendessen zu Hause überraschen wollen und ihm das Pfeffersteak zubereiten wollen, das er besonders gerne aß. Aber nun hatte sie keine Lust mehr dazu, denn sie fand sein Benehmen ausgesprochen kindisch.

Bei ihrem nächsten Treffen hatte er sich ihr gegenüber so kühl benommen, daß Aisling den Eindruck bekommen hatte, sie sollte sich für Samstag entschuldigen. Sie schlug ihm vor, sich in Zukunft mit ihm wegen der Termine zu beraten, damit ihre Arbeit nicht mit ihrer gemeinsamen Freizeit kollidierte.

»Tut mir wirklich leid, Sam«, sagte sie. Sie saß neben ihm auf dem Sofa und schmiegte sich an ihn. »Ich habe nicht lange genug darüber nachgedacht. Du weißt, ich möchte, daß die Firma ein Erfolg wird. Wenn ich einen Auftrag bekomme, kann ich ihn natürlich nicht ablehnen. Aber nächstes Mal frage ich vorher bei dir an, ob du irgend etwas für uns geplant hast. In Ordnung?«

Schon während sie es laut aussprach wußte Aisling, daß sie einen großen Fehler machte. Sich die Rute selber flechten, hätte es ihre Mutter genannt. Natürlich erzählte sie Jo nichts davon, die hungrig ihren Toast verschlang.

»Alle Beziehungen haben ihre Höhen und Tiefen«, tröstete

Jo sie. »Das ist einfach nur eine schlechte Phase, die ihr durchmacht, mehr nicht.«

»Du hast gut reden, schließlich bist du bis über beide Ohren verliebt und hast dich mit Mark seit sechs Wochen nicht mehr gestritten«, scherzte Aisling.

Jo strahlte sie an. »Findest du wirklich, daß wir bis über beide Ohren verliebt sind?« fragte sie.

»*Love-Story* kann mit euch nicht mithalten.«

»Wirklich?«

»Im Ernst. Aber ich freue mich sehr für euch beide. Wie wäre es mit noch etwas Tee?«

»Sehr gern.«

Aisling setzte nochmals Wasser auf und hörte Jo zu, die einige komische Passagen aus der Zeitung vorlas. In Gedanken jedoch war sie ganz woanders.

»Na, was hältst du davon?« Aisling wirbelte in ihrem austernfarbenen Abendkleid vor Jo herum, die auf dem Bett in Aislings Schlafzimmer saß und ein Glas Milch trank.

»Absolut phantastisch. Wirklich toll«, begeisterte sich Jo. »Du wirst auf dem Ball die Schönste sein. Ich wünschte, ich würde auch wieder so aussehen«, fügte sie traurig hinzu. Sie trug Rhonas Samtkleid und strich sich über ihren Bauch.

»Ach, mit Sicherheit wirst du ganz schnell wieder abnehmen«, beruhigte sie Aisling. »Vergiß nicht, du bist von Natur aus schlank, und ich bin sicher, das Gewicht wird ganz einfach wieder verschwinden, sobald das Baby geboren ist. Da gehe ich jede Wette mit dir ein.«

Jo verzog das Gesicht. »Hoffentlich! Ich komme mir vor wie ein Flaggschiff in Samt.«

»Du siehst super aus, Jo. Deine Haut ist wunderbar weich, dein Haar glänzt und das Kleid steht dir ausgesprochen gut.« Aisling umarmte ihre Freundin.

»Hoffentlich hast du recht.« Jo klang düster. »Schließlich ist es das einzige, was ich heute abend tragen kann. Ich trage das Kleid nun schon zum dritten Mal. Hoffentlich treffe ich keine Bekannten, sonst denken sie noch, ich hätte nur dieses eine Kleid«, fügte sie bedrückt hinzu.

»Mark findet jedenfalls, daß du toll aussiehst.«

Jos Gesicht wurde weicher. »Ja, das tut er anscheinend wirklich. Er ist so ein wunderbarer Mann. So ganz anders als Richard. Übrigens, da wir gerade über Richard reden . . .«

In diesem Moment klingelte es an der Tür, und Jo wurde unterbrochen.

»Sie sind ja ganz schön früh.« Sie blickte auf ihre Uhr. Aisling eilte zur Tür und lüftete dabei den Rock ihres langen Satinkleids.

»Ich mache schon auf, laß dir nur Zeit, Jo.«

Mark und Sam standen vor der Tür. Sie sahen großartig aus in ihren Smokingjacken.

»Aisling, du siehst . . . hinreißend aus«, meinte Sam erstaunt. Er trat einen Schritt zurück. Bewundernd betrachtete er ihren Körper und das Kleid, das sich ihr wie eine zweite Haut anschmiegte und ihre Kurven zur Geltung brachte. Sie hatte eine Stunde lang ihre blonden Haare in Wellen gelegt, was sehr gut zu dem Silber und Gold des Kleides paßte.

Der einzige Farbklecks waren ihre Augen, die Jo sorgfältig geschminkt hatte. Der blaue Lidschatten wurde durch braunen Lidstrich und dunkelbraunes Mascara noch betont. Im Kontrast zu den Farben ihres Kleides und ihrer Haare wirkten ihre tiefblauen Augen hypnotisch.

»Du bist wunderschön, Aisling.« Mark beugte sich zu ihr hinunter und küßte sie auf die Wange. »Sam wird den ganzen Abend damit zu tun haben, verliebte Bewunderer von dir fernzuhalten.«

Dieser Gedanke gefiel Sam offenbar überhaupt nicht. »Sie können sie gern anschauen, aber nicht anfassen.« Er zog Aisling besitzergreifend zu sich heran und küßte sie.

»Ist Jo oben?« fragte Mark.

»Hm.« Aisling bekam in Sams enger Umarmung kaum Luft.

Mark eilte die Treppe hinauf und traf Jo, als sie aus dem

Badezimmer kam und Taschentücher in ihre Handtasche stopfte.

Als er sie vorsichtig umarmte und dabei aufpaßte, sie nicht zu sehr zu drücken, fühlte Jo sich wieder so glücklich wie immer, wenn sie mit Mark zusammen war.

»Na, wie geht es meiner Lieblingsmama?« Er küßte sie auf die Stirn.

»Ich hätte nie gedacht, daß ich so riesig werden würde.« Jo legte den Kopf an seine Brust. »Ich habe Angst, daß heute abend jemand auf mich zukommt, eine Flasche Champagner an mir zerschellen läßt und sagt ›Gott schütze sie und alle, die auf ihr segeln‹.«

Marks tiefes Lachen ertönte. »Unsinn! Du siehst sehr gut aus. Schließlich bist du nur ein winziges kleines Ding. Soll ich dich nach unten tragen, um es dir zu beweisen?«

Jo versetzte ihm einen kleinen, spielerischen Klaps. »Nur dann, wenn du mit einer gebrochenen Wirbelsäule im Krankenhaus landen willst, Mark.«

Unten versuchte Aisling gerade, den Videorecorder zu programmieren, während Sam im Flur stand, ihren Mantel hielt und auf seine Uhr blickte.

»Wir werden uns verspäten«, meinte er gereizt.

»Ich komme ja schon«, rief Aisling. »Ich will nur rasch einen Film für später aufnehmen.«

Sie hatte gerade die Tür erreicht, als Mark ihr zuvorkam und sie öffnete. Die beiden Frauen rangen nach Luft.

»Eine Limousine!« staunte Jo. Ein glänzender, schwarzer Mercedes stand in der Auffahrt, ein Chauffeur in schwarzer Uniform hielt ihnen eine der Hintertüren auf.

Mark zog lächelnd seinen schwarzen Mantel über. »Ich dachte, wir sollten heute abend einmal auf die Pauke hauen«, sagte er. »Denn schließlich ist es ein besonderer Abend. Ein ganz besonderer Abend«, fügte er hinzu und blickte Jo an.

Er und Jo ließen sich im Vorderteil des Wagens nieder, während Aisling und Sam ihnen gegenüber Platz nahmen.

»Wir hätten Champagner haben können, aber weil Jo nicht trinkt, habe ich keinen bestellt«, sagte Mark und streckte seine langen Beine aus.

»Ach, ein halbes Glas hätte ich schon trinken können.« Jo lehnte sich an ihn. »Weißt du eigentlich, woran mich das erinnert?« sagte sie so leise, daß nur er sie hören konnte.

»Nein.« Mark legte den Arm um sie.

»Kannst du dich noch erinnern, als wir in New York ankamen und die Hotellimousine uns abgeholt hat? Ich war noch nie in meinem Leben in einem solchen Auto gefahren, aber ich wollte mir auf gar keinen Fall eine Blöße geben und es zugeben.« Sie schmiegte sich noch enger an ihn. »Damals wollte ich unbedingt die Bar öffnen, um zu sehen, ob überhaupt etwas zu trinken darin war.«

»Du erstaunst mich immer wieder von neuem, Jo«, sagte Mark. »Ich bin noch niemals jemandem begegnet, der andere Menschen so gut täuschen kann, wenn er es wirklich darauf anlegt.«

»Zugegeben, ich bin keine schlechte Schauspielerin«, flüsterte sie. »Aber das ist ja manchmal ganz nützlich, besonders, wenn man sich an den eigenen Chef heranmachen will ...«

Als die Limousine schließlich vor dem *Shelbourne* hielt, bemerkte Aisling erstaunt, daß noch drei weitere Limousinen vor dem Hotel geparkt standen. Der Chauffeur stieg aus und hielt ihr den Wagenschlag auf. Fasziniert betrachtete Aisling eine hochgewachsene Frau in einem bodenlangen Pelz, die aus der Limousine neben ihr stieg.

»Sieh dir nur dieses Teil an«, flüsterte Aisling Jo zu.

»Ich wette, das ist gezüchteter Nerz«, flüsterte Jo zurück.

»Ich habe ihr einen Nerz gekauft, aber sie wollte ihn nicht füttern.« Mark gab sich Mühe, möglichst ernst zu klingen.

Die beiden Frauen lachten laut auf. Die Dame im Nerz warf ihnen einen eisigen Blick zu.

»Wie kann man heutzutage überhaupt noch Nerz tragen?« fragte Aisling.

Beschwingt betrat sie den Ballraum. Sie fühlte sich schön, sexy und sehr selbstbewußt. Sie erntete bewundernde Blicke, und besonders den Männern schien ihre elegante Erscheinung zu imponieren. Das lag sicherlich an dem Kleid.

»Das ist nur wegen des Kleides«, flüsterte sie Jo zu.

»Unsinn, es ist deinetwegen«, flüsterte Jo zurück. »Du siehst einfach hinreißend aus.«

Sie fanden ihren Tisch, und die beiden Frauen nahmen nebeneinander Platz, damit sie sich ungestört unterhalten konnten. Dann erschien Mark mit den Garderobenmarken.

»Eure Dame im Nerz hat gerade ein Riesenaufsehen gemacht. Sie bestand darauf, daß man ihren teuren Mantel wegschließt«, erzählte er ihnen.

»Du meine Güte!« Aisling fächerte sich mit der Speisekarte Luft zu. »Ich hoffe, du hast die gleiche Sonderbehandlung für meinen Mantel verlangt. Schließlich ist es ein Familienstück, und es wäre schrecklich, wenn es abhanden käme. Ich könnte es nicht ertragen, wenn jemand den Mantel stehlen würde. Ich meine, wo bekommst du heutzutage noch ein so edles Stück für sechzig Pfund?«

»Sechzig Pfund?« fragte Jo erstaunt. »Der Mantel sieht aber wesentlich teurer aus.«

»Fiona hat ihn für mich ausgesucht«, erklärte Aisling. »Sie macht immer ein Schnäppchen und kennt sich in Modedingen sehr gut aus. Sie ist fast so versiert wie du.«

Sam entschuldigte sich, denn er wollte mit einem Bekannten an einem anderen Tisch sprechen. Es machte Aisling großen Spaß, sich im Saal umzusehen und die anderen Gäste zu betrachten. Den meisten Männern stehen Smokings wirklich gut, dachte Aisling, als sie die gutgekleideten Paare beobachtete, die den Raum betraten. Selbst der häßlichste, unscheinbarste Mann sah in einem schwarzen Jackett besser aus.

Die Frauen hatten sich allesamt herausgeputzt. Schlanke Blondinen und Brünette in eleganten schwarzen Kleidern wetteiferten um die Aufmerksamkeit mit Frauen in großer Ballrobe. Ein paar sehr junge und superschlanke Frauen trugen Kleider, die direkt auf den Körper aufgesprüht zu sein schienen. Eines davon war bronzefarben, das andere weiß und kontrastierte vorzüglich mit der hellen Haut der Trägerin.

Man muß wirklich sehr jung und überschlank sein, um so etwas tragen zu können, dachte Aisling. Sie fragte sich, was für Unterwäsche das Mädchen in Weiß wohl tragen mochte. Vielleicht etwas aus Alufolie? Aber sie war so dünn, daß selbst ihre ganz normale Unterwäsche nicht auftrug.

Im nächsten Moment bemerkte sie einen Ballon. Es war ein großer, cremefarbener Ballon mit goldenen Schriftzügen, die sie allerdings nicht entziffern konnte. Man hatte sich wirklich mit der Dekoration große Mühe gegeben. Der gesamte Raum war gold- und cremefarben gehalten, und so hingen auch gold- und cremefarbene Ballons an der Decke. Auf den Tischen standen Glasvasen mit Champagnerrosen, um die goldene Bänder gewickelt waren. Girlanden gold- und cremefarbener Seidenblumen zogen sich durch den ganzen Saal, und auch die erhöhte Bühne für die Musiker war geschmückt.

Die weiblichen Gäste hatten nicht an Schmuck gespart. Jede zweite trug goldene Ketten, Armbänder oder Ohrringe, bemerkte Aisling neidisch. Etwas unsicher spielte sie mit ihrer dünnen, einfachen Goldkette herum und wünschte sich auch so eine Gold- und Diamantkette, wie die Blondine im pinkfarbenen Satinkleid, die ungeniert mit ihrem Begleiter flirtete.

Und plötzlich sah sie *ihn.* In eine Unterhaltung mit einem anderen Mann versunken kam er auf ihren Tisch zu und schien gar nicht zu merken, wo er hinsteuerte. Er sah gut, wenn auch ein wenig müde aus in dem teuren Jackett, das sie mit ihm gemeinsam vor mehr als drei Jahren gekauft hatte.

»Ich glaube, es wird Zeit, mir endlich einen Anzug zu kaufen, statt mir immer einen zu mieten«, hatte Michael gesagt, als sie die exklusivsten Herrenausstatter Dublins durchstöbert hatten.

Zugegebenermaßen stand ihm der Anzug gut, obwohl er ein wenig zugenommen hatte und die Knöpfe über dem Bauch spannten. Sie betrachtete die beiden den Männern folgenden Frauen, die sich angeregt miteinander unterhielten.

Beide waren dunkelhaarig. Das Haar der einen war fast schwarz, sie trug ein dunkelrotes Ballkleid. Die andere war brünett und hatte sich für ein weißes Seidenkleid mit einem engen Oberteil entschieden, der Rock jedoch war für jemanden von ihrer Größe viel zu weit. Perlenohrringe und Perlenkette rundeten ihr Erscheinungsbild ab.

An der Schaufensterpuppe hatte das Kleid bestimmt phantastisch ausgesehen. Zu der kleinen, etwas untersetzten Frau aber paßte es leider gar nicht.

Aisling starrte auf die Freundin ihres Mannes und fragte sich, warum sie ihr nicht auf der Stelle ihren Wein ins Gesicht schüttete.

Das war also Jennifer Carroll. *Die* Jennifer Carroll. Wirklich merkwürdig, dachte Aisling fast beiläufig, Jennifer sah überhaupt nicht wie die Femme fatale aus, die Aisling sich vorgestellt hatte. Wie hatte Fiona sie noch einmal beschrieben?

Feuerrote Fingernägel, glitzernde Goldkleider und Miniröcke bis zur Hüfte. Irgend etwas in der Richtung.

Aber die Frau, die jetzt nur wenige Meter von ihr entfernt stand, hatte keine Ähnlichkeit mit dem männerverschlingenden Biest, von dem Fiona ihr erzählt hatte.

In Wirklichkeit und zu Aislings großer Überraschung war Jennifer Carroll recht klein und sogar ein wenig rundlich. Ihre helle Haut wirkte im Kontrast zu dem glänzenden weißen Kleid fast kränklich.

Eigentlich mochte Aisling keine Selbstbräuner, jetzt jedoch war sie froh, daß sie gestern abend noch etwas davon aufgetragen hatte. Bis auf ihre gefönte Frisur wirkte Jennifer nicht besonders aufregend. Vielleicht hatte Jennifer nur wenig Zeit, sich um ihr Aussehen zu kümmern, mutmaßte Aisling. Denn vermutlich mußte sie Michaels Hemd bügeln, seine Manschettenknöpfe für ihn suchen – »Irgendwo hier müssen sie einfach sein, Aisling!« –, vielleicht mußte sie sich gleichzeitig vor dem Spiegel schminken, während sie in der darunterliegenden Kommode nach einem Paar schwarzer Socken suchte. Plötzlich knallte dicht neben ihr ein Korken. Aisling drehte sich um. Ein Kellner goß die perlende Flüssigkeit in Jos Glas.

»Laßt uns anstoßen!« Jo wandte sich mit einem halbvollen Champagnerglas in der Hand an Aisling. »Auf uns alle ... oh, mein Gott! Das ist ... das ist ja Michael und ... und sie!« Entgeistert starrte Jo Michael und Jennifer an. »Ich kann es nicht fassen!« rief sie aus. »Oh, Aisling!« Jo legte ihrer Freundin eine Hand auf die Schulter. »Alles in Ordnung?«

»Ja«, erwiderte Aisling. Sie war sich nicht ganz sicher, welche Gefühle sie gerade verspürte. »Ich bin ein bißchen überrascht, klar. Es ist schon ein wenig seltsam. Trotzdem, mir geht es gut.«

»Er schaut zu uns herüber«, flüsterte Jo ihr zu. »Sieh in die andere Richtung!«

Gehorsam drehte Aisling sich um und lächelte der überraschten jungen Frau im pinkfarbenen Satinkleid freundlich zu, die das Lächeln ebenso freundlich erwiderte.

»Haben wir schon angestoßen?« fragte Aisling gutgelaunt in die Runde. »Auf die Zukunft!«

Alle erhoben die Gläser und tranken. Aisling stürzte ihr Glas in einem Zug herunter.

Jo sah sie mit offenem Mund an. »Wenn ich so schnell trinken würde, müßte ich ununterbrochen aufstoßen«, sagte sie. »Bist du sicher, daß alles in Ordnung ist, Aisling?«

»Na ja, nicht ganz«, flüsterte Aisling. Sie gab sich alle Mühe, zu lächeln. »In ein paar Minuten werde ich Michael und Jennifer entweder mit deiner Handtasche erschlagen –

denn deine ist einfach größer als meine –, oder mir wird es gutgehen. Zwei Möglichkeiten, aber ich habe mich noch nicht entschieden. Haben sie sich schon hingesetzt? Wo sitzen sie überhaupt?«

»Was tuschelt ihr beide eigentlich die ganze Zeit?« fragte Mark und wandte sich ihnen zu.

»Da drüben sitzen Michael und seine Freundin«, flüsterte Jo. »Dort drüben.«

»Wo?« fragte Mark.

»Am zweiten Tisch links, direkt neben der Tanzfläche.«

Aisling wandte leicht den Kopf. Sie wußte immer noch nicht, ob sie mit Michael sprechen wollte oder nicht.

»Die Frau dort drüben in diesem schrecklichen champagnerfarbenen Kleid«, erläuterte Jo. Sie benahm sich wie eine Henne, die ihr Lieblingsküken vor den Angriffen anderer schützen wollte. »Sieht es nicht wirklich schrecklich aus? Hat sie denn keinen Spiegel zu Hause? Es will mir einfach nicht in den Kopf, daß jemand freiwillig so aus dem Haus geht.«

Zum ersten Mal seit sie Michael erblickt hatte, lächelte Aisling aufrichtig.

»Du bist wirklich süß, Jo«, meinte sie gerührt zu ihrer Freundin.

»Und so fürsorglich.«

»Immerhin hat sie dir deinen Mann weggeschnappt«, empörte sich Jo. »Also wirklich!«

»Du kannst dir nur jemanden schnappen, der auch geschnappt werden will«, erwiderte Aisling. Ihr Tonfall verriet, wie lange sie über diese Angelegenheit nachgedacht hatte. »Aber sieh dir das Resultat an! Daß Michael mich verlassen hat, hat mein Leben verändert. Zwar war es ziemlich brutal und keine Erfahrung, die ich unbedingt weiterempfehlen würde, aber es hat funktioniert. Es hat mein Leben verändert. Und weiß Gott, mein Leben hatte das auch bitter nötig. Schaut mich jetzt an!« Sie lächelte und warf das blonde Haar zurück.

»Du bist eine wirklich bewundernswerte Frau, Aisling«, meinte Mark. »Es gibt bestimmt nicht viele Frauen, die ihr Schicksal so gemeistert haben wie du.«

»Und die darüber hinaus noch über dreißig Pfund abgenommen und eine neue Firma gegründet haben«, fügte Jo hinzu.

»Sollten wir nicht auch einmal auf dich anstoßen, Aisling? Auf dich und auf *Reservierungen*«, schlug Mark vor.

»Ich melde mich zurück.« Sam ließ sich neben Aisling nieder. »Habe ich etwas verpaßt?«

»Ach, wir haben nur ein bißchen getratscht.« Aisling warf den beiden anderen einen warnenden Blick zu.

»Ich habe ihn also gefragt, warum er für den Holzboden in der Küche zwei Wochen braucht«, sagte Jo. »Schließlich waren sie unten schon in einer Woche fertig.«

»Was hast du denn jetzt an dem Häuschen verändert?« erkundigte sich Sam beiläufig.

Aisling war schon wieder leicht gereizt. Sam war schließlich oft genug bei ihr gewesen, um mitbekommen zu haben, wie Jo und sie die Reparaturarbeiten im Detail durchgesprochen hatten. Offenbar hatte er ihnen gar nicht zugehört.

»Bis auf ein paar Kleinigkeiten ist es jetzt fast fertig«, erklärte Jo geduldig.

Aisling fühlte sich daran erinnert, wie sie selbst auch immer wieder bereitwillig etwas wiederholt hatte, wenn Michael die Frage »Was?« gestellt hatte.

Dieser Einwurf war für gewöhnlich beim Abendessen gekommen, wenn Aisling ihm von ihren Tageserlebnissen oder von einer lustigen Geschichte aus dem Radio erzählt hatte. Auf diese Art und Weise hatten sie die meisten Abende zugebracht. Michael hatte das köstlich zubereitete Essen ganz beiläufig verschlungen. Dabei hatte er mit einem Auge auf die Zeitung und mit dem anderen auf das Ratatouille geschielt, um sicherzugehen, daß er mit der Gabel nicht seinen Mund verfehlte und sich bekleckerte.

Aisling zuckte bei der Erinnerung noch immer zusammen. Hatte sie wirklich einmal so gelebt und ewig und immer Dinge wiederholt, obwohl Michael sich noch nicht einmal die Mühe gemacht hatte, ihr zuzuhören? War sie wirklich ein solches Mäuschen gewesen? Ein ziemlich graues Mäuschen, dachte sie lächelnd und fuhr sich mit der Hand durch ihre blonde Mähne. Eine Maus ohne Selbstvertrauen, ohne etwas zum Erzählen und ohne Taille. Sie nippte nochmals am Champagner, um sich zu beruhigen.

Selbst ihre Hände sahen heute besser aus, dachte sie und bewunderte ihre schlanken Finger und die kurzen, wohlgeformten, hellrosa lackierten Fingernägel. So makellos wie die von Vivienne würden sie natürlich niemals sein, aber ihr Zustand besserte sich zusehends. Einmal hatte sie beim Schokoladerühren bei einer ihrer Auftraggeberinnen bemerkt, daß zwar ihr Haar, ihre Kleidung und ihre Figur wesentlich attraktiver geworden waren, nicht aber ihre Hände.

Also hatte sie angefangen, beim Reinigen des Badezimmers und beim Abwasch Gummihandschuhe zu tragen. Das hatte sie seit Jahren nicht mehr getan.

Aisling warf einen Blick zu Michaels Tisch hinüber. Ich danke dir Jennifer, dachte sie im stillen. Vielen Dank. Ohne dich würde ich wahrscheinlich noch immer wie ferngesteuert leben. Ich würde mir Gedanken machen, was ich zum Abendessen kochen soll, und wäre vollkommen deprimiert. Du weißt gar nicht, wie sehr du mir geholfen hast, mein Leben zu verändern. Und ganz nebenbei auch meine Hände.

»Aisling, Liebling, hast du bereits gewählt?« fragte Sam. »Das Lamm klingt doch nicht schlecht.« Sam betrachtete hungrig die Speisekarte. Jos Landhaus jedenfalls schien kein Thema mehr für ihn zu sein.

Auch Aisling nahm sich jetzt das Menü vor. Bei jedem der fünf Gänge gab es mindestens eine alternative Wahlmöglichkeit. Entweder Austern oder Salat von geröstetem Paprika, zwei Arten von Sorbet, eine Consommé oder Pilzsuppe, Lamm, Lachskotelett oder Auberginenlasagne, Nachtisch vom Wagen oder irischen Käse. Ein wirklich großartiges Menü!

»Austern vertrage ich nicht, und Paprika kann ich nicht ausstehen«, murmelte Sam.

Er klang ganz wie Phillip, wenn der wegen irgend etwas schmollte, dachte Aisling. Und Sam schmollte ganz ohne Zweifel. Beim Anblick ihres gewagten Kleides war er schokkiert gewesen, hatte aber in Anwesenheit von Jo und Mark keine Szene machen wollen. Er war Jo und Mark gegenüber sogar besonders nett, verhielt sich ihr gegenüber jedoch sehr kühl. Aisling konnte kindisches Benehmen bei Erwachsenen nicht ausstehen.

Beruhige dich, Aisling, ermahnte sie sich scharf. Er ist lustig, nett, sehr attraktiv und vollkommen verrückt nach dir. Nun mach dir das nicht alles kaputt. »Vielleicht können sie dir etwas anderes bringen, einen Salat zum Beispiel«, schlug sie besänftigend vor.

»Hoffentlich«, murrte er beleidigt.

Aisling ergriff eine der Weißweinflaschen, die der Kellner eben serviert hatte und füllte Sams Glas bis zum Rand. Als er es halb ausgetrunken hatte, schenkte sie ihm sofort nach. Wenn es das war, was ihn den Abend über bei Laune halten konnte, so würde sie ihm immer wieder nachschenken. Es war genau wie bei den Jungs, die immer Coca Cola bekamen, wenn sie krank waren.

»Wäre es möglich, anstelle der beiden Vorspeisen einen Salat oder etwas anderes zu bekommen?« erkundigte sich Aisling.

Als die Kellnerin dem Herrn einen gemischten Salat zu bringen versprach, bedankte sich Sam noch nicht einmal.

Aisling spürte, wie erneut die Wut in ihr aufstieg. Wenn sie etwas wirklich nicht ausstehen konnte, so war es unhöfliches Benehmen gegenüber der Bedienung. Das ging ihr völlig gegen den Strich. Ihr fiel plötzlich auf, daß sie ihr Garderobenticket in kleine Stücke zerrissen hatte.

Gegen zehn Uhr hatten alle gegessen. Lediglich ein paar Leute saßen noch beim Nachtisch. Die klassische Musik, von der sie den ganzen Abend über unterhalten worden waren, wurde abgestellt. Eine Frau kündigte über das Mikrofon die baldige Eröffnung der Wohltätigkeitsversteigerung an.

»Wir verlosen ein paar phantastische Preise«, erklärte sie. »Der erste Preis ist ein Luxusurlaub für zwei Personen nach Tunesien.« Alle applaudierten erfreut. »Die Lose kosten fünf Pfund oder aber fünfundzwanzig Pfund für sechs.«

»Laß uns dann doch gleich hundert Stück nehmen«, schlug Jo Aisling vor.

Die klassische Musik erklang erneut. Die Organisatoren gingen zwischen den Tischen umher und verkauften Lose.

»Was wolltest du mir eigentlich vorher noch über Richard erzählen?« flüsterte Aisling Jo zu.

»Er hat mich angerufen«, flüsterte Jo zurück.

»Ich fasse es nicht!« Aisling war entsetzt.

»Nicht so laut«, meinte Jo. »Ich habe es Mark noch nicht erzählt.«

»Aber warum erzählst du mir das jetzt erst?« hakte Aisling nach. »Was hat er denn gesagt?«

Jo lehnte sich in ihrem Stuhl zurück und verstummte. »Entschuldige. Plötzlich wurde mir etwas schwindelig«, erklärte sie. »Er hat mich gestern während der Arbeit angerufen. Ich war so sauer, daß ich nicht darüber sprechen wollte. Dieses Schwein! Gib mir doch bitte mal die Speisekarte.«

Aisling reichte ihr die Speisekarte, und Jo fächerte sich Luft zu.

»Er wollte sich mit mir treffen. Es täte ihm leid, daß er mich verlassen hätte, und wir sollten es doch noch einmal miteinander versuchen.«

Aisling war wie vom Donner gerührt. »Das kann ich einfach nicht glauben.«

»Das ging mir genauso. Ich habe ihm gesagt, er solle sich verpissen«, fuhr Jo genüßlich fort. »Und ich muß sagen«, fügte sie triumphierend hinzu, »er war wie vom Schlag getroffen, als er das hörte. Anscheinend war er wirklich davon ausgegangen, ich würde ihn mit offenen Armen empfangen. Als ich ihn zum Teufel schickte, war er vollkommen sprachlos.«

»*Ich* bin auch sprachlos«, erwiderte Aisling. »Der Mann hat Nerven! Er ruft dich nach sechs Monaten zum ersten Mal an und glaubt wirklich, du würdest ihn wiederhaben wollen!«

»So ist Richard nun einmal«, erwiderte Jo und fächerte sich weiter Luft zu. »Er lebt in einer Phantasiewelt, in der nie etwas schiefgeht. Wenn etwas schiefgeht, flüchtet er. Und diesen Mann wollte ich als Vater für mein Baby haben.« Sie schauderte.

»Ich bin so froh, daß du Mark hast«, meinte Aisling.

»Und ich erst! Er kümmert sich um alles, und er will den ganzen Tag über wissen, wie es mir und dem Baby geht.« Jo klang richtig glücklich. »Er ist der wirkliche Vater. Richard mag der biologische Vater sein, mehr aber auch nicht.«

Aisling wollte Jo zwar nicht aufregen, aber sie mußte ihr diese Frage einfach stellen. »Was ist, wenn er das Baby sehen will?« erkundigte sie sich.

Jo wickelte geistesabwesend eine Locke ihres dunklen Haars um den Finger. »Da bin ich nicht sicher«, erwiderte sie. »Natürlich hat er das Recht, sie zu sehen. Aber das würde mir überhaupt nicht passen. Am liebsten wäre mir, er hätte gar nichts mit ihr zu tun, wo er sie doch überhaupt nicht haben wollte.«

»Hast du das schon mit Mark besprochen?«

»Sicher. Wir sprechen über alles – bis auf den Anruf von gestern«, fügte sie schnell hinzu. »Ich will den richtigen Zeitpunkt abwarten, um es ihm zu sagen, damit er nicht ausrastet.«

Da Aisling wußte, was für ein gradliniger und ehrenwerter Mann Mark war, wäre er sicher angesichts Richards selbstsüchtigen Betragens in kalte Wut ausgebrochen.

»Natürlich haben wir über die Möglichkeit gesprochen, daß Richard ein Besuchsrecht verlangt«, fuhr Jo fort. »Marks Interesse ist es, das zu tun, was für das Kind das Beste wäre. Ihm ist natürlich klar, daß sie ein Recht darauf hat, ihren wirklichen Vater zu sehen. Aber« – und diesen Punkt betonte Jo ganz besonders – »er haßt Richard für das, was er mir angetan hat. Wenn Richard mich besucht, um das Baby zu sehen, muß ich Mark wahrscheinlich einsperren, damit er ihn nicht umbringt.«

»Ist hier eben gerade der Name dieses Mistkerls gefallen?« erkundigte sich Mark.

Jo errötete. »Ich habe Aisling gerade von unserer Unterhaltung über ein mögliches Besuchsrecht von Richard erzählt.«

Marks Gesichtsmuskeln erstarrten, seine grauen Augen wurden eiskalt.

»Meine Damen und Herren«, ertönte eine laute Stimme. »Die Versteigerung ist eröffnet.«

Glück gehabt, dachte Aisling. Die laute Stimme des Conferenciers machte jede Unterhaltung unmöglich. Aisling drückte noch einmal Jos Hand, bevor sie sich der Bühne zuwandte.

»Was bieten Sie für dieses Fußballtrikot?« fragte der Conferencier. »Es ist mit sämtlichen Unterschriften des irischen Teams versehen. Ein perfektes Weihnachtsgeschenk für den fußballbesessenen Teenager.«

Aisling beobachtete interessiert, wie manche Leute für die verrücktesten Dinge hohe Summen boten. Zwei mit Nagellack handbemalte Porzellanteller mit Schmetterlingsmotiven brachten eintausend Pfund – nur, weil die Künstlerin in einer Rockband sang. Wirklich sehr schlau von ihr, daß sie sich für die Musik und nicht für die Kunst entschieden hat, meinte Jo kichernd.

Ein wunderschönes Stück Treibgut, eine richtige Skulptur, brachte dagegen nur die Hälfte dieser Summe ein, obwohl es Aisling viel besser als die schrecklichen Schmetterlinge gefiel.

»Ich weiß, das Geld ist für einen guten Zweck, aber warum sind die Sachen so blöd?« fragte sie Jo, als der Conferencier endlich einmal eine Pause machte.

»Den Leuten macht es einfach mehr Spaß, wenn das Zeug total nutzlos ist«, erwiderte Jo. »Wahrscheinlich gibt es ihnen einen Kick, wenn sie ihren reichen Freunden erzählen können, daß sie gerade zweitausend Pfund für eine Keksdose ausgegeben haben, von der Oscar Wildes Putzfrau behauptet, sie habe ihm gehört!«

Erst als ein Mann am Nebentisch ein kleines Aquarell erstanden hatte, bemerkte Michael Aisling. Beide sahen den Käufer an, als ihre Blicke sich trafen. Obwohl Michael relativ weit entfernt saß, hätte Aisling doch schwören können, daß ihm das Blut aus dem Gesicht wich. Das war nicht sonderlich überraschend. Vermutlich würde jeder Mann allein bei der Vorstellung ein Magengeschwür bekommen, daß seine von ihm getrennt lebende Frau und seine neue Freundin sich auf einer Party begegneten.

Michael erwartete jetzt wahrscheinlich von ihr, daß sie auf ihn zurennen und ihn mit etwas bewerfen oder aber Jennifers Augen auskratzen würde. Da sollte er sich geirrt haben.

Aisling schlug sich selbst auf die Schulter. Die verlassene, am Boden zerstörte Ehefrau von vor sechs Monaten gehörte der Vergangenheit an. Sollte Michael doch ausrasten. Sie jedenfalls würde sich nicht aus der Ruhe bringen lassen.

Nach zahlreichen Gläsern Wein und zwei Brandys schien es Sam deutlich besserzugehen. Er wollte unbedingt mit Aisling tanzen.

»Glaubst du, sie werden einen Tango spielen?« flüsterte er ihr ins Ohr. »Ich bin ziemlich gut in lateinamerikanischen Tänzen.«

»Laß uns warten, bis die Versteigerung vorbei ist und die

Musik wieder anfängt«, meinte Aisling, als er begann, sie hinters Ohr zu küssen.

Sie spürte seine Hand auf ihrem Oberschenkel. Er begann sie durch den Stoff hindurch zu streicheln.

»Mein Kleid gefällt dir also doch?« Aisling konnte sich die Frage nicht verkneifen.

»Es ist sehr schön. Mir wäre es nur lieber, wenn ich der einzige Mann wäre, der dich in so aufreizender Aufmachung sieht«, erwiderte Sam. »Du gehörst mir, und niemandem sonst. Vergiß das nie!«

Wie hätte sie das je vergessen können, wo er sie so eng an sich gepreßt hielt.

»Sam«, begann sie. »Du mußt begreifen, daß ich kein *Ding* bin. Ich bin ein Mensch. Außer mir selbst *gehöre* ich niemandem.«

Aber er hörte schon nicht mehr zu. Die Band hatte kaum eine Glenn-Miller-Melodie angefangen, als er ihre Hand umfaßte und sie hochzog.

»Komm schon, Liebling. Jetzt zeigen wir ihnen mal, was eine Harke ist.«

Normalerweise hätte Aisling es gehaßt, als erstes Paar auf der Tanzfläche zu erscheinen, aber ausnahmsweise machte es ihr heute nichts aus. Sam und sie waren ein attraktives Paar, und sie wollte Michael zeigen, was er an ihr verloren hatte. Als Sam sie herumwirbelte, konnte sie Michaels versteinertes Gesicht sehen. Jennifer saß etwas abseits und machte einen angestrengten Eindruck. Sollen sie ruhig zusehen, dachte Aisling, und lächelte Sam verführerisch an. Später würde sie ihm auseinandersetzen, daß sie es nicht mochte, wenn er so besitzergreifend war.

Sam war zwar attraktiv, aber kein guter Tänzer. Nach zwei schnellen Stücken hätte Aisling sich am liebsten hingesetzt, um ihre geplagten Füße auszuruhen. Die Musik jedoch wurde langsamer, Sam legte den Arm um ihre Taille, preßte sie an sich und begann ungeschickt einen Walzer.

»Du siehst wirklich umwerfend aus«, flüsterte er mit alkoholgeschwängertem Atem.

»Danke«, erwiderte Aisling und schenkte ihm das unwiderstehlichste Lächeln, zu dem sie fähig war. Jetzt war nicht der Moment, ihn daran zu erinnern, wie sehr ihm ihr Kleid noch vor wenigen Stunden mißfallen hatte. Sie schloß die Augen und küßte ihn. Es war ein langer, leidenschaftlicher Kuß, der besser ins Schlafzimmer als auf die Tanzfläche gepaßt hätte. Allmählich machte ihr die Sache wirklich Spaß. Mit einem Auge blinzelte sie neugierig in Michaels Richtung. Zu ihrer Genugtuung machte er den Eindruck, als ob er sich gerade einer Wurzelbehandlung beim Zahnarzt unterziehen müßte – und zu allem Übel würde ihm hinterher auch noch die Rechnung präsentiert werden. Sie wollte Sam gleich noch einmal küssen. Der arme Sam würde wahrscheinlich vor Leidenschaft gleich verglühen, wenn sie nicht bald aufhörte.

»Wir sollten früh nach Hause gehen«, meinte Sam mit rauher Stimme, als sie sich schließlich voneinander lösten.

So aber hatte Aisling nicht gewettet.

»Unsinn, wir können Jo und Mark doch nicht im Stich lassen, wo sie uns eingeladen haben«, beeilte sie sich zu sagen. »Außerdem können wir morgen noch den ganzen Tag im Bett liegen und ... lesen«, fügte sie mit bedeutsamem Grinsen hinzu. »Ich habe jetzt genug getanzt, Sam. Ich muß unbedingt auf die Toilette.«

Sie gingen zu ihrem Tisch zurück. Aisling vermied es ganz bewußt, an Michaels Tisch vorbeizugehen. Vielleicht würde sie ihn später begrüßen – nachdem sie sich im Waschraum frischgemacht hatte.

Sie legte doch nicht noch mehr Parfüm auf – denn das wäre zu aufdringlich gewesen. Aber sie bürstete sich das Haar und trug noch mehr von dem korallenfarbenen Lippenstift auf, der ihre Lippen voll und glänzend wirken ließ.

»Hallo, Michael, wie geht's? Möchtest du mir nicht deine neue Freundin vorstellen?« übte sie. Das klang irgendwie falsch. »Michael, Liebling, wie nett, dich wiederzusehen.« Auch nicht besser. Wie wäre es mit »Hallo, Michael, nett dich zu sehen. Tut mir leid, ich kann nicht bleiben. Mein Freund ist unersättlich, und wir müssen sofort ins Bett. Tschüs.«

Es mußte eine bessere Wendung geben. Möglicherweise gab es für solche Situationen einen Ratgeber – *Wie man sich verhalten soll, wenn man seinen Exmann und seine Freundin zum erstenmal trifft*. Und falls es noch keinen Ratgeber gab, sollte sie ihn vielleicht schreiben. Zweifellos würde das ein Bestseller werden.

Eine Frau am Waschbecken warf Aisling einen kurzen, neidischen Blick zu, als sie glaubte, Aisling würde sie nicht bemerken. Sie war groß, ziemlich dick und trug Kleidergröße zweiundfünfzig. Aisling konnte sich noch gut daran erinnern, daß sie vor einem Jahr genauso füllig gewesen war. Die Arme, dachte sie mitfühlend. Als die andere Frau den Waschraum verlassen wollte, hielt sie ihr lächelnd die Tür auf.

»Sie haben ein wunderschönes Kleid«, meinte die Frau sehnsüchtig. »Ich wünschte, ich könnte auch so etwas tragen.«

»Vielen Dank für das Kompliment«, erwiderte Aisling freundlich. »Für mich ist es auch ganz neu, müssen Sie wissen. Vor sechs Monaten hätte ich bestimmt noch nicht hineingepaßt, aber ich habe sehr viel abgenommen.«

»Wirklich?« fragte die Frau fasziniert. Bestimmt hatte sie bereits alle Diäten durchprobiert und wußte genau, wieviel Kalorien ein Schokoladenkeks hatte.

»Wirklich«, erwiderte Aisling. »Und wenn ich das schaffe, schafft das jeder. Bis dann!« Sie nickte ihr zu und freute sich über das Lächeln, das sich auf dem Gesicht der anderen ausgebreitet hatte – es bedeutete, daß es auch für sie noch Hoffnung gab. Ich wäre bestimmt eine gute Diätberaterin, dachte Aisling zufrieden. Sie war so sehr mit der Vorstellung beschäftigt, wie befriedigend es sein mußte, anderen deprimierten und unglücklichen Frauen beim Abnehmen zu helfen und ihnen Mut zu machen, ihr Leben wieder in die eigene

Hand zu nehmen, daß sie gar nicht gemerkt hatte, daß sie direkt auf Michaels Tisch zugesteuert war.

Nichts wie los, jetzt gibt es kein Zurück mehr.

»Hallo, Michael. Wie geht es dir? Sie müssen Jennifer sein.« Sie war selbst erstaunt, wie ruhig und klar ihre Stimme klang.

»Ha . . . hallo«, stotterte Michael schockiert.

Aisling hätte nicht zu sagen vermocht, wer von den beiden bestürzter war. Jennifer sah sie mit großen, erschrockenen Augen an, wie ein vom Scheinwerferkegel geblendetes Kaninchen. Michael sah vollkommen entsetzt aus.

»Keine Panik«, richtete sich Aisling an die beiden. »Ich beiße nicht. Wir sind schließlich keine Kleinkinder mehr.«

»Natürlich«, erwiderte Jennifer kurzatmig. »Freut mich, Sie kennenzulernen, Aisling. Die Jungen sprechen immer von Ihnen.«

»Das freut mich«, sagte Aisling. Aus der Nähe betrachtet wirkte Jennifer müde und angestrengt, zahlreiche Krähenfüße umringten ihre hellblauen Augen. Aisling schätzte sie auf Mitte Dreißig. »Möchten Sie sich nicht setzen?« fragte Jennifer höflich und wies auf den leeren Stuhl neben ihr. Michael warf ihr einen vernichtenden Blick zu, und sie errötete. Ihre Augen wurden feucht.

Offenbar *stritten* sie sich gerade! Aisling konnte es kaum fassen und hoffte, daß es ihretwegen war. Anmutig ließ sie sich nieder und achtete auf den Sitz ihrer perfekt gestylten Haare und ihres wunderschönen Kleides.

»Wie geht es euch beiden?« fragte sie wohlwollend und fühlte sich ganz wie die Königin bei einer Gartenparty. Ihr fehlten lediglich die langen weißen Handschuhe und das Diadem.

»Gut«, entgegnete Michael scharf und warf Jennifer einen zweiten, warnenden Blick zu. Ihre Züge entgleisten, und Aisling hatte plötzlich Mitleid mit ihr. Michael hatte es schon immer sehr gut verstanden, Frauen einzuschüchtern.

»Entschuldigt mich!« Jennifer schob abrupt den Stuhl zurück und eilte zur Toilette.

»Habe ich etwas Falsches gesagt?« fragte Aisling, die noch immer gelassen lächelte.

»Nein.« Michael klang so erschöpft, wie er aussah. In diesem Moment spielte die Band ein Stück von den *Carpenters, Close to you.* »Das war immer dein Lieblingssong«, sagte er abwesend.

»Und du hast ihn immer gehaßt«, erwiderte Aisling.

»Ach, wirklich? Jetzt mag ich ihn eigentlich ganz gern.«

Aisling betrachtete ihn mit hochgezogenen Augenbrauen. »Wirst du denn jetzt etwa nachgiebig, Michael?« fragte sie.

Er schüttelte den Kopf. »Nein. Ja. Keine Ahnung.« Er fuhr sich mit der Hand durch das dunkle Haar, bis es nach oben abstand. Früher wäre sie jetzt vielleicht in Tränen ausgebrochen, weil sie gewußt hätte, daß sie ihm die Haare nie wieder glätten würde. Jetzt war das anders. Inzwischen war ihr sein Haar vollkommen gleichgültig.

»Bin ich in einen Streit hineingeplatzt?«

»Ja, schon. Es war ein ziemlicher Schock, dich hier zu sehen, mehr nicht«, gab er zu.

»Und warum?« fragte Aisling.

»Du weißt, warum«, entgegnete er. »Jennifer und du habt euch noch nie getroffen. Sie hat in dieser ganzen Angelegenheit dir gegenüber viele Schuldgefühle.«

Typisch, dachte Aisling, *sie* fühlt sich schuldig, *du* aber anscheinend nicht. »Irgendwann mußten wir uns ja einmal begegnen, findest du nicht?« fragte sie.

»Ja, vielleicht.« Er griff nach seinen Zigaretten, einer Pakkung *West Light.* Erstaunlich! Sie hatte jahrelang versucht, ihm die *Marlboros* abzugewöhnen. Eine andere Frau aber schaffte es in nur sechs Monaten, daß er eine leichtere Marke rauchte. »Wir hatten Schwierigkeiten in letzter Zeit, und Jennifer war einfach schockiert, als sie dich sah. Du siehst phantastisch aus«, fügte er hinzu. »Wirklich!«

»Ja, ich weiß.« Aisling lächelte ihn an wie eine Katze, die gerade einen Topf Milch ausgeschleckt hatte. Hoffentlich würde der liebe Gott sie für diese Lüge nicht strafen. Wann bejahte eine Frau schon die Behauptung, sie sehe blendend aus?

»Jenny war kürzlich krank. Sie hatte einen Virus, der sie ziemlich geschwächt hat. Sie sieht nicht so gut aus zur Zeit und war also verständlicherweise entsetzt, dich hier im Look eines Superstars zu treffen.« Er zog heftig an seiner Zigarette.

Hundert Punkte für Aisling! Sowohl er als auch »Jenny« empfanden sie als gutaussehend. Prima! Wohl doch eher zweihundert Punkte. Das erklärte auch, warum Jennifer nicht die umwerfende Schönheit war, die sie erwartet hatte.

»Ich sollte dir gegenüber eigentlich überhaupt nicht von diesen Dingen sprechen«, meinte Michael düster.

»Ich fürchte, für Situationen wie diese gibt es keine Regeln«, erwiderte Aisling mit unterschwelligem Sarkasmus. »Also müssen wir sie erfinden. Tut mir leid, wenn ich nicht deiner Vorstellung einer verlassenen Ehefrau entspreche – eine Frau von achtzig Kilo mit einem Alkoholproblem«, meinte sie bissig. »Das wäre einfacher für dich gewesen, nicht wahr? Dann hättest du ›Jenny‹ sagen können, daß du ein Leben mit mir nicht mehr ertragen konntest – und sie hätte dir geglaubt. Das aber ist nicht so einfach, wenn ich besser aussehe als sie. So ein Pech, Michael.« Aisling sah ihn wütend an. Sie hatte eigentlich ganz ruhig bleiben wollen. Leichter gesagt als getan.

»So war es doch gar nicht«, protestierte er schwach. »Und das weißt du auch!«

»Ich wußte *überhaupt* nichts«, meinte sie. »Das ist ja auch der Kern des Problems. Du hast mir nie eine Chance gegeben.« Sie blickte ihn verächtlich an. »Du hast mir aber einen großen Gefallen getan. Nachdem du mir jahrelang erzählt hast, ich könnte nicht ins Berufsleben zurückkehren, habe ich es getan.«

»Aisling«, bat Michael, »laß uns jetzt bitte nicht darüber sprechen.«

»Warum nicht?« fragte sie. »Mache ich dir etwa eine Szene?« Sie sah sich um. Trotz der lauten Musik starrten Leute zu ihnen hinüber. Aber das war ihr gleichgültig. Sie hatte lang genug darauf gewartet, Michael ihre Meinung zu sagen. Und nun war er gezwungen, ihr zuzuhören.

»Nur dir habe ich es zu verdanken, daß ich mir einen Job suchen mußte. Und nur aufgrund *meiner* Fähigkeiten habe ich es geschafft, die Cateringfirma *Reservierungen* aufzuziehen. Sehr erfolgreich übrigens«, fügte sie hinzu. »Ich nehme nicht an, daß ›Jenny‹ und du es euch leisten könntet, mich zu engagieren. Das Unternehmen ist eher exklusiv angesiedelt.«

»Um Gottes willen, Aisling, laß uns uns doch bitte wie zwei Erwachsene benehmen.« Michael sah am Boden zerstört aus.

»Erwachsene? Wenn du dich wie ein Erwachsener benehmen möchtest, warum hast du dann gerade *ihren* Kopf abgebissen? Erzähl mir doch nichts«, fuhr sie ihn an. »Ich weiß Bescheid. Du bist einfach so, Michael, nicht wahr? Du bist schwierig. Und das ist noch höflich ausgedrückt«, fügte sie sarkastisch hinzu. Sie sah ihn verächtlich an. »Wenn ›Jenny‹ etwa befürchten sollte, ich wollte dich zurückhaben, weil ich nicht länger fett und deprimiert bin, kann ich sie beruhigen. Unsere Beziehung ist *vorbei, gestorben, finito,* und zwar endgültig.« Aisling betonte jedes Wort klar und deutlich. »Wie gesagt, diese Befürchtung braucht sie nicht zu haben. Hol sie doch zurück, dann sage ich es ihr selbst«, bot sie an.

Sie freute sich, daß es ihr offensichtlich gelungen war, Michael zu verletzten. Schließlich hatte er ihren Anschuldigungen nichts entgegenzusetzen.

»Vielleicht sollte ich sie lieber selbst holen.« Aisling stand ruckartig auf und verließ den Ballsaal. Jennifer war aber nicht im Waschraum. Aisling fand sie an der Bar, wo sie einen Gin Tonic hinunterstürzte, als ob ihr Leben davon abhinge. Tonic Light, bemerkte Aisling.

»Sie hätten nicht zu gehen brauchen«, sagte Aisling. »Es gibt nichts, worüber wir sprechen, was Sie nicht hören könnten. Jetzt müssen wir nur noch viereinhalb Jahre warten, bis Michael und ich geschieden werden können. Bitte, machen Sie sich keine Sorgen, daß ich ihn zurückhaben möchte. Nichts liegt mir ferner.«

Während sie es sagte, wußte Aisling, daß dies die Wahrheit war. Sie wollte Michael nicht zurück – unter keinen Umständen. Sie war zwölf Jahre lang mit ihm verheiratet gewesen, und das war genug. Sie hatte viele Stunden und Nächte geweint, um das herauszufinden. Aber jetzt wußte sie, was sie wollte. Aisling hatte die Freiheit gekostet, und war auf den Geschmack gekommen. Sie liebte diese Freiheit, um genau zu sein. Es gab kein Zurück mehr. Jennifer würde das schon selbst herausfinden. Früher oder später, überlegte Aisling, wenn Michael so war, wie sie ihn einschätzte.

»Möchten Sie einen Drink?« fragte Jennifer schüchtern.

»Nein, danke. Ich muß zurück zu Sam. Er ist so besitzergreifend. Er haßt es, wenn ich ihn vernachlässige.« Den Zusatz konnte sich Aisling einfach nicht verkneifen. Es war unglaublich – hier sprach sie ganz ruhig mit der Frau, die ihr ihren Mann weggeschnappt hatte. Nein, nicht weggeschnappt, korrigierte sie sich. Die Frau, die zur Stelle gewesen war, als er ihre Ehe für beendet deklariert hatte und sie verlassen wollte.

»Sie wissen, wie es ist, wenn man verliebt ist. Man kann es nicht erwarten, miteinander ins Bett zu gehen!« Aisling lächelte spitzbübisch. Sie fragte sich, ob der anfängliche wilde Sex zwischen Jennifer und Michael bereits etwas abgekühlt war. »Also, bis dann.« Mit erhobenem Kopf verließ sie die Bar.

»Wo warst du?« fragte Sam, als sie sich zwischen Jo und ihm niederließ.

»Ich habe mit meinem Mann gesprochen«, erwiderte sie scharf.

»Was?« rief er, schob den Stuhl zurück und sprang auf. »Wo ist er?«

»Beruhige dich, Sam.« Aisling klang müde. Sie hatte am heutigen Abend bereits genug erlebt. Jetzt wollte sie nicht auch noch Sams schwache Nerven aushalten müssen.

»Was hat er gesagt? Wenn er dich aufgeregt hat, bringe ich ihn um. Ich werde ihn sowieso umbringen«, tobte Sam. Sein Gesicht war vom Alkohol gerötet, er sah wütend aus und ballte die Hände zu Fäusten. »Warum mußtest du überhaupt mit ihm sprechen?« Er sah Aisling zornig an.

Jetzt reichte es ihr endgültig. Das war einfach lächerlich. Von ihr aus könnte sich Sam mit Michael prügeln. Vermutlich ohnehin nur deswegen, weil es ihm nicht gefiel, daß Michael sie in diesem sexy Kleid sah. Vielleicht aber hätte er sich auch mit *jedem* geprügelt, der auch nur einen Blick auf sie riskierte.

Aisling stand ebenfalls auf, und sie standen sich nun von Angesicht zu Angesicht gegenüber. Sie erhob nicht einmal die Stimme. »Hör zu, Sam. Mit wem ich spreche, geht dich überhaupt nichts an. Michael ist noch immer mein Ehemann, noch nicht einmal mein Ex-Mann. Aus diesem Grund haben wir auch viel miteinander zu besprechen. Da geht es zum Beispiel um die Kinder. Verstehst du überhaupt, wovon ich rede?« fragte sie ihn, als ob sie einen fünfjährigen Jungen vor sich hätte.

»Aisling!« rief er.

»Halt die Klappe«, fuhr sie ihn an. »Das hier *geht dich nichts an*. Kapierst du das endlich?«

»Nein. *Natürlich* geht es mich etwas an. Ich bin mit dir zusammen. Und deshalb bin ich auch für dich verantwortlich«, entgegnete er wütend.

»Du bist überhaupt nicht für mich verantwortlich, Sam. Du warst es nicht, und du wirst es auch niemals sein. Wenn du das nicht akzeptieren kannst, fände ich besser, du gehst!« Bebend vor Wut, setzte Aisling sich wieder.

»Ich bin so froh, daß du wieder da bist«, sagte Jo ganz

außer Atem. »Alles in Ordnung?« fragte Aisling. Sie hatte Sam bereits vergessen. Erst jetzt fiel ihr auf, daß das Gesicht ihrer Freundin blaß und feucht war.

»Nein. Ich glaube nicht. Irgendwie ist mir plötzlich so merkwürdig. Mark ist vor fünf Minuten zur Toilette gegangen, und seitdem geht es mir schlecht.«

»Entschuldige, ich war so sehr mit Sam beschäftigt, daß mir gar nicht aufgefallen ist ... Warum hast du mich nicht geholt?« fuhr Aisling Sam an.

»Ich wußte gar nicht, wo du bist«, gab er empört zurück.

»Aisling!« Jo stieß einen lauten, erschreckten Schrei aus und blickte ihre Freundin mit großen, angsterfüllten Augen an. »Meine Fruchtblase ist geplatzt!«

20

Während die Limousine Richtung Coombe raste, hielt Mark unablässig Jos Hand.

»Keine Angst, Jo«, ermutigte er sie. »Alles wird gut, das verspreche ich dir.«

»Du hast aber doch noch nie ein Baby bekommen«, schluchzte Jo. »Wie kannst du das dann sagen?«

»Aber ich habe ein Baby bekommen, und du wirst es auch schaffen«, beruhigte sie Aisling und drückte Jos linke Hand.

»Das Baby kommt zu früh. Ich bin noch nicht soweit«, jammerte Jo. Wieso kam das Baby jetzt schon? Der Termin war erst in drei Wochen, es war eine Frühgeburt. Vielleicht waren dies ja gar keine Wehen. Sie hatte unzählige Bücher über die Geburt gelesen, und eigentlich war mit den Wehen noch gar nicht zu rechnen. Vielleicht war es ja falscher Alarm.

»Aaahh«, schrie sie, als eine erneute Wehe sie schüttelte.

»O Gott«, stöhnte Mark. »Beeilen Sie sich«, rief er dem Fahrer zu.

»Er fährt bereits so schnell er kann«, verwies ihn Aisling in dem ruhigen, kontrollierten Ton, den sie auch immer anschlug, wenn die Zwillinge Alpträume hatten. »Schließlich wollen wir auf dem Weg ins Krankenhaus nicht noch einen Unfall bauen, oder?« Sie warf Mark einen wütenden Blick zu.

»Du hast recht, natürlich hast du recht«, erwiderte er.

»Bleib ganz ruhig, du darfst jetzt auf keinen Fall die Nerven verlieren«, fügte er an Jo gewandt hinzu.

»Ich will mich aber gar nicht beruhigen«, rief sie aus. »Es tut wahnsinnig weh.«

Und das ist erst der Anfang, dachte Aisling. Schon sehr bald würde Jo an den Punkt kommen, wo sie schreiend versichern würde, nie wieder einen Mann an sich heranzulassen. Aisling konnte sich noch sehr gut an eine Frau erinnern, die laut schreiend versicherte, sie würde nie wieder Sex haben. Das hätte jeden Mann verschreckt, erst recht einen, der nicht der leibliche Vater war.

Sobald Aisling gemerkt hatte, daß es nun ernst wurde, hatte sie Sam zu sich nach Hause geschickt, um den bereits vorbereiteten Koffer für das Krankenhaus zu holen. Jo und sie hatten ihn vor ein paar Tagen gemeinsam gepackt. Jo hatte bereits eine ganze Menge Babysachen, darunter eine Handvoll pastellfarbener Strampelhöschen von Rhona und zwei wunderschöne Morgenmäntel von ihrer Mutter. Sie hatte eine Liste vorbereitet, die sie und Aisling abgehakt hatten.

»Windeln, Westen, Strampelhöschen, Handtücher, Mützchen, Handschuhe, Spezial-BHs, Binden, Brustcreme – eine endlose Liste. Man könnte auch gleich ein ganzes Kaufhaus mitbringen«, hatte Jo lachend gesagt.

»Tief atmen, Jo«, sagte Mark aufmunternd.

»Das kommt später«, fuhr Jo ihn an.

»Schon gut, Jo. Reg dich nicht auf«, schaltete sich Aisling ein. »Du mußt jetzt unbedingt ruhig bleiben.«

»Ruhig?« schrie die zukünftige Mutter. »Wie kann ich ruhig bleiben, ich kriege mein Kind im Auto!«

»Nein, das wirst du nicht, Jo.« Mark hielt sie sanft, aber bestimmt fest. Die Wehe war offenbar vorüber. Einige Minuten lang war es ganz still. Jo schloß die Augen. Eine Hand lag auf ihrem Bauch, mit der anderen hielt sie Marks fest umfangen.

Jo war so froh, daß Mark gerade jetzt bei ihr war. Sie mochte sich gar nicht ausmalen, wie Richard sich an seiner Stelle verhalten hätte. Wahrscheinlich hätte er seine Mutter angerufen und sich dann in die nächstliegende Kneipe verzogen und Whisky getrunken. Er wäre keine große Hilfe gewesen, vermutlich wäre er sogar *überhaupt gar keine* Hilfe gewesen.

Mark jedoch war anders. Er liebte Jo, und das bedeutete, daß er die ganze Zeit über bei ihr sein wollte. Der liebe, liebe Mark. Sie spürte seine warme Hand und fühlte sich getröstet.

Er schien genau zu verstehen, daß sie nicht sprechen wollte. Sie wollte lieber schweigen. Wenn sie ihre Augen geschlossen hielt und ganz, ganz ruhig blieb, würde sie vielleicht von der nächsten Wehe verschont bleiben. Und dann konnten sie alle nach Hause gehen.

»Aaahh!«

Der Schmerz war sehr stark und beängstigend. Ohne jeden Zweifel, dachte Jo mit zusammengebissenen Zähnen, würde sie das Baby bekommen. Und zwar schon sehr bald.

»Gott sei Dank!« Aisling stieß einen Stoßseufzer aus, als die Limousine endlich vor dem Krankenhaus vorfuhr. »Ich dachte schon, wir würden es nie schaffen.«

»Nicht nur du«, flüsterte Jo zwischen zwei tiefen Atemzügen.

Kurz darauf wurde sie schon von der Hebamme untersucht, die ihr mitteilte, daß sich ihr Muttermund bereits drei Zentimeter weit geöffnet hatte.

»Nicht schlecht«, meinte Jo beeindruckt. Sie schien entschlossen zu sein, sich nicht unterkriegen zu lassen.

»Du bist wundervoll, weißt du das überhaupt?« sagte Mark ruhig. »Du bringst mich sogar jetzt noch zum Lachen.«

»Es ist die Angst«, entgegnete Jo. »Ich habe unglaubliche Angst. Das war nur ein Versuch, sie wegzulachen . . .«

Plötzlich wurde sie von einer erneuten Wehe erfaßt.

Die Hebamme, eine bodenständige Frau namens Paula, maß Jos Blutdruck, ihre Temperatur und ihren Puls, bevor sie sich dem Herzschlag des Babys widmete.

»Alles in Ordnung«, sagte Paula ruhig. »Sie sind zwar schon in den Wehen, aber es kann trotzdem noch eine Weile dauern, bis Sie die nächste Stufe erreichen. Sie müssen sich entspannen, Jo.«

»Sind das wirklich die Wehen?« fragte Jo alarmiert.

»Ja. Aber wie gesagt, es kann noch lange dauern«, erklärte Paula. »Ich werde die ganze Zeit über immer wieder nachsehen, aber zunächst einmal müssen Sie sich entspannen.«

Jo hatte den Eindruck, als würde sich ein eisernes Band um ihre Brust legen und ihr Herz und ihre Lungen eindrücken, bis sie kaum noch Luft bekam.

In den Wehen! Sie war in den Wehen. Jetzt konnte sie es nicht mehr aufhalten, und es gab kein Zurück mehr. Das Baby würde bald kommen. Und sie hatte schreckliche Angst.

»Mark!«

»Ja, Jo, ich bin ja da.«

Panisch drückte sie seine Hand. »Oh, Mark, jetzt passiert es, und ich bin überhaupt noch nicht soweit. Ich bin überhaupt noch nicht soweit.« Ihre Stimme schlug in ein Schluchzen um.

Sie klammerte sich an ihn und schluchzte in einer Mischung aus Furcht und Schmerz. Mark blickte gequält zu Paula auf, denn er wußte nicht, was er machen sollte.

»Vielleicht ist es besser, wenn Sie eine Weile im Zimmer umhergehen«, riet Paula Jo. »Würde Ihnen das gefallen?«

Jo nickte unter Tränen. Alles war besser, als nur in den Kissen zu liegen und die Schmerzen erleiden zu müssen. Sie würde sich sehr gerne die Beine vertreten, wenn sie konnte. Alles machte ihr Angst, alles war so erschreckend.

Als Sam eine halbe Stunde später mit Jos Sachen erschien, ging es ihr schon ein bißchen besser.

»Sie ist jetzt viel entspannter«, informierte Mark Aisling, als er Jos Nachthemd holte. »Sie haben ihr eine Beruhigungsspritze gegeben. Sie will keine Schmerzmittel, wie du weißt. Mir wäre es lieber, sie würde etwas nehmen.«

»Jo hat schreckliche Angst vor solchen Mitteln«, meinte Aisling. »Ich habe mein Bestes getan, sie zu überreden. Aber sie wollte einfach nicht. Ich habe ihr sogar gesagt, ich würde jetzt etwas nehmen, wenn ich noch einmal Kinder bekommen würde, aber sie wollte nichts davon hören.«

Mark rieb sich die müden Augen. »Sie meinte, du solltest nach Hause fahren, Aisling, und dich ausschlafen.«

»Schlafen! Ich könnte jetzt auf gar keinen Fall schlafen«, erwiderte Aisling und zog sich den Mantel noch enger um die Schultern. »Schade, ich fühle mich so nutzlos, ich würde sehr gerne etwas tun.«

»Du fühlst dich nutzlos?« fragte Mark angespannt.

»Wenigstens weißt du, wie sie sich fühlen muß. Ich habe keine Ahnung, was ich tun soll, außer ihr zu sagen, daß sie tief atmen soll. Ich kann selber kaum atmen, wenn ich sehe, daß sie soviel Schmerzen aushalten muß!«

Aisling umarmte ihn spontan. »Du machst es wirklich super. Sie braucht nur deine Nähe, den Rest erledigt das Krankenhaus. Mach dir bitte keine Sorgen.«

»Danke.«

Aisling blickte ihm hinterher, als er wieder ging. Er sah völlig erledigt aus, aber da war er nicht der einzige. Als sie sich zuletzt im Spiegel betrachtet hatte, hatte sie dicke Augenringe gehabt, und selbst Sam, der normalerweise immer so gesund aussah, war vor Übermüdung ganz blaß.

»Wie spät ist es?« flüsterte Jo, als Mark zurückkam. »Ich

glaube, ich bin eingeschlafen.« Sie klang fast ein wenig betrunken. Paula hatte sie darauf vorbereitet, daß das Beruhigungsmittel diese Wirkung haben konnte.

»Kurz vor drei.« Er streichelte ihr sanft über die Wange. Mark war froh, daß sie geschlafen hatte, froh darüber, daß sie zwischen den schmerzhaften Wehen etwas Ruhe gefunden hatte. Er setzte sich neben sie und beobachtete sie beim Schlafen. Sie schien Alpträume zu haben und warf sich rastlos hin und her. Manchmal wachte sie schreiend auf, wenn der Schmerz sie erneut schüttelte. Mark hielt ihr im Schlaf die Hand und wischte ihr erhitztes Gesicht mit einem kühlen Tuch ab, wenn sie aufwachte. Und Paula war einfach phantastisch. Sie beruhigte Jo, wenn ihm nichts mehr einfiel.

»Das Herz des Babys schlägt schon sehr stark«, informierte sie Jo. »Bestimmt wird es jetzt nicht mehr lange dauern.«

Es war bereits halb fünf, als eine rothaarige Krankenschwester den Kopf zur Tür hereinsteckte.

»Herr Ryan, Paula meint, Sie sollten mal eine Tasse Tee trinken. Ich bleibe solange bei Frau Ryan.«

»Vielen Dank, aber ich kann sie jetzt auf gar keinen Fall allein lassen«, erwiderte er.

»Gehen Sie nur«, meinte die Krankenschwester beruhigend. »Es kann noch eine ganze Weile dauern.«

Mark stürzte den heißen Tee hinunter, er konnte nicht abwarten, bis er sich abgekühlt hatte. Er hatte Angst, länger als zehn Minuten von Jo fernzubleiben. Schließlich konnte es jede Minute schlimmer werden.

»Mark!!« Noch bevor er das Krankenzimmer wieder erreicht hatte, hörte er sie bereits nach ihm rufen. Sie schrie vor Schmerz, ihr Gesicht verzog sich, als eine starke Wehe sie erschütterte. Ihre Augen waren vor Erschöpfung gerötet, und das Haar klebte ihr verschwitzt am Kopf.

»Jo, entschuldige, ich war nur ganz kurz weg«, rief er aus.

»Ich muß jetzt pressen!« schrie sie.

»Nein, pressen Sie noch nicht.« Paulas Stimme war ruhig

und beherrscht. »Soweit ist es noch nicht. Atmen Sie zweimal kurz ein, und dann atmen Sie langsam aus«, riet sie und untersuchte Jos Muttermund. Eine zweite Krankenschwester kontrollierte den Herzschlag des Babys auf einem elektronischen Gerät, das sie an Jos Bauch angeschlossen hatten.

»Der Muttermund ist jetzt bereits neuneinhalb Zentimeter geöffnet, Jo. Bald ist es soweit. Wie geht es Ihnen?«

»Schrecklich«, stöhnte Jo. »Aaahh!«

Sie stopften ihr ein paar Kissen in den Rücken, um ihre Haltung zu verbessern.

»Du machst das ganz toll, Jo«, sagte Mark.

»Zehn Zentimeter«, sagte Paula.

Jo schrie vor Schmerzen. »Jetzt weiß ich auch, warum es Wehe heißt.«

»Okay, und jetzt können Sie pressen«, befahl Paula. »Immer schön gleichmäßig lang pressen.«

Und Jo preßte und drückte dabei das Kinn auf die Brust. So war es richtig, dessen war sie sich sicher. So jedenfalls hatten sie es ihr im Unterricht beigebracht. Oh, Gott, dieser Schmerz, es war einfach nicht auszuhalten. Wie konnte es das Baby schaffen, herauszukommen? Hoffentlich paßte es auch!

»Du machst es sehr gut, Jo«, ermutigte sie Mark. Er hielt noch immer ihre Hand und drückte sie fest.

»So, jetzt atmen Sie immer ganz tief ein, wenn Sie spüren, daß eine Wehe kommt«, sagte Paula. »Achtung . . .«

Jo tat ihr Bestes und preßte, so fest sie nur konnte. Sie spürte, wie das Baby langsam herauskam.

»Wunderbar, nur noch einmal. Ja, jetzt kommt es, Jo, wir können schon seinen Kopf sehen.«

Mark drückte begeistert ihre Hand, und Jo merkte, daß sich ihre Augen mit Tränen füllten. Das Baby, ihr Baby.

»Warten Sie einen Moment, Jo. Der Kopf des Babys weitet den Geburtskanal. Wir wollen nicht, daß Ihnen irgend etwas passiert«, meinte Paula.

»Entspanne dich«, sagte Mark.

»Und keuchen Sie etwas«, fügte die rothaarige Krankenschwester hinzu.

Jo keuchte und spürte, wie der Druck abnahm.

»Oh, Jo, sieh mal, der Kopf des Babys!« rief Mark aufgeregt.

Sie konnte kaum etwas sehen, konnte sich auch kaum noch mehr ausweiten. Dabei hätte sie sich so sehr gewünscht, den Kopf des Babys zu sehen.

»Pressen Sie«, befahl Paula. »Nur noch ein paarmal mehr, zweimal!«

Nach dem letzten Versuch spürte Jo, wie das Baby aus ihr herausglitt. Sie atmete erleichtert aus. Als Paula den kleinen, blutigen Körper für sie hochhielt, stieß sie einen Freudenschrei aus.

»Ein wunderschönes kleines Mädchen«, meinte Paula triumphierend.

Vor lauter Tränen konnte Jo gar nichts mehr sehen.

Verschwommen beobachtete sie Paula dabei, wie diese erfahren das Kleinkind untersuchte. Sie hatte alles über die Apgar-Skala gelesen, nach deren Vorgaben man Babys in bezug auf Atmung, Herzschlag und Reaktion auf bestimmte Reize hin überprüfte. Bisher jedoch waren das nur Worte in einem Buch gewesen – jetzt war es für sie das Wichtigste auf der Welt.

»Oh, Mark.« Ängstlich hielt Jo den Atem an. Hoffentlich war mit dem Kind alles in Ordnung. In diesem Moment fing das Baby zu schreien an, ein gesunder Schrei, der seine Mutter belebte.

»Alles in Ordnung?« fragte Jo, die vor lauter Angst kaum sprechen konnte.

»Sie haben ein wunderschönes kleines Mädchen, Jo«, sagte Paula. »Sie wiegt etwas über sieben Pfund und ist kerngesund. Auf der Skala hat sie eine Acht.«

Paula legte das Baby, das jetzt in ein weiches Handtuch gehüllt war, in Jos Arme. Jo sah hinunter auf die großen blauen Augen, die kleine Locke dunklen Haares und den rosa Mund, der sich jetzt zum Weinen verzogen hatte. So etwas habe ich noch nie zuvor gespürt, dachte Jo angesichts der umwerfend intensiven Liebe, die sie für ihre kleine, zerbrechliche Tochter empfand. Zärtlich strich sie dem Baby über die kleinen Hände und staunte über die perfekt geformten Finger.

»Sie ist so hübsch«, sagte Jo und wiegte das Kind im Arm.

Mark saß am Bettrand und strich dem Baby über den Kopf. Seine Hand wirkte im Vergleich zu dem roten Gesicht des Kindes riesig. Als ob sie auf seine Berührung reagiert hätte, hörte das Baby zu weinen auf und schmiegte sich instinktiv an Jos Brust. Sie machte kleine saugende Geräusche, und Jo wollte bereits ihr Krankenhaushemd öffnen, um sie zu stillen, als Paula erschien.

»Da sie etwas zu früh gekommen ist, wollen wir ganz sichergehen, daß sie auch gesund ist«, sagte die Hebamme und nahm Jo das Kind sanft weg. »Der Gynäkologe möchte sie sich ansehen. Ich bringe Sie Ihnen sobald wie möglich zurück.«

Jo hatte das Gefühl, als würde ihr ein Teil ihrer selbst fehlen. Sie legte die Arme auf ihren Bauch, der nach all den Monaten, in denen er diesen kleinen Passagier beherbergt hatte, immer noch riesig war. Falls irgend etwas nicht in Ordnung war, falls das Baby krank sein sollte, dann wüßte Jo nicht, was sie tun sollte. Sie würde sterben. Wenn irgend etwas mit dem Kind geschah, würde es sie umbringen, soviel wußte sie mit Bestimmtheit.

»Es wird alles in Ordnung sein, Jo.« Mark beugte sich zu ihr hinab und küßte ihre Stirn. Das half ihr jedoch nicht. Sie liebte Mark abgöttisch, aber wenn es um ihr geliebtes Baby ging, dann konnte er sie nicht trösten.

Nach den längsten fünfzehn Minuten in Jos Leben kam Claire, die rothaarige Krankenschwester, mit dem Baby und dem Gynäkologen zurück.

»Alles in Ordnung«, erklärte der Arzt. »Sie ist vollkommen

gesund. Für eine Frühgeburt zwar ziemlich groß, aber perfekt.«

»Das finden Sie also auch!« Jo strahlte ihn an. »Jetzt kannst du sie mal halten, Mark«, fügte sie hinzu.

Als Mark das Kind nahm, maunzte sie zuerst wie ein Kätzchen, dann schmiegte sie sich friedlich an ihn.

»Sie ist phantastisch«, meinte Mark ehrfürchtig. Er starrte sie an, als hätte er noch nie zuvor ein Baby gesehen.

»Schon ganz und gar Papas kleines Mädchen«, bemerkte Jo lächelnd.

Eine halbe Stunde später lag das Baby friedlich schlafend in seinem Bettchen. Claire betrat das bunt gestrichene Krankenhauszimmer, wohin man Jo gerollt hatte.

»Sie müssen sich jetzt unbedingt ausruhen«, meinte sie an Jo gerichtet.

»Ich bin tatsächlich ziemlich erschöpft«, gab Jo zu. »Könnte ich wohl trotzdem eine Tasse Tee bekommen?«

»Natürlich. Möchten Sie auch eine?« fragte Claire Mark.

»Sehr gern«, erwiderte er dankbar.

»Sie ist so hübsch, findest du nicht?« Jo blickte auf das Bettchen, in dem das Baby schlief.

»Kein Wunder bei einer solchen Mutter.« Mark saß auf der Bettkante und beugte sich zu Jo hinunter. »Jetzt will ich dir sagen, was ich ursprünglich geplant hatte«, meinte er. »Wir hätten den Ball früh verlassen und wären in der Limousine zu deinem Häuschen gefahren. Dort hatte ich alles vorbereitet – Kerzen, Champagner, Blumen und deine Lieblings-CD von Mariah Carey. Sobald die Musik angefangen hätte ...«

Er machte eine Pause und sah Jo intensiv an, seine grauen Augen strahlten vor Liebe. »... wollte ich dich fragen, ob du mich heiraten würdest. Also, willst du mich heiraten?« fragte er leise, um das Baby nicht zu wecken. »Ich finde, dies ist der perfekte Augenblick. Wir haben jetzt eine Tochter, und sie schläft neben uns.«

Er durchsuchte die Innentasche seines Smokings, der über

dem Stuhl hinter dem Bett hing. Dann holte er eine kleine, blaue Schachtel hervor, öffnete sie und reichte sie Jo.

»Oh, der ist ja wunderschön«, sagte sie atemlos und sah bewundernd auf den Smaragdring mit den kleinen Diamanten. Als sie die Schachtel bewegte, glitzerten die kleinen Diamanten im Licht. Sie blickte zu Mark auf.

»Oh Mark, tausend Dank. Natürlich. Ich will. Was auch immer!«

Nie hatte sie ihn so geliebt wie in diesem Moment. Er hatte einen Stoppelbart, seine Augen waren gerötet und sein Gesicht vor Übermüdung und Anstrengung ganz blaß. Er war bei ihr gewesen bei der Geburt des Babys, *ihres gemeinsamen* Babys. *Sie* war Marks Kind, daran konnte überhaupt kein Zweifel bestehen. Er beugte sich nach vorn und küßte sie zärtlich auf den Mund.

»Ich bin so froh. Ich wollte dich das schon lange fragen, aber es mußte der richtige Moment sein.«

Jo lächelte müde, als sie sich in die Kissen zurücklehnte.

»Ich glaube, wir können mit Bestimmtheit sagen, daß wir diesen Moment nie vergessen werden«, meinte sie.

Da öffnete sich die Tür, und Claire kam mit einer kleinen Teekanne und zwei Tassen ins Zimmer.

»Ihre Freundin wartet immer noch draußen. Sie kann gern kurz hereinkommen, wenn Sie mögen.«

»Mark, bitte hol Aisling«, sagte Jo. »Und sag ihr, wir haben Neuigkeiten für sie.«

21

»Sehe ich auch gut aus?« Jo drehte und wendete sich vor ihrem Schlafzimmerspiegel. Wirkte ihr Bauch in dem cremefarbenen Brokatkostüm etwa zu dick? Die auf Figur geschnittene Jacke schmeichelte ihren Kurven, und die Kombination des langen, geraden Rockes mit den cremefarbenen, hochhakkigen Stiefeln ließ sie wie eine elegante englische Lady aus dem letzten Jahrhundert aussehen. Zumindest hatte sie sich diese Wirkung bei der Anprobe in einer vornehmen Londoner Boutique erhofft. Nun aber war sie sich nicht mehr so sicher.

Natürlich war es kein traditionelles Brautkleid. Da Mark und sie nicht kirchlich heirateten, hatte sie sich für diese schlichte Version entschieden, die ihrer Meinung nach besser zur Zeremonie auf dem Standesamt paßte. Nur die engsten Familienmitglieder und Freunde waren eingeladen, und danach sollte es eine kleine Feier auf dem wunderschönen *Enniskerry's Powerscourt* geben.

Die Zeremonie war für drei Uhr angesetzt. Jetzt war es jedoch erst halb zwei, und noch hatte Jo reichlich Zeit, angesichts ihres Aussehens in Panik auszubrechen und sich zu fragen, ob sie Ralf, den Fotografen, bitten sollte, sie irgendwie schlanker auf den Hochzeitsfotos abzubilden.

Jo betrachtete sich im Spiegel. Trotz der Unmengen Bronzepuder wirkte sie immer noch ein wenig blaß. Aber immerhin war sie jetzt schon wieder wesentlich schlanker als während ihrer Schwangerschaft mit Isabelle.

Wenn jetzt nur auch ihr Po wieder genauso schlank werden würde wie früher, wäre sie restlos glücklich. Dank der Stretchhosen, die sie sich zugelegt hatte, merkte man glücklicherweise nichts davon. Ihr dunkles Haar hatte sie hochgesteckt. Einige Löckchen, mit denen Jo gerade nervös spielte, umrahmten ihr Gesicht.

»Du siehst blendend aus, hör auf, dir Sorgen zu machen.« Aisling sah vom Bett auf, wo sie versuchte, Isabelles Strampelhöschen aufzuknöpfen, um die Windeln zu wechseln. Mit nur drei Monaten war Isabelle Ryan bereits eine sehr energische junge Dame. Nichts machte ihr mehr Spaß, als beim An- und Ausziehen wild mit den Beinen zu strampeln und kräftig zu treten.

»Laß mich das machen, Aisling.« Jo ging zum Bett hinüber

und wechselte Aisling ab. »Wie geht es meiner süßen Isabelle heute?« fragte sie fröhlich und küßte ihre Tochter auf deren Stupsnase. Das Baby jauchzte entzückt auf und strampelte noch fester, als Jo versuchte, ihre winzigen Füßchen aus dem cremefarbenen Strampelhöschen zu ziehen.

»Du sollst doch Mama nicht in den Bauch treten, Liebling. Du mußt jetzt ganz, ganz lieb sein, denn deine Mama wird bald deinen Papa heiraten«, flüsterte Jo. Geschickt legte sie Isabelle die neue Windel an. »Versprichst du mir das, mein Schatz?«

Isabelle antwortete mit weiteren Tritten und einem glücklichen Gurgeln.

»Sie ist wirklich ein Schatz.« Aisling ließ sich auf der Bettkante nieder und sah den beiden zu. Ihre Stimme hatte etwas sehnsüchtig geklungen.

»Ja, findest du nicht auch?« meinte Jo stolz. »Wir haben wirklich Glück mit ihr. Als ich letzte Woche zum erstenmal im Hort war, konnten drei der Mütter dort gar nicht glauben, wie brav Isabelle ist. Sie hatten offenbar den Eindruck, ich wollte sie lediglich neidisch machen.«

»Nicht viele Babys schlafen nachts acht Stunden durch.« Aisling öffnete unter dem Vorwand, ihren Lippenstift zu suchen, ihre Handtasche. Sie mußte einfach über diese mütterlichen Gefühle hinwegkommen, die sie jedesmal ergriffen, wenn sie Jos kleine Tochter im Arm hielt.

»Die Zwillinge beispielsweise waren schrecklich. Immer, wenn Phillip schlief, wachte Paul auf, oder umgekehrt.« Aisling umrahmte ihre Lippen mit Konturstift und trug dann den tiefrosa Farbton auf, der wunderbar zu ihrem dunkelroten Wollkostüm paßte. Es war gut, daß sie darunter den langärmligen pinkfarbenen Body trug. Denn heute war der kälteste Tag im Februar. Ein eiskalter Wind fegte um Jos und Marks Häuschen in den Bergen von Dublin.

»Komm, Liebling, laß Mama dir dein Kleid überziehen«, sagte Jo sanft.

»Ich helfe dir«, bot Aisling an, als sie sah, welche Schwierigkeiten Jo hatte, Isabelle das cremefarbene Kleidchen überzuziehen. Es hatte den gleichen Farbton wie Jos eigenes elegantes Kostüm. Als Jo ihrer Tochter schließlich das cremefarbene Mützchen mit den Seidenbändern aufgesetzt hatte, ähnelte Isabelle einem Baby auf einem französischen Gemälde des achtzehnten Jahrhunderts.

»Jetzt bräuchten wir nur noch Kleider, wie sie die Schäferinnen von Marie Antoinette getragen haben, dazu passende Hauben und ein paar Schafe, und wir könnten alle in der Nationalgalerie hängen«, meinte Aisling lachend und zog eine Kamera aus ihrer Handtasche. »Alle mal lächeln!«

»Wir haben noch eine halbe Stunde, bis der Wagen kommt. Also habe ich eine der Champagnerflaschen entkorkt, die Mark in die Küche gestellt hat.«

Laura Ryan betrat das Zimmer mit einem Tablett, drei Gläsern und einer Flasche *Moet Chandon.*

»Champagner«, rief Jo erfreut aus. »Mein Lieblingsgetränk. Mama, ich wußte gar nicht, daß wir Champagner im Haus haben.«

»Dein zukünftiger Mann ist sehr gut organisiert«, erwiderte ihre Mutter lächelnd. »Er hat mir vorm Wegfahren von dem Karton erzählt. Außerdem meinte er, er habe auch noch eine Schachtel *Mon Chérie* in dem Schränkchen unter dem Spülstein für dich versteckt.«

»Oh.« Jo seufzte überwältigt. »Er weiß, wie sehr ich *Mon Chérie* liebe.«

»Zum Champagner?« fragte Aisling.

»*Zu allem.*« Jo und ihre Mutter lachten gleichzeitig. Wieder fiel Aisling auf, wie sehr sich die beiden Frauen ähnelten. Nie hätte man die schlanke, dunkelhaarige Laura Ryan für eine Großmutter gehalten, ebensowenig für eine Mutter bereits erwachsener Kinder.

»Isabelle möchte ich gerne nehmen.« Laura hob begeistert ihre Enkelin hoch. Isabelle gluckste fröhlich.

Jo legte ihrer Mutter ein Handtuch über die Schulter, damit Isabelle nicht ihr schönes Festkleid besabberte.

»Oma muß doch bei den Verwandten deines Papas einen guten Eindruck machen«, erklärte Laura und zupfte das Handtuch zurecht.

»Du siehst phantastisch aus, Mama«, sagte Jo scharf. »Niemand wird das Gegenteil behaupten können. Außerdem habe ich dir doch erzählt, wie nett Marks Familie ist. Seine Schwester Denise ist reizend, und ich kann mir nicht erklären, wie sie zu dem kleinen Biest Emma gekommen ist«, fügte Jo nachdenklich hinzu.

»Sie ist die einzige, derentwegen ich mir Sorgen gemacht habe. Ich hätte mir gut vorstellen können, daß sie den ganzen Tag über abfällige Bemerkungen macht, aber das scheint jetzt Vergangenheit zu sein. Auch sie scheint inzwischen begriffen zu haben, wo ihr Vorteil liegt«, meinte Jo nachdrücklich.

»Was ist denn passiert?« fragte Aisling und zog die Stirn kraus.

Jo unterbrach ihre Bemühungen, den Lidstrich aufzutragen. »Na ja«, sagte sie mit funkelnden Augen. »Letzte Woche bin ich ins Büro gekommen und hatte natürlich Isabelle dabei. Die dumme Kuh saß auf meinem Platz. Sie hatte all meine Sachen auf ein Regal gepackt. Natürlich hatte sie mich nicht erwartet.« Jo grinste triumphierend. »Sie wurde krebsrot und hat sofort ihre Sachen von meinem Schreibtisch geräumt. Ich bin zu Rhona ins Zimmer gegangen, und als ich zurückkam, hing sie am Telefon und zog über mich her.«

»Kaum zu fassen!« sagte Aisling. »Wie kann man nur so dumm sein, über dich zu sprechen, während du gleich nebenan bist?«

Jo zuckte mit den Schultern. »Das Mädchen ist mir ein Rätsel. Manchmal ist sie wirklich sehr clever, und manchmal kommt sie mir richtig dumm vor. Wie dem auch sei . . .« Jo nippte an ihrem Champagner. »Ich habe gewartet, bis sie ihr Gespräch beendet hatte, bat Rhona, Isabelle zu nehmen und rief dann Emma in Rhonas Büro. Ich habe ihr ohne Umschweife gesagt, daß ich sie durchschaue. Und obwohl ich mich nicht aufspielen wollte, habe ich sie gewarnt. Sie sollte sich besser in acht nehmen, wenn ich ins Büro zurückkehre. ›Du magst zwar Marks Nichte sein‹, sagte ich ihr. ›Aber ich werde seine Frau. Laß dir das einmal in aller Ruhe durch den Kopf gehen.‹ Das hat ihr regelrecht die Sprache verschlagen.« Aisling und Laura lachten lauthals.

»Bravo«, meinte Laura. »Ich bin wirklich stolz auf dich.«

»Unglaublich! Ich hätte zu gern ihr Gesicht gesehen«, meinte Aisling.

»Das wirst du auch. Sie wird nämlich bei der Feier sein«, sagte Jo. »Aber ich wette, daß sie sich mir gegenüber ausgesprochen reizend benehmen wird. Wahrscheinlich hat sie nicht geglaubt, daß ich so hart sein kann, nun aber weiß sie es.«

»Du könntest niemals hart sein, Jo«, sagte Aisling. »Nie und nimmer.«

Darüber grübelte Jo nach, während sie die Wimperntusche auftrug. »Vielleicht bin ich einfach nur ein wenig schlauer geworden, das ist alles.«

»Nicht nur du.« Aisling dachte an das vergangene Jahr und all die Veränderungen, die es gebracht hatte. Binnen kürzester Zeit war aus einer deprimierten verheirateten Frau eine zufriedene berufstätige Mutter geworden, die es geschafft hatte, ihre eigene Firma aufzuziehen *und* noch einem anderen Job nachzugehen *und* die sich außerdem noch ganz allein um ihre geliebten Zwillinge kümmerte. Zweifellos hatte sie das zwar härter, aber auch erfolgreicher gemacht.

Dank Sam war es ihr dann sogar gelungen, die Erinnerung an Michael aus ihrem Leben zu verbannen. Am Anfang war die Affäre wunderbar gewesen. Aber schon bald war sie zu einem Alptraum geworden. Aisling dachte noch einmal an den Tag nach dem Ball zurück, den Tag, an dem sie Sam gesagt hatte, er solle für immer aus ihrem Leben verschwinden.

Sie war gerade nach Hause gekommen, nachdem sie Jo ein

paar Sachen ins Krankenhaus gebracht hatte, und wollte das Abendessen vorbereiten, als es klingelte. Es war fünf Uhr nachmittags, die Jungen sahen fern, und sie erwartete eigentlich keinen Besuch. »Es ist Sam«, sagte Phillip, der seinen Kopf durch die Küchentür gesteckt hatte.

Das paßte ihr nun überhaupt nicht. Nach dem Streit vom vorherigen Abend konnte sie eine Wiederholung dieser unerfreulichen Szene nicht gut gebrauchen. Allmählich hatte sie die Nase voll von Sam Delaney. Aisling sah im Kühlschrank nach, was sie zum Abendessen auftauen könnte, und wartete darauf, daß Sam eintreten würde. Als er nicht erschien, ging sie ins Wohnzimmer.

»Wo ist er denn?« meinte sie verwundert.

»Draußen«, erwiderte Phillip unschuldig.

Aisling blickte ihn wütend an. »Warum hast du ihm denn nicht geöffnet?« fragte sie. Bevor Phillip antworten konnte, klingelte es erneut.

»Ich hatte wirklich den Eindruck, du wolltest mich nicht hereinlassen«, sagte Sam, als sie die Tür öffnete.

»Phillip wollte dir nur einen Streich spielen«, meinte sie erschöpft und führte Sam in die Küche.

»Dieses kleine Balg«, sagte Sam schroff.

Zornig drehte Aisling sich um. »Was fällt dir ein, meinen Sohn zu beschimpfen! Wer glaubst du, wer du bist?« schrie sie.

»Du meine Güte, Aisling. Reg dich doch nicht so auf«, entgegnete Sam entgeistert. »Das war doch nicht so gemeint, entschuldige. Hör zu, ich wollte mich wegen gestern abend entschuldigen, also kann ich es gleich zweimal tun. Tut mir leid, daß ich gestern ein wenig übertrieben habe und auch, daß ich gesagt habe, dein Sohn ist ein B . . . entschuldige«, meinte er lahm.

»Stimmt was nicht, Mama?« wollte Paul wissen. Die Zwillinge waren in die Küche geeilt und funkelten Sam anklagend an.

»Was will er denn schon wieder?« Der wütende Phillip ähnelte Michael so sehr, daß es schon fast unheimlich war.

»Sollen wir ihn rausschmeißen, Mama?« fragte Paul. Aisling war sehr stolz auf die beiden. Ihre kleinen Helden, wollten sie vor einem Erwachsenen beschützen, der dreimal so groß war wie sie selbst. Sie ging zu ihnen hinüber und umarmte sie. Sie wuchsen so schnell, in wenigen Jahren würden sie wahrscheinlich so groß sein wie sie.

»Nein, Jungs, es ist alles in Ordnung.«

Paul entspannte sich bei ihren Worten, aber Phillip war anscheinend zum Kampf bereit. Er löste sich aus ihrer Umarmung und blickte Sam böse an.

»Unser Vater ist im Moment nicht hier, aber glaub ja nicht, daß du meine Mutter herumkommandieren kannst«, fuhr er ihn an. »Wir mögen dich nicht. Warum gehst du nicht wieder nach Amerika zurück?«

»Ja, warum nicht?« hakte Paul nach.

Aisling war vollkommen verblüfft. Sie hatte keine Ahnung gehabt, daß die Zwillinge Sam so wenig mochten. Bisher hatte sie immer geglaubt, sie würden sich gut verstehen. Aber als sie an die wenigen Male dachte, als sie zu viert zusammengewesen waren, fiel ihr etwas auf. Als sie bei McDonald's oder im Kino gewesen waren, saßen die beiden Jungs immer an ihrer Seite, niemals neben Sam.

»Es ist schon okay, Jungs«, sagte sie. »Alles ist in Ordnung, und alles wird auch in Zukunft in Ordnung sein.« Sie lächelte Phillip an. »Ihr könnt jetzt weiter fernsehen. In einer Stunde gibt es Abendessen.«

Nachdem sie gegangen waren, zog sich Sam einen der Küchenstühle heran und ließ sich darauf nieder.

»Du wirst diese Jungen noch zugrunde richten, du richtest sie zugrunde, weil du dich wegen eurer Trennung schuldig fühlst«, meinte er mit seinem amerikanischen Akzent.

Aisling spürte, wie sehr ihr dieser Akzent mittlerweile mißfiel, wie falsch er klang.

»Als ich in ihrem Alter war, hätte man mir eine Tracht Prügel verabreicht, wenn ich es gewagt hätte, zu einem Erwachsenen so zu reden. Und das ist genau das, was Phillip braucht. Eine Tracht Prügel würde ihm guttun.«

Aisling sah ihn an, sein Gesicht war gerötet, sein Blick zornig. Er war ein richtig brutaler Kerl. Warum war ihr das bisher noch nie aufgefallen? Sie hatte sich von dem Gefühl verführen lassen, das er ihr vermittelte. Sie hatte sich mit einem so attraktiven Freund an Michael rächen wollen. Dies und seine erstaunlichen Fähigkeiten im Bett hatten sie seinen Fehlern gegenüber blind gemacht. Das sollte sich jetzt ändern.

»Du hast das Recht, dir eine Meinung über meine Kinder zu bilden«, sagte sie ruhig. »Aber glaub ja nicht, daß du *meine* Kinder erziehen kannst, denn das werde ich nicht zulassen. Und mich wirst du auch nicht erziehen, Sam. Es ist vorbei mit uns. Ich möchte, daß du gehst, damit ich mein Leben wieder so führen kann, wie ich es für richtig halte.«

Sam starrte sie mit offenem Mund an. »Aber das kannst du doch nicht ernst meinen, Aisling«, sagte er. »Was ist mit uns, mit unseren Plänen . . .?«

»Es gibt *uns* nicht mehr. Es ist vorbei.«

Er versuchte, sie auf seinen Schoß zu ziehen. Dann bettelte er: »Bitte, Aisling, sag das nicht.«

»Laß mich los!« Sie befreite sich aus seinem Griff.

»Aisling.« Sam versuchte, sie zu umarmen, aber sie wich zurück.

»Bitte geh jetzt, Sam.«

»Genau, du sollst verschwinden.« Phillip und Paul waren wieder aufgetaucht und standen wie kleine Wachsoldaten in der Tür. Einen Moment lang überkam Aisling Angst, da sich Sams Gesicht verdunkelte.

Er würde sie doch nicht etwa schlagen?

»Kommt her, Jungs!« Sie liefen zu ihr und klammerten sich an sie. »Verschwinde!« sagte sie erneut.

Er zuckte mit den Achseln. »Gut, ich gehe, aber das wird

dir noch leid tun. Sicher möchtest du bald, daß ich wieder zurückkomme.« Nur über meine Leiche, dachte sie im stillen. Niemand sprach ein Wort, als Sam sich umdrehte und zur Tür hinausging. Er schlug die Tür mit lautem Knall hinter sich zu.

Wie typisch für ihn.

»Also gut, Jungs, was wollt ihr zum Essen haben?« Aisling bemühte sich, fröhlich zu klingen. Sie wollte ihnen nicht zeigen, wie sehr sie die Begegnung erschüttert hatte. »Oder sollen wir lieber zu McDonald's gehen?«

»Wir werden kochen«, verkündete Phillip. Er zog einen Stuhl für sie heran. »Wir können auch etwas auftauen, genau wie du.«

Aisling mußte lachen. Sie holte eine Flasche Weißwein aus dem Kühlschrank, goß sich ein Glas ein und ließ sich am Tisch nieder. »Okay, Jungs, was wollen wir essen?«

»Denkst du über Sam nach?« fragte Jo.

Aisling sah ihre Freundin an und lächelte. »Du kennst mich wirklich gut, Jo«, sagte sie.

»Gut genug um zu wissen, daß du genau das Richtige getan hast«, meinte Jo ruhig.

»Oh, das weiß ich.«

»Ich nehme Isabelle mit nach unten, dann könnt ihr zwei euch fertig ankleiden«, sagte Laura und trug das Baby aus dem Zimmer. »Jetzt weiß ich auch, woher du deine gute Beobachtungsgabe hast«, bemerkte Aisling. Sie ließ sich auf dem blaßgelben Sofa nieder und sah ihre Freundin an. »Mir geht es nicht schlecht, Jo. Um ehrlich zu sein, bin ich sogar sehr glücklich. Ich liebe das Leben, das ich jetzt führe, ich liebe meine Freiheit. Zugegeben, die Arbeit, dann noch mehr Arbeit und die Kinder unter einen Hut zu bekommen ist nicht ganz einfach. Aber alles, was ich jetzt tue, tue ich aus freien Stücken. *Ich* treffe die Entscheidungen, nur *ich* entscheide, was ich jeden Tag, jede Woche mache«, erklärte sie ernst. »Das ist wahnsinnig befreiend. Sam war toll für mein Selbstbewußtsein, jedenfalls am Anfang«, fügte sie trocken hinzu. »Aber durch ihn habe ich erkannt, daß ich nicht schon wieder einen Mann haben möchte, um den ich mir Sorgen machen muß. Jedenfalls in nächster Zukunft nicht. Und wenn ich jemals wieder eine neue Beziehung eingehen sollte, dann kann ich es nur zu meinen Bedingungen tun.«

»Dann bist du also glücklich?« fragte Jo vorsichtig. »Ich weiß, es ist kindisch, aber ich möchte so sehr, daß du an meinem Hochzeitstag glücklich bist.«

Aisling stand auf und umarmte Jo.

»Ich bin glücklich. Und ich freue mich so sehr für dich und Mark. Es ist wunderbar, wie gut es euch beiden miteinander und mit Isabelle geht.«

»Danke für alles, Aisling«, sagte Jo. »Danke, daß du heute da bist und danke, daß du so gut zu mir warst, als ich dich brauchte.«

»Wozu sind Freunde denn da?« fragte Aisling und zuckte mit den Schultern. »Und jetzt erzähl mir doch ein bißchen über diesen Fotografen Ralf. Sieht er gut aus? Ist er noch zu haben?«

»Beides«, meinte Jo ein wenig zu enthusiastisch. »Er ist wahnsinnig attraktiv. Dunkles Haar, braune Augen, athletischer Körper. Es gibt nur ein Problem – er ist schwul.«

»Aber würdest du ihn als erwachsen bezeichnen?« erkundigte sich Aisling.

»Unbedingt«, erwiderte Jo.

»Prima. An dem Rest kann man arbeiten. Hauptsache, er ist erwachsen, mehr will ich ja gar nicht. Also, wollen wir jetzt auf eine Hochzeit gehen?«

»Worauf du dich verlassen kannst.«